乡贤

孙见喜 著

作家出版社

渭　河

西安市　　　　　渭南市　　　华县

东　秦　岭

陕西省　　黑龙口

牧护关　　麻街川　　　大荆梁

困腊关　　高

州　　川

车沟

流　岭　　　草庙沟

乱石窑

石瓮沟

红崖寺　　流岭槽

黑山　　　山石

汉　江

东秦岭地区示意图

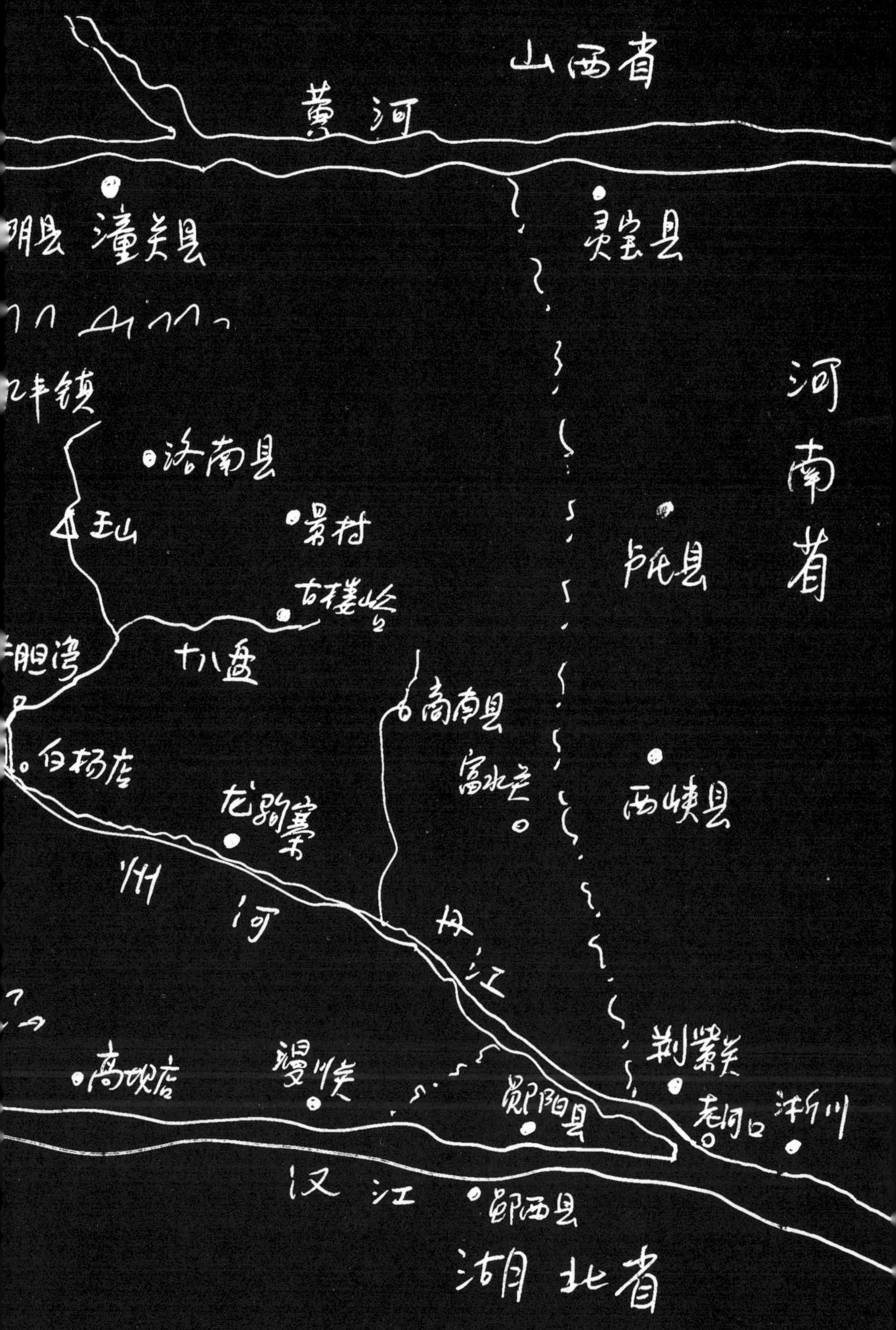
山西省
黄河
潼关县
灵宝县
河南省
洛南县
王山
景村
古楼岭
十八盘
商南县
卢氏县
富水关
西峡县
白杨店
龙驹寨
州河
丹江
荆紫关
高坝店
漫川关
郧阳县
老河口
淅川
汉江
郧西县
湖北省

目 录

第一章 草庙沟

事情出在草面庙

有人说：就是这女人的一泡尿惹出了两条人命！

女人名叫十八娃，是州川里远近闻名的俏媳妇儿。她凭什么招惹这么大的事端？凭她那三寸半的小脚？凭她玉簪般的十个指头？凭她妈给她存放了六个年头的八幅子罗裙？凭她打贩挑的老实疙瘩的父亲？凭她新婚八个月怀孕已半年的笨身子？

她没有招惹人命案的本事。

那是秋后一个阳光灿烂的日子，老贩挑送女儿十八娃回婆家。

婆家在苦胆湾，娘家在乱石窖，从乱石窖到苦胆湾顺草庙沟下行二十里，再翻马鞍桥的岭就到了。从民国初年起，老杆子陈贵生称霸东秦岭商县州川到流岭槽山阳县一带，说是为了保境安民，就剿灭或收编了南北二山的草寇匪帮，加之地方行政延用清制，所以商路集市大体还算安宁；老贩挑父女一路下来钻乌梢林翻石耙浪过鬼游谷，也没遇上地痞逛山狼虫虎豹。只是过槲叶林的时候，女儿两次说要尿尿，父亲说我娃忍一会儿到庙上了着。

他主要是想着庙上有人烟。

所谓的庙，是一处山神野庙，地处沟头岭底，乃清朝乾嘉两朝举国修庙高潮时所建。只是后来因了一桩乱伦事件坏了名声，从此绝了香火，院墙倾圮檐廊坍塌，成了游狗走兽的栖身处，或樵夫猎户偶然的歇脚之地。那桩让沟里人蒙羞的事件，也是因了某位父亲送女儿回婆家的。说是父女俩在半路上淋了暴雨衣裳湿透，俩人就到这庙里脱了衣裳拧水，见了女儿的白身子，为父的忍不住就把女儿的"活"给做了。送到婆家，吃饭时女儿给父亲捞了一碗面条，父亲操起筷子一搅，面条下边是一把青草，为父的就啥都明白了。他把面条吃了，也把青草吃了，回来路过此庙进去就上吊了。由此，这庙就叫作了草面庙，这沟就叫了草庙沟。也由此，沟里人在州川里名声就不大好，比如十八娃她娘家妈，从十六岁生到二十五岁满共才成了一个娃，人就传说她娘家妈的胎宫是二皮子、老贩挑的蛋丸是乱黄子。不管怎么说，老贩挑都不懈怠了炕上的耕作。婆娘九年怀了十一胎，前六胎都是三个月就流了，接下来"四六风"走了五胎，老贩挑实在没了法儿，找有面情的人携了"四色礼"，下州川来请"陈八卦"——陈福吉上乱石窑来给他禳镇禳镇，陈八卦一听是进草庙沟竟说啥也不去。有人给老贩挑出主意叫换剪刀，就是生娃时剪一次脐带埋一把剪刀，结果还是不行……

还得求陈八卦。

是老贩挑亲自去的。那时候陈八卦正在五圣师庙里炼丹修道，但他是出家不离家，他父兄们又经营着打油坊，衙门里每月要从这儿买走五担油，所以生意场上括尽地利人和之便。老贩挑肩背褡裢在油坊外转了几个来回，就是寻不着正门。问一个伙计指一个门，几个伙计说的都不同，进去了要么是豆饼房，要么是旧油槽。老贩挑就坐在大核桃树下吃旱烟，心想人说这"陈八卦"住的是四坡五脊歇山转角楼，怎么不见转角也不见楼呀？可他一袋烟未毕来了一顶兜子，二人抬的，晃儿晃儿进了一间茅庵。老贩挑就觉得有些怪，紧追几步尾随进去。抬兜子的兜夫朝他跺了一脚唬他出去，他看兜子上下来一个穿道袍的先生长了个粪笼大的头，乌油发亮的长发在脑巴盖上绾了个碗大的髻，髻根别一支拇指粗的象牙簪子，又有两根乌黑缎带缚髻而垂；此人平端着一顶皂色斜坡额玉道冠，目不旁视，气象高古，老贩挑立时眼圈就热了，立时就"扑通"一声跪下。

在州川一带，陈福吉的足智多谋人所共知，又是推演周易八卦的高手，所以人称陈八卦。陈八卦无视老贩挑的屈跪之礼，径自前行。

穿麻鞋的兜夫在他屁股上轻轻蹬了一脚，老贩挑感觉出了这种许可性的暗示，就紧巴紧地跟了进去。说是茅庵，其实拐弯抹角地通着正堂。油坊里这四坡五脊歇山转角楼原本就没有像样的门楼，更没有拴马桩石狮子大门二门照壁之类。陈八卦在正堂坐定，下人双手接了皂色额玉道冠。他端眼看着下人把皂色额玉道冠正放在红油板柜上、银镜插屏旁的白瓷帽筒上，才眯了眼，沉沉地问："啥事？"

老贩挑听到的是山谷里滚木头的声音，他耳朵里轰轰隆隆直响。还是那个麻鞋兜夫凑到耳边告诉他："叫你说事哩。"老贩挑赶紧从褡裢里掏出银锞子——就是贩挑行里说的"打柱头"，又是跪地一个撞头磕，然后双手呈上去。麻鞋接了，老贩挑眼看着那颗从南阳府挣来的银锞子，白光光地映在了插屏镜里，就哀哀乞乞地说："我婆娘怀胎十一回没落下一个娃娃。"又啰里啰唆反反复复地述说着每一胎"娃娃"的来龙去脉。麻鞋兜夫先不耐烦，就给太师椅上眯眼静坐的陈八卦递话："是要娃哩！"

陈八卦半天没有声音，老贩挑跪着不是，起来也不是。偏门里进来一个围着蓝花肚兜的厨娘，她手端黑漆托盘，麻麻利利地过来把托盘里的两只蒸馍一碟蒜泥放在陈八卦旁边的堂桌上。泼过油的蒜泥散发出浓重的香味儿，陈八卦优雅地蘸着蒜泥很仔细地吃着蒸馍。麻鞋看着陈八卦把一口蒸馍咽下，就及时给跪着的人传话："问你要男娃还是女娃？"老贩挑赶紧说："男娃女娃都是娃，能落住就行能落住就行！"说着又连连磕头。山谷里滚木头的声音又响了，他看见陈八卦的喉结在松皮下滑动，一种苍老的声音发出来："老坟，知道吗？回去给老坟里埋一块十八斤重的石头。在州河里寻去，多一两少一两都不行，背回去要小心，不要碰破了，碰破了娃娃就四体不齐。"

当老贩挑在祖坟里埋下一块十八斤白石头的第十个月，炕上哇的一声，婆娘下裆里掉下个女娃娃，白白胖胖的女娃娃，十个指头蛋儿上圆兜兜儿着十个"斗纹"，真真的福星啊！于是，花儿叶儿的名字也不要了，老贩挑只管"十八斤娃十八斤娃"地叫着，后来"十八娃"就成了女儿的正名。及长，看着女儿满屋里跑，老贩挑仿佛又闻到了那油泼蒜泥的香味儿。这女儿也见风就长，要模样儿有模样儿，要心灵有心灵，眼睛像画上的，鼻子像粉涂的，小嘴是一颗草莓骨朵儿，六岁上就显出了银盘大脸、如葱纤指。人说这女娃巧啊，给人家绣的枕头顶子，牡丹瓣儿像立起来了，石榴籽儿也透出水光。人家女娃六岁缠足，老贩挑四岁半就扶着十八娃上了脚架子。缠脚的一套工具是他在州川里定制的，缠脚架、缠脚凳、绞板、一丝子布；人家女娃缠脚哭天喊地、满地爬滚，她却一声不吭，娘说这娃的脚像柿饼，捏个啥样儿是啥样儿。后来，娘在石瓮沟给认了个干妈，那瞎眼婆自己是天足就不叫再给十八娃缠脚，可称奇的是，她脚不缠了骨头却没再长……

老贩挑的光景虽苦却不穷。乱石窖那地方，鸡尻子地打不了几升粮，沟沟岔岔的人家，祖祖辈辈靠以割生漆编竹器打贩挑为生。要靠打贩挑挣银子就得跑远路，豫西、川东、鄂北、晋南，都有东秦岭挑帮的老商户，打贩挑的口传四句话：

> "要担黄表四川有，
> 河南药材马山口，
> 潞盐山西运城走，
> 要贩皮货走西口。"

老贩挑十六岁走南阳担水烟，住过社旗县的山陕会馆，也在龙驹寨的船帮会馆耍过女人；二十岁开始入川，在三原县八个铜锅子（铜板）买四斤棉花，挑到四川万县卖十六个铜锅子；他开始挑八十斤，后来挑一百，梁力最好的几年能挑到百五。走一趟两个月，回来一觉睡上十天半月，在婆娘身上蹭一下就种着了一粒胎。往四川贩棉花的，一趟回来可挣二百个铜锅子，那时候二百个铜锅子能换四个银元，一个银元在荒春上能买三斗小麦。草庙沟的贩挑行里，春里入一趟四川，秋里下一回河南就算强手了，可他十冬腊月还要跑一趟湖北郧西，担木蜡、担香表、担灯笼罩子，全是年节时货，这一趟的进项，足够使他的婆娘女子娃过个阔阔绰绰的春节了。

这个十八娃，老贩挑百日里给她上"元吉楼"取了长命锁，过周岁又在银匠炉子上取了带铃铛的银牌银项圈，还有帽子上的银佛爷，耳掐子上的银坠子……为了承谢给他生了娃娃的婆娘，老贩挑也给自家女人定制了银簪子、疙瘩针，还有时兴的银纽丝手镯。为了这个媳妇这个娃，他老贩挑一根扁担溜九州，从十六岁挑到四十五才得了这么个宝贝；十六年里，三十年里，他自个儿或一家人的日子，就凭的是肩上这根桑木扁担！

这扁担是爷留给他的。父亲死得早，没有享用这根扁担的福分。这原本是一截百龄桑树阳面的膘质部分，被爷用大板锯解开了，看得清那断面上数十层的年轮线。爷把它裁成八尺长三指厚五指宽的毛坯，然后将这毛坯材料斜靠墙根，请力拔山的沟里后生弓了腰，以臂力、腰力、踵力，三力合一冲这材料做千百次的闪晃，这叫"压桥"；之后选用不炸不折者上杠"定桥"。这是在露天，选四块老砖，两块相叠，将定过桥的坯料架其上，下边用文火烘烤着；烤软了由四位壮汉抬一碌碡，压负正中，成月牙之形。如此静置半年或一年，经风霜冰冻、经烈日暴晒。经此磨砺，这扁担钢质的体魄、绵韧的性格就形成了。然后是繁琐的成形过程，先用寸刨刮，瓷片刮；再用青石磨、细沙磨；而后打蜡、上釉。上釉最要耐得心性，那是三斤五斤的药籽油，在敞口的撑锅里熬得沸了，将刮削成形过、硬质处理过、软纱抛光过、散发着浓烈气味的、色黄如蜡的扁担，横架于炭火盆上，以狐皮蘸沸油，将这扁担反复做通体拭擦；擦而烤，烤而擦，沸油，扁担，火，油烟腾腾，木质喳喳，眼见着它成了活物：红了，亮了，透出肉肉的圆润。之后，这根上过釉的扁担被爷们郑重其事地用麻布缠裹了，又慎慎地架到阁楼上去，任那油气慢慢渗透木质，渗透了就叫熟化了，熟化了就能防潮防腐，就横在肩上若面条，竖在屋角如钢板，贼来了能当大刀长矛，唱臭臭花鼓了当当地敲着能当梆子使！

老贩挑忘不了这根扁担开光的那一天。当时他还是十来岁的碎娃子，看着爷在沟沿子上焚起香案，看着五服长老一齐跪下磕头，看着一刀黄表在瓦炉燃烧、三炷柏籽香烈烈扑鼻，爷的口里就念念有词。然后，扁担从楼上被请了下来，一寸一寸地绽开麻布，看着这红透了熟透了的神品仙物，一位大汉就在当场上列了虎势：他挺胸鼓腹腿扎马步，他脚下穿着苎麻拧成的"踢倒山"麻鞋，一丝子布的白裹缠直扎到膝盖下；他双手撑直了枣木头荆木杆的搭柱，有人给他肩上戴了新麝毛的围子，有人在地上用朱砂画了两个"十"字，这大汉用双脚踩了，然后收腹运气，这时就有两位老者，将这刚打了木蜡的扁担放在了他的肩上，两个挑选来的半大小子十指交叉，猛地揪悬于扁担两端！大汉双膝一弓，倏地弹起，强大的筋肉之力，过腹经胸传输肩胛，那二百斤的负荷即刻使上翘的弧形变成坦平的一字！如此，一人挑二人，在山场上闪晃着、旋转着、舞蹈着，这原始的长途运输工具，就在人们的欢呼声中，注进了铁质的坚硬！

草庙沟的挑夫们经常是集群而行，他们人手一杆搭柱，这个支撑扁担以便行路换肩歇脚的器械，其上端做成元宝形便于搁置扁担体，倘逢着强人，那元宝形的搭柱头便是锤击的重型武器，而搭柱扎地的那一头又正是一柄钢锥！他们出一趟远门，至少要带三板子麻鞋，一板子麻鞋十双，穿破了的也只能挂在路边树上，这是一种职业道德，后来人如果鞋子坏了，可从路边捡破鞋修补，如果谁把穿坏的鞋子扔到沟里，就被同行视为无德。贩挑行里有一句行话："不留烂鞋的人无后。"从东秦岭商县出蓝关古道入秦川的贩挑们，麻鞋缠子裹脚腿，这是形象特点，他们不穿袜子，只用裹脚布，逢溪涉水那么哗哩哗啦就过去了，所谓："三十里崂峪走一天，四十里猫沟一袋烟，七十里会峪脚不干！"再难的山路鸟道，再多的溪涧沟河，惟有麻鞋缠子裹脚可以对付，除此而外，布鞋皮鞋木鞋铁鞋统统不管用。所谓缠子就是裹腿布，勒紧小腿长途跋涉不肿脚，腿肚子上不出"蚯蚓蔓子"。因此关中道里的人一见贩挑队过来就说："看人别看腿，看腿商州鬼。"受辱也罢，挨骂也罢，贩挑们走南闯北见多识广，沿途顺便捎些小杂货走州过县就赚钱，南盐北醋西辣子，河南人爱吃豆芽子。

他们行走在老河口的官路上，攀登在东秦岭的山阴道，贩挑们闪着软溜溜的扁担，统一着扁担的方向和姿势，就合唱着一首古老的歌谣：

> 桑木扁担两头翘，
> 宁挑担子不坐轿；
> 谁家女子脸儿白，
> 随我回到乱石窖；
> 乱石窖里石头多，
> 砌个圈儿来做窝；
> 窝里下了两颗蛋，
> 孵出一对庄稼汉，
> 庄稼汉，怕婆娘，
> 一根扁担走南阳，
> 南阳有个寺坡子，
> 住了一窝姑姑子……

却说老贩挑护送着女儿十八娃继续在草庙沟里行走。出了槲叶林是苇子岔，女儿还说想尿尿。爹望一眼这沟道儿两边密密麻麻的苇子，心里还是有些忐忑，就依旧说："到庙上了着。"女儿十八岁了，为父的也六十又二。多亏一辈子打贩挑，练就一副好腿脚，乱石窖一路下来，挑着担儿，又过坎涉涧的，还得搀扶着女儿。女儿虽有六个月的身孕，却腰身不笨腿脚不肿，只是路走长了气喘。女儿拄着竹杖，肩上背了娘的蓝花包袱，包袱里有一件娘给的八幅子罗裙，罗裙里裹着一对老派的蒜薹形银手镯。银手镯是成婚的时候夫家给取的，八幅子罗裙隐藏着娘给一个人的承诺。这罗裙虽说放置得久了，可娘说黑来上了炕穿着舒坦。州川人没有睡觉穿裤衩子的习惯。

为父的还挑着他的桑木扁担。只是没有分量。一斗黄豆装在麻布袋里，他把它拴在扁担中间，然后一只肘子压了扁担前半部，后半截就高高地翘着，黄豆布袋就多一半搁在他的后肩上。是娘执意要给十八娃拿上这黄豆的，她说这黄豆做成钱钱饭补胎顶好。

此前，夫家派了兜夫来抬，被老贩挑打发回去了。说是让怀孕的女儿坐兜子他不放心。所谓的兜子，就是两根竹竿中间绑了一个布兜子，布兜子下拴一块踏板子，被抬的人坐在上边，说软不软说硬不硬闪闪晃晃，看着堂皇坐着趔趄。再说老贩挑也不放心那两个冒失鬼：一个是扛活的海鱼儿，一个是名叫镢头的小叔子老三。

这州川里的老亲家，正是方圆有名的孙老者。孙老者，孙法海，光绪年间在县衙里执过水火棍，识得几条大清律，有点小脾气却做事还公正。"反正"后，民国初，地方行政沿用晚清旧制，官吏、衙役依袭陈规。地处东秦岭的商县仍然作为直隶州之所在，行政机构设了三班八房。三班是快班、壮班、皂班；快、壮二班专司缉盗剿匪传唤诉讼，皂班主管牢狱；各班设正、副、代、小四个班头，分别按里甲划片兼收田赋催办承差各有一份额外收入。班头俗称贯爷，通常人叫大贯爷、二贯爷、三贯爷、四贯爷；每个贯爷管八十名专职差役，另有百十人的临时伙计供随时差遣。八房即户房、工房、柬房、南北刑房、兵房、礼房、官吏房及仓房，每房工事十一人，月薪俸八块银元；每房有房头三人，人称大案爷、二案爷、三案爷，每位案爷手下有无薪俸的雇员和学徒八十人。全县十六里，户房收八个里的田赋，其余房各收一里田赋，田赋是肥差，户房不能独吞。三班贯爷从田赋上拿的只是"催收"钱，而八房案爷才是田赋的专管者。八房案爷工役的薪水，每逢年节由案爷将各项陋规收入列单集中分配。

民国初建，延聘晚清旧人，孙法海被聘为快班大贯爷，水火棍只偶尔用来杖责种烟贩毒之人，而出门办案则执佩腰刀，肩挎一只布袋，布袋里装二升麸皮，麸皮里埋着铁绳，铁绳埋在麸皮里一是不锈二是不响。那时候逮住人犯，就一条铁绳拴了脖子由差役牵着，这一是防逃二是示众。民国初年兵乱政浊，八年里平均一个县知事坐官九个半月。因看不惯官府腐恶，又不忍残害乡里，孙法海就辞职归田，归田了却不种田，他被推为下州川里长，前清时叫里正，入了民国一度叫里长；曾一度不堪匪患罢里回村，又被推为甲脚，后来又改叫保长。

民国初期的几年，基层政权承袭晚清设里甲制度，后来在 1914 年，北洋政府出台了《地方保安团条例》，规定县知事任保安团总监督，每户出一人，十户为一牌，十牌为一甲，五甲为一保，分设牌、甲、保长，团设团总，这种组织架构的经费就地筹集，地方治安就由他们负责。再后来，县知事改叫县长，里长改叫保长，甲脚改叫乡约。

孙法海在乡里行走办事，给人合辙解疙瘩，正直公道，在州川颇有名望，不到五十岁就被人称作孙老者。他的信条是"见姻缘说合，见冤家说散"。他靠执水火棍的俸禄和当大贯爷的积蓄，置有一面坡地几亩水田，圈里养有两头黄牛一头母猪，在场房边又开了一间染坊，小日子虽不宽裕，却也荒春上不借粮，红白大事不背债。孙老者养了四个儿子，大儿子火镰、二儿子锛子、三儿子镢头、四儿子杆杖。四个儿子就像家织机上的老粗布，疙疙瘩瘩不平整却还结实好用。孙老者再说也是住过衙门的，"反正"后又成民国人士，加之他幼年读过私塾，知孔孟，通文墨，所以内心深处有对儿子们的另一番寄意，他给四个儿子取的官号依次就叫：承礼、取仁、兴让、文谦。

十八娃嫁的是老大承礼，可承礼的大名始终没有叫响，六尺高的汉子了人们还是火镰火镰地叫。可十八娃听不惯人们喊丈夫火镰，为此还跟人红过脸，这样孙老者就跟村里人打招呼说，娃有了媳妇，今后不准再叫小名了，还请人给刻了一方印章：承礼。承礼一副好脾气，父亲多在外少在里，他就掌着这个家。要紧的是这座染坊，他的主要精力是经营着染布的生意。

老二就是取仁，小名锛子。锛子在私塾上到十二岁，被父亲送到洛南县景村镇，去给山西运城程掌柜的"裕源堂"熬相公。所谓熬相公就是当学徒，三年以里学徒也只是个名分，实际上是店里的勤杂工、老板的用人。早起开门、扫地、挂幌子；晚上睡觉支凳子、睡铺柜；三年熬满，成了正式店员叫把式，吃穿去过就有了三十块银元的年薪；能独当一面处理业务了姓张叫张师、姓李叫李师；一般的"师"都是秤杆子要出来的，收货发货老秤新秤搞得你客户眼花缭乱，什么货是死价活秤，什么货是死秤活价，耍滑了也就成"师"了。这家商号主营药材，兼做皮毛，暗中走贩私盐。老二一到店里就叫着"取仁"的大号，"锛子"的小名就被人忘掉了。取仁脑筋灵光，冬天了他给掌柜的被窝里早早放了暖壶，夏天了他早早在掌柜的卧室里点了艾绳，又开了撑窗往外赶蚊子，地上还洒了薄荷水；早晨，总是他先拎走掌柜的尿壶，晚上过账，又总是他一遍遍地给掌柜的添茶续水……三年之后，程掌柜教四个相公娃打算盘，又是取仁最先通过了"九归壳廊子"，为了训练珠算的准确和速度，过一些时日程掌柜就把四个相公娃招在一起"斗盘子"，或是"四马投夜"，或是"五鬼闹街"，每次都是取仁得第一。其他相公还在背着口诀练习"一女进三宫""二小抬香桌"，取仁却进到更为复杂的"七郎打擂""八仙请寿"等算法上去。到了十六岁，取仁就能双手同时拨打两张算盘子，报账的舌头没有他盘子上的指头快，以至后来"斗盘子"，取仁敢向程掌柜挑战。程掌柜何许人也？他盘子上的功夫在景村一条街上无人能敌，他左手打着"凤凰门前一树杏"，右手打着"三人哭活紫荆树"，口里念的却是"李三娘担水"，每逢二月初八算盘会，程掌柜同时与三人对阵打擂，常常是观者如堵，热闹得跟唱大戏一样。到了十七岁上，取仁开始学中药、认皮毛，每临早晚，他都到药库闻着浓浓的药香，面对千种百样的药材，背诵"麻黄桂枝解表药，薄荷牛蒡主辛凉，三黄芦根能泻火，附子肉桂祛寒逆……"；二十岁上，程掌柜教他读老书，给他讲诸子百家，又讲解历史朝代，哪一朝谁坐了多少年，从周秦汉唐直到宣统都要他背诵；二十二岁，程掌柜教他学书法，送他一册赵孟頫书的《唐狄梁公碑》，让他日每临帖习字，又给他讲这碑文的作者范仲淹是"宋朝散大夫行尚书吏部员外郎知润州军州事上骑都尉赐紫金鱼袋"，而书写这碑文的是"集贤直学士朝列大夫行江浙等处儒学提举赵孟頫"。

因为处事机灵、记性好，取仁不但字临得像模像样，还把字帖上的文章背得滚瓜烂熟，且在与客户言及生意萧条时，还时不时地用上几句："天地闭，孰将辟焉？日月蚀，孰将廓焉？大厦仆，孰将起焉？神器坠，孰将举焉……"就一时深得程掌柜的器重，派他去收款，派他去进货，派他去扎账等等，他一时被人称为二掌柜的。逢着夏夜月高风清，程掌柜过目了账房递上的簿子，竹躺椅上一靠，品着自家配制的凉茶，吹一曲洞箫，或是哀怨悱恻的《孔子哭颜回》，或是清丽妙曼的《小霓裳》，取仁就陶醉在人生最甜美的时刻。程掌柜要教他也学上一曲半律，他摸索了许久，终觉十个指头做不了这活，就说我脑子里这条窍道不通。可程掌柜说，商人要传代，非得浸上儒气，否则一代兴盛一代败亡，终逃不脱暴富奸商不久长的宿命。只有一个独生女的程掌柜，已把取仁和裕源堂的前途合在一起考虑了。但取仁似乎对医药学术更有兴趣，他怀里常揣着一本自己手抄的《汤头歌》，时不时地默诵几则方剂。当然，依据裕源堂的商势，程掌柜嘱他多留意中药丸散。取仁牢记程掌柜一句话："商人有商人的道德，你煤油里掺水，火柴盒里架桥，扯布尺子斜量，只能是奸商小贩，永远发不了大财。"入裕源堂十四年后，二十六岁的取仁出落成一位英俊文雅的儒商。

镢头老三的大名叫兴让，这是一个四肢发达、脑子简单的角色。一面坡的旱地和州河边的水田，全靠他和海鱼儿耕作。给牛割草是他的事，给猪垫圈是他的事，跑贼背娃送干粮敬神上香出工役全是他的事。海鱼儿是只出力气不拿事，紧急关头他总是火镰哥火镰哥地扯嗓子直喊老大。

可是火镰哥自娶了十八娃，似乎终日心事重重，他给海鱼儿说他老做噩梦，总觉着有人要谋他的命。染坊里收的石榴叶子石榴皮、橡碗子、乌叶子、景村捎回的黑矾，他做的成本账一塌糊涂，为此他挨了孙老者几顿责斥。镢头老三心善，看大哥愁眉不展的样子，几次给他说："地里的事有我哩，嘴上吃的有我哩，大哥你只一心务好染坊，我们仁的大事还靠你染坊上哩！"他说的大事是婚姻。其实，杆杖老四还是个青皮后生，说是派他赶三六九日打儿窝的集，可他尻子后头总串系着州川里的几个闲人，孙老者说他苦汉不像苦汉逛山不像逛山，有一阵子，他竟对枪产生了兴趣，收集的弹壳炮铜子儿在窗台上摆了一行。

娘死得早，坟上的树都一人高了。也有人张罗着给孙老者办个后，陈八卦甚至串说他去察看一位寡妇，但被老者笑拒了。他说还有三个儿子都光着棍儿，我年近六旬了也没那份心思。

却说这十八娃跟着父亲在山沟里又走了一程，觉得小肚子隐隐作疼，就再一次给爹说她想尿尿。爹看草面庙近了，已望见树梢后边那高高的脊角，有心说再走几步就到了庙里，可他想起女儿她娘那年的事，心里又有些骇怕。虽说嫁出去的女儿是泼出去的水，可这有着身孕的女儿千万不敢有一点点闪失，不说自己老百年要有个靠头，就是孙老者那里也交代不了呀。原想着陈贵生霸占方圆上百里，山民给他纳粮，他也到处张贴"保境安民"的布告，这沟里一半年也还真没出过强盗奸窃，可今日这二十里草庙沟走下来，风吹草动鸟叫树摇摆，总叫人心里毛毛儿的。为父的就给女儿讲她妈那次回娘家遇的险：

你外婆住在石瓮沟，从乱石窖上去翻过梁就到了。十来里路，你娘脚又大，多少年都是自己去自己回。这一次她说走呀走呀不走，走呀走呀不走，磨蹭到日头离山一竿子高了，才飘飘妖妖地上了路。这一年秋庄稼长疯了，坡头沟垴的路都给苫住了。看着你妈下了垲，我扛个锄上屋后坡里锼荞麦，眼见着日色暮了，沟畔里暗了，你妈才走到半梁上。我心里就发急，这二年野物成了精，豺狗子吃人，野猪吃人，连獾娃子也吃人，听人说鸡冠山上有九尺高的野人，从山墙的马眼窟窿里伸胳膊进去掏人家楼上的豆子，你说我不急？我提了锄把就去追她。把她送过梁了我就放心了。石瓮沟是出歪人的地方，是商县城防司令老连长于广德的老窝子。我追你妈到半梁上，梢子林有一人深，我突然看见一丛簸箕条后头蹴着两个贼头贼脑的人，两根兜子杆上缠着兜袋子斜在他们身后，你妈也站住脚向来路上张望，我就猛喊："宁花！宁花！"你妈一看我来了，一愣怔就发声哭叫："救人啦！"我把锄头在山石上"哐"地一砸就要扑上去，你妈滚下来拦住我。说中间那两个歹人把兜杆子一撑，跳到高处的黑石头上，一个公鸡嗓子朝我喊，说你放明白些，我们是南山罩的人，今日就要你老贩挑的命，你看是要浑尸首还是烂尸首？你妈喊一声快跑呀，就猛地把我一推，我俩就翻身滚下坡，直到半人深的谷地里，我和你妈蜷着身子不敢动弹。过了一会儿，不见歹人追下来，却听到叮叮当当的马铃声，我透过庄稼缝儿一看，坡上下来两个"灰皮"。那时候，老连长的兵都穿粗布灰军服，这两个"灰皮"一人背枪牵马，一人腰里插把"十子连"的手枪跟在后头，马铃响着，插"十子连"的还哼着臭臭花鼓子。南山罩在老连长眼里是土匪毛贼，进山铲过几次，总是除不了根。待牵马背枪的"灰皮"走过，我和你妈从谷地里出来，南山罩的人不见了，坡上的密林里一涌一涌地鼓着树梢子。你妈吓得脸色煞白，是我把她背回家的。

老贩挑讲着，十八娃拄着竹杖听着，她不敢坐下歇脚，说不定路边的蒿子林里圪蹴着南山罩的人。

十八娃当然不知道，在这一段往事里，老贩挑忽略了一个事实：妈妈宁花是美人秧子，走到哪儿都遭人缠。十八娃当然明白，妈虽然脚大，可脸嫩胸高身子白，这在二十里草庙沟无有女人能比。可十八娃压根儿不知道，有逛山放出谣言糟蹋妈，说她有炕上缩阴功……

事实上，宁花是外乡人。人贩子在她五岁上，把她从豫西峡口的西坪镇卖到龙驹寨船帮会馆烟花厅。到这儿她有了艺名水灵子。鸨娘让水灵子六岁坐罐、七岁缠足、十岁练缩阴功、十三岁就给她接客（坐罐、缩阴皆为促使雏妓阴部发育的基本功）。那一年老贩挑从南阳回来，被龙驹寨的五帮班头强说硬拉上了烟花厅。说是让他过女人瘾哩，其实是抒他银子哩。所谓五帮，是船帮、马帮、挑帮、鸨帮、盐帮，船帮会馆其实是五大势力的联合会。此外又有重叠架构的地域商会组织如湖北的黄帮、河南的关帮、蓝田西安的西帮、龙驹寨当地的本帮，还有名目繁多的行当如牙侩、屠沽、皂隶、酒保、优伎等等，都有帮会组织。龙驹寨是水旱码头，南北货物的散集之地，物贸发达，商贾云集，骆驼马帮从甘肃宁夏青海运来的枸杞子、白条烟、葡萄干、红花、毛毡、皮货等，皆由此换水路转运汉口；而由船帮从上海江浙运来的洋布、颜料、青红茶、红白糖等江南产品，需经此由马帮驮运挑帮肩夫转口西安兰州；山西河北出产的锁子、农具铁器、潞盐，也经潼关、二华（华县、华阴）、洛南，到达龙驹寨并由此散运各方。县志上说这里"康衢数里，巨室千家，鸡鸣多未寝之人，午夜有可求之市，是以百艇联樯、千蹄接踵、熙熙攘攘"，如此的物贸繁华之地，自然吸引了州河上下南北二山的地痞逛山，他们黑吃白拿强索镖银，为了保护行业的集体利益，各行帮就纷纷在寨上水滨立会设馆，这船帮会馆就是以船主艄公纤夫为主，建立起来的水上运输专业的民间组织。因为设馆之初曾受"陕西商洛五属基督教协同会"的资助，挪威传教士王耀基就和会馆上层来往密切，民国十一年王耀基离去后，继任者挪威人诺慕，又拉拢会馆头面人物，惠以子女免费入教会小学读书。由此船帮会馆钱势双强又从汉口购备了自卫火力，连军政府派驻的厘税局也忍让三分，所以其他行帮都依附船帮行事。会馆之初，确也保护了属员的安全和利益，但后来势力壮了反来盘剥属员欺压其他行帮，比如挑帮马帮过境必须食宿会馆，食宿会馆就得接受鸨帮服务。

却说那一夜，侍候老贩挑的正是水灵子。那时候水灵子的腿上正害着龙王疮，老贩挑就每日去街上买了北瓜瓢子给她敷疮拔脓。整整七天，龙王疮敛住了，水灵子却要跟他私奔。他说这可不敢，咱是在帮的人，年年打贩挑要从这儿过哩。怎奈水灵子的两包儿眼泪像秋天里的檐雨水，老贩挑心疼不过，就携了重礼去向挑帮班头请主意。班头说这好办，你要真喜欢上了那烂腿女子，就掏钱赎呀！话一说透，鸨娘说，这有啥哩，成全你么！其实鸨娘早在心里打鼓：这水灵子如今得了龙王疮，接不了大客死在这儿还得裹一张席哩。当下老贩挑就丢下银子领人上路。回到乱石窖，为了给人说起来有根有梢，老贩挑就给这个外乡女人安了个娘家，认瞎眼老婆做妈。这干妈就给这天上掉下来的女儿取了俗名叫宁花，宁花六头儿都好，可同床坐胎一连十一个都是荒花。老贩挑哪里懂得，烟花女子少女时代的坐罐缩阴早损坏了胎气，他七折腾八佫搅能落住个十八娃，就觉得实在是陈八卦的法术高妙！

当年岁月，老贩挑出了门短则三二十天、长则百儿八十天的回不来，这就苦了宁花，三天两头受南山罩的欺辱。惹不起也躲不起，干妈又是个瞎眼孤婆子，宁花她就只能推推就就、应应付付、委委曲曲过日子。好在石瓮沟是老连长的老窝子，三天两头有"灰皮"走动，南山罩也不敢过于张狂。可偏就在这一年冬里，老贩挑去湖北郧西担木蜡，南山罩下来把宁花睡了，还要把她劫到红崖寺的寨子上去。南山罩丢下话来，说给老贩挑的棺材就在当堂子上放着，后事都安排好了，叫宁花安心去寨子上住，有好吃好喝的侍候。可是，把人用兜子抬到半山梁上的时候，正碰上老连长领一队人打猎，乱枪放过，南山罩的人跑了，她被丢到山缝里。老连长派人把她救起，连夜带人上红崖寺把南山罩的老窝烧了。老连长黎明时回到石瓮沟吃米儿面，才知道救下的是瞎眼老婆的干女儿宁花，瞎眼老婆是老连长族姑夫的堂妹，算起来也是隔山转坡的亲戚。瞎眼老婆早年是唱臭臭花鼓子的坐班艺人，因为师兄被人屈打成招含冤死去而哭瞎双眼。那时候的老连长还是陈贵生手下跑杂差的挎娃子，但他自小喜欢听臭臭花鼓子，还能背过《黎狗看花》的一些片断。瞎眼老婆那时候是当红小旦，她唱疯了南山七十二条沟，少年时的老连长就鼻涕流涎地挤到台下的人窝里，当红小旦要他叫一声"大姑"给一个麻糖，他都不敢到人前头去。

老贩挑得了宁花，有了丈母娘，也算浑全了亲戚家室。瞎眼婆也乐得有个依靠，老女婿一身好苦又不愁挣不来吃喝。生下十八娃以后，老贩挑出远门就把宁花母女安顿在她干妈家，宁花只是到秋麦二季忙了回乱石窖去收收打打。瞎眼干妈也真心疼爱这个干女儿，长夜里唱着小曲儿陪她给十八娃喂奶。十八娃也就在瞎眼外婆的花鼓调里会走了，会唱了，会看人脸色了，会心疼风雨里在外的爹，会体贴苦寂中伤心的妈。冬夜里她数着星星盼爹归，瞎眼外婆的热怀里她听着小曲儿眠。八九岁的女子了，成了聪明伶俐的小人儿精，一见背枪穿灰衣的"粮子"（当兵的）来，就会趴在地上"干大干大"地叫磕头，一次直磕得有个"干大"不好意思，摸遍浑身上下没啥给娃，就"嘣儿"地揪下胸前一颗铜扣子给了十八娃。按商县人的叫法，把爹叫大，干大就是干爹。

十八娃六岁上跟宁花妈学会扎花绣枕头顶子，九岁上跟瞎眼外婆学会捏脚唱花鼓子。虽说朝代到了民国，可南山里女娃还是要缠脚，有烈性女子死活不缠的，也有缠着缠着嫌娃可怜又放了，放了放了怕娃将来嫁不了好人家又缠上的，眼见的多少女子脚疼得挨不了地就在膝盖上绑了鞋底子在地上爬来爬去，这样就在山里形成一些有特殊技艺的人：捏脚的。瞎外婆属于坚决不缠脚的，小时候大人一说给她缠脚，她就扑崖呀跳井呀，说嫁不了人我就唱小戏呀，果然就跟着花鼓班子走了。她一副天足走遍南山，打花鼓子唱坐台一时红透天。

外婆反对缠脚，就十分可怜那些缠脚的姐妹，唱戏之余就给人捏脚，她一边捏脚一边说着宽心话。她说平常人捏脚是顺着平常人的脚骨走，可缠过的脚，骨节碴子早扭蜷折乱，不顺着筋路子走越捏越疼哩。所以经她捏过的女子，骨头不疼了，心里也豁亮了。孝义湾是个出柿饼的地方，外婆到那儿唱了坐台又捏脚，她走后孝义湾的女子传唱着她留下的花鼓曲儿：

> "孝义湾里女儿多，
> 捏捏柿饼捏捏脚；
> 十八丈裹布一条绳，
> 不如你梁上吊死我……"

后来，背着女娃上门来找外婆捏脚的，十八娃就看着帮着，帮着帮着就上了手，慢慢竟得了诀窍。这十八娃心灵手巧，她还跟瞎眼外婆学会了一手绝活——刮虮子。山里女人绝少洗头，头上长虱子生虮子是正常事，日每起床洗脸梳头可以马虎，但要出嫁了，那就得把头上的虮子虱子刮净，这关乎到门风。可真正要把虱子虮子，特别是虮子弄干净，实在不是容易事。所以就出现了专门刮虮子的手艺人，刮一个头连盘带卷两个铜锅子，最贫气的也得给一双鞋脚袜子，不过瞎眼外婆说："我娃不挣这钱。"

话说这一天老连长烧了南山罩的老窝，送受惊的宁花到瞎婆子娘家，还叫护兵把剩下的小米背过来二斗。宁花哭着谢过，瞎婆子对老连长说："宁花这条命早晚要折到别人手里，不如你把人领走算了，我受不了这怕怕。"宁花也抽泣着表达了这个意思,说只要不伤害打贩挑的男人和这个女儿,妹子我愿意侍候官哥哥。老连长当下就把枪摔在炕栏子上,发了脾气,他说:"这是啥话?乡里乡亲的,兔子都不吃窝边草哩!"

从这以后,老连长每回石瓮沟就到瞎婆子家走动,当然还要听这个"大姑"说一些花鼓班子的趣事,他自己也偶尔哼哼几句,虽然调儿不搭卯,词儿也错着榫,可他有这兴致,他就是喜欢这。

这一年冬至,老连长又来瞎婆子家,问打贩挑的回来了没,宁花说人没回来心回来了,先一拨地已捎了些钱回来了。正说着十八娃又"干大干大"地叫着来给老连长磕头,老连长乐着抛下一块银元说:"干大可不是随便叫哩,认干大是要摆席面呢!"宁花就说:"真攀上了官哥哥是她娃的福哩!"就又招来十八娃,说给干大唱个曲儿谢承谢承。十八娃一十二岁了,已出落成了十足的美人坯子,她眉眼儿一转小手儿一扬,就捏腔拿调儿地唱了一曲《五更鼓儿前》,直唱得老连长心旌摇动,连说:"心疼心疼!"说罢眼仁子一转,朝天哈哈道:"宁花妹子哟,我看你这碎女子放这儿可惜啦,我把她带回去养着,喂顺了好做大婆子的贴身丫环,我看你这十八娃不是个凡胎哩!"瞎婆子说:"这倒好,跟上他干大是当贵人哩,只是十八娃是我的拐杖,没了这娃,我出门只有滚坡死去。"宁花就哭了,说:"十八娃是自小就许给了州川里孙老者家的老大承礼,那娃子实诚哩。"老连长就笑笑地说:"啊啊,孙老者,知道,知道……"就又问柜里还有多少番麦(玉米)多少豌豆,还需要什么帮衬,说着说着就问花鼓曲儿"牙二调儿",就问"八班头",宁花说记不清,"大姑"说记不全,老连长就自己哼唱着问对不对。他胡拉乱扯前朝后代丑旦唱白全搅在了一块儿,一时惹笑了瞎眼婆子,她就即兴唱了一段《梳妆台》。老连长听得高兴,直叫护兵下山去割豆腐,说今儿给"大姑"包扁食呀。宁花闻言就去洗手和面,十八娃就去后院里掐椒叶子拔葱根子。大家一喜欢,瞎眼婆婆就浑浑全全地唱了一段《牧童调情曲》,她丑角旦角一肩挑,唱曲道白一口腔,老连长就一手敲着升子底一手击打鞋溜子,瞎眼婆婆就在家具碗盏的碰击声中，复活了她年轻时的磁性生命和自由爱情。两滴清泪挂在腮边，她失去牙口的瘦唇一窝一窝地唱着：

豆芽子菜，水澎澎，哪有媳妇骂阿公？阿公就拿拐杖拐，媳妇就拿奶头甩，甩了公公一脸奶，摸着黏黏的，尝着甜甜的，就叫媳妇你只管甩来只管甩。媳妇说，我偏不甩来偏不甩。我乃放牛的牧童便是，说说话话来到山中，不免将牛儿赶在沟边吃草，在此唱个小曲儿罢了——

高高山上一处洼，

洼里有户好人家。

老汉出来双拄拐，

老婆出来就地爬。

生下娃娃秃又瞎，

娶一房媳妇是哑巴。

有钱的人儿骑骏马，

他家的老牛没尾巴。

看家的犬儿三条腿，

老天爷拾全了这一家。

我抬起头来用目斜，那边来一女娇娃，头绾乌云身穿纱，樱桃小口糯米牙；小小金莲三寸大，杨柳腰儿刚一把，实实是个俏冤家。

奴家生来才二八，脸搽脂粉鬓戴花，今日无事上山耍，见一牧童逗逗他：牧童哥哥你在此自言自语说甚哩？

我在这里作诗哩，正愁没人答对哩！

你且说来容奴家一听。

那你就细细儿地听来哟！

天上的桫椤什么人儿栽？乃地下的黄河什么人儿开？什么人把定三关口？什么人稳坐钓鱼台？天上桫椤王母娘娘栽，地下的黄河老龙王开，杨六郎把定三关口，姜太公稳坐钓鱼台。洛阳桥来什么人儿修？玉石栏杆什么人儿留？什么人骑驴桥上过？什么人推车过了沟？洛阳桥来鲁班造，玉石栏杆鲁班留，张果老骑驴桥上过，柴王爷推车过了沟。什么人儿穿青又穿白？什么人儿穿的一锭墨？什么人穿的十样锦？什么人穿的绿豆色？喜鹊穿青又穿白，乌鸦穿的一锭墨，锦鸡穿的十样锦，鹦哥穿的绿豆色。对得好来对得妙，却是鸳鸯两头叫，今天若肯行方便，合在一处乐逍遥？

姐儿门首一道桥，每日无事走三遭，劝君休从桥上过，我家有把杀人刀。

你有刀来我有枪，刀刀枪枪排战场，纵然把我战死了，魂灵儿躲在你绣房。

躲在我绣房，那却也无妨，奴有个朋友会捉殃，三根桃条一碗水，把你送在大路旁。

送在大路旁，那却也无妨，变一个桑棍儿在树上，单等姐儿来采桑，桑枝儿挂破汝衣裳。

挂破我衣裳，那却也无妨，奴有个朋友会木匠，三刀两斧砍倒你，拿到家中做水缸。

拿来做水缸，那却也无妨，变一个小鱼儿水底藏，单等姐儿来舀水，学一个张生戏红娘。

张生戏红娘，那却也无妨，奴有个朋友会撒网，三网两网打住你，放在锅里熬鱼汤。

锅里熬鱼汤，那却也无妨，变一个鱼刺儿碗内藏，单等姐儿来饮汤，鱼刺儿扎在你咽喉上。

扎在我咽喉上，那却也无妨，奴有个朋友会药方，汤药丸药都用上，把你送在后茅房。

送在后茅房，那却也无妨，变一个苍蝇茅房藏，单等姐儿来解手，一翅儿落在你花心上。

落在我花心上，那却也无妨，奴有个朋友会使枪，三枪两枪扎住你，看你轻狂不轻狂……

唱到后来，瞎眼外婆累得上气不接下气，十八娃就插进来和外婆对唱。外婆用沙哑的声音扮唱牧童，十八娃用明亮细嫩的嗓音活脱脱地唱出小姐的天真活泼，再加上蹦蹦跳跳的动作，直把老连长听得心都醉了。他拿筷子插了玉米芯子一边戳脊背上的痒痒处，一边小声跟着哼唱，及至曲儿终了他还闭着眼自个儿受活。看他拿玉米芯子戳脊背的笨样儿，十八娃过来伸手给他挠痒痒，他就受活得直喊："上边上边，好！偏凹里偏凹里，好，好好好！"

再说这老贩挑父女俩人，说说话话就到了草面庙。这是一片开阔堤岸，破庙坐在那里像一个打盹的老人。庙后有八张炕席大一块沙地，沙地四周是腰竹林，是毛苇子，是野枣刺，是胖官腿[1]，密密麻麻，幽深暗绿，又有岚气迷蒙，老贩挑四向望了望，给女儿说："我娃到庙里尿去。"

十八娃就到庙里去。门楼子在，门扇已经没有。院里荒草半人深，庙墙的壁画上漏痕淋漓，蛛网中的神像龇牙咧嘴，十八娃迟疑了。老贩挑解下扁担拾掇黄豆袋子，扬头见女儿愣在那儿，就嘴一操说："快去呀！"十八娃刚朝门楼洞迈了一步，"唰！"一个活物冲出来，闪电一样不见了。听女儿一声尖叫，老贩挑"嗨！"一声就操起扁担，目光一转，又丢下扁担，说："一只兔子。"

十八娃就退回来，死活不进庙院子。

爹又拾掇他的黄豆袋子。看女儿畏畏缩缩的样子，就顺口说："我娃到庙后头尿去，在这里不会有啥事的。"

女儿就把包袱塞到爹怀里，夹着碎步到庙后头去。老贩挑绑好黄豆袋子，就坐在扁担上吸旱烟。他目光盯着庙后头的丛林，思思想着他那苦命的宁花。他打贩挑一走，不知她受了多少委屈。他回来了，宁花总是欢天喜地，说起在干娘家遇着的姑表兄，说起十八娃把老连长叫干大，说起老连长给了娃一块银元，又是欣欣慰慰，又是隐隐忧忧。

———————

[1]　胖官腿，一种枝叶肥胖的灌木。

宁花没告诉她南山罩抢人那场事，也没说老连长火烧红崖寺。但在老贩挑的心里，南山这地方实在不是老幼妇弱住的地方，先是汪家道，再是陈贵生，你剿我，我剿你，一队粮子刚走，一队粮子又来，互称对方为匪，杀杀打打的不得安宁；突然又冒出来个南山罩，既不保境也不安民，只是抢女人要粮食；再加上老连长的"灰皮"兵，三天两头从城里下来办差，这一窝一窝吃粮的人，哪个的人影影都叫老百姓心怵。于是，老贩挑就有一个想法：等十八娃在孙家过顺势了，就迁到州川里去，州川里毕竟世事清明些，何况孙老者又是有面子的亲家。他还算计着十八娃坐月子的事，孙家没有亲家母，是不是到时候叫宁花下去侍候娃的月子……正想着，却突然觉得娃去尿尿怎么这么长时间还不见出来，心里一毛就要起身过去查看。

突然，十八娃像龙抓一样尖叫起来。老贩挑抽出扁担就急扑庙后。可是，庙后风平浪静。女儿蹲在沙地上，双手捂了脸，见父亲跑过来，就嘤嘤地啼哭。老贩挑操起扁担抢大刀一样扫过一丛灌木，急问："咋啦？我娃咋啦？"十八娃用衣襟捂了下裆，夹着腿跑过来，身子颤抖着说："我的裤子不见了，我的裤子不见了！"爹问："咋着哩？咋着哩？"女儿说："我尿完刚要站起来，忽而一股旋风刮过，我的裤子就不见了，呜呜，这咋回去见人呀！"

老贩挑二话不说，拖了十八娃就跑，一只胳膊还夹着黄豆袋子。十八娃一手把包袱捂在怀里，一手拖了扁担，她顾不得精腿光屁股，只知道跟上父亲狂奔，扁担蹭在地上嘶嘶啦啦地刺响，一时间草庙沟里弥漫着魔鬼般的恐怖气氛。

一口气跑了半里地，老贩挑停下来。他见身后并没有歹人追赶的迹象，才叫女儿打开包袱，到草丛里去把娘给的八幅子罗裙穿上。

他依老样儿用扁担挑了黄豆，又紧拉着女儿惶惶悚悚赶路。

第二章　苦胆湾

承礼的头不见了，鲜血喷了一地

父女俩是半后晌回到苦胆湾的。

苦胆湾里三百来户人家，紧紧地结了个村子附在州河的肘弯儿里。孙老者的庄院在村边儿上。这是挎着东西厦屋的四合院儿。上房三间，东西两间都带着阁楼。东间是孙老者的卧室，西间是一大家人的锅灶，中间当堂子靠后檐墙并排着两个三格子柜；三格子柜一格子能装五担番麦，三格子能盛四担五，麦秋二季收了粮食两个柜装满就是九担。不过如今，一个三格子柜已经空了，里边放着衣帽杂物，放着染房的几本子账、几盒子黑矾、算盘、戥子。平日常用的大秤小秤，杆是杆砣是砣地放在柜盖上。靠西间沿界墙一溜儿放了四个八斗瓮，瓮里装着日常吃的黄白二米、黑白麦面、五豆杂粮。三格子柜前是一张雕花八仙桌，桌两侧各置一张旧布包了扶手的老圈椅。三格子柜上方的后檐墙上，挂的中堂是工笔水墨牡丹，两边的对联是：

> 继世衣冠皆祖德
> 满庭兰桂是春光

这是光绪年间商洛直州州牧胡启虞的墨宝，也是孙老者水火棍生涯的纪念。中堂正前的柜盖上，一架精致的插屏镜里刻着"孙氏历代祖宗考妣大人神主"的牌位。插屏镜两侧是两个紫木旋的香筒，里边插着土香和木蜡。插屏镜前是一尊黑里透红的香炉，香炉里密密麻麻地插满了燃尽香的香扦子。

这屋里有一处不同一般农家的地方，是门背后三块土坯支起的一方泥案。泥案上的青花瓷碗里盛有半碗泥水，两支毛笔架在碗沿儿上。这是孙老者的爱好，他一辈子崇敬文墨，当衙役时就跟文案上的先生临颜真卿柳公权，回乡里了笔纸都要花钱买，就支了这个土坯台子，日每闲余了坐小板凳上写几笔，是休息，也是修养，重要的是他要品味毛笔蘸了泥水在土坯上运行的那种感觉，润润儿的，绵绵儿的，仿佛犁头在湿地里划过，仿佛春雨在沙地上浸洇……

老贩挑把黄豆袋子放到脚地上不是，放在柜盖上也不是，最后放在老圈椅里。见屋角有个小板凳儿，他就在一边坐了吸旱烟，间或吐一口痰在脚下。

孙老者提着袍子角儿跨进门栏，老贩挑就蛇起身要打招呼。可这老亲家忙呀，他在柜盖上取了戥子，转身又给随同的人交代什么，嗞嗞噜噜地压着声儿说话。他回来又出去，老贩挑就站起又坐下。他在院里喊海鱼儿，高声问是谁没眼色把粮食口袋放在老圈椅上，老圈椅是放粮桩子的吗？

孙老者压根儿就没有看见老亲家的到来。当他再一次进了堂屋的时候，老贩挑就忍不住站起来。他要给亲家打个招呼还要赶天黑回到乱石窖去。

"噢，是老哥你呀！就听说十八娃回来了，想着你应该把娃送下来的。"孙老者说着，把手臂在空里虚划一下。老贩挑说："娃身子好着哩，我背了些黄豆来，你州川里缺这。"他没敢说是给娃补哩，更没有说路上碰到的危险事。草庙沟里越是出怪事，州川里人越是瞧不起。

老贩挑说："天不早了，我回呀，娃就交给你啦。"孙老者说："你不看我忙得脚后跟都朝前走哩，怎么说走就走呀？你不来我还想差人去叫你哩，染房上的差事娃都下去收账了，染料锅上搭把火的人都没有。"老贩挑心下不悦，就多说了几句："穷人家一年到头忙活，财东家一年到头也忙活，想着宫里娘娘清闲，可听人说太清闲了又犯恓惶。"孙老者说："谁是财东呀？你一根扁担下南阳，回来银子钱拿哨

码子装哩,我只说老亲家你啥时候高兴了把我也承携上,我也打贩挑呀!"老贩挑说:"好我的大贯爷哩,你这是作践人哩!"就夯开手指比划道:"你知道的么,我都六十二了,退了帮两年了。"

孙老者正色道:"说正经话,你今日先不回去哩,给我到染坊帮几天忙。"老贩挑说:"陈八卦还捎话叫我去给他抢油槌哩!"孙老者轻蔑地说:"他不是养了一群小鬼给他抢槌打油嘛!"说着就把水烟袋递到老亲家手上,又一再央求老亲家住几天,说这活那活都人手紧。海鱼儿就很适时地拉了老贩挑到场房里安排铺盖。这两间场房连着染坊,在老宅院的东边;场房前是打麦场,打麦场边是搭晾染布的木架,木架高低错落着,五颜六色的染布在上边飘扬;在打麦场的场沿子上,有一株三搂粗的老椿树,椿树顶上,挂一个斗大的老蜂窝,这是一窝葫芦豹,指蛋儿大的黑头蜂一旦倾巢出动就遮天蔽日,不过只要不碰着老椿树,不朝树上指戳吼叫投石打枪,这葫芦豹就和人们相安无事,哪怕你在场子上耍活龙也无妨。

孙老者这宅院,三间东厦房,一间半是老大承礼和十八娃的小房儿,一间半是老四孙文谦的住室。两间西厦房一间是猪牛圈,一间住着镢头老三和海鱼儿这俩庄稼汉。俩庄稼汉做了地里活还要回来做锅上的活,这屋里没有主妇。

自从十八娃娶进门,只说宅院里有了女人影儿,灶台案板上的米面汤水里该有女人味儿了,可孙老者把她安排到染坊上去。为此镢头老三不高兴,扛活的海鱼儿也不高兴。海鱼儿一心想学打算盘,打算盘的人多神气啊,十个指头拨得珠子噼啪响就能混到好吃喝,孙老者也教他背过"二归三遍三",可他终日劳碌头昏脑涨,头天晚上背了三句第二天早上一上坡就忘了两句,从地里回来又一头扎在灶房里,老三黑水汗流地拉风箱,他就气喘吁吁地擀面打搅团。实指望大嫂进了门有了洗锅抹灶的,可怎奈这叫十八娃的嫂子长得跟画儿一样,在灶门口端着手儿一撩一撩的,说她烧火呀她擀面呀,可每当挽着袖子要下手了,偏就叫承礼喊了出去,说谁谁的布要染成四分还要再过一遍贝子水,谁谁还拖欠着多少钱,来取布时先不要给就说还要再晾一晾……

孙老者当然有他的用人机制。银盘大脸双下巴的十八娃在铺面上走动多体面的，模样儿长得俊俏，人有眼色嘴又甜，不调教都是生意场上的人望子。再一者有媳妇帮托，承礼也不至于太吃力，以后小两口过日子也热煎，按他的指望这染坊就该是长子继袭的。

可是承礼，对十八娃热煎不起来。那是她初过门的日子，孙老者要梳头，就在院场里"海鱼儿海鱼儿"地喊。这活儿一直是海鱼儿做的，可自从儿媳进了孙家门，海鱼儿就给孙老者串说："十八娃真会梳头，你看人家盘的那髻卷儿，戴的那发网儿，梳的那刘海儿，真是滑倒蝇子跌倒虱、蛇蚤上去把裆掰！"孙老者"嗯"地恨了他一声，说："没事了砸橡碗子去，别整天操心女人的事。"其实十八娃一门，老人家就看出这是个梳头的好手，可怎奈老者的尊严总开不了口。海鱼儿给他梳头，前额剃得光，可就是梳了长发不给他刮虱，还时常嘟囔说叫他把这帽辫子剪了去，说宣统下台都十来年了，你水火棍都拿不成了，还给他当顺民图啥哩？

偏就有一次这话叫承礼听见了，他板着脸儿说："海鱼儿哥，你这剃头的手艺儿真好，弄个剃头担子转乡也挣几个哩，就是你眼睛不行了，拆了帽辫子捉不住虱。"

"多嘴！"孙老者怒目训斥他这个其实挺孝顺的长子。承礼哪里知道，这给他家扛活多年的海鱼儿哥，当年正是挑剃头担子的。那一年春上在打儿窝集上，海鱼儿给一个掌管摇宝摊子的"灰皮"军官剃头，不小心割破了人家耳朵，海鱼儿说给赔十个"锅子"都不行，人家非得叫他给磕头，海鱼儿不从，挨了一顿饱打这头还给人家磕。孙老者在旁边一眼一眼地看了，撩起袍子给"灰皮"军官说："我这里给你磕个头，你看行不行？""灰皮"军官一看冒出来个器宇轩昂的白胡子老者，又有一些体面人赶紧把孙老者扶起，给"灰皮"军官说："你看是谁给你求情哩，还搪搅啥哩，算啦算啦！"

"灰皮"军官就气呼呼地说："不看在孙老者的面子上，我饶不了你这下四烂的东西！"那时候，老连长的人在四乡八岸子的集市上都设有赌局以抽头敛财，摇宝摊子是其赌局一种，又仗着有枪，欺行霸市横得很。这海鱼儿受了欺负，当下就把剃头担子扔进了州河，辗转来到恩人门上，甘愿扛活受苦，只图不嚼窝囊气。

这承礼说海鱼儿哥是剃头捉不住虱，这无疑碰了人的短处，难怪遭了老父的训斥。海鱼儿倒没怎么上怪，只是承礼挨了训，脸上下不来，就喊来媳妇十八娃，当下叮嘱："从今往后，给大大梳头是你的事。"说罢又朝海鱼儿抱拳拱手道："海鱼儿哥，我这里有礼了。"

海鱼儿虽说脸上不大好看，却也觉得从此不给孙老者梳头就有时间背诵"二归三遍三"了，于是努着笑给扎趄着两只白手的十八娃交代："你看大大这后脑勺上，有黄豆颗大一个红瘊子，篦梳到这儿了，你轻轻儿抬一下。"

这十八娃就给公公梳头发。这是一把干枯的花白的却又浓密的头发，前额的发楂子已被海鱼儿刮得青白。十八娃先把两腮和下巴上的长须梳顺了，再把脑后的长发梳通。丈夫在身后一眼一眼地瞅着，十八娃用篦子一下一下搂着虮子，到红瘊子那儿她也记着抬一下篦梳，承礼满意地抿着嘴，一个大丈夫的自豪在心间涌动着，往日床第之事的不快此时淡得云烟一般散去。看着老父亲舒服得眯上了眼，他觉得这个媳妇不仅人样儿排场，人品上也是不错的。

可是接下来，十八娃的小动作很快使承礼的心下生出寒意。她拨开长发给老人家捉虱子，头那么远远地歪着。开始，她掐住一个了用两个拇指指甲挤一下，后来，那么大个牡丹虱连承礼都远远地看见了，可她十个指头一刨就过去了，如是者再。显然，她在敷衍他父亲。承礼"哼儿"的一声没说话。他走开了。

天黑了，十八娃的小房屋里点亮了桐油灯。老撑窗糊的六裁纸上映出两个静坐的人影儿。场房那边传来老贩挑如雷的鼾声，海鱼儿在这鼾声里一眼一眼往这边瞅，他手里的旱烟锅忽明忽灭。

天黑得像一口铁锅倒扣着。人跟人面对面说话看不见牙。

承礼记完了染坊上的账，坐在炕栏子上不说话。十八娃卸了耳掐子，又拆除后脑勺上精心盘制的发髻。她取下一个银簪子当的一声丢进梳妆盒，再取下一个银簪子又当的一声丢进梳妆盒。她似乎也有些气不顺。

她用胳膊肘子顶一下当丈夫的，说："我妈说，你得备下六尺扎花子布好给娃做包单子。"承礼闷头不响坐着不动。

她又说："我妈说，我坐月子了她来侍候，到时候你跟老四睡去。"承礼还是闷头不响坐着不动。

十八娃就附到他耳朵上抬高声音说："我今儿叫人强奸了！"

承礼依旧闷头不响坐着没动！

十八娃就"呜儿呜儿"地哭，是那种压着嗓子的、埋着天海冤仇的悲痛。窗外刮过萧瑟凄凉的风，谁也不知道这一对儿小夫妻间将要发生什么事。

十八娃突然止住了哭。她掰过丈夫的肩，说："你听着，我要给你说正经事。"承礼就拧过身子，用怯软的目光瞧着她。新婚不久，承礼就听到有关丈母娘早年在龙驹寨的风言风语。海鱼儿哥也在人背后说这十八娃的行头做派不像正儿八经的农家女，眼窝头儿有傲气，身坯子上有奴气。在婚后的房中事上，她知道啥在哪儿长着，比试之下他承礼简直是个傻瓜，她叫他这样儿，她叫他那样儿，一切要由着她的窍道来。这些讲究承礼也觉得好，却总要问自己："她怎么知道得那么多？"

十八娃先自"呜儿呜儿"地哭个不住。承礼待她哭过一气儿，平着脸儿说："啥正经事？你说。"

十八娃就把在草面庙背后尿尿的事说了。

承礼"哼"地冷笑了一声就不再言语。十八娃又从头儿述说一遍："我尿完了刚要起来，忽儿刮来一阵旋风，我的裤子就不见了。人都说草庙沟有鬼哩，我以前不信，这一回算是经见了，你叫陈八卦去禳镇禳镇，我回娘家来回都要从那儿过的呀！刚才说叫人强奸了是说气话哩，我看你不理我就说了一句气话，你不要上心里去，两口子过日子还没个绊磕？牙还咬舌头哩。"

今日的十八娃，已不是动辄趴在地上给老连长磕头的那个碎女子了。她一张银盘大脸双下巴，一副苗条腰身，又伶牙俐齿的，村巷里一过，满苦胆湾的人没有不引颈注目的。

可是她没有想到，平时沉默寡言的承礼说出一句带倒刺的话："风能刮掉你的黑裤子，风就能给我戴上绿帽子。"

十八娃就哇哇地大哭，拿头在承礼的肩膀上撞。

承礼平静地告诉她："你妈不能到苦胆湾来，她在龙驹寨的事州川里人都传遍了。"

听闻此话，十八娃就拿拳头捶打自己的小腹，这是六个月的胎娃子呀！承礼看她如此疯狂，就一巴掌扇了过去。不待十八娃做出反应，窗外却突然发出"啊呀"一声怪叫！

承礼惊骇了，怒目张嘴说不出话来。十八娃一下子抱了丈夫，浑身像筛糠一样打着哆嗦。场房那边，海鱼儿哥"哇儿"一声吼叫，就突然没了声息。

承礼猛一愣怔，操起一根镢把就扑出门去。十八娃也紧随其后，她抓着丈夫的后襟。

屋里的桐油灯哗儿一下灭了！

丈夫粮桩子一样倒了下去。"大大呀——"十八娃一阵撕心裂肺地喊叫，招来了全家的人。

灯笼火把照着一看，全家人皆面如土色：承礼的头不见了，鲜血喷了一地。孙老者一个趔趄差点儿跌倒，老四端来圈椅，老人家慢慢地坐了，面对着儿子的尸体，他僵硬地挺着胸腔。十八娃以头撞地，哭喊得嗓子都撕裂了。

镢头老三端来一簸箕灶灰，孙老者指挥他沿血迹画了圆圈，又嘱所有人不得入内。老四拿来一条麻绳，快速地挽了个蹄甲套，一手扭了十八娃的胳臂就要上绑，孙老者挥手止了，轻声说："叫海鱼儿去。"

海鱼儿在场房门口昏死着。老四把他拖过来，他满头糊着污血。镢头老三拿一瓢水浇了，海鱼儿渐次清醒过来。老四按着他的头叫他看地上，他"啊"了一声就溜瘫下去。再拎起来问，就断断续续地说：

"天一黑就听见小两口叮嘛，你一句我一句的，媳妇又呜呜地哭。我两锅儿烟没吸完，就忽一下一瓢啥水泼到我脸上，我脑子一麻就啥都不知道了。"

老贩挑还在场房里睡得死猪一般，老四把他捆得结实了，拖到孙老者面前，他还"咋哩咋哩"不大灵醒。待灵醒过来，这个黑红脸膛短多胡子的大汉，只一声"我的天呀"就昏了过去。

孙老者平着脸说："快去州川里报案，快！"

老四快跑而去。夜黑着，刮着湿风，天要下雨。

一个时辰之后，来了里副，里副看过现场，一番劝慰，说人命案要报县上，就吩咐要护住现场，又立马派两个巡管连夜骑骡子进了县城。

这边老四又连夜叫来陈八卦。陈八卦和孙老者是世交，一应红白大事两家都关照着一揽子办。陈八卦一看现场，也颇感吃惊。就一面吩咐打棺材挖墓，一面叫人给老贩挑松绑洗脸，还请了本家妇女把十八娃抬到炕上将息，又化了红糖灶土水让其喝下以安抚胎气。

陈八卦说了，承礼亡命属于横祸，尸首进不得中堂，灵堂就搭在场房前边；而这死亡现场要用席子苫起来，要派专人看护，明日午时如果县上不来人，就拿旧套子包个头先把人"停"起来；要紧的是把人头找到，合上身子入土为安，更要紧的是，凶手务必正法……

孙老者也曾断官司押犯人执水火棍十几年，面对自己儿子的奇案，他一时头如斗大。这个前额攀扑如宝葫芦的精明老者，凭着住过衙门当过大贯爷的资历，给四乡八镇的人们合辙纠纷，调解事端，威信多少年不倒，可今日自己家里出了如此横事，给乡里乡亲怎么解释？从大清律上怎么解释？从北洋律上又该怎么解释？宣统退位、江湖会"反正"以来，县上的官老爷两年三换，治安刑律各有一套，有的甚至连文字条令都没有，他说谁犯法谁就犯法，他说谁不犯法谁就不犯法，真正是江湖乱道。所以孙老者忧虑：县上来了人这案子就能断得清么？

他斜身子躺在大炕上，对靠在老圈椅上咀嚼蒸馍蘸蒜的陈八卦说：

"这事恐怕你得去搬一下老连长?"

老连长在县上总管城防,他说今日黑夜全城不准点灯就全城不准点灯,他说今日满城彻夜放花灯就满城彻夜放花灯,他的兵说到谁的地里割鸦片就到谁的地里割鸦片,他说民国七年军政府就宣布禁烟了你现在还种得杖责八十大板,他又说政府不叫你种你偏要种那你就拿银子来。你问县官大还是军官大?这谁不知道,这年月的县官都是军官封下的。

老连长早年跟陈贵生干事,后来闹翻了带十三逛山归附陕西军政大统领张凤翙的部属刘纲才当上连长,后来张凤翙被袁世凯免了督都,刘纲才失势退走,他于广德这个连长硬撑住守城六个月,陈贵生三次攻城失败反使他越战越强大了。他这个刘纲才留下的老连长,没人没饷就满城索票,所需粮款工役就在县城周边盘地征取,一时竟和南北二山的土匪、民团、地方武装成制衡之势。后来又是刘镇华主陕,冯玉祥为督军,一会儿护法哩,一会儿反直哩,大军阀们无力东顾,小军阀们就在东秦岭山地你一片我一片地占山为王。

陈八卦记得一句话:乱世用重典!可如今这重典就在老连长手里,只要他肯用重典,这案子就不怕破不了,老世交的儿子不明不白丢了头,老连长这情他不得不求。他给老连长他妈踏过坟地,变着法儿换过来一个老员外家族的风水宝地,这一点老连长记着他的恩。

于是,陈八卦派他的麻鞋兜夫张光,连夜借了岭底李财东家的枣红马疾驰而去。到东城门楼子,城门还没开,见骑骡子的俩巡管靠在鞍子上打盹,麻鞋兜夫就掏出一片锅盔三人分着吃了。兜夫说:"你俩闪开,我给咱砸门!"巡管说:"不敢不敢,要叫老连长听着了,就把你劈叉了!"兜夫说:"我这里有通关玉牒哩,陈八卦给老连长下的信,这比锤子还硬哩!"他把一张纸在手里抖得哗哗响,同时就在城门大门扇的泡钉上蹭了一脚。

城门扇只轻轻颤动了一下就沉默依旧。

麻鞋兜夫就擂鼓一般,用拳砸,用脚蹭。

蹭呀罢,砸呀罢,夜深沉着,守城的兵士酣睡着。城墙的垛口上亮一盏灰黄的铜壶灯，铜壶灯上本来有三根捻子在三个壶嘴里燃着，已经有两根熄灭了。城墙上有兵的灰影子在动，但他不管城门口的事。无奈中，三人就对着城门缝儿朝里边撒尿，你尿了我尿，我尿了他尿，嘻嘻哈哈着甚觉惬意，不料第三人还没尿完，城门里边就骂了起来："日你妈日你妈，欺负穷人是挨刀子呀！"麻鞋兜夫就火了，朝巨型门扇上蹬了一脚又一脚，口里不停地回骂："叫你狗日的睡，你睡你妈的屁哩！"又胡乱咋呼说："麻巡管李巡管，把马尿朝里边浇！"门扇里边的人就乱成一锅粥，纷纷日娘搗老子地骂，说你这么早进城是急着吃屎呀！

睡在城门洞里的人都是些要饭吃的人，都是些无家可归的叫花子……

终于，在半早晨的时候，他们找见了老连长。老连长说："你们回，别人就不要找了。"

三人不放心，再要追问这案子咋办哩，老连长就以很硬的口气说："我叫任县长苟县长亲自查办，限他三天破案！"

第二天中午，两顶轿子来到苦胆湾。这轿是四人抬的，轿楼子上刻着龙，帏帘子上绣着凤，脚踏板上铺着毡。轿上下来的两个人，一个器宇轩昂举止持重大腹便便似有一肚子饱学，一个精干瘦小四肢灵活鼻梁上架个"二鼓楼"好像谁家府上的账房先生。

先是里副接了，拱过拳，道过姓，直引入案发现场。揭了席子，矮而又胖的官员把文明棍儿撑到小腹上，蹙目沉思，窝窝嘴一直紧缩不松；高而又瘦的官员则手扶鼻梁上的"二鼓楼"俯下身子左瞧右望，不时在一册卷宗里记下一些数据：死者年龄、姓名、身上衣物、颈血喷出的扇形面积多宽多长……

高瘦子特别向矮胖子指出：这断颈之处没有平常被杀者的齐茬刀口，这断颈处筋筋爪爪皮骨参差，说明受害者的头颅是被扭掉或拔掉的云云。

之后，在孙老者堂屋坐定。州川里副介绍说，孙老者曾于光绪年间在县上住过衙门、民国初年当过大贯爷，高瘦子欠身说敬仰敬仰，老连长交代的案子肯定非等闲之辈。就现场提审海鱼儿，海鱼儿还是老话。高瘦子验过喷在海鱼儿头上的污血，说是掺和了麻醉药的猪血；又审问十八娃，十八娃竟异常清醒地述说了草面庙旋风脱裤子的事，述说了当晚两人叮嘱吵仗的事，述说了怪叫灭灯丢了头的事，膛口清楚滴水不漏；最后提审老贩挑，草庙沟的怪事老贩挑之说与其女无大异，晚上睡下以后的事与海鱼儿所说相同。

以上供述都由高瘦子详细做了笔录，又令各人按了手印。州川里副询问是否要带走或关押几位当事人，矮胖子说："当事人就地看管，不得出门。"这是他来查案子说的唯一一句话。里副又问对这案子的初步判断，高瘦子说："草庙沟的人向有乱伦之风，这个老贩挑要仔细查一查，那么深林荒庙的，女人尿尿是表失身是里，一旦露马脚必出人命，奸杀案都是这个规律。"

喝退了有关人等，孙老者叫备菜上酒。里副说，上官行的是公差，理应由里府公房食宿招待。陈八卦却无声地摆摆手，神情肃严地对孙老者说："人死了已不得活，伤心也是白伤心，该干啥还干啥，老二取仁你得从景村叫回来，染坊的事叫他掌管，生意不能荒了。"遂起身对里副说："上官你就不招呼了，油坊里啥都有。"

第三章　油坊里

说中间从门里扑出一个黑人，满胳膊的燎焦泡

两顶轿子把二位官员送到油坊里，里副带轿夫到里公所休息。

在陈八卦的府第，俩官员喝着烧酒，吃着荤菜。陈八卦依旧吃他的蒸馍蘸蒜。酒足饭饱，陈八卦叫厨娘在卧榻上摆了烟灯请二人过瘾。

陈八卦说："今日让两位县长辛苦了，孙老者和我是世交，六尺高的小伙子不明不白就死了，这事我不能不管呀。"

高瘦子说："我俩不是什么县长，县长来老连长还不放心哩。"

闻听来人并不是县长，陈八卦的脸就有些沉。他蛇起头问："敢问二位是哪路的神仙啊？"他当然不知道，这二位是老连长手下四大金刚中的矮胖子和土包子。这高瘦子官员就笑了，说："陈先生，可以给你说吧，老连长过问的要事，都由我俩办理。"

陈八卦顺茬提问："那二位看这桩案子的前景如何噢？"

高瘦子嚓嚓干唇抿着烟嘴儿，鬼谲着脸上两条深刻的法令线说："不是谋财，便是奸杀。"陈八卦坐直了身子，急问："怎么讲？"高瘦子说："这小子掌着那么大个染坊，腰里能没几个钱？娶了那么漂亮的娘子，一个白面书生能守得住？"高瘦子被人称作土包子，是因为他出身长工，但他能言善辩，又自学识字，熟读四书五经，精于人情世故，一部《三国演义》是他为人处世的教科书。

陈八卦扬起头，对着天花板缓声说："听说过杀人不见血，没听说过人头还能扭下来拔下来。"土包子就冷笑了，鼻翼两端的法令线一扭，再扭，说："你陈八卦在州川里被尊为活神仙，你到城里看戏坐的鬼抬轿，可你不知道啊，天下的奇案冤案无头案要多怪有多怪，这个案子也不排除高人施了鬼术邪法之可能，孙老者在州川里呼隆声那么大，到处给人说理哩，能不得罪几个人？"

陈八卦没了言语。

矮胖子第二次开启他的窝窝嘴，说："这案子还得你上去一趟，老连长要见你哩。"陈八卦一拧头："我？"土包子说："你不是要找到人头，合上身子入土为安么？敢问你这州川里怎么只有里副没有里长？"

陈八卦唉声叹气地说："里长叫人杀了，只寻着俩耳朵。"说罢他自己也感觉到了恐惧。往事如昨，说是辛酉年腊月三十，他给一个被葫芦豹蜇死的人招魂，腊月里天寒地冻哪里有蜂呀，可人偏偏就叫这种外号称作葫芦豹的黑头蜂给蜇死了！他脱了衣，在腰裆里围了黄布，给身上几处有毛的地方涂了朱砂，然后上到房顶，骑在屋脊上念咒作法；之后，回到那人堂屋穿上法袍，给其堂上敬奉的"天地君师亲"上了三炷香，将燃着黄表纸的火团在两只手间倒来倒去，口里嘘嘘地吹着；火尽之后，他又用三色丝线将死人拦腰捆了三道，将纸剪的宝剑置于其人颈上，然后在周围撒了草灰，嘱家人三个时辰不得进门。之后他穿上长袍短裤，夹了七刀黄表又虚掩了房门，叫主家人挑着事先准备好的两筐猪肉，跟他到乱葬坟里去。他嘱主家人无论发生什么事千万不能回头，说一旦回头肯定瞎眼掉鼻子。来到乱葬坟场，将两筐猪肉在坟丛中放好，俩人就跪地焚表，看这黄表纸一张燃尽，又燃一张，他们操作得虔诚而仔细。时在子尾丑头，天上疏星点点，远处磷火飘飘，耳旁寒风呼啸，突然，坟丛里传来"吱里哇啦"的打闹声，接着就听见"咔嚓咔嚓"啃骨头的声音，"呲儿呲儿"吸骨髓的声音，主家人惧得汗毛都乍了起来。一时三刻，七刀黄表焚尽，他们到坟丛中取那筐子，俱见猪肉已被啃得净尽，只有半筐森森白骨，一些粗壮的骨头被折断，骨腔的髓汁已被吸得干净。主家人记得送来的骨肉中，有七根肋骨两根腿骨一块锁骨半片耻骨，回来的路上清点骨头一切如数。

喂饱了牛鬼蛇神，陈八卦进得主家堂屋，给其家人指看灶灰上留

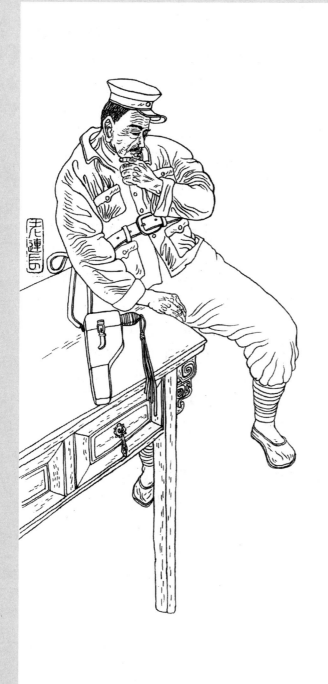

下的蹄印，留下的铁绳痕迹，然后将一团生棉花在死人嘴上捂了，他亲自俯下身口对口猛力吹气，半个时辰之后死人嘴上的棉花有了歙动，陈八卦"叭"一声把一口雄黄水喷到死人脸上，死人"哎哟"一声翻了个身，家人立即扶起，死人说："我饿死了，快给我饭吃！"家人赶紧端上又干又稠的糁子面，死人闭着眼一气吃了八大碗，陈八卦就在这堂屋的旮旯拐角用杖杆捅捅打打，口里说着："都走！都走！吃饱了都走，不走我就使钢针了啊！"他把"黑白无常"们连捅带打赶出门，转回来两个指头捏了一枚大号缝衣针，针上扎着一只葫芦豹，他说："就是这个黑头大仙领的头儿，我把它送到石耙浪里去了。"东秦岭地区的奇事怪事多得说不清，里长丢了身子只剩俩耳朵的事他陈八卦也说不清。

矮胖子和土包子，这两个官人过足了烟瘾，才有心情欣赏油坊里这座宅子。这宅子结构极其复杂。油坊安在后院儿，分了若干暗间，榨油房、豆饼房、油料房、木工房、油库房、烧锅房、伙计房等等。而前院的五间牌房两边挎着厦子，厦子房延伸将五脊四坡歇山转角楼抱合，再延伸与后院儿油房闭合；中间是花园假山，主体建筑就是这座歇山转角楼。陈八卦上无老下无小，身边只养活了两个兜夫、一个厨娘、一个书童；而后院里油坊上的伙计们，食宿任由他们自理，大灶的一切开销从实入账。

站在楼堂大厅里，俩官人的脊背有些发凉。迎面两根大明柱，通体漆了朱红，有浅浮雕的黄龙缠绕。陈八卦用文明棍儿当当地敲着说："这都是先父的遗存，跑白狼时一家十二口子被杀了个净。"俩官人说："这民居私雕黄龙柱，在清朝那会儿恐怕是犯着忌的？"陈八卦说："为啥说我家和孙老者是世交呢？这里边就有别的缘故了。你们看这黄龙缠柱有个说法，左缠三匝生贵子，右缠三匝生皇娘，生下贵子为丞相，生下皇娘坐昭阳。你仔细看看，西边柱子上是左缠着，东边柱子上是右缠着。"两位官员仔细辨认着，嘴里啧啧地赞叹着。站在明堂前，二位官人见宽阔的后檐墙上，未有寻常人家的祖宗牌位，而是四扇红木条屏高悬，上面镌刻着周敦颐的《爱莲说》。四条屏两边悬着尺余宽的通顶木刻楹联，联语曰：

> 已收长佩趋高座
> 独闭空斋画大圈

　　矮胖子和土包子一边说着"佩服佩服"，一边跟着来到西间屋。陈八卦说："一切依先父原样儿摆放。三边墙下是大火床，大娘来睡觉，丫环先问安；掌柜的刚起床，相公捧袋烟。红木脸盆架，搁在铜镜前，掌柜的来洗脸，清茶漱口咽，娘子来洗脸，汗巾朝上翻。大板柜，窗前安，里边藏金银，外边搁算盘，天平戥子秤，各样都置全。"

　　土包子说："福吉兄满肚子学问，说话都溜着韵儿啊！"陈八卦又一引手说："这边儿看。"

　　这边东间屋，是陈八卦的书房，顺山墙一圈儿的格子书架里，平置着的线装书散发出古味，另有新式报刊散在屋角，报头眉题上，曹锟孙文段祺瑞冯玉祥吴佩孚等风云人物赫然在目。一张七弦古琴静置墙边，在二位官人袍襟掠过的一瞬，琴弦"呛"地发一声颤音，二人正惊疑间，陈八卦笑说："这是先祖留下的镇宅之宝，能经风自鸣，也算是神品哩！"矮胖子土包子又在屋隅发现一个小人儿，是梳着洋楼发式的小书童趴在杌子上写仿，无领的四兜上装很令二人留意。他俩本欲在此多作逗留，可陈八卦扯着他们的胳膊，登上五脊四坡歇山转角楼的第二层，由此沿旋转楼梯上到凸在山墙外的谯楼。这里高出歇山楼脊一丈许。陈八卦说这座谯楼是十几年前江湖反正时所造，后来跑白狼时又摞了垛口。

　　站在这个制高点上，看得见歇山楼五脊六角上精致的滚龙脊兽，看得见四面檐坡上釉质良好的琉璃瓦，看得见山墙上对缝讲究的水磨砖，砖雕的牡丹石榴虽有残漶却依然透出富贵之气……陈八卦讲："早先房前还有双旗杆，旗斗子上的贴金万字花五里之外可见光气。"问整座建筑为何外墙一律不开明窗，问这油坊为何将入口隐在草庵里，陈八卦说："这就是先辈的精明啊！"问正前牌房和连接两边的东西厦房，近二十间房怎么房门紧锁？陈八卦说："正前带花檐瓦当的五间牌房是二娘三娘碎娘四妹五妹的卧室，两边厢房是大兄的妻妾子侄，这一切照原样儿保存，每年只开门三次：六月六雇人来把各房内的衣物丝绸搬出暴晒，腊月二十三再着人来捱房打扫七灰，大年三十在每间房里上一炉香，如此而已。"

说起他的油坊收入，矮胖子和土包子揣测应该是家蓄不薄，可陈八卦说他其实是手无余资，因为："苦胆湾的村塾学坊是我办的，先生由我供养，五圣师庙的平日香火由我持续。世道是越来越乱了，善事越来越难行，维持不下去了我也到老连长手下混吃混喝呀。"

正说话着，后院油房冒出浓烟，接着就听见俩兜夫张光李耀在高声喊叫："油房失火咧！油房失火咧！"陈八卦就变脸失色朝后跑，俩官员也提上袍子紧跟着。来到后院，第一眼是曳碾子的黑驴前蹄蹬空"昂儿昂儿"地嘶叫，碾盘上的豆碴子成了水和泥；油房的伙计们提了水桶朝蒸房里跑，水井上辘轳绽绳了，辘轳把哗啦啦转着，打得人不得近身；蒸房里门窗洞开，轰轰地涌出白气黑烟；就有人说"锅炸了锅炸了"，又传来哐啷啷的倒塌声。说中间从门里扑出一个黑人，满胳膊的燎焦泡，他朝陈八卦面前单腿一跪，说："掌柜的莫惊，火熄了火熄了！"有人端来一张条凳让陈八卦和俩官人坐，看时，俩官人袍襟上溅了许多水渍泥点子，陈八卦面有怒色，指着俩官员的衣襟说："你看你看，你这伙计头咋当的，嗯？"三人难堪着坐下，伙计头就起身躬腰，慌里慌张地诉说事故的原委，看他满胳膊的燎焦泡，陈八卦就指他胳膊说："去去去，杀个公鸡，掏出鸡油朝上抹，不敢耽搁。"说着提起袍摆上了台阶来到蒸房，见掌柜的到来，伙计们都愣住了，有人要解释现场，他摆手止了。

事故的原因很简单。这黄豆榨油，必先将选好的黄豆淘了，泡了，凉了，成酥颗子，再套驴上碾子研碎压扁，然后搭笼上锅蒸成七分熟，之后趁热儿用稻草包成尺五直径一拃厚的大饼，一般八十斤豆包五个饼；豆饼包成，在油槽里紧紧实实排了，顶了大闸，层层加楔，用油锤砸紧，直到把豆饼中油分挤尽。优质黄豆百斤可出成品油十二三斤，说出十五斤、十六斤是掺了油根子的，成色差些的黄豆出不了十斤油也是常事。今日出事，是因为蒸锅水烧干了，蒸锅烧红了，饱含油汁的豆饼连蒸笼一起燃烧起来，轰一下一条火龙蹿起，众人就浇水，就锅底抽薪，一时间黑烟喷发，燃着的柴棍火舌飞舞；底层的蒸笼烧塌了，一摞子七八层笼屉倾倒下来，混乱中人们只顾倾盆泼水，却忘了还有俩官人在现场……

事已至此，陈八卦就安排矮胖子土包子俩官人上路回城。他说我的兜子软太闪晃，你俩坐上去颠糊涂了回去咋办案呀，俩官人说来的轿子就在里公所放着，咋来的咋去也好给老连长交代。陈八卦就"也好也好"地拱着手，这边厨娘就端来一个黑漆托盘，里边放了用红绸扎着的礼包。俩官人也揖手作谢，言说陈大兄是仁义醇儒道德楷模，说中间张光李耀就叫来了在里公所歇息的轿夫。二人上轿，飘摇而去，西坠的日头在云中燃得正红。

这边陈八卦就脱了长袍挽起袖子，又用一条缎带勒了帽苫子（齐耳剪发），裤子一卷就上了蒸房。他指挥伙计换锅点火，又亲自验了水位，从库里搬出两层新笼续上，重新装上豆钱儿升火开蒸。这边蒸着，他又去隔壁查验油槽，查验油孔，查验闸板，查验头号楔二号楔三号楔，捡出裂了的炸了的楔尖磨秃的，最后检查油槌。这个家伙，不知折了多少壮汉的腰，平常说的"打油打油"就是指此而言。这个油槌，长约尺二，径有八寸，肚腹微鼓，两端稍凹，材质属榆，是地道的榆木疙瘩。这榆木疙瘩的鼓腹正中穿一方孔，胳膊粗的桑木把子一头紧固于方孔，抡起来要闪闪活活才能力砸千斤。陈八卦把这只乌把儿油槌担在膝上闪了闪，提起来就撇了出去，高声叫嚷："请大将军二将军来！"伙计赶紧抬来两个巨大油槌，一个枣木把子的三十斤，一个荆木把子的五十斤，都是鼎定乾坤的重器。

陈八卦试了枣木二将军，又试了荆木大将军，他扎了马步，把那荆把儿担在膝盖上软软地闪着，只哼了一声就不再言语。

伙计们就知道，今天打的这油是有来头的了。便纷纷奔忙不息，只怕踩不上节骨误事挨挫。陈八卦在条凳上坐了，取了厨娘托盘的手巾擦脸，又从托盘里取下瓷碟儿，瓷碟儿上架一双冬青木筷子，筷子上架两个蒸馍，瓷碟里是油泼蒜泥。有眼色的伙计赶紧端来杌子，帮着把瓷碟儿摆好，陈八卦就在油房里一口一咂地品味着蒸馍蘸蒜……

那边蒸房已把豆钱蒸好，正热气腾腾地包着豆饼；包好一个就有伙计吆喝着用圆盘端了过来，陈八卦只低头品着他的蒸馍蘸蒜，这边油槽里就上齐了十二个豆饼，伙计们喊叫着上了大闸，就有后生用二十斤的小槌加了榨木，胳膊上已涂了鸡油的伙计头就在槽口放了油桶，热蒸气一浪一浪腾起，吃上劲的闸口颜色变深。小楔中楔大楔加进一轮，挤出空间刚好上一块榨木，三块榨木上起，到出油的时候了。特号楔插入闸口，需二将军大将军出马方能见效。这个时候，陈八卦站了起来，他将宽板麻带在腰间缠了三匝，"嘣"一声跺脚勒紧，就手掌闪了一个翻腕动作，大将军的荆木把子就跳上了肩。平常的这个时刻，都是伙计头上手，也只是二将军发威。说时迟那时快，这陈八卦肩膀一纵，两臂就抡圆了五十斤油槌，他一气抡槌十八下，加榨木，换楔子，大将军再一次风驰电掣，巨槌落下，如雷轰天，橙黄色的油注淌了出来……

这一槽油是打给五圣师庙上的灯盏油。

五圣师庙建于明初，原是唐菩提寺的偏殿。元末战乱，州川地区又水旱蝗瘟连年，大唐古寺正殿倾圮，惟偏殿尚存。待年景稍好，有云游道人偕村人在菩提寺偏殿彩塑泥胎，尊牛王爷、马王爷、虫腊爷、帝君爷、娘娘爷为五圣之神。在战乱灾荒年代，农人求神的目的都很具体，六畜兴旺啦，蝗虫不出啦，子弟高中啦，早生贵子啦，等等。且说元末乱世民不聊生，至正年间，安徽淮河一线旱、蝗连年，百姓饿病倒毙者十之五六，农家子朱元璋的父母兄长半月之内相继死去，朱元璋家破人亡，只好投靠在皇觉寺当和尚的叔父，叔父也是家徒四壁无以收养，只能也让他剃度出家当了小和尚。然而乱世大灾，皇觉寺被灾民吃得水断粮绝，寺僧随之云流星散，这叔侄二和尚只好云游乞讨。他们南到庐州北到汝宁东到颍州西到信阳，三年流浪，之后，叔父把侄子又送回皇觉寺栖身，他自己则由庐州入长江，又溯江而上，进汉水入丹江过老河口走荆紫关到月日滩，再上行到下州川，到苦胆湾地面，见古寺没于荒草，虽久经旷废，却地相俨然，遂披荆斩棘，除茅结庵，焚香洁戒，修举废坠，大唐旧寺，渐次恢复，这个云游苦僧就是日后远近闻名的定慧禅师。

再说皇觉寺那个小和尚朱元璋，在皇觉寺遭元兵抢掠之后无路可走，就投奔郭子兴起义去了。十七年之后，他当了皇帝，国号为明，建元洪武。遂号令天下，寻找叔父。得知叔父在东秦岭州川地界住持菩提寺，便在钟山之南的应天旧城建金陵寺一座，以迎叔父之归。然而这叔父不愿归附皇室，要在这深山古寺修持终老。朱元璋无奈，派了工匠用官款在菩提寺旧址大兴土木，将钟山之南应天旧城的金陵寺移建于此，一时有九宫十院之盛。朱元璋又亲题"金陵古刹"匾额，御赐全县土地为金陵寺庙产。人们知定慧禅师乃当朝皇上的叔父，纳粮服役不敢懈怠，当时县衙的公粮也由金陵寺大库划拨。

九十三年之后，金陵寺住持传至五代到天顺五年，天降淫雨，山洪暴涨，殿堂台榭倾塌废毁，住持宽明偕僧数辈，连年修葺，成大雄殿五间又半，配置钟楼客舍若干。沿及崇祯之年，岁频大饥，盗贼蜂起，李自成犯上，其溃兵夜宿金陵寺造饭失火，殿堂俱焚，僧伽因之流散，还俗者甚众。至大清顺治八年，有了尘和尚，往长安朝大兴善寺，见金陵寺殿堂虽残，但香田海众，庙产颇丰，便重悬明皇巨匾，立规矩，弘法教，劈山开路，兼理农桑，又加课香田陈年旧租，一时香火复兴。同治十年，岁涝歉收，行以工代赈之法，复建藏经楼五间，越三寒暑而成。以平常收成，嘉庆八年之后，金陵寺年收租课五千石上下。逢上年馑，衙门里向金陵寺借粮是常有之事。

当年的五圣师庙，不以侧伴皇寺而辉煌，也不以皇寺兴衰而俯仰。作为苦胆湾五姓人家的族堂村庙，废修破补，代有子孙。同治三年，春月大饥，五圣师庙设粥棚以济困苦，又撰榜文修经忏超度流亡孤魂。后继当家，亦皆精勤，同治八年，有印公道长，博学而智慧，崇尚俭朴，更热衷民间公益，造舟桥，办村塾，五圣师庙善名远播。印公常言：为大丈夫者，在家则张仁义礼乐，辅天子则扶世导俗，出家则竭慈定善。

陈八卦是在同治十二年入庙为道童的。当时他患细病（肺结核）卧床不起，家里就把他寄到道长印公膝下，习练龙门派内丹理气复元之功。病愈后印公道长教其读童蒙、背经书、读诸子杂集；少长，请道师导学，定志，辨命，还虚，从《道德》入门，读《琼纲》，辨《玄要》，入《悟真》，进《参同》，习《博易》；再而《黄庭经》《太平经》《上清经》《慧命经》一路攻下，成于《洞天秘典》《金火大成》，最后驻于《奇门遁甲》。民间云：学会奇门遁，敢把天下论。在陈八卦成为掌房道士之后，他所关注的只在天相、局变、灾异之类，而掐个口诀、卜个失物之类的小伎俩他一般不作为。故在州川及东秦岭南北二山这一片地区，凡请出陈八卦点阴阳、踏堪舆的人，必非等闲之辈。

在陈八卦入主五圣师庙之后，金陵寺住持范长庚便一门心思为扩弘法堂而奔走，他要在金陵寺增建观音堂，甚至动议搬迁五圣师庙。

同治进士张之洞，于光绪二十四年提出"新学"之说，主张各地利用寺庙房产开办书院。光绪二十七年，清政府饬令各省、府、州、县的书院，一律改设学堂。时年三十四岁的陈八卦正当家五圣师庙，他与时俱进率庙众及村人利用经堂斋舍办起新学，苦胆湾五姓子弟始识历史天文地理算术，始知在《三字经》《千字文》之外还有音乐和体育；苦胆湾新学始用黑板教学，课时使用星期和钟表，为此他还受到知州尹昌龄的嘉奖。

五圣师庙的新学里书声琅琅，范长庚却为金陵寺的观音堂而上下奔走。他向香客抽过人头银，抽过地亩银，卖过工赈，当过香田，一句话，攒银子建观音堂。但真正使他银囊鼓饱的是州川里种了鸦片，他从当地低价收购，又换上袈裟以僧人身份上西安省（当时人称陕西省省会西安为西安省或西省）住宁兴寺挂单，暗中高价出手，进出城门对守城的兵丁低首合十，一句"阿弥陀佛"就免了查检。当时州川烟土，盛期价五角一两，贩到西安就是二元一两，做大宗生意的运到北京，就是五元一两。清末的金陵寺虽无当年之盛，却还在上州川、南秦川、韩峪川、北宽坪等保有大量地产，年收租少说也在五百担往上。

在五圣师庙的新学拮据经济勉强之际，观音堂终于在宣统年间落成，时有州川存世的最后一位前清举人陈桂堂，应邀为金陵寺大山门书写楹联一副，云：

长空天镜佛陀自在大乘车
高台白云香露永存密宗盘

法堂新成，观音开光，又有名流人物题联助兴，虽时局动荡，但不碍观音堂的一时之盛。实际上，按范长庚的设想，搬迁了五圣师庙，在其基址筑建观音堂，扩宏金陵寺庙院，渐次恢复九宫十院格局。然而五圣师庙的新学甚得人心，于是其搬迁吞并的宏愿未得实施。但他将观音堂建在金陵寺所依的珠山之顶，这比五圣师庙高出许多。所谓珠山，是指州河流经此地，碰折而成肘弯处的一座石质圆山。也正是这珠山推挡着州河洪流逼其扭头东南，才留下了苦胆湾这一湾沃土，养育了这一村社的五姓人家。从州川河床最阔处向东望去，但见珠山之下雪浪喷涌，山腰有古柏掩映，山顶翠藤垂蔓，观音堂脊檐凌空，似成方圆风景的点睛之笔。

这观音堂尽占一湾风光，把个原本散落无序的五圣师庙比之无色，这让心气强盛的陈八卦好生不快。斯时珠山的八月庙会，四方香众朝拜，当年贩卖鸦片的金陵寺当家人范长庚，如今身披喇嘛红的袈裟成了大法师释悟真。释悟真为了红火过会，从西山请来大荆的"同庆班"在老戏楼大唱汉调二黄连台本戏；而五圣师庙作为龙门福地也以其地利之便，在庙门口搭了台子，请来南山的"大筒子"、北山的"八岔子"大唱老花鼓的传统段子。两台对垒，这就热闹了台下观众，他们一时哄哄哄拥向这边，一时哄哄哄拥向那边，最后两派香众丢石头撒瓦碴打将起来。里甲联会就派来巡管治安，要罚没寺里香钱抬走庙里清油，且要捉佛道两家当事人去县上见官，怎奈当年的金陵寺当家人范长庚——而今的大法师释悟真，多年为筹建观音堂往来州省，用烟土把各条渠道都渗到了，所以事出庙会打架，本不算什么，又有几个

"台阶"给里甲上捎了口信儿，所以这场对台戏的纠纷就以五圣师庙折财丢面子了结。

也真应了"福无双至，祸不单行"的古训，五圣师庙搭戏台的摞摞碌磝尚未拆除，知县赵维藩就派下丁役要查油坊的谋反。理由之一就是有人告发：油坊的四坡五脊歇山楼，是门挂双斗，滚龙亮脊，八仙看门，严重地违反了当朝的官阶等级，须知惟有六部尚书以上官员的宅第才配饰斗、龙、仙、凤；更严重的是庭堂里竟有黄龙盘柱！黄龙是什么？是天子，是当朝皇上！一座平民宅第，竟自比皇宫，那么是何人欲望朝当天子？有天子就有大臣就有兵勇军师，就有谋反纲领，这是不是南方的革命党北窜作乱？是不是哥老会、江湖会、红枪会的老窝子或指挥中心？

一时黑云压顶，油坊里乱作一团。陈八卦当然明白，大法师释悟真在背后做足了名堂。可是事到如今，一家人面临着灭门之灾，陈八卦就把消灾的希望全寄托在五圣师的神力之上。然而，香上满了大鼎炉，表烧足了八百刀，丁役依然捉人如索命。

没奈何，陈八卦连夜暗访住衙门的孙法海。孙法海此时已升任承差班头，不仅掌管着十六个执水火棍的堂丁，还掌管着三十八个役差专事县西八个里的盗匪缉捕和民刑诉讼。孙氏言听事由，愤慨顿生，说什么人敢在我家门口捉人。就禀见知县陈述乡情，得允后领一班刀手回来办案。清末纲纪弛坠，上头传办的案子是一级哄一级，承办的差役得了银子话就好说。孙班头带丁勇前来，原办差役乐得揣了银子走人。孙法海深入油坊，亲验黄龙柱，果然有觊觎皇权之嫌，说你谋反也不是空穴来风。然这孙法海也深明时局，看这清廷满朝腐败，三岁小儿登基一派荒唐，南方革命，一波未平一波又起，孙文起事，屡败屡举，省城新军，会党盘结，宣统前景，危如累卵。于此情势之下，保护乡邻稳定故土在孙班头是明智之举。于是他吩咐：拆除旗斗，泥涂仙凤滚龙，盘柱雕龙以麻丝灰泥覆盖，再以土布围裹，再以朱漆涂之；又吩咐：油坊主人藏匿暂避。然后他回衙禀报：龙凤仙斗已铲除净尽，人犯已畏罪出逃……

孙法海保护了油坊，陈八卦感激不尽，每于四时八节就进县衙走动。辛亥年江湖会"反正"，孙法海没有参与，但他的朋友、时为直州衙门差役的姚世兴率二百弟兄成功突袭衙门，接管清朝东秦岭商县政权。正在江湖会头目姚世兴、徐奎、陈贵生等人联合孙法海组建城防卫队之时，西安省军政府大统领张凤翙派部属刘纲才率两营步兵进驻县城，从江湖会手中抢走政权。江湖会被解散，徐奎被处决，姚世兴、陈贵生逃亡。这个陈贵生逃入秦楚交界的漫川关一带拉竿子割霸一方，自称陈司令。而他的挎娃子于广德拧身投靠刘纲才，带人夜袭陈贵生的弹药房得手后，分得三十杆老枪，这就是后来的老连长。而姚世兴率十三香把子入了南山，雄居红崖寺被人称为南山罩。当此之时，孙法海回到苦胆湾当了甲脚老者，维持一方村社治安，又不时借助陈八卦的香会网络为地方办事，加之有黄龙柱事件的恩德，陈八卦、孙老者便两家亲如一家。清朝覆灭，陈八卦又恢复龙柱光显门庭，为此两家人还热热闹闹地庆贺了一番。

这二年，虽说州川地区在各种势力的勾斗平衡中暂且无事，但从各路故旧传来的消息，却让孙老者颇多忧虑。如果苦胆湾是树叶子，商县城就是树枝子，西安省就是树干子，老北京就是树根子。树根子如若朽坏，树叶子还能绿几天呢？当他把这些疑虑，说给五圣师庙的时任道长陈八卦的时候，他颇不以为然地摇着脑巴盖上的硕髻牙簪说："我算过了，这一半年，天灾是平的，人难是宁的，兽祸是隆的。"孙老者说："你掐算个时运失物，人说十拿九稳，可如今这天下大势却是变幻莫测，贤弟有所不知，西安省先是陈树藩的统一共和党，接着又出了井勿幕的陕西国民党，后来又是张凤翙当了陕西都督，都督屁股没坐热哩，大总统袁世凯就派北洋军陆建章主陕当了剿匪总司令，这颠来倒去，真不知道谁是真心给老百姓办事哩！"陈八卦说："天上闪电哩，地上干旱哩，你革命哩，我剿匪哩，上头闹来闹去，其实都要从百姓身上挖一耙子哩！"孙老者说："上头局势不明，下头没法跟从，像这州川东秦岭七县一条江，有枪便称王，他陆建章能剿到这儿来？"陈八卦还是摇着他的硕髻皂带说："世兄这心操远了，操远了。

你还是看好你圈里的母猪你槽上的犍牛你棚里的山羊你笼里的母鸡，还有你门上的狗炕上的猫，我再说一遍，今年有兽灾哩！"

孙老者倔倔地说："我不信。"

陈八卦问："孝义湾里六只狗叫豹子吃了是你说的，这苦胆湾连天晌午碎娃不敢出门，狼就在村沿子上卧着你是看见的；牛屎沟里狐狸成精了，把人家小伙子哄到崖湾里叼出三只公鸡叫人吃哩你可以不信，但咱镢头老三夏夜在麦场乘凉，害怕狼咬就把头钻到背笼里睡觉，偏偏狼来咬住他的脚朝外拉，他一惊醒头顶着背笼扑起来，狼哪见过这么大头的怪物，就唿哧一声转身逃走了，天明一看，狼吓得稀屎拉了一道。这是你眼皮子底下出的事，所以我还是提醒你，今年有兽灾哩！"

老哥俩就这么说着，从河南上来的贩挑队就传来消息，说峡口浙川荆紫关富水关龙驹寨香炉镇这一线的人，一溜带串地往南北二山跑哩，问跑啥哩，说跑白狼哩，问有多少白狼，答说成千上万一海片，烟尘雾罩地过来，跟蝗虫一样见啥吃啥！

孙老者是真正地惊呆了！当年的水火棍拿在手里擦了又擦，心想这常年跑贼何日是了？正心慌着，又有五姓父老跑来请主意，都说白狼已到了白杨店，离这儿只几里路了，孙老者就喊："陈八卦陈八卦！"

陈八卦大腿跷二腿坐在当堂的老圈椅上，左手扣着红铜茶壶偶尔从壶嘴里品吸一口，右手平端着皂色额玉道冠仔细观赏。孙老者叫了两声，他才慢条斯理地说："敲锣，上王山。"

孙老者问："庙里没啥，可油坊里摊子重啊，你咋办哩？"

陈八卦冷漠地说："你不管。"

孙老者就操起大锣，咣咣地敲着满村里呼喊："上王山了！都上王山了！白狼来了！村里不留人，立马起身了！走了走了！"

于是，苦胆湾的男女老少一个不留，齐刷刷上了王山。王山上森林密布，山腰有两重围子，寨门上有滚木礌石，山上有暗道洞穴。山顶有座祖师殿，各村在此都存有水火粮油，这是清末动乱以来里甲联防形成的惯例。上了山，老人小娃妇女都藏入石穴暗道，男勇丁壮都上寨门防守，惟有各村的甲脚老者上祖师殿烧香。

山上云烟缭绕，天色暗得湿重。

人们听到了激烈的枪炮声，始知白狼是人。白狼的真名叫白郎，是"公民讨贼军"的首领，成员全是河南宝丰的农民，他们刀刀枪枪一哄而起要去讨伐袁世凯的。但这支队伍毫无军纪可言，一路烧杀过来，见人只问："随不随？"你若说"随"，就给一绺红布叫你跟上走跟上杀，如果回答稍一迟疑，刀子就削了过来。守在王山寨门上的丁壮，眼看着枪子儿在石墙上吱儿吱儿地打出火星，就是看不见队伍在哪里。原来是大雾把山罩了个严实，白郎来到山下就是寻不着上山的路。祖师殿里，神像前人跪了一大片，黄表纸整背笼烧，钟磬木鱼法鼓急敲如雷鸣马奔，几位道士泪流满面，一个个搀起老者们，劝说不要再烧了，说祖师爷已经派下兵将去了。大家看时，果见神像的脸上流下一道道的汗水，道长就说："祖师爷吃了大力了，为保佑大家心里担了沉，再不敢给上劲了，跟人一样，不要把爷累坏了。"

未已，山下枪声稀了，但雾仍浓得三步开外看不见人影儿。

孙老者仍然操心着油坊里的一家。

在陈八卦眼看着一村人上了王山之后，他才回到油坊里。他叫家人在每间房门上贴"符"，又掐指念咒，灭消"兽灾"。待枪炮响起来，他明白是一场什么灾难时，才急急慌慌叫兜夫张光带一家人上洞，叫兜夫李耀到后园子老地方挖坑埋银子。他自己则穿好道袍，拿了鹅毛扇坐五圣师庙里读经。油坊里的私家洞穴在石门沟，这里两壁相对削立如门。石壁上满布的洞室，都是附近财东大户私家开凿的。平常，洞里藏有粮食窖水，每遇贼劫匪抢或暴民动乱，财东家就提了金银细软上洞。石壁上架有木板栈道，人进了洞，就揭了栈板，任你有飞天的本事也上不了洞。

兜夫张光扶老携幼出了村上了路，正往石门沟赶，刚好碰上从王山底下撤出的队伍。白狼的队伍总算寻着了一群人，就追尻子撵了过来。这一家老少连爬带滚，可沟口挤满牛羊牲口，河水又正汹涌；总算寻着浮桥，一家人爬过去，可一沟两岸的树林里、苇园里，仍然是一挤一堆的家畜。这都是附近村里人的，听说白狼进了村是见啥吃啥，所以人们上山钻洞，牲畜也不能留在村里。看这石门沟绝壁上的洞子，家家洞口都上了挡板，连接各洞的栈板已经拆除，只留一溜撑椽横在栈眼里，而且这撑椽是可以从洞里边抽回去的。这一家老少来到栈道口，哭天叫地朝洞上喊："搭板呀，快搭板！"洞上人谁敢下来搭板，这不是把狼朝洞上引吗？眼看着油坊里一家人就要落入白狼之手，对面小崖的敞洞里就有人喊："转后坡子！转后坡子！"

小崖的敞洞是公共洞穴，当初由官家开凿而后被匪人劫克废了栈道，避难的人上来下去都用绳子吊。上敞洞的人都是一帮苦汉人。经这帮苦汉人的点拨，油坊里一家人就一个揪住一个后襟，一溜串儿爬上后坡子。兜夫张光就抓住一条石柱上绑着的麻绳，朝腰里一缠腿一蹬凭空里荡进第一家洞口。洞里的人用杠子顶了挡板，死活不让进，张光就攀住板楞子苦苦哀求："好爷哩，你积积福，十几口人的命呀！"眼看着白狼的人顺路朝后坡子爬，张光急红了眼，猛一发力，从挡板上头尺把宽的石缝里翻了进去。在一阵婆娘女子的尖叫声中，张光把腰里麻绳朝栈眼里一塞，卸下挡板，搭上栈板，然后才一个一个地来拉这一堆哭叫着的老小，又用头把他们一个个顶进洞里。洞里人见油坊里一家强挤进来，就连忙搭梯子上了二层暗穴，抽了梯子，抬磨扇封了底眼，与这一家人彻底隔离。

油坊里的私洞还隔着前面两家洞穴。要这两家搭了栈板过去进入自家私洞显然没有可能。正紧急着，见那头两个白狼已上了栈板，一块栈板八尺长，年轻人两大步就跨了过来，揭栈板已来不及，张光拼力将一根搭栈板的撑椽从洞里推了出去。这张栈板连同撑椽哐里哐当滚下绝壁，刚踏上栈板的俩白狼也腰身一闪，摔了下去栽进汹涌急流。后头紧跟的白狼见状，骂一声"妈的逼哟"就开了枪。枪子儿在石崖上打出一个白点，刷一下溅起的石头渣子把张光的半张脸打成了马蜂窝，众人将满脸血光的老兜夫拖回洞里，来不及上挡板，枪子儿就像蝗虫一样在洞口上狂飞乱蹦。油坊里的一家就挤在洞室的一个角落里不敢动弹。

枪声沉寂了片刻，对面敞洞的穷汉们又大喊起来。张光趴在石缝儿一看，那条荡他过来的麻绳已被白狼用长竿子钩了过去。一个白狼正把一块栈板从沟底拖了上来。枪声又响了，从洞口射进的子弹，在洞壁上溅起石屑让人不敢抬头。一个白狼荡过来，伏在栈眼上搭了撑椽又搭板，快枪掩护中，一群白狼翻入洞室。

对面敞洞的穷汉们眼睁睁地看到：一股血像檐水一样从栈眼里流了出来；一个小娃被白狼从洞口抛了下去，一个婆娘扑到洞口衣襟一撩跳下绝壁，跌到沙滩上还朝她娃跟前爬，娃搂到了怀里，乱枪在她身上开了花；点着的被褥从洞里扔了出来，烟火弥漫中一壮汉抱了一块挡板从洞口跳入急流……

这人是兜夫张光。

油坊里一家十二人没留下一个活口。

沟里的、林子里的家畜全被杀死，死猪死牛倒了一片。沟底一孔石窑里还有一头黑驴在吃草，显然是因为它藏得隐蔽。可就在最后几个背包袱的白狼要出沟口的时候，这黑驴不合时宜地"咯汪"叫了一声，一个白狼抬臂就是一枪。

一户人家的屋瓦被揭了净光，夹生的米饭满地抛撒，用来盛饭的瓦片煮了一锅。

场沿子上一条长虫蹦得老高，陈八卦过去一看，是一颗子弹穿在肚子上。他按住蛇头，用小指头抠出子弹，撕一绺道袍包了伤，看着它游进草丛，才转身来收拾十二具尸体。张光把一卷芦席抱过来。他凭着一块挡板没被淹死。

苦胆湾还是苦胆湾，白狼压根儿就没进村。

可它进了五里外的索家碥。索家碥的人全跑了，它只逮住一个媳妇。显身庙的戏楼上，流血带毛的鸡摆了一桌子，说是煮过的要叫媳妇吃，其实肠肚子都没掏。看白狼们一个个生晴活剥地吃，然后一个个倒头便睡，这媳妇才知道这真是一群狼。她的头为什么没被削，是因为她很快地答了一句："随！"这支队伍说是多少万人，其实拿快枪的也就几千人，其他"随"着的大部分拿刀拿土枪，少部分拿着农具锹耙。后半夜白狼们睡熟了，这媳妇翻墙逃走，翻一堵墙跳下去是粪池，翻一堵墙，跳下去是尿缸，赶天明进了山，有人喊一声"白狼"，她头一缩就钻进一陈年的麦草堆，待人把她刨出来，早吓死了。

这天夜里，白狼虽宿营索家碥，但一些回到苦胆湾的青壮年，仍被吓得四向逃散。他们眼看着从索家碥的坡上，刷刷地射过来一股股白光，人说这是电枪，照着了谁，谁不出一对时就会死。后来打贩挑的才说，这是手电筒，不会致人死命。

帮助陈八卦安葬了一家十二口，孙老者已身心俱损，他闷头睡了三天。第四天，他抬脚到了五圣师庙，可小道士说人不在。他又顺路来到油坊里。

四脊五坡歇山楼上，陈八卦一手掐了红铜茶壶，在正襟读经，道袍斜搭在太师椅上，皂色额玉道冠正置于白瓷帽筒。只是，两鬓和下颌上的浓须已剪除净尽，脑巴盖上也没了那个碗大的髻，他前额剃得青白，后脑上垂下一圈儿齐肩短发，这短发乌黑油亮，蓬勃浓厚，孙老者围着他看了半天，一时竟口舌讷讷。

陈八卦抬眼亮出椒籽儿般的瞳仁，喉音嗡嗡地说："我经还念，卦照卜，只是不想住庙了。"

孙老者用手轻轻抚了一下他这位贤弟脑后的短发，慎慎地说："你这是在家修道呀？"

陈八卦声色平静地说："长安大道当归去，惭愧而今尚半途。"

孙老者凝目于陈八卦的短发，再次环绕而视之，说："贤弟头大发厚，剪成帽苔子威风哩。"

陈八卦眯目低吟："天不爱道，兽世兴妖。"

孙老者轻声和气地说："要说，你掐算得也准着哩，白狼，不就是一群兽么！"陈八卦不作反应，他又说："以愚兄的意见，油坊里三代昌盛，不能在贤弟这一代干了油槽灭了火啊。其实五圣师庙上，南华子满可独自当家了。"

陈八卦软声说："庙上的灯油、学堂的开销，依旧准我的。"

孙老者晃着脑后的花白辫子，郑重叮咛："香会可不能丢手。"

第四章　太岁宫

十八寡妇祭太岁，连吃草的牛羊也避开了

老四打死了老贩挑。

他跪在父亲膝下，青光的脑袋在泥地上拱了一道槽。孙老者几乎晕厥过去，大儿子承礼平白无故掉了脑袋，尸身还没埋，案子还悬着，这小儿子老四又打死了老亲家。是孙老者他亲自把老贩挑留下来给染房上帮工的呀！

陈八卦说好要去县上面见老连长的，这一下又走不成了。他坐在老圈椅里，狠劲地捋着帽苔子，脸色铁青。

海鱼儿也跪在地下，紫红干筋的头垂在胸前。陈八卦说："海鱼儿你起来，说说这烂事是咋弄下的。"

海鱼儿说了。

原来，老四这青皮后生听那瘦官员说，这个老贩挑要好好查一查，又听到了奸杀、乱伦、失身、就地看管等片言只语，就几个晚上都在场房里给老贩挑"钉楔子"，逼他说出承礼大哥是如何被害的。老贩挑十次八次地重复着矮胖子和土包子调查时说过的话，老四听着听着就躁了，一摔腕儿就是个反手耳巴子，这老贩挑也是走南闯北的人，也曾肩挑担子手挥搭柱横扫毛贼如割葱，他哪里受得这等冤气，就要扑出去找孙老者论理，这惹得老四孙文谦犯了二杆子脾气，就一脚蹬到他后腰上！老贩挑毕竟年纪大了，他哪里受得这一脚，当下身子一歪，树桩一般仆倒下去。可巧的是，他不偏不歪地倒在铡口上，那两排狗牙一样的铡齿就把脖子戳了几个大洞，生血立时就喷了出来。场房里，锄耙镰锨的农具都是刃朝上横七竖八地就地放着。

陈八卦对海鱼儿说："人命关天的事，县上都派官查哩，眼看着老四胡蛮干，你不阻拦就是帮凶。"

海鱼儿抽泣着说："老掌柜的叫我看住人，没叫我搭伙儿审人，小掌柜的脾气来了谁能挡得住？"老四孙文谦听到这话，把头从地上倔强地扭起来，泣泪满面地喊："我好汉做事好汉当，海鱼儿哥你闭嘴！"

孙老者用手撑住葫芦状的前额攀颅，满头的油汗在那儿闪光，枯索的小辫子散在肩后，他气声哀哀地对陈八卦说："你走吧，把这小东西捎上去，交给老连长，人家愿意咋处治就咋处治。我是执了一辈子法的人，法说咋办就咋办。"

海鱼儿扑通一声跪下，连连在地上叩头，一边喊着："这使不得呀，孙老者这使不得呀！"

任这两个后生在当堂子上一长一短地扑磕干号，陈八卦扶孙老者进了卧室，他吩咐镢头老三如此这般的侍候，又过来对海鱼儿交代，叫他把老四拉下去歇着，叮嘱说："不准乱跑，等我的说法。"问老贩挑的尸首咋办，陈八卦说："先拿稻草苫着，对谁也不要说。"

安排毕了，陈八卦坐兜子进了城。他先到老西街的虞司徒庙进了香，又拜见了老道长，贡奉了香火钱，交谈了州川上下城镇山里的军阀匪乱及市俗商情。虞司徒庙临街有客房十来间，平常收租招客，但凡遇上动乱匪祸，这客房及东西偏殿就成了流民或散兵的聚宿之所，也自然成了各路消息的集散之地。这虞司徒庙说起来比县城还古老，传说中华始祖五帝中有个叫帝喾的，他有个儿子叫契，契在虞舜时代当过司徒，因为助禹治水有功而受封于商州，那个时候就有了这座庙，所以这庙又被称为庙祖，陈八卦每每进城办事，必先到这里进香。

之后，他去晋见老连长，先呈上两对银锞子，说是孙老者的敬意。这老连长"嗨嗨"一声就咧嘴笑了，一对儿金牙哗儿哗儿地闪着光，他说："锞子我不稀罕，你原旧拿回去，咱是谁跟谁嘛！"就吩咐给摆烟灯，陈八卦摆手止了，说我顶多吸几锅儿水烟。老连长就

说："这好，这好，鸦片烟一上手就搁不下了，水烟还清肺哩，上水烟
上水烟。"说着又几次给大婆子介绍："这是州川里的活神仙哩，你哪
一天头疼了……"但话说半截又住了口，大婆子正从板柜里往外取炸
弹，一五一十地数着，给人感觉像是农村婆娘数鸡蛋，那个黄皮烂肉
的瘦兵接手往柳条筐里装，筐子一摇咕咚乱响，这陈八卦就胆战心惊，
冷不防一口烟水吸到嘴里，咽也不是吐也不是，苦得他蹙眉抽嘴，老
连长见状就笑了，曳声岔气地说："这是兰州的水烟，是军政府的慰
劳品，驱除刘镇华，水烟拿把抓，这水烟好吃可烟水喝不得呀！"又
是一阵哄笑，直把个五短身材在躺椅上抖个不停。在当时的军队里，
为了禁大烟，提倡抽水烟。陈八卦以手掩嘴，寻机会把又苦又麻的烟
水吐在地上，用脚踩了，歪眼看那老皮花发的大婆子用铁皮簸箕端了
一摞子炸弹跟挑筐的瘦兵出去，就问："听说你弄了个小的还挺有学
问？"老连长又是咧出金牙一笑，直脖子说："有学问的女娃子难侍
候，这不又闹着要到省上住大学呀，说是北京有个鲁教授到了西安，
名气大得不得了，死活要去听讲，咳，我要了半年也烦了，戏也不会
唱，就给些盘缠叫走了。"说着叭地朝地上吐口痰，歪过脖子问："哎
哎，你知道这鲁教授是个啥人？"陈八卦哑儿吹了一下烟哨子，说：
"也不算个啥人，在北洋的教育部干过，在北京大学教过书，能写白话
文章，嗬，不懂《奇门遁》，敢把天下论，胆大。青年学生都是一窝
蜂，走了也就走了，你不要上心里去。"

　　说着说着就说到孙老者大儿子这桩无头案，老连长说："这事也不
是三天两头能破出头绪的，这二年州川里匪贼如麻，我老家石瓮沟的
治安都叫人挠头，军法处政法处搁的无头案一摞子哩。你给孙老者说，
这事我要一查到底不松手的，要紧的是先把人埋了。"

　　陈八卦说："这人头都寻不着，咋埋哩？"老连长捻转着手里银包
头的烟枪，把烟灯点着又吹灭，点着又吹灭，而后突然放粗声音说：
"这寻找脑袋的事——你去办啊！"

　　陈八卦一惊，急问："噢？！我？"

　　老连长平着脸说："你是神魔怪道的专家，你不办谁办？越是奇怪

的事越得由你办，你空里来雾里去，夜半三更进城看戏一袋烟的工夫就打个来回，鬼抬轿一坐比闪电还快，我都想跟你学一手哩！"

陈八卦的脸色十分难看，就连连摇着后脑的帽苔子说："这我弄不了弄不了。"老连长狡黠地扭过他的扁圆脑袋，嘻嘻地笑着说："这有啥弄不了的，草面庙后头林深沟大，随便一个地方都做得成文章！你回去想想，我叫个参议下去给你配合一下，把事毕了，我请你上来听坐台班子唱臭臭花鼓子。"

陈八卦还要分辩，老连长摇着一根指头不容分说，就啪啪啪击掌三下。一个短胳膊的拤娃子应声进来，双手托着漆盘。老连长揭开盖帕子对陈八卦说："孙老者在清朝都是住衙门的，到咱民国又当了一阵子大贯爷，如今又维持一方治安，品高人善，这一封现洋你捎回去，就说是我给他压个惊。"

陈八卦一时转不过思想，只一个劲地说："这咋能使得？这咋能使得？这不是把礼向弄反了么！"

老连长说："我这会儿不是刘纲才手下的破连长了，七八十号人，三十杆烂枪，一杆枪只发三颗子弹。咱现在驻守城防，实足火力超过两个团，正在筹建混成旅哩，你看这枪炮子弹，婆娘都拿簸箕端哩，咱守着东秦岭的四个关口，还有这商州城，对了，民国废州设县，咱这商县，你出中原进两湖都是必经，军政府拉咱哩，刘镇华亲咱哩，咱管他娘的屁哩，给啥都要哩！"

陈八卦挤出一种谄笑，说："老百姓也盼你气势壮哩，图的是一道州川的安宁么！"又话头一转说："你的特派官那天说叫把老贩挑就地看管，也算是个嫌疑人吧，叫人看管了几天——"陈八卦斜眼看老连长的脸色，一时转过话头故作轻松地说："这老汉吃得真多！"

老连长说："打贩挑的么，没饭量能挑了多少斤两？下苦的么，放了放了。"

陈八卦接着话头说："这老贩挑也真是哼吃哼睡，肚子撑得走路都打趔趄哩，昏头昏脑就撞到牛槽上，这不，我进城来还得到药铺给买些药哩。唉，这孙老者也真是个善人，对老亲家实实是拿真心待哩。"

老连长眯了眼，脸色平着，不再说话。陈八卦正琢磨着下边的话该怎么讲，老连长就躁声躁气地说："给俩钱叫自己买药水抹去，啥神棍棍子，还差人进县上铺子里买药？"

陈八卦的心里一阵松一阵紧，他要根据老连长的态度来判断老贩挑丧命的后果。见老连长把老贩挑说得三分不当二厘的，他就想在很得当的话头子上把实情告诉了，正思谋着话咋说，老连长又把脸平转过来，情意幽幽地说："这算起来，老贩挑还是我隔山转坡的表妹夫哩！"

陈八卦立时心里就吃了紧，他装着也有些困，头往躺椅上略一仰，把胳膊架到前额遮住眼睛。稍微稳了稳气，就随随和和地问："哪门子表亲呢？我咋没听说过？"

老连长又无所谓地一笑，说："干撺球的表亲！人有势了狗都撺着攀哩，我小时候穷，看个臭臭花鼓子人都踢尻子哩。"老连长为什么此刻讲这些往事？说他把老贩挑看得淡，他却说是他隔山转坡的表妹夫；说他把老贩挑看得重，他却说人家像狗一样撺着攀他哩，这反说正说都是一张嘴，陈八卦就一时无从判断，作想：还是先把事情捂住再说……

事情到底还是没有捂住。十八娃知道父亲惨死在场房里，一把稻草在她手里揪成了短节节。

这是她给丈夫守丧的第四天。场房前的芦席棚下，临时支起的桐木板上，直愣愣地停放着丈夫的尸体，一张白布单子浑浑地盖了，苍蝇蚊虫嗡嗡作响，海鱼儿不时地噙一口烧酒噗噗地喷到白单子上。隔壁染房晾晒染布的木架上，办丧事用的生布从高处悬下随风飘扬，几个木匠在下边锛刨斧斤地忙着做棺材。十八娃在停尸床下的草铺上歪歪着，她发髻上扎了白头绳，鞋面上也蒙了白生布。场房的门被棺板农具柴火枣刺谷秆封死，又有海鱼儿看着不许人进去。谁知海鱼儿一打盹，十八娃就出现在他面前，且用一对哀怨愤恨的目光瞅着他，海鱼儿失急慌忙就往场房门上挡，他一失态，十八娃就扑爬过来，声声哀唤着："大呀！大大呀（商州人把爹唤作大大）！"

本来，十八娃一直被烧锅的高卷嫂围在小房屋里，这是孙老者的安排，要给她单吃单喝，百般劝慰，一个死了，一个还在肚里，根芽芽千万要保住。可是高卷嫂回去晒被子，只一会儿工夫十八娃就爬到草铺上哭哑了嗓子哭歪了身子，高卷一看就把气撒在丈夫身上，丈夫正帮木匠拉锯，冷不防笤帚把子就雨点般落在背上，打下的节奏噼里啪啦地响着，高卷又一边叫骂："叫你尿床！叫你尿床！"

她丈夫是村里有名的尿床王，昨天夜里连老婆的枕头都尿湿了。泄了气愤，高卷又过来拖十八娃，她要把她背回小房屋里。十八娃吟吟泄泄地哭着："叫我大呀叫我大大呀！我这往后咋办呀！"

老撑窗"哐当"一声从里边关死，断断续续的哭声消失在小房屋里，高卷叫了几个人把十八娃背到炕上。场院里来来往往着一些奔忙的人影，族人白顶子、粉房里的帽根子、孙老者的俩外甥唐靖儿唐站儿、学堂里的先生唐文诗、五圣师庙的南华子、一门孤寡的腊娥狗欠欠母女，等等。苦胆湾这一片的亲朋好友来了不少，劈柴烧火的，磨面挑水的，扯孝扎纸的，掘坟箍墓的，一个个都神情悲伤、脚步沉重，私下里都念说承礼为人和善是绵性子，说穷人来昌染房的下脚水他从来不要钱。以前可怜人打了家织布没钱进染房，就用稻草灰和水淘一淘凉干了做衣服。自从承礼的下脚水不要钱后，苦胆湾的穷人就不穿生布了，也不用稻草灰了，下脚水染的布，浅是浅可颜色正，而下州川的白杨店、上州川的沙河子几家染房的下脚水都是论盆卖的。人们更可怜这德高望重的孙老者，他晚年丧子是前世里造了什么孽，那么漂亮的儿媳妇落个遗腹子是守呀还是走呀，守呀伤情，走呀伤心，世道不好你守得住吗，三个兄弟都睁眼霍霍地瞅着，你十八娃一门孤寡走得了吗……

但要紧的是赶紧把人埋了。陈八卦进城前留下话说：人死得不明不白，丧事只能从轻从简，家人族人村人谁也不准说三道四；不待客不收礼，烧纸的烧完纸就走，挡了保副里副，又挡了四村的甲脚邻居，姻亲姑表一律不发丧报！

孙老者一直在炕上躺着。他在等待城里的消息，老连长说过要三天破案的。他伤心悲痛的倒不是死了儿子，而是儿子死得如此的神秘奇怪，自己也讲究住过衙门，也见过多少离奇血案，在乡里也算秉持着仁义道德，也调解过多少冤家对头；他没有欺弱瞒昧过，没有瞅红灭黑过，没有颠倒是非过，没有嫌贫爱富过，可这场灾殃的祸根到底在哪儿呢？说是祖坟埋得不好，可金蟾吊葫芦的穴口也是堪舆上的好风水；说是老贩挑有啥图谋这在情理上也讲不过去；说是十八娃有啥嫌疑可她重胎在身小脚摇摇手无缚鸡之力；说是草庙沟的妖孽祸害可难道法咒高手陈八卦他看不出来？说是南山土匪劫财害命可染房里并没有丢了一分一文……

孙老者解不开这个谜，而眼下的一堆生活问题还得由他做主。陈八卦从城里带来了探案役差茶饭上如何招待，老连长那里领了情面如何谢承，入木下葬埋人得多少人情工，不做席面也得煮一锅米儿面吧？可是柜里只有三斗稻子六斗小麦，两担半的扁豆麦是秋冬里忙重活了吃杂和面的，五斗大麦担二番麦是早晚煮麦仁熬糊汤的常备；窖里有红薯，陶罐里有红薯面，楼上几个大瓦缸里，储有绿豆、豌豆、豇豆、小豆、稻秫、谷子，但这都是平常饭食的搭间，办丧事怎么拿得出手！按以往，过年消耗最大的白米细面，他都是在冬天稻麦枭价最便宜的时候量进，可是现在，他不得不考虑买些稻麦了。他反复估价手上的现钱和应该发挥的最大值。光绪三十四年慈禧升天，一块大清龙洋值七钱二分银子，一钱银子能兑换一百一十文麻钱，一文钱能给娃买一块洋糖，三文钱能给老人端一盘凉粉；宣统三年，"江湖"反正，一年换了三回皇历，打儿窝集上一斗小麦二百五十文；过了十三年，到去年腊月，打儿窝集上一斗优质吊面小麦七角现大洋，就是差不多四百文！粮价是在涨呀，钱是越来越不值钱了！他不敢想象他埋在窖里的十八个银锞子还值多少制钱，他也不敢算计他藏在楼上的三封子龙洋、八十八个袁大洋、六百个铜锅子能置多少田粮房产；还有三个儿子没成家，聚三房媳妇盖三院房子置三份家当买十亩平地五头犍牛生十来个孙子，他这一辈子的积蓄能支撑多久？当然还有染房上的小生意，还有二亩地的鸦片烟每年刮两小碗烟土，这维持平常吃喝、行个五服门户、过个四时八节，倒还优裕，可遇了春荒年馑怎么办？逢上红白大事怎么办？一家老小病了、痛了怎么办？这几年他坚持不做寿就是为了能省几个是几个。说中间烟土捐税又增加了，陕西督军兼省长刘镇华勒民种烟，每亩征六块银元，县知事、保公所都是见十加二，皮皮毛毛算上每亩要征到十元；另外地税、飞款、月麦，军政各界派下来的杂税随时索要，他这个老甲脚，靠的是两只脚给大家跑路办事，头拗向右边给军政强权说好话，头拗向左边陪穷人苦汉流眼泪，人叫一声孙老者他实在是答应不起啊！可是眼前，自家屋里这烂子不开销就先过不去。出了事就得来人料理，来人料理就得管一口吃喝，酒盅盅量米掐着算，少说也得买八斗小麦四斗稻子，这老四孙文谦出手宽阔惯了，给一百个铜锅子买粮还要叫他挤出五斤青盐来，娃爱要钱留几个麻钱叫耍去。不行，还得叫大外甥唐靖儿跟上，把自家的乌木算盘红杆秤拿上，所有支出记单子回来交账……

想到这儿，孙老者就朝外喊："老四！老四！谁在外头？叫杆杖娃！"

进来的是老三，他亲亲地叫一声："大大！"又随手给父亲掰着脚腕子，他这一向腿脚的抽筋病又犯了。

父亲问："老四哩？"

老三答："我不敢说。"

父亲一下蛇起身子，急问："咋哩？"

老三把嘴朝前一操，压着嗓子瓮声瓮气地说："跑啦！"

孙老者一下子坐起来，红红的眼角夹成一条缝，哆嗦着嘴唇问："啥时候跑的？谁叫跑的？海鱼儿呢？"

海鱼儿被喊了进来。他先跪在地上磕头，问他咋把老四放跑了，他乞乞哀哀地说："还是老者你说的呀，法说办谁就办谁，老四不小心惹了人命，他不跑等着挨挫呀！"孙老者发了吼声，说："你陈八卦福吉叔进城走的时候咋交代的，你不知道啊？"吼得紧了，海鱼儿还是那句老话："小掌柜的脾气来了谁挡得住呀！"

没出事你惹事，惹了事你躲事，孙老者在心里骂着，恨恨地"咳"了一声，几乎带着哭腔朝海鱼儿摆手道："去去，把唐靖儿叫来！"

唐靖儿站在老舅面前，肩上还搭着一根长杆烟袋，他头上的乱发像一窝野草，双手就扎在乱发里不停地挠。孙老者问："你这一向生意还行吧？"

唐靖儿一夹白眼仁儿，蹙蹙着鼻子说："哎哎，庄稼都没人做了谁还箩面哩？"唐靖儿有挣箩儿的手艺，他常年转乡给人制作磨面的竹箩儿，挣个手艺钱。当初他妈一死，没了依靠，族里人就说叫娃给南山里的逛山当挎娃子去，当舅的摇了头，他在北山寻了个师傅，叫外甥去学手艺，说是家有万贯不如薄技在身。这唐靖儿倒也心灵，一年就出了师，挣制的粗箩儿细箩儿大箩儿小箩儿在州川上下很有名气，有俩小钱了可学上了赌，日子也就过得可怜兮兮。

孙老者斥责他："谁给你说的庄稼没人做了？打儿窝集上五谷杂粮摆了一街两行是谁种的？我正说叫你去给咱买米量麦去哩！可别胡思乱想啊！回去了好好挣箩儿，攒下钱了盖两间房，办个媳妇过日子，再甭要钱了，人么！"长出一口气，孙老者又说："你看你乃兄弟唐站儿，走路侧楞仰板，鼻脸抽七裂八，做活没个人样儿，往后还得靠你哩。"

唐靖儿拉下哭丧的脸，鼻流吸吸地说："好舅哩，你不知道，这箩儿好挣，钱难挣。现今丝箩儿不值钱了，时兴铜箩儿，买铜箩儿底子要上西安省的竹笆市，回来走五六天又怕贼抢，好舅哩，这箩儿实实是挣不成了，我想跟人背枪吃粮呀！"

孙老者一听就火了："你吃粮呀？你吃枪子儿去吧！"

看外甥还倔倔地站着，孙老者就说："你先给咱买粮食去，把咱的乌木算盘红杆子秤拿上，把账单子拿上，买一笔记一笔，回来了给我交账，把铜锅子布袋在腰里褊紧，再叫俩人给你帮手着。"唐靖儿彳亍地去了，孙老者心里生出不快，他见海鱼儿还在一旁痴愣着，就高声说："哎，你还盯啥哩？去去去，你把你的事情管好。"

海鱼儿很难把他的事情管好。他被高卷嫂叫到了小房屋里。

高卷，高卷，这是她的外号。她从来都是把发髻高高地卷在后脑顶上，说话又高声大嗓，走路仰头看天，做事粗豪仗义。她把海鱼儿叫到小房屋，还是因为十八娃口口声声叫"大大"，她大大老贩挑是跟海鱼儿睡在场房里的，她大大是阿公孙老者留下来给染房帮忙的，这十八娃都是知道的。可为什么两天不见了大大的影星儿，女儿是大大的心肝啊！

"你贩挑叔上哪儿去啦？"高卷单刀直入硬声发问，十八娃也从毛头丝窝的乱发下射出两束凌厉的目光。海鱼儿腿一软，几乎要跪下去，又就势儿跌坐在杌子上，他哆嗦着嘴唇儿说："不是不是，老掌柜的叫，叫跑差事去、去了么！"

高卷闻言就对十八娃说："大人都有大人的事哩，你只管养好自己的身子，大人活啥哩？活娃哩嘛！娃要紧哩。"说着就给十八娃披紧被角。聪明的十八娃，总觉得在人们的劝慰之外还有什么被遮掩着，她总是把一丝儿幽亮的目光在海鱼儿的脸上绕来绕去。高卷是直肠子，这承礼的怪死一直在她心里堵着，今天总算当事人凑在一起，她就无所顾忌地问："那天黑夜里，怎么咯哇一声怪叫人头就不见了？"十八娃轻轻打个寒战，目光就在海鱼儿脸上散开。海鱼儿闻言则把歪歪着的头慢慢蛇起来，目光由散而聚，一种力度直在十八娃脸上敲凿！

十八娃沉默着，片刻，又忍不住抽泣，一接上海鱼儿的目光就呜儿呜儿地大放悲声。海鱼儿也不笨，只是苦苦凄凄地说："我脑子一麻，眼前漆黑，就啥都不知道了。"

这边，孙老者刚吩咐了唐靖儿带人去赶集买粮，那边陈八卦的兜子就进了场。有人急报进来，孙老者提了袍子就出门迎接。陈八卦挥手退去了张光李耀，扶了孙老者的袖肘就要进屋，孙老者问他吃喝，他反身闭了屋门。

二人在当堂前的老圈椅上坐下，陈八卦二话不说，先从随身包袱里取出一个礼包，说："这是老连长给你压惊的，他让你要想开些。"

"噢？！"孙老者吃了一惊，一时捉摸不透，就问："他是不是想要烟土？"陈八卦咧出一个轻笑，说："这你不要多虑，他一再说是敬佩你老的仁义德行，也说这一方治安你维持得好。这是一封现洋，也算不得什么大礼。"

孙老者的眉头疙瘩并没有绽开，他又问："是这个案子他办不下来，还是另有所碍？"

陈八卦"嗨嗨"一笑说："这是他老连长拍了胸脯的，还说这事他要一查到底不松手的。"

孙老者就不再说话，他的眉头疙瘩越攒越紧。

陈八卦一边双手抚着后脑的帽苔子，一边恳恳诚诚地说："这你不要多虑。省上督军府也罢，镇嵩军也罢，靖国军也罢，就靠县上的知事衙门，逢此乱世，谁不想收买人心拉拢势力呢？他有他的掏天计，你有你的老主意，别的无须多虑。"

孙老者怎么能不多虑？他也是官场淘出来的，他能不知道云白烟黑？凭他的人生经验，这接下了银子就接下了事，这不接银子更是事上加事。此刻，他无法给为他办事的老弟兄详说世道，他只是沉重着脸，讷讷地说："咱求人办事，只愁礼送不出去，可人家礼逆向来，我只担心这背后有啥怕怕哩。"

陈八卦哗儿一下把他丰厚的帽苔子朝上一掀，气色有些不悦。他说："你说他能把你咋？把你连锅端了？把你连根挖了？你这一院子能值几个袁大洋？"

孙老者反问："他没说咱这事情往下咋办哩？"

陈八卦答："他说先把人埋了，入土为安。事情他要一查到底，谁吃了豹子胆敢在老连长的地盘上横搅胳膊乱踢腿？"

孙老者不由得就扯出了哭声："娃的尸身都不全呀！"

陈八卦立马起身，他目光如炬，声如洪钟，他说："娃的头，我给你找到！老连长已给我下了死命令！"

孙老者更加迷惑了，他笑着，又哭了，站起来以颤抖的手指着陈八卦，用沙哑的嗓子说："你？！出门都不沾泥地的人，坐两根烂竹竿能破了人命案？这该不是老连长把咱当猴耍哩吧？"

陈八卦用双手抚一抚孙老者的肩，按他坐到老圈椅上，轻笑着说：

"你看你看，咱是叫人耍的人吗？他老连长不给我硬线索我能接他这活吗？你把心搁到肚里，他很快就派十三个兵下来的。"

孙老者如僵尸一般挺着。

门吱呀一声，海鱼儿偷偷摸摸溜进来。陈八卦的帽苫子一甩，目光就射了过去。海鱼儿赶紧压低声音说："十八娃不停地哭着要她大大哩。"

陈八卦问："你咋说？"

海鱼儿答："我说派出去办差事啦。"

陈八卦先摇头，又点头，海鱼儿又说："老四也跑啦。"

陈八卦"哼"的一声冷笑，说："跑啦就跑啦。谁问也说办差事去啦。"说罢就摆手给海鱼儿说："该忙啥忙啥去。"转脸又对孙老者说："先派人把老贩挑浮掩到后坡的红薯窖里去，不要走了风声，后头了再安置。"

孙老者斜起黏红的眼睛，他已无力做出复杂的判断了，只是有气无力地说："你主使去，你主使去。"

这一日秋高气爽，州河两岸的稻子正出穗扬花，河川地的番麦也正吐着红缨，农人们在地头忙进忙出，官路上一队粮子徒步急行朝东开拔。路边的大树下，各里各甲都搭了席棚，棚子里摆着吃的喝的。木桶里是糊汤面，瓦罐里是竹叶茶，粗瓷碗摆了一堆，黄皮烂肉的粮子们长枪在肩，衣衫不整，只顾弓腰疾行，哪有工夫坐下吃喝。饭棚子的老汉一边把饭桶朝路边提，一边高声问："麻排长，剿谁呀？"

疾行的队伍中答出一个声音："剿李长有！"

老汉又问："跑不跑？"

队伍中有人答："打不过了你就跑！"

这已成了规程，老连长的队伍一出城，就有骑差提前沿路通报，各里各甲就挨家挨户派下茶饭，糊汤面是古来的惯例，一桶饭下多少番麦糁子多少面条都有定数，稀稠要筷子能操起来，谁也不能误了军事，谁误了就拿谁问事，看是杀呀还是剐呀，是打呀还是罚呀，所以沿途里甲从来不敢马虎。当然，老连长也承诺，队伍不准进村，就是逢上雨雪，栖身也只能在寺庙或学堂祠堂，谁进村扰民，就格杀勿论！五月间，队伍上刁家疙瘩剿于右杰，回营的路上，有两个灰皮兵进村找亲戚，长官立时就吹哨子，队伍集合起，把两个兵推出队列，立时枪崩做了娃样子。在老连长手下吃粮，在别人的地盘上，打了胜仗可以放抢个把时辰，但在自家地盘上，谁家娃犯了规程谁家大人卷席片子埋人，免得伤脸羞尻子。这能在老连长手下背枪吃粮，大多是亲戚朋友介绍去的穷汉娃，州川里谁家娃在谁手下大约都知道，有些大人过个年节还提了水礼，去看望娃投靠的排长连长，打起仗来，还指望人家承携哩。

"江湖会"反正以来，南北二山的土匪多如牛毛，剃了一茬又上来一茬，十来个人三五条枪也敢拉杆子占山为王，霸了一座山几条沟，他就敢收粮派款、就敢拉夫征丁，县上的公粮烟捐收不上来不说，还动不动就杀了里长甲脚、抢了里甲公所，闹得一方区域不得安宁。这老连长就隔三差五派队伍下去剿办，多数时候是把对方打跑了，打散了，把老窠烧了，把承头的杀了；或者对方愿意归附，托中间人掐了"码子"，呈上锞子摆了宴席认老连长个"干大"就算收编了；当下，老连长再委他个队长队副的，他就又带人去剿别人了。剿得过就得胜回营领赏，剿不过就被人撵得顺河跑，这时候就有人在大堰上打锣，锣声紧响人们就知道大事不好，老连长的灰皮兵吃了亏土匪下山了；四村八镇的人就扶老携幼赶紧跑，一边跑一边相互喊叫"跑贼了跑贼了"，就上洞的上洞，钻山的钻山，走为上策。土匪进了村，烧杀抢掠不眨眼，所以常在官路上守饭棚的老汉一见"粮子"出剿，就由不得要问"跑不跑"。

剿匪的灰皮兵过去了，一只二人抬的兜子、四人抬的轿子顺大堰而来。饭棚的老汉正收拾饭桶回村，见抬兜子的两根长竹竿晃儿晃儿闪过，就谑笑着喊道："福吉哥哎，又上南山挣银子去呀！"陈八卦一闪一晃的背影远去了，州河边留下他敲瓮一般的声音："准备后晌的饭去，误了事又挨挫呀！"灰皮们没顾上吃这饭，老汉就挑回去给各家分了，然后又安排下午饭。饭是各家轮着做，做好了依旧摆到席棚下，灰皮们收兵回营到此，杯盘狼藉之后，又是醋重了盐轻了骂骂咧咧而去。饭棚的老汉一旦挨骂就心里舒坦，就知道村里能安生几天，因为灰皮们都是人来疯，敢狗一样抢着吃，敢张张狂狂弹弹嫌嫌就肯定出剿得手。

兜子上的陈八卦，左手扣着红铜茶壶，时不时地抿一口；丰厚的帽苫子随兜子起伏伞一样忽张忽合；他的栗色丝麻包袱绑在兜杆子上，里边有他的一面八卦罗盘、六枚乾隆通宝、三枚扎鬼针、六个桃木橛、一把尺半长的钢锥、九刀黄表两把线香七张鸡血纸，另有朱砂雄黄面人儿神鬼画符生石灰若干。

兜子后边是四抬轿，上边坐着十八娃，她一双泪眼滴溜溜转着，看着这熟悉的山川风物，往昔回娘家的喜悦化作了莫名的苦酸，此行是去草面庙寻丈夫的人头，为此福吉叔和她长谈过。她说我一个妇道人家，身怀重孕，天不知地不醒的，丈夫殁了总不能把他的小根根也耽搁了，那么远的路，肚子里的胎儿再有个长短，我就跳崖不活了。陈八卦说，这你不去不行，是老连长发下的话，不管人头寻着寻不着，先把你自己洗清白再说，至于这个胎娃，我用金钱课给算过了，命根壮得很，神魔鬼怪克化不过的。十八娃又提出：要去草面庙，必须她大大老贩挑也去，他好坏也算个人证吧？但福吉叔坚持说你大大被派去办差事了，十天半月不一定能回来；十八娃又说那就把娘家妈接来，这么大的事，我娘家不来人不行。陈八卦说那就叫镢头老三上乱石窖接去，接下来到草面庙会合。

陈八卦强调说老连长的话绝对要听，十八娃说反正老连长多少年我都没见过，如今见了也认不得，小时候我外婆说给我认个干大（干爹）哩，我嫌背枪的粮子怕怕，就躲到番麦地里去了。

这就有了今日的草面庙之行。细心的孙老者还派了高卷跟随，以助孕妇不时之需。高卷背着十八娃的蓝花包袱，里边装着女用之物，当然还有那件须臾不可离的八幅子罗裙。

二十里草庙沟，一行人一会儿涉水过列石，一会儿越砭走河滩，苍黛的灌木丛，扶疏的槲叶林，秋风飒爽，云白山青，陈八卦一路心情颇好，只是在离草面庙二里路的地方，十八娃又说她要尿尿。不得已，兜子轿子停下来。陈八卦对十八娃说："你先暂忍。"就取出桃木橛在地上画了"符"，又让高卷解开包袱取一件十八娃的贴身衣物。高卷就取出八幅子罗裙，陈八卦将罗裙盖在"符"上，让十八娃三跨而过，方让高卷引她到隐蔽处小解。事毕上路，陈八卦让轿子打头，他的兜子在十丈开外跟着。

终于来到草面庙。一行人在庙门前停了，陈八卦让兜夫、轿夫到沟边林下洗汗吃干粮，他自己引了十八娃、高卷进了庙院。庙堂破败如故，三人在堂前三叩九拜，焚了黄表线香，陈八卦又咕咕哝哝一阵念说之后，方指示二人轻步退出。之后，陈八卦询问十八娃那天尿尿的地方，又反复核对了当时的日脚时辰，遂让十八娃引到庙后，寻着尿尿的痕迹——那是在沙地上冲出的一道小小的渠坑儿，盐质已使这一小块地皮板结硬化，仿佛一个鬼魅的标本。陈八卦将这片区域用白灰围了，让高卷退到三丈开外，叫十八娃跪地烧表，他则用罗盘前后测量，又用四个桃木橛钉在四个方位，才在庙后檐下的一块庄基石上坐定。他伸右手用拇指在四个指尖上反复掐算，又口吟"二月降娄三月大梁四月实沈五月鹑首"云云，一时就生出满头大汗，又捧起红铜茶壶，从壶嘴儿里将茶水咕嘟嘟吸尽，才神色严峻地对十八娃说："你尿到太岁头上了！"

一对酒窝在十八娃的脸上闪了一下，旋即她和高卷一样变得恐惧起来。陈八卦口占一诀："六仪击刑何大凶，甲子直符愁向东，戌刑在未申刑虎，寅巳辰辰午刑午。"看着两个妇女茫然不解，他说："太岁神巡游至此，刚刚隐身歇息，你就兜头撒下一泡尿来，人常说太岁头上的土都动不得，哪能容你这般污辱，双祸报应是眨眼可见的事情，承礼被掐了头只是其一。"

十八娃闻言"哇"的一声哭了，一边又下跪说："好世叔哩，你救救我这可怜女啊！"高卷就赶紧扶她起来，说福吉叔是大善人，不救你他跑这么远的路做啥呀！

当然，自见过老连长，这案情陈八卦已明白了八九分。而十八娃呢，所知其一却也说不得。这背后的丝丝络络她一个小脚女人怎么搞得明白，这当口，她只能船顺水漂，先把自己的清白保住，也保住孙家一窝子的勤俭善良。

陈八卦说："多余话就不说了，老连长叫我办这事，我就得办成，你们一切听我的吩咐。现在，你俩原旧坐轿坐兜子回去，十八娃你准备一身纯白孝服，高卷你在州川寻来十八个寡妇，明天老连长派下来的十三个灰皮兵，叫家里派人引到草面庙来。就这，你们回吧！"

看着俩妇女迟疑着不动，陈八卦就说："我今日就不回去了，我连夜要到太岁宫去谢罪呀。"

看着轿子兜子晃儿晃儿地隐没在沟下树丛，陈八卦就坐在路边石头上。他宁静地望着山岚云林，微风吹拂着他的帽苔子，一派闲散隐者的风度。

上沟下来一急行者，到跟前才看清是镢头老三。不待陈八卦招呼，老三就单腿跪地，用急慌慌的声音说："好福吉叔哩，事情又失塌咧！"陈八卦让他不要急，有事慢慢说。老三就说我去接大嫂十八娃她娘家妈，那瞎眼外婆说人出门了，再问还是说人出门了，问啥时能回来，答说不知道。我说我是州川苦胆湾的，是孙老者家的老三，那瞎眼外婆就永不吭声了。不得已我转过坡座子向一户邻家打听，邻家说那宁花被南山罩抬走了。

陈八卦还是宁静地观赏风光。

许久，才嗡嗡隆隆地说："知道了。"老三立起身，他又叮嘱："不要对人说。你回。"言罢猛然将牙一咬，交代："明天灰皮上来，叫带上镢头铁锨。"

草面庙后头，一片梢林逶迤而去，延至深处，那就是八里沟。沟口，一座破败的太岁宫，两进院落，荒草残垣，住一老年道士靠出租香田过活。庙后的坡座子上，散落着几户穷汉的茅屋，有瘦牛在干梁上甩着尾巴。

陈八卦在此住了一宿……

次日午时，十三个灰皮兵如约而至。陈八卦指挥他们在他用白灰圈出的地方掘地三尺，大小方方见丈。

灰皮兵们连夜晚打着火把操作，赶天明一个四四方方的大坑出现在庙后头。根据老连长的吩咐，人用毕了，十三个灰皮兵个个另有重任，陈八卦就将他们立马解散，让其自行返回。

正午时分，十八寡妇身着孝服飘飘妖妖赶到，高卷把陈八卦扯到一边，悄声说："福吉叔，这十八寡妇每人五十文啊！"陈八卦"嗯"了一声就说："把孝帽子都戴上！"

十八寡妇正喊喊喳喳着，庙前就传来长一声短一声的哭丧声。高卷过去接了，是十八娃着了通身的雪白孝服，拄一根柳木的哭丧棒，哀哀号号，趺趺撞撞而来。她头上缠了高高的孝帕，一圈乌发托着粉红的圆脸双下巴，哭丧巾的薄纱从孝帕上垂下若隐若现地遮了五官，窈窕的身子一步三软，风儿扬起哭丧巾脸儿一露越发楚楚。

十八寡妇下到坑底，分三排跪了，双手伏地，具体的表演都由高卷详作转述，任何人不得懈怠了。庙后和坑边，站了许多看热闹的人，有过路人，也有当地的放牛娃子，还有挎着篮子的烂婆娘。高卷就冲这些人喊："看啥哩看啥哩，十八寡妇祭太岁哩，围这儿不走是沾霉气呀？"

人们一听是寡妇祭太岁，便纷纷散去，连放牧的牛羊也赶走了。

十八娃被人扶下坑，在当头的位置跪了，她高叫一声"哎——我乃苦命的夫啊！"众寡妇就随声附和，一时间惨云笼罩，直哭得天昏地暗。最悲哀的哭号当是十八娃了，她哭她死去的夫，她哭她没出世的娃，她那拌和着长调的哭诉让天地为之动容：

　　哎呀我的夫呀——正月胎脉是新年，我夫拉我去拜年，不知那一天，小冤家来世间——太岁爷，呀呼喂！

　　哎呀我的夫呀——二月胎脉龙抬头，夫在南学把书读，春寒衣正单，我两眼泪长流——太岁爷，呀呼喂！

　　哎呀我的夫呀——三月胎脉是清明，家家户户上坟茔，夫在柏树挂纸笆，我思想我的娘家妈——太岁爷，呀呼喂！

　　哎呀我的夫呀——四月胎脉四月八，娘娘庙里把香插，夫你烧的金钱纸，妻我打的银两卦——太岁爷，呀呼喂！

　　哎呀我的夫呀——五月胎脉午端阳，黄米粽子包砂糖，你半口来我半口，噙到嘴里心里香——太岁爷，呀呼喂！

　　哎呀我的夫呀——六月胎脉三伏天，线绳子凉鞋我给你穿，不是我不穿，我怕人瞧见——太岁爷，呀呼喂！

　　哎呀我的夫呀——七月胎脉七月七，织女牛郎配夫妻，隔的天河水，河东望河西——太岁爷，呀呼喂！

　　……

　　这十八娃越哭越伤心，竟几次哭倒了头，哭断了气，以至哀哀惨惨，抽泣绝声。那十八个寡妇先是跟着前后附和，哭着哭着也思想起自己的夫自己的儿，自己十月胎脉的艰难与欣喜，自己郎哥的恩爱与贤良，自己寡居的凄凉与孤苦，就一时情动于心，悲从中来，真真切切地哭诉人世间的多少冤屈和不幸！

　　一时间，草庙沟秋风萧瑟，草木呜咽，远山近岭都悲声合鸣。陈八卦和高卷及轿夫兜夫在大坑四角燃起丧火，直烧得天上乱云飞渡，林间烟雾蒸腾，在这感天地泣鬼神的漫天号啕中，八里沟口的太岁宫里也神动墙催尘灰飞扬……

　　道场做完，众寡妇渐渐止了哭泣，十八娃的头沉在高卷的怀里，一片白孝服的女人散落在庙后墙根。陈八卦说："事情还没完哩，这大坑里挖出的沙石要用清水淘洗三遍，才能填回坑里。按道场讲究，是谁辱了太岁谁淘洗。可是十八娃重孕在身，你们都是同命相连的人，变通一下，你们一齐动手帮她淘洗，待赎了这份罪，劳累诸位也就到此了，回去到孙老者府上领工钱。"

　　众寡妇哪能依了这话！就异口同声摆出各种理由反对，争争吵吵喊喊叫叫。陈八卦就说："诸位不乐意也罢，那就叫八里沟的穷汉代诸位劳动了，不过每人只发三十文，扣下二十文以酬劳穷汉。"十八寡妇虽说不悦意，却都愤愤地解带脱衣裳，一时间将孝服孝帽孝帕搭巾哭丧棒捽捽打打、胡抛乱扔，这就惹恼了高卷，这婆娘一跳三尺高，后脑上的卷髻子公鸡毛一样竖起来，她骂道："驴日的真真是狗肉上不了席面，不看是给谁帮忙哩，还抠抠掐掐要钱哩，多少人搡着给老连长溜须哩还看人家尿不尿哩！这年岁谁不遇事？遇事了你就不要进孙老者的家门！"

寡妇们到底不经骂，一个个蔫了，有几个翻脸为笑，戳一把高卷嚷叫："说着耍耍哩咯，嫂子你就当了真！"其他人也就乖乖地收拾孝服，叠的叠绑的绑，打成背包。这些都是租赁人家的，用完了要原样归还的。

这十八寡妇各自回家不表。陈八卦吩咐高卷，安排十八娃到庙殿里歇息，他自己入了林子，说是捉几个野鬼下去送信。

一时三刻，镢头老三一行人背背笼的，挑担子的，送来吃喝，送来纸烛香表，还送来两床薄被一身夹袄。庙院子的荒草已被拔除净尽，人们焚起香案，就在庙檐下吃喝起来。

陈八卦事前就着人将庙殿一角略事打扫，高卷十八娃就在此打了地铺，就坐在地铺上吃了喝了，然后合身子躺下歇着，以待子时。

子时，夜空无有星月，惟有寒风呼啸，十八娃在高卷搀扶下向太岁宫进发，狼在远处嗥叫如怨妇诉屈。梢林里高一脚低一脚，有时稀泥咕咚，有时石头瓦碴绊搭，引路的烛灯飘忽幽暗，不知名的野物在林子里窸窸窣窣。高卷不停地劝慰十八娃："忍着吧，撑着吧，迟早瞌睡都要从眼窝里过哩。"

十八娃一会儿说头疼一会儿说脚疼一会儿说心疼，高卷说疼呀叫疼去，千万不敢肚子疼，就只管架着她朝前走。

太岁宫不是庙，是一只野兽，蹲在那里，张着巨口，瞪着独眼。独眼是一只白纸灯笼，惨惨淡淡的有光无气。一行人在正殿前的石香炉里焚了香，就一字儿排开，跪倒、叩头、翻掌、起立、作揖；如此，三十六个反复。

隐隐的钟磬之声在宫院深处悠扬，这引逗出人们的许多猜想……

　　陈八卦一会儿就不见了，不见了就有一种巨大的恐怖向人们袭来。正当人们用目光互相疑问着的时候，陈八卦又出现了，他忽而在人前，忽而在人后，忽而在房脊岭上，忽而在瓦砾堆里……

　　高卷遵循着一种意识，紧紧地扶着十八娃，送她入了正殿，送她出了偏门，送她进了后院儿，送她直身子朝一堵墙撞去……她头上碰了个青疙瘩，可十八娃径自破壁前行，似无障碍。高卷就地瘫坐，浑身无力，蒙眬中她看到十八娃进了一所青堂瓦舍的房子，房子里一位白发老者用马尾甩子一下一下朝十八娃拂动，十八娃就连声叫唤："饿死了！饿死了！"白发老者将一木碗递来，十八娃逮住就喝，饥渴难耐的样子。高卷想阻止她吃木碗里的东西，可一股雾气飘过，她眼前一片茫茫。待稍作清醒，就传来白发老者和着庙宇共鸣的声音："妇人入宫作甚？妇人入宫作甚？"一声慢，一声紧，声声重复，渐远渐弱。又传来十八娃细声嫩气的声音："寻我的裤子，寻我夫的头，寻我的裤子，寻我夫的头——"声声悲啼，声声哀叹，如秋鸿号寒，如孤雁泣鸣。又是白发老者的善言慢语："妇人你尿到太岁头了，你做事太不小心了，太岁惩罚你了！"说罢马尾甩子当空一拂，十八娃就站到了厦廊下，廊檐下挂了一溜女裤，有月白色的，有花格格的，肥瘦长短不一，裤带或丝或线或麻全都用来拴了裤腿。十八娃一一检看着，倒头第三个，她找着了自己的裤子，"呜儿"一声就要哭，白发老者又是甩子一拂，十八娃跟跄了一下，待站定，她的裤子就在她面前撑开了裤腰，她一探头，就"呜儿"一声大号起来。

　　她的裤裆里装着自己丈夫的人头！

　　仿佛一台戏，情节严密，人物生动。

　　一股白光照过来，丈夫的五官清晰生动，仿佛刚刚熟睡。十八娃就要伸手，被那马尾甩子挡了。白发老者以低沉的声音说："你回去了，索七家白面，和上自家的，用白公鸡血调了，揉均了，捏一个面人头，拿来换你丈夫的真人头……"

　　白发老者的声音渐传渐远，老者的身影也渐远渐淡。忽然，夜空清亮起来，月亮星星银辉闪烁，十八娃一下子跌倒在高卷怀里，两股清泪淌下来，五官四肢顿觉轻松活泼。

天刚麻麻明儿，十八娃就上了轿，高卷相跟着，回到苦胆湾。索七家白面，又杀鸡滴血，十八娃和着自己的眼泪揉成了面团。在自己的小房屋里，她亲着面团睡觉，面团上清晰地印着自己的鼻子眼窝。睡梦中哭醒，她一遍遍地揉着面团，捏出丈夫的头，捏出丈夫的眼，捏出丈夫的鼻，捏出丈夫的嘴，捏出丈夫的耳。一边捏着，一边和着唾沫修饰，不由得就又泣泪长流；她捻着丈夫的耳，揪一揪，摇一摇，仿佛要叫醒她贪睡的夫……

又是夜半时分，又是草庙沟。只怕过了时辰生出变故，一路上轿子兜子追着脚后跟跑，所好有陈八卦安排了四个灰皮兵沿路照明，到了太岁宫，早有白发老者等候多时。

见有游兵散在宫门四周，高卷就有些悚慌，她惊惧地望着福吉叔。陈八卦说："真的人头取出来，没这些灰皮护卫，你俩妇道人家能拿得走？"

高卷就扶着十八娃随白发老者直入厦廊，今夜太岁宫里灯火通明，两进院落里，凡门都挂着灯。隐隐的法鼓持续敲击，人心都在紧处结了疙瘩。

十八娃径自走向自己的裤子，她伸手取下，颤抖的胳膊有些不听使唤。她肘弯上挎着孝布的包裹，里面是面捏的人头。她打了个趔趄，裤子的分量使她惧怕于那个血淋淋的沉重，伸手进去，那个活生生的头颅已经包裹妥当，她沉沉地拎出来，一时不知怎么把那面捏的人头放进裤子的腰裆，就想把丈夫的头颅先放在地上，再装进面捏的头，可她刚一屈腰，就有一个厚重的声音传来："不能沾土，不能沾土，否则化为一摊血水，一摊血水！"

十八娃就神慌心乱，两臂交叉也不行，颠三倒四也不行，把丈夫的头重放进裤裆，再把面捏的头放进去和真头调换也不行；情急中，她用口叼了丈夫的头，再倒个手把面头放入，又顺利地将裤子在原处悬挂了，转过身来，钟声响了！

咣！咣！沉稳的节奏，在她脚下敲出了轻松。她双手捧着丈夫的人头，循着一条灯笼光指示的路，拐弯抹角步出了太岁宫，又连夜坐兜子回到苦胆湾。

丈夫的尸体还停在场房前，海鱼儿朝裹尸单上喷去了十八斤烧酒，又有艾叶、柏朵、栗絮绳在四周燃着，所以尸身没肿没烂没流汤。十二块的红椿木棺材刚上过土漆，描金的棺头上，浮雕着的盘龙正等待阴阳先生的最后点睛。

根据族人白顶子、一直陪侍在侧的高卷还有陈八卦的共同商议，十八娃就不再参加承礼的入木下葬了。她不能再折腾了，保护肚里的命根子是当务之急。

当夜就入木。棺材里垫上了一尺厚的灶灰包，上头铺了一床薄被，六个人提了裹尸单抬着尸体放入棺材，然后把孙老者扶过来。老者到底还是老者，是住过衙门执过水火棍当过大贯爷的老者，他平静地接过儿子的头，双手按到颈上，又筋是筋皮是皮地对了茬口。陈八卦在旁侍候，指示说太岁是如何把头扭下来的。海鱼儿递上鸡血碗，孙老者操一铲儿血糨糊把接茬的缝口糊了。看儿子青春的面孔生动如初，孙老者肃然静立，一圈人都肃然静立。

几盏惨白的纸灯笼挂在染房的木架上，齐茬切开的半个月亮悬在天边，五圣师庙的两个道士在低声唱着孝歌，孙老者轻轻地自言自语："这是我的孽过啊，我的孽过，光绪十三年，我杖下死了一个和承礼一样大的青年。"他把自己的滩羊皮袍子盖在了儿子的身上，挥了挥手，转身离去了。

保、里公所，甲脚户，都有人主张把丧事办体面些，孙老者毕竟在州川里德高望重。可是孙老者说："按陈八卦说的办，横祸么，悄声办了就算了，自个儿的孽过自个儿赎啊。"

没有请阴阳先生，陈八卦说他就是阴阳先生。就用朱笔给雕龙点了睛。墓已箍妥，青砖的墓门没有什么雕饰。在天黎明的时候，几个壮汉倒坐在墓口，用脊背把棺材顶入了墓穴。

州河上传来轰天巨响，海鱼儿说了一句"发大水了"，话没落地，一道电光闪过，铜钱大的雨点就砸落下来。一伙人抱头鼠窜，陈八卦折一枝柏朵顶在头上，他背抄双手，迈着方步，慢条斯理而来……

一伙人躲在场房屋檐下避雨，个个淋成了落汤鸡。可陈八卦浑身干爽，似乎他头上那枝柏朵也没淋一点儿雨星。看着他大摇大摆踱进上房屋，高卷就说她一看到福吉叔就害怕，问海鱼儿你们咋知道要给草面庙上送吃喝香表被服，海鱼儿反问说不是福吉叔叫一个白胡子老汉给捎的话么？俩人就执对时间，啥时候接的信儿，啥时候开始做的饭，啥时候起的程，算来算去这时间上就错着茬，算来算去就说这除了鬼八卦再没有别的解释，算来算去两人都感到有些头昏眼花……

房檐上掉下的雨帘子迷茫了天地间的万千景物，檐雨水流淌下来在积水里打起一串串的水泡，远方仍有隐雷滚动，高卷就把淋湿了的发髻越扎越高。她抹顺了鬓角的乱发，用胳膊肘顶一下海鱼儿，很不服气地问："哎哎？野兽用尖牙利爪杀人，土匪用刀枪棍棒杀人，没听说过太岁还能杀人。我不相信。"

海鱼儿说："我也不相信。"

高卷说："可十八娃到太岁宫里取人头是我一眼一眼看见的呀？这太岁头上不敢乱动自小老人就告诫过的呀，你说她怎么就糊涂了敢在太岁头上尿尿？这不是寻事情吗？"

海鱼儿说："事情寻大啦！一泡尿惹出俩人命，哼！"

高卷就大惊失色，问："俩人命？"

海鱼儿嘴唇子一阵啵啵啵乱抖，就前言不搭后语地说："这南北二山的毛神鬼怪多啦，你不信？你又不得不信！我不信我出门就叫鬼打个青眼窝，我不信我连天晌午叫鬼压到河滩用头犁地，不说这不说这，越说人心里越毛。"

高卷问："你见过太岁吗？"

海鱼儿说："没见过。"

高卷说："我也没见过。"

海鱼儿说："陈八卦确实厉害，你得服长虫的身子是凉的。"

高卷说："他本身就是个鬼。"

陈八卦端坐在孙老者的老圈椅里，用五个指头一下一下梳着他的帽苫子，末了又把玩那只精致的红铜茶壶。孙老者铁青着脸，用长指甲嘟嘟地敲着桌面，压着泣声说："你说这老二、这取仁啊，任你捎书带信都不回来，这他哥死了埋了他都不管，这？这这？"

陈八卦眼里似有绿光射出，他不接话茬，只一字一板地说："你得先把老贩挑埋了。"

孙老者捻着他的短须，沉吟半晌，铁青的脸沉入痛苦，他依旧固执地说："还是先把老二叫回来。"

陈八卦说："就是取仁回来，老贩挑也还得有个埋法。"

孙老者耸一耸他盘颅前额上的光亮头皮，又把个水烟哨子在桌子腿上敲得当当响，一边倔倔地说："埋法？把人家乱石窖的人叫下来赔情么，就照实说么，咱杆杖老四孙文谦失手伤着致命处了么，看是收监呀还是赔钱呀还是叫老四给过继呀，总得给人家个说头么！"

陈八卦慢慢拧过头来，平声问："老四人呢？"

孙老者说："他能跑到哪儿去，寻么！"

陈八卦轻声冷笑着，低沉着声音问："寻？上哪儿寻去？"又猛然抬高声音说："人家吃粮去啦！"

孙老者一惊，站起，发一声咳嗽又坐下，一边捶着胸一边吭吭着说："吃粮？在谁手底下吃粮？这南北二山的逛山没有捎不到的话么！"

陈八卦压着胸腔的共鸣音，扯出滚木头的声音说："这个嘛，后边都可以计议，要紧的是老贩挑究竟怎么个埋法？坐监呀过继呀，致害人都寻不着，这两条都是空话。至于赔钱，乱石窖的人给你来个狮子大张口，叫你挨个肚子疼你能挨得起？"

孙老者沉默了，做事从来不亏人的他，水烟锅搭在嘴上，几次点不着火。

陈八卦说："依我来办，就说是办差去出了意外了，葬厚些就行了，再说这十八娃还在咱手里，他乱石窖的人也得趁当着。"

对于这个主意，孙老者一连说了两句："我心里过不去，我心里过不去。"就摇头否定了。对此，陈八卦说："你一辈子都是行仁讲义的，也凭这州川上下尊您为孙老者；不过么，你的家事你做主，我不勉强你。"就商量派谁去乱石窖请人说事，然后中间人请保公所的谁、里公所的谁、甲脚又请谁，怎么招待，送什么礼；老贩挑的坟地选什么地方，棺板用什么料，请哪儿的龟兹（乐人）吹打，等等。

最后，孙老者还是坚持说："你给我把老二取仁叫回来。"

陈八卦也不得不给他摊牌说："取仁叫程掌柜的女儿给缠住了，程掌柜的要回山西去，想把货栈那一摊子交给咱取仁哩，州川同去的几个相公娃都说咱取仁有福啊，平白里得了一份家当又得了一个媳妇，这怕也是你前世里修下的吧？"

孙老者一时哑了口，不由得就抚着他前额盘颅的发茬子、抚着他花白的短辫子，突然说："你寻个人给我刮刮虮子。"

陈八卦就笑了，说："虮子是钱串子哩，平常不要刮，过年节了谁家烧了杀猪水，舀一盆来，热热地一烫，搭皂角一揉，不用刮就都掉了。"

孙老者自己就用指甲掐着长发一边捋，一边说："这程掌柜的也真不够义气，他光绪十八年那一场官司，不是我他连命都丢了，这如今要我的儿子给他掌门，连句礼性话都没有。"

陈八卦说："这是好事哩，其他人想沾还沾不上哩！"

孙老者把辫子一甩，果决地说："取仁，还得叫回来。"

陈八卦站起来，轻松地弹一弹衣袖，双手捂着帽苔子，朝后一捋，又一捋，拖着长腔说："我走呀，上西安省去呀，吴督军的三姨太无缘无故就疯了，老连长叫我去给禳治禳治哩，盘缠上给的很宽余，银砣子都捎过来了。"

孙老者不理他，只顾呼呼噜噜地吸着水烟，目光在烟气中氤氲。这白铜水烟锅是祖上从关中富平县老家带过来的古物。那是大清嘉庆年间，孙家老先人跟人进东秦岭贩牛，苦胆湾是他的落脚点，后关中连年大旱，孙家老先人就携了家口顺牛路迁了过来，这就是孙老者的苦胆湾初祖，至今已传八代，繁衍九十多户，成苦胆湾第一大姓。老先人的遗物早已无存，惟余这只白铜水烟锅，代代长门相传，浸润着富平县孙家庄的血脉。宣统逊位以后，孙老者缴了水火棍，又被聘为北洋时期县府的大贯爷，可他奈何不了兵匪祸民乱道，一遇烦难事，由不得就操起水烟锅，在呼呼噜噜的烟水声中，灵感一闪，就有了解事的办法。仿佛水烟锅里聚藏着先祖的智慧，一经点燃，就可逢凶化吉。现在，烟哨子吹出的灰蛋蛋落了一地，孙老者仍然苦思不得其解。他把火纸卷儿吹得噗噗响，那焰头儿着了，又灭了，连火蛋头儿也掉了，就伸手在裤带上摸火镰，摸着火镰却找不见火石，就索性把白铜水烟锅收入牛皮水烟袋。

孙老者扬起椒籽儿一般明亮的眼睛，盯着陈八卦，不紧不慢地说："我说——，你走不了啊，这一摊子事，都是人命关着天，你一走，这天不就塌了吗？"

陈八卦重又坐下，先跷起二郎腿，又合身子转过来，也射出两束灼人的目光，嗡嗡隆隆地说："这三十六路的毛鬼神我都招齐了，就等着送我上路哩，一天不走一天就得吃两柳条笼的肋骨肉，谁养活得起？"

孙老者说："你这人哎，耍了一辈子鬼，还能由鬼来摆布？这南北二山要鬼斗法的，哪个不是招之即来，挥之即去？"

陈八卦说："这你就不知道咧，招鬼容易遣鬼难，就地放了，这州河两岸就鸡犬不宁，你拿桃木橛揳了拿锥子钉了拿阴符镇了，硬把它们驱走了，二回就招不来了，要招来，它就给你使坏，半路上把你扔到岩坎里、扔到刺窝里、扔到茅坑里，比儿子还淘气哩！"

孙老者沉默了，他没跟鬼玩过。他说："真要闹得四乡八邻都不安宁，那也是你耍鬼人的罪过了。"

陈八卦说："那我还得走，咱毕竟还有用鬼的时候。"

孙老者说："那你走，把这些毛鬼神全带走，一个都别留，回来的时候也别叫进村，鬼就是鬼嘛！"

陈八卦说："这你放心。家里这一摊子事，我叫学坊里唐文诗先生过来给你主持几天，该交代的我都交代过了。埋老贩挑的事寻庙里的南华子，寻老四的事叫海鱼儿去跑，叫老二的事我到了县城再找人捎话。你也别太急，事情弄成啥样儿是啥样儿，弄不成了就地摆着，我回来了再说。"

陈八卦一走，唐先生如约来到孙老者的府上。

这是一个白白净净的书生，一袭长袍蓝格盈盈得净，一副黑圈儿眼镜衬得西式背头油光发亮，那些大遗老们留的小辫子，那些二遗老们留的帽苔子，那些"留头不留发"的苦力者颈上的"光葫芦"，如果是在戏台下，这一群的土脑袋中，突然掺杂着一颗西式大背头，那必要引起看戏人的一阵窃窃私语，说这是谁家的娃子在省上住的什么洋学堂呀，这是哪所学坊的教书先生文墨有多深呀，等等；也有当地巡管队的人在不远处监视，疑心是省上潜下来的革命党……

可是，如此儒雅的教书先生，孙老者怎么也和当年那个讨饭的叫花子联系不到一起。说是有一年的腊月，风搅雪把一个讨饭的叫花子送到孙家门口。叫花子身穿破袍子，脚蹬烂窝窝，手持一支洞箫呜呜哇哇地吹，孙老者在老圈椅上吸着水烟，就叫海鱼儿出去打发。海鱼儿出去说："你给我老者磕个头，我给你拿俩馍。"叫花子说："不求富，不贪贵，不向皇上叩头跪。"海鱼儿一听就躁了，说："嗨！把你个要饭的，尿挺得比桃木橛还硬啊！"叫花子又说："不交税，不纳粮，不犯王法任徜徉。"这些对话，孙老者都听到了，他就亲自出来，对海鱼儿说："这人是个文丐，你不能拿粗话对待他。"又温和地问："敢问相公该是读过几年书的？"叫花子扬头答道："读啥书，耕啥田，人生不过几十年。"看他心性清高，孙老者不由生出敬意，就下了门前台阶，扶他到屋里，坐到火盆边，又叫海鱼儿给送上一杯热茶。这叫花子接过热茶一饮而尽，又伸手在火盆上烤了手心烤手背，然后脖子一歪，吹起了洞箫。这箫声稳重而高贵，沉着而庄严，孙老者听得出这曲名叫《孔子读易》，就一时心下生出怜悯。待他一曲吹毕，问："看你像个读书之人，如此流浪不免恓惶，何不谋个正经差事图个落脚？"叫花子说："人生不过梦一场，为谁辛苦为谁忙？富有四海皇天子，也得空手见阎王。"几句说词把孙老者给逗笑了，他叫海鱼儿取来番麦面馍，嘱叫花子在火盆上烤热再吃。这叫花子哪管热冷，逮住一个张口就啃。适在这时，陈八卦来到，见孙老者在招待一个乞丐，就说如今这世道啊，门上乞丐成串，你打发都打发不过来，说着也坐下烤着手脚。

看这乞丐气度不凡，孙老者又问他从哪里来？府上何处？学问几车？这叫花子却不搭理，只顾狼吞虎咽，待吃完了一个馍，又喝了一碗茶，才抹嘴吟道："身世浑如水上鸥，兴来持杖过南州，饭囊凝霜盛残月，冷箫临风唱悲秋。两脚踏翻尘世路，一肩担尽古今愁，而今不吃嗟来食，先生何须问未休。"

陈八卦闻言，面露不悦，说："你沿门乞讨，必是困苦之人，可你如此傲骨，岂不自绝施主？"叫花子闻言不作申辩，操起洞箫又吹一曲。这曲调亮丽而华贵，孙老者说："你不吹了，你不吹了，我听懂了，这是《春江花月夜》。"

叫花子放下洞箫，却神情不宁，几次坐而复起。孙老者劝他吃馍，他说他吃不下去，因为有一个丐友死在河滩的堰洞里，如果早半天得到一个馍，这个丐友也不至于冻饿而死。孙老者就详细询问了堰洞的位置，说这你就不操心了，我派人去查看查看，如果还有一口气就背回来救命，如果命已归阴，就叫人择地掩埋。陈八卦说，在苦胆湾地界，所有亡魂孤殍都是孙老者出资收殓，这下你的丐友就可以安息了，你尽管吃你的番麦馍吧！

就又吃馍。一口气把八个番麦馍吃到肚里，叫花子才对孙老者和陈八卦说了他的身世，说到动情处，凄然泪下，又是《梅花三弄》，又是《孔子哭颜回》，直把干裂的嘴唇吹得鲜血长流，直把一个雪澡的灵魂捧到高处。原来，这叫花子姓唐名文诗，曾住过上海的洋学堂。上海，十里洋场的地界，灯红酒绿的场面，那个流光溢彩的地方，有一间五花歌舞厅，唐文诗在里边操持箫琴为生。至于为什么会流落到这东秦岭的州川里，他说原本是要追寻一位琴师和一支古曲。看这唐先生一肚子的古文化，孙老者和陈八卦就挽留他到学坊里当先生。话一说妥，陈八卦就叫海鱼儿领了唐文诗先去学坊歇息。

光阴如梭，一晃过去了几年。唐文诗先生不但在学坊里教唱歌，还教国文，颇受学生们爱戴。陈八卦给他交代了孙老者需要料理的家事，要他全盘把握，缜密安排，说值此特殊时刻，万勿再出漏洞。唐先生点头应承，又一笔笔记下了诸多事务。陈八卦安排妥当，就袍子一甩，飘然而去。

海鱼儿按孙老者的交代很快叫来了南华子。经长偈短地一说，南华子就立马出发到乱石窨去。乱石窨是老连长和南山罩势力的交叉地带，僧人经行要比俗人方便些。

唐先生和孙老者各坐一把老圈椅，算计着老贩挑的族人在知道老贩挑死讯后的各种可能反应。唐先生分析说：首先一条，告讼他不敢，咱这儿有老连长撑着，不怕；其次，是赔钱，赔多少？州川里卖一个寡妇才一百银元，你一个死老汉能值多少？三十？就在二十五上叫板，撑死放到三十；再就是"过继"，叫老四孙文谦过继去续他家的香火？这显然是说天话哩，哄母猪哩，拿个竹竿戳星星哩……

不到一天，南华子就回来了，事情意外地顺。老贩挑三代单传，又是独庄子，一个远房的族人说了，出了事就出了事，把独庄子叫我拆了算了，也想要几个钱哩，只怕你州川人歪，要不上钱再挨一顿打就划不来了，反正人死在你那儿你埋人。叫他下来看着埋人哩，人家死活不下来，说是他急着拆老贩挑那一院儿房呀。问老贩挑的那个河南老婆上哪儿去了？是不是在石瓮沟她娘家？这么大的事要给人家把丧报到。那族人就歪乍着嘴，一蹦三尺高地叫唤："给她说啥呀？她是谁呀？谁认她是俺门里的媳妇？窑子里出来的烂货，当初就不是明媒正娶的，如今是哪搭来的哪搭去，俺族里从来没认过她。"

孙老者果断地说："这不对！他族里的事情咱不介入，但人死了是大事，那女人再不好也是咱一门亲家，咱要走大理，话还是要捎到。"

这事就派给了海鱼儿。海鱼儿说，祭太岁那天老三就去了乱石窨，回来说大嫂她妈叫南山罩抬走了，这事福吉叔都知道的。孙老者说，你再跑一趟，看人是不是放回来了，他不走理咱走理，路跑到话捎到，事后咱也不亏心，你顺路再打听一下咱的老四，看到底是跟谁吃粮去啦，如果到了红崖寺地界，说话走路眼色放活些。

海鱼儿就背了褡裢子，装上干粮和三十文铜钱，出发去南山石瓮沟一带去找人捎话，当然面见会唱臭臭花鼓子的瞎老婆是他此行的重点。

海鱼儿一走，孙老者就叫高卷把十八娃扶到正堂来见他。他和南华子一道要向她讲清楚她父亲老贩挑已经死了并且准备立即埋人。当面色蜡黄的十八娃，挺着大肚子软软瘫瘫地靠明柱坐到杌子上时，孙老者自己先忍不住唏嘘起来。倒是深明事理的十八娃先安慰起自己的公公来："大大你不要伤心，这些天我流干了眼泪，人的命，天注定，我得罪了太岁我受孽过，你老人家要保重身子骨。你一辈子没个女儿，我就是你女儿，老百年了我给你哭丧扯孝，我给你接五谷斗。我这坐下月子，是男是女都是承礼的后，咱有苗不愁长，过二十年又是忽啦啦一群，你放开心思，孙家的香火旺哩！"

十八娃泪声唏嘘，直把孙老者说得双手掩了面，灰白的辫子在后肩上抖动。

南华子以手掌拍击着老圈椅的侧帮，果决地说："啊啊，闲话咱就不说了啊！"他目光直视着十八娃，硬声说："你这家里事多，我前天叫你的高卷嫂给你说个事，她说她不忍心。现在我就对你说了吧，你父亲，啊，你大大，他啊，给你的染坊里催账去，在外头发生了不幸，这个——"

十八娃"啊"了一声，就双手捂了小腹，身子一歪溜到地上。旁边的高卷就慌了手，又是拖又是扶又是哭着叫着；南华子一歪脚踢过去一块草垫子，看着十八娃就地坐了，又说："日子都看好了，明儿就埋。"

十八娃立即就地扑倒，长长的手臂在地上拍打着，一声长哭从腹腔深处扯出："哎——我乃可怜的大大也，哎——哎哎哎呀！"

这一声长哭延伸到场房门前，停过承礼的木板上又停着老贩挑。因为红薯窖里凉，老贩挑的尸体还算完好。依旧是那一拨匠人，做了棺材又挖墓，还是族人老本家，劈柴烧火的，推磨擀面的，扯孝扎纸的……

天上星星出得明明朗朗，地上锣鼓敲得叮叮哐哐，做啥子哩？西塬上人家打花鼓子哩！花鼓子打到五更头，十八娃侧倒在草铺上，她给可怜的大大守夜，哭着哭着就睡着了，睡着睡着又哭醒了。高卷嫂拿一枝柏朵，一晃一晃地给她赶着蚊末子，那边花鼓戏《回河南》的曲段儿也正唱到恓惶处：

> 宣统爷登基没好年，
> 十年旱了八年干，
> 还有一年水淹田；
> 只有一年秋苗好，
> 闪上来蝗虫吃得宽；
> 东吃的东来东振海，
> 南吃的南海普陀山，
> 西吃的我佛雷音寺，
> 北吃的大凹饮马泉；
> 一开口吃的是南阳府，
> 回头的再吃黄河边；
> 吃了的秋苗不上算，
> 吃了的黄土三寸三；
> 大麦子粜到六两四，
> 二麦子粜到六两三；
> 白米粜到正五串，
> 包谷豆豆两串钱；
> 大户的人家卖骡马，
> 二户的人家卖庄田，
> 穷家的小户没啥卖，
> 当出去贤妻度荒年；
> 七八岁的娃娃没人要，

十七八大姐二百钱；

线串着黑豆长街卖，

水里头捞草也卖钱；

六个钱的蒸馍枣核儿大，

五个钱的烧饼吹上天；

东庄的人不敢到西庄去，

他到西庄命不全；

西庄的狗不敢到东庄去，

它到东庄不回还，

人吃的人来犬吃犬——

　　远处一只狗叫了，村里一群狗就都叫了，狗儿与狗儿呼应着，山窝子里就嗡儿嗡儿地响着回声。晴空里一颗星星落了闪过一道光，河岸上的滩地里一个红红的火球轻冉冉飘浮。谁家的娃子吱儿吱儿地惊哭，老榆树上的黄叶子一落一兜篓……高卷嫂心里突然一阵紧，黄沙渠里的老狼就唰儿唰儿地朝草铺上刨土！她赶紧壮着声儿给十八娃说："你看你大大拿着长扁担来啦！"

　　她是故意说着给狼听哩。

　　狼不刨土了，可十八娃又"大大呀！大大呀！"地哭叫起来。秋夜里起了雾，露水珠珠从死人的脸上滑落。十八娃又想起了娘家妈，祭太岁回来，她问过老三娘家妈咋没来，老三吞吞吐吐地说是走亲戚去了。她哪有亲戚可走啊，一个被卖过来的外乡人！她妈记得她老家的村名叫贾宋，说那里的蝗虫多得牛耳朵里都爬满了，她一辈子的愿望就是要回河南呀！回贾宋村呀！这《回河南》的花鼓戏正是当年从豫西逃过来的难民们编唱的，外婆唱一回娘就哭一回，肠子一寸寸地断了，心腔子一滴滴往外渗血！

　　"娘呀！娘呀！"十八娃拿头撞着父亲身下的停尸板，停尸板上的稻草被她揪成了短节节……

秋风嗖溜溜吹过，州河沿儿上的珠山就变了脸。先是平白里起了雾，雾朝山顶翻卷，最后敛成一顶帽子静凝山巅。珠山戴了帽，阴雨连天罩，苦胆湾的民谣唱白了州川里的天候地气。珠山顶上的观音堂，先是被山下潮上来的雾气裹了，雾气浓缩成阴云，观音堂的飞檐翘角就云里雾里的从这儿那儿展露出来。然而好景不长，说中间满河床就起了雾，而珠山顶上的白帽子却淡开来，待与河床上的雾气连成一片，观音堂的飞檐上就扯下了雨脚，先是一瓢一瓢泼下的水帘子，再是漫天遍野就罩上了雨幕。在雨幕的沉重与灰暗中，黄沙渠淌出了浑水，石门沟奔下来洪水，州河就轰然卷起了巨浪，浪头子上浮一层柴火树根，一河两岸的人就扛了捞斗子呼叫着朝河堰上跑……

老贩挑正在这时候下葬。满地都是泥水。十八娃哭号着，几次要扑墓，都被高卷嫂抱住了。她扑倒又爬起，浑身成了泥猪，高卷嫂也成了泥猪。女人的长头发漫裹在脖颈上，披麻戴孝的重服散乱抽扯着，一身的泥泥水水不成个人样子。

这墓室没有石砌砖箍，是就地掘出的土坑，老天爷的泪雨又使墓坑成了水坑。苦胆湾的小伙子们，用四条老麻绳吊起棺材，沉入泥水坑里，又将胳膊粗的柏树伐倒，锯成短桩子棚上墓坑，再苫以谷草，就封墓拱土了。这第一锨，须是长门孝子撒下生土，无子者由女执之，无子女者由过继者执之。可是，这十八娃死活提不起身子，她瘫在泥水里，长哭野号，几欲气绝，无奈由俩人架了，高卷嫂帮她操起锨，那么象征性地撩下几团土块，十几个掘墓人就一哇声高叫着朝墓坑拥土。冷不防间，十八娃孝袍一撩扑下墓坑，泥水土块落在身上。几乎同时，凭空里裂出一道闪电，闷雷就在天边忽远忽近地滚动，高卷嫂"吱哇"一声就扑下去救人，待拉出来，十八娃就脸色煞白没了声息。人们就赶紧掐"人中"，赶紧"十宣"放血，赶紧灌浆水……

苦胆湾的荒坡上，片刻就拱起了一座新坟。纸笆子插到坟顶，哭丧棍插在坟前，雨水淋湿了烧纸，一卷卷埋到泥土里。北山里叫来的阴阳师，提了五谷斗，却不见孝子接福，就狼声野气地在雨地里喊。这边的千枝柏下，十八娃刚缓过气儿，听到喊叫就跌跌撞撞要过来，

三五个妇女就扶着她，架着她，推着她，来到坟前。十八娃自己撩起
孝袍大襟，抽泣着接受父亲从阴间施洒的福分。阴阳师左手提着黑漆
木斗，嘴里嘟囔嘟囔地念说着，同时一把一把从斗里抓出五谷麻钱朝
坟前抛撒，众妇女扶着十八娃，左接一把，右接一把，她的袍襟里接
下了黄豆、番麦、绿豆、露仁子，还有俩麻钱儿。十八娃"大大呀大
大呀"地唤个不停，秋雨就一绺线儿地下着，人们的衣服淋得湿透了，
十八娃的眼泪也流干了……

　　夜来了，星儿不明，狗儿不咬，雨还在下。十八娃又要去坟上给
大大煨火，这是一个风俗，也是初入土者的必需——他冷呀！高卷嫂
再三劝说，十八娃终于同意由她代替去给大大煨火。高卷背了麦草，
头顶草帽，手提灯笼，爬上泥泞的荒坡。来到坟前，雨地里点燃麦草，
淋湿的麦草燃不起焰，她歪过头噗噗地吹，吹出的黑烟就地扑散……

　　十八娃在她的小房屋里，给大大设了个简陋的灵堂。那是一方黄
表纸，阴阳师给她写了"父亲大人之位"，她高高地贴到墙上，又用挽
着花的白孝布围了。在"父亲大人之位"后面，是"孙氏历代大人神
主"的插屏，这神主插屏只在每年的元宵节专供孙氏后人叩拜……

　　在每年元宵"神主"专用的香炉里，一支线香孤独地冒着烟。旁
边，两支白烛弱焰摇摇。

　　十八娃伏在"父亲大人"面前，长跪不起。她面戴丧巾、头戴孝
帽，孝帽上顶着麻丝芦秆的帽圈，芦秆上裹了白纸，麻丝上吊着棉花
蛋儿。她泣泣哀哀，触地长磕，长歌当哭——

> 哎——我乃苦命的大大也！
> 七尺的扁担两头翘，
> 大大你上路莫要躁；
> 奈何桥是阎王造，
> 三寸宽来万丈的高；
> 中间扎满铜钉钉，
> 两头抹着花油胶；

大大你一生行厚道，
歪人恶鬼跌下桥；
刀山割断贼懒筋，
到你脚下变水云；
油锅干炸奸人心，
锅里你洗澡阎王陪——

十八娃跪在爹的灵堂前，双手抚在扁担上，哭哭唱唱，念念说说，屋外的斜雨漂湿窗纸，堂前的烛泪流成小河。高卷嫂换了一身干爽衣服，悄没声息进来，她扶十八娃起来，默着声儿替她绾了散发，替她摘下麻丝芦秆帽圈子，替她卸下丧巾孝帽子，替她换下水浸泥抹的孝袍子。

十八娃坐在炕沿子上，猛然发一声笑，高卷嫂吓愣了，一时就脸色煞白。猛然传来弦索声，是西塬上人家又打花鼓子哩，花鼓子正打五更头，一个凄惨悲凉的旦腔传了过来：

郎在对山割黄秧，
姐流着泪儿打嫁妆；
后院里有棵苦李子树，
结下青果郎先尝；
强扭的瓜蒂流筋水，
我到他家不久长；
我前脚进门公公死，
我后脚进门婆婆亡；
小姑子得下绞肠煞，
小叔子担水滚长江；
他一家大小都死遍，
我原旧归来配我郎……

十八娃发一声冷笑，又发一声冷笑，一声高似一声，最后竟忍不住狂笑了。高卷嫂连忙捂她嘴，说："好妹子哩，你疯啦！你疯啦！"又转身"夸嗒"一声闩了门，看那烛泪流得一塌糊涂，正要拾掇拾掇，却猛然蝎子蜇了一般爹起双手，回首惊问："你咋给孙氏先人烧咒香呢？"

此地风俗：堂前上香，双香为供，独香为咒！

十八娃紧握了拳头，咬牙切齿地说："我就是要咒！我就是要咒！"又是一声高出一声，高卷嫂捂她嘴也来不及了，就一巴掌打了过去。

十八娃被打晕了，身子一歪滚到炕上，高卷嫂自己沉不住，呜儿呜儿哭了起来……

高卷嫂当然不知道，十八娃的少女时代另有隐情。那是石瓮沟坡座子上的独户人家，一个常年给瞎眼外婆供应柴火的小牛郎，自小和十八娃挖菜菜、拾柴柴、唱曲曲的小牛郎，老贩挑曾一门心思要招上门来做女婿的小牛郎。可是，当媒人的陈八卦把一颗白光光的银锞子呈在瞎眼老婆的面前时，她的瞎眼放光了！她一口就允了这门亲事！当老贩挑从四川万县回来时，婚事已经定妥了。再加上宁花又在耳边说，苦胆湾是平川地方，孙老者又是州川里有名望的仁义老者，以后咱老了也好下山投靠去……

其不知，孙老者并不看重陈八卦说的"银盘大脸双下巴"，他有他的结亲原则，他嫁女要家世比他强的，娃过日子朝上走；他娶儿媳要家世不如他的，穷汉家女子好使唤。凭她乱石窑里的穷汉女儿，孙老者也不会出多少聘礼，他是个细得屙麻丝的人。可陈八卦说这女子是他给捏揣下的，前世里造就的孙家媳妇，孙老者你不是喜欢富态女人吗？那银盘大脸双下巴放到你孙家正合适！于是，他甘愿给垫上银锞子也要把事情说成。

而在坡座子那边，小牛郎还是小牛郎，他还是常年给瞎眼老婆供应烧饭柴火、烧炕柴火，还独自伴着他的老黄牛在坡座子上唱他的小曲曲：

星星星星当头照，

我给你盖个娘娘庙；

日头日头红彤彤，

我给你搭个柴棚棚；

月亮月亮白光光，

我给你盖个小房房……

海鱼儿奉命进南山，却隔在州河沿儿上过不了河。州河里发了大水，四乡八镇的人都在河里捞柴。那是一排一排的黑浪，汹涌着，翻卷着，轰隆着，散发着浓重的泥腥味，展示着上游人的灾难和破亡，也展览着州川人的贪婪和疯狂。

海鱼儿也操起捞斗子朝河水里挖，那些柴草树根硬邦邦，在水头子上一涌尺把厚一层，人们像挖牛圈里的粪一样连搂带刨，滩岸上的洪柴像坟堆一样黑压压一片。水头子过去了，人们喘口气，海鱼儿却心贪，撵着撵着扑到没脖子深的水里捞一架老树根，看着那黑龙一样巨大的根座子，翻转着，起伏着，随浪隐显，他老远就把捞斗子扑下去，可那根须从捞斗网眼里戳进来，随着波涛翻转一下子把捞斗缠住了，他连人带捞斗被卷进浪里，岸上的人就一哇声喊："快丢手！快丢手！"有几个会水性的就扑过去，一下子抓住他的头发。他脱险了，回到岸上，捞斗子还死死攥在手里，眼尖的人又赶紧喊："扔了扔了，捞斗子！快，丢手！"海鱼儿一看，"妈呀"一声丢了捞斗子就跑，原是捞斗子的网眼里缠着一条胳膊粗的乌梢蛇，那黑头血口蓝芯子，鹅头一样竖起来要咬人，一个手快的后生飞起一脚将捞斗子踢到水里，又使劲按住把子把蛇头入到水里，片刻，见那黑乌梢昂着头顺水皮子冲到下游去了。

人们正在惊叹刚才的险事，又见轰然一声响，一个更大的水头子扑下来了，水头子上驮着一棵碌碡粗的桦树，有经验的捞手就喊："涝峪沟的水头子下来了，快快，捃镰杆！"于是，人们纷纷扔了捞斗子，抓起身旁的长杆子，长杆子顶头一律绑着弯镰，人们逐浪而奔，看准一个波峰，齐刷刷把镰杆扎下去，这老桦树实在是太大了，人们一时拖不过来，就顺着水势，一边跑一边朝岸边悠着使劲。终于，在下游一里处，将这棵十几丈高的巨桦拖到浅水里。然而，就在人们拿来锯子斧子要在水里破解瓜分时，一个更大的水头子下来了，人们呼叫着朝岸上狂奔，几个动作迟缓的连镰杆也叫桦树带走了。看着那巨大的桦树又在浪头子上巨龙一般腾跃，年长的捞手就说："洪柴不要红眼，不该是你的柴你捧也捧不上，捧得快了是拿人喂鳖哩！"

这个水头子，只有波峰连着波峰，只有家具死畜没有柴火，只有瓜果庄稼没有山珍野味，年长的捞手又说："今年又把黑龙口吹了！这天爷实在是不公。"说话间就有人喊："一个猪！一个猪！快看快看，那个箱子上还爬个娃！"人们顺手指看去，水沫飞溅的浪头子上，一个红油木箱沉沉浮浮，一个十多岁的娃，四脚拉叉爬在箱子上，双手紧搂着，正在和死神抗命！

年长的捞手又说了："这娃命大，如果能抗到龙驹寨的月日滩，就有救。"月日滩河面开阔又拐个猛弯，河床是沙底水面平缓，一般的洪死鬼到了这里都被滩住，当地有人以收尸为业，主家来了收取相应报酬，夏洪秋汛，总还忙忙儿的不得清闲。

眼看着天色向晚，河水中流逐渐波平浪息，衍过来的水沫子中也少了柴火树根，人们就都回到自己捞积的柴堆边，刨刨捡捡看有没有能吃的能用的。一群娃娃捧着水脚线跑来跑去，他们捡拾那些在沙滩上蹦蹦跳跳的小鱼儿，山洪泥水呛得水中生物都朝岸上扑。

海鱼儿在他捞的柴堆里，先刨出一条死长活长的烂裹脚，又刨出两只系在一起的全新的金莲绣花鞋；刨出半块子北瓜，刨出十来个脱皮子核桃，还有一只半死的红眼窝疥肚子[①]；还有三片子尿桶板，上面厚厚的尿硝一闻一股子臊臭……他到水边把裹脚布淘了，心想进山了可以用来扎缠子垫麻鞋，而这双绣花鞋，手工这么好，想着那女人必是好模样儿，是待嫁的大姑娘？是才过门的小娘子？是正怀胎坐月子的小妇人？一时浮想联翩起来，经常听说谁谁在州河里捞了个媳妇，

———————————
① 即疥蛤蟆。

咱没捞下媳妇倒先把绣花鞋给捞上来了，这东海龙王一年要收多少大妇小妻才算够啊！他又仔细品味这鞋子，把手指头伸进鞋壳子里撑圆它，甚至凑上鼻尖深深地闻一闻；这半块子北瓜，拿回去可以喂猪；这红眼疥肚子，拿到药铺子能换俩麻钱儿；几片子尿桶板，日他婆的喷臊老臭，他一抡胳膊又扔到河里去！扔出去一片又觉得可惜，心想晒干了烧锅不仍然是好柴火？他拿一片尿桶板子把柴堆摊开，要畅一畅水汽，心想明日了和老三一块儿背回去。可是，他的尿桶板子被什么粘住了，他搅不动刨不开，用双手扒开，竟是一块子肉！

熟肉？紫红的、骏黑的、光滑的、肥软的，仿佛红烧过，又仿佛回过锅，他把它捧起来，嘿！足有二十多斤！他到水里淘净它，闻着有淡淡的生栗子的香味儿。

海鱼儿又惊又喜，不知道这是什么东西，想叫人来认一认，可捞柴的人都陆陆续续回家了，河沿子上只有各家刨开摊晾的柴堆。于是，他脱下上衣，摊在地上，把这一块肉，把绣花鞋烂裹脚北瓜块子红眼疥肚子拢在一起囫囵包了，又捋上他要去南山带的哨码子，一步沉一步轻地回到村里。

孙老者知道州河里发了大水海鱼儿没上南山，也没怪罪他。只说等水塌了再去，又听说他捞了一大堆柴火，就高兴得直乐呵，还把自己碗里几块子煮红薯捞给他吃，又伤感着说野狐洞上滑了坡，半片子红薯地溜了，木碗大的红薯才正长哩，可惜得很！

海鱼儿就搁下碗，得意地说："好伯哩，快把红薯碗搁下，我给你捞了一块子肉！"说着就咚咚地跑走了，孙老者远远地问："莫必是把黑龙口的肉架子给冲下来了？"

海鱼儿把那东西从场房里取过来，双手捧到孙老者眼前。孙老者先把蚂蚱腿的老花镜戴牢靠了，凑到跟前辨认，鼻子蹙蹙着，又用筷子捅一捅，看那东西活物一样颤动，就身子一仰，高高地摇着手，用发抖的声音说："这不是肉，这不是肉，娃，娃，这是怪东西，怪东西！"

海鱼儿一听，膝盖一软就喊叫："那我撂到茅坑里去呀！"孙老者又是高高地摇着手，一边扶了石头眼镜一边说："不敢乱来不敢乱来，先泡到二号盆里养着！"

只一夜工夫，全苦胆湾的人都知道海鱼儿捞了个怪东西。许多人跑来看，孙老者都不许。那东西用清水养在二号瓦盆里，上面又扣了个木盆，木盆上还压了一块石头。但与孙老者亲近的人都看了，唐先生看了，南华子看了，高卷白顶子看了，都认不得这是啥东西。孙老者就说先不要给人乱讲，等陈八卦回来了着。

陈八卦一回来，就被孙老者从油坊里叫了过来，一边招待以蒸馍蘸蒜，一边说了这个怪东西。陈八卦倒没有表现出多少惊异，只一边香香地嚼着蒸馍，一边津津有味地说起他在省城的五马长枪："西安省世事大呀，那小娘子的癔病我给她治了个利索。吴督军问我以后想做啥，我说我和孙老者想在家乡办一所完全小学，他说山里能办成啥完全小学，要搞教育我就派你到省立一中当校长去。我说这我可做不了，误人子弟要遭人骂的，但他给我银子我就没客气，我把老连长的话也给说了，督军说，要投我好嘛，弹药嘛，啥时候要了叫兵带箩筐来担就是了。我回到县上给老连长一说，他咧嘴一笑，说我办完小是开启民智，到用钱的时候就吭声。他还一再说你孙老者把州川这一片地方管得好，还提到十八娃，又问候他隔山妹夫老贩挑——"

孙老者急问："你咋说？"

"我说人死了。他说他知道，是孙老者的老四儿子打死的，而且人都埋了。这我就想不通，能是谁给透的风声呢？"听陈八卦这么一说，孙老者就有些气急败坏，把个白铜水烟锅在桌上蹾得咚咚响，连连问道："能是谁呢？这屋里？这村里？十八娃窝在炕上又没出门，你没看老连长还有啥想法哩吗？"

陈八卦吃完了蒸馍蘸蒜，又用油手抹着后脑勺上的帽苔子，眼睛硬杠杠地盯着屋顶，直声子说："人家说了，老贩挑就这么死了，就这么埋了，不行的！说起码你孙老者得坐几年黑庭子（牢房）。"

俩人正沉重着，却突然撞进来高卷，她不管三七二十一只炸着声儿问："福吉叔你看那怪东西了吗？那是活物哩，棍棍儿一戳还知道疼哩，人悄悄儿的了还在水里游哩！"

陈八卦"啪"地拍一下膝盖，说："这野婆娘，整天咋呼！"

"野婆娘"就不看他的脸色，径直把那二号瓦盆抱过来，放在陈八卦面前。孙老者的眼神也在这怪东西上活泛开来。

陈八卦说："高卷哎，你先过来，给叔把头发挠一挠，好像里边有虮。"这俩人，逗惯了花嘴，老没正经，要是平时，高卷就拿"鬼抬轿抬到刺架里"挖苦他，可今天高卷很乖，她真的过来给陈八卦挠头发。她拨开帽苔子，先捏出一只牡丹虮叫他看，陈八卦就连声子说掐死它掐死它；她十指如篦，又嚓啦嚓啦在他头上一阵乱挖，陈八卦就舒服得直呻唤，又"这儿这儿，那儿那儿"地指挥着，高卷就说："我说你给你雇个丫环，一早一晚给你梳头发刮虮子，比吃蒸馍蘸蒜还受活！"

说中间，海鱼儿也来了，他一边给陈八卦说他怎么捞柴，怎么发现这怪东西，喋喋不休的。陈八卦闭着眼睛"嗯嗯"着，高卷就讥笑海鱼儿说："明儿了再去捞去，说不定能捞个媳妇儿！"海鱼儿脸上一阵白，心里就疼起来，这何尝不是他的癔梦？但他受不了她的讥笑，可在陈八卦面前，他受不了也得受。

孙老者闭了眼，呼噜呼噜地吸着水烟，陈八卦有时和婆娘们打情骂俏，他是眼不见为净。突然又没了声，睁眼看，见二人趴在盆沿子上。俩人都严肃着。

惟海鱼儿痴立在原地，脸上似哭又似笑，真正一副鬼模样。

那怪东西在水里幽幽地漂动着，一种优雅的姿态，一种清纯的芬芳，使他们不敢大声喧哗，不敢动作造次。许久，陈八卦轻轻地扣上木盆，轻轻地退坐到原位上，用轻而清的声音对孙老者说："这是好东西。"

孙老者、高卷、海鱼儿不约而同地发出惊讶："好东西？！"

陈八卦平静地说："这名字叫鬼屎。"

孙老者眼光闪了一下，低头去吸水烟。高卷沉不住气，问："是啥好东西？能做啥？"就又要过去挠头发，被陈八卦挡了，说："养在瓮里镇宅哩，煮着吃了大补哩，壮阳哩滋阴哩补气哩益寿哩，也治你男人的尿床哩！"

高卷的脸"刷"一下红了，她朝海鱼儿刨刨手，俩人无声地抬了养鬼屎的二号瓦盆，轻轻放回原地，又原样扣上木盆，原样压了石头。

可是，第二天，海鱼儿来给鬼屎换水的时候，一件怪事发生了：鬼屎被谁割了一刀！

盆里的水面上，浮一层淡淡的血迹，鬼屎浑圆的肌体上，齐茬茬缺了一块！筷子捅一下，伤口处颤颤地抖，让人心酸又心疼。海鱼儿手中的水瓢当下就掉在地上，他眼前一黑，差点儿栽倒。然后，一些人都来到堂屋，在孙老者呼噜噜的水烟声中，各人都赌咒发誓说不是他干的，又都各自猜想是村里谁谁谁，嫌疑人报了一大堆，孙老者鼻孔里"哧"地喷出一股子气，他说："这一堆嫌疑人，要么和谁有隙，要么和谁有仇，举报者都是借鬼屎出气哩！"

看孙老者不以为意，海鱼儿就说："叫福吉叔过来算一卦，钉他一桃木橛，鬼都得招！"

孙老者活动了一下身子，老圈椅的接榫处吱吱作响。家人们不作声了，都一齐看着孙老者。孙老者轻轻地吹着烟哨子，一字一顿地给海鱼儿说："你去把高卷给我叫来。"

海鱼儿也在心里揣摸，八成是高卷偷割了鬼屎，就气哼哼来到高卷家门口，见两口子正趴在炕沿子上吃什么东西，屋里飘出来清清醇醇的味道，他不由得一股子怒气冲天，不由得就高声叫骂："高卷你挨屎的出来！你狗日的吃了豹子胆了敢偷我的东西？"高卷还没作声，尿床王先出来了，一边系裤带一边问："咋哩？咋哩？"海鱼儿见脚下一个盆大的小鼓，就一脚踢到一边，扬拳扎手地说："治你娘的个蛋哩？治尿床哩！晚上拿绳绳儿把尿头子扎住也比吃鬼屎顶用！"

尿床王没有吭声，他弯腰把他的小鼓扶好。他和几个花鼓艺人到西塬上唱堂会才回来，刚刚吃了几口饭，就被海鱼儿骂得坐不住了。这边海鱼儿还在日娘捣老子地骂，这尿床王就突然抡起鼓槌朝海鱼儿头上给了一下！也几乎同时，他婆娘高卷就扑出来，在他脸上又挖又咬，海鱼儿一时鼻青脸肿，慌忙抱头鼠窜了……

海鱼儿回去就向孙老者告状，正妈一声大一声地哭诉，那边高卷就领着丈夫也赶来诉说冤枉，双方都在气头子上，一时就吵骂开来，孙老者一堆烦心事堵在心间正不得开解，又遇上这三个人闹得自家屋里房响锅炸，就一时怒火冲天，吼道："这一场白雨冲毁河堤五十七丈，百顷秋田绝收，你们还在这儿惹事！"又喝令三人："都给我跪下！"高卷夫妇先就膝盖软了，海鱼儿还歪头噘嘴地挺着，孙老者就顺手操起门背后当顶门杠使的水火棍——

水火棍刚要抡起，院里就"吱噜噜"地响起军哨声，孙老者丢了水火棍就往院里跑，耳边同时传来"孙老者孙老者"的呼喊声。来到院里，见下州川的麻子巡管骑着骡子正要朝他发话，因嚼子勒得太紧，坐骑"嘶昂昂"叫着将前蹄扑起似有奔腾冲锋之势，孙老者急问："咋哩咋哩？"麻子巡管就高声叫喊："快快快！叫人上山钻洞，跑贼咧跑贼咧！"正说着他尻子一夹骡子蹄下就腾起一股尘雾，孙老者一边撩起袍子追赶一边问："哎哎——跑谁哩跑谁哩？"马蹄声里传来雾沉沉的回答："河南陈四美！"

孙老者操起大筛锣，一边抡一边在村巷里跑着喊："跑贼了跑贼了！有洞的上洞没洞的上王山了！"一时间，苦胆湾里，男人挑担子老汉背背笼婆娘抱包袱女子娃连哭带叫一溜带串出村上山……

刚打发家人随村里乡亲抄近道进了后沟，陈八卦、唐文诗就前脚撵后脚进了门，唐文诗说赶紧拾掇一起走，陈八卦却在老圈椅里大腿跷二腿品麻着、嘴里还说寻一个蒸馍蘸蒜吃吃，孙老者也弛然而坐，一边操起水烟锅一边问："这河南陈四美我咋没听说过？"

唐先生就急得团团转，催促说："上山了再说上山了再说。"

孙老者"嚓"地打着火镰，一边点媒纸一边说："下州川起了烟再上路也来得急，咱都灵醒又不带娃。"

没人侍候陈八卦蒸馍蘸蒜，他一手优雅地抚着后脑的帽苔子，一手将那小巧的红铜茶壶在指头上旋转，同时自言自语地说："河南土匪？莫不是刘镇华那一股子？"

唐先生说："这一股子是陈四美的，两千多人，从西峡过来的，之前已数次窜扰陕豫边境，无恶不作。可骂的是陕西督军刘镇华不仅不出兵保境安民，竟将陈四美匪部收编为镇嵩军，将工商发达的水旱码头龙驹寨划归其防区，陈匪将龙驹寨全年商税一万八千两纹银尽收囊中，龙驹寨啊，全陕西龙、白、凤、潼①四大镇之首啊！为了便于搜刮，陈四美匪军将龙驹寨保卫团的武装全部缴械，之后就在龙驹寨以至下州川畅行无阻，他们拉票勒赎、肆意苛索，仅今年五月那次在茶房、梁岭子一天之内，就拉人肉票四十三人次，三天撕票一十七人，其余绑票拷票残忍至极，勒索的银元锞子用骡子往回驮，今天巡管急催，估计陈四美人马已经过了棣华高桥进逼夜村了，所以情况甚为危急，二位大兄还是赶紧上山为妙！”

至此，闲话不用多说，三人就提了袍子急入后沟，正待翻过堡子岭抄近道进入王山林区，猛地听到三声炮响，三人正驻足惊疑，就听到州河沿上响起了节奏舒缓的锣声……

---

① 陕西厘税四大镇：龙驹寨、白河镇、凤翔镇、潼关。

第五章　染坊里洋布衬衫

上缀着骨头扣子，这人不是一般的土匪

孙老者一行刚回到家，就有两个骑着骡子头戴土黄色大檐帽的武装人员找上门来。这二位刚把骡子在场房边的大椿树上拴定，就遭到一群黑蜂的袭击，两人抱头逃窜，骡子也被蜇得踢腾嘶鸣，还是海鱼儿眼疾手快，头顶了背篓跑过去解了缰绳拉骡子进了牛圈，又把两位大檐帽从场房前的麦草堆里刨出来接到他的卧房奉茶压惊。

二位的毛脸上被蜇起了红包。海鱼儿赶紧捣了蒜泥为之热敷拔毒。两人脸上青一块红一块白一块没了正经人的颜色，就气不打一处来，一个就"哗"地推开窗，拔出腰里的盒子枪要朝大椿树上射击，海鱼儿就赶紧跪下磕头如捣蒜，连说："好爷哩好爷哩，千万不敢开枪，枪子儿在树上一炸，半个村的人都得跑，这种蜂叫葫芦豹，当年白狼跑到这儿都烧纸敬哩，你还敢得罪！"

拿盒子枪的人就高声叫骂："掌柜的呢？狗日的养一窝子蜂看门哩，叫你的孙老者出来，立脚下马把树伐了！"海鱼儿又作揖乞求说："好爷哩，当年掌柜的赏十块银元都没人敢伐树，你不知道，谁要把树碰一下敲一下砍一下，立马就有桶粗一股子黑蜂旋风一样扑下来，比土匪还恶呢！你不知道有一年山外来个牛贩子，尿尿不捉鸡巴耍大局哩，自己拿草帽子往脸上一遮躺碾盘上睡觉，把牛散在场沿子上叫牛吃草啃椿芽子，有头牛在椿树桩上蹭痒痒，结果十六头犍牛被蜇死个叮当光！"

说着把烂草帽子给俩人头上一人捂了一顶，引二人弯腰快步出了

他的卧房来到堂屋。

孙老者们正在堂屋议事，猛见进来两个怪模怪样的人，一时莫名其妙。那俩人就列拳扎势地吼叫说："谁是孙老者？！"孙老者没有言语，他看着这两顶脏兮兮的大檐帽，上衣前襟两排扭七趔八的铜扣子，裤腿上松松挎挎的黑绑带，脚上又是手工缝制的偏耳子鞋，才好气又好笑地问："啥事？"

拿盒子枪的就正腔答道："你家小儿子打死人命，本巡管奉命缉捕，把人交出来！"

陈八卦在一旁"叭唧叭唧"吃着蒸馍蘸蒜，唐文诗站起来又坐下，坐下又站起。孙老者说："唐先生，你到后梁上再响一遍锣，叫王山上的娃都回来上学，庄稼误得学坊误不得。"

唐先生快跑而去，陈八卦只顾吃他的。

孙老者指一条长凳对俩人说："坐。"俩人横眉竖眼，站着没动，又喊："快交人！"孙老者慢条斯理地拿起他的水烟袋，手腕一甩，"嚓"的一声，火镰上喷出一股火星，他说："人不在。"拿盒子枪的就抢着胳膊说："那你上去顶罪，走吧！"孙老者就站起来，右手弹一下左衣袖，左手弹一下右衣袖，复又坐下，和和气气地问："你俩是哪里派来的？"

拿盒子枪的从胸前口袋里掏出一条纸绺绺，扬一扬说："州川警察所的！"另一位也发出高腔调："警佐书记正在西塬上办案，完了还要到你家里来的。"看着孙老者没有动身的意思，拿盒子枪的又说："搬不动你啊？难道要两个警长、十一位警士全部出动吗？"

"州川警察所？我咋没听说过？"陈八卦吃着，头不扬地问着。拿盒子枪的只看到粪笼大个帽苔子在动，发出的声音又如深沟里滚木头，就一时不知了深浅。

拿盒子枪的放软了语气，说："本警察所成立三十三天了，查烟禁赌防盗剿匪，每例公事都由上司指派，无须旁人干预的。"陈八卦"刷"一下拧过头来，锐亮的目光直刺对方，声音却是轻柔的："州川有了警察所啊？打儿窝集上京货铺子被抢人犯逮住了吗？碾子凹财东逼死刘家四口案告破了吗？呵呵，你看是这，二位就先回去吧，要的人我明日亲自送上来。海鱼儿，打盘缠送客！"

海鱼儿从堂柜里取出一个蒙着盖巾的紫黑托盘，揭去盖巾，发给两人每人一个卷着的粗布手巾子，掂得出，那是一咕堆铜锅子，如此打发粮子兵勇，这是孙家的惯例。

警察所的人一走，孙老者马上就打发陈八卦进城面见老连长，他备了两封银元的礼当要陈八卦带上。陈八卦推开银元，说："事情到了要命的关头，办常事用银子，办命事就得用鬼招了。"他让海鱼儿浸湿豆腐包单，将那一砣鬼屎浑浑全全地包了，又妥妥地盛入马蹄笼子，才叫了张光李耀抬兜子上路。

到了县城东背街老连长宅第，老连长却躺在炕上哼哼。问其故，说是腿上害了疮科，北瓜瓢子南瓜瓢子冬瓜瓢子西瓜瓢子敷遍了，就是不见效，又喝了作老广的大败毒汤还是不见效，正疑心是谁使了邪术，你来了正好看看。

陈八卦仔仔细细看过，说："这不是邪，是邪我三根桃条就扫了。这是病，是病就得使药降。我这儿有个单方，今日用上，明日疮周就会结痂。"说罢差人去药铺买了贝子，回来在炭火上烤得起了皮泡儿，又蘸上柿子醋捣成泥膏敷之以疮面，嘱其静躺勿动。

两人拉起家常，老连长就问候孙老者可好，说是他那小儿子惹了命案依法是要偿命的，说西安省的督军府下来个毛科长，执法上硬得很哩。陈八卦就问是不是县里设了一个警察所？老连长说不是设了一个而是三个，州川里一个，红崖寺一个，西城楼上一个，红崖寺南山罩占着过不去先搁在杨斜街上。说到城乡治安，老连长说有人告上来一个怪案子，难住了满城的文武能人，说中间老连长就连声叫快来人快来人。来人是一个穿印花袄的农家女子，那女子慌手慌脚呆头笨脑，伸手就戳进老连长的脊背胡挖乱抓，老连长一阵儿"唉呀好好好"，一阵儿"日你妈日你婆"地骂，最后一脚把她蹬出门去，自己操起筷子戳着的包谷芯子在自个儿脊背上挠。缓过劲来，他才说最近脊背痒痒的毛病又犯了，雇了个东店子的女娃子专门挠脊背，可这女子不灵醒，总挠不到痒痒处，说实在想寻个机灵些的就是寻不下，又说十八娃那女子真灵醒，又会唱花鼓子。

陈八卦没接他的话茬子，转而问那桩怪案子。老连长一时来了兴致，说："黑龙口有人在河里逮了个马蹄大的鳖，拿回去他媳妇做成汤给他喝了，第二天早上被子一揭，她丈夫只剩下一堆白骨头。夫家人就说是这媳妇投毒害死了丈夫，这媳妇大呼冤枉，说是要到县城十字口滚钉耙以向万人证清白。你说有这么毒的药吗？一夜就把人化得只剩下骨头？"

陈八卦连连摇头说没见过没见过。沉吟片刻，又说："这案子能破。"老连长一阵惊喜，连问如何破法，陈八卦说："你明日里派人捉三十六只鳖给我。"

第二天，老连长就派出一个排的士兵满州河捉鳖，到中午，三十六只鳖就送到陈八卦的手上。

一张太师椅放在宅院里，老连长坐在陈八卦的对面，他要眼瞪眼地看着陈八卦如何摆置。

陈八卦把这三十六只鳖穿了尾巴在屋檐下吊了一行。他手拿刀背一只只地拍打着。凡鳖头伸出三寸朝下不动的，陈八卦说："这是一只鳖，放生了。"一共放生了三十五只。惟有一只的头颈伸出尺把长了，还在向地下延伸，陈八卦"叭"一下砍了那头，说："这不是鳖，这叫'能'！拿去熬汤，不要放盐。"

汤熬成，陈八卦让拉一条狗来舔饮。晚上，这狗没叫，第二天头明大早带人去看，狗窝里只剩一堆狗毛，连骨头也化了。老连长惊异不已，问其故，陈八卦说："这鳖可不是一般动物，千年龟鳖成神怪哩，就拿咱这州河里的鳖来说，三十六个鳖里头就有一个'能'，这'能'和鳖长得一样样的，一般人分不出来，乾隆年间咱州川里就出过'能'化人的事，有人吃了一只大鳖，睡了一觉人就不见了，炕上只剩一根头发辫子。"老连长就当即下令："把那媳妇放了！"

陈八卦在老连长府上住了三天，要办的事还没说哩，他心里十分着急。老连长满心欢喜，倒不是因为陈八卦给他破了一件难办的案子，而是他腿上的疮科自敷了贝子膏就结痂收敛，他要陈八卦留下来听坐台班子唱臭臭花鼓子，说是竹林关的东路花鼓，道白拽腔和州川里的不一样哩。

陈八卦急着要回去，心里琢磨老四的人命案该从何提说呀，一转眼看到了那个马蹄笼子里的豆腐包，就顺口对老连长说："花鼓子我就不听了，孙老者倡头要修州河大堰哩，那一场白雨毁了五十多丈河堤，州川人心急哩，我得回去帮着筹划！你看这回我上来没给你拿啥贵重东西，但我给你拿了一个稀罕东西。"就打开豆腐包单，老连长一看，连说："这是好东西好东西，软枣树叶子凉粉么，我二十年没吃过了！"

陈八卦没接他的话茬，只叫人端来水盆，双手款款地捧了，轻轻放入水中，说："你看，动呢！"老连长定眼看了，果然那物是活的，又有幽幽香气散出，就一时惊喜万分。陈八卦告诉他："这叫鬼屎，黄帝年寿八百岁，就是靠这滋养的。"又说了如何饲养，如何煎汤服用，说返老还童在古人是常有的事。说得老连长一时高兴，就叫人给他烧油泼蒜馏蒸馍，又说放你个山阳县的县长你去当吧，陈八卦就说："管人的事我可干不了。"老连长又说："也罢，那你就把你的油坊经营好，县城里的大户庄家谁要吃了你的油不好好结账，那你就给我言传。"陈八卦说："这多亏你的承携。你看噢，我这儿还有碎碎儿个事哩。"老连长慨然答应："你说！"陈八卦就说："在前几天啊，州川里警察所几个年轻人冒失得很，对孙老者说话不够尊敬，惹老者生了一肚子的气。"老连长就大腿一拍说："这些狼日的东西，说起来都是些亲戚娃，有治安上的热情，谁知他们竟跑到大贯爷门上撒野去了！这事你不管了，往后孙老者家门扇上的蝇子都没人敢动的。"说着说着又骂苟县长不识抬举，叫办个事总爱朝省上扯，又说有合茬的人了就另放个县长叫他老苟凉着去，咱的地盘嘛，谁要扭筋扯后腿就叫他爬着走人！陈八卦就说孙家老四打死老贩挑确系失手，现在州川警察所的人不时到门上骚扰，孙老者连个安生觉都睡不成。老连长就"嚯"地立起身，大手一挥说："我刚才讲了，往后孙老者家门扇上的蝇子都没人敢动的。"说罢盯着陈八卦看了一会儿，突然发一声长叹，哀哀怨怨地说："一说到你那个十八娃啊，我心里就痒咯拧拧地疼，那个银盘大脸双下巴啊，那份儿机灵聪明啊，那个会说话的眼色头儿啊，那花鼓曲儿唱得入耳动听啊，十足足儿是她外婆的味儿啊，她当年给我磕头叫干大呢……"

陈八卦十分明白他的意思，就顺着他的话意儿，却拐个弯儿说："这十八娃将来留个遗腹子实在可怜，她整天哭着要她妈哩。"老连长问："她妈？那个宁花啊，去哪儿了？"陈八卦丧着脸说："被南山罩掳去了。"老连长就伸拳头朝空中一砸，说："我的混成旅建制刚编成，还没打过大仗哩，这剿南山罩就算开军第一仗吧！"

陈八卦回到苦胆湾，四沟八梁的望族老者正聚集在孙老者家里计议河工之事，公推孙老者为总监工。孙老者说了，我已到过上州川，去看了寺沟河的大堰，又请了人家的工师给咱做了计算，我看就照人家的程式办吧，寺沟河大堰修成三年了，今年那么大的白雨也莫奈何了它。

听说要修大堰了，本村里一些人就来打探消息。跑得最欢的、操心最大的，是马皮干和牛闲蛋。这两人不是本地的老户，一个是下河移民，一个是从下河来入赘拾了绝业的，偏就他两家的水田被毁了，河沙在地里淤了半人深。也偏就这俩人最难说话，也最爱在公益事上搅和。当然，对村里的一些事他们有怨气，比如，因为他们在苦胆湾没住够二十年，他们的子弟就不能到学坊上学。这当然是州川人的陋习，但这陋习也不是孙老者说改就能改了的，苦胆湾的许多事都要五姓共商的。对孙老者来说，办事一要公正，二要顺着乡俗，三是仁义为本，这是他处世的原则；脾气上，他孙老者理直气壮，不怕得罪了谁，他拿过水火棍当过大贯爷，使过金刚钻不怕瓷器活。

马皮干牛闲蛋见诸老推举孙老者主事，就挠着海鱼儿止孙老者的痒痒。马皮干说："海鱼儿，你狗日的捞了那么多柴，眼看州河大堰翻水，也不回来赶紧给孙老者报一下，以至弄到今天这地步。"海鱼儿说："你是白在苦胆湾住了十来年了，这州河发水是看上游的天哩，咱这儿是太阳出得晒死人，州河里却翻起了洪浪，这是常见的事么！那一天我捞柴？大家都捞柴了，只有懒熊才在炕上搂婆娘哩！傍黑我走时水都塌了，谁知后半夜又发了水，据棣华上来的贩挑说，天明那股水头子刚到茶坊村，人家捞的全是杨峪河的木头，后来才知道果然是一股子水把杨峪河吹了，水头子下来顺便把咱的大堰也揭了五十多丈。"牛闲蛋说："海鱼儿你本不是去捞柴哩，你是指望水发大些多吹下来几个女人哩！"海鱼儿还要说什么，众人就说，不唠叨了不唠叨了，先说看这大堰咋修，屁胡话到大堰上了再说！

有人就问寺沟河修堰是咋组织的，工咋摊、料咋摊、钱咋摊，受益户要承当什么，多修的地是分呀还是卖呀，无劳户给算多少工折多少钱，无钱户是信贷呀还是募捐呀，等等。

马皮干又讨好地喊："都把屁嘴闭上，叫孙老者说。"

外村来的望族老者多不言语，只低头吸着旱烟，他们各自盘算着自己村里族里承当的工料负担，个个都是一脸沉重。放二屁打岔子的都是本村的，都看自家被水毁了的田咋修呀，工料上是卖自家坡上的石头呀还是到西窑上担灰呀还是下到河里挖沙呀……

孙老者在众人议论的嗡嗡声中提高嗓门说："按寺沟河的做法，得先设立堰工事务所，按咱这儿的工程量，事务所得设经理一人，副经理一人，会计二人，庶务二人，督工九人，共一十四个头。为了方便统工，小工十人一排，由督工一人统领，共九排，一次全劳上齐就是九十九人，再加上事务所各路经管就是百十号人马。"

外村的老者关心摊钱的事，孙老者就屈指算来："钱分收入项，支出项，小工存计项。收入项有多修的河滩地的地股钱，优先股二十串文，普通股三十串文；再一个就是跑县上州上以至省上，争取上面拨款，谁有本事跑回来款给谁折劳代料，另外再付给公差车马费用；第三是从香田族地上抽捐，请大户富商劝善认捐；小工存计是受益户出的小工，日定大钱三百文，一百文算作口粮，其余二百文存事务所将来分地时入地股资金。"

有人关心工程质量，询问大堰构造，孙老者说："这都是定数，不敢偷减工料的。土质堤芯要六尺高，六尺宽，底子翻倍是一丈二；外坡砌石缝隙灌浆，砌石基础深三尺，基础内打桩二层桩长十二尺；为了逼水护堤，大堰外坡每隔五丈修石摆一座，摆长三丈，斜入河道两丈四，全用大石头镶砌，外沿用排桩编篱；最重要的是堰上植柳，株距三尺五寸，这是百年大计，保栽保活，分户认养。"

有人说："修大堰出公役，修官路官桥，历来都是有钱的出钱，有力的出力，公益之事，积德行善的，大的公道主正就行了，滤得太细了邻里间反倒生分。"

有人反驳说："话不能这么说，你理走端，脸拉下，账算细，走到天尽头有你说的没他说的，百姓百姓百人百姓，抹不开面子的最后都翻了脸。比方那些没钱又没力的，一些孤老、寡妇，你就得把方子想到前头，以免劳壮的出款的到时候抽嘴撅尻子。"

这是一个严重的问题。人们都噤了声。谁和困难户搭搅在一起谁就要吃亏。唐文诗作为教书先生，作为公益事业的关心者，他也在旁倾听着。这之前，他曾帮孙老者计算过工程量。他在人们的沉默中站起来，把板柜上的桐油灯朝亮拨一拨，幽幽细细地说："我到大荆镇考察高等小学时，见到那里有一种帮危救困的互助组织叫纳钱会，急需用钱的人称为会首，出面请亲邻友好资助，一个人出一份资金，十元或二十元，也有出土漆土布或能变现钱的土产山货的，一人叫一根串子，两人合份儿叫棚串子，串子之外每人再出若干小钱以作过会之用。要过会了会首用酒菜招待大家，每年三四次，谁急着用钱谁做会首，轮流坐庄，以解不时之需。"

这一席话引起了大家的兴趣，有人说北乡里有硬帮会，大面河有花红会，狗娃渠有孝义会，名称不同，条例各异，但都是帮穷人渡难关的，咱们修大堰造河滩地，不能给可怜人雪上加霜。当即各村长老就都说回去了先把纳钱会搞起来，修大堰的事就好办了。

陈八卦也在一旁静听着。面前的蒸馍蘸蒜原样放着，他的心思全在五圣师庙筹建高等小学的事情上盘算，听到孙老者的大户认捐一说，就心想他这油坊里的银子是出定了，而且五圣师庙的香钱也得给南华子一句话：广种福田事，万念一善了。

陈八卦正思忖着，牛闲蛋和马皮干争吵起来。牛闲蛋说上工要敲锣，马皮干说敲锣是跑贼的信号，应该是上工先打钟，钟是神号，神一发令事情就能成。牛闲蛋就不服，要孙老者说话。孙老者就说："多少年来，州河沿子上的人，一听锣响就是有贼事了，尽管有紧锣上山慢锣回村之规，但咱修大堰毕竟是办善事哩，咱还是用钟好。钟架子就搭在州河沿子上，他闲蛋叔，你去把金陵寺的当家和尚范长庚——噢，如今叫释悟真的法师求一下，借用他寺上的钟，还得选一个尽职责的敲钟人。"马皮干就问："尿尿敲钟不？吃烟敲钟不？"

孙老者正经作答："咱实行五火六烟制度，除上下工各敲钟一次外，一天干活中连三顿饭共歇息五次，之外吸烟六次，都以钟声为限，违限者罚工，轻重公议。"

转眼就到了霜降。红薯挖了，柿子夹了，酸菜压了，就剩下种麦了。怎奈一场秋雨淅淅沥沥下个没完，大堰上的活也是三日开工两日停的，孙家的活自承礼亡后，染坊上就歇了业，孙老者只说等老二从景村回来了重新开张，可是说七月回来不见人，八月回来还不见人，一家人看得眼睛都滴血哩，陈八卦总说是和程掌柜家的女儿夹缠不清，到底是啥事吗？是拿人钱了？是沾人身了？孙老者不免心下慌慌，如今这年岁瞎，千万不敢再有个啥事情。

十八娃是身子越来越笨了，情绪也越来越不稳，一到晚上就哭，哭了丈夫哭老爸，哭了老爸要她妈。然后就哼哼泣泣地唱，全是花鼓子的悲伤调，《石榴娃烧火》啦，《回河南》啦，《梁兄访友》啦，不折腾到子时不得安宁。孙老者安排高卷时刻照看，高卷就不敢马虎，黑来相跟着睡，上后茅房都要陪着。

镢头老三也是脾气越来越躁，海鱼儿被派出去寻找老四，上一趟南山不见人，上一趟南山不见人，三天两头往外跑，回来了也不往锅上来，连阴雨下得没了干柴火，湿番麦秆一煨一股子黑烟，弄得整个场院子都狼烟雾罩。只说染坊上歇了业，嫂子可以到锅台上来帮忙了，可高卷头上的公鸡毛一夢，说女人生娃是过奈何桥哩，青皮子后生你不知道有多怕怕，大男人务锅灶还不是一只胳膊的事。镢头老三也真正是镢头，他忙完了锅灶就看天，他只操心种麦子的事。就问海鱼儿，海鱼儿说急啥哩，种麦是霜降前十天不早后十天不晚，等天上开了再说。而孙老者却见天催，说要吃馍，泥里和，硬要稀泥咕咚种麦，不要落了人后。他的思想里，天上开了，大堰上活也开了，要不到时候人家都上了堰，咱却在地里黏着，让牛闲蛋马皮干砸洋炮儿就没意思了。

其实，满苦胆湾的人都在心里担着一个沉：这十八娃月子一坐满，是走呀，还是守呀？按州川里的乡俗，守着的寡妇立牌坊，走了的寡妇烂箩筐，她十八娃能从这苦胆湾里走出去吗？唾沫星子都把她淹死了，人家孙老者又是那么有名望的人，眼见着屋里锅上又缺女人，是鸡是狗都不忍心走的。于是又有人猜测，孙老者那么急心让老二取仁回来，是不是叫跟十八娃熟亲呀？四个儿子殁了一个还有三个，随便哪一个和嫂子熟了亲这日子都能过，大贯爷的底子厚哩！但猜测归猜测，恓惶归恓惶，可孙老者操心的却不是这些家务琐碎，他操心大堰上的工程可否顺当，操心五圣师庙上办高等小学是不是要把金陵寺的庙产也划一部分过来，因了范长庚和陈八卦之间的疙疙瘩瘩，这如今叫了释悟真的大法师是否乐意合作，虽说释家也主张公益教化，可是否愿意附了你陈八卦的风头就很难说了。当然也有人出了主意，说让牛闲蛋马皮干去和范长庚磨牙去，说成了算他二人办学有功，就准许他们子弟入学就读，说不成了还是州川的老规矩，得满二十年。孙老者心想，规矩归规矩，但依规矩捏拿人总觉着良心上不平整。

黑夜是一锅墨，再明白的家儿到了黑夜也给搅和匀了。你夫妻和美也罢，你父子翻脸也罢，你富得流油也罢，你穷得揭不开锅也罢，到了黑夜里，只要不躲土匪不跑贼，满苦胆湾的人都悄没声息地上炕入睡。西塬上人爱打花鼓子，哪怕砌个锅灶修座茅厕都要唱一尺子，可苦胆湾的人，在这个秋夜，这个雨夜，这个任谁都可以夹个虼蚤当马骑的瞎瞎年岁里，听惯了一个女人的悲哭和呻吟。女人一哭，满村里该哭的不哭了，该笑的不笑了，打骂娃娃的也住了手，一声声叹息跌落在农家院儿的泥地上，有谁能比十八娃更命苦呢？

可是今晚上，她没哭，也没唱。她和高卷嫂平平常常地说着做女人的妙处和苦处，说着十月怀胎的惊喜与烦恼。十八娃一会儿要吃辣萝卜，一会儿要吃涩柿子，高卷嫂就奔出奔进又是上棚哩又是挖窖哩，惹得十八娃也觉得自己好笑，就由不得抱住老嫂子满脸上亲。

老嫂子就逗她说："其实，怀娃女人最难受的时候，唱倒比哭来得痛快。"

十八娃就说："你怀雨生的时候，也唱得出来？"

高卷把满头的乱发朝顶上拢一拢说："咋不唱哩，你哥唱了一辈子臭臭花鼓子，听也听会了。你不知道哟，任你恶心呕吐，任你心慌腿麻，任你骂男人多么不是人，罪还得自己受哟，不如把苦水水唱出来舒坦。"

十八娃问："那你都唱的啥呀？"

高卷嫂说："想起啥唱啥，看着他不顺眼就唱他是尿床王恶心他，可唱着唱着就唱到怀孕女人的苦处，唉，不唱不由人，比方那一曲儿《十月怀胎》——"

十八娃急切地说："我外婆也唱过这，你唱唱看跟南路的调子一样不一样？"

高卷就唱了，是柔小的鼻音，声韵弯弯儿地转着，直在十八娃心上缠绕，唱到四月，她忍不住就随她和上了那苦情忧喜的调门儿：

怀胎五月五，
实实怀得苦；
青桃毛果果，
吃了二升多；
怀胎六月八，
娘娘庙里把香插，
两丈绫子神前挂，
保我拾个娃子娃；

怀胎七月半，

把儿前程算，

不要当粮子，

不要吃鸦片；

怀胎八月八，

气喘腿又麻，

悔不该那一时，

骑了快活马；

怀胎九月九，

腰粗奶子抖，

儿在娘肚颠倒走，

乌啦啦啦翻跟头——

一个噗跶噗跶的脚步声在村巷里响过，雨不下了，天上褪开，月亮是一个扁圆的软蛋。孙老者在巡夜，老铜锣背在肩上，锣槌挑着锣系儿，冷夜微风，他用弓曲的脊背把棉袍子顶起来护着后脖项。谁家的婆爷刚霜降就烧炕，炕洞里飘出的冷烟甜甜的好闻。间或有一声咳嗽，谁家的汉子尿尿就像山洪滔滔，孙老者一阵心喜，这样的后生劳力壮啊！天空变得清清白白，月亮真正是穷人的天灯，看得见场边的粪堆上有了毛毛的白，看得见檐下的柿饼串儿正粉粉地析出糖晶；他仰看大椿树上的葫芦豹沉如鼎钟，忽然飞来一片鸟毛，轻轻地滑过孙老者的鼻尖，他不由自主地打了一声喷嚏，谁家的狗子就嫩声嫩气地叫了起来，他心想这小狗活该是第一次看门，连他这老老的甲脚声也听不出来呢！正在心里甜着，又听见谁家的媳妇打娃，嫩屁股铮儿铮儿地响着，声音好狠。

走到村巷尽头，一枝树杈上挂了两颗葫芦，大月亮明光光地照着，孙老者忍不住伸手去摸一摸。谁家的葫芦摘得太嫩了，秋夜里无声地缩下一个坑儿。

一时间，对这个村子的万千情感一齐聚上心头，以高卷的儿子雨生为首的几个后生不安分做庄稼，总和南北二山的逛山们勾勾扯扯，几家的大人也不止一次地向他诉说担心，他也寻着机会就给这些娃们说做庄稼学手艺是人生的正经主意，之外，他还能有什么办法呢？世道乱了，人心烂了，武昌革命那会儿，"江湖会"反正，你欢呼哩我庆贺哩，把大清的规矩破坏了，挡起个北洋政府，没几天，北洋的规矩也破坏了，你称王哩我称霸哩，逛山遍地土匪横行，老百姓就今儿跑贼哩明儿躲匪哩，唉，不敢细想啊！孙老者一时腿脚沉重，不由得又仰头看天；天上星星出得明明朗朗，北斗七星各有秩序。秩序，秩序，社会乱了，人心乱了，得重排人心的秩序啊！秩序就像一件袄，袖子长短合适，前襟后襟合身，而领子就是忠孝仁义呀！把领子提起来，穿衣就很便当；他又想到高等小学的事，办高等小学或许不难，难的是先生不好请，能不能叫老二取仁求一下程掌柜的？可是这个取仁，人不回来，音信也无，孙老者的心下，一时生出隐隐的不安……

果然，怕鬼处有鬼，老二孙取仁在洛南县坐了牢狱。消息是粉坊里的六娃带回来的。六娃到裕源堂熬相公还是老二取仁引过去的。说是一天夜里，铺子里突然来了一帮子拿刀拿棍的人，言称是县警察所得到举报：裕源堂有枪！说着就翻箱倒柜，抢拿钱物，取仁就带领诸相公护店，警察所的人就动了武，两个相公被打伤，六娃连夜逃跑，取仁被绑走，程掌柜的女儿程珍珠连夜坐轿回山西省运城向父亲报告……

为了搭救儿子，孙老者和陈八卦枯坐了半夜，仍然没有想出好办法。到洛南县有二百里路，好脚力得走两天。就是你揣上银子，人生地不熟，送礼也没门道儿啊！求老连长吗？孙老者隐隐地觉得老连长本身就包藏着对孙家的某种不测！当然，这种猜测他没有对陈八卦言明。他只是说："听人说老连长的守备营在大荆梁上和洛南的曹鸡眼开了一仗，折了一些人，丢了一条沟，在西乡百姓中没了面子。"陈八卦冷冷地说："这事我知道，是为收烟土田亩税的事。"

过了子时，孙老者说："睡吧。"陈八卦就迟迟萎萎地立起身，刚把袍子披上身，突然村巷里锣声大作，二人急跑出门，就听巡夜的喊：

"下黑霜了！下黑霜了！"

大椿树下的孙老者和陈八卦就立时感到一阵森冷，远望村野，已有人在麦田里煨起浓烟，无风的星夜，空气中悬浮着冰沫子，出土不久的嫩麦苗无声地耷拉在地面上。陈八卦急忙跑到田埂上就地画符掐指念咒，孙老者就喊了海鱼儿一杆人手持弯镰到老坟里砍柏朵子。

一时间，满村的男人女人都起来了。有的抱了湿柴草，有的背着松柏枝，呼儿喊女的，烧香焚表的，麦田与麦田间的界石边，地块与地块间的小路上，到处明火熊熊。眼见得一堆堆干秸秆冲起红堂堂的烈焰，突然间就有青枝湿草捂在上边，于是明火变得暗红，暗红冲起白烟，一股股的，立柱一般撑着黑霜弥漫的天；在屋脊一般高的空中，烟柱漫开，成伞状的烟云，烟云与烟云交错，融合，浑浑地成一顶天幕，整体地覆盖了庄田和农舍……

于是，空气中的冰沫子化成细小的露珠向下沉落，毛毛的水汽凝积在麦叶子上。在东方吐露一抹霞光的时候，苦胆湾的田野上恢复了土地的褐黄、麦苗的碧绿。钟声响了，人们挑担荷锹上大堰出工，孙老者披了棉袍子，石雕一般蹴蹲在村沿子的渠楞上，他右手插在左腋窝，左手端着白铜水烟袋，二拇指上夹着的火纸早已熄灭……

一清早，陈八卦坐兜子过了州河。五圣师庙的几间道士房需要打通翻修，他亲自到北山请了赖泥匠，又坐兜子过河去解救木匠曹鲁班，高等小学的事让他操碎了心。在他和孙老者的动员之下，西塬上的望族大户愿意捐出老坟上的两棵大柏树，用来做桌子、黑板、窗门户扇，但大柏树长在沟边崖下，要伐倒非常不易。曹鲁班当年翻修过县城的虞司徒庙，伐山崖树解疙瘩板拆装古建斗拱，解决了不少修造难题。这次修建高等小学，曹鲁班也是满口应承，可就在他带徒弟上西塬伐大柏树的时候，半路上被人绑架了。原因是他给一户人家盖的新房每到半夜大梁上就嘎吱作响，人家就认定是他在木工上使了怪，早就放话要收拾他。如今果然被绑，为了高等小学，陈八卦亲自去给人家合辙说话，还好，人家给了他面子，答应放人。曹鲁班也脑筋活络，立即装了马扎架子安辘轳扯大绳校正大梁。在大堰上敲响第二次吃烟钟的时候，陈八卦的兜子晃儿晃儿地回到州河北岸。路过大堰工地，村人们请他下兜子来吃烟。工地上，长长短短的旱烟锅水烟袋一齐燃烧起来，有人在地上画了方格下石子棋围狼吃娃，有人掏出怀里的乱蚕丝转穗子捻绸线，陈八卦一时心里欢喜，就袍子一撩坐到人堆里，马皮干问曹鲁班啥时候过来，陈八卦说："这会儿不说这事，尿床王呢，叫过来唱一段臭臭花鼓子嘛！"

有人就叫好，有人就反对，有人要他捉个鬼来耍耍，有人要他念法掐咒叫某人吸烟点不着火。也难得陈八卦兴致这么好，他说一声："行呀！"就用右手连续捋着左手的拇指，突然，他眼神一亮，手朝村路上一指，问："这是谁家的媳妇？"

众人看去，村路上走来一个撑着油纸伞的女人，水蓝色衫子浆得太硬日光下平板板的亮，软软的腰身又一步三咯晃，牛闲蛋就说这是尿床王的老婆高卷嘛，真是丑人多作怪，初冬的软太阳能晒黑你的脸？

陈八卦就一边朝叉着的十个指头上吹气，一边说："你都莫吭声，我叫她给大家出个洋相。"堰上的人就都围簇过来，烟也不吸了，所有的目光一齐朝这个水蓝衫子油纸伞的女人瞅去。女人仿佛感觉到了人们在瞅她，那水蛇腰越发一摇三咯晃。

陈八卦顺手抛出一块黑石头，黑石头落在五丈远的地方。他说："她过不了黑石头就得蹲下，大家伙儿等着看笑话。"

女人摇摇摆摆地过来了，快到黑石头跟前不走了，仿佛觉察到了某种危险。她收了伞朝堰上瞅，见人们都注视着她，陈八卦又被人围着，就野声野气地喊："我知道你福吉叔，又在耍啥怪哩！"

陈八卦说："我今儿不想招惹你，我忙得很哩！"马皮干就喊："你走你的路，这么多人瞅着，他不敢把你咋的！"

高卷就又撑了伞，盾牌一样朝前举着，试试探探朝前行。刚要跨过黑石头的时候，突然"哎哟"一声就地蹲下，慌忙中捞起脱了手的伞遮住下身，人们发出一阵哄笑，眼尖的人看见了女人的半个白屁股。

伞后边传来骂声："鬼八卦你不得好死哟！"

女人终于站起来，脸羞得比太阳还红，她忙乱地系好了裤带，变脸失色地骂着，又把伞合起来矛一样朝前戳着疯跑过来，高翘着的发髻在头顶上一蹦一跳地疯张，一只长着长指甲的手朝前乱抓。陈八卦刚要逃离，一条汉子猛然跨过去拦腰抱住了女人，众人看时，原是她丈夫尿床王。

于是，两口儿就在大堰下边绊开了跤，一会儿你在我上边，一会儿我在你上边，浑身的衣服成了泥槌，一个说："日你妈是跟你耍哩，你就当了真！"一个说："看我把你狗日的、尿床王，编成花鼓子，叫人满州川唱！"有人就跑过去挡架，挡着挡着，两口子就一前一后回村里去了。一个提着裤子，一个捂着裆里。

众人又是一阵笑。有人说好像是女人的裤带断了，就问陈八卦施了什么法术。陈八卦说："这叫解带法，是治贼用的，也能逗人耍。"有人就对陈八卦说："你俩人的戏演得好啊！"又有人叫陈八卦空中取酒，叫他沙里捉鱼，正吵吵着，麻子巡管骑骡子急奔而来，鞭子一甩，喊："孙老者呢？快响锣！快响锣！"

一时间，工地大乱，人们扛了工具四向逃散。

四村八镇都在紧急敲锣。又跑贼了。

这是一支过路土匪，背着大包小包的财物赶路，无暇进村。人们从山上下来洞里出来，一溜带串往村里走。孙老者惊魂未定，正要到村巷里查看，迎面却撞上一位先生。这先生身上穿细布头上梳洋楼，孙老者一手提着袍子一手扶着石头镜正要细作打量，来人却高高地叫了一声："大！"

是取仁回来了！父亲的嘴唇哆哆了半天，才说："噢噢，是我娃呀！"一时眼睛有些潮湿，手就举起来要摸儿子的脸。儿子揽了父亲的胳膊，问候说："大呀，你身体还好？"他的目光从父亲的腿脚往上瞅，再往上瞅：那是一双踢倒山的老布鞋，那是扎着破布条的黑裤角，那是宽大腰带几道道缠着的大裆裤，那是汗渍斑斑的粗布衫，那是颈下皱折纵横的干糙皮，那是细薄散乱的花白小辫儿，那是横着三道深皱的前额盘顼，那是屋檐扭曲的老房子、染布坊、大椿树、葫芦豹……父亲已经成了一个地地道道的老农民，他身上已经没有了一点点大贯爷的影子，取仁的心里发酸、发涩、发沉、发一种决心。

先是高卷嫂子"哎哟哟"跑过来，双手舞扎着，一边说："我以为是哪里来的教书先生哩，看病先生哩，至少也是阴阳先生哩，却原来是二兄弟啊！不是说在那边都有了媳妇吗，咋不领回来叫人看看？"

取仁满脸的不好意思，连说："哪有的事呀！哪有的事呀！"

高卷接了取仁背上的包袱，又说："你今儿说要回来，明儿说要回来，把人眼睛都看得滴血哩！"三人来到堂屋，高卷又是给打水洗脸哩，又是给倒茶问吃喝哩，取仁说："多谢您嫂子了，这二年家里事多，全仗您操心了。"高卷就说："兄弟到底长大了，会甜嘴了啊！"取仁洗了脸，双手扶一扶洋楼头发，问："大嫂呢？我想看一看大嫂，方便吗？"说着就解开包袱，取出一样东西。高卷说："自家兄弟咯，倒没啥不方便的，就是快坐月子了，身子有些笨。"

二人说着话儿，来到十八娃的小房屋，高卷说："你看是谁来看你了？"十八娃斜靠在炕上，目光留在取仁的"洋楼"上。还是她新婚的时候，这兄弟回来过，那是一个和承礼长得一模一样的精瘦小伙子，走路的架势，说话的声音，要不仔细，她还真要把俩人弄混了呢。

取仁递上礼物，叫一声："大嫂！"

大嫂的眼泪扑簌簌掉下来，高卷又是一阵指责一阵劝慰，取仁坐也不是站也不是，看这个当年州川里的人尖子，如今毛头丝窝的，煞白的脸上虚肿着，小叔子的心里就很不好受。看她凄泪涟涟的样子，他又不好解释哥出事的时候他为啥没有回来。高卷看取仁在这里只能给十八娃带来刺激，就抽手朝门外刨了刨，取仁就把小礼物往箱盖上一放赶紧退出门来。

父亲在堂屋的老圈椅里静凝着，白铜水烟锅在手里端着，二拇指间的火纸早已熄灭。取仁进来，无声地坐到一边。父亲问："那边的事情了啦？"取仁答："了啦。"又问："全了啦？"取仁又答："全了啦。"

高卷进来续茶，孙老者一扬水烟锅说："把他福吉叔叫来。"

高卷硬声子说："我不去！"

孙老者软软地说："去吧。"

高卷噘着嘴，刚要出门，陈八卦的帽苔子就闪了进来，高卷说："州川地方邪，说鳖就来蛇。"待陈八卦跨进门栏子，她一脚蹦出门外，又气咻咻地骂："说你是个鬼，你就是个鬼！"

陈八卦全当没听见，只急着过去和取仁亲热，问起裕源堂的事，取仁说，程掌柜的在洛南县也是有根基的人，他很快派了潼关的账房过来了事，人一到，锞子一递上去，人家开庭子我就走人，倒也没受啥罪，潼关的账房又叫我去他那里坐铺子，我说我家里也拉不开栓，我回呀，人家支足了工钱，还说送一件皮货四两人参拿回去谢承你家老者……

这一夜，在陈八卦的参与下，父子俩对以后的"日子"重新进行了规划：染坊得重新开起来，老四得找回来，北洼里的一面坡卖掉倒换成河边的水田，农闲了再叫老三和海鱼儿把挂面坊开起来……说到十八娃满月了是走呀是守呀取仁就死不表态，说到筹办高等小学金陵寺的庙产一丝一毫都不给，取仁竟桌子一拍吼道："告他范长庚么，都啥年代了，还明太祖的御赐哩！"

问他："谁告？"

他说："我告！我代表苦胆湾五姓人家上告，他县上应该是支持办教育的。"

陈八卦就笑了，说："你到底是小伙子啊！"

为了能划出一部分金陵寺的房地田产办高等小学，经陈八卦谋划，由牛闲蛋马皮干出任原告，被告是该寺现任住持释悟真俗名范长庚，状子由唐文诗先生书写，打官司的费用取仁自愿承担。对牛闲蛋马皮干的回报是说服五姓人家准许其子女入学。

得此信音，牛闲蛋马皮干高兴得一蹦三尺高，闲蛋说："那我俩就放手闹腾呀，不信他老秃驴还能牛过算术国语！"马皮干说："咱也在县老爷的大堂上出出进进走几遭，总比当土匪英武！"

"让利不让本其争也君子，重义不重财尚德在善人。"取仁把这副木雕楹联挂在染坊大门两边的时候，孙老者笑着说："钱还没挣下哩势先扎起来了！"他说这话多少有些自嘲的意味，因为儿子请他写这楹联的时候，他说过："先把生意做起来再说，不要只做表面文章。"话这么说着，可楹联和布幌子上的招牌文字他还是自己编了，自己写了，他的内心里还是想靠染坊上的收入支撑他的家业。取仁不愧是坐铺子的出身，重新开张的孙家染坊有了严格的经营秩序。他雇了两个相公娃，铲了锅垢，重砌灶台；他在账房前拉了低檐，檐下一溜儿排列着两口煮锅三只木筲四口大瓮。他制定了严格的管理制度：出账入账，簿面分开；染黑煮蓝，色分五等；论尺计费，价目张榜；不赊工钱，六亲同人……他在南北二山固定了原料供应户，碾子凹的乌叶子，流岭槽的橡碗子，石门沟的石榴叶核桃皮，都有专户包办，采摘、收购、加工、送货上门，一切都是全年供应，年终结算，一次付清。他在上州川的沙河子、下州川的白杨店建立了固定的收货取货点；在打儿窝集市逢三六九的集日，他在著名的火烧柳上挂幌子竖招牌搭篷支摊收白布发色布，俩相公娃的吆喝声此起彼伏，他手下的乌木算盘噼叭作响，一时生意分外兴隆。他挂在火烧柳上的布幌子随风高扬，孙老者手书的颜体字遒劲稳重：

> 以白为蓝强在瓮中变化
> 由浅及深全凭手内斟酌

看着取仁的长衫黑礼帽，看着他胸前斜襟上垂着怀表的银链子，看着他忙活时双手同拨两张算盘子，人都说孙老者家这老二是经商的料、发家的手……

然而，在染坊的具体经营上，他却和父亲发生了冲突！

按州川的习俗，染坊的下脚水是任谁都可以随便舀的。这主要是给一些染不起布的穷人行方便，他们把染坊用过的废水舀回去浸泡生布，又用塘泥捂上半天，到州河边用清水一淘，晒干就是月白色，月白布做被单缝衣裳也能将就。老大承礼管事那阵，也遵习俗和上下州川的染布匠一样下脚水任人舀，老二取仁掌管染坊后，却一盆废水要收俩麻钱儿！这在苦胆湾是开天辟地头一回，一时招来许多骂声。而牛闲蛋马皮干偏不吃这一套，说是我们的娃娃不得上村塾读书这习俗我们遵从十几年了，你染坊也得照着习俗下脚水任人舀！就一人提了木桶一人端了瓦盆径自去大木笤里舀那用过的染浆水，取仁果然没给面子，俩相公娃还恶恶地扔了木桶摔了瓦盆，取仁一手扶着洋楼头发，一手指着墙上的布榜，口吐金言一句话："六亲同人！"

牛闲蛋马皮干就骂骂咧咧来找孙老者。孙老者正在大堰上丈量土方，俩人经长偈短地一说，满大堰上出工的人就议论纷纷，闹得孙老者一时下不了台，回来就正式给孙取仁下话："遵从习俗，以仁为本！"

取仁也摊了牌，说："要遵从习俗我就带上相公娃到县城东关租房开店呀！"他有他的道理："开染坊是做生意不是搞慈善，做生意是最大限度地降低成本扩大利润，我虽不把相公娃的微笑吆喝也计入成本，但这乌叶子橡碗子是花钱收购来的，不是谁施舍给的，一盆下脚水收俩麻钱就能染八尺粗布，就能做一条男人裤子，这本身就有对贫寒人家的诸多优惠在里边；这牛闲蛋马皮干虽说我叫他们叔哩，可他们来我染坊不打招呼不看规矩伸胳膊就舀，我这里又不是庙里施舍饭哩！"孙老者闻听此言也觉得不是没有道理，但总得给这俩人把脸面拾起来，就叫老二派俩相公娃去给牛闲蛋马皮干磕个头认个不是，赔了打坏的家具，以后看着事做事。取仁的意见是：家具可以赔，但这头不能磕，要按章程办事，俩相公娃还要给以奖励！

孙老者第一次感觉到儿子的翅膀根子硬了。他尴尴尬尬地在村巷里走过，见人就双手抱拳，脸上硬硬地笑，嘴上干咳咳，脚上却不由得快步离开。他硬着头皮也要面见牛闲蛋和马皮干，他要向这俩人说句道歉话。

初冬农闲了，家家纺车转，织机响，老粗布摊在土炕上，婆娘拿尺子横量竖量，看是给老的纳棉袄呀，还是给小的缝棉裤呀，看是贴被里呀，还是补裤裆呀；可任你派啥用场，再寒的家儿总得把生布染一染。以前没舀上染坊下脚水的人家就上南沟挖蓝土，化了蓝土水染布，干了是银灰色，老连长的兵叫灰皮兵就是因为军装是蓝土染的。而东秦岭地区上下州川，人经几辈辈都是用树叶子染布。所谓的染坊，主要设备是两口径面三尺的大撑锅，几口深及半人的老木筲。所谓的染布，是染匠先将乌叶子、橡碗子、石榴皮、核桃皮，放入大撑锅里熬四个时辰成紫红浆水，滤出浆水盛入木筲，再在大撑锅注水熬第二遍；染布时先将白粗布泡入第二遍浆水两个时辰，晾干，成月白色；接着用黑矾水揉一遍，晾干，成浅绿色；第三道工序是将染成浅绿的布浸入头遍叶子水，再烧锅煮沸，泡一夜，次日早捞出，晾干，成黑色，但这黑色易褪；第四道是定色，把这黑布拿到池塘里，糊上污泥揉匀，捂四个时辰，再用清水摆净，再晾成预干子，第二次搭污泥揉匀，如此反复七八遍，前后要两天时间，最后晒干成纯黑色，其色久洗而不褪。也有染坊用贝子黑矾熬水染成三分的浅黑布，虽说工钱便宜，但这布做起针线活来过线是涩的，费工又费线。

牛闲蛋马皮干进县出庭去了，孙老者给这两家"屋里人"留了话。"屋里人"给他说这两人进县好几趟了，这回他范长庚肯定要折财丢面子。孙老者只说为高等小学争金陵寺庙产而告状的事，才让陈八卦去向老连长探探路，闲了大家再坐一块儿谋划谋划，没想牛闲蛋马皮干劲头这么大自个儿到上头去纠缠，更没想案子这么快就开了庭。他就快步走到五圣师庙向南华子详细询问，见南华子正在教小学生"写仿"，就转弯抹角来到拘拘狭狭的唐先生宿舍，唐先生人不在，屋里森森地冷，他袖起手，仰头辨认这庙墙上斑驳的壁画，一幅童子指路，一幅麻姑献寿，八仙过海只是半幅，另一半被纸墙隔断隐到那边的教室里去了，那边的教室里传来吱吱哇哇的背书声。

这是一间寒碜的教师宿舍，一袭薄被铺在床上，几册老书摊在供桌；墙角一张矮几，几上用庙里的还愿红绸覆盖一物。孙老者轻轻一揭红绸，"嘡儿"一声传出妙音，孙老者认出，这是一张七弦古琴。适在此时，这位年薪只有五斗小麦八斗包谷的唐文诗先生回来了。

不及寒暄，唐先生就说起告状的事来。他说，老连长的话是："利用庙产办学是好事，新任副县长吴玉堂是咱放的，他不敢胡判。"范长庚的答辩是："有匾为证，金陵寺庙产乃明太祖朱元璋御赐，这不是私人财产，谁也无权动用。"牛闲蛋马皮干的辩词是："办高等小学是开展民众教育，是为提高地方文化开启民智，也是为社会培养人才，光绪二十七年朝廷就降旨用各地书院改办新学，当时知州尹昌龄倡议各大寺院捐献庙产办学，如今五圣师庙里的初等小学就是当时办起来的；现如今时势发展，初等小学上满的娃娃要到上州川去进高等小学，走几十里山路很是不便，而庞大宽阔的金陵寺庙院有许多空地闲房，又有无数的香田租课，这些财产都由地方民众香客的供献积累而成，如今各地都发展教育，金陵寺理应捐出部分资产支持地方，然而当家住持范长庚却以封建帝王为盾牌阻挡教育、愚昧民众；如今辛亥革命都十九年了，全中华都民国共和了，御赐庙产应该还给地方兴办公益，该寺年租课成百石粮食都是民众的血汗，应该收归公用，苦胆湾五姓三百五十七户人家一千七百八十五口人民，请求青天县老爷扶助教育，支持办学，判令被告服从民众，交出庙产……"吴玉堂的审辞是："双方说得都有理，校要建，庙要办，本官都支持，但天大地大教育后代的事情最大，最好的办法是你们原被告双方协商，在给金陵寺保留一定的房地田产之后，合作办好高等小学。"然而当庭协议无果。吴县长说："那就择日宣判吧。"

孙老者往染坊走去，心里三分悚惶，七分舒畅。悚惶的是得罪了范长庚会不会埋下什么不测，舒畅的是在金陵寺建立高等小学有指望了。陈八卦去碾子凹收法了，他就想先和儿子取仁商量，能不能在外联络些文化人聘作教师，能不能请名人和官员给将来的高等小学题牌写匾，能不能把初级小学规模扩大，又如何解决远路学生的住校食宿……

可他刚走到大椿树下，高卷家的儿子雨生失急慌忙跑来，连呼："大事不好了，二哥取仁叫人杀了！"

孙老者立时如五雷轰顶，两只黑蜂也在他头顶盘旋，他仰看如斗的葫芦豹窝，心下竟一时有了镇定。他抚着雨生的头，和和缓缓地说：

"我娃不着急，慢慢说，慢慢说。"

十六岁的雨生也是个小逛山，四乡八镇的花红柳绿没有他不知道的。他说："我到王山底耍去来，看见北山红枪会的人绑了一个人朝河滩里推，红枪会五个人都拿着刀，我问一个拾粪的老汉是杀谁哩，老汉说逮住了洛南县土匪曹鸡眼的军师，我从河堤后边溜过去一看，老天爷哩，这是我二哥取仁啊！"

孙老者赶紧叫来染坊的相公娃追问取仁行踪，果然是到王山底收账去了！孙老者无力地靠在大椿树上，任凭一团黑蜂在他头上嗡嗡。雨生跑到北洼里叫回来挖地的老三和海鱼儿，孙老者交代说："卸一块门板，卷一张炕席，给你二哥收尸去。雨生你引路。"

碾子凹的石头梁上有一棵盘龙千枝柏，陈八卦定期到那树下做咒收法。这一日他做完法事，坐兜子顺王山沟下来，见一沟两岸古藤老林如染，小桥流水隐映山村人家，就一时胸中涌出诗意，想起几句唐诗却遗头忘尾不能成诵，就下了兜子信步而行，见一潭清水倒映了蓝天白云，就不由得下了几级台阶来到沟底。正欲蹲下涤手，却见小潭那边有个可人的小妇人在低头浣衣，露出的小臂白嫩如藕，在她伏身搓洗的动作中，松垂的领口里丰胸硕乳隐约可见，陈八卦一时来了兴致，就搭讪着寻出一句话："敢问妇人芳龄有几？"妇人不语，瞟他一眼又低头洗衣，陈八卦淋淋地洗了两把手，甩着手腕儿，忍不住又寻一话头："敢问妇人这条沟有多深？"妇人操起棒槌一边捣衣，一边翻了一下眉眼说："深着呢！"听那细音儿如鹦哥啼叫，陈八卦更来兴致，接口又问："有几里深哟？"妇人把一只粉红大裤衩在水皮子上一摆，又一摆，用清亮的嗓音说："你进去了，十个月后才得出来！"

陈八卦脸上一热，一时接不上话就干笑两声，心想这妇人虽出言巧骂，却也不失可爱，就一边用衣襟擦着手一边吟出四句偈口："有木就有桥，无木变为乔；去掉桥中木，加女就成娇。"吟罢正要惬意着离去，却听那妇人在捣衣声中也细声吟哦："有米就有粮，无米也为良；去掉粮中米，加女变为娘。"陈八卦一脚踏在台阶上，一脚踏在台阶下，上也不是下也不是，正难堪着，转眼却见山崖上镌刻着三个大字：老爷坡！心下一时生出明白，常言说"来到老爷坡，秀才比牛多"，他始知自己停脚洗手，来的不是地方噢！遂唤过兜夫不再步行，就在兜夫斜了竹竿请他起乘之时，陈八卦随手捡起一片落叶，吹一口气看那叶子从手心里飘出，方晃儿晃儿地上了路。

只可怜清水潭边的小妇人，那只粉红的大裤衩子顺清潭的入水口朝上游漂去，她提着棒槌追了几步，惊奇天下竟有逆水漂物的怪事……

出了山口，陈八卦在兜子上手掐铜壶正自在着，却见几位红枪会的人正在河滩上行刑，兜夫张光眼尖，锐声惊问："绑的人怎么是取仁？"陈八卦定眼一瞧，果然了得！就在兜子上喊："刀下留人！"张光李耀一阵小跑赶到，把兜子横在刀手面前。

取仁正被反绑双臂跪在河滩，眼睛上被蒙了黑布，嘴上被勒了一截裹脚布，他面前的出血坑已经挖好，一个刀手正用火镰背"哗儿哗儿"地礳着鬼头刀的白刃，陈八卦就一个鹞子翻身下了兜子，伸出手中的红铜茶壶架住刀头，肃然厉言："这人我保了。"

领头的是一个白脸娃娃，见是陈八卦就抱拳行礼，一边说："唉呀是活神下凡啦，我爷还说叫您啥时候了上去踏坟地哩！"

陈八卦用红铜茶壶"当"地碰一下那鬼头刀，平声说："这人我保了。"白脸娃娃惊讶得龇出牙来，问："你认识这人？他可是洛南县土匪曹鸡眼的军师啊！"

陈八卦严肃着脸说："娃，你认错人了。"

取仁听见陈八卦的声音，勒着的嘴哇哇乱叫。有人朝他屁股上蹬了一脚。白脸娃娃嚓一声扯开取仁的衣领，对陈八卦说："叔，你看这，细布长衫子，里头的洋布衬衣缀着骨头扣子，这不是一般的土匪！"

陈八卦无声地笑了。他用手中的红铜茶壶碰一下白脸娃娃，说："我给你娃说哩，这是孙老者家的老二，一直在洛南县景村坐铺子，大名孙取仁，是正经的生意人，也是有文化的人，前不久辞了那边的生意回来开染坊，人是故乡人，在外时间久了，彼此都生疏，算起来这还是我世侄哩，娃你差一点儿就把烂子捅下了。"说着茶壶嘴儿一挑，取仁眼上的蒙布掉了，张光李耀赶紧解绑松绳，扶取仁起来。取仁慢慢地活动了一下胳膊，猛然一个耳巴子扇了过去，陈八卦曲肘肩膀一扛，白脸娃娃向后一趔，取仁没有打上。

白脸娃娃的人就朝前扑，陈八卦两臂一张，架开双方，下颌左边一挑右边一挑，说："到此为止，各自都回去吧。"

白脸娃娃的人气儿还不顺，一个个横眉竖眼的不走。陈八卦问："是谁点的捻子说我这侄儿是曹鸡眼的军师？"白脸娃娃一脸的难看，拿鬼头刀的转身离去，又回头说："反正是你州川人说的，说他是从洛南过来的也没说错！"

正在这时，下河里跑上来三个人，卷着席筒，抬着门板，三人头上都缠着白孝布。陈八卦见是孙家来人，一时颇为惊异。老三扑过来，兄弟俩抱在一起哭成一个疙瘩。海鱼儿见有陈八卦在此，就身子一蹲据起一块石头要朝已经趔开的白脸娃娃砸去，张光李耀横身子挡了，老三抽泣着对陈八卦说："我大叫来抬我哥的尸首哩！"

陈八卦把茶壶里的残水慢慢地浇到脚下的出血坑里，又用脚尖踢沙子埋了，说："不说啦不说啦，回吧。"就先自上了兜子，晃儿晃儿地顺河而去。

取仁回到苦胆湾，一家人自是欢喜。海鱼儿却十分愤慨，他说："咱家里就得出一个背枪的，要不随便叫人这么糟踏，全村的人都脸上无光，咱老者的名望那么高，这一口气我先咽不下。"老三说："福吉叔晚到一步，二哥就没命了！红枪会的人这么张狂，得叫他们下来磕个头。"海鱼儿说："要叫我看，向老连长借一排灰皮，去把那几个生皮二瓢子好好刮搓一顿！"

取仁沮丧着脸，胸中怒不可遏，他说："都是打着维持地方治安的旗号，其实是一帮子土匪，杀人是一眨眼间的事。这样的世道怎么做生意？咱州川怎么就没有一支自卫的武装？"

孙老者的心里，一时酸甜苦辣不是滋味。他给儿子们说："咱这里的村社行政，实行的是里甲制度，里公所除催粮派款外，专设的麻子巡管就负责通报匪情，今年又设了警察所，但你指望这些人搞治安是靠屁吹灯哩！"

父兄们正说着，陈八卦的兜子进了场院子，他还没下兜子，就报告大家一个好消息："金陵寺的案子判了！"下了兜子，他一边朝堂屋走，一边告诉大家："判决书上说，金陵寺划出四十间僧房以筹办高等小学；香田只给寺上留五十亩，其余田亩之租课全归学校；金陵寺围墙以外的寺树七棵梧桐三棵大松两株老杨判归学校以作所需之木料……"

堂屋里，陈八卦在老圈椅上坐定，高卷捧捧打打地在他面前放了一碟油泼蒜泥两个蒸馍，陈八卦没拿正眼看她，她却在门外一边甩着围裙一边朝门里说："今儿是看你救取仁有功，要不只给你吃生辣子。"陈八卦笑了一下，没接女人的话茬，他说范长庚输了官司，出外云游去了，金陵寺只留俩小和尚早课晚诵，四十间僧房划归学校，所居僧人纷纷入其他寺庙挂单去了。

孙老者默头吸着他的水烟袋，火媒子噗儿一吹，烟壶里一阵呼噜，烟哨子"吞儿"一吐，黄豆大一颗烟灰滚到地上。陈八卦吃着蒸馍蘸蒜，喝着红铜壶里的茶水，一口馍一句话地说着："这下子地方有了，房子有了，还有，下州川二里七乡送来五百银元，说他们的子弟也在这儿上高等小学呀。"

取仁、镢头老三、海鱼儿，还有高卷，她一手拉着儿子雨生，一手扶着十八娃，大家围坐在堂屋里，听孙老者咋说，陈八卦咋说，办高等小学毕竟是大事，苦胆湾的人吵吵了多少年，如今总算有盼头了。

孙老者给陈八卦说："光凭咱俩，浑身是铁，也打不了几颗钉。这次打官司，不是牛闲蛋马皮干上蹿下跳，事情也不会这么快。虽说老连长是墙里的柱子不显身，但他吴玉堂也是看事着做事哩。如今世道，作恶容易行善难，咱把事情要想周全些。"

陈八卦说："取仁哩，你见的世面广，你要给咱多出主意哩。"

取仁说："程掌柜带我常跑西安省，也教我读了一些书，却都是生意场上的事，至于怎么办学，办新式学校，还要多参考人家的，东乡里的龙驹寨高小，北乡里的正本高小，城里的县立背街高小，各有所长，咱们要办就办成全县最好的。我的想法是先成立建校董事会，钱粮房产租课统一管理，校舍统一规划，施工的时间上质量上都要有个规定，就像这次成功修复大堰，各样条理分明，大家齐心协力，事情就不难办。"

高卷说："取仁兄弟到底见过大世面，说出话来嘴嘴儿入听，不像有的人只会日鬼弄棒槌，肚子里没一点正经学问。"陈八卦就笑了，笑声像山谷里滚木头，头上浓密的帽苔子抖得伞一样张开，他说："你谁遇上邪门儿事了可别找我，不过谁都知道，现今世道是邪门儿事比正经事多。"

大家就乐了，海鱼儿说："你俩一见面就公鸡鹚仗哩，祟不祟？"

取仁说："既然有了四十间僧房，就和五圣师庙的初小一起筑墙围起来，不要和金陵寺房产穿插，教师书房、学生宿舍、教室、灶房、厕所、操场、校门、照壁，各样都要画图设计，按图修建，将来校舍建起，招生、聘校长、请先生、定教材、学杂费收多少，教职工薪水定多少，都要单另列账，细作打算，这事麻烦着呢！又牵涉到苦胆湾到下州川这一大片人家的子孙前途，一有差池，唾沫星子都能把人淹死，宁愿丑话说在前头，千万不要大包大揽，时局不稳，咱要定下成规，又要有应变准备，董事会是一定要立起来的！"

趁着大伙儿心里热，第二天就在五圣师庙，由孙老者主持召开五族长老联会，共商建校事宜。首先通过的一项决议是：牛闲蛋马皮干俩家娃娃入学就读与五姓子弟一视同仁。牛闲蛋马皮干就分外高兴，一人放了一串两千头的鞭炮以示庆贺。在炮皮纷飞硝烟弥漫的热闹气氛里，建校董事会宣告成立！

董事长是陈八卦，董事由孙取仁、唐文诗、南华子、牛闲蛋、尿床王孙庆吉五人组成。校董会立起，五姓长老退席，陈八卦当即召开设计施工规划会，五人各有分工，依计行事，春节前全部校舍交工，正月十六正式对外招生……

孙老者没安职务，但陈八卦有言在先，他说啥事不得开交了都要听孙老者的。

正在取仁忙得不可开交的时候，老四孙文谦吊儿郎当地回来了。问他跟谁吃粮去啦，他说当逛山去了！他在外的事情半句也问不出来，但他却带来一个重要消息：大嫂她妈宁花在红崖寺当了窑班教头！

民国十三年的冬季似乎来得特别早，大椿树上的黄叶子还没脱尽，西北风就夹着雪末子扫了过来。孙老者坐在堂屋的老圈椅上，油腻皱巴的帽顶子已失去了当年大贯爷的威风，脑后的花白小辫儿也更加枯瘦。高卷袖手靠在明柱上，她几次说要给孙老者梳头刮虱子，孙老者都谢绝了，言说腊月了谁家杀猪时舀一盆木筲的热水，上头洗了头下边再烫脚，顺便剃头刮脸修胡子，然后轻轻松松扫七灰送灶爷、磨面生豆芽子做豆腐切萝卜蒸馍煮大菜，今年这年不但要过，还要过得体面些。

高卷说，也实在应该，您老者今年要抱孙子了。

这是实实在在的事，十八娃临产在即，该准备的样儿项儿也都有了。可十八娃说她还有两件事没有搁实：一是她妈的下落在哪里？二是她大大到底咋死的？虽说她没有咬住追查，可这两件事像石头压在孙老者心间，他苍黄的眉头总坠着一块疙瘩。有时候，心理上实在撑不住了，就对高卷说："实话实说了吧，该烂的事早晚要烂。"可高卷的主张是："千万不敢说，人马上要坐月子了，要跟你闹开事就把怀身子的胎娃折磨坏了。"

对宁花在红崖寺的事，高卷总觉得老四的说法不实。孙老者说："那就把他狗日的叫来再问嘛！"

再问，老四就躁了！他说这事是铁板上钉钉子，那婆娘在红崖寺名气大得很哩，专门有俩窑姐侍候着！人家南山罩说了，等把这一班姐儿送到西安柳巷子卖了，就派人护送宁教头回一趟河南。

就在十八娃又在深夜长哭的时候，高卷给她说了："你妈好好的，是你外爷过世了，她回河南了，事一办完就回来了。"

十八娃说了："好亲人哩，我妈是侍候不了我的月子了，我大大的事你也不要瞒我了，是他孙家的人害了他，这事先搁着。你给他孙家人说，这娃我是要生下来的，总是承礼的骨肉么。"

这话传了出来，孙家人上下震惊：是谁把老贩挑的死因透露给十八娃的？

这是一个恐怖的悬念。孙家人，人人自危，孙老者看谁谁低下眉眼。孙老者宣布：海鱼儿和镢头老三把吊面坊关了，到染坊里拉下手；老四不准审野了，在二哥取仁筹建高等小学的这段时间里，由他经管染坊事务。

一个七斤重的胖小子伴着悲怆的哭声来到世上，孙家大院弥漫着沉重的喜气。那是一个普通的黄昏，冷风把一股子生血的膻腥送入孙老者的鼻孔，他伸手招来海鱼儿，说："到村沿子上看看去，是哪儿又杀人了！"海鱼儿快跑而去。未已，高卷碎步而入，她轻声对孙老者说："生了，是个顶门杠！"

孙老者"嗯？"的一声，立起，脑子冲起一股热气，喊一声"海鱼儿"复又坐下。高卷在门外喊老三，老三连跑带应脚步忙乱，高卷大声地使唤着他，一会儿叫拿稻草，一会儿叫掏灶灰，一会儿叫拿棉纸，一会儿叫烧热水……

孙老者在祖宗的牌位前点了两支红烛，又上了一炷线香，合掌作了三个揖。海鱼儿带着风跑进来，说："村沿子上悄没声息的，连个狗都没得叫的。"孙老者平静地告诉他："是你大嫂坐炕了。"

海鱼儿就朝手上吐一口唾沫，搓着，说："晚饭后我还听见她又哭又唱的，唱词儿恓惶惶的却蛮清爽，没想就这么快啊！"

新生儿发出响亮的哭声。海鱼儿说："这娃将来是个唱大净的。"正说着高卷进来了，一边用麻纸擦手一边命令海鱼儿："熬小米米汤去，再烙个碗口大一筷子厚的饼。"海鱼儿说："这娃咋生得这么利索？也没听见吼叫，我家嫂子生娃那阵儿，日娘捣老子地骂，血从门道底下往外流，真真跟杀牛一样。"

高卷就骂了："你知道你妈乃逼！快做饭去！"

高卷擦净了手，从笸篮里翻出两只剪好的红鞋样儿，抹了糨糊，就着灯光将脚尖朝下贴在月婆子的小房门上——这是小山村的风俗，也是对外发布的告警信号：外人莫入……

苦胆湾人家生娃，最怕四六风。新生儿一旦到第四天就开始发热不吃奶，那就一准得了四六风，一般第四天发病，第六天气绝，是没法儿治的病。孙老者痛失长子，却又喜得遗腹之孙，为防止再有个一差二错，他连夜让老四跑去向陈八卦作了通报。

陈八卦人没来，但他捎来了几句话："在你家祖宗牌位的插屏镜下，压着一个黄表纸的小包儿，把小包儿里的药面撒在小儿的肚脐眼上。"孙老者就吩咐高卷在插屏镜下找到黄表纸包，如法将那药面用了。高卷就骂："真真是个鬼，把后三步的棋路都安好了，有这鬼保着，咱孙家往后就万事大吉了。"

孙老者说："世上哪有万事大吉的人家？一家万事大吉了，十家灾祸连年，这就有了仇恨，有了冤家，就吵嚷争斗打打杀杀，连带起来，就兵荒马乱得不得安宁。"

高卷说："好叔哩，你真真是当过大贯爷，把啥事都看得透透儿的！就说我娘家哥，为和堂弟分一片竹园子，五年打了三架如今成了天海的冤仇，人家在地界上打了一堵墙，连竹根都不准扎过来！"

孙老者说："原是一片子烂竹，让了罢了，娘家弟兄再闹，肉烂了在锅里，做女儿的不要掺和进去，女是大家的女。"

高卷说："好叔哩，这可不是一般的烂竹，这是名贵的紫竹，是祖宗手里从汉口移上来的。"

孙老者说："紫竹是贵重，可也不是啥稀罕物，我给你说，人要安生，就要受得委屈，吃得小亏，常有人说他咽不下谁一口气，咽不下一口小气种下的是一口大气，种下大气会要命哩！"

高卷说："好叔哩，你说得也对，可这紫竹不是一般的紫竹，它出地一尺就拐个弯儿，每一根都这样儿，说是有一朝，皇帝他爷私访，走累了把歪把子竹拐杖插在地上，就发芽成林了。你不知道，这戏台上的竹笛子竹梆子大筒子，庙上摇卦用的竹签子，为啥都用这竹，灵啊！园子是祖宗留下的，你占了就占了，可我哥要挖一苗根人家都不给啊！这事我一直在心里惦着，你得给请个主意，弄不好真要出人命哩！"

孙老者说："要向我请主意，我就说把这口气咽了算啦，这紫竹再值钱，你堂弟也没见发成多大的财东。如果你娘家哥一定要争这口气，你去向陈八卦请主意，他有空手套白狼的本事，不声不哈就把事了了。"

为了争夺紫竹园，高卷她娘家哥去北山里搬了红枪会。果然按孙老者的话来了，小不忍就出人命，对头那边也从洛南县搬了曹鸡眼的人。双方火并一触即发。高卷也顾不得脸面了，提了四色水礼去求那个"鬼"。

陈八卦不跟妇道人家计较。他说："事情我给你办妥，但叫你娘家哥给高等小学出二十根椽。"高卷爽快地答应了。俩人约定，那一晚月亮圆了，叫他娘家哥过来接人。

这几天也该是月亮圆的时候，可天上一直阴着。高卷把侍候月婆子的事托付给腊蛾母女，自己回娘家安排接待事宜。

高卷先劝说娘家哥大天白日地送走红枪会的人，隔壁子也就在傍晚时打发了曹鸡眼的兵。娘家人往五圣师庙的建校董事会送来二十根松木椽，当夜的月光下就引了陈八卦的兜子秘密进村。陈八卦看那地势，一墙之隔是两家，墙那边的紫竹林飒飒作响，墙这边的院场里烂草横斜。陈八卦用脚在墙根下的烂草堆里踢了三下，又伸手对着月光将那边的竹影一下一下抚到地上。他说："好了。明年夏天你就搬了躺椅在你家的紫竹林下乘凉。"说罢就要乘了兜子连夜返回，高卷她娘家哥送到山口，陈八卦下了兜子又特别给他交代："后半夜了，在我脚踢过的地方悄悄地顺墙挖个坑，长六尺宽二尺深三尺，坑底子上浇一层羊血，上边覆盖一尺半厚的牛粪，牛粪上覆以五寸厚三年陈的麦草，再以虚土填平踏实，之后盖一层陈年的椿树叶，不许人畜践踏。记着：从今之后将紫竹之事忘却不提。"

　　说说话话十八娃就出了月。因为高卷和腊娥母女侍候得好，孙老者的白米细面供得足，所以十八娃坐月子坐得白白胖胖，银盘大脸的双下巴越发白嫩；奶水也足，娃娃也乖，十八娃的心里晴晴朗朗。可是高卷很不愉快，按她的主意，要好好地摆上几十席给娃过个满月，让那些受过孙老者惠的人家也有机会来行个礼。可是，对做“十天”，做“满月”，孙老者统统摇头，他说了，谁有心了把礼送到高等小学去，学校建成了就啥都有了。孙老者决定不给孙子做“十天”，不给儿媳妇过“满月”。高卷生怕十八娃想不通，就变着法儿劝说，可十八娃很开通，她说：“家里的事再大也是小事，高等小学的事再小也是大事，咱家老者瞅的是大局，家里人不要拖累他。”

　　一个月子坐出来，十八娃变得这么明白，高卷没有想到。人在明白的时候，心里就不存疙瘩，所以高卷想在适当的时候给她提说“熟亲”之事。终于，一次在十八娃哼着小曲儿把娃哄睡着之后，高卷转转扯扯地给她说：“这一家人，精精壮壮三个小伙子，就缺个屋里人，咱这州川一带向来有叔嫂‘熟亲’的乡俗哩！”十八娃莞尔一笑，说：“这事是天定的，也由不得谁。就像娃他大，太岁要揎他的头，人是拧不过的。”一时说得高卷无言以对了。

　　正面不行反着来，高卷总是要玉成“熟亲”之事。他先在学校工地上找着老二取仁，说了一番以工代捐的事，就直言“熟亲”，并且说是替他老者表达的意思。取仁手抚“洋楼”半天没吭，看着几个砌庄基的人把一块大石头推挪稳当了，才对着五圣师庙的脊岭说：“这个乡俗是有啊！不过对我不合适啊！”闻听此言，高卷尻子一拧就走了，她有一种热嘴亲了冷屁股的感觉，以至很长时间都不想再问镢头老三和杆杖老四的意见了。

　　但是，孙老者说了一句话，又使她惭愧了好几天。孙老者对她说：“我这一家人，该管的事你还得管到底啊。”于是，她没话找话地和言短的老三搭言，和野猴一般捉不住人的老四斡旋。最后，她告诉孙老者：“你家里这事难办，三个儿子都有日天的本事，都等着皇上招驸马呀！”孙老者倒没生气，她先气得搁不下。

老三的话是："我是疥蛤蟆吃天鹅肉呀？我知道高低。"

老四的话是："你以为她是孙家的人？咱的鸡窝里能卧下那凤鸟儿？"

苦胆湾的夜巡是挨家轮流的，五姓共商的约定是，从掌灯时分起到次日黎明，巡夜者不仅要在村沿子上观察南北二山州河上下的动静，还要转遍村里的八路十巷。一旦发现有外来兵匪入侵就鸣锣告警呼喊村人上山钻洞；如果有小偷蟊贼入室绺窃，就喊叫邻里捉拿；还有就是打豹驱狼撵狐狸，豹子的可恶是狗见了它吓得连叫声都发不出来，在州川一带豹子简直是狗的天敌，它逮住一个咬死一个，有时半个村的狗都被豹子咬死，村人对其恨之入骨，一旦发现就土枪棍棒一齐上围而猎之；而狼首先是人的天敌，当然它也吃羊吃牛犊，但狼是不易围捕的，只有驱逐出境了事；最难对付的是狐狸，它吃鸡是一窝一窝地咬死，然后一只一只地叼到村外埋藏起来，它越墙上房简直可以飞檐走壁。夜巡者最可靠的信息源是狗叫，一家狗叫或许是路人惊动，但十家八家以至全村狗叫那就必定有事。多少年来，苦胆湾频遭兵匪野兽袭扰，不时有人畜伤亡，按孙老者的思想，是能避就避能躲就躲，他说和硬头子对抗最后是越吃越亏。然而，和硬头子对抗不吃亏到底还是要吃亏的事，最终在他家里发生了。

这是一个风高月黑夜。前半夜还平安无事，到三更时分，全村的狗咬了个浑浑响，但是不见锣声。尿床王孙庆吉精身子穿皮袄翻院墙进来敲孙老者的窗子。隔着窗户纸，孙庆吉低声说："不得了啦，红枪会封了两道巷子，挨家收烟捐哩，谁要不给就翻箱倒柜拿东西，要不从就把人往死里打，得赶紧想办法，要不全村就遭殃啦！"孙老者翻身起床，三个儿子加上海鱼儿全都闻风来到堂屋。看孙老者拿了水火棍就要出门，老三就先抱住了父亲，老二伸手去夺那棍。父亲说："我去见他红枪会的人，要啥了跟我商量，别骚闹村里人。"他抓住那根端头已经开裂的水火棍不放，这棍子再烂也是他的身份。但他到底拗不过，被四个小伙子按在了炕上。

按到炕上也不是个办法，红枪会打上自家门来怎么办？儿子们商量：先把屋里的现洋埋起来，染坊的布藏起来，再把嫂子和娃安置到牛圈楼上躲起来，老父亲蒙了被子在炕上装病人，红枪会上门来要东西就给一斗番麦！

惟老四闷声不语，他伸脚用鞋底子蹭着一张锄镢子刃上的干泥。二哥问他："咱就这样对付行不？"他冷笑一声，反问："狼嘴里能填满？一斗番麦？你不是耍逗人吗？"

正说着，村外响起哨子声，一家人都松了一口气。哨子响是撤退的信号。一阵踢里哗啦的跑步声响过之后，没有了声息。前巷子谁家女人在压着声儿哭。狗叫声渐稀渐弱。

二哥取仁就悄声过去，掀开大门缝儿朝外探看，杆杖老四提了那张锄镢子跟在后头。突然，门外传来一个凶凶的声音："这家是开染坊的！"声音没落地取仁头上就挨了一下，他粮桩子一般倒下去，两个黑影儿就势闪进来。说时迟那时快，老四一锄镢子就挖了过去！

一个黑影儿"妈呀"一声跑掉了，另一个黑影儿也粮桩子一样倒了下去。掌灯来看，取仁倒无大碍，只是倒在地上的红枪会人头被挖了半个，血吃了一地，人当场就死了。

村外，劫掠而去的红枪会们已渺无踪影。

老四又给这家人捅了大烂子。

当夜，孙家弟兄就用席片子卷了那个半个头的红枪会，埋到了后沟里。门口的血土也铲了半筐拿去垫了牛圈。第二天，一家人在惶惶中度过，到第三天，事来了。

是陈八卦带来的消息，说是红枪会的人捎了一句话让他带给孙老者。这句话只有八个字：房响锅炸，人头朝下！

这是一个恐怖的信号。老二取仁也不去高等小学的修建工地了，闷着头在爹的老屋里转出转进。他不曾料到东秦岭的上下州川这一片土地如今成了歪人的天地。拉起竿子就是草头王，敢于使枪耍刀杀人放火就可为所欲为。像老父亲那样遇事一味吃亏忍让、施仁行义，一味送礼蹭面子，就能逢凶化吉吗？如今这歪人，给个鼻子就上脸！以硬碰硬吗？咱也拉起人马组织家丁村勇？咱能舍下这庄田、这心性？

老三是孙家最实在的支撑，地里的庄稼、圈里的牲畜、灶下的柴火、缸里的米面、檐下的柿饼、瓮里的酸菜，都是他的心事。

只有老四拿得稳，他没事人儿一般，坐在院里晒暖暖。染坊上的乱摊子懒得拾掇，大椿树上的葫芦豹倒对了他的心思，他手一扬一扬撮嘴朝树上的几只兵蜂吹出一支曲儿，蜂儿没有理他，他又从口袋摸出一只狗娃哨"呜啦呜啦"地吹。尖锐的哨音婉转着在树上缠绕，葫芦豹们依然各行其是。最后，老四从腰里摸出一颗弹壳儿，又凑在唇下"呜呜"地吹，二哥就过来打断他，说："哎哎，咱六尺高的小伙子了，拿个娃娃耍的狗娃哨，不叫人看着笑话？"老四白眼仁儿一瞪，反问："咋啦？你心烦啊？我比你更烦！"取仁一看这老四要蛮不讲理，就缓和着口气说："你烦我烦都不是个事，要紧的是只要大大不烦就行，你不知道大大有多熬煎，咱挖了人家的头就把事惹下了，这事怕搁不下哩！"老四立眉一闪，蹦了起来，手在空中乱舞，高喊："哎哎哎，你把事弄明白，我惹事是为了护这个家！为了护你这个哥！"哥说："这全家人都明白，所以要保护你。我和大大商量了，你到南山里躲一躲，红崖寺那边你不是人熟吗？"老四白眼仁儿一翻，说："我躲什么呀我躲？我六尺高的汉子撅尻子去当偬囊鬼？你是坐铺子学过文化的人，土匪伙里的规矩你就不懂！我给你说，这里头是软的怕硬的，硬的怕横的，横的怕不要命的，啥叫个理？这就叫理！"当哥的一时给这个小兄弟说不清，就回身去找父亲。

孙老者被陈八卦叫到油坊里去了。这一家上下家务内外，他取仁就得时时操着心。他想，不能再由着老四要二杆子了，要安全只有把他放到老连长那儿搁几天，而这又得福吉叔陈八卦出面去乞求。一想到乞求老连长，取仁就从心眼儿里吃不准他。在景村坐铺子时，取仁就听人说这个老混混财色俱贪，比他软的他剩，但只要给现洋给烟土认干大就松手；对硬的他却一味卖路，管你是西省里的老一军，还是河南上来的蛮子兵，只要说是过路，银元朝方桌上一摆，他就带队伍进山"剿匪"去了，把他放的县官和一城的百姓丢给外来的粮子，吃的喝的银子女人随你弄去！他回来了又装模作样朝过路的队伍追一尺子，放一阵子枪，然后出几条"布告"安抚一下遭害的百姓。这是曹鸡眼早看穿的把戏，满洛南县的人都当笑话说哩。

正在取仁一筹莫展的时候，父亲回来了。

父亲在大椿树下的暖阳里坐了，取仁递上白铜水烟袋。父亲从烟插子里拿出火纸，看火纸头儿上的"媒子"依旧，就小心地夹到左手指缝儿里；然后从腰下摸出系在裤带上装着火镰的皮套子，又硬胳膊硬腿地在大襟袍子的角落里掏出核桃大一块火石。火石在左手的食指拇指间捏了，食指中指间夹着火纸，火纸的"媒子"头儿轻舔在火石下边；三寸长的火镰从皮套子里掏出来，镶着硬木把柄的火镰像个月牙儿，筷子宽的弧形镰背发着钢质的铮亮。孙老者用右手的食指拇指紧紧地捏了火镰，手腕儿轻轻儿一弹，"喳儿"一声碎响，一束细小的火花落在"媒子"上，如是再三，"媒子"就起了烟，淡淡地缭绕，药药地好闻，孙老者就将暗红的"媒子"凑在嘴前"喷儿"地一吹，"媒子"就起了豆大一粒焰，火焰触在烟哨子上，水烟袋"呼噜噜"一阵响，他干皱的眼皮就闭上了……

水烟声中，老四瞅着高处的葫芦豹，嘴里的狗娃哨嘘嘘地吹出一种鸟叫的声音；他的两只手没有闲着，忙忙地翻来倒去摇着几颗弹壳。这种老式的步枪子弹壳，他收集已有半布袋了，老三说卖给铁匠或银匠炉子，他说你别动我将来造枪要用。

看父亲吸了十几哨子水烟，侧立一旁的取仁软软地叫一声："大大！"爹把水烟袋递给他，手腕子在空中一动，倦倦地叫一声："杆杖。"老四依旧嘴里吹着鸟叫，手中玩着弹壳，眼睛看着葫芦豹。取仁朝老四喊："哎，叫你哩！"父亲的脸也严肃起来，重声叫道："孙文谦！"

老四满不在乎地问："咋哩？"

孙老者说："你当兵去。"

老四"嘿"地发一声冷笑，说："我一当兵就成孙文谦了，在家里卧着就是杆杖娃。"

取仁看他说话不中听，却又一时捉摸不透父亲的意思，就拦着话头说："哎哎老四，你不是一直说要背枪呀吃粮呀，大大这不是就跟你商量嘛！"

父亲说："不是商量，是我的决定。"

老四一下子跃了起来，问："跟谁背枪？"

父亲说："跟老连长。"

老四问："给个啥官？"

父亲说："去了就知道了。"

老四又仰靠到那个竹背笼上，晃儿晃儿地跷着腿。取仁有些恼怒，问他："你想当啥官？"

老四不拿正脸看他，掰着手指头说："连长、参谋、副官，都行。我孙文谦不当挎娃子，不当兵娃子。"

孙老者没有吱声，袍襟子一提回了他的堂屋。取仁跟进来，扶着父亲坐在老圈椅里，轻声地很忧虑地说："这年月当兵，没一个有好结果的。"父亲"唉"了一声说："他不当兵也是个逛山，逛山门里一盆血啊！"取仁苦苦地摇着头，父亲很无奈地说："是不忍心呀，可咱屋里不出一个背枪的，就总觉得有谁要寻咱的事，这一次咱又挖了红枪会的人头，人家把话捎来了，事情也就不远了，如今叫老四跟上老连长去干，有啥没啥，他谁瞧咱也得趁当着。"

取仁沉重着脸说："这也是没办法的办法，你就是把老四搁到家里，他早晚还是要惹事。"正说着老四推门进来，硬声子对父亲说："我去红崖寺走一趟啊。"

取仁对他说："大大才说叫你跟老连长干事哩，你可到红崖寺去呀，不去不行吗？红崖寺的人和老连长的人是对头你不知道吗？"

老四以少有的正经口气说："事情我都知道。我去见个朋友，取了我的枪就回来，扛枪这碗饭我是吃定了，咱弟兄几个都蹲在屋里，在外没个护家的也不行。"

老四说走就走了。

二哥十分吃惊：这老四啥时候又有了枪？

老四一走，孙老者又打发陈八卦去了一趟县城，回来说，老连长很痛快，说是自家娃么，当然要给个前程，先给他当三个月副官吧，往后，娃爱带兵就叫他去带兵，给个团长营长算啥，咱这混成旅里团营级的位子有的是，不过军中无戏言，还是从连排长干起稳当些。"

老连长的话句句入耳中听，孙老者的心里很觉舒服。他不由得来到门背后，他很久没有到这个小板凳上坐了。他躬腰坐下去，膝盖顶着腔子，浑身就一阵酥麻，仿佛四肢的经络都活泛开了。面前的泥案裂开一些细小的纹络，碗里的泥水已经干涸。他挽了袖子，在碗里添了水，把干成一撮的笔毛浸进去，反复地按着捋着搅着，一碗泥水浑浑地红起来，他高高地捏了笔管顶端，匀匀地调了气息，肩肘腕谐和着提提按按，土坯上就出现一个颜体的"安"字……

孙家老四孙文谦，在县城防司令部第一混成旅当连长的消息，很快传遍州川。苦胆湾的老者后生们走起路来，脚后跟都往上蹿劲，有几位青皮毛头小子，甚至在打儿窝集市上向北山里白脸娃娃的人挑衅事端，被孙老者挡了回去。苦胆湾人似乎时来运转了，继州河大堰修成、水毁地河滩地顺利到户之后，金陵寺高等小学的修建工程也全面告竣。

学校的门楼撑起来了，院墙围起来了，进了校门，雪白的照壁上写着八字校训："活泼、勤敬、团结、确实"；照壁的背面，是楷书的本校宗旨："中华民国之教育，根据三民主义，以充实人民生活、发展国民生计、扶植社会生存、延续民族生命为目的，务期民族独立、民权普遍、民生发展，以促进世界大同。"

照壁后边，是碌碡碾实的操场，操场上有沙坑和秋千架；面对操场的四间大房，当中两间是会议室，东开间是校长室，西开间是教导室；会议室的外墙上正对操场写着八个大字："整尔仪容、惜尔年华"；一人高的花墙将四间房后的教学区一分为二，西为初小，东为高小；后头是学生灶房和宿舍，灶房里大小锅台米缸面柜一应俱全；教室四周围着的是教职工的宿舍，里边一桌一椅一床一火盆架，陈八卦说还要再配上一个点洋油的玻璃罩子捻灯。整个学校包进了金陵寺的一部分和五圣师庙的大部分，寺里庙里的老房子全做了修缮，里外的墙面子全用草泥搪过，再用石灰水刷了，屋顶的马眼椽眼全用泥坯堵了，还一律吊上了芦席顶棚……

下州川的历史上第一次有了高等小学，原五圣师庙的村塾真正纳入新学体制整整晚了辛亥革命十三年。

校董会委任孙取仁为金陵寺高等小学校校长。孙校长召集里甲二长和乡贤老者们开会，商量聘任先生和招生事宜。有老者提议多聘用前清秀才、庠生，这些人闲散乡间者多，且在薪水上好说话；另一些老者则主张多聘新学人士，那些民国县立中学的、省城师范的、专校的、州城简易师范的毕业生，年轻又有新知，办学能出新气象。商量的结果是初等小学聘任的先生以前清秀才为主，课本延用旧制的《三字经》《百家姓》《弟子规》《千字文》《论语》《大学》《中庸》，这些课是只教不考；之外按北洋政府教育部"新学课程纲要"设国语、算术、自然、图画课、手工课、音乐课、体育课、社会课共八科，升学与否以这八科成绩说话；高等小学聘任先生以新学人士为主，那课程设置也用省上颁布的民国统编新教材，计有：国文、算术、自然、历史、地理、音乐、体育、卫生、公民、工用技术、形象艺术共十一科。初小的入学新生要在原规模上略作扩大，而高小只招甲乙两班六十名学生。学费初小生每人每学期一斗小麦、高小生每人每学期两块银元五升番麦。

五族长老们一致的决定是暂不招收女生，理由是：年岁不好。

校董会还决定，腊月二十三之前聘妥先生，开年正月十六正式开学招生。

转眼就到了腊月，取仁为聘先生走州城上洛南下潼关几进几出，都走的是源裕堂同仁的线路，人托人，亲搢亲，务必要聘到最好品行、最大学问的先生。

在东秦岭的上下州川一带，腊月的穷汉比马快，几乎每一天都是

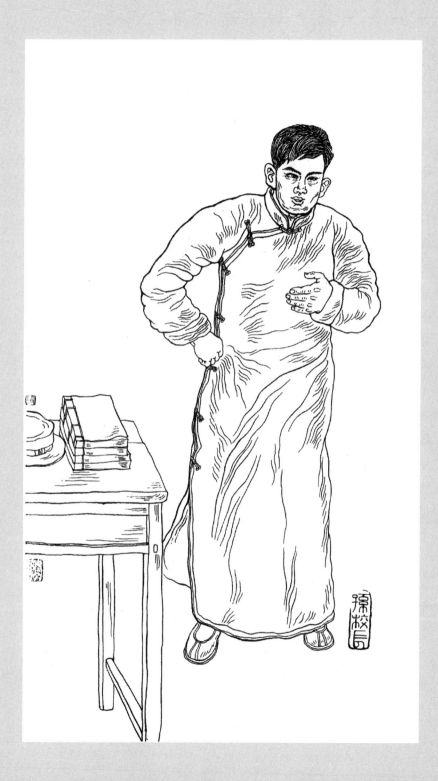

人比猴急。五豆、腊八、二十三，离年只有七八天。白杨店二五八日的集，打儿窝是三六九日的集，沙河子是一四七日的集，穷汉家要见天上集，卖槽头上喂了二年的猪，巢柜里有限的粮，卖半背笼窖里的红白萝卜，肉可以不割，鞭炮可以不响，给婆娘女子的花花布可以不扯，但总得买些香表敬祖宗，总得揭儿张红纸贴春联，总得称几斤青盐灌二斤豆油买一把粉条捎几对漆蜡外带两个灯笼罩子还总得请一尊灶爷；财东家也要隔天上集，割肉灌酒买宫灯扯洋布买起火带炮地老鼠，男人要毡帽棉窝窝，媳妇要丝帕松紧带洋袜子，姑娘要头绳围脖耳掐子……

初五的五豆节是进入腊月的第一个时节。大清早老三就将黄豆绿豆红小豆柴豇豆及豆角籽泡到二号瓦盆里，中午时分又将五豆和大米下到大环锅里文火熬煮。海鱼儿刚刚拉动风箱，腊娥就叫十四岁的女儿狗欠欠来借火，海鱼儿将一块树根烧成的火炭儿包在茅草里递给她。狗欠欠双手攥着茅草包，掉了帮的破布鞋乒乒啪啪一阵响，人就不见了，只见一道青烟串巷子跑。海鱼儿的五豆锅里刚发出咕嘟嘟响，狗欠欠又来了，这回是借盐，海鱼儿就有些不耐烦，说："借火哩借盐哩，把你妈的逼借给人就啥都有了。"狗欠欠哭着跑回去了，老三手心里捧着一勺盐追出去老远，反被这死女子给吐了一口唾沫。老三不跟这女子计较，他惦念着腊娥母女春秋两忙帮活的好处，但他给海鱼儿说："那么难听的话你也骂得出口。"海鱼儿倔倔地拉着风箱，嗷嗷地促着嘴说："我说的也是实话。"

过了五豆节又是腊八节，孙老者身子不适斜靠炕头。一老碗的腊八粥放在炕沿的背墙子上，约略拱起的粥堆上凝了一层透明的饭皮，里边的红白萝卜豆腐丁隐约可见。但他不想吃。他手里颠来倒去数着一把铜锅子，心里算计着不得不置办的年货。

陈八卦来了，给他送来半个尻把子，说这是油坊里自家槽上出的猪，油渣喂的，熬萝卜做方块肉都是最好。孙老者软软地呼吸着，间或发一声苍老的咳嗽。陈八卦反手在他额头试了，给海鱼儿交代："熬一碗五花汤，调上黑糖，早晚喝上。"又给老三交代："该置办的早早置办，我知道你家里年年都要买十几担劈柴，到集把子了一次就买够，年跟前一落雪山里柴就下不来了，年年都说柴是财，也没见你家发过多少财。"

腊月天里，老三最怕的是上碾磨。米要碾麦要磨，可村里的几合公碾磨你就是争不上。一家接一家，各家的牛暗眼挺杆子管篮筛子绕碾盘磨道排了老长的队。大嫂十八娃帮老三箩过几次面，但都是腊娥替她看管娃娃，老三说这样以工换工划不来，不如大嫂你就安心在小房屋里看娃，娃瞌睡了你搭火把麦仁煮上。麦仁面是他们"交九"后的家常饭。

然后是淘萝卜、切萝卜，这活十八娃在炕上就能做，可做豆腐是硬体力活，泡黄豆，磨豆瓣子，打浆，上扭子，烧锅，用酸菜汤淀豆腐脑，上箱，压板，用上女人的，只有灶膛里烧火。

忙忙迫迫就到了腊月二十三。要送灶爷上天开会了，人们敬畏这位玉皇大帝封下的"九天东厨司命灶王府君"，前一天就给他备了白马、烙了干粮，白马是一只白公鸡，干粮是巴掌大的糖馍，让灶爷的嘴甜着、黏着，以免他在玉皇大帝面前胡说。二十三日的大清早，家家户户扫七灰，屋里的家家具具都抬出来，楼上梁上的烟灰尘土都要仔细清扫，完了要用白土水齐齐刷过；傍晚时分，月亮上来之前，给灶爷献上最后的供品，再上一道送行香，然后揭下供在锅灶上方的灶爷灶婆画像，送到十字路口跪烧，一边要在口中念念着"上天言好事，下界降吉祥"。然而孙家，今年的灶爷送得并不吉祥，先是海鱼儿没找来白公鸡，这让真诚做事的镢头老三不大高兴；再是俩人为了灶爷灶婆的姓名发生了争执，老三说灶爷叫张奎灶婆叫月娥，海鱼儿说灶爷叫张单灶婆叫丁香，他还以灶王的口气念了一段顺口溜自嘲："我的姓名叫老张，娶个媳妇叫丁香。活在凡间受冤枉，没有庙宇和庵堂。三块砖板是家乡，猫屎拉在我身上，蛛网结在我脸上，烟熏火燎看锅上，一年四季喝清汤，腊月才换新衣裳，公鸡当马上天堂，哄了玉帝哄百姓，张单不如穷和尚……"要不是老三在海鱼儿当腔子上捅了一拳，还不知道他念出什么难听话来，反正今年的祭灶是盘翻盏打，两个单身男人闹得好生不快。

老四穿了一身灰皮军装，腰扎宽皮带、肩挎盒子枪，在城门口耍着他的威武，老二取仁成了孙校长又是聘先生哩又是跑课本哩又是算账哩又是记工哩，整夜都是算盘珠子响。孙老者喝了两天五花汤，自觉身上轻省了，就拄着他的水火棍在村巷里挨家拉名单，年节里值班巡夜一家家要排下来，防盗防火是不敢马虎的。过年的一应准备全赖老三和海鱼儿，十八娃有娃娃缠着下炕的时候少。有时候高卷也来，白顶子帽根子也来，但各家都有各家的忙，帮你换个手也不顶啥事。腊月二十五开始和面启面泡粉条子擦萝卜丝子切豆腐块子拌好蒸包子馍的馅子，还要煮好红小豆以备蒸豆沙包子；二十六整整蒸一天的馍，菜包子，豆包子，小花馍，大献吉；孙老者特意叮咛要给孙子金虎蒸几只兔娃子鱼娃子狗娃子……

可是，两锅笆子的蒸馍刚晾到大笸篮里，孙老者的外甥唐靖儿肩搭一杆长烟袋来了，他不管三七二十一，一把抓了两个馍按到嘴上就吞。海鱼儿眼睛一瞪拿烧火棍在灶门子上啪啪乱打，老三说好兄弟哩你慢些吃别噎住了。在白案上忙活的高卷挓挲着面手用胳膊肘子顶着唐靖儿往外推，说你舅炕上有一包点心快去吃去。唐靖儿果然快步而去，进得孙老者卧室，见取仁正和老舅说话，就贼眉鼠眼朝炕上乱瞅。取仁说："唉呀老表来啦！知道你舅有病还有心来看望啊？叫我看你给你舅拿的啥礼物？"唐靖儿一只手背在身后，取仁扯过胳膊一看，说："两个馍么，有啥不好意思的，唉哟还咬了一口哩！"

孙老者脸色慢慢沉下来，用沙哑的声音问外甥："年货办好啦？你一年到头跑着挣笋哩，总该有些积蓄吧！"

唐靖儿的掉襟子袄用红薯蔓子勒着，肩头肘头都露着破棉絮，他白眼仁儿朝上翻着，鼻孔吸溜着里边的"白虫"一出一进。取仁问："你把馍蒸好啦？"唐靖儿说："我就是来取馍的，外甥混背了年关过不去，来求老舅帮衬一把。"取仁说："我听说你在打儿窝集上押宝，一注就是十块银元么？"唐靖儿眼窝朝上翻着，死死锁住嘴不言语，几次伸手捏一捏肩上的长杆旱烟锅。

孙老者抬高声音说："好娃哩，你不敢这样子混啊！挣笼是多好的手艺，发不了家可也不至于当叫花子啊！你莫看州川里的逛山哪一个有了好落脚？"

唐靖儿扭脖子吊脸说："舅，你不说这！我今日来是求你写几个字的。"

孙老者没好气地说："你讲。"

唐靖儿就变戏法似的从撑襟子袄里掏出一个白木牌牌，说："给我妈写个牌位。"

取仁问他："你妈连牌位都没有，你一年到头也不烧香？"

唐靖儿一听就抽了鼻子，手拿长杆旱烟锅在空中一抡，恶声说："有是有啊，叫唐站儿劈了生了火啦！一张朽木板板子，生火也不起焰噢。"

孙老者就气哼哼地挣扎着起来，一边提笔润墨一边说："两个不孝之子，家能不败嘛！"他手臂颤抖着，在白木牌牌上正楷书写了"母亲大人神主"几个字，又苦口婆心地劝说："好娃哩，百事孝为先啊！舅还是想叫你再把手艺拾起来，家有万贯不如薄技在身，凭手艺技术挣钱盖房娶媳妇过正经日子才是稳当人生，娃呀，不孝有三，无后为大！"

唐靖儿把长杆烟袋往肩膀上一搭，"噌"一下从舅手里抽走白木牌牌，撑襟子一扯揣入怀中，扭头就走，走到门口，又猛地拧身回来，白眼仁冷森森地直冲着舅舅。

取仁过来扯他一把，问："还有啥事？"

唐靖儿轻轻拨开他，说："不与你的啥事。"就蛇一样歪过头说："舅，你借我二百个铜锅子，就这一回。"

孙老者不及答言，他又硬声子说："你但若不借，我就永远不上你门上来了。"

孙老者一听就来气，这借钱还有威胁人的！就由不得吭吭吭地咳嗽，咔咔咔地吐痰，又一手颤颤地指着外甥，喘着气说："我、我就是不借给你，你——"看父亲气得浑身发抖，取仁赶紧把老表连推带扯拖出门来，又好言相劝："你舅有病哩，有啥事了你给我说。"

唐靖儿一把扯下肩上的长杆烟袋，朝取仁面前一抢，说："我想到孙校长的学堂里念书哩！我想到洛南的景村坐铺子哩！"说完拂袖而去，头扬得比大椿树上的葫芦豹还高。

当晚，孙老者给取仁交代："叫海鱼儿给送些米面过去，不说那逛山啦，还有唐站儿娃哩，总得叫过年嘛。"谁知，海鱼儿把米面原旧背了回来，传来唐靖儿的原话是："我就不认他那个舅！要我娘在着，我谁的脸都不看！"

腊月二十九晚上，孙家照例煮肉。听着锅里咕嘟嘟喷出小茴香大料的浓香，孙老者在账本上记下年节的花销，老三和海鱼儿一样一样地说着，柴是多少担，木炭多少斤，红白漆蜡多少对，灯笼罩子几个，香表鞭炮火纸紫色纸多少，粉条生姜大料花椒几斤几两，凤翔的木板年画灶婆灶爷像是多少钱……孙老者笔下写着，嘴里对老三和海鱼儿说："染坊关了门，没了活钱，你二哥当校长事关五姓子弟前途大事，你两个开年了能不能把染坊再开起来啊？"

老三不言语，海鱼儿说："好我老者哩，我俩戳牛尻子还行，做生意心里没底，账先算不到一搭里，开染房是好事情，你清闲了先教我打打算盘子。"正说着，取仁进来，孙老者就说："取仁啊，海鱼儿想学算盘子，你抽空儿了教教他，他有这个心哩。"取仁白眼珠儿一斜，说："海鱼儿？你能学了算盘子？"海鱼儿红着脸说："我背过二归三三遍哩。"取仁不屑地一笑，说："你背一遍我听听。"海鱼儿就低了头，许久才说："上到坡里一挖地，那些口诀就埋到土里去了。"

因为今年有丧，孙老者家的大门二门牛圈门染坊门贴的春联是用紫色纸写的。年三十的团圆饭吃得不冷不热，金虎在娘怀里哇哇地哭，一家人轮着携换着抱都哄不下，饭只得草草地吃了。陈八卦送的尻把子肉实在是好，可孙老者一片子也咽不下。取仁是一边看着账本名册一边吃饭，常常是拿夹着白菜豆腐的筷子朝账本上写。也只有海鱼儿吃得蛮香，他是累了，也饿了。

黄昏时分，老三和海鱼儿去坟里送灯。祖坟前，古墓边，有墓门楼的，他们把一截小蜡置于墓门楼顶上的砖砌小龛里；无墓门楼的，他们在坟前插一支点着的蜡，筒上竹篾油纸的灯笼罩子，四周再用土块壅实；有一片老坟在荒坡上，他们就只在坟边的树上挂一个灯笼就打发了；按规程，是一座坟头点一盏灯烧一沓纸的。他们执行得最认真的，是在大哥承礼和老贩挑的坟前，点上最亮的一盏灯，烧着最厚的一沓纸。两人似乎都有话要向对方说，却终于没有说。回家的路上，除夕的夜幕已经笼罩了州河上下，看着村庄周围地畔坡角的点点坟灯，两个庄稼汉的身上不由得打了个寒噤，不由得缩着脖子往回跑，冷风刮得地塄上的番麦叶子唰啦啦响，仿佛一种阴森和恐怖追着脚后跟撵。

回到家里，喝了热热的㿠酒汤，在肃然的气氛里，老三和海鱼儿给家神爷面前供上献祭花馍。孙老者在铜盆里一五一十地洗了手心手背手指头，又恭恭敬敬地点亮堂前的一对红烛，然后，将香表烧起，带领一家大小向"孙氏历代祖宗大人神主"磕头作揖，十八娃也怀抱小金虎按部就班不敢马虎。

家神敬起，海鱼儿端来一盆红堂堂的木炭火。一家人围着火盆架坐了，庄严进行除夕夜的最后一件大事：吃忍柿。

这是上下州川的习俗，年三十夜要吃一颗柿子叫"忍柿"，"忍柿"就是"忍事"，吃了"忍柿"要满年记住一个"忍"字，来年的家庭成员之间、村社的邻里之间，遇事忍为上、和为贵，这在孙老者心里是比吃团年饭还重要的。

一切都在无言中进行。老三端来一笊篱火晶柿子，海鱼儿在炭火上棚了铁丝编的三撑网，孙老者慎慎地将又红又软的柿子放在网子上，摆满一圈儿，看那软柿的薄皮儿在炭火的烘烤下慢慢地变紫、变黑，翻卷着裂开，淌出的汁水在铁网上吱吱作响，才轻轻拿起来依次递给每人一个。有一个忍柿，孙老者翻来覆去地烤着，又亲自剥了皮，又用嘴唇试了温热，才递到十八娃手里。这是给小金虎的。在一家人的注目之下，小金虎豆大的小嘴吸吮着柿汁，在福祸未知的来年里他也得忍着。

一行浊泪从孙老者的老眼里溢出来。

红堂堂的炭火映照着，十八娃冷峻的目光斜到一边。

取仁用双拳抵着沉重的下颌。

无言中，堂前的红烛泪尽灯灭，香炉里也只剩几支残签儿；火堆灰暗下去，老三又加些木炭，他一边棚着火堆一边自言自语："人心要实，火心要空。"

炭火映红着一圈人的脸庞，孙老者还是要重复着年年都要说的话："万善唯孝为先，不光是孝孙家的先祖老者，村里的、集上的、路上的无论贫富，遇见了上年纪的，就侧个身子让老人先走；还有那个忠，辛亥以前是对皇上，民国以后是对国家社稷——"接下来是一声咳嗽，一长串咳嗽；老三就赶紧用手帕擦他下巴上的涎水鼻涕；老二取仁就把白铜茶壶递到嘴边，看着父亲对着壶嘴儿吸吮，他就顺着父亲的意思接着讲下去："仁是慈悲，是必须，是责任；义是可得十分只取六成。"他在景村的程掌柜是个儒商，他从他那算盘缝儿里收拾了不少老祖先的文化，他从"八德"讲到"五常"，又从"五伦"讲到圣贤人格，"修身齐家治国平天下"的全是书面词语，全是深不见底的科考语言，听着听着海鱼儿就闭了眼，把头垂到膝盖上，不觉间就扯出了鼾声……

未到子时，孙老者就上路了。他还穿着那件老式棉袍，还缚着那条旧腰带，还用那端头开裂的水火棍挑着大铜锣，还提着那盏套着铁丝网罩的方灯笼。他前头走着陈八卦，陈八卦双手捧着那颗大铜铃，灯笼光里他的道袍道靴威严庄重。他们一上大堰就摇铃，每走三步，咚咚两声，这是除夕之夜下州川的独有习俗，叫作"金铎巡村"。这颗叫作"金铎"的大铜铃据说是嘉庆朝赐给本村一位绅士的。这位绅士维持本地治安曾九年不出盗事。其所以还要带上大铜锣是怕发生突发事变，一旦有事，锣一响人们就知道不是跑匪就是救火。

早先里，"金铎巡村"是一村传一村，辛亥年江湖乱道之后，人说是革命成功了，清朝的习俗不要了，金铎之事一村不巡就数村不巡，惟五圣师庙的陈八卦坚持着除夕之夜在苦胆湾巡村。他认为巡村是对村人宣扬教化，是对阖家团圆的提醒，总该是一件好事。到孙老者辞了大贯爷回到村上，也乐意扛了水火棍伴他巡游，两人就年复一年地延续着这种古风。本该是陈八卦在本村巡过即了，可孙老者说到大堰上巡一巡也算是对一河两岸的宣教，于是每当"金铎巡村"之前他们必先到大堰上巡游。

之后回到村里。他们在苦胆湾五姓人家的八路十巷走过，天上的星星出得明明朗朗，地上人家的守岁之灯映照窗棂，偶尔一声狗叫，仿佛是上苍发出了吉祥温馨的传唤。灯影里，陈八卦迈着方步，道袍的巨大黑影在村巷里扑啦啦飘过来，扑啦啦游过去；他双手端举金铎，从头顶振到胸前，往复三次，就有了三声带着拖音的"哐当当！哐当当！哐当当！"，紧接着，孙老者长声高唱道："孝敬父母！教训子孙！"又是三声"哐当当"，下来是陈八卦沉沉的应和："小心烛火！谨慎门户！"他们就这么重复着铃声，重复着叫唱，八路十巷地巡游一遍；到第二遍，孙老者喊："克勤克俭！耕读传家！"陈八卦接道："三阳开泰！福禄寿到！"铃声伴他俩且行且唱，守岁的村人就把听到的教条向儿孙们再次讲说，一家的儿孙孝顺了，几家的儿孙都看样儿学样儿。

一阵急促的锣鼓声如暴风刮过，西塬上的人家又打开了花鼓子。锣鼓歇处，里角叫板，接着就咿咿呀呀曳曳络络，对唱着，衬唱着，合唱混唱着，夜深人静，臭臭花鼓子的声腔唱词清晰可闻：

> 姐妹房中打牙牌，忽听门外有人来，小妹她上前把门开，小郎哥门槛上系鞋带，扯进小郎里边坐，替奴打一牌，替奴打一牌。
>
> 小郎哥进房来，小妹妹奉茶来，哥说他口不渴，有烟你吸给我，有烟你吸给我。
>
> 天牌地牌奴不爱，单把人牌抱在怀，合身子躺到牙床来，合身子躺到牙床来。
>
> 小郎哥莫动奴的手，小妹妹年幼花未开，能看不能采，能看不能采。

单等来年春三月，桃花杏花百样花儿开，小妹妹挂招牌，小妹妹挂招牌。

招牌挂在大门外，单等情郎哥哥来，过路的客官如流水，三尺的涎水你咽下怀，三尺的涎水你咽下怀。

八十的老公来采花，万两的黄金不爱他，他是老人家，他是老人家。

七岁的顽童来采花，万两的黄金不爱他，他是小娃娃，他是小娃娃。

十七八学生来采花，分文的铜钱不取他，陪他尽心儿耍，陪他尽心儿耍。

先耍青龙来吸水，再玩鲤鱼双鼓腮，越玩越自在，越玩越自在。

正月十五坐了胎，肚里有个小婴孩，怀下婴孩是露水，四月一日成血块，四月一日成血块……

突然间就有鞭炮连天响，一家接连一家，是子时到了。提着灯笼的妇孺一溜带串到庙里去，步履匆匆是为着争烧头炉香。五圣师庙的三间正殿里，金陵寺的大雄宝殿观音堂，一齐钟磬齐鸣，红烛高烧，新年的道场依旧隆重热烈。

到了大年初一。天还没有亮，苦胆湾的人家用烟花爆竹灯笼火把来宣泄心中的积忧与欢乐。州河两岸，烟火明灭，鞭炮窜响，性急的后生，搬出锣鼓家伙猛敲，哪怕正月十五过了吃糠咽菜，这过大年的乐子你不享白不享。

欢庆的声浪持续着，一声撕天裂地的尖锐长哭从天而降，仿佛一把利刃从人们心头划过。长哭从孙家的祖坟里传来，那是十八娃携子哭夫。她用头拱着坟上的泥土，披头散发地爬扑着不成人样儿，小金虎在怀里哑着嗓子哭叫，脸蛋上的泪水结成了冰。高卷赶来了，一次次地把她扯起；白顶子帽根子赶来了，百般地劝说安慰；腊娥和狗欠欠赶来了，陪着她长声啼哭。

取仁赶来又转身回去，大椿树下，他扭过头来，能穿凿地层的目光长久地落在长兄的坟头。蓦然，他发出一声阴冷的笑："哼哼，太岁能取了人头？"

这个疑问，长久地刻蚀在他心里……

正月初一、初二、初三，取仁蒙头大睡三天。回乡以来，家灾乡祸缠结了多少坐庄的权贵和逛山的恩仇，离奇的传闻将天海的冤仇和山重的恩德煮成了一锅粥，这一切在有学问有见识的取仁脑中不止一次地琢磨过，一道血铸的坎儿堵在胸间每每在静思之时给他钻心的疼痛：承礼大哥的死难道成了破不开的谜？算是世交的陈八卦有那么高的智慧和手段，居然说是太岁杀人且执行道场岂不太过蹊跷？嫂子十八娃的无名哭闹随时发作，无父的小金虎一哭全家人的心都疼，州川上下都说十八娃是东秦岭的人望子，她身上潜藏着太多的由头对孙家来说是吉是凶？其父老贩挑的死和其母水灵子被迫到土匪南山罩的老窝子红崖寺重操旧业，这中间又何以暗渗着老连长丝丝缕缕的公私隐衷……

三天的大睡实际上是三天的推演和归纳，这中间有多少乡贤提了水礼来贺他荣任校长并关心办学执教的诸多事宜，又有多少老亲故旧来给孙老者拜年同时想和熟知古经朝代的"锛子娃"取仁攀谈攀谈，却都被老三告知"我二哥冒风了才喝了五花汤刚睡下"。取仁的脑子里紧织慢绣着种种他意料和不料的诸多事实和后果，可父亲执槌的锣鼓声一阵急似一阵地在他心间撞击，一时间对他父亲活人的境界产生了悲叹……

孙老者打鼓，始终不改的是州川"老套"，他的"撒八槌"似雄鹰拍翅，他的"长马锣"可以将一只鼓槌抛在空中忽啦啦转几匝落在手里刚赶上节拍，他的"上南坡"在松处加楔紧处扯皮以至三番六遍在一遍和一遍之间用膝盖磕击鼓环绣出锦音；他还可以在"花打四门"这一段后半拍的休止上空闪一个自由的翻腕；他还可以在鼓心鼓边鼓帮的不同位置指点大铙、马锣、筛锣的轻重缓急；他打出的"花帮"

清脆而不轻浮……

到各地考察过音乐和民间艺术的唐文诗先生认为关中的渭北和西府一些地方,把春节锣鼓打成了舞蹈,外在的张扬和夸张动作遮蔽了鼓乐本身的质素,而孙老者的击鼓完全是一种打击乐,十几件器乐的全部凝结点只在鼓槌的击点上,大铙不许翻腕亮腔,对拍只能错开二指划擦轻叩,而马锣绝不许余音延长,所有击点一旦到位必须拇指拖带小指触锣止响,而筛锣的低音填空要到位适中,双膝夹锣是特技之一,所有响器皆以槌点为中心结成一体。孙老者凝神击鼓,目不斜视,他脸颊上的松皮随着鼓点挑动,他的鼓声一响四围立的坐的全都躬身静凝目光聚集,连跑着闹着的娃们家也蛰伏大人怀中,正在烧火的擀面的婆娘媳妇一齐都停下了手中的活计倾耳恭听。人们知道一个真真实实的春节来到了。这或许是多年的惯例,正月初一早晨的第一拨锣鼓必起于孙老者的槌音,之后才是十八王子乱点兵谁高兴了都可以邀人敲打一阵子。

在孙老者双槌止落鼓心、右手捋着胡子的时候,有人适时地递上他的白铜水烟锅。孙老者接过烟锅点燃,扬一扬手示意后生们继续敲打,就怡然弛然地蹲到场边的碌碡上,咕噜噜吸一哨子水烟,双目美滋滋地闭了,侧耳倾听这州川特有的古乐。

一个后生刚敲毕,大家就议论着哪一段没敲准哪一段少了音,突然就有牛闲蛋马皮干跑来,说口前村捎来一个帖子,初十他们的狮子到苦胆湾来喝彩。孙老者依旧吸他的水烟。老人们都明白,说是喝彩实际是来斗狮子,这在州川地区成了年节闹社火的时尚,各村扮演的狮子已从滚绣球、跳方桌演变成斗狮子、烧狮子,以致逛山混迹逞强动武,每年都闹出事端。孙老者突然立身,把烟哨子"噗儿"一吹,对大伙儿说:"敲呀!"

老三赶紧凑过来,轻声说:"大,我二哥正瞌睡着,叫大伙儿别敲了。"

孙老者复又蹲到碌碡上,有人递上烟荷包,他低头伸指头进去捏着烟末子,头也不抬,声也不高,说:"你二哥是一个人睡觉,大家是搭伙儿敲响器过年，谁有胆量不让大家过年？"

"刘镇华不让大家过年。"这是陈八卦的兜子停在大椿树下、麻鞋兜夫跑过来扯住他衣襟的时候，猛然说给他的一句话。孙老者提了棉袍，三步并作两步赶回厅堂。

堂屋里，陈八卦正给腊娥说单方。腊娥头上勒一条黑带子，歪歪着身子，牙口里咝咝溜溜地吸着气。孙老者在堂前方桌的另一边坐了，腊娥扭着屁股对他软了一下腰算是礼了个拜，孙老者拿水烟袋朝陈八卦示了一下。陈八卦眯目口述："鼠穴泥研细用丝帕包敷于额外以热气熏蒸。"说罢挥手示意她离开，腊娥似没听懂，嘴里"啊？啊？"地哈着气，就被海鱼儿拽走了。

孙老者平声问道："又出了啥事？"

陈八卦就把商州城里正月初一出的事从头告知。

河南巩县有个刘镇华，字雪亚，光绪九年人，清末秀才，毕业于北洋政府的保定军官学校监狱科，曾任"学堂庶务长"及"河南省视学"。辛亥年冬，为了征讨河南的清朝残余武装，陕西的"秦陇复汉军"在大都督张钫的率领下兵至豫西，刘镇华以皖系段祺瑞麾下的四千人马为基本，收拢了陕豫边界数十县的民间武装向"秦陇复汉军"投归，号称十万人马。后经张钫大都督的保举，袁世凯任命刘镇华为"陕豫观察使"，这股武装驻于嵩山附近，遂被称为"镇嵩军"。张钫受南方革命思想的影响意欲联合镇嵩军倒袁，刘镇华杀了张钫的密使直接投靠袁世凯，袁即将张钫监禁；同盟会的首领之一黄兴派人联合刘镇华反袁，刘亦杀害了黄派来的二位说客。白郎事起，刘镇华追剿有功，被袁世凯任命为陆军中将。民国六年发生护法战争，陕西靖国军攻打皖系陈树藩，胜利在望之时，刘镇华出兵救陈于窘境。民国七年，刘镇华坐上陕西省长宝座。民国九年，直系吴佩孚派阎相文、冯玉祥等入陕驱逐陈树藩，刘镇华又转身投靠吴佩孚。阎相文、冯玉祥先后任陕西督军，刘镇华因其善变而连任陕西省长。民国十一年直奉战起，冯玉祥离陕，刘镇华继任督军，始集陕西军政大权于一身。刘主陕后勒民大种鸦片，征收高额烟税，其附加杂税上涨一倍，又预征来年田赋丁银烟税，致使秦地哀鸿遍野，陕民九死一生。刘镇华疯狂扩充镇嵩军，由入陕时数千人扩至十三万大军。吴佩孚洛阳过寿，刘奉上寿礼二十万银元，乃皆秦人血汗。民国十三年二次直奉大战，刘助援直系，兵败，又入晋投靠阎锡山。之后由阎锡山保荐出任"陕豫甘剿匪总司令"，遂纠集"镇嵩军"旧部十万人马，组建五个军，发动西安围城之役。十四年腊月，豫西窜匪一部由峡口入陕，兵至富水关，龙驹寨告急。为了守卫龙驹寨这个商州的钱柜子，老连长雪夜发兵，倾城出动，在武关排兵布阵，豫西窜匪前锋稍触即溃，适逢丙寅虎年春节临近，龙驹寨地方长官及五帮会馆联合为老连长庆功，又是秦腔二黄的连台本戏，又是州河两岸的竹马社火，又是竹林关的老套花鼓，生性爱热闹的老连长索性在龙驹寨喜度新春佳节。可他哪里知道，他眼中已经败退的豫西窜匪，实为镇嵩军南路之戴厚娃部，该部拟由西峡、商南、龙驹寨、商州、蓝田入关中，与由潼关入陕的主力合围西安省。这股武装在武关佯攻之后，转身钻入南山，由毕家铺、竹林关、中村、高坝店一路直取山阳县，刚得手还不及搜刮粮款，当夜即遭遇南边来的一股武装的猛烈袭击，一种威力强大的"开花炮"打得戴厚娃晕头转向，天明后才知是主帅刘镇华的人马，原来是自家人打了自家人！

孙老者听得目瞪口呆，他所效忠过的清王朝覆灭之后，商州地面江湖乱道，他凭借大贯爷的威望造福乡里，又行仁仗义主持公益甚得民众口碑；可他哪里知道军国政治天下风云，就促气急问："如今的天下如乱鼓咚咚，你终日在南北二山捉神弄鬼，国家大势怎么知道得这么清楚？"

陈八卦冷峻着脸道："我听一个娃说的。"

孙老者越发奇怪，惊问："一个娃？"

"一个娃。"陈八卦答了一句话，就埋头去摆弄面前的蒸馍蘸蒜，任凭孙老者以长指甲急叩桌面追问，他都不再言语。孙老者转而又问："商县城到底怎么样了？"

陈八卦又道出以下情形：

其实，戴厚娃部的实际兵力只有两个团。其所以取道山阳县一是怕与老连长交火迟滞了出山计划，二是龙驹寨在是年春才由镇嵩军憨玉珍部洗劫过，无油水可捞，憨军不仅将寨城掳掠一空，连数十里外的大峪口腰线石窟也用大炮轰塌，帮会巨商藏匿洞中的金银细软被憨军搬运了一天一夜；第三一条是更重要的，镇嵩军首领刘镇华在汉口受封于吴佩孚的"讨贼联军陕甘总司令"之后，化装成美孚石油公司老板抄近路逆汉江而上，到陕鄂交界的白河县亲率柴云升部北上，经南宽坪高坝店过山阳县取道商县，不料在山阳县自相残杀。刘镇华遂将队伍整编，两股人马约一万人合成八个团，于大年初一大摇大摆开进商县城。

商县城是座空城。老连长将两团兵力排布武关，一个团作为后备驻扎龙驹寨鸡冠山，他自己则在寨城里由矮胖子土包子陪着花天酒地。而商县城里仅有两排兵士巡城以防贼防火。大年初一好天气，日上三竿之时，车辚辚马萧萧，东西南北四座城门同时拥进身穿蓝土布棉军服的蛮子兵，其间夹杂着光脚板抬担架、挑辎重的民夫。一时间，大街小巷如洪水漫溢，巡城军官不知出了什么事，即刻请示苟县长，岂料苟县长、毛科长正在老衙门大院摆了八张酒宴，为入城将官接风。巡城军官当即派出快马向龙驹寨的老连长报告，谁知镇嵩军早在南秦岭二龙山沙河子接连放了三道警戒线，切断交通，隔绝信息，城里的人不准出去，外边的人不准进来。

听到这里，孙老者把目光撇到一边，将信将疑地问："城里出了这么大的事老连长能不知道？"就又伸手摸来水烟锅，一下一下地打着火镰，一下一下地吹着火纸的焰头；陈八卦就有些急躁，说："你当紧去寻里公所叫派人到龙驹寨去，告知老连长后院里发生灾变，情势危如累卵。"孙老者还是心下不实，又问："这么大的军事行动又有三道警戒线放着，你怎么就知道得这么清楚？"陈八卦就把筷子在蒜碟上一砸，说："我的香会网络城乡，他河南兵就是把城围成铁桶，我这里也是了如指掌，事情不敢再耽搁了，城里已经闹腾了三天了。"孙老者这才青了脸，一把攥住胡子，眉头一闪即口述一信，着人让麻子巡官骑骡子赶快报与老连长。

陈八卦又详述了县城里这几天的真实情形。

刘镇华是坐在前一后二的滑竿上住进县政府的，他手下旅长万选才驻扎商山中学，旅长柴云升驻扎上寺坡启秀阁，大小军官住进富家商号，如潮的兵士沿街挨户在门板上打上连排标记，街户一律清屋搬出，室内箱柜银软被一扫而空，万余名饿狼般的豫兵几天就吃光了老百姓的米面年货，年轻妇女被霸占，各街各巷及城外村社都在催收军粮草料的折价银元，富户百元，大户五十，中户三十，小户十块。万人的吃口，一天得做多少饭？"粮台"摊派给里甲村社，蛮子兵就拿着户头簿子挨门搜索，白面蒸馍黑面窝头以至豆渣杂面葱头蒜苗皆被搜罗一空，绳捆索绑的，逼死上吊的，枪毙活埋的，市民百姓上天无路入地无门，一时间商县城里暗无天日。

各地香会不断传来镇嵩军杀人放火的噩耗。一时人心惶惶，过年如度白丧，当夜各村的乡贤老者和里、甲的地方政要聚集孙老者家，大家彻夜未眠，反复斟酌，有人提议赶紧叫老少妇女都上山钻洞，有人提议组织民团，有人提议集资买兵邀白脸娃娃的红枪会甚至西乡的硬肚子南山的毛老道，由这些人保境治安，更多的人则反对，说这些人本来就是横行乡间的地痞逛山，引狼入室只能灾上加祸。但一致的盼望是老连长立马回城将镇嵩军赶走。他们不知道镇嵩军在县城还能待多久，不知道他们会不会犯延到下州川地界，会不会到苦胆湾来收缴粮饷，在麻子巡官骑骡子报信走了六炷香之后，陈八卦决定亲自坐兜子去龙驹寨面见老连长。他的说辞是老连长将原守武关的左撇子右跛子两团人马拉回来依次排列在商镇棣花高桥一线，同时速调南北二山剿匪的混成旅向龙驹寨回防，千万的一条是不能往回硬打，这等于上门送死，人家实足兵力八个团又有新式武器开花炮、水连珠、洋抬枪、哈机克斯等，你地方武装与之对阵只能被对方一口吃了肉夹馍。所以按兵不动保存实力是上策，反正他刘镇华的最终目的是合围西安省，料他不会久留。

陈八卦临走前留给孙老者的话是：州川民众要随时做好准备向南北二山疏散……

第六章　金陵寺

高等小学开学典礼，瞎锤子从柿树上朝人群撒尿……

　　正月十八的"五圣香会"要持续三天，这是陈八卦每年里最忙的日子。但是今年，香会提前到正月十三，且时间上只有一天半。陈八卦说了："今年是金陵寺完全小学正式成立之年，也是金陵寺高等小学开学典礼之时，更是镇嵩军撤离商县城民众惊定思痛的日子，人以神敬，神以人重，所以五圣师庙的例会就从简从实了。"

　　说是从简，是说西乡里的二黄戏班子就不请了，龙驹寨的凤冠殿、山阳县的天竺山、东府里的华岳庙、西省里的八仙庵等八大丛林的坛主斋家都不再请迎。要在光绪朝代，"五圣香会"的开香之日必是二黄、花鼓、秦腔班子的对台斗戏之时，必是四方香众参与的盛大道场，必是各大丛林的道长法师宣讲道藏论说丹仙的大交流。所有场面，都是扯明连夜，各种术士云集，算卦的，测字的，要猴的，放洋戏匣子的，卖香表香烛的，卖干果吃食的，以至五行八作，都来这里寻机会，以至成了一定规模的商品交易、物资交流。更有南北二山的民间诸神及庵堂草庙来此发展信众联络香客，以至州河两岸、珠山四围，到处都插着神牌飘着幌子，到处都摆着香案，到处都是木鱼钟磬之声，挖个窝窝点几支香烛就是一方神位；垒几块石头烧几刀黄表就产生灵丹妙药；三清、四御、八仙、五道将军、九天玄女、太上老君、玉皇大帝、王母娘娘、关圣帝君、王灵官、萨真人、黄大仙、孟婆神、四大元帅六十元辰、麻姑雷神风伯雨师城隍土地判官钟馗牛头马面黑白无常，等等等等，神牌林立经唱不绝，香烟弥漫表灰飞扬。一时间满苦胆湾的人家，几乎家家都住上了赶会的亲戚、敬神的香客。这比当年金陵寺的八月法会更为热闹、更具民俗性质。

说是从实，道场照旧，道长联会照旧。所谓道长联会，是南北二山道众聚集处的庙庵当家人的联席议事，这不同于昔年八大丛林的论坛务虚，这是东秦岭地区龙门教派的务实联会，关涉庙宇间法会的互携、道徒的往来、典籍的交换、神器的互用、道童的培训，等等。当然议论最多的还是逢此乱世，如何保护信众，如何强化香会组织。有人提出：香会应设置会丁，配置装备，如北乡的"红枪会""恳心会"，西乡的"江湖会""硬肚子"，南乡的"毛老道"，但设置会丁之目的惟有护庙护香，维护信众利益。又有人反对，说这不合道义，断不可为。大家又说到香会联络的重要，这次镇嵩军过商县城三道警戒都封不住信息，正说明会众网络的效用和缜密，特别是县城西街的虞司徒庙，虽被镇嵩军辱污为马厩草料之所，但正是庙里的道童化作难民出逃，使消息沿南山的松云庵、尧女庙、静泉寺、祖师坛、娘娘庙一线传递过来的。

正在热烈议论之际，牛闲蛋、马皮干跑到庙里将陈八卦唤出，附在耳根上说，孙老者被东秦岭警察所两个穿偏耳子鞋的警察叫走了。陈八卦将联会的事向南华子做了交代，立马就坐了兜子往警察所去。这年月杀人不一定要什么理由。可他刚走到州河大堰上，就碰上老三和海鱼儿，询问事由，说是县上发来一纸传票，要孙老者出庭受审，警察所要连夜将人押送县府。

到底犯了什么事，谁也说不清。陈八卦即刻派了快脚香客骑骡子进城打探，傍黑就有消息传回：说是金陵寺的住持范长庚把孙老者告下了，罪名是抢掠古寺神器，把明朝传下来的镇寺古钟都砸烂了！具体是苟县长接的案子，毛科长主的审。

面对此事，陈八卦只有二下龙驹寨了。他正月初四一下龙驹寨向老连长面荐了他的应变设想，老连长只说了一句"谁屙的屎谁擦尻子"就不再说话了，耳边是坐台艺人的咿咿呀呀，面前是七碟子八碗的凉菜热酒，老连长吟吟地笑着，指间的筷子"喀嘣"一声断了一双，又

"咯嘣"一声断了一双,笑说这商南县的冬青木筷子名气虽大,却怎么这么不经用啊?

这次二下龙驹寨,老连长正在船帮会馆的花庙里玩枪,十来把各式手枪摆在方桌上,一位赤发高鼻的西洋鬼拿起这些枪一只只地介绍着,不时地掰动零件机关向老连长详细指点。待老连长将这些枪装箱收妥,拱手送走洋人之后,陈八卦问这洋人是哪路的神仙,老连长说这是大名鼎鼎的挪威传教士诺慕,现虽在龙驹寨传教,但此人在十年前的世界大战中当过挪威的陆军连长,军事上很有一些战略眼光。说罢将陈八卦引入一间密室。密室的山墙上,布幔遮住的一幅手绘军事布兵图隐约可见,套间相连的另一间屋子几位军官在开会,陈八卦感受到了一种临战的气氛。

陈八卦说:"镇嵩军不是已经撤走了吗?"老连长笑笑地答:"军政上的事一句话说不清,你的香线上还有啥消息吗?"陈八卦就开口直言:"苟县长要审孙老者,面子上是为一只寺钟,背地里可能包藏祸心。"

老连长听罢沉默不语。陈八卦说:"这东秦岭六个县的县长不是都由你放的吗?"老连长从鼻孔"哧哧"地冷笑两声,说:"当初刘镇华派这俩人来送我子弹枪械,要我适当时协助军事,我看他是要报早年的西安被逐之仇,就想这事咱怎么能搅和进去?为了遮住面子,就放了个官给苟、毛二人,现如今没料想把洋芋给种成红薯咧!"

陈八卦说:"当初借寺里的钟是有人为证,范长庚那会儿说是外出云游,而且借钟是大堰河工所需,孙老者主事是为公益,如此小题大做恐要欲加之罪。"

老连长说:"这事我先不插手哩,看他这戏咋演呀,人家现在是一县之长,把百姓过年给祖宗的献祭都贡奉了镇嵩军,立下酒肉之功,迎来是他送往是他,我这里接到县城里八大绅士的联名信,告他俩助纣为虐,满城蒙祸,我不知道是谁审谁呀!你坐兜子先回。"

陈八卦说:"老四杆杖娃到你手底下,不知道事干得咋样,出来这么长时间了也一直没回去过,孙老者也想娃了,你看得空儿了叫娃回去一趟。"

老连长又是"咻咻"一笑，说："你是说，啊，孙文谦孙连长啊，好着哩好着哩！他正带兵到大荆梁上清剿曹鸡眼的烟馆哩，战事正吃紧着，我这不又要发一个连过去给他侧应一下。你回去给家里说啊，以后不准再杆杖娃杆杖娃地叫，娃的事干大咧，有官有号的，大荆梁上的事给我拿下来了就是副营长咧！啊啊，你先回你先回，我这好长时间没听州川的臭臭花鼓子了，心里痒得很，这竹林关的总觉着少个啥味儿。"

七天后，陈八卦第三次来到龙驹寨的司令部，告诉老连长案子判了，罚孙老者赔付寺上八百银元。陈八卦说："天竺山花三百银元铸的钟比这还大，这哪是审案子，这是绑票么！"老连长依旧从鼻孔里"咻咻"两声，笑说："嘿，他这是想敲山震虎哩，你震得了么！"说罢手一搓，朝外招呼："上蒸馍蘸蒜！"

今天这蒸馍蘸蒜很不是滋味，也不知是蒜瓣没捣烂还是热油没浇透，陈八卦的舌头在嘴里挽蛋子。老连长又在数说着十八娃多么善解人意，多么会唱花鼓，多么会挠脊背。看陈八卦一言不发，老连长就高了声："是这啊，等娃过了周岁，司令部就派骒子去接人。"陈八卦的帽苫子都要乍了起来，他喉咙里滚木头的声音更沉重了："从麻衣相上说，这女人命硬哟！"老连长把腰上的"十子连"手枪摘下来朝墙上一挂，又把弹夹里的子弹哗啦啦退下来，哗啦啦装上去，一边说："这事我就不多说啦，啊，再说就大家不好看啦。"

陈八卦猛觉一阵恶心，他又想起太岁宫的事……

一疙瘩蒸馍在他嘴里搅过来搅过去咽不下。他忽然觉得一种耻辱感蒙上心头，草面庙的事，是自己主事寻承礼的人头哩，可太岁宫的道场每一步骤都有灰皮兵在主导着自己，这么一想身上就不由得打个寒战……

陈八卦湿着眼窝出了龙驹寨。他执意不坐兜子，张光李耀就扛着兜子杆跟在后头，一直走到香炉镇，他俩手还捂着帽苫子。回到苦胆湾，十八娃的事他没有对孙老者说，太岁宫的事他也按在心里。孙老

者父子正忙活着高等小学的招生事宜。

先是下州川六里十八乡来了上百娃娃，小到七岁蒙童大到二十好几的小伙子，他们要进教室占桌子，要搬被褥占炕头，理由是建校时他们入了五百银元。校长孙取仁再三解释说这是新式学校，上学要先报名，再摸底考试，再按程度分班，又有留级制度，又有校规校训，不是私塾村塾的老少一锅煮，而且对外乡学生只选收高小生，这样劝退了一些十岁以下娃娃的家长；还有一些大人瞎搅和，说是你接钱的时候咋不这么讲，如今你要么把娃娃收下，要么退了银子钱我们走人！对这群要蛮的人，牛闲蛋马皮干就跳上房埝子日娘捣老子地骂，又说老连长讲过，谁要干扰教育就捉几个进城做娃样子！如此又骂走了一批，剩下的都说按章程办，该预考就预考，只要先生教得好，出几斗粮食的学费也是应该。

开学典礼是在长袍马褂们的拱手抱拳和相互恭贺声中开始的，他们是州川上下的里甲①老者。操场里搭了个简易台子，陈八卦当着司仪，他今天穿着老丝光的黑色长袍，上套紫色缎褂，缎褂上印着圆形红色的篆体"万"字。几个学生端着托盘在台上站了一排，陈八卦拖着长腔一样一样宣读着各方送来的贺礼："里公所水牌十面！警察所教鞭、戒尺、板子各十副！上秦川高等小学钟表一台！北区正本高级小学玻璃镜一框！私立启化小学贺信一封！县立商县中学校长周善述先生题词一幅！县立简易师范学校贺联一副……"最后，陈八卦高声宣布："老连长银元两封！"

接下来是长川村炮坊捐来的鞭炮放了七七二十四系，麻街村的唢呐队吹了个天喧地闹，白杨店的锣鼓队敲了个四山浑响，本来西塬上人说要送一台臭臭花鼓子被孙校长挡了，又说给演个"毛老道骑棍"也被谢绝，又说给耍个"二鬼结交绊不倒"还是没有同意，西塬上人就躁躁儿的，说学校是大家伙办的，唱台花鼓要个把戏烘个场子图个吉利，怎么把人家的好心肠当了驴肝肺？是我们西塬上人身上带着祟

---

① 民国初年的基层行政沿用清末的里甲制，分别称为里长、甲脚，甲相当于自然村，一里管若干甲。

气吗？这当然是私下里的情绪，场面上他们公役照出摊派照认，适学儿童愿意上的学校里也都收下了，今日这典礼大会他们也跟四乡一样来了不少人看热闹。

　　看热闹的人把操场都围严了，以至院墙外的老柿树上也爬了不少大人娃娃，他们大多是上不起学的穷家子弟。人们听说了，县简师的体育队要在操场上表演体操，体操是啥样子州川人没见过，都想开开眼界哩，但这个孙校长的讲话子乎也者又臭又长，从前朝后代讲到宣统登基，又讲到江湖反正，讲到旧学新学，讲到州川有多少私塾村塾，有多少娃娃念完村塾得不到继续深造，讲到筹办高等小学的艰辛，又是宗旨哩规矩哩纪律哩黑板哩钟点哩考试哩留级哩，在看热闹的人们听来实在没有意思，于是场子上就出现了莫名其妙的拥拥挤挤，出现了谁家媳妇的尖叫和骚乱，牛闲蛋马皮干拿棍子在人窝里捅了几下也不顶啥，孙校长还是照着他手里的稿子一腔一板地念，台子上的老者们也都支棱着马褂正襟危坐，操场上的学生娃们也都乖乖地立着，聘来的十多位先生也都恭恭敬敬地在学生队前坐了一排。突然，人群哗然，接着是乱声叫骂，有人就朝老柿树上扔石块，老柿树上的大人娃娃就朝树下溜，咔嚓一声树股断了，有人掉下去，有人哭出声。牛闲蛋马皮干赶紧跑去查看，有人就报告说是谁从树上朝下撒尿，牛闲蛋马皮干捉住两个穿开花棉袄的穷小子就揍，这俩人抱着头一边跑一边喊冤枉，就有人过来挡了，说是西塬上的瞎锤子固士珍使的坏，牛、马二人还要追查，人说早踩断树股跑了……

　　尽管隆重的开学典礼被人搅了，但计划中的程序一项都没落下。这多半有赖陈八卦这个司仪的威严，他的一头帽苔子很有一些震慑力。再就是孙校长处变不惊，场面再乱他的讲话照旧抑扬顿挫。还有就是那些老者们，居然没有斜视的、没有举动的，十几把花白胡子怡然飘拂，头把椅子上端坐着的就是孙老者！

　　牛闲蛋马皮干也算处得当，当歪就歪，当忍就忍。

　　可在典礼已毕，先生们带领各级学生入了教室之后，来了一位犟着要上学的女子，门房挡都挡不住，还敢张嘴谇人骂粗话。孙校长闻讯赶来，采住长头发一看，这女子不是别人，却是狗欠欠！

孙校长问："你妈呢？"狗欠欠答："我妈又不上学！"孙校长说："校董会宣布过，本校不招女子。"狗欠欠说："招不招女子应当先问女子，你问谁来？"

孙校长倒被惹笑了，心想一时跟这野女子也说不清，就扳住她的肩膀说："叫我看你像不像个学生样儿，你看，你回去先把头发梳顺脖脸洗净，衣服也要——"

"咋啦咋啦？穷人穿了破衣衫就不能上学？你这不是嫌贫爱富吗？"连珠炮般的发问反把堂堂的校长给截住了，校长的脸上一时发硬，却又指着她的脚说："你看你这脚也——"

狗欠欠看自己的脚，脚上是一双前开嘴后脱帮的男人鞋，两个结着黑垢痂的脚指头戳在外头。在堂堂校长的注视下，两个黑脚指绞着翘了一下，就死死地扣住地面，同时，她长长地"哟——"了一声，就斜扬起脖子，把仇恨的目光射到校长脸上。她说："你是给宣统当校长啊！嫌我脚大？老者爷给我瞅的家儿我还看不上哩！嫌我脚大我回去缠呀，缠碎了我可不跑操！"

狗欠欠正使着野性子，突然一巴掌打在她脸上，看时，竟是她妈腊娥！腊娥拧着她的耳朵，一边往回扯一边骂："日你个妈哟！没了王法啦？这学是你皮女子上的吗？不怕把人家写的影格子祟了？不看你是个啥东西？当粗丫环都没人要的臭伮，纳个鞋底子都学不会还想念书哩！往回滚！念你妈的逼去——"

母女俩拉拉扯扯地回去了，把个孙校长不尴不尬地晾在那里。

晚上，腊娥来寻孙校长，说："叫娃来给你磕个头，你把她收下算啦，这女子性子野我淘不起。"又说狗欠欠为上学回去给她上了一回吊，又是跳井呀，又是扑崖呀，说男娃子能念书女娃子也能念，你校长就没讲不准女娃子三民主义！正说着牛闲蛋马皮干来了，这俩人说狗欠欠已找他们闹过一回了，他们抽了几教鞭她还不服，还放话说不收她了她就给教室后头靠番麦秆呀！

孙校长问："靠番麦秆？咋呀？"

牛闲蛋马皮干答："放火呀！"

"土匪！"孙校长火了，"把穿偏耳子鞋的叫来，不信人腰里还长了蒜薹啦！"腊娥也说："叫来叫来，谁能管下谁管去，这鬼女子早晚是村里的害！"

孙老者铁青着脸，一言不发。

大家正窝着火，完小先生唐文诗跑来了，他说："那女子又在学校里闹，挨着敲先生的门，学生们围着当疯子看。"牛、马二人说："再闹就棍棒侍候，反正腊娥也管不下。"孙校长说："人是灵人，就是性子硬，野生野长的歪脖子树，自小没在规矩里长。"唐先生说："三民主义里边就有关于女权的启蒙和教育，西安省上都有女校了，从社会发展上说，妇女上学读书是早晚要实行的。"牛、马说："当初校董会定下的不收女娃。"孙校长说："当初是考虑年岁不好，三天两头跑土匪躲粮子的，女娃在校安全上难保证，管理上也麻烦。"

说到最后大家都看孙老者，孙老者说："那就先收下。"

孙校长说："先收下也行，不当正式学生，坐后排旁听，从一册念起。"牛、马说："那这学费上咋认哩？"唐先生说："我捐一半。"孙校长说："那另一半只有免啦。"

孙老者说："这事要给各位校董把话说到。"

腊娥说："那我就去给爷们挨家磕头呀。"

苦胆湾的历史上，第一次有了白话文的朗读声，有了在操场跑早操的学生，有了唱歌画画的美育文明。高等小学的六十名学生分了两班，年龄上有刚念完初小第八册的十岁小子，也有念完私塾荒了几年的半大青年。五里外的学生一律自带被子住校，伙食上集体搭灶，粮柴交多少都有定数，不交粮柴交麻钱锅子银元也行。高小初小的学生，一应的吃住学习，孙校长都有一套管理上的章程。

过了二月二，州川一带广义上的年才算真正过完了。二月二，龙抬头，金陵寺完全小学来了一位人物——西塬上的瞎锤子固士珍。他径入高一班要念第九册。这固士珍一十九岁，长了个白杨树的个子，一双长腿两道立眉，瓦刀脸上是煞白颜色，他往前排正中一坐，满教室的娃都吓得直吐舌头。有个叫高二石的学生从教室后门跑出去叫先生，说："不得了了！瞎锤子来了！"带班的先生是南华子，他没听明白，歪着头问："啥？瞎锤子？"二石说："就是开学典礼会上，从柿树上给人尿尿的——"二石突然不说了，扭头跑掉了。

南华子转头一看，一个六尺高的小伙子四体笔直地站在他面前。四目相对时，小伙子先折下腰来奉上一个硬硬的鞠躬。

先生问："啥事？"

小伙子答："来念书。"

先生说："你是正月十五贴对子，迟了半月啦！"小伙子说："我到南山里拜年去来，误了时候我给先生磕个头。"先生问："你叫啥名字？"小伙子说："我姓固名士珍。"先生问："是你那天在柿树上给人尿的尿？"小伙子说："哪儿有这事！我从南山里捎了一担子柞木炭路上走了两天，哎，好先生哩今年春寒，我给你背一头子来？"先生说："你这个固士珍啊，有二十岁啦？"固说："小二十，十九。先前上过四年村塾，在外熬过两年相公，也在打儿窝集上给人抬过几年大秤，老是算盘子上糊涂，早就想着进高等小学念算术哩，好先生哩你莫嫌我年龄大啊！"说着又是折下一个硬硬的鞠躬。

先生有些难场，支支吾吾地说："年龄倒不是个事，咱这第一届高小生本来就是爷孙班。"到此，南华子对这个"瞎锤子"留下的印象也还不坏，就正眼给他说："那你找孙校长去报名，咱这高小班严哩，要预考，要住校，要上伙，学费上你得照交。"

固士珍就去找孙校长报名，也不知他去是咋缠磨的，反正没费多大周折就办妥了一应手续。至于在柿树上尿尿的事，孙校长指派牛闲蛋马皮干专门去查了，是不是固士珍干的，问谁谁说他没看见，终归不了了之。孙校长对人说："看这小伙子求学心切，又想着他年龄大些能帮先生管住班上的娃。"

他是管住了班上的娃。第一个先管住的就是高二石。一天下午的自习时间，南先生叫固士珍把高一班的大字本拿去发了，并布置同学们写影格子。固士珍就把一摞先生圈过的大字本往讲桌上一放，先"咔"的一声咳嗽，发出巨响，满教室的学生就都噤了声；接着又"叭"地把一口痰从窗纸的破洞里射出去。接下来他说话了："我念谁的名字，谁答应一声'到'，再上台来取本子。"

本子发到第十个，固士珍念："高二蛋！"同学哗一声笑了，没人应声。再念一遍"高二蛋"，还是没人应声，他就走下讲台一手过去揪住一位小个子同学的耳朵，一边狠劲地扯，一边说："高二蛋！高二蛋！"这小个子被扯得受不住，就一伸手掏到固士珍的交裆里，揪住他的命系子狠劲捋，两人就同时滚到地上，就同时"哎哟哎哟"地倒吸凉气。

南先生进来，在两人尻蛋子上一人踢了一脚。

小个子先说："他骂我，叫我高二蛋。"

高个子后说："我点名发本子，叫他高二石，一石粮食的石，他不答应还掐我的二蛋。"

先生说："石头的'石'也读'蛋'，但只专用于衡器，就像你说的'一石粮食'。可是用在名字里，只能读石头的'石'。况且全班同学都喊高二石，你这里偏要念成鸡蛋的'蛋'，你这是故意欺负人，这是一错；再，你还揪人家耳朵，这是二错；高二石你哩，不该伸手就扯人家命根子，这是你的错。现在先罚站，听候校长处置。"

孙校长很快批示："执行校规。"

校董会管校规的是牛闲蛋马皮干。这俩人很快来了，高小一年级两个班六十个学生齐集在操场上，孙校长宣读了校规的有关条款，牛董和马董就开始挽袖子。

典礼会上警察所赠送的青杠木板子拿来了，那是一尺五寸长，磨得光油油又漆得明晃晃的一指厚四指宽的木板，木板两头宽中间窄外形如两个反背的月牙。

六十个学生吓得大气都不敢出。只见牛董拖出固士珍的左手，握住指尖拉直，马董就抡起板子打手心，校长宣布过，打一下，学生们要喊一声。一！二！三！四！五！六！七！八！九！十！

固士珍挨了十板子！他大气不喘，脸不变色。高二石挨了五板子，疼得他妈妈大大地叫。喊到最后，学生们的声音也越来越软。

此后的七天里，固士珍的左手肿得端不成碗，狗一样趴在锅台上吃；坐在课堂里，一方砚台压在手心里，砚台的凉气能敛伤止疼。

这边打完了固士珍高二石，那边狗欠欠又出了事。事是伙夫检举的。伙夫说，他每次开饭，学生都说灶房里有尿臊味儿，油泼辣子炒葱花都遮不住，今儿总算逮住了，原来是这皮女子在柴火堆里撒尿！咱这高等小学肯定尿势了，连个秀才毛都出不了，全叫皮女子坏了风水！

罚狗欠欠扫操场一个月。狗欠欠没有二话。

牛董马董说，也难怪这女子，学校里有两间厕所，一间先生的一间学生的，全都是男人的。

大荆梁上的一仗打得异常惨烈。连长孙文谦肩头挂了彩依然带头朝梁下冲。梁下是著名的洛惠沟，被称为洛南县的粮仓。一沟两面坡，全是一台一台的田地，站在大荆梁上一看，一绺儿一畦的台田顺坡势蜿蜒，如婆娘的油头发一丝儿不乱，夏里是满坡的大麦小麦豌豆搅粳，秋里是番麦黄豆糜子荞麦。民国七年，河南军阀刘镇华坐了陕西省长之后，勒民种烟，各地良田有一半全种上了大烟，初夏时节，沟边地低坡地全都红海海一片，半人高的大烟苗子上，顶一朵木碗大的花，性急的烟鬼用大麦芒在吊包子上划出裂缝用舌头舔那稀淡的烟汁；待烟花敛过，烟包长成，一家一户的婆娘女子娃一早就下地割烟。割烟是紧活，人手一把烟刀。烟刀是指头粗的木柄上插两片柳叶状的刀刃，割烟人左手扳住烟包，右手拿烟刀在包皮上横割两刀竖割三刀，割几刀也依烟包大小可多可少，一直割到太阳出来就不再割了。割过的烟包上，刀痕处慢慢浸出白汁，经风吹日晒就变黑发黏。到下午的后半晌收烟，又是婆娘女子一齐出动，每人左手中指上戴只灯盏大小的白铁壶，右手拿着带把的铁片，铁片顺烟包一旋，黑色的黏汁就被刮下，又顺手抹到白铁壶里。晚上，将白铁壶里的烟汁收在粗瓷碗里，上面用油纸蒙了，一碗一碗摞到楼上，这就叫"生土"。洛惠沟是交通要冲，北通华阴华县潼关，西通黑龙口过河湾翻过鸡团山是蓝田县，往来的商旅驼队马帮贩挑，都以此中转散集，烟贩子收"生土"，洛惠沟是主要的目的地。地方军政每亩地收烟捐二到十银元依地土好坏不等，自道光十一年鸦片传入东秦岭地区以来，烟土几乎成了这一带的流通货币，民间的放债还钱、婚丧娶嫁，集市上百货交易、支应绑票，以至贿赂官府、完粮纳税，莫不以烟土结算。单就洛惠沟底的永丰镇上，数十间大小烟馆的日夜消费就数量惊人。那些烟馆老娘，收来"生土"，自己熬制，先将"生土"用温水化开，捣匀，再用麻纸过滤，然后将滤出的汤汁放在铜勺里煎熬，熬了头遍熬二遍，最后成酱色黏粥，这就是"熟土"。主家将"熟土"装入三寸高的扁圆形烟葫芦，用高粱秆穰子封好待售。过往的客人买一葫芦烟土随身携带使用方便。开烟馆子的老娘，用骨头挖子抄出杏仁儿大一疙瘩"熟土"，放在剪成杏叶大小的番麦包上，同时提供烟灯烟枪卧榻使女，以供往来客商吸用。在甲等烟馆吸一疙瘩"熟土"要花十多个铜锅子，而末等小店，花十来个麻钱也能过瘾。曹鸡眼到洛惠沟的一个支岔八道河收烟捐，上账的男人二百五十人，吸鸦片的就有二百零三人，妇女一百五十人，上瘾的四十人，洛惠沟一带几乎是家家种家家吸。小娃娃咳嗽肚子疼，大人吸一口大烟迎面朝脸上一喷，病疼立止。一般烟农自食的是熬"熟土"滤出的翻渣，翻渣可以拌入旱烟吸，也可直接入口咀嚼。那些过路的穷汉苦汉，困乏了瘾犯了身上又没多少铜钱，就花俩麻钱买翻渣，实在的穷光蛋，也伸手讨翻渣，寺耳沟的人家，房檐下窗台上都晾晒着一笸篮一竹笆的翻渣。洛惠沟的烟馆子有一绝，这里的烟灯全不用玻璃罩子的洋油灯，一律一等地用着药籽灯，药籽灯点着药籽油，药籽灯上扣着媒纸罩，这折叠媒纸罩是这里大人小娃都会的绝技，眼见着一张媒纸在娃手里三折两叠，又四个指头一撑，一个吸大烟专用的灯罩就制成了。这种造型美观的方形灯罩，下边通气又防风，上头透光又聚热，不少客商买了几葫芦子"熟土"，总还要捎上几只这种手工叠制的灯罩子。永丰镇的烟馆子其所以都点药籽灯，是因为这一带漫山遍坡都是药籽树，霜降前后的药籽树上一嘟噜一串的药籽紫红鲜亮，人们用竹竿把药籽夹下来，晒干扬净，上榨打油，食用清香，点灯无烟，烟馆子用药籽油是地产所致。曹鸡眼在此收取的各种烟税有十多种：省上下达的省烟税、军烟税，地方上列账的有烟田税、保护税、熟膏税、烟灯税等，连烟枪里刮出的烟釉子兑成"杂和面"也每百斤收二十块银元的釉子税，烟土的暴利驱使着老连长下决心夺取这块地方。

再说这孙连长带人从梁上冲下，快到沟底时，发现硬肚子的人从两边朝坡上爬，原来曹鸡眼的队伍是佯装溃退，诱敌深入后围而歼之。孙连长便速令弟兄们往回撤，战法叫"卷席片子"，以前曾演练过，所以孙连长喊一声："卷！"一连人的三拨弟兄就依次顺地畔子朝梁上退。先是第一拨的伏在地塄子上用火力压住对方，待第二拨的翻上去三层台地，接上火力压制，第一拨的再朝上撤，依次三拨人马轮换翻卷，层次分明，战法娴熟，野路子出身的曹鸡眼哪见过如此正规的阵地战，又疑心对方有诈，便吆喝用银元雇来的硬肚子朝中间合拢，阵势尚未成形，就传来漫天遍野的喊杀声，原来是老连长派来的增援部队赶到，于是孙连长的弟兄士气大振，一鼓作气，连硬肚子带曹鸡眼的人一起包了饺子，又顺势端了永丰镇的里公所、税务所、警务所等曹鸡眼安放的行政公办机构。接着请老连长来开民众大会，枪毙了十八个曹鸡眼的死硬分子，安放和留用了一些里长甲脚及地方行政头目，宣布洛惠沟的三里九甲归商县管辖，以后的烟税完粮向这边交纳。

夺取洛惠沟之后，孙文谦升任副营长。孙副营长在洛惠沟三里九甲的要塞关卡设了四个固定的兵岗哨站，永丰镇的常驻兵力为一个加强排。老连长给孙文谦颁了嘉奖，并委派他制定收复红崖寺的作战计划，南山罩的存在一直是老连长的一块心病。他给孙老者这边放的话是，不惜一切代价要把十八娃她妈宁花解救出来。

洛惠沟之战得胜后，孙文谦除了升官之外，还有一个收获就是得了一个女人。这女人是一个大家闺秀，开战双方打得最激烈的时候，她趴在院墙上看热闹。当然看热闹的不止她一个人，老百姓心想给谁纳税都一样，曹鸡眼这几年也害人不浅，看着他的人马狼狈逃窜，沟里人都觉得长出了一口气。这女人的家是种烟大户，父兄们在当地也威作得好，家底殷实。女人叫琴，打得一手好算盘，家里的出入账项都是她一手包揽。她二十岁了还没出阁，挑挑拣拣的不是看不上人就是看不上家儿，父母生气了就说你看上谁你跟谁去家里不管了。老连长开民众大会那天，她给她妈说她看上台子上坐的那个连长，问为啥看上这人，她说那天打仗这人跑得最快，她妈说疯狗跑得快你嫁疯狗去，她说妈你这样想：有好事了跑得快的人能最先抢到，有灾祸了跑得快的人能最先逃脱。她妈就不和她争了，说琴你赶紧做饭，今晌午给咱家派了三个老连长的人哩。说中间吃饭的就来了，领头的正是那个"跑得快的"。"跑得快的"虽说背着枪，却说话还和气，琴就赶紧给奉上茶水，俩人一搭话，"跑得快的"居然红了脸，当妈的就对这小伙子有了好感。这年月里，再腼腆的人背上枪都烧燎开了，难得这么个小伙娃，嫩嫩面面就当了军官。于是，琴她妈就托沟里老者去打听，话一传到，老连长先就一口给应承下来。待队伍开拔，老连长才对孙文谦说："顺便给你办了个媳妇，回去随手就带上。"人一引来，俩人就都脸红了，她妈说这真真是天意，千里姻缘一线牵，河南女儿嫁四川，人不投缘你捏都捏不到一块儿，人一投缘你掰都掰不开。

孙文谦当了副营长，正营长空缺着，实际上他就是正职。说是副营长，其实还是原来连排的底子，人首见官升一级，要完成正式营级建制，老连长就叫他扩编，牌号就叫"孙营"。要招兵买马了，孙文谦自然想起他的表兄弟唐靖儿。唐靖儿常年叫喊要当兵吃粮，叫他拉些人来委个班长排副，一则给"孙营"搭个底子，二则圆了他的吃粮梦，再说也是自家亲戚一窝子坐庄也浑全。这年月啥是英雄好汉，不怕死敢下手就是英雄好汉。可是，话捎回去又传上来：唐靖儿下河南了。

唐靖儿没有听进老舅孙老者的话，他把挣筹的篾刀别到后腰里，伙同了赵振华、李万绪、雨生几个青皮后生，走景村、三要，入河南卢氏，过洛宁到宜阳，投奔国民二军岳西峰部罗玉山营吃粮当兵去了。罗玉山是上州川南山人，和赵振华有远亲关系，所以几个小逛山一结伙就投了过去。见是家乡来人，罗营长就安排赵振华、李万绪、雨生三人到同是老乡的王老虎连去当兵。唐靖儿因挣笀游走四方，所以有些见识，罗营长问他们一路上的行程，唐靖儿应答如流，罗营长见其机灵就收在身边当了挎娃子替他跑杂当差。挎娃子当了三个月，罗又发现唐靖儿眼尖手快，枪法又准，就升他为随身护兵。

可就这随身护兵差点儿要了主子的命。说是岳西峰驻宜阳的一部军纪极差，经常祸害百姓，军部里下令整过几次，总是收效不大。这一天岳军长到了罗营，罗玉山单怕茶饭上招呼不周，就派唐靖儿去督办伙食，白案红案热炒凉调都一一看过，他没说什么提个菜刀就出去了。不一会儿，唐靖儿提了两个连毛带血的猪耳朵回来了，他嘱咐伙夫加个凉菜。猪耳朵正在热水锅里烫毛，紧急集合的哨子就"吱儿吱儿"地响开了。队伍集合起，罗营长却被五花大绑推到众人面前。原因是有个当兵的把老百姓的活猪割了耳朵，人家直接找军长告了状。军长先叫人把罗营长压在碌碡上剥了裤子，再对全营训话说："今日这事叫我碰上了，当营长的就得背这个黑锅，兵娃子敢为害地方全是跟上司学的，谁干的事我不查，我只收拾带兵的。来！把老百姓都给我叫过来，上手打！"一说叫老百姓打，老百姓又吓得朝后退，军长又说："谁不出手我就打谁！"

于是，一阵牛鞭子响过，罗营长的屁股被打得稀烂。

军长走了，罗营长开始执行他的命令：先关唐靖儿的禁闭，说待他伤好后，再拉出去做娃样子——枪毙！

罗玉山趴在床上，整整十五天没穿裤子。连长王老虎日夜拿鸡翎子蘸了中药水朝鞭伤上抹，同时又暗中派人去给唐靖儿送饭，还得空儿去禁闭室关照。唐靖儿就哭诉说他实在是好心，说为俩猪耳朵丢了命实在冤枉，哭着哭着就伏地磕头，说好乡党哩求你救我一命，只要不被处死我变骡子变马都要报答你哩！

王老虎也是州川人，他说娃你实在不懂事，国民二军是革命的军，不是咱老家南北二山的毛贼土匪，我们是革命军你知道不？我们跟着冯大人要打倒阎锡山吴佩孚这些军阀你知道不？革命军最是讲纪律的，这一点儿娃你要牢记哩!

　　经过王老虎的耐心施药,半月后罗营长可以穿裤子了,可以下地活动了,他说要选个好天气送唐靖儿这个小老乡上路。可老天不合作,连阴雨一下就是十几二十天。罗营长说了,既然老天留人,那就每天加俩包子,叫小老乡吃得胖胖的再上路,也不枉娃吃了一回粮。

　　这一天,炸红的日头出在东天,全营的官兵集合在操场里。罗营长讲了话营副讲,营副讲了话参谋讲,然后是连长讲,连副讲,所有讲话都是一个意思,纪律对革命军最重要。

　　唐靖儿被五花大绑押来了,大太阳下他浑身寒战如筛糠。行刑者是连长王老虎。罗营长说乡党送乡党给个浑全尸首好看些,说罢就站在那天打他的碌碡上,碌碡前跪着唐靖儿,王老虎操起一杆长枪,"嚓啦"一声拉开枪栓,又"嚓啦"一声子弹上膛,一些兵娃子赶紧低下眼皮。枪却没响,王连长手一抬将长枪丢给一位弟兄。

　　碌碡上的罗营长,把冷峻的目光压在密密麻麻的人头上。连长王老虎又从腰里掏盒子枪,皮套子太紧,他抽了半天才拿出来,又抠出弹夹,一粒一粒上子弹,子弹上满了,弹夹又半天推不进槽子,突然,一失手,弹夹掉脱,子弹撒了一地,他弯下腰去——"扑通"一声,跪倒在罗营长面前。

　　他拖着哭声喊:"娃还年轻啊,我求你饶他一命!"

　　罗玉山冷峻的目光依然压着密密麻麻的人头。他没有应声。唐靖儿泣泣答答地伏地痛哭:"妈呀,过年节了谁给你烧纸呀!"

　　王连长长跪不起,又有近十个连长、连副、参谋哗啦啦跪倒一片。无声,惟太阳红得似着了火的油盆。排长们也跪下了,罗营长还是那副冷峻的目光。

　　一堵墙倒了下来,几十堵墙都倒了下来,那是全营的官兵,齐刷刷跪倒在太阳地里。唐靖儿先还叫着妈呀妈呀,后来他不敢出声了,几百人为他一个人请命,这阵势他哪儿见过!

　　罗营长腰子一闪,从碌碡上趔趄下去。

　　他背着手,一步一步朝营房走去,身后拖着个短短的影子。连长王老虎依然伏地长跪。所有人都伏地长跪。

一个时辰之后，罗营长传来命令："重打二百军棍！"

这回是王老虎连长站在碌碡上。他点名三个排长轮流行刑。二百军棍打过，唐靖儿已经半死。

后来的结果是发配唐靖儿到王老虎连当兵。他既站不了岗又出不了操，更上不了战场，王连长就派同来的几个乡党轮流侍候他，又是地灰包，又是北瓜瓢子，又是白蒿叶子，一会儿砸烂敷哩，一会儿熬水抹哩，一会儿煎汤喝哩，直把几个乡党折腾得够受。几个兵娃子就偷偷议论说，没想在正规军里吃粮还这么怕怕！

唐靖儿这一身青肿红伤整整治养了五十天。一个风高月黑之夜，唐靖儿带领同来的三人一起逃走。国民二军设有逃兵处专办逃兵，专办人一律便服，暗携短枪，按当时的法规，凡逮住的成伙逃兵只留一个当众枪毙做娃样子，其余的一律活埋。幸运的是，唐靖儿他们四人没有被逮住，他们顺利地逃回了州川。据说，他们的老乡王老虎连长为此又受了很大的连累。

黑手输光了身上的最后一块铜锅子就袖着手看人家摇宝。宝是两个"色子"，"色子"是骨头磨成的正六面体，六个面上依次刻着从一到六个数目的圆点，然后放在小碗扣大碗中上下摇动三下，静置，押宝者就将赌金分放左右，左为双数叫"通"，右为单数叫"干"，庄家点过通干赌金，依自己对点数的判断宣布"卖""不成""通吃""揭"等，待赌种议定，庄家喊："揭开碗碗，再看点点！"两个"色子"朝上的点数相加是双数的"通"赢，反之"干"赢，赢者由庄家押一赔二。

黑手袖着胳臂从显身庙的破戏楼上下来，老远看见陈八卦的兜子晃儿晃儿地过来，就地朝当路上一坐。兜子闪到跟前，黑手才故作慌忙地从地上往起挣扎，一边说："哎呀，瞎狗都不挡路，我咋把福吉叔的路挡了呢！"陈八卦问："是不是输光了？"黑手说："真叫我神仙叔给说对了，不提啦，今儿就没开壶！"陈八卦问："那你坐当路上是弄啥哩？"黑手说："一口气儿没上来，肚子就疼得像得了绞肠熬。"

陈八卦从兜子上下来，问："你大给你姐的嫁妆准备好了吗？"黑手"嗵"的一声跪到他面前，哭鼻子抹眼泪地说："好叔哩，我大还靠我哩！可我就是这臭手，要把我姐的婚缘耽搁了，我就上吊呀！"

陈八卦把脚一跺，说："你大咋是这人哩？"

黑手就势抱住陈八卦的腿，乞求说："好叔哩，你得救救俺娃子！"

陈八卦一下子把他揪起来，厉声说："你要把你姐巴结好，你姐是个贵人哩！从今后你放勤快些，早上起来给你姐打扫房子叠被窝——"

黑手说："好叔哩，我姐就没个被窝，她裹条烂被单在灶火口的谷草窝里睡哩！"

陈八卦努了粗声："那你就打扫谷草窝！"又一把揪了他的领口，轻声说："见到三道弯的黑毛收拾起来。"又揪着领口拉近他，附耳交代了这"三道弯"的妙用……

陈八卦给孙取仁孙校长谋算了一门亲事，就是石门沟贺家的大脚女儿饶。村里人都说这陈八卦是胡拉被子乱扯毡，这事根本成不了。原因是孙校长文质彬彬一肚子学问，而这娘家穷得连个梳妆匣子都陪不起的大脚饶，矮锉锉的个子根本就不般配。但他们不知道这正合了孙老者的结亲标准：嫁女要家势比咱好的，娶媳要家势比咱差的。之外更重要的是，这贺家的大脚女子面有异相，这一条得用"麻衣相法"解释，可村里人谁也不懂……

孙老者发话说要在麦收前娶人，且是不言礼的。贺家的人犯了难场，他们看上的是孙家人势旺，看上的是那女婿当校长有学问，看上的是孙老者在乡里的威作好。而这饶女儿呢，因为脚大，她妹子桃儿嫁出去都两年了，她的缘门才开，而这"不言礼"是说整套的嫁妆要娘家全陪，而礼金只是二十块银元。

当二十块银元白晃晃地摆在耶稣妈和老长工面前时，石门沟这穷惯了的两口子发愁了。不说这陪房的一套木器家具，单就嫁女的一应铺盖穿戴这些钱都不够。贺家生养了三男两女，大儿叫铁绳，二儿叫碌碡，两个女儿叫饶儿桃儿，小儿子只有个外号叫黑手。老长工给财东家熬活一年两担番麦，耶稣妈只务一个果园其余的时间全念了耶稣。如今，铁绳没娶碌碡没成家，黑手十九岁了只学会一样手艺——摇宝。可一年来黑手真正成了黑手，他耍到哪儿臭到哪儿，他五马倒六羊河滩倒坡岗，一份贫薄的家产叫他倒来倒去倒出来些铜钱全送到赌场去了。为此铁绳和他打了几架，他反说铁绳哥你黑夜里日鬼捣棒槌也没见盖一间房置一亩地，铁绳说我没置房地可我没把家里的往外掏，你从今往后把黑手洗了，跟上我学三只手，今年冬里咱就盖大房买河滩地雇长工。黑手说我这手上长的是肉垢痂，水是洗不下来的，只有到了春暖花开，顺着肉垢痂的裂纹指甲一抠一块子，抠净了就成白手了，成了白手我也学不会你的三只手，我胆小，打儿窝集上偷一疙瘩木炭手都抖得拿不牢，哪像你敢到督军府里偷"十子连"。

这也是实情。铁绳的三只手可以抬蹄割掌眼上换镜，这在州川是有名的。也每每在家里拮据得揭不开锅的时候，他黑夜里出去半个时辰，回来了全家就有吃有喝。在督军府偷手枪是他最显手段的一次贼艺，在州川的逛山界，每每提起此事皆以为荣耀。前年出嫁小妹桃儿，为陪嫁之事桃儿寻死觅活要喝鸦片要上吊，当大哥的就回了话，说好妹子哩你先回去过光景，晚一步要啥我给你陪啥，说罢当夜就上了西安省。他在督军府一个团长家门口转磨了三天，探清了这团长是一个酒鬼，且不与大太太二太太同房，是自个儿独居一室，第四晚就攀后檐墙进去伏到院里的槐树上，眼见着两个护兵把醉得半死的团长架进屋里，眼见着两个护兵又到大门外去站岗，他就在靠房檐的树股上垂下一条绳，由此下到院子，隔窗听团长鼾声如雷，就用随腿夹带的烟刀轻轻拨开撑窗。他见团长合身子躺在炕上，手枪斜挂肩头，就半个身子倒在团长身边，隔一会儿朝里边挤一下，团长身子侧起一点，他就把枪带往上卸一点，挤得团长翻身朝里时，枪已经挎在了自己的肩上。枪一到手，他一步就跨到窗台上，又随手顺了一件军大氅。他一手揪住备好的吊脚绳在槐树上一蹬就荡上了屋檐。这只"十字连"手枪他拿回来卖了八十块现洋。但用给桃儿作陪嫁的只花了十八块，其余的他进了烟馆子。儿子不务正业，当妈的管不下也养不了就眼不见为净，终日闭目念耶稣。

铁绳一旦没鸦片抽了就气不顺，气不顺了就日老子骂娘，要不就追着黑手打，一口一句父母没本事嫁女都靠儿子。如今又到饶出嫁，父母还是拿不出一根线。饶给孙家请来的媒人说："他孙家是走理的人，我娘家拿不出木器陪嫁他就不娶媳妇了吗？给他孙家人说，凭我纺花织布不出一年全套陪房都能挣回来，只要他家等得起。"话是这么说，可当长工的父亲念耶稣的妈还是仰天长叹求告无门。绝望之时，突然从打儿窝集上捎回黑手一句话："叫上二十个人到集上来抬木料。"老长工不信，派了俩娃到集上去看，却见黑手买的木料能盖两间房，就赶紧叫人往回抬，回来就请了细木匠打家具，计有两隔子柜一个，桐木箱子一对，杌子一对，条桌一个，镜梳匣子一个；细心的黑手连油染家具的黑红洋漆都买好了。众人就问黑手是发了哪里的洋财，黑手说这是我饶姐命里本该就有的，我只是跑了一趟路。

众人哪里知道，黑手凭着陈八卦教的魔法卷走了满赌场的金银。那是一个月明星稀的春夜，黑手裹了铁绳的军大氅，头戴气死风的筒脖子毡帽，怀揣十三个麻钱进了沙河子的大场禾。姐身上落下那根三道弯的黑毛在他嘴里嚼着，这是陈八卦教给他的法宝。他一进到场禾，伸手卷起毡帽，庄家就喊："黑手来啦，朝前头围朝前头围。"黑手说："你都耍你都耍，我先吃一锅旱烟。"旱烟锅扎在嘴里，"三道弯"捏在手里，他绕人窝子转了一圈又一圈，终于蹭到庄家身后。这庄家今日才剃了光头，青茬茬的头顶上卧着双旋的发心，趁着揭宝的骚乱，黑手把蘸了唾沫的"三道弯"粘在了庄家的头顶上。

他又叼着旱烟锅，眯眼观战，时局是庄家连胜三宝。听着骨头"色子"在小碗扣大碗的摇晃中叮叮当当，他揣摩着庄家何以连赢三个"干"。到第四宝，诸位赌徒果然相信会"变宝"，就纷纷押了"通"，眼看着"通"上押的银元一扎一扎往上涨，黑手的头上冒了汗。果然，庄家也相信了"变宝"，就大喊一声："卖——通！"一听庄家"卖通"，诸位赌家更相信碗中必"通"无疑，就又纷纷往"通"上加"注"，庄家又高声叫道："谁买通谁买通？没人买了我就叫通不成啊——"

　　说时迟那时快，黑手把旱烟锅一举，高声道："慢！"众人的目光一齐聚到黑手脸上。面对如此大的赌注，要是生人或一般的赌徒，庄家必要"验货"，如果身上没有足够的银子，就会被认为是揭"飞碗子"的，必要乱拳打出。而今喊"慢"的是赌界有名的黑手，黑手当然知道行规，所以庄家就不提"验货"，只闭一只眼猜测他何以不随众意而独断孤行。黑手头上汗气蒸腾，他这一宝一旦揭瞎，身上只拿出十三个麻钱，必挨一顿饱打无疑。有名的赌界老手还揭"飞碗子"，这今后他就在赌场上没法混了。冥冥中，一股力量鼓到他的喉咙，他喷口而出："我买通！"

　　碗碗儿"哗"地揭开，果然是"通"！十二点，老通！场伙里一片哗然，庄家把银搂子顺着赌案一转，一大堆银元铜板全进了黑手的气死风毡帽……这一夜，黑手押啥成啥，到天明他把满场伙的赌金刮洗一空，赢的银子钱用军大氅包住往回抬。铁绳知道黑手赢了大钱，就说有他军大氅的一份功，黑手就顺手给了他十块银元，鄙视地说："你抽去你抽去！"

　　烟抽够了他就不随便骂人，烟抽够了他就说要把饶的出嫁办得红红火火。他亲自去通知七大姑八大姨和老少外家，言说和孙老者结亲，咱去了要把脸扬得高高的，要把腰板撑得硬硬的，要把娘家人的架子端得大大的，咱饶是凭本事嫁人哩，不是高攀你孙家，这一点咱自己先把自己看起。按本地乡俗，女儿出嫁前三天要少吃饭或不吃饭，这叫"习肚子"，以便到了夫家保持小碗少吃慢吃以示文雅，防止肥吃海喝吃成母猪肚子让人笑话。可铁绳对饶说："穷人家习啥肚子哩，本来平常就没吃饱过，到他孙家了该吃就吃该喝就喝，咱是去出力过日子的，不是去当太太，乡俗上的顾忌不要想得太多。"出钱是黑手的事，场面上由他赢。他一件件地验看着备好的嫁妆，时不时地挑一些毛病让帮忙的人收拾，俨然一家之主。饶的陪房除全套木器家具外，还有薄厚棉被各一条，家织布床单红绿各一条，棉衣夹衣单衣各一身，上轿鞋上轿袜各一双。离过门还有两天，铁绳就请了沟里的巧婶婶能婆婆，来做扎花盘，来蒸风婆馍，来包离娘饺。扎花盘是三层相摞的大花馍，馍中包着五个核桃五个麻钱，底层是牡丹中间是莲花顶上是石榴，婚礼时摆上天地桌是娘家的望子，来客判断娘家人是精明是窝囊就全看这扎花盘。而风婆馍是四大两小六个花馍，出嫁的前一天娘把这六个花馍用箩扣在当堂的柜子底下，同时上香祈祷请求风神第二天不刮风不扬尘；四十个离娘饺是在新婚的当晚做成"缘花汤"让小夫妻换盏而食。也是在出嫁的前一天，铁绳黑手到石门沟和州河的交汇处灌了一瓶交叉水，又在村里找来上好的柿子醋，醋瓶上插了一支单根两叶葱，这些离娘家时都要带上，喝"缘花汤"时就要用这水用这醋用这葱……

　　陈八卦成全这桩婚姻完全是一次偶然。他到石门沟给人踏坟地，在山坡见一大脚女子挖野菜，目光一瞟，就惊得半天回不过神来，主家说一个野女子有啥看的，他就问了这女子的家父姓名，回来就给孙老者说他在石门沟见了个女子是贵人相，那一双耳朵耳梢高过眉角耳垂低于鼻沿，他已经打听过了，这女子还没主儿哩，就问要不要说给取仁做媳妇。孙老者说，依我的意你看上了我也就看上了，只是咱取仁见过世面给娶个旧式女子恐怕以后会犯麻搭。陈八卦说这女子可是完全的新式女子，孙老者问何以见得，陈八卦只说出两个字："脚大。"孙老者就笑了，说："脚大能做活，咱这家场就要这样的媳妇。"当下两人就托了人去打听这女子的品行才能生辰八字，待得到满意答复之后，陈八卦又受孙老者之托征求取仁意见。取仁说："咱这家是急着用人哩，长相上我就没有办法讲究，只要能持家就行。"陈八卦知道，取仁是一门心思办学校，他要从家政料理中摆脱出来，他要有一个能干的女人撑起他这个家。

　　约请的己人只走了两个来回就把一切敲定。三月初一贺家门上来了四个"送日子"的，他们提着马灯拎着马蹄笼子拿着帖子。有关婚事的一应条款都写在帖子上。第一条就是通知亲家娶喜之日为四月十八；第二条是说，定的喜相是牛狗虎三相，就是说梳头的扶拜的坐上席陪客的三人必须是这三个属相；第三条是说孙家给媳妇送来的"离娘钱"是八个铜锅子，之外还有其他注意事项，如备用两把红伞等。这红伞是为防止娶亲路上万一遇见埋人下葬的冲喜就用红伞遮挡新郎新娘。到出嫁的前一天，孙家又送来二十个离娘馍，其中的一对儿馍是双顶。出嫁的这天，花轿到了门上，娘家妈给女儿打两个荷包蛋再泡上四个馍顶顶，吃罢就上轿。因为黑手发了场伙的财，石门沟这边的准备也十分顺利，商定的婚礼如期举行。

四月十八这一天头明大早，一帮人就打扫了房子院子，又在院子的中正位置安了香案，香案上摆放了祖宗牌位；香案前又置大方桌，方桌四角摆了四把椅子。唐先生附到孙老者耳边说："现在都是民国了，婚仪上能不能简略一些？"孙老者左右手交叉着弹了弹两只衣袖，又一手把胡子拨到一边，沉吟吟地说："礼以殊贵贱，乐以别尊卑，一切遵照古礼。"唐先生说："也好。"便招呼人在方桌前铺了新芦席，又依次将四个红纸条贴在椅子背上，红纸条上分别写着：正通、亚通、正引、亚引；之后将一脸盆架置于左下角椅子旁边约两步的地方。

刚安置停当，陈八卦就引领四位长须老者在四把椅子上落座，唐先生引领新郎孙取仁到芦席前立定。亚通立即高喊："启！迎亲礼仪！"正通就喊："新郎就位！"唐先生扶取仁前行两步，到芦席正中站定。正通又依次高喊："更衣！加冠！披红！"接着就有儿女双全的"全欢"男女将放着衣帽的红油漆盘端来，唐先生作为"扶拜的"就为取仁穿衣戴帽披红绸。取仁套上一袭新缝的蓝长袍倒也透出若干风度，左肩斜右胁打结的六尺红绸也使满院艳亮，只是"洋楼"头上的前清红顶帽略显荒诞，更招人注目的是红顶帽左上边插的一支长眉栗花。取仁怪异地笑着，"扶拜的"唐先生用胳膊碰了碰他。依古礼，"扶拜的"将陪伴新郎婚礼全程。说中间正通亚通又交替发令：盥手！净巾！上香！三跪十二叩！起！喝上轿酒！上轿——

待四个轿夫将新郎的花轿抬起，正通发布队形"丁摆马"之后，亚通又依次喊："旗上路！""牌上路！""伞上路！""扇上路！""乐人上路！"于是，吹吹打打的迎亲队伍，沿州河大堰上的官路朝石门沟而去。队伍最前头是六面彩旗，其次是一大红竖牌，上书"高等小学校长"六个大字；之后是万人伞、日月扇、一对大红宫灯；骑在头扎红绸花的大红马上"扶拜的"唐先生，与新郎新娘的花轿并排而行，后边是龟兹乐人的吹打队，这种"丁摆马"的队形一直保持到新娘家门口。

到贺家门前，正通依次发令："下轿！就位！上香！跪！四叩首！起！"之后，娘家人用凉菜烧酒招待。待新娘喝了离娘汤——一碗甜汤里打两颗荷包蛋再泡四个馍顶顶，之后，正通喊："新人就位！""梳头的"就扶了顶着盖头的新娘，来到香案前与"扶拜的"和新郎站成一排。正通又依次喊出："披红！插花！拜先祖！跪！四叩首！起！"之后，女方老者"致赞词"，说过"百年好合"之类的俗语后，正通又喊："上轿！"之后又吹吹打打依原队形返回。只是原队人马后边增加了抬着木器嫁妆的孙家亲友。到了大堰官路的平阔地，轿夫为了出新娘子的洋相，就四人合着乐人的吹打全力颠轿，他们把两根轿杆闪得面条一般。这也是州川的风俗，有的新娘子经不起颠，要么头被轿棚碰了青包要么就当下头晕呕吐，为防这一着，铁绳黑手早预备了十几个娘家娃，轿夫一颠轿，十几个娃就一齐上去压轿杆，所以一路回来饶没受啥吃亏。

到了孙家场院儿，正通又喊："下轿！"之后"扶拜的"和"梳头的"分别扶引新郎新娘来到方桌前的芦席上站定，正通依次又喊："三跪九叩拜天地！一跪四叩拜父母！三跪十二叩拜先祖！夫妻交拜！致赞词！"之后，娘家人把带来的"扎花盘"摆上大方桌，正通又喊："拜亲友！"先是重要来宾，再是老少外家，然后是姑呀姨呀舅呀表呀，正通喊一声亲戚名称，新人就伏地磕一个头，同时行礼的亲友就把一件礼物插到"扎花盘"里的大花馍上，头还没磕完，扎花盘上的礼物已经满满当当，给新娘的礼物有：头上戴的银喇叭花、银盅盅花、发髻上插的银箭头针、银麻花针、泡泡针、银簪子、马莲叶，手上戴的银桃、马镫、镯子，身上戴的银挖耳子、银牙签儿、银裹肚绳儿、银针扎系儿……

铁绳黑手觉得今天的脸面有盆子大，天爷也促脸给了个红天大日头，葫芦豹也促脸，没蜇一个宾客没到一桌宴席上盘旋飞舞，这在贺家人觉得实在是怪了，事前他们商量来商量去就担心葫芦豹惹事，就派人招呼娘家客人不要碰撞了椿树。他们哪里知道，孙老者早已将这野物驯化：他叫海鱼儿在房檐上院墙上抹了蜂蜜放了红糖，七碟子八碗的蜜汁糖水比院子里的宴席还要丰盛，难怪这葫芦豹今天比娃还乖，只在高处嗡嗡，不到低处惹事，房檐上院墙上的糖蜜够它们享用的了。

新人入了洞房之后，大场里的宴席就开始了。正式宾客八十席，菜是道道菜名叫十八碗，酒是番麦酒用"酒夯子"盛着。今日铁绳遇到了好酒友，他和唐靖儿同席。俩人旁若无人地互相"久仰"，旁若无人地推杯换盏，旁若无人地说着逛山界的逸闻趣事。酒至八成，铁绳说他想抽大烟，唐靖儿说他想打枪，俩人就相携而起。起来了，喝一盅酒又坐下，唐靖儿说你也别想烟，我也别想枪，我在河南就是把不住自家差点儿送了命，今天是我老表和你大姐的喜日子，咱要把这事挡烘到底。一席话说得铁绳泪流满面，他说唐靖儿兄弟真正是见过世面，酒喝糊涂了大事不糊涂，真正是好亲戚。说着就又要提壶斟酒，唐靖儿伸手拦了，又把自己肩上搭着的长杆旱烟锅递给铁绳，亲自点了火，看铁绳美滋滋地吸一口烟，就附耳说起正经事。他问："都说老哥你手段高，啥时候顺手了也给兄弟弄一把这个？"铁绳按住唐靖儿比成手枪形的指头，口齿不清地说："你喜欢——这个，我喜欢——这个，你帮我的忙，我帮你的忙，麦后不行看秋后，啊啊！"他把一只手忽而比作手枪，忽而比作烟枪。看孙老者过来和一位客人拱手，唐靖儿就忽而正经了脸，问铁绳："啥时候喝你老哥的喜酒呀？"这一问铁绳就哭了，一把眼泪抹过，又翻脸一笑，说："我丈母娘不下蛋，只顾在石板坡上晒暖暖哩，下一世了我变个婆娘开个母猪怀一胎生上十八个女娃子，叫州河边的光棍都娶上媳妇。"笑话归笑话，可唐靖儿听了也恓惶起来，他抹一把鼻涕说："我这会儿实在想我妈，我妈要在世，娶个媳妇算啥，尻子底下娃都一堆了。不过这年月，好逛山谁还娶媳妇哩，看上谁家媳妇了背回去就是了！"

宴席散了，天也黑了，小两口喝了"缘花汤"，掰开扎花馍，寻里边的麻钱儿，吃里边的核桃，说着这个院儿这个村的家长里短，说着葫芦豹的聪明乖巧，说着大嫂十八娃和她的小金虎，说着染房的生意兴衰，说着要把老四的媳妇琴从洛惠沟接回来，说着要给庄稼汉老三瞅拾个女人……取仁把这一切都当作过场，他心里最终想的是全县初等小学联考的事、充实高等小学师资的事，想的是固士珍又把尿尿到人家菜罐罐的事、把从商州师范讲习所聘请来的女教师吓跑的事；饶呢，铁定了心肠要把这家人的日子往好过，上头虽说有老者，可老人家实在是忙啊！一河两岸的事凡要跟百姓打交道没有不寻他的，说合姻缘，劝解冤家，公役派饭，捉贼躲匪，都要他出头，都要他搭话。而持家过日子呢，全指靠大嫂十八娃，她呢，烧一把火哭哭啼啼，擀一案面哀哀叹叹，小金虎在炕上屙在炕上尿，她扬手就是一巴掌，娃一哭，孙老者就吼粗声，一时间就来了高卷腊娥白顶子帽根子，屋里就乱成一锅粥；老三和海鱼儿下地回来一看锅没煎饭没熟不由得就摔摔打打，当大嫂的咽不下气就要到丈夫的坟上去拿头碰墓门。这些磕磕绊绊艰艰难难的事饶未过门就有耳闻，过了门她就有意调理这些疙瘩绊当，做家务她一时摸不着向，就先把金虎哄到怀里，白日抱上，黑夜搂上，一口一口喂稀糊汤上的饭油油，一逗一笑地和金虎说话话。不多日子，家里活泛了，一河的水都开了。

给饶安的洞房原是由老三海鱼儿的卧房改建的，老三和海鱼儿搬到场房去后，她执意送一条被子过去，说场房里返潮又漏风；取仁忙学校的事有时晚上不得回来，饶就夹条被子去和嫂子睡对头，金虎在她怀里乖睡，她就和嫂子唠着家常，逢着好天气还把嫂子的铺盖衣物整背笼背了到州河里去洗，回来了又是浆哩又是捶哩又是俩人扯平哩叠齐哩，及至新媳妇要"回十"，嫂子都舍不得叫她走。

饶给嫂子说："我撵天黑回去就行，后晌了咱套了黄牛拉石碾箩出二斗番麦面，圈里粪都出好了，眼看老三他们要给后坡上担粪，干重活了光喝汤汤面糊上坡不行，得煮些窝窝头蒸些巴巴馍，下苦人凭的是一口饭么。"一席话说得当嫂子的心里佩服，也说得当嫂子的心里歉疚，当下就烧热水烫了番麦，又晾成预干子，就套牛曳碾子。逢着这么勤快的兄弟媳妇，十八娃一高兴罗面罗就摇得比拨浪鼓还欢势。饶又说："妯娌姊妹过日子，你扫碾子我簸糠，合上窍道了，一步一个台儿高。"说到高兴处，当嫂子的十八娃又不由得凄泪涟涟，说："好姊妹哩，人家孙家这日子，有我俩能过，没我俩也能过，可你说我这路子往后咋走呀么？"饶呼啦啦扫卷着碾沿子上的浮粉，一对眼睛白亮亮地照着嫂子，对她说："好我姐哩，你的事是明摆着哩，守呀罢，走呀罢，他谁都不能放个屁星儿！前头的路黑着哩，看到一丝丝明缝缝儿你就走，看不到明缝缝儿你就守，如今这年岁兵荒马乱的，没有靠实的账算还是蜷屈在他孙老者的下巴底下稳当些，好姐哩你说是呀不是？"

"回十"的日子没过完，饶就告辞了耶稣妈。她惦记着后凹里的大麦，西坡里的露仁子，听着柿树顶上野麻雀叫着"算黄算割"，就早早起来催促老三海鱼儿上坡，孙老者同意了她的主张：黄一片割一片。不，她给俩兄弟说："咱不割了，咱用手拔，麦秆带了根茬回去烧锅是好柴火。"两个男人服了，二嫂饶姐当家是一把好手！

说中间整垄的小麦就黄了，说中间三亩半的大烟苗子就起身了，老三说烟苗子种得太稠要赶紧间苗；说中间小麦就割了回来趁天气要碾打扬晒；说中间平地里要种番麦坡地里要栽红薯水田里的稻秧子眼看着往上长！可是，偏偏今年这活路，样样项项都做得清爽——一家人都明白，是饶的安排有方，她自己又舍得出力，屋里的洗锅抹灶，外头的连枷碌碡，心头子上十八个眼眼都不闲。待麦收了，秋安了，她才坐下来给老公公行孝——

这是一个无风的午后，饶把老圈椅安置在大椿树的浓荫里，又和当嫂子的十八娃一人一手把孙老者搀扶出来——为了劝说外甥唐靖儿走正路老人家受了一肚子的气，就病倒了，一睡七八天。

妯娌俩解开孙老者脑后那根指头粗的小辫儿，稀疏的花发散发出浓重的汗酸味儿。十八娃拿起木梳说先把乱发梳顺，可这辫过的头发黏成毡片，一梳一堆疙瘩。十八娃就像拿镢头挖地一样在头上刨，饶突然就哭了，同时一把拦住"挖地"的手说："唉呀我的大大呀！好姐哩你看你看。"十八娃咋能看不见呢？老公公耳后的白发上缀满成串的虮子，后脑的发根儿上爬着一堆一堆的虱子，黑脊背的，红肚子的，绣成团的像牡丹开花，散兵游勇的如针尖密布。饶心痛地抽泣着，擦一把眼泪叫嫂子拿了温水来，她牛饮一口，"噗"一声喷在头发上，把头发喷潮了，揉匀了，又着嫂子找来几颗核桃，哐里哐当砸了，把核桃仁填满了嘴仔细咀嚼，嚼成了白汁又"噗"的一声喷在头上，然后又伸手揉匀，如此反复，待核桃汁核桃油完全渗入发根，又叫嫂子找来箟梳；老公公累了有些支撑不住，饶就叫嫂子用双手把头稳住，她拿起箟梳一下一下在头上刮，从前到后，由上到下，一遍又一遍，箟齿上积起来的脱发头皮白虮子黑虱成指头厚一道棱。饶说："好姐哩你看你看！"十八娃咬着牙把头歪向一边，说："我不敢看我不敢看。"只一个劲儿用双手死死地稳住老人家的头，她仿佛按着一头牛，一松手牛就跑掉了。

　　饶一共刮了三遍，箟梳上摘下来的成果在地上积了一堆，惹得几只母鸡为争食而打架。饶长叹一声，坐到一边的碌碡上，她也累了。十八娃拿来粗布手巾，浑浑地包了老公公的头，又一下一下揉着擦那白发上残存的油汁；之后，用木梳很容易就把头发梳顺，饶过来把头发攥在手中，三个指头一绕三个指头一绕编成尺把长的小辫儿。十八娃把一盅茶递到老人家手里，老人家一手捏着茶盅一手在头上抚摸，饶问："大大呀，咋样？"大大就笑了，喝一口茶，嘴一歪却要伤心，饶赶紧问："大大呀，把你刮疼了吗？"老人蹙蹙了一下鼻子，哭声咳气地说："头上这帽根子像是轻了二斤！"

　　正说着，陈八卦的兜子闪进场来，饶赶紧端来椅子，十八娃把杌子在二人面前置了，又泡上一壶茶摆在上面。陈八卦没落座，先绕孙老者转了一圈，鼻子一吸一吸地在他头上闻着，一边笑说："孙老者你这是享福哩啊！"十八娃就赶紧操起木梳，软着声儿说："福吉叔，我给你也梳一个？"陈八卦伸手挡了，又拍拍自己后脑的帽苔子，说我这不是帽根子难伺候，又说："我那小外甥勤快得很，每天都要给我刮一刮。"

　　他说的小外甥就是他的小书童，那个除了写仿就是整天阅读时事书报的小学问家。

陈八卦对孙老者说："你四个儿子三个都有了媳妇，啥时候了把咱孙营长的那个琴接回来，再给老三办一个，你这一场事就全交过手了。"孙老者说："琴也不敢往回接，给老三也不敢说人，咋办呀？四个媳妇两个炕呀！"

陈八卦笑说："怪你不死么，你死了就能腾一个炕出来。"孙老者说："这年头么，死也不是容易的。"正说笑着，高卷赶来了，失急慌忙的样子，一边用手帕扇凉一边对陈八卦说："看着你这鬼影子闪过来了，叫人紧撵慢撵的，我小女子耳朵钻了个虫子，越掏越钻到里边去了，你得赶紧给想个办法！"

陈八卦十指交叉往脑后一捂，按了飞爹的帽苔子，才发出山谷滚木头的声音："这个孙庆吉啊，最近还尿床吗？"当着人的面问一个女人她丈夫尿床的事，这让高卷实在尴尬，那妯娌两个互相一吐舌头就躲到屋里去了。

高卷红着脸说："你个鬼，老死都不正经，你快些，娃还在屋里哭哩！"陈八卦说："孙庆吉是尿床王，这是你给人说的，你不说谁咋得知道？"

孙老者就一拍膝盖说："逗花嘴也不在这一会儿，娃耳朵钻虫子了不敢耽搁。"陈八卦伸出左手，拿拇指在四个指头尖儿上一阵乱点，快速吐出四个字："猫尿滴耳。"

"啥？啥？"高卷还没听清，连声发问，陈八卦就不再言语了。他把头仰起来看那椿树上的葫芦豹，自言自语着说："自从这孙校长娶了媳妇，这葫芦豹窝又大了一圈，也没见再惹事啊？"孙老者说："多好的葫芦豹，比看门狗还忠实。当年着，收麦种秋时节，村沿子上人乱，它也蜇过牛，蜇过人，咱给受惊的牛送一升麸子给受疼的人送四两黑糖，人说叫把这蜂窝摘了，我说天物落到门上也是缘分，就没舍得惊动。那时候葫芦豹窝才升子大，我就拿黑糖调教它，你看这多少年了，它乖得跟娃一样。"

高卷还在那儿干站着，问也不是走也不是，脸憋得通红。她知道陈八卦的脾气，人问单方他只说一遍，不管你听清没听清就不再说了。还是十八娃眼头活，她叫了一声嫂子，就刨手把高卷叫到她的小房屋里，说："我听清了，是猫尿滴耳。"高卷又问："那猫尿咋弄得出来哩？"正哄金虎的饶插嘴说："再过去问问嘛，救人行善哩呀！"十八娃说："你不知道呀，问事的不专意听，就是再问都不给你说了，他就是这号人。"高卷说："对，这号人，你见不得，也离不得。"十八娃就说："嫂子你先回去把娃哄住，我瞅个空儿给你问问。"

高卷走了。饶趴窗缝儿上观察，孙老者说了一句什么，陈八卦就哈哈哈地笑。听到笑声，十八娃拿唾沫抹了额边的乱发，捧一撮茶叶在手心，款款然出门而去。饶还趴在窗缝儿一眼一眼地看，她看嫂子走路如同风摆柳，看嫂子如何朝俩人抿嘴浅笑，看嫂子如何沏茶如何端杯如何双手奉献，又如何拍打两位长者夹袍上的灰尘，如何柔声软气地说话……心想在这孙家当媳妇说话做事礼节是第一条，不光是能做家务会使唤男人。片刻，当嫂子的回来了，笑呵呵的。饶说："嫂子你真能行！"十八娃说："他叫把猫搁到瓦盆里，用大蒜擦猫鼻子猫就尿了。"说罢就赶紧跑去告诉高卷。

这边陈八卦和孙老者说着商县城及州河两岸的时政机要，桩桩都是紧要事，桩桩都十分可怕。先是镇嵩军西去后，老连长并未返回，原因是镇嵩军的憨玉珍团仍留守城西十五里的胭脂关，并不时向城里索要粮秣，简直把州川当成刘镇华围西安的大后方了。而老连长稳坐龙驹寨，不时捎话要挠脊背的使女哩，要听西塬上的花鼓子哩，要香会线上县城最近的消息哩，要见"憨团"和支麻子来往的目击者哩，等等。支麻子是盘踞在北山古楼峪的一杆人马，一年来小打小闹无碍大局，可自镇嵩军过州川后这支人马突然壮大起来，撵跑了白脸娃娃的红枪会不说，还不时向州川扩大地盘，不时越山过界下来派款拉票，这不能不令老连长感到隐忧。香会上得到的消息是说"憨团"给了支麻子三十杆老枪十八箱子弹，还有封司令之类的举动。种种迹象表明，镇嵩军是要给老连长的褥子底下垫瓦碴。其实支麻子也不是什么巨匪大盗，他只是个十六岁的娃娃，要么北山里有流言说支麻子剿白脸娃娃是娃跟娃打架哩！白脸娃娃姓马，老人手里有些家底，因为受人欺才拉起杆子，红枪会是各地都有，但白脸娃娃的红枪会是虚的，他是借势壮胆的。说是白脸娃娃请西塬上的花鼓子正在箭葫芦山的庙会上唱花鼓，突然枪就响了，台下的观众就四向疯跑，不知道是哪一路的贼来了。高卷她男人孙庆吉扯了两个唱花鼓的老把式就往栲树林里钻，偏偏栲树林里埋伏着支麻子的人，当下就被人拴了手脚。乱枪响了半个时辰，白脸娃娃的人窜山跑了，支麻子的队伍收拾了庙场子，把唱花鼓的十三个人搜寻齐了，连锣鼓戏箱及戏台底下丢遗的小脚鞋一包袱裹了携到古楼峪，招待以好吃好喝，又立马登台演唱。原来是给骨头皂他妈过生日凑热闹的。支麻子之所以和"憨团"挂上钩并弄到十八箱子弹完全是骨头皂的功劳。骨头皂也是逛山，镇嵩军初到时给"憨团"当活地图取得一些信任，恰好"憨团"欲培养自己的地方势力，他就给支麻子和"憨团"牵上线。骨头皂给他妈过寿，支麻子前来行礼，见居然没请到戏班子，当听说西塬上的花鼓班子被白脸娃娃叫到箭葫芦山唱庙会时，支麻子就躁了，当下拔出盒子枪一指，就带了人马过去抢人。打跑了白脸娃娃，把一班子花鼓戏原旧搬到古楼峪的寿宴上，又杀回马枪过来烧了马家的庄院和祠堂。白脸娃娃他六大马发满、七大马树升，一个上古楼峪后沟搬武术教头粘粘泥，一个去探支麻子的兵力部署，而白脸娃娃则直接投靠了龙驹寨的老连长，老连长封了他一个"马营"的虚名，他便以营长为旗号招降纳叛，缩屈北山一隅。却说这武术教头粘粘泥虽然只设坛授徒不拉杆子，但各派势力中几乎都有他的门生。白脸娃娃他七大马树升，携带银元宝"搭柱头"一对去请粘粘泥出人打支麻子，粘粘泥正赶着两头牛犁地，他说我教了一辈子武功，我也不知道我有多大的劲，今日你来了，我就把我的劲试一下，劲不够了我就叫出了师的学生去，劲够了就不麻烦别人了。说罢，背身子拖住犁将正在耕地的两头牛朝后拽，牛被鞭笞着朝前鼓劲，先就两相平持着，片刻两头牛就朝后退，猛然，教头一发力，两头牛就坐在了地上。粘粘泥说，我现在才知道，我有二牛之力，走，打去。结果还是被支麻子打了个屁滚尿流。龙驹寨那边，老连长决心要斩除镇嵩军伸到他身边的这条腿——支麻子，就花八百银元买通骨头皂，骨头皂就给支麻子献计说白脸娃娃带着多少银软多少军械丧家狗一样卧在一个叫十八盘的窄狭地方，是收拾他的好时候。支麻子信以为真，带兵倾巢出动。老连长这边，早排好了暗兵，叫白脸娃娃且战且退将支麻子的人马诱入会峪沟，结果两边的伏兵一包，支麻子被一口吃了肉夹馍。

两人刚说到这里，来了牛闲蛋和马皮干，又说到老连长驻防龙驹寨、苟县长毛科长对镇嵩军迎来送往之后，仗着"憨团"的势力，在县城大施"新政"，他们成立了八大科，委任大小官员数十名，又从各商号认捐"新政款"，让一帮能人携款去汉口做生意，说是挣了钱办公益，修民众教育馆，造民众体育场，开办女子学校，等等。又说到"新政"的一些笑话，财政科长上任第二天就把大印丢了，东关戏场庆"新政"演二黄失火烧死两个戏把式，苟县长他妈从山外来看儿子走到黑龙口突遇怪天气叫冰雹给砸死了，公安科长亲自押犯人去刑场执行死刑枪一响行刑队把公安科长给枪毙了，等等。一时县城流传着"八大怪"的顺口溜：

> 东关剧场失火了，
> 财政科长的章子不见了；
> 两个轿子踏蛋了，
> 汉口的生意做烂了；
> 县长他妈遇难了，
> 县府叫贼娃子偷遍了；
> 公安科长刑场中弹了，
> 姓毛的把城里姑娘搞遍了。

孙老者笑出了眼泪，却又问"两个轿子踏蛋"是啥典故，牛、马二人就争抢着说："苟县长、毛科长到胭脂关喝憨团长的酒，半晌午喝到天黑净，一人坐一顶轿子相跟着回城，走到黄沙渠，苟县长的轿子糊里糊涂掉到渠里，紧跟着毛科长的轿子也下去了，偏不偏后边的轿子擦到前边的轿子上，你说怪不怪？"

四人笑说了一回，话题就扯到高等小学。牛、马二人先说了一番孙校长的勤勉与严谨，又说了高小与县内几所学校的观摩与交流，最后说到校风校纪，谁受了什么处罚谁挨了多少板子，说到当初在柿树上朝人群撒尿的固士珍成了学校的霸王，有的先生见了都躲着走，最近的一次是他晚上小便不出宿舍把尿尿到同学的菜罐里，校董会执行纪律打了他多少次板子还是降不住，还扬言谁再告先生他就屙到谁的菜罐里，校董会实在降不住，这真真是个坏学生啊！陈八卦没有言语，孙校长来了，接住话茬说了一句："降不住也得降！"孙老者说："不能把娃惯坏了，但管教上尽量柔韧些，不要生格茬子硬碰。"

牛、马就说："孙老者你啥时候了去给高小的娃们上一堂，现在这新学好是好，不讲四书五经了，学生就不忠孝节义，也没个温良恭俭让的书生样儿，孙老者你先给全校上一堂三从四德课。"

陈八卦笑说："孙老者办事凭的水火棍，现在这娃娃早不怕这个，有的娃崇拜逛山，有枪便称王，有的娃信奉革命，恨不得把社会翻过来；咱办高小是想为地方培养人才哩，可不敢培养出一窝狼娃子！孙老者你去讲讲也好，把咱这里娃没学上的可怜说说，在雍正朝以前，商县文童都要跋涉二百四十里到华州去科考，从保安到石头峪一线多少娃叫老虎吃了，把这给娃们说说，不容易啊，如今求学就在家门口，要珍惜啊！"

孙老者拈须凝思，未置可否。

正说着，十八娃用红油漆盘端来四样菜一壶酒，一一在方杌子上放了。饶趴在窗纸洞上仔细看着，嫂子朝杌子上的每只酒盅里斟酒时，膝盖都微微地屈一下，配着嘴角的浅笑，手臂的轻盈，似礼"拜"又似鞠"躬"，身形上叫人看着要多舒服有多舒服。

四人举盅共饮。已毕，十八娃再斟一序。孙老者用筷子轻点着盘子，示意各位用菜。四盘菜，两热两凉、大葱熬萝卜、热套老豆腐，是孙家招待常客的老菜，一盘生腌野小蒜是时鲜小菜，另一盘绿叶菜闻着香香的吃着滑滑的，他们不知何物，孙老者首先生疑，扬手叫住要离开的十八娃。十八娃左手五指岔开撑着红油漆盘，软腰碎步来到杌子跟前。看孙老者的筷子在一盘菜上点着，就浅浅地笑说："这叫凉拌大烟苗，大大你和叔叔们都没尝过，这是咱饶的手艺，饶哎！你过来哟！"

饶来了，羞怯地站到四位长者面前。她说："我看咱烟地里苗子太稠，就叫老三和海鱼儿间了些，看着烟苗子怎嫩就做了一道菜，大大你们放心吃，这大烟叶子是在煎水里焯过，又用井水拔过的，我娘家年年都这样吃。"陈八卦就说把大烟苗子当菜吃实在是头一回，牛、马二人也都说新鲜新鲜好吃好吃。饶也软着腰身离去了，牛和马又朝陈八卦举起酒盅，说："福吉兄好眼力，孙校长这个媳妇手巧啊！"

孙庆吉的花鼓班子终于来龙驹寨演出了，不来是不行的。支麻子鸣枪劫持已经丢过一次魂了，他们再不敢怠慢拿枪的人了。再说也是给朋友唱堂会，又不是外人，老连长是陈八卦的朋友，是孙老者的朋友，也就是苦胆湾人的朋友。时序正在小中秋，一轮清月在州河上摇成一堆碎银，船帮会馆的花庙里，一出《闹姨妹》正唱得咿咿呀呀。这是老连长在招待五帮班头，因为各帮会给老连长的军需粮秣支应得周到，老连长自己想北路的臭臭花鼓子也想得心里痒痒，又适逢七月十五小中秋，话一撬上来，陈八卦就叫孙庆吉联络西塬上的老少艺人，老连长又派了三个兵一头骡子上来驮戏箱，八十里路一行人憋憋儿走了一整天。

这一回的演出，老连长没出孙庆吉的洋相，开口闭口叫着他的大号，尿床王之事挂口不提。孙庆吉也铆足了劲，把老连长剿支麻子的事即兴编成顺口溜在开场"白口"里说出，惹得老连长咧嘴直乐，拍着大腿笑骂："这狗日的孙庆吉！"

臭臭花鼓子一般是两人演一折，大段子也有三人四人一折的，孙庆吉专工丑角，始终和西塬上的刘奴奴配戏。刘奴奴是北山一带最红的旦角，外号就叫"婆娘汉"。开场锣鼓响过之后，孙庆吉从后台一个趔子翻出来，叫道："叮儿咚儿三声炮，老子一蹦出来了！"他头戴裹了黑帕子的草帽圈，腰里围着豆腐包，手持一柄折扇，随着锣鼓旋场一周，接下来就是长篇"白口"：

"莫要慌，莫要忙，听我说那逛山行；商县城，世事乱，州川有个白杨店；白杨店，有饭店，过来过去人不断，挂的柿饼赛蒜辫。支家有个麻子娃，一心叫人把他怕；人家一看他是娃呀，把他没心上挂。你不挂，他发狂，如今兴的是逛山行；麻子娃，心又狼，伏在家中就坐堂，绑人票，开烟行，哪个不听板子吭；吭着吭着人害怕，你看他耍的大不大。麻子集上把人肉挂，跑了白脸娃娃他二大；马树升，没处钻，半夜上了箭葫芦山，古楼峪里把粘泥搬；粘泥粘泥武教头，我把麻子准了屎；黑山背后被打败，如今这麻子歪得太；白脸娃住在州河堰，叫他二大去打探；打探回来没走远，麻子领兵把他撵。老连长路过白杨店，白脸娃给他把岗站，抬的烧酒送的蒜；老连长，是青天，满街民众都喊冤；告的告，骂的骂，人人都骂麻子娃。麻子一听事由大，躲到"憨团"翅膀下，又离不得婆娘丢不下娃。白脸娃庙会把戏唱，麻子抢了把式又开仗；白脸一怒发了狂，要和麻子闹一场；他要人，咱没人，豁出咱的几百银；豁出祠堂三间半，豁出铜钱几百串。仗一开打尻子松，白脸顶不住麻子蜂；麻子穿的黑袜子，烧了白脸一家子；麻子穿的黑裤子，烧了白脸一户子。老连长，主意大，会峪沟里把猴耍；麻子中了十七弹，捆住拉到白杨店，偏巧遇集人没散；吐的吐，屎的屎，麻子现在开了窍，说怪我妈没教好。老连长，抢烟袋，十个麻子九个怪，把他押到龙驹寨；堂上没问两句话，拉到河滩把他杀，眼窝瞪，嘴歪着，捏个泥头好伏雀；一刀剁成八大块，"憨团"没了腿骨拐；你看剁得美不美，剩下骨头叫狗啃。莫怪人家给你编，事情做得太伤天，死到阴司再绊砖……"

《闹姨妹》刚唱完，老连长就叫人给孙庆吉、刘奴奴披红，那是六尺长的红绸子斜肩挂了，又有一只红包往各人怀里揣了，底下的花鼓子就更为酸臭更为精彩。特别是一出《女儿回十》，唱了一半老连长坐不住了，以至如了两次厕，最后叫来三姨太坐在身边才稳住了心。这一夜，老连长过得十分惬意，臭臭花鼓子带给他的那种甜美，那种酣畅，那种在石瓮沟瞎眼婆子那里得不到的受活，他全体会到了。对这个刘奴奴，他甚至有留在军中的想法。他一说出这个想法，三姨太的鼻子"哧"地发一声冷笑，他就觉得实在是荒唐得过分了。这个"婆娘汉"，四十多岁的壮年男人，走路腰子软得像面条，说话腔子奴得像姑娘，穿了裙子包了头，台子上的一颦一笑一招一式简直比女人还女人。在后台招待的酒宴上，"婆娘汉"就近给老连长唱坐台，老连长忍不住捏他的腰子，忍不住看他的手，直乐得一班子参谋军佐前仰后合。为了老连长高兴，孙庆吉说了"婆娘汉"的许多逸事，更是把老连长逗得坐卧失形。说是刘奴奴到劳峪沟演出毕了，一群妇女拥到后台，这个捉住他的手说，好姐哩你咋唱得恁好？那个摸他的包头揭他的裙子，说姊妹你今黑来不走了跟我睡到我家热炕上去，一时窘得刘奴奴无言以对，就起身到番麦秆后边去撒尿。这边两个妇女就拿手上的银镯子打赌，一个说绝对是女人，一个说不是，说不是的说我摸了腿，腿上有毛哩！两人争着吵着就到番麦秆背后去偷看，见人家是站着撒尿哩，认为是女人的那个还不服，就端直走到当面，看见人家手里掐着一根像红萝卜的东西，才妈呀一声逃走了。一个惊叫着逃走，一群女人都惊叫着逃走，刘奴奴吓得坐了个尻子蹲，慌慌地站起来，才说妈呀真是麻秆子打狼两头害怕。丑角又说，王党塬有个奴奴迷，听说"婆娘汉"晚上来演花鼓子，一整天坐在织布机上都神思恍惚，脚下一边踏着阴阳板，口里一边念说："紧织布，慢撩梭，想起我的奴奴哥；有心给他做双鞋，还不知人家来不来。"偏不偏，这媳妇的自言自语叫婆子妈听见了，不论三七二十一揪住头发就打，打着打着村后的台子上就响起了花鼓锣鼓，这媳妇突然就来了劲，一把推开婆子妈抱起炕上的娃娃就跑。为了抄近道，她从西瓜地里穿过又被瓜蔓子绊倒了，一骨碌爬起来抱了娃又跑，到台子底下，戏还没开，就坐到醪糟担子跟前，说掌柜的给我买俩麻钱儿的奴奴，掌柜的笑说奴奴只能看不能吃，她才知道自己迷糊了。想起该给娃吃奶了，就解开怀拉出奶头，一摸娃头是凉的，一看怀里抱的是西瓜，又赶紧回到西瓜地里，才发现是枕头掉在那里，抱了枕头赶回去，看见娃娃还在炕上睡着哩！

一段笑话，惹得老连长酒都喷了出来。他说："你们在龙驹寨再住几天，我领你们到桃花铺去演出，过年时桃花铺给我送来十八头大肥猪，我请一场花鼓子去谢承人家。"一听说去桃花铺，孙庆吉、刘奴奴同声说："千万不敢千万不敢！"问其原因，说是他们在那里惹过事，再问就不说了。老连长发了火，枪都甩出来了，孙庆吉才说了原委。他说那一场演出还是《女儿回十》惹的祸，还是"婆娘汉"弄下的乱子。那《女儿回十》把一村的人都唱麻了，当夜有个七十岁的寡老太执意要出嫁，儿孙们拦都拦不住，就说你嫁人可以，但你得把咱家的庄底子地畔子给后辈人指一下，要不你一走咱家有多少房地产娃们都说不清。第二天儿孙找了一头瘦驴，叫老太太骑着顺村沿子走了一圈，瘦驴的脊背坚硬又尖锐，还没走到地畔子，老太太就说我不嫁人了我不嫁人了，要孙子把她背回去。从此以后，桃花铺人就宣布：不准臭臭花鼓子进村，要有唱花鼓子的到村里，就乱棍打死！

老连长就不再难为刘奴奴，说谢承桃花铺的演出就请二黄班子去，又转手搂着奴奴的腰悄声问："你这一辈子走到哪儿都扎在女人堆里，你在女人身上把啥福都享了吧？"刘奴奴扭捏着说："好老连长哩，我享的都是露水福，哪有你老人家眼睛看到哪里活就做到哪里！"老连长就哈哈哈地大笑着说："我是有嫩苜蓿就吃嫩苜蓿，没嫩苜蓿了就啃老包谷秆，我口粗哩！"看老连长正在兴头子上，刘奴奴就说："叔你这一辈子爱做女人的活，我给你出个题，你看这活咋个做法？"老连长闻言兴趣大增，连声子高叫："你说你说！"刘奴奴就咬了咬舌头，又一扭脖子，翘起兰花指遮了嘴，闪着眉儿红着脸儿说："你呀要呵，上头咬舌头，反手捂双峰，正手按莲芯，底下入勾股，脚心搓腿骨，这做法叫'五花一菩提'哩!"刘奴奴笑得说不下去,女人一般撒娇,拿头在老连长的脊背上碰,老连长就红着老脸说:"这么多道道,叫叫叫,叫人拿笔记了!"刘奴奴笑说:"不用记,听着道道多,其实是一事完成的,不能是一样儿做完了再做另一样。"

孙庆吉带了许多赏钱回到苦胆湾,正值孙家把老四的媳妇琴接了回来。老四孙文谦——孙营长,她的媳妇琴在外就听说孙家在当地家大势大,没想到回来竟是三个媳妇两个炕!这个大户人家的千金小姐,任性又娇贵,衣裳是三天一换,出门要搽脂抹粉,她哪里受得如此的简陋与清苦,孙营长还在洛惠沟驻防,早先也曾捎回来些许银两叫给他盖间半卧室,但按孙老者的想法,这房子哪能是谁想盖就盖了的,他有他的盘算,儿子们挣的钱都由他统一掌管,盖房娶媳妇也得一个一个来,他是挣断肠子都要给每个儿子安一个窝的。

琴又哭又闹,又是不吃不睡。好在有高卷腊娥白顶子帽根子一群嫂娘婆母日夜相劝,一会儿是红糖煎水,一会儿是旗花葱面,一会儿是薄荷泡茶调蜂蜜,一会儿是生姜丝子拉拌汤;又有大嫂在那里做着人样子,银盘大脸的酥胸软身子,人长得那么稀,亡了夫又带着小金虎,持家的一招一式都在理在行;还有二嫂那么贤惠会说话,丈夫当着校长也没见发威使势,忙前忙后里里外外一把手。琴也是聪明人,她看在眼里想在心里,孙老者在地方威作这么大,家里克勤克俭的以后能没好日子过?但她在娘家优裕惯了,也闲散惯了,怕当了媳妇在屋里锅台案板上做啰嗦,怕春秋二忙场里地里晒日头,一想起这她就想回娘家去,就想跟了丈夫在孙营长后帐随军,可就是因为三天两头的打仗行军丈夫才把她安置回来的;丈夫说了,日后有了大钱就在城里给她买一院房,再雇个使唤丫头再租两间铺面,开个京货铺子,这日子不比娘家的烟馆子正经?这么想来,委屈也是一时,苦清也是一时,万不能叫人把咱当了胡搅蛮缠的野女人,理路咱是要走的,就是不想做活,在娘家就没做过活么!这么想着,二嫂饶又端饭过来,说好姊妹哩咱能一家家过也是前世的缘分,你身子嫩往后期里在外的活不让你沾手，你见天天给咱吆鸡关后门洒水扫院子就行了，一席话说得琴也眼泪吧唧的。正说话着，大嫂就在窗户外催促，说给琴睡的炕收拾好了，叫赶紧过去歇息。饶就扶了琴，款款着步子过来，一进屋子一股清香，看时竟是席褥被单的四楞四新，琴一下子眼睛就湿了，说扫扫灰就行了还洒薄荷水。大嫂十八娃就说："琴妹子哟，这原是你二嫂和孙校长的新婚洞房，现在刷抹一新专给你住，你饶姐么，平常跟我住，想了，就到高等小学去住校长室！"饶在大嫂的胖屁股上拧了一把，妯娌三人就笑着滚成一堆疙瘩。小房里有了笑声，上房里的孙老者长出一口气就倒头大睡。这个老四媳妇把他折腾了整整一个对时（昨日此时到今日此时）。

安置了琴，又来了忍。忍是十五岁的女子，五官蛮好就是当额顶上有一块巴掌大的秃。忍勤快言短，就是命不好，她大死得早她娘改嫁把她带到碾子凹，碾子凹的继父待她不好又是个大烟鬼，没烟抽了就打她娘，她娘活不下去，一口鸦片吞下肚自己上了黄泉路，丢下她个秃女子没了依靠，继父十八块银元就把她卖了。

买人的是唐靖儿。他买来给他兄弟唐站儿做媳妇。没想唐站儿嫌是秃子就给他舅领来了。孙老者没在家，十八娃给唐站儿做了一顿好吃喝叫他留下秃女过几天再来，唐站儿强调说人如若要了，就备好三十块银元别的就不啰嗦。孙老者回来了，十八娃先来后到地一说，认为老三人实诚终究是个下苦的，给娶个花枝招展的他也侍候不了，不如把这秃女给他收留下，日后生个一男两女的就是浑浑全全一家人。这又符合了孙老者的结亲原则：娶媳妇要娶穷汉女。想起老三的实诚，他还一直担心谁家的姑娘愿意跟了他，没想老三还真有命，现成的女子有人就给送来了！孙老者一时心里美实就点头答应了。过了几天，唐站儿前来问话，十八娃遵了公公旨意，拿粗布手巾给包了三十个银元让他走人。可在家里，话一说明，海鱼儿先没看上，他说我整天跟上镢头兄弟做活，娶个秃子在屋里我嫌恶心。当大嫂的十八娃再问老三，老三死活不吭声。大嫂一时就高了声："老三兄弟！孙兴让！"她的声音突然细下去："这个女子你到底要不要？"老三还是不说话。突然，上房屋里"噌"的一声摔了什么东西，饶和琴就赶紧跑了过去。片刻过来，说老人家发了火，老人家说老三这一房媳妇叫他自己办去，这个秃女子他收养了，往后期出嫁了他就当外爷呀！这边二嫂饶和琴就给老三说比事，比到天比到地只要俩人一心心过日子，就能过到人前头去，父母兄弟终究都是半路的客，白头偕老的只有夫妻。数说半夜，老三还是不言语，妯娌三人说：八成是没戏了。

第二天一大早，老三主动约了大嫂二嫂同去上房屋。老人家正在吃水烟，老三就当堂跪下，看大男人的兄弟下了跪，两个嫂子也就陪着跪了，不过嫂子终究是嫂子，给老人家磕头请安之后就起身立到一边，只拿眼睛催促跪在地上的老三：有话快说！

老人家吃了一哨子烟，老三才吞吞吐吐地说："这个媳妇我、我要了，只是、只是，我不想结婚待客做过场。"老人家扬了扬手中的水烟锅，算是应准。妯娌两个赶紧屈膝一拜，偷偷地乐着出来，到琴屋里一说，琴就笑道："这我能想来，媳妇拿不到人面前去，待客做排场不是露丑么！"

第七章　流岭槽

流岭槽：孙老者被毛老道封为后清朝的户部尚书……

固士珍早上没有出操，他在宿舍里睡觉。先生唐文诗没有把他叫到课堂上打板子，而是直接报告了孙校长。打板子对固士珍已经不起作用。

孙校长把固士珍叫到房子询问，固士珍说："我没睡懒觉，我到番麦地里拉屎去了。"校长说："学校有的是厕所，你为啥到番麦地里去？"固士珍说："番麦地里凉快。"校长说："拉屎能有多热？又不是干重活，还要到凉快地方去？"固士珍说："对我来说，拉屎是最出力的活，每次都把人努地汗流浃背。"校长不由得声就高了，说："你越说越玄乎了！到底做啥去了，实说！"固士珍也就声高了，说："我拉屎的时间比吃饭的时间还长，我占住学校的茅坑别人不会说我是故意的？"孙校长气得脸色发青，嘴唇都打起哆嗦，他压着嗓子说："走走！你领我去看看，我要看你把屎拉在什么地方。"二人推推搡搡着出了校门。固士珍把校长领到堰背后的番麦地，出来又进了八亩坪，又出来到了上水渠，最后回到学校操场。校长说："我就知道你在撒谎，今天就是要逮住你这个谎流儿精。你平日里不好好念书，欺负老汉打碎娃，先生管不下，今天竟哄开校长了！我问你这学是不是不想上了？"固士珍掉下了脸，拉着哭腔说："好校长哩，实话给你说，我家里穷搭不起灶，顿顿吃的糠炒面。"校长火了，大声说："我问你拉的屎在哪儿？你领我转了三块子番麦地都没找着，分明是睡懒觉不上操么！你瞪什么眼？"固士珍瞪眼看天，两道立眉竖着，两条长腿吊儿郎当的，脚下一转一转地研着一颗石子儿。校长愤怒了，喝问："你拉的屎在哪儿？！"固士珍不看他，一字一顿地说："我吃的炒面拉的糠，风一吹就不见啦！"说罢转身走了，孙校长颤着手，指着他的后背说："你，固士珍，不是个好学生，也不是个好人！"

这也是先生们一致的看法。因为打同学他挨过先生的板子，尿到人家菜罐子受罚扫操场，就在前不久，他竟捉弄了女教师王修竹。王修竹是孙校长通过朋友关系从县简师的毕业生中挑来的，他想在六年级试开英文，县简师毕业的三位女生中王修竹的英文最好，又会弹风琴，如果英文开不起来她还可以教音乐。王修竹的宿舍就在学生宿舍的隔壁，为了夜里方便，校工给女教师备了一个尿桶。爱卫生的王修竹不愿把尿桶放在屋里，她放在门外的屋檐下。想着夜里大门关着，隔壁又住着学生，安全上不会有问题。可是，夜里她要小便，开门的声音"吱呀"一响，隔壁学生宿舍的门就"哗啦哗啦"地打开，两门相距不足六尺，王修竹就忍着，一夜间她起来了四次去开门小解，那边的门就同时"哗啦哗啦"地开了闭上开了闭上。她明白，这是有学生在捉弄她，心想捉弄人事小有了歹心可就事大。于是，天明她就向校长递了辞呈，理由是她在这里住不惯，上午饭没吃就卷铺盖回城去了。孙校长很是纳闷，他不知道女教师离去的真正原因，但他怀疑这里边有鬼。他发动全体先生调查都没查出名堂，后来收到一个匿名的纸条，才解开这个谜。但找固士珍查证时，他死不承认，同学们也没人愿意作证。

今天，他又把校长引到番麦地里胡乱转。校长回到他的房子，心烦得想骂人。但他毕竟是校长，毕竟斯文在身，就提笔舔墨，在棉纸上抄了一首自己的记游诗。平静了心气，就吩咐校工通知全体校董开会，讨论固士珍屡屡违犯校纪的问题。

牛闲蛋说："唉，头上害疮哩脚底下流脓哩整整儿一个坏蛋，这娃是打不出来了！"

马皮干说："他妈四十岁上才生下个宝贝蛋，噙到嘴里怕咬了顶到头上怕摔了，娃说要星星他妈就给端梯子哩。"

讨论的结果：开除。

孙老者说："惯娃如杀娃，原谅就是纵容。校纪是硬的，建校之初校董们就定死的。但姓固的这娃也是穷汉娃，娃离校之前叫来见见我，我要送送娃。"他想介绍固士珍到北山去学篾工，常话说家有万贯不如薄技在身嘛。

可是，第二天一大早，不等开除的榜文贴出来，固士珍就背着被子提着菜罐子走了。上早操的时候，同学们看见照壁上谁用木炭写了斗大四个字："先生先死！"走近一看，下边还有一行小字："我固士珍还要回来的，咱们走着瞧！"一时间，同学们就议论纷纷，又揭发出固士珍一些在过去没人不敢说的事情。校工把固士珍写的木炭字擦掉，又把开除他的榜文贴上去。

也就在开除固士珍的这天，狗欠欠没来上学。先生上午找到她家里，下午她妈腊娥又找到学校，亲朋好友寻遍还是没人影儿。

狗欠欠失踪了。

还有一些年龄大的学生要退学，理由是在这里学不到三民主义；另有几位从私塾转来的学生要退学，原因是新学的课本子念不进去；还有一些家长提意见，说高小开十一门课太多了，像"工用技术""形象艺术"两门学而无用，纯粹是枉花钱哩；又有人说学校实行星期天制度是大不妥，过星期天是基督徒的规矩，难道叫咱的子弟也都去信耶稣吗？不少甲脚老者都对寒暑假制度有看法，认为应该把寒暑假拆开变成麦假、秋假，有跑汉口的贩挑说南方一些地方就实行的是蚕假、茶假；教师中也出现了不安定因素，一种说法是孙校长照搬美国的道尔顿学制是忘了国体；一部分从中学、师范出来的新学教师认为薪水太低，说"中华教育改进社"曾对小学教师有一个建议工薪，省立小学教师的月薪是二十五块银元，县立的是十五，区立的是十二，村学为十块，现在一块银元折合铜钱两千四百文上下，一个教师每月的生活费得一万多文，还有养家呢，还有买书报呢，可现在本校发给教师的薪水是几担番麦；年轻的教师还强烈要求建立图书馆，要求公费订阅沪报、北平报和省报及各类杂志……

孙校长很头疼，一个明显的问题摆在他面前："念、背、打"的教学方式显然不能适应新的教材和新学管理制度，先生教学生念书，之后是背书，背不过就打板子，这种沿用私塾制的办法教四书五经犹可，但对高小的《算术》《自然》显然不行。为此，孙校长召集全体教师开会研究，就教学方法提出了许多改进的意见。就这些改进的意见连同教师们提出的具体问题，孙校长召集校董开会研究。可是在校董会上，老者们坚持教学生还是要打板子，说打板子是为了叫他学好。他们说，棍棒底下出孝子，棍棒底下也出状元，你不扬鞭子驴能乖乖地拉磨吗？自古读书就是十年寒窗，想不受冻不受饿不挨板子，能长了学问能出了秀才吗？无论当先生还是当学生，首先要弄清楚：念书是要人向善的，学好的，把这条搞清楚了其他的都好说；至于教师的待遇，确实是不高，但教书育人自古就归在善事行里，谁家的祖宗牌位前不敬着"天地君师亲"？师是处在爹娘老子之上天地皇爷之下的至尊之位，家家户户的年节头炉香里就有"师"的一份儿，这你还不满足吗？至于体制上，咱们办的是新学，新学就走新学的路子，美国的学制不管他有多好，总要顺了咱中国的国体……

开会的结果是，现行教程不变，为了树立好的学风，叫孙老者给师生们做一次演讲。

孙老者说，我不会演讲，我只会说朝代。校董们说，不要你说朝代，说朝代有历史先生呢。孙老者说，那我就讲古经，校董们说，不要你讲古经，古经里不是狼就是鬼，这对娃不好。孙老者实在不知道面对一群六到二十岁的完小学生他该讲些什么，他把胸前的一把胡子捻了又捻，有人就说应该给娃们讲讲"孔门四科"，孙老者说，德行呀，言语呀，政事呀，文学呀，我知道一些，但不一定能说在道道儿上，早先在私塾背过的经典也忘得差不多了。

看父亲有些难场，孙校长就说，干脆到城里请名人或学养深厚的人来演讲，或者就定成制度，每年搞上几次，叫师生们也开开眼界。校董们就说，那是以后的事，眼当下要稳定教学必须要孙老者先说上一场子……

　　大椿树底下，孙老者仔仔细细地擦他的水火棍。住衙门的那些年，他打过不少坏人，也读过不少老书，还见识过不少有德行有学问的人。但是要他对一群文童说话，他不知从何说起。说乾隆爷的文治武功，现在不是清朝的光景；说叫娃学好孔孟，可宣统一倒台，孔庙里的泥像都叫人扳倒了；说时兴的三民主义吧，现在的时势是满中华都乱鼓咚咚，谁是革命家谁是军阀你有八张嘴也说不清……

　　葫芦豹在他头上嗡嗡飞舞，他的脑子里也嗡嗡作响。他就这么脑子嗡嗡着被牛闲蛋马皮干推到了高等小学的大操场里。他尽管脑子糊涂着，可水火棍始终紧紧地夹在腋下。

　　台子上备了桌椅，桌子上铺着印花布单。孙老者执意不上台子，一群先生围着他劝说。陈八卦走过来，一手提着袍子，一手朝他挥动，是示意，也是鼓动。全校学生在操场上坐了一海片，高年级的学生吓唬低年级的学生：今天是拿棍打娃呀！

　　"我听说了，有一个学生娃，回到家里不吃饭，嫌他妈熬的番麦糊汤稀，他妈说哪怕我和你大大不吃哩都要叫我娃吃稠的，可稠糊汤端上来，这娃又嫌没煮豆子；他妈借了些红豆煮到锅里，端上来他又说要的是黄豆！娃娃呀，如今这年头，兵荒马乱的，一般穷汉人能喝上稀糊汤吃上糠炒面再有一疙瘩老酸菜就很不错了，哪里还有这豆那豆的给你煮呀？"

　　孙老者在完全小学的演讲就这样开始了。陪讲的是陈八卦，他面前的红铜茶壶冒着热气，他头上的帽苔子油光发亮，他身上的长袍挺括水蓝，有他在孙老者旁边坐着，听者讲者都显得肃穆庄严。大太阳在头上晒着，水火棍在桌上横着，台下的学生黑压压一片，先生们散坐在周围，有学生骚动，先生就走过去瞪一下眼或指一下手。

　　那只白铜水烟锅在桌上摆着，孙老者今天没有吃烟的欲望。他努着嗓子说："谁都知道当学生的苦，不苦能成人吗？我也当过学生，也挨过板子，我家里穷只念了七年塾学，可每天黑夜我妈坐着纺线我跪着背书不熬过八炉香是不敢睡的！现在你们背书，净手吗？烧香吗？磕头吗？古人说书中自有颜如玉，书中自有黄金屋，你不敬书书能给

你媳妇给你钱财吗？给狗都不给你！我还是那句老话，立身之本孝为先，学海无涯苦作舟，这是人之初德学筑基的两道关，这两道关过去了，就是种地戳牛尻子也是个好农夫！"有先生掩口窃笑，有学生交头接耳，孙老者"啪"地拍一下水火棍，立即满场肃静。他不说话了，把脑后的发辫儿一甩，从身上掏出一把废纸置于桌上，又一片一片地往平抹着，嘴里说："你们这操场里、厕所里、教室里，到处都是字纸，我捡了一些，你们看，这纸上写了字，纸就有了生命呀！这有生命的字纸你随手丢弃、信步践踏、一任风吹雨淋，请问是你家里的鸡你家里的狗你愿意吗？更何况，这字纸不是家畜家禽，字是圣人造的，笔墨纸砚也是尊者，你花钱费心上学堂做什么？是念书识字的！念书识字就得尊先生、敬书文、惜字纸、修道德、习品性、养慧根、发善缘、戒贪妄！"孙老者的声音越说越高，学生们都扬起了脖子，他却长长地叹了一声："你们不争气，我就不想再说了。但凡今后，不用的字纸，一律在焚化炉里烧掉，不许丢弃。你们要记着一句话，你们都还是学生。"说罢就要起身离座，陈八卦连忙拉住他，又附耳低声几句，孙老者才又正了正袍襟，说："那我就讲个故事。"他一把一把地将着胡子，讲道："明朝时，江西有个俞先生，读了很多书，修行上也说得过去，但科举考了七年不中。他生了五个儿子死了四个，只活了个小儿子，八岁上在外面玩耍也丢了；他还生养了四个女儿，也连着病死了三个，这样生养了九个娃娃只落下一个女儿，她老婆眼睛都哭瞎了。俞先生自责自问，说我活了四十多岁，没伤过天没害过理命咋这般苦呀？他就在每年的腊月三十这天，写一篇疏文烧在灶君神位前。年终了，灶爷要上天开会了，他要灶爷带着他的疏文去质问天帝，年年如此。到他四十七岁这一年，除夕夜焚了疏文与盲妻唏嘘对坐。忽然来了一位老者，这人角巾皂服，须发半苍，自称张公，说由远路而来……"有校工送来两顶草帽，给台上的孙老者陈八卦戴上。孙老者接着说："我念的书不多，但我公道，我积德行善，我住了衙门又读书不断，还结识了许多高士，看人家的道德文章，看人家的操行品格，慢慢我也有了一些学识，只可惜我一辈子毛笔字写不好，到现在我还在土坯上经常临帖习字……"

陈八卦屈指轻轻敲了敲水火棍，孙老者意识到说跑了话题，就又言归正传："那个张公对俞先生说，你的事啊，我早就知道了。你这人做事私念太重，又专务虚名，每年焚疏，皆怨天尤人，毫无自修自省之意，还连续七年责问天帝，我今天来告诉你，你若不反省啊，还有灾难在后头。俞先生听了，大喊冤屈，说我这么多年和一帮学士结社为文，呼吁公理，同情弱小，听说人做了很小的善事鬼神都能观察到，可我张仁扬善为何神灵不察还要惩罚呢？张公说，你们文社里订了许多条规，有一条是珍惜字纸，可你这是给人看的，从来没实行过。对旧书册和作文纸你不但不尊重，还用之糊窗户，包污物，甚至剪鞋样做枕头；你明知道书是学问，文可载道，可你这样对待字纸，难道不是亵渎造孽吗？难道不该有报应吗？！"

学生们静静地听着，孙老者又说："我小时候读四书，子曰，弟子入则孝，出则悌，谨而信，泛爱众，而亲仁，行有余力，则以学文。现在，在座的学童们，我告诉你们，圣人教我们怎么做你就怎么做，不要问他是什么道理，这是获取知识的捷径。圣人说的话你想不通也要做，等你想通了再做就来不及了。圣人叫你行仁，你却待人刻薄，圣人说德不孤必有邻，无人愿意为友的人，此人必无德。那个张公对俞先生又说，圣人言君子喻于义小人喻于利，可你独处时即起贪念、淫念、嫉妒念、褊急念、高己卑人念、忆往期来念、恩仇报复念，你仔细想想，是不是这样？人常说举头三尺有神明，你的这些恶意是逃不脱神灵视觉的。"

俞先生听张公这么一说，伏地痛哭道，我的幽微之事你看得这么透彻，你一定是神仙了，你一定要救助我呀！张公说，不怕念起，只怕觉迟，你当下要做的是，破我执、断烦恼、行善不图报、助人不图名，真正做到论心不论事。你现在最大的孽障是争胜不辱，忍辱对你仿佛有断臂之痛；你常生善念，但乏恒心，比如有的人学佛，越学越懈怠，学佛一年，佛在眼前，学佛二年，佛在西天，学佛三年，佛化云烟。张公给他这么指点了一番之后，进入灶房就不见了，俞先生知是灶神爷显灵，赶紧焚香叩谢，拜祷天地，誓除诸妄，甚至将名字也改叫净意。此后，俞先生一言一行一动一念，皆如鬼神在旁，不敢放肆，他敬畏啊！他敦睦伦常，劝学守谦，又忍辱修养，真正做到动则万善相随，静即一念不起。待三年千日之后，俞先生阴功遍植，善缘广布。俞先生五十岁这一年是万历二年，适逢甲戌会试，主考官张江陵来此公干，事毕欲为子择师，乡人交口推荐俞先生，俞先生就携盲妻入京，在张府教授子弟。张江陵敬重俞先生的道德学问，又保举他入国子监深造。万历四年丙子附京乡试登科，次年就中了进士。有一天，俞先生去看望老太监杨公公，杨公公养了五个干儿子都很有学识，就一个个出来拜见客人，又当场表演文墨……对了，字儿是人的门面，当学生的首先要把字儿写好。我小时候家贫，买不起纸笔习字，文墨上拿不出手，过年了父亲只得去求一位善书法的郭先生写春联。父亲手拿红纸刚走到郭先生家门口，一根扁担就掼到他脚底下，郭先生的夫人发话了："挑水去啊，拙工换巧工嘛！"

陈八卦又轻轻地敲了几下水火棍，孙老者就知道自己又跑题了，他连忙摘下头上的草帽自个儿扇着凉，一边说："杨公公的五个干儿子中有一位看着面熟，俞先生问他籍贯，问他年龄，越说俞先生越觉亲近，就问他的来历。杨公公说这个儿子八岁时玩耍误入粮船，船开到京城他回不去了，后来就被他收养了。俞先生惊讶万分，即命此儿脱左足察看，足底果有双痣，就与儿抱头大哭，言说这是他丢了多年的儿子啊！足底的双痣就是记号。杨公公当即送还其子，俞先生携其回家，夫人见了抚子大哭，血泪迸流，其子捧母之面而舐其目，其母盲目复明。一家人团圆欢喜，俞先生就辞官还乡，已经当了宰相的张江陵赠送了厚礼准其归去。回乡后，俞先生全家为善，奔走公益。后来，俞先生为儿娶妻，又连得七个孙子，个个聪明健康。长大后，俞先生的这七个孙子，又都高中科举，道德文章誉满天下。俞先生也高寿八十八岁，无疾而终。"孙老者讲述故事如在背书，书背完了，他喘口气，才用平缓的语气说："我在这大太阳下讲这个故事，只一心要你们学好，从今后，大家要树道德、修品行，学好孔孟，于乡梓有善益，于国家成栋梁。"

听讲的学生没有擦汗的，没有喧哗的，更没有你来我往如厕的。先生们也在静静地等待，仿佛孙老者还有更精彩的演讲。可是，他闭上了眼，汗在他的额前闪着珠光，他累了。

有先生带头鼓掌，学生们也全都拍手。看孙老者的演讲受到如此欢迎，陈八卦不忍就此结束，他嘬一口红铜壶里的茶水，笑笑地说："既然大家还有兴趣，我也讲一件陈年旧事。"他转头问孙校长："话长了，不误了课业吧？"孙校长举手鼓掌，大家就再次欢迎。陈八卦说："吴江有一个叫袁黄的人，父亲早早死了，母亲叫他学医养家糊口。有一天在一座寺庙遇见一位相貌高古的孔姓老人，老人对他说，你分明是个做官的料儿，为啥不去求学入仕呢？你去读书吧，明年准能考上秀才。袁黄就把孔老人接到家里，和他妈好生招待，开始读书备考。孔老人说，我算过了，你县考是第十四名，府考得第七十二，提学考试为第九名。后来，三处考试全部应验，袁生就请其卜算官运命运，孔老人掐指算过，说你命中注定一生要领用九十一担五斗禀生米，为官四川知县三年半，寿终于五十三岁八月十四日丑时。袁生对孔老人的话深信不疑，从此不求上进，对前途也心灰意冷。他说了，人生的一切都是命定的，上下求索都是枉然。后来他到栖霞山访云谷禅师，说了他的命相和经历，云谷说，你没有进入无心明心之境，所以命相被阴阳气运控制，这就叫定数，定数只能定住凡夫俗子，对极善极恶之人定数是不起作用的。袁生就请教如何摆脱命定气运的控制，云谷就说，一切福田，不离方寸，从心而觅，感无不通。要紧的是抛弃名利力行仁义心归极善，化吝啬为施舍，化偏激为平和，化虚伪为虔诚，化浮躁为沉着，化骄傲为谦虚，化懒散为勤奋，化残忍为仁慈，化刻薄为宽容；以前种种为昨日死，以后种种是今日生，新身新命新生活，以前的命相自然就粉碎了。云谷还说，天作之孽犹可违，自作之孽不可活，人要顺了天之理地之道，厚福长命是必然的，所谓积善之家必有庆余啊！袁黄听了云谷的话，就发誓要行三千善事，三千善事圆满，夫人喜生一子，他又发誓要行一万善事；又三年圆满，袁黄考中进士，又上任宝坻知县。丈夫当了知县，夫人却闷闷不乐，袁黄问之，夫人才说在乡下善举易行，居于衙门堂院之间无善可行。夫人说得有理，袁黄日每为忧。后来，袁黄入乡察访春耕，知本县地税甚高，就当即张榜减税，将原每亩二分三厘七毫减为一分四厘六毫；又恐善行不足，就捐出俸薪给五台山禅寺，算作舍施一万僧人的米粮，之后稍作心安。有高士告之，说你为全县核减田亩税，万民为之受福，一善抵万善！"陈八卦说到这里，突然传来孙老者悠长的鼾声，他仰靠椅背，草帽扣在脸上。陈八卦停止讲话，轻声饮茶，有人窃笑，孙校长登上台想扶父亲下去休息，还未走近，草帽下又传来声音："朝下讲啊，我听着哩。"陈八卦就朝台下举手示个意，浅笑一下，又说："这个袁黄，后来还当过兵部主事、军前参赞、督兵等职，但无论做什么官，他始终心境安详宁静，行事仁慈宽厚。袁黄享年七十又四，比命定之寿长了二十一岁。"

陈八卦就像拉家常一样，不紧不慢地说着，在座的学子们有的低头沉思，有的倾身注目。突然，陈八卦抬高了声音，山谷里滚木头的厚重和轰鸣在高等小学的操场上响起："当学生的，首先要学会改过。习字做演算会改过，做人处事涵养品德也要学会改过。这里边的第一条是知耻，孟子说知耻则圣贤；第二条是敬畏，人可以无畏于人，但必须敬畏天地鬼神，因为天地鬼神无处不在，无所畏惧的人终有恶报。第三条是要有决心，行善要有决心，除恶要有决心。决心也是志气，无志之人常立志，别看他整天都在下决心，可毛病终究还是毛病，这样的人是不会有长进的。改过要经过三个渐进的阶段，初始从事上改，继之从理上改，终了从心上改。心上改了就彻底了。所谓治心、明理、禁过，思、言、行就一体化了。人常说知书达理积德行善，这个善，是个大而化之的说法。其实细辨起来，善有真善伪善之分，一般来说，利人之善是真善、发自内心的善是真善、无所求而为之的善是真善，反之皆伪善；善还有正曲之别，正善之人为了仁义敢作敢为是英雄豪杰，曲善之人顺水推舟不论是非趋炎附势；之外，善又有阳善、阴德之别，行善而为人知是阳善，行善而不愿为人知是阴德，阳善得当世名誉，阴德福厚及子孙，青年学子要牢记：无使名过实，守愚圣所赞；善还有一变，叫是善非善，善行改良了风俗的为是善，善行造成了流弊的是非善。比如子贡赎人而不接受奖励，孔子就说你应该接受奖励，因为在这件事上你做出了榜样，大家向你学习就可以形成良好的风气；而善的又一变幻叫偏善正善，有个叫吕文懿的宰相回到乡里，人们对他尊敬如北斗，而有个农人酒醉后大骂他，他心善没有计较，后来此人愈发不可收，以致肆无忌惮冲撞钦差犯了死罪，如果当初跟他计较送官惩罚，他也就不会种下大恶，所以吕文懿的善只能是偏善；偏善正善之外尚有半善、满善一说，从前有一个穷女子，拿出身上仅有的两文钱捐给庙里，住持高僧亲自为她诵经祈福；后来这女子贵为宫女，派人携千金来庙上捐献，高僧只派了徒弟接待。宫女大不高兴，派人责问，高僧说：当初你是心真意切，如今你是摆阔显贵，所以你二文是满善，千金是半善。"

　　不知什么时候，孙老者已坐到台下的学生中间去了。陈八卦在专心讲述，学生们在用心听讲，甚至连天边的云聚云散、河川里的风起风息都没有察觉。孙老者显然把自己也当作了学生，他仰头恭听，虔诚得像庙里的香客。山谷里的滚木头落到了实处，陈八卦讲说的声音沉稳而平和。他说："《易经》有言，善不积，不足以成名；恶不积，不足以灭身。做学生的，品德的修养就像识字一样有个聚积的过程，行善也一样，只要心诚，一文钱可消千劫之罪，只要持恒，斗米也种无涯之福。为了你们都成栋梁之才，我们校董会在道德操行上对你们有更高的要求，我这里提出十点你们牢记：一是与人为善；二是敬存爱心；三是成人之美；四是到处劝善；五是救人危难；六是兴建大利；七是舍财种福；八是护持正义；九是爱惜公物；十是尊师重道……"

　　这座古老的寺庙里，回响着有关德与识的教诲之声，没有人焚香叩头，但在孙老者听来却十分相宜。他在心里检点着自己的一生，忽然觉得在这座寺庙里他把多少香都白烧了。猛然，学生们"哗"的一声起了身，他也赶紧站起来。待他知道陈八卦已演讲完毕，自己却被学生们围了起来。有人拍着他的袍子，有人搬来一把矮椅，茶水端上来了，水烟锅递过来了，火媒子也点着了，学生们问长问短，先生们向他抱拳施礼。陈八卦走过来，孙老者竖起拇指真诚地说："你的这一面，才是真真的神仙啊，我还没有听够哩！"

陈八卦就对学生们说："孙老者把精彩的故事还留着哩，打老虎那一段他还没讲哩！"说着就双手朝学生们作抱搂状，一边开合着手臂一边鼓动着说："叫老者讲一讲，应考打老虎，那是科举上的奇事啊！"

孙老者站起来要走，有学生扯住了他的袍子，他说："当年啊，商州在明朝时的试院，在崇祯十六年被李自成的部将袁宗第攻城后一把火给烧了。到清朝顺治二年重开科举，咱这儿没有试院，学童投考要到华州去。华州离这儿二百五十里，要翻越秦岭，山路艰险，去一趟要走四五天。最可怕的是那时候密林山路间常有野兽出没。大人陪了学童去赶考，随身携了刀棍，豺狼熊豹都不怕，最怕的是老虎，它藏在密林深草里，突然扑出，叼住文童就跑，三丈宽的涧一跃而过，林密沟深山险，大人撵都没法儿撵，年年都有文童被老虎吃掉，有时连大人都被咬伤。后来学童家长们结伴而行，可你一结伙它就来一群，长途劳顿的文弱书生哪里是猛虎的对手，康熙五十七年一次就死伤了八个文童，可怜那些学子，十年寒窗点灯熬油惨死在赶考路上，此后几年考路断绝，连商旅也改道而行了。学子们没了出路，引起知州房文英的重视，他命差役在十六个里公所广贴《露布》：说是，本州学童赴考华州，功名仕途系于一举，然秦岭山上猛虎拦道，屡有学童罹难，经年路绝，学子前途无望。近又考期临近，州署招聘勇者，入山伏虎，如能猎杀以确保考路畅通者，州署准其后代子孙永不支差……"

有学生移来矮椅，拉孙老者坐下。孙老者一说开陈年往事，就忘情去真，他手撑椅背，不及落座，又讲了下去："商州西山里有个叫紫峪口的村子，村里有一壮汉叫秦仁玉，祖上三代为猎，见州署《露布》之后奋而请之，知州支给盘缠设宴饯行。秦仁玉携了父亲和长子，祖孙三人深入虎境，潜伏三日，利箭射杀一携子母虎，隔数日，又追杀两只雄虎致一死一伤。秦氏祖孙又入山觅得虎穴，以火药点柴草烧虎骨，漫山恶臭，眼见豺狼虎豹朝华山方向逃窜，才在山路边搭庵栖身，待赴考学童安然去泰然归，方背了三条虎皮返州署复命。州署见秦氏祖孙忠勇可嘉，便为之披红戴花，盛宴款待，又赏道锣一个，并降州谕：秦仁玉伏虎重开考路，准其子孙后代永不支差。这项政令一直执行到宣统三年江湖反正。"孙老者说罢，脚下移步要走，又被几位学生按到椅子上，手里又给塞了茶壶，他一边喝着，学生们一边提了许多问题，有问考生啥时候才不去华州的，有问当时科考过程的，围过来的人更多了，就有几位已长成大小伙子的高小学生，拿草帽轮流给他扇凉。校长孙取仁急得在操场上转圈子，欲过去阻止觉得不妥，不过去阻止也觉得不妥，几次欲言又止，下边还有课程呢，他这样要给学生谝到几时呢？

"咱商州在雍正三年改为直隶州，属陕西省布政司直接管辖，下属洛南、镇安、山阳、商南四县，当时的知州杨宗泽捐出自己俸银重建了商州考院，大约在雍正五年之后学童们就不去华州考试了。商州各县的县试是三年一考，分别在寅、巳、申、亥年的二月举行；因直隶州有丁口粮钱，有专设学额，所以户籍在商州城辖区的考生就不参加县试，而与各县试的录取生一同于当年四月参加州试。州试和院试、乡试、会试、殿试一样，有一套严格的管理制度。当时州署在各地设有'廪保'一职专管学童应试事宜。州署给'廪保'发放廪米以补助生活。州试前夕要张榜公布'廪保'姓名以防舞弊，各位考生要到'廪保'处报名，请其为自己作保。'廪保'要保证该考生品行端正、家世清白，守孝的已满三年，爷辈以下三代中没人当过戏子、龟兹、剃匠、皂吏，客籍的入住本地已满二十年。'廪保'认保之后，考生自己到州署衙门填表报名，写明姓名、籍贯、年龄和父母、祖父母、曾祖父母三代的存殁履历；还要五生互保，就是五个考生互相担保无冒籍、无冒名、无假名、无匿丧、非优娼皂吏子孙。当时考生的品行是一等重要的，张塬有个考生曾经毒死了自己的妻子，州试时他坐在号房里答卷子，忽有一穿白戴孝的女子披头散发闯进来又哭又闹叫他偿命，他吓糊涂了就把自己害死妻子的经过答在卷子上，又口吐白沫昏倒在地，监考官发现后将他就地正法了。所以临考的头一天，一些曾经行为不轨的考生就偷偷到城墙下烧纸祭鬼。"

孙老者不说了，他起身要走，可学生们仍揪住不放，他说哪一天闲了再讲，今儿天太热了。刚要移步，扬头一看，当校长的儿子也在一边侧耳倾听，就说："读书苦啊，旧学读书只为了做官，哪有你们现在的，学以致用呀，高小毕业了考中学，考大学，有出息的还能留洋，学了本事造轮船修铁路开矿山，为国效忠造福于民，多大的前途啊！娃娃们，你们不敢荒废呀！"说着，水火棍一拄又要离开，见围上来几位老师，就笑着挥手说："给娃讲故事哩，你们见笑你们见笑。"老师们就说："我们真想听听科举考试的情形哩，这也是知识嘛！"

孙老者就把水火棍在地上捣着，说："那时候考生夜半三更就起身，臂挎考篮，胸挂卷袋，去考院等候点名。考院门前，四个捻子的大灯轰轰轰地烧着，灯下的大方桌上铺了红毡，州官主考坐在正中，两边分坐廪保、认保，四更鸣炮，州官宣布：本州今日州试，阴间阳间的冤魂野鬼，有冤的伸冤有仇的报仇！说罢目光四下一扫，考生们吓得不敢出气，接着州官手执红笔按册点名，点到谁，谁走到方桌前高唱保人谁谁谁，待认、廪两保答应后，将五个互保考生点齐，州官问：你们五人结保，有无枪手？有无冒名顶替？五人要高声答复说：没有！州官就喊：领卷入场！领了卷子入考院大门，要接受役差检查，解开头发，解开衣纽，脱鞋脱袜，看有无字纸夹带；考篮里只能放笔墨和干粮，考袋里只能装卷纸；检查完毕，考生按卷面编号进入号房，取出笔墨，平息默静，等待出题。"

说话间有人在孙老者肩上捏了一把，看时原是陈八卦。陈八卦嘲笑着说："叫你演讲你说你不会，演讲一开场又收不住，你滔滔不绝把先生们都晾在一边，这叫扰乱教学秩序啊！"孙老者赶紧拄着水火棍从人群中往外挤，一边笑笑地说："这就走这就走。"学生们正听在兴头子上，纷纷合臂拦住，那个叫高二石的学生就过去给校长鞠躬求情，校长就对陈八卦说："叫他讲叫他讲，娃娃们听了会有教益哩！"

孙老者拄着他的水火棍，缓缓地朝外走着，一边对围着他的学生们感叹："那时候当学生可怜啊！十年苦读，再精壮的小伙子也熬成一把干骨头了。就说那个州试吧，考生点名入座后，州官命令：鸣炮封门！考院大门一关，外挂一把大锁，内插胳膊粗的门杠，任你变了雀儿也飞不出去。知州亲自主考，他顶戴花翎身着官服，端坐考院大堂，提笔用大字写了试题，由协考将题纸贴于木牌，又举牌顺考棚游示一周。考题是一篇八股文的文题、一首五言六韵诗的诗题。考生将考题抄于试纸，即时作答，下午三时许鸣炮收卷，不许延时继烛。光绪二十八年废八股文和试帖诗，改试经古、算术、策论。"

出了校门，孙老者住了声，弯腰拿水火棍在番麦地里戳着、刨着，一群学生相跟着，高二石问："爷，你要刨啥哩？"孙老者抓一把土在手里，看着闻着，轻声说："墒不好，得一场雨。"看爷无力地坐在地畔子上，围着他的学生都有些沉重。孙老者说："旧学的科举是为了当官，都想坐轿哩谁抬轿呀？新学的文化是培养人才，人才能富民能强国能给百姓公道办事。"说着把几个娃朝怀里一搂，拧一把这个娃的脸、拍一把那个娃的屁股，说："你就像个人才！你也像个人才！"一群娃都笑了，他又说："那时候，考后第三天，大人领了考生天麻麻明就到考院门前等着出榜，寅时鸣炮开门，张榜者头里走，后边跟着龟兹乐人吹吹打打，来到州署衙门的大照壁前，贴榜、挂红灯、放鞭炮，考中者兴高采烈，名落孙山者垂头丧气。被录取的学童由州署造册报到设在三原县的省学政。第二年，省学政亲临各州府对录取生再进行院试，院试在子卯午寅年的八月举行，三年一次。学童被院试录取，算考中秀才。省学政把秀才名单通知州署，州署张榜后，差役去各乡给考生上门报喜、奏乐、放鞭炮，也领几个赏钱。凡中榜的秀才要集合于州署大堂，头戴银雀帽、身穿蓝衫袍，由州官领了去孔庙朝圣，之后又去拜见州学先生。秀才们在州学学宫继续深造，修业期满后，经省学政岁科两考合格，就可以补廪、出贡、应乡试，乡试在省城进行，也是三年一考，考中了就叫举人。举人就可以当县老爷，也可以当州府县学的教官。举人入京考状元，金榜题名之日，皇帝家的女子就等着给你做媳妇了！"

　　在一群学生的笑声中，孙老者被牛董、马董扯了起来。牛、马喝退学生，把孙老者拽到一边，气呼呼地说："那个瞎锤子固士珍，跑到碾子凹教小学去了！"孙老者"嗯"的一声扭过头来，脑后的小辫儿"啪"的一声甩到肩上，他眉头一夹，问："他能教了小学？"就一边拄棍而行，一边自言自语："这娃脑子好用着哩，要是学了手艺，咱州川就能出个好匠人……"看着孙老者拖了水火棍踽踽而去，气急败坏的牛、马二董又跑到孙校长的办公室。孙校长正伏案写一首诗，落墨两句就写不下去了，"河柳新绿荡春舟，声韵初调试玉喉"，他反复吟着，毛笔悬在竹纸上，一点墨汁在笔尖儿晃晃欲滴。牛、马二人见他这般斯文，反反复复地吟着没完没了，就"咣咣"地敲了两下桌子，孙校长手一抖，笔尖墨汁掉下，雪白的竹纸上洇出一团黑。牛、马同声说："瞎锤子竟然到碾子凹教学去了，他能教了学？他能教出一窝子土匪！"

　　孙校长缓缓叠了写着两句诗的纸，又团在手里，一揉，再揉，也不正眼看牛、马二董，就中指一弹，将纸团射入纸篓。他冷峻的目光看着操场外那棵老柿树，轻轻地说："这事我知道。我已给碾子凹的何大掌柜的捎了信，告诉了固士珍的品行和劣迹，我说学校有你出的资，教员是你聘的任，希望你不要聘了坏人而误人子弟。"牛、马二人说："咱这南北二山州川上下，旮旮旯旯的私学村塾初小多啦，你这里辞了那里又聘，反正他有些墨水底子屁嘴又能说，不少办学者都是老粗儿，识不破他的。"孙校长回过头来，正眼看着他二人，冷冷地说："咱又不能把他法办了。"牛、马就说："七十二行他做啥都行，就是不能教书！你看是这样，以你校长的名义，给全县十六里的里乡公所发布公告，给几家有名望的公私高初小学，给咱认识的有交往的，和咱有教学关系的公众人士发函，说明固士珍品行败坏极不宜受聘从教，附上他在本校的恶行丑事，望各方明察。"

　　孙校长点头同意。事情就这么办了。跑路发函送信都是牛闲蛋、马皮干的事。

　　一队奇兵突然包围了苦胆湾。州河两岸的所有路口，南北二山的六条峪口，苦胆湾八路十巷的所有出口，全都重兵把守。各个交通要冲一律戒严不准行人通过，高等小学的学生不准进校，校内的先生不准出门，到校的学生一律在大门外原地站立。十月的寒露凝结在枪把子上，灰皮兵的黑脸森煞无情。人们不禁疑惑：苦胆湾出了什么事？

　　天刚麻明，全村的狗就疯咬不停，但是不见枪响，也不见人嚷，是豹子叼狗了？是狼群进村了？孙老者披了袍子喊了海鱼儿提了水火棍就往外走，老三背了金虎引了大嫂十八娃、二嫂饶姐、老四媳妇琴，就一溜带串挎了包袱准备走后沟上王山，可是巷口被封，一家人就赶紧退回院子，上楼的上楼下窖的下窖。孙老者先被人拦住，海鱼儿一看是灰皮，就粗声喊叫："叫你们老连长去！孙老者你都敢挡？没天爷咧！"孙老者和气地问："到底出了啥事？先上屋里坐呀！事情就事情说也不碍了喝茶呀！"可是，他面前的四个灰皮兵，全都铁青着脸只言不吐，四支枪两长两短，长枪横拦着，孙老者不得移动半步。海鱼儿躁了，捞起水火棍就要抢被孙老者拖住，孙老者对灰皮说："再蛮的粮子，进村过路都得叫我搭话，你们不能遭害了村里人。"海鱼儿喊叫："叫你们长官来！"

　　来了一个带挎娃子的，手枪一扬一扬对孙老者说："这一次来，就找的是你孙老者的事！"孙老者跟跄了一下，海鱼儿扶住，他努出一个苦笑，说："好啊，那我等着。"说罢，两臂朝后一夹，把水火棍横在后腰，摇摇晃晃着回屋里去了。

　　金陵寺的大院里，军帐已经架起，大殿二殿山门里外全是背手枪的。张光李耀抬着兜子晃儿晃儿地出现在官路上，几个灰皮兵前引后护着，陈八卦的帽苔子哗儿哗儿地飞扬着，手中的小铜壶白亮亮地反光。从油坊里到寺院山门有半里路。

　　偏殿的罗汉堂里，已经改置成司令部的形式。陈八卦提着袍子进来，老连长隔着香案抱拳高拱，一边冷冷地说："按你们后清的规矩，我得给你这红顶子磕头呀。""哈、哈……"陈八卦的笑声没有出口就冷冻在喉咙里，看两排森严的军佐警卫个个扶枪按机，曾勘验过承礼血尸的矮胖子土包子端坐堂上，陈八卦左手提袍右臂僵直地转过一个角度，问老连长："这是、这是……"

老连长把"十子连"手枪叭地拍在香案上，身子重重地落在太师椅上，腰子一靠，二郎腿跷起来，黑眼仁儿斜过去。着便装的矮胖子就以审问的口气说："流岭槽的何祖升元堂，已经被我们剿了。他们打着光复清朝的旗号，官封了十八省的巡抚和六部朝臣，在我们查剿到的圣旨玉册中，你被封为御前太史，孙老者被封为户部尚书，还有下州川六里十八乡不少里正甲脚都王臣侯爷地被封了官，今日这兴师动众，皆为此来，你得说个子丑寅卯。"陈八卦的嘴张了半天合不上，身子一跌，坐在一只三脚凳上。精瘦细高的土包子就发话说："查到的其他受封者，老连长都二话不说一律地格杀勿论，可对你，对孙老者，咱们得有些讲究，来人啊！"

随着一声吼，三个人被五花大绑着推了进来，后头跟进来十多个甲脚老者，倒头就磕，连声叫着："我们愿保、我们愿保啊，这是冤枉好人啊，长官宽恕啊！"

老连长一拍大腿掷出命令："就地正法！"被绑的三个人被手枪队连推带拖掀了出去。甘愿作保的老者甲脚尚未直起身子，外边就传来三声枪响。

陈八卦说话了。他一手抚着飞爹的帽苔子，一手掐着小铜壶，他说："嗯嗯，你们少看一步棋啊，这在兵书上叫反间计。"矮胖子土包子二人同时扬起脖子："嗯？哎哎？！"陈八卦平声而谈："何祖升元堂又叫毛老道，堂首何根庆三年前挨过孙老者两棍，他烧香不务正道被我们从王山祖始殿撵跑了，他腿上挨了一石头，跑到流岭槽养伤走路是个趔趄子。"

老连长终于说话了，他问："真有这事儿？"陈八卦说："这可以查证，何根庆在祖始殿香房强奸过的妇女也能访到姓名；他曾在王山设坛授徒，最大的特点是好吹，三句话没落地，吹得半空里都是屎星子，所以在这一带本来名声就不好。"

老连长又问："那他何以会给仇人封官？"

　　陈八卦说："这正说明他好吹！他不扯上一些在州川有名望的人，流岭槽的人怎么会信他！他能光复清朝？村里三岁个娃都不信！就这么一个傻蛋的几句梦话，居然劳你上来剿斩，小题大做了吧？"红铜茶壶随着他的手势高低起落，亮亮的反光在罗汉堂里上下跳动。

　　一时间，矮胖子土包子失去了往日包揽诉讼的威风，也没了平日里书写军事文告的潇洒。他们先是黄了脸，继之垂了头，再就紧紧张张地交头接耳。正是这两个被老连长称为四大金刚中的幕僚"参议"，在拿到陈八卦和孙老者被"后清"封官的证据后，又联想到"孙营"到红崖寺清剿南山罩的不力，猜想十八娃她妈、孙老者的亲家母宁花怎么到了南山罩那里就不得回来？再朝上追索到民初反正年间孙老者与老逛山们之间的筋筋蔓蔓，不想不知道，一想吓一跳，这些头头绪绪往一块儿一勾，这不是一个完整的军事政权机构吗？老连长的枕头边岂容他人酣睡，于是就有了这月黑风高夜的军事行动。

　　老连长轻悠悠地说："我前日夜里做了一个梦……"陈八卦打断他说："你是这啊，先把手枪营撤了，鸣锣叫村里人该做啥做啥，所有路口放行，叫学生娃照常上学。"

　　矮胖子不尴不尬地说："如果是误会，倒是一件好事，说明下州川还是咱老连长的地盘嘛！"土包子干咳着自嘲道："天下本无事，庸人自扰之，天下有了事，庸人干瞪眼，咱们宁可刀下求太平，不可歌舞声里闹地震，军人军人，睡觉都睁着半只眼哪！"

　　老连长吁出一口气，说："我梦见我逮了一袍襟子的青蛤蟆，醒来了，青蛤蟆蹦得光光儿的。"陈八卦说："青蛤蟆蹦了，人心也就凉了，一个蛤蟆四两力，你五六千人马的粮秣，咱这下州川六里的百姓可是从来不拖不欠啊！"老连长就说："这当然有赖孙老者这样的信义之士啦！要么你们办高等小学我捐的银元成封子送呢！"

　　陈八卦站起来，右手的指头叩着空铜壶，左手袖子一甩一甩地说："我给你出个主意啊，你看是这，把刚才杀了的人厚葬，再把人家的老小抚恤好，至于下州川六里受惊的里正甲脚和邻里乡亲，你请上一台戏也能把事情搁平，至于晌午的宴，我来设，太阳正端了你把司令部的人带过来，弟兄们喝上一尺子。"

陈八卦说罢，袍子一摆一摆地出了罗汉堂。山门口，张光李耀已斜了兜子杆，老连长在后边跟着，陈八卦袍角提起，正要抬腿上兜子，突然罗汉堂传来"妈呀"一声尖叫，如龙抓狼咬刺客出手，老连长就"咋啦咋啦"地叫着跑过去。这边的陈八卦，手中的小铜壶一扬，两个兜夫弓腰一闪，长竹竿上的袍子就飘起来，那一头乌黑的帽苔子也扑闪着随风而行。

可是没走一百步，老连长的两个挎娃子就跑来扳住兜子头一转，陈八卦就脊背朝前了……他看见老连长在金陵寺的山门口刨手，就仰了身子一台高过一台地随兜子上了寺门前的长阶。

原是矮胖子叫蝎子蜇了。罗汉堂里，大参议矮胖子的头拱在地下，左手握着右手中指将手腕架在后脑上，嘴里妈妈大大地号叫。老连长的鼻脸吊着，直朝筋巴干瘦的土包子申斥："又不是碎娃，大天白昼能叫蝎子蜇了？"

土包子哭也不是笑也不是，鼻脸歪歪着说："他不是爱古物么？嘴里说着这大罗汉面前的香炉像宣德炉伸手就去摸，这可好，吱哇一声人就不行了。"

老连长直朝陈八卦摊手，陈八卦说："叫中医先生么！噢，跟前就是孙校长，他熟读《金匮》，能开方子，叫挎娃子去喊一下。"矮胖子跪在地上唏溜，额头的汗搅和着尘土使他成了五花脸，老连长背着手原地转圈子，一边不耐烦地说："蝎蜇蛇咬，立当马下的事，叫什么中医？又不是伤寒痢疾！"陈八卦又说："那就去叫高卷，那婆娘会土单验方，又简单易行，单方气死名医哩！"

老连长刷地转过身子，如炬的目光盯着陈八卦，一字一句地说："你不说啦。也不找人啦。又不是治疑难杂症哩。谁不知道你腰里别满了八卦鬼符，打油都使鬼抢槌哩。这事你不管也得管，晌午我还指望他给我支酒哩。"说罢拧身出门而去，二参议土包子和那几个挎娃子也相跟而去，把个陈八卦和倒在地上哼哼的矮胖子晾在庙堂里，那一圈儿的十八罗汉龇牙咧嘴你嘲我笑让人下不了台。

陈八卦长长地嘘一口罗汉堂的土腥霉气，背操着手走过去看那宣德炉。心想这二参议好歹也是个有文墨的，可他怎么就不知古玩行里一句话："宣德炉十有十假"呢？看那倒霉鬼又拿头在砖地上碰，他就嘘的一声挽了衣袖，左手拇指掐了中指的二节印，口吟"鸡头诀"曰："天上金鸡叫，地上鱼鸡鸣；二鸡来相会，斩断蝎子精。"连吟三遍，又朝地上的矮胖子吹了一口气，仰天传曰："太上老君急急如律令！"说罢甩手出了山门上了兜子。老连长目送着兜子闪闪晃晃下了台阶，一回身，胖矮子红红着脸站在身后，看他很轻松地甩着手腕，就鼻子里"咔儿"地发一声笑，转脸对身边的副官说："手枪营分三拨往回撤，分别在白杨店、夜村、棣花用饭。"副官说："随身人等尚有一十八人需要就地安排午饭。"老连长说："你去办吧。"矮胖子指着飘逸而去的兜子要说什么，老连长竖掌止了，叮咛："鬼事过后不说。"

村里又恢复了正常的农耕生活。孙老者觉得气儿有些不顺，就坐了小板凳在门背后的土坯上临颜真卿。戒严解除后就有人跑来给孙老者说了这场事的根根梢梢，既然是无中生有，孙老者就想总会有人来给他说个啥，可临近晌午了牛闲蛋跑来说人家大队伍撤走啦，可又派下来十八个人的饭，孙老者说要派饭也没见谁给我说一声！牛就说老连长的副官派了拶娃子要把你叫到金陵寺去，我说这使不得，人家就说叫我跑一步路来请你老出面安排。孙老者就说上次派饭轮到谁家，接着往下排三户又到谁家，说一家做一担糊汤面叫稍微稠些……

安排了派饭，孙老者又执笔于泥水土坯。一个"安"字，已临数遍，口里念着"安要写好，宝冠要小"，就把个"女"字写得胖大饱满而头上的屋顶干枯瘦小，几次皆然，看着很不顺眼，正琢磨着，十八娃在厦房打儿子，巴掌在小屁股上"铮儿铮儿"地响，小金虎像龙抓一样哭叫。孙老者心间一紧，一种突如其来的恐惧浮上眉宇：老连长此行的真实用意难道在此？！

偏不偏这时候陈八卦的麻鞋兜夫张光站在了他面前。张光说："叫你去喝酒哩，油坊里给老连长设了宴席。"孙老者手中的笔悬在空中，笔尖噙一点泥水晃晃欲滴，他的目光凝滞在麻鞋尖的红缨上，突然一阵恶心，口中就淋淋地泛出酸来。

油坊里的宴会没有往常那么热烈，矮胖子和土包子两个参议虽频频为老连长代酒，可副官们总好像少了以往酒场上斗酒的激情。

老连长只是不言语。

酒未过三巡就草草收场。陈八卦说是不是今日这茶饭不对心思，俩参议就说老连长的心思是看啥时候才回商县城呀，要不你干脆给掐上一卦？

陈八卦说："我就算着老连长也该回城了，从香会上传来的消息说，苟县长、毛科长在州城大肆勒索，'憨团'搜刮的银子整骡子朝西安省送，不少老百姓都朝着龙驹寨给老连长烧香呢！对了，毛科长如今成了毛团长，治安团啊，威风凛凛说一不二，动不动一声就地正法就开枪杀人哩！"

老连长"哼哼"地从鼻孔哧出冷气，"十子连"的弹夹子，他嗦啦啦退下来嗦啦啦装上去；大参议矮胖子涨红着脸，一边剔牙一边说："天不明就出不得手哟！"老连长问："西安省的情势啊，你都听到啥说法？"陈八卦抚着帽苔子说："军事上一看天下大势，二看计谋运筹，三看现场实力，最要紧的是人心向背。"老连长鼻孔的冷气化作嘴角的冷笑，他翘起半片嘴角说："你这是给我大而化之哩，你咋不给我讲些实际的呢？"陈八卦就说："如今的军队都将过去军中旧称的参议改称了参谋，你为何还喊他二位的旧称呼呢？"

老连长刚说了一句："我叫惯了口——"就有副官来报："孙校长到访！"

孙取仁抱拳而进，一番礼让之后，就直奔主题说："想请老连长到咱们高等小学演讲一场。"老连长咧嘴一笑说："我一个大老粗能讲个啥？叫娃都跟我当粮子？我不忍心。"孙校长诚恳地说："咱们建校之时，你就捐了善款，开学典礼请你出席你忙于军务，这次好不容易来了，一定去讲一讲，先生学生都要一睹你的风采呢！"老连长也真诚地说："只要娃们顺顺实实地学，先生勤勤谨谨地教，就啥都有了。是这吧，孙校长啊，今年冬天先生烤火的木炭，准我的，过了霜降就给你办，怎么样？这一向学校顺势着哩么？"

孙校长说："也没啥大不顺的，就是日前开除了一个学生，这学生扬言要砸学校。"老连长一拍大腿："他敢！你手段要硬哩，见逛山坯子就给我拿板子咣！以后对考上初中的要戴花、要放炮、要报喜，要引上来见我，我要给发奖！"孙校长拱一拱手说："那就太好了！你这个决定我回去要在全校宣布，让学生们都竞当优等生。"老连长说："要叫娃好学上进，就把他大他爷请到学里来，叫他老人讲讲当睁眼瞎子的可怜。"孙校长说："我正好有个想法，秋后农闲了，办个平民识字班，把村里不识字的成年人都叫来，用大教育家晏阳初先生编的《千字课》教他们，三个月毕业就达到能读书、会写信、能记账，大的方向上还要通过识字，培养平民的自立精神、互助精神、涵养精神、改进精神；经过大约三年吧，咱苦胆湾就会养成处处读书、人人明理的风气。"老连长不住地晃着脑袋，眯着眼说："很好，很好，就照你说的办吧，办成了就朝全县推广，千万不要虎头蛇尾，有啥为难的就给我说，再没别的事了吧！"见老连长已无意深谈，孙校长就道谢而去。

老连长忽而睁圆了眼，对陈八卦说："你这人啊，能掐会算，可日鬼捣棒槌尽是鸡皮狗毛的事！你看诸葛亮也能掐会算，可人家算的是天下大势，我跟你交往多年，也没见你给我进过一句纵览天下的高论呢！"

陈八卦轻轻拍着帽苔子，一脸肃然。他说："是这……"遂起身，右手导引着老连长来到书房。

书房里有他的小书童，正旁若无人地"写仿"。老连长先是惊异于这书房的神秘和古雅，再是奇怪于这书房的兵戎气息，还有就是这书童的严肃清高。他看那整架子的线装书、整架子的时尚书，嘴里轻轻地"嗯嗯"着，《武经七书》听人说过，《推背图》听人说过，可《中庸十二体字》《十竹斋画谱》《管子二十四卷》《孔孟圣迹图鉴》就没听人说过；这《女神》又是什么书？说的是"娘娘"还是"菩萨"？这郭沫若是谁？鲁迅是谁？陈独秀是谁？《呐喊》《野草》是啥书？《大中华日报》《大公报》《民族日报》《民众日报》这么多报纸都说了些啥？《新青年》《小说月报》《中华教育界》怎么像书又像报……

一个靠枪杆子说话的草莽英雄、一个在东秦岭地区见风使舵割据称雄的赳赳武夫，可怜的二年半私塾旧学底子，他何曾知道文化里还有更大的世界？哪里见过详陈于书报刊里的天下风雷？面对一个令他畏惧的世界、一帮令他惊疑的人物，老连长不免对这个小书童刮目相看了，他背着手轻轻走过去，看那毛边纸上的文墨，不由一句赞叹脱口而出："一笔好写啊！"

陈八卦说："这是我的小外甥，叫亮亮，原本给我当书童，可当着当着就成了我的先生，天下大事每每于胸，不少世事被他言中，也好啊，我多了一双耳目！"老连长小声说："这双耳目对我更有用啊！"陈八卦说："你不是有俩参议嘛！"老连长从牙齿间哧出一个笑，说："这俩参议出面和地方士绅打交道也还得手，可要面对天下和西安省，就是半瓶子醋啰……"正说着突然愣了神，他的目光凝冻在墙角的一方地图上。就俯身过去，感叹着说："我打了半辈子仗，还没用过作战地图呢，你这娃碎碎儿的就看着地图研判天下，了得！了得！"

陈八卦哂然一笑，无声地摇摇头，过去拍了拍正在专心"写仿"的亮亮，招手让他起来。亮亮慎慎地放了笔，擦了手，捋正袖口，来到老连长面前。陈八卦说："这是一位长辈。"亮亮就浅浅地鞠了一个躬。老连长满心欢喜，不由得手就在兜里摸银元，银元在手心里嚓啦啦响，他最终没好意思掏出来。亮亮约莫十四五岁，留着"洋楼"发式，上身是直领四兜装，眉宇间散发出英武之气。老连长慈祥地说："怎么样？跟老叔吃粮去啊！"

亮亮眯笑着摇摇头，又眼仁儿一夹，问："镇嵩军在西安围城七个多月了，你能不能出武关袭豫西做一个佯攻嵩山老巢的动作呢？"老连长惊骇得大张了口，蓦然一声："啊？！"又问："这是为什么哩？"亮亮快语道："围魏救赵啊！"陈八卦、老连长同声大笑，亮亮一眨一眨地闪着明目。陈八卦说："娃娃家莫要乱说，你知道一颗子弹几两重。"老连长擦着眼角说："老叔就是想到镇嵩军的老巢捣一捣，可老叔的兵力不够啊，老叔就缺你这样的青年将才啊！"说罢又擦一把眼泪，对陈八卦说："这是个人才！真真是个人才！"陈八卦说："亮亮，你把这一向西安省的情势给老叔说说，对西安围城，老叔是有想法哩！"

亮亮就脱口而出，仿佛整个战阵了然于胸。他说："刘镇华敢于围困西安省，皆因有汉口的吴佩孚和山西的阎锡山做靠山。当初的二次直奉之战，冯玉祥的国民军倒戈反直，其结果是段祺瑞当了总统。刘镇华投段，送上五万银元保住了陕西督军兼省长的宝座。刘镇华主陕后，竭尽搜刮残害之能事，在民心尽失之时，陕军联合驱刘，镇嵩军全线溃败，刘镇华只身逃往山西，接受不再督陕的事实。陕西督军一职空缺，冯玉祥保国民三军军长孙岳继任，刘镇华向段祺瑞举荐他的亲戚吴新田，最后段祺瑞取刘之意任吴督陕。吴上台后换汤不换药引发陕人的更大反抗，各路军民又合力驱吴，吴屈居汉中。民国十四年七月，段祺瑞忍痛割爱免吴任其为陕南护军使，命孙岳为陕西督军，李虎臣为军务帮办。民国十四年末，吴佩孚联合奉系进攻国民军，刘镇华被吴封为讨贼联军陕甘军总司令，于是重整旧部东山再起。民国十五年二月，镇嵩军犯陕，阎锡山供其弹药日每一百余车，陕军兵败函谷关。镇嵩军马踏秦川势如破竹，其编制为：总司令刘镇华，直属总司令部的有卫队旅、警备旅、炮兵团、骑兵团、独立一旅二旅三旅；所属野战军为一师柴云升部、二师贾济川部、三师梅发魁部、四师王振部、五师武衍周部、六师何梦庚部；此外还有陕甘军三十五师憨玉珍部、陕军一师麻振武部、陕军二师张治公部、北洋军七师吴新田部，总兵力达十一万人马。刘镇华誓报被逐之仇，一路烧杀而来，于民国十五年五月十三日将西安城四面合围，又有吴佩孚的一架飞机在西安城上空轰炸助威，一时气焰十分嚣张……"

说到这里，老连长连说暂停暂停，他揭帘子招呼在外品茶打牌的部将文官都进来，按手叫各位坐了，又亮掌示意叫亮亮继续朝下说。亮亮平目以视，待各位安静之后，他拿笔杆指着墙上的地图，神态自若地说："早在四月，刘镇华犯陕之初，陕军各路将领齐集西安城北的三原县召开了军事会议，当时决定：李虎臣、杨虎城二部坚守西安城，卫定一部坚守城西，力保西安至咸阳及西府一线的交通，田玉洁部防务渭北兼护城北一翼。三原会议促成了国民二三军联合抗敌的局面，又为李虎臣、杨虎城的'二虎'守长安打好了基础。由于西安城墙坚厚，'二虎'又身先士卒，再加城外友军牵制，镇嵩军屡攻不下就挖地洞爆破城墙，无功；又重炮攻城失利，还遭受守城军'吊敌队'的重创，一时破城无望，就环城掘两丈深壕，坚守铁壁合围，要困死饿死守城军民。如今，西安围城已逾七个多月，城内粮尽，日每饿死者数百人，守军将士主食树叶树皮木渣糠麸皮带皮鞋，最严重的是弹药缺乏，入秋转冷之后又被服无着；更可怕的是城内士绅组织了'和平期成会'暗中与敌勾结，策划和谈，致使军心动摇。现今，城内正值艰难困苦之时，弹丸如宝粟米金贵。镇嵩军速取不成久攻不下，就招降纳叛广布奸细，放言杀'二虎'者赏银元五万，献首级者赏十万。就在守城军民内外交困之际，原国民军总司令冯玉祥、国民党元老于右任从苏联回国，冯将他的老一军与国民二三五军合编为国民联军，于内蒙古五原誓师后，又悬赏五十万元以解西安之围，同时令马鸿逵、孙连仲、刘汝明三路兵马日行百里驰援'二虎'。时任国民联军驻陕总司令的于右任到了三原，亲临前线指挥，陕军士气大增时有小胜，如今两军对垒形势犬牙交错。从总兵力上看，国民联军不及镇嵩军一半，但从天意地利人气来看，联军气势日盛，从阵战排局来看，不出月余联军必胜……"

亮亮的演说无疑是给老连长们上了一课。老连长无声地哈一口气，以凝重的口气对大家说："陕西人当然都希望联军取胜啊，不过——"他转眼又问陈八卦："你这娃咋知道这么多？我听过四川讲武堂出身的陈月天讲现代兵法，哎呀那个口才——"他摇着硕圆精光的脑袋，用硬硬的目光望着又回原位"写仿"的小亮亮，说："战场时局，瞬息万变，我不知道你这娃怎么把西省的战局弄得这么细？"亮亮抿嘴无言，陈八卦猛觉脊骨一冷，赶紧说："这娃爱逛虞司徒庙，那地方是各路消息的汇总之地，报贩子把省城的各样报纸露布传单战报整骡子驮回来，一个锅子就能买几张，天下形势米面时价一目了然，有道是秀才不出门便知天下事啊！"他没有说亮亮在州城还结识了一些激进的中小学师生，他们定期在虞司徒庙和背街小学等地研判天下大势，他只是说："虞司徒庙那地方，有意思。"老连长就轻松地笑道："看来，我们也该在那个庙里设个谍报点啊！"转眼又说："哎呀老兄，叫你这娃给我当个情报官怎么样啊？"陈八卦拍着帽苫子笑说："童言恍惚不必当真，娃毕竟是娃啊！"老连长就说："这娃是个材料，要到省上念书，我供给啊！"又一边招呼诸位起身，说："叫娃写叫娃写，咱到外边说话。"

到了外庭，茶水他不饮，骨牌他不玩，自个儿背了手绕室徘徊，又反复吟诵正堂悬挂的对联："已收长佩趋高座，独闭空斋画大圜"，他在心里眼气陈八卦这般局外人的悠闲，一时间，当庭的两根盘龙柱在他眼里花花旋转如晃如动，他头晕。他面临一个重大的抉择，额头的锁眉不由得挽成疙瘩。那些部属们不再喧哗，连啜茶也轻声轻气。陈八卦手中的小铜壶泽亮泽亮，他拿壶嘴在鬓角轻轻梳动，老连长的愁思他心知肚明：镇嵩军如果破城得手，刘镇华必然二次主陕，那这商县城就没他的戏了；若国民联军获胜，他还有些许邀功的资本，他毕竟在龙驹寨武关一线阻滞过南路镇嵩军……

老连长终于直面陈八卦，他盯着他的目光，说："往后的时局，万一不遂人意，你给我掐算掐算，看我该何去何从。"陈八卦说："这年岁，各地方的武装，都是谁主陕给谁送银子，换回来一纸委任就成了一方霸主，可现如今万一刘镇华得手，银子他当然喜欢，不过咱这商於古道武关要冲历来是出豫西下鄂楚之必经，又挂着个龙驹寨的钱葫芦子，你想他能让你在此安歇？"看着老连长的脸色顿作煞白，陈八卦又说："当然，天无绝人之路，东秦岭这么一大片地方，鄂北的郧阳郧西，陕南的山阳白河旬阳镇安柞水，十万人马撒进去是十亩地里一苗谷，你愁什么？就是说红崖寺的南山罩，那算什么武装？"

老连长抽着嘴咻咻地吁着气，冷笑着说："从清朝倒台那会儿开始，我就枪林弹雨里逛着，一会儿哥老会，一会儿同盟会，一会儿孙文革命，一会儿君主立宪，一会儿护法反袁，这咱也见的见了听的听了，哪一次换场子不是从城门楼上挂人头开始？几十年过来，银子没少花，孙子没少装，咱图啥哩？不就是图上下州川南北二山这一片地里的百姓安生？话说回来，你叫我当包文正我当不了，你叫我给每家栽棵摇钱树我没那本事，我只要这一片地方大体安宁，你过路的队伍只要不扰民我就卖路给你。我有我的处世之道，凡是土里刨食的，就是孬坯谬种我也不把人家整绝，我还指望你给我完粮纳税哩。可话再说回来，你若拂了我的好意逆了我的心性我就不愿意！就说你这孙老者，知道你在上下州川有些德望，再难场的事到我跟前我都给你高抬一手，你修河堤打破人家寺钟、你占用人家僧房办学、你家老四打死老贩挑又挖了红枪会的人头，算起来这老贩挑还是我表妹夫呀！你这老四一再惹出命案没处藏了就到我这里吃粮，好啊，给娃放个营长！可这一次，你老人家自己又挂上了毛老道，你叫我怎么说你？当然，总是陈八卦老兄你头大面子宽，一有事就坐兜子来寻我，可今日个我上苦胆湾来，一没扯你的票二没吊你的梁，你凭什么躲我？不揪揪你脑袋后头的猪尾巴你不知道这是毛病！就说你那个十八娃，小着时哪一次见了不给我磕头叫干大？不给我挠脊背唱花鼓子？嗯？！"说着说着还真的来了气，一时喘咳痰呃脸色发乌，一群人就过来给捶前胸挠后背掐人中灌浆水，半天缓过劲来，陈八卦才说："请你过来喝酒，说好的是孙老者专来陪你，可场子摆开，我的兜夫去接，正巧孙老者的胃病犯了，酸水吐得哇哇哇，张光张光——"陈八卦朝外喊了，又说："不信我叫兜夫来你问。"

副官用筷子戳了个番麦芯子给老连长挠脊背，挠到美处，他闭着眼呻吟着说："这么说来，还得我提了四色礼去看孙老者呀！你看天下这事，有啥样样儿嘛！嗨嗨，这叫吃屎的把屙屎的给箍住啦！"一时间身上不痒了，心里却痒得受不了，忍不住要问陈八卦："那女子也不知变成啥样儿了，还是银盘大脸双下巴？"陈八卦就说："女人嘛，有人说少妇味儿重，有人说生了娃就是猪奶，十八娃叫过你干大，那你得了干孙子还得给娃送三年灯笼哩！"老连长就笑了，笑得脸色带着羞，又口齿不清地说："这这，要看从哪一路子算哩，她妈可是接过我的一件礼的……不说啦不说啦，那就过去看看喽！"

孙老者的庭堂里有些暗，老连长一进来就嚷："哎哎哎，点灯点灯！看把日子过成啥咧，还讲究住过衙门当过大贯爷哩！"菜油灯点着，洋油灯点着，"大人神主"前的一对儿红烛也点着，屋里是亮了，可有点晃眼，老连长手遮眉头四处张望："人呢？人呢？"一群人就笑了，红烛照处，陈八卦从门背后扶起一个老人，老人眯着眼，胡子巴磕的下巴上抹着泥，双手平端着也是泥；老连长走过来，先是松松儿地拱一个拳，见这么个泥里土里的老农夫，就脸上怪怪儿的，问："老人家是糊老鼠窟窿啊？"孙老者攰岔着十个指头举了一下，夹着眼就着光瞟一下面前这位五短身材的肥硕之人，说："先坐先坐，叫我把这个字儿写完。"说着又坐下在那土坯上写字，老连长觉得新奇，凑近了观看，见那毛笔润着泥水在土坯上运行，一竖一横沉稳结实，就直在心里嘘气。孙老者慎慎地掐掉笔尖一根脱毛，说："仓颉爷可不敢得罪。"遂将"安"字的最后一笔落到实处。

"安"字的宝冠在土坯上淡去，惟余一个"女"字刺在眼际，老连长的额头沁出细细的汗珠，他觉着心里怪怪儿的。孙老者笑笑地说："我这是个毛病，一天不写两笔就胳膊不是胳膊腿不是腿的，坐，坐，茶呢，海鱼儿？"

落座妥当，老连长说："都说你老是水火棍不离身，没想到还是笔墨不离手啊！是这，把那泥坯子踢了，泥碗扔了，我给你老送几刀绵纸几锭子墨，要写就写真格的，啊？耕读传家久，诗书继世长嘛！"

孙老者先用火镰打着媒纸，再把水烟袋递给老连长，又一眼一眼地瞅着他装烟，说："难得你这贵人到寒舍来体察民情啊！"老连长有一气没一气地吸着水烟，抽空咧出半个嘴嗨嗨两声，孙老者又说："这二年土匪毛贼生了不少，你也忙忙迫迫地这儿剿剿那儿剿剿，也算是给镇住了，百姓么，只要能安生种地，就说你是个好人。"几句诚挚话说得老连长心窝子发热，也就趁着碌碡上驴，嗨嗨着说："咱这人马啊，才是真正的国民军！我就信奉孙中山，他一个主义里就有三个民。这话说回来啊，一好不如俩好，凭良心讲，你孙老者这几年在粮秣上没拖欠过我，这就比啥都强，听说城里人如今给我烧香哩，嗨！没我你试试！"说着眼光一斜，朝暗处骂了起来："嗨！你这狗兄弟，偷吃开啦？难怪半天不见你吭声，是蒸馍蘸蒜把嘴占住啦！"一边嚷叫着就蹙蹙着鼻子走过去，屋角灯影里，一个白胖女人端了碟子和他撞了满怀，老连长还没瞅清，陈八卦就笑了，说："我是跑惯了腿吃惯了嘴，哪有你乃嘴头子，千家油盐万家米面的！"

老连长把一个趔趄摄住，多岔着两臂，红着脸问："这、这？十八娃啊！"一边退到灯前，一边对孙老者说："你这儿的水土养人啊！过来过来，叫我好好看看！"十八娃磨蹭着过去，却有饶姐抱了金虎吱吱哇哇过来，十八娃接了金虎，老连长就说："叫我看看叫我看看，这十八娃的娃就是十九娃嘛！"一伙人都笑了，老连长的眼睛又冲着饶发痴，问："这又是谁啊？"孙老者说："这是老二的媳妇，叫饶；噢，老四的媳妇也引回来啦，琴！过来过来，认认这个……哎呀还是你保的大媒哩！"

三个媳妇站成一排，老连长真正痴了眼，自嘲说："我这是进到庙里啦，这个是观音，这个是菩萨，这个是娘娘，你孙老者都给吃的啥？再野的女子一入你家的门户就都又白又胖的？哎哎，还有一个呢？"陈八卦就在旁打圆场说："还有一个在锅灶上忙呢，两手的恶水。"老连长就掏出一把银元，说："一人三块，见面礼啊！"三个媳妇忙朝后退，陈八卦就说："接住啊，不接是傻瓜哩！"三个白白胖胖的少妇相互推搡着，迟迟萎萎地伸双手接了，又都偷眼瞧公公的脸色。公公低头吸着水烟，烟气罩了他的脸。

小金虎又吱哇一声哭了，老连长乐呵着说："看看看，这小人儿不愿意了，给给给，这一把都是我娃的。"一把银元直塞到十八娃的怀里，陈八卦对老连长说："认个干孙子嘛，今儿到了这茬口上，你不接这礼头也不行哟！"饶和琴就一哇声应和："磕头磕头！"十八娃就当真抱着金虎磕了头。老连长红着脖子一脸的受活，连说："这这这，这怎么使得？这算起来，十八娃她外婆还是我门里的大姑呢，隔山转坡子的都是亲戚，你这十八娃小时候也叫过我干大，也没少给我磕头啊！"

陈八卦就说："那都是娃娃耍哩，当不得真，咱州川也有先叫后不改的说法么。"老连长就美滋滋地笑说："这不乱了套嘛，她妈虽是半路里认下的，却也算我表妹哩！十八娃小着叫我干大，如今这十九娃还认我个干大，陈八卦你这算盘珠珠子不是全乱着套嘛！"

陈八卦"咳咳"着干笑，小金虎得了银子还是要哭，孙老者"当当当"地敲着水烟哨子，饶扫了一眼公公的脸色就扯一把嫂子，又踩了琴一脚伸手抱过娃连摇带哄地退了出去，老连长也"咳咳"着说："我说你这孙老者啊，三个菩萨侍候你，你还哼哼啥哩？"孙老者"噗噗"地吹着媒纸，媒纸燃起淡淡的火焰，他任其燃着，说："我这是鸡蛋壳壳点灯半炕炕明，这一家的不知那一家的穷，我四个儿媳守着两个炕，当公公的是眼泪往肚里咽啊！陈八卦兄弟说叫我赶紧死了好腾一个炕出来，这娃们没安置好我能死吗？"老连长随话答话着说："你不能死，孙老者你咋能死呢？你死了谁给我完粮纳税呀？贼来了谁给大家敲锣呀？"孙老者说："人说口前一句话，生死有命富贵在天，死，我是随天爷的意哩，但这房子我是想盖几间哩，儿媳妇进了门，总得一人有一间铺窝吧！"

"算你才刚刚明白，两间破房子娶了四个媳妇，你这不是糟蹋人吗？"屋柱的背影里传来矮胖子阴森森的声音："你这个孙老者啊，话早给你捎下来了，叫十八娃带了碎娃子住上去，老连长给你把人养了，反正他大家户人手紧总是要雇人的。"二参议土包子抬高声音跟着说："也不知你孙老者是真不明白还是假不明白？请问你把人家孤儿寡母的吊到几时？"孙老者的脸阴沉下来，媒纸的火焰烧着指头。老连长摸一把脸，眉眼变得铁青，声音也抖起来："人我是要接走的！房子你尽管盖！钱不凑手了，木石砖瓦准我的。"

陈八卦硬着腿，咣儿咣儿地走过去，咣儿咣儿地走过来，映在墙上的影子像幕布一开一合。他说："是这啊！啥都不说啦，开过年了叫人上去，今冬里叫妯娌们好好做些碾磨纺织，开春了一动工吃喝鞋脚就得跟上。"

孙老者无言，一锅一锅地吸着水烟，一滴浊泪在眼角闪烁。老连长放高声音说："还得感谢你孙老者啊，给我养了个好军官，咱那个孙营长啊，给我拿下了红崖寺，我就给他建团呀！"

孙老者心里难过着，嘴里却说："多谢你提拔咱杆杖娃。"默了一会儿，又说："多少带兵的，明是粮子暗是匪，你要叫咱娃学好，不要扰害百姓。"正说着，饶上来给陈八卦说汤做好了，问是不是这会儿就端上来，陈八卦就给老连长说："挂面汤啊，一人一碗，眨眼天就黑了，这汤一喝晚饭就不派了啊！"老连长就询问左右："还喝吗？在油坊里又是茶又是酒的，肚子还没空啊！"孙老者就说："这挂面汤好啊，堰背后十七亩的小麦，吊出来的面麦芒那么细芯儿还是空的，咱这苦胆湾送礼行人情都离不了这，你都尝尝、尝尝啊！"

杯盘碗碟一阵响，一行人就都喝了起来，当然挂面底下少不了卧两颗荷包蛋。老连长一会儿要辣子一会儿要醋，使唤得三个媳妇团团转，抽空儿又说："孙老者啊，你老能活一百岁，三个菩萨侍候着，你说你还要咋哩？"孙老者吧嗒着水烟，连说："知足，知足。"

喝罢汤是唱臭臭花鼓子。原说不挪窝就地唱，陈八卦说这一唱开就没个时辰了，黑夜里吱吱哇哇地吵闹着左邻右舍不安生，不如到油坊里去，场子大能尽着嗓子吱哇，老连长说喝得肚子鼓鼓的不想跑路又怕坐兜子，说到最后大家就说干脆把场子安到金陵寺里去。老连长就笑笑地说："寺里是神爷之地，咱唱这曲儿酸喷老臭的，怕有不恭吧！"众人就说神爷才最爱听这臭臭花鼓子，三月初三王山祖始殿的会、三月十八许石山娘娘庙的会、四月初八陈家湾显身庙的会，逢会都要搭了台子给神唱戏，唱啥神都喜欢的。陈八卦就说："刚好你的号令部就设在寺里，咱全当是给神唱坐台哩！"

说中间一行人就轰轰隆隆到了罗汉堂，老连长说家伙还是要敲的，脸子就不抹了腰里围的豆腐包头上戴的帽圈子就都免了。尿床王孙庆吉和他的老搭档刘奴奴一伙人就商量先唱啥后唱啥，商量来商量去还是说看老连长爱听啥，老连长就喊："奴奴呢？奴奴，你这'婆娘汉'不敢到我跟前来，怕我验你的牛牛啊！"大家乐呵着，老连长又说：

"要叫我说啊孙庆吉，你就把你尿床的古经编一段给咱唱一尺子，我就先给你披红！"众人就笑说他婆娘早扬言要编出来臭臭他。说笑归说笑，戏子们还是要老连长点一段，老连长就说："有孙老者在上，听老者的。"众戏子说："还是你点，头儿一开后头就顺着走咧！"老连长就下巴一抹袖子一挽说："要我点啊，我就点《女儿回十》，你敢唱我就敢听！"一时哑了众口，孙庆吉说："好我叔哩，你这是不想叫娃在村里活人了！你就放娃一马吧！"孙老者也说："不难为啦不难为啦，先说白口，接着唱《小喜接妹》，《来逢吃面》《秦时敢耍钱》也都是热闹戏！"

此话一出，尿床王一个趔子打到场子中间，开口就叫："叮儿咚儿三声炮，老子一蹦出来了！清早起来面朝西，看见苍蝇顺沟飞，我问苍蝇哪里去，秃子头上吃酒席！"锣鼓响处，尿床王踢腿子打旋子云腕子直舞得眼花缭乱，突然间锣鼓刹住，梆子响起，尿床王说出正经白口，声声干炸，句句响雷："这终日忙碌只为饥，才得饱食又思衣，绫罗绸缎身上穿，回首又觉房子低，盖起高楼并大厦，床前缺少美貌妻，娶下美妻和娇妾，又虑出门无马骑，将钱买得高头马，鞍前马后少跟随，仆从雇请一大伙，有钱没势受人欺，一窜窜到县令位，朝会方觉职位卑，一攀攀到阁老位，朝朝暮暮想登基，一日面南做君王，又想神仙登天梯，此人若非大限到哇，上到天顶还嫌低！"正说到急火处，外边传来三声枪响，老连长竖掌止了，"刷"地从腰间拔出"十子连"，陈八卦就提袍子出门，孙老者坐着没动。有卫士来报："一群山民闹事，打还是不打？"孙老者听言起身出门，老连长也带随从出来，金陵寺山门的牌楼下，百十号人披麻戴孝，银亮的月光下，三口白木棺材齐楞楞摆着，十来个翁媪毛头丝窝地趴在地上号，口口声声要叫老连长说话。

三口棺材里装着下午枪毙了的三个人。这三个人都是南沟的头面人物，俱被毛老道封了后清三品官。现在南沟的乡亲父老找上门来，口口声声喊冤枉说根本没有那回事，是何根庆拉虎皮给自己壮胆哩，说南沟人从来都对老连长忠心耿耿，怎么就大水冲了龙王庙自己人枪杀自己人，这么大的事没个说法平不了民怨。

陈八卦把老连长劝回罗汉堂，一阵耳语，就给孙老者做了吩咐。两个参议矮胖子土包子就适时出马，叫手枪队收兵回营，然后召了三个南沟人作为代表进殿说事。大雄宝殿里，矮胖子先说了何根庆在南沟传道的事实，又说了知情不报就有庇护之嫌，辛亥革命都十几年了，老连长浴血奋战推行三民主义为大家好，你们还有人相信毛老道要复兴"后清"，这不是昏了头吗？三个南沟人说，何根庆是到过南沟但他没扎住脚，是有几个老婆子给何祖升元堂烧过香，但那是求药治病的，而且被杀的这三个人连何根庆的面都没见过，如今这逮着影子就杀人，算是哪一朝的规程？二参议土包子说，就算是误会啦，平息误会也得看你们三人的能耐，说实话要不是咱的人马到沟里走动，南山罩早把你一条沟踏平啦，哪还有你们吃的米汤馍哩？事情平平儿搁下算啦，闹啥哩！赶沟里过会了，老连长给请上一台子大戏就啥都有了，再给这三户人家屋里挂个牌牌免上三年公粮，你看这家人的脸面不比筐篮大？

外面的哭声响成一片，一伙人在三口棺材周围烧起香表纸扎，金陵寺山门前一派烟尘雾罩。大雄宝殿里，仍然是双方各执一词。陈八卦不说一句话，还是硬着腿在大殿里哐儿哐儿地走过来，哐儿哐儿地走过去；孙老者手里扎着水烟锅，火镰打了几下也不出火，他在心里熬煎着，想这葫芦豹能蜇贼娃子就能蜇主人，哪有家养的蜂光产蜜不蜇人，可这葫芦豹有桶粗的蜂窝，谁有本事摘了它？谁也摘不了它那就得想着法子和它相处，他想起院墙上那一溜蜜水盘子……

陈八卦袍子一提，立到双方中间，两手朝两边一刨，说："你看是这啊，都不叨叨啦，叫孙老者说说，看这事咋收场。"孙老者说："我说啥哩？人死了已不得复活，再叨叨还是死了，死了只有埋了。现在是只要有个好的埋法，事情也就了了。"三个南沟人就说："哎是是是，死人咋能活哩，神仙也没法哩。"孙老者对两个参议说："你看啊，这人一死，地谁种哩？娃谁养哩？老人谁孝顺哩？婆娘不愿意守再一走，这一家人不就塌火了？依我的意见啊，葬体面些，抚恤上待厚诚些，你俩给老连长说说，反正是弄下这事啦你说咋办？折财免灾吧，拿银子说话，往后出行军事要谨慎些。"俩参议就说："在理在理。"

当下陈八卦就到罗汉堂里，把双方达成的意向给老连长说了，又用手指掐出一个码数，老连长就说："你说这就是这，我嫌泼烦。"又召来俩参议，吩咐说："赶紧把人打发走，我实在是乏了，明儿一早还要回龙驹寨哩！"

秋风一吹，坡上的白茅草就枯干顺坡倒，孙老者家晒的红薯片子撒在枯黄的茅草上，白了半面坡。秋收了，麦安了，染坊上的生意不经意间就红火了。如今的染坊上，是饶姐当家，她说四分蓝染儿遍就染几遍，她说叫老三海鱼儿赶上中下三集撵着场子跑就撵着场子跑，这是其一；其二哩，饶姐有个好帮手就是琴，琴在算盘子上两个胖手一拨拉，不来的生意都来了。原先南北二山供原料的人家，也不抬价钱啦，也不催账款啦，脚儿跑得比驴还勤。白天忙完了染坊，夜里又忙纺织，妯娌们把账算精了，六斤棉花织两个布十丈长，卖了布再买棉花织出来就是四个布二十丈长，这一对一的利一个冬季下来，一家人穿的花的就都有了。孙老者乐呵着说："你们闹你们闹，我给你们垫本儿。"又破例买了四条三尺长的丝帕子，给媳妇们一人一条，饶就张罗着四姐妹给公公磕了头，又示范了丝帕子的叠法、顶法，说这不和布帕子一样是涩的，这丝帕子面光身沉，你不会叠就摊散了，不会戴就出溜了，只有会叠会戴才白日出门了顶上体面，夜里纺线时顶上遮风。媳妇顶帕子是州川习俗，但一般人家顶着的是深蓝或毛蓝的粗布帕子，顶丝帕子的多是财东家的女人。老三的秃媳妇特别高兴，她这丝帕子一顶，遮了那一片秃越发显得细皮嫩肉的漂亮，她年龄小个子低，纺织上手生可锅前灶下一把好手，海鱼儿就说："忍嫂子一来，我和镢头才真正成了男人咧！"俩男人做了多年的饭，洗锅抹灶的窝囊无法对人言说。

月亮明光光地照在场里，妯娌四个排开阵势，一人一架纺车，一溜儿的轮子转哗哗，一溜儿的锭子响嗡嗡，棉捻子抽成线，细线线缠成穗，檐下圈椅上的孙老者，怀里搂着水火棍嘴里噙着水烟锅，看月下的媳妇们，真真是四个活菩萨！心里是舒服着，可心尖尖上一抽一抽地疼，那是他的长孙小金虎，开年了要随十八娃远去了，老连长能实诚待娃吗？听老三搂着金虎在炕上粗声粗气地哼催眠曲，孙老者心里隐隐作痛。他不睡觉，他要陪着媳妇们，这几年狼成灾了，大天白昼进村子。他给大媳妇十八娃跟前放了一个棒槌，给二媳妇饶跟前搁了一把镰刀，给三媳妇忍跟前立了一柄斧头，给四媳妇琴跟前撂了一把切面刀。琴给他把切面刀扔到窗台上，说我才不怕狼哩，逮住了熟个狼皮褥子过冬呀！孙老者就扯着长声催促老三和海鱼儿，说你俩赶紧把院墙上的豁口补了，我这一夜一夜地守着也不是个长景！

纺车轮儿哗啦啦地转，四个媳妇紧摇慢摇就把一轮明月给摇斜了，摇坠了，摇得西厦房的影子漫了院场，孙老者就说："收穗子吧！收穗子吧！"四个媳妇你停了纺车我又抽出捻子，饶就说："大嫂，你手快你先停！"十八娃就说："最后一根捻子啊，不准再续啦！"说完就一人一人地收了纺穗儿，妯娌四个又到公公跟前评说，谁的线儿细，谁的纺穗儿大，正这么叽叽喳喳着，突然前村里就有人喊："失火了！失火了！"看时，高等小学那儿腾起三丈高的烈焰，孙老者拾身子进屋提了铜锣就走，琴说："饶姐，二哥还在学坊住着啊！"饶说："不要乱跑，咱先关了楼门！这会儿村里乱着，护家最要紧，老三！老三！"

孙老者的锣声响彻全村，老三和海鱼儿提了水桶夺门而去，饶说："把楼门闩上，琴你和忍掂了大大给的家伙守住院墙豁口，大嫂你去管金虎！"看琴满地摸着寻家伙，饶顺手捞起檐下圈椅上的水火棍，说："这！这！"

着火的果然是校长孙取仁住的这幢房子，也多亏他睡觉灵醒，闻到烟味儿就奔出房子，刚到操场，后檐里就起了焰，他赶紧喊学生喊先生，正喊着围墙外头就朝操场上撒砖头，又有拳头大的石头雨点般砸在窗户上、屋顶上；住校生从宿舍跑出来他又往教室挡，先生们不知是取水救火还是拿棍出门，一时乱哄哄无所适从；所幸南华子毕竟独身住过庙有些胆识，他翻茅房后墙出去，溜入一丛千枝柏，透过树影儿，他看到：明晃晃的月光下，一群十几岁的半大小子，放火的放火，投掷的投掷，仿佛分工俨然又训练有素！孙校长住房的后檐下，不知啥时候已被密密实实地靠上了干苇子和番麦秆，这些易燃物正腾起冲天烈焰，这群小子中领头的是一个有两条长腿的瘦高个儿，这人不是别人，正是不久前被开除的固士珍！南华子肺都气炸了，他咔嚓一下折断树股，忽啦啦抢着冲了过去，这时村里人随着锣声蜂拥而来，坏小子们一看事下不兆一声呼哨没入夜幕……

　　火扑灭了。房子烧了半间，窗子砸坏几扇，屋瓦烂了一堆。校董们劝村人都回去休息，又挨房查验学生先生，人都没受损失，就是不见了唐文诗，一时人心惶惶不免横生联想。孙老者就安排人到校外的水沟田坝去寻，一圈儿寻过渺无踪影。适在这时，陈八卦坐了兜子晃儿晃儿地赶来，众人说了过程，他闭口无言，只身在校园的旮旯拐角看过，又入茅房进灶房，最后从伙房的柴垛里拽出一个头扣水桶的人，众人看时正是唐先生，一时大家哭笑不得，就赶紧取来裤子让他穿上。陈八卦说："房上失火了你往柴垛里钻，后沟里发水了你往坑里躲，你这招儿绝啊！"一时间说得唐先生面红耳赤，他颤抖抖地提着裤子说："我胆小，我、我胆小。"

　　孙校长对陈八卦说："就怕是固士珍，果然是固士珍。"

　　"弹棉花，搓捻子，纺线，拐线，这你都会吧？一个布的经线要一斤半，先浆后晾，半干时要扭，要绷，要梳，粘着的线要梳通畅。再就是打大筒子。"饶姐指着在院场里耕布的大嫂和琴，很仔细地给忍讲解着织布的窍窍道道。院场里，几百个经线大筒子半月形插在地上，每个筒子上扯出一个线头，几百条经线合在一起，远远地牵着，大筒子哗啦啦地转，合在一起的经线有碗粗一股，松松地缠成桶粗一个疙瘩，放入簸箕，簸箕放在拖耙上，用石头压了。饶姐继续说："你记着啊，经线斤二两的是三百二十头的，斤半的是三百八十头的，二斤的是四百二十头，头数越多口面越宽，布越密实；织布做生意的都是三百二十头，布的口面是尺二宽。"

大场里的经线做好了，大嫂十八娃和老四媳妇琴又忙着穿"盛子"。细竹篾制成的"盛子"里，每个篾缝儿穿一根经线，三百二十头穿好，布的幅面宽度也就确定了。

然后，穿大绞棍子。这是力气活，妯娌四人合力而为，布的长度也就出来了。接着，在饶姐的指挥下，四人把"盛子"棍架到织机的六个"盛子"齿上，卷一匝，用"盛子"棍撬住……

初冬的冷太阳薄薄瘦瘦地当空挂着，老椿树的叶子脱尽了，一堆梢杈僵硬着，枯黑的折枝交错成无头的线团。葫芦豹被裹在线团中，零散的工蜂在窝口警戒，窝口是鸡蛋大的黑窟窿。盛夏的夕阳下，可看到黑窟窿里十几层的蜂巢，那是一个秩序井然的世界，也是一个充满牺牲精神的团体。

染过的布在高架上飘扬，染缸前的织机上孙家妯娌正进行最后的调试。她们装好织机的"卷坡子"，用"擒棍子"把布头压入"卷坡槽"，绞紧。饶姐给忍说："下来是排'筝'。正手拿筝板子拨，反手就把经线穿到油线环里，一根线穿一个环。'筝'绳子的两头儿，一头儿拴住脚踏板子，一头儿绑在天平架上，最后穿到'磨老宝'上。记住啦？"

忍答："记住啦。"

饶又说："'盛子'框两边连着'蚂蚱腿子'，'蚂蚱腿子'上的鸡骨头'绞绑子'一定要绞紧。记着。到这里，机子就算安好了，下边是打纬线，用小筒子打成小穗儿，一次打几十个盛到小竹篮里，挂在天平架上；用时取一个装到梭子里。梭子装好了，就是织布。记着啊，这一共是十七道工序，你给我背一遍，背不过我可要打你手心！"

忍结结巴巴背了五道，后边就全忘了。看饶姐严肃的样子，不知道要挨多重的打，忍吓哭了。饶姐说："就是我不打你，到大大跟前也免不了罚跪，你过门晚，不知道我和大嫂是怎么下跪的。在这屋里，给老人请安要跪，做了错事要跪，当媳妇的，跪是一道功，没事了你就在炕上好好练吧！"忍抚着额头的秃块儿说："我长得不好，人又笨，不像你们，能给大大撑面子。"饶姐说："长得不好不算啥，人说修心可以补相，有眼色，腿脚勤快，心肠好，就人见人爱。"

织布是四个媳妇点香轮流。一炷香下来做个记号量个尺寸，当天评比，织得慢的受罚，受罚的内容一是下跪二是做饭。当然，这都是忍的。忍也忍得，她心想：只要不挨打就行，全当学本事哩！

织机安在染房屋檐下，背风又阳和，织布声又不搅了孙老者的清静，还兼顾了染坊上的生意。妯娌四个，下了机子的上染坊，出了染坊的上机子，做饭多一半是忍的，因为忍能忍得，所以妯娌们也不真跟她计较，又看着老三人实诚有一身好苦，那一个炕就多半叫他两口住着。另一个炕，琴跟大嫂睡着，又争着搂金虎，偶尔饶也挤进来图个暖和。常常是饶被赶到学校去住，可住上没两天又回来挤到炕上，她说那边床冷，她睡不惯。饶也一星半点地听到有关大嫂十八娃身世的传闻，也从海鱼儿口里大致知道大哥之死的传奇，她总想把这一堆乱麻在自个儿心上梳通理顺，想问个根根梢梢又怕触痛了大嫂的这儿那儿，可是，往后的日子长着，大嫂这么个嫩嫩身子怎么守得下去？海鱼儿和老三连着日子赶上下集，背笼来背笼去都是重行李，去是发活背上蓝布，回是接活背回白布，琴是每天拨拉着算盘珠子出账入账，得空儿了还教海鱼儿几句"九归壳廊子"，怎奈海鱼儿前头背后头忘，"见一无除作九一，一下五落四，无除起二下来二，二下五除三"，饶姐都背过了，可他一个大男人背着背着就背颠倒了，饶姐说他要么脑子不清楚要么心不在焉，这人有时候咋痴愣呆傻得有点怪怪儿？

无风暖阳的日子，孙老者总要在墙头上放一溜瓷碟儿，瓷碟儿里化了糖水蜜浆，那些值勤警戒的葫芦豹们，就翅儿一展，飘摇着转个"8"字落到瓷碟儿上，甜甜地吸吮着糖水，一个飞走了一个又来。饶说："我妈念了一辈子耶稣，走路踩个蚂蚁都忏悔半天，大大不随耶稣，却是怜蛾不点灯，爱鼠常留饭哩。"琴说："大大这人心善，一窝子野蜂，硬是叫他给养成家的了，要是我，早一把火烧了！"大嫂十八娃就说："你们不知道哩，这一窝葫芦豹是补咱家财运的，福吉叔说过千万不能动。"琴问："福吉叔是谁？"大嫂说："陈八卦啊！人家都这么叫，咱只能叫福吉叔，有一回我叫了一句'八卦叔'还挨了大大一顿训呢!"琴说:"那么森煞的人,竟有个善善和和的官号。"忍走到椿树下,不由得就双手捂了脸,不由得就脚步加快,饶姐说:"甭怕,大大早养顺势了,它是咱家一条狗哩!村里人,只要你不扔石头打拿棍子舞扎,它就不理你。要是外边来的生人,脚重了声粗了它都不愿意的。

节气刚到"小雪",西北风就夹着雪糁子席卷了州川。南北二山的穷汉们缩在铺草窝里不敢露头,老连长却咧开大嘴直笑,因为这股风雪给他带来了财运。古历十月二十五,他先后收到两笔银子,一是镇嵩军留守胭脂关的"憨团"送来的,一是追击镇嵩军的陕军"马团"送来的。按一般人来说,一边是针尖一边是麦芒,这夹在中间的偏谁都难场。可老连长是你送的银子我照收,你求的事情我照应,你有你的鬼八卦,我有我的老主意。这缘于亮亮那一堂军国大势课的开蒙,更缘于他派往虞司徒庙和蓝田二华一带的细作传回的情报。如今,有关西省的情势他比谁都清楚:

十月二十三,"二虎"破围。被困西安城内八个月的杨虎城、李虎臣部队如虎狼般扑出,冯玉祥、于右任的国民联军又从西安城的西、北两个方向追堵镇嵩军,刘镇华怒杀两个旅长、三个团长、五个营长等大小军官八十五人仍不能遏止镇嵩军的溃败之势,败军取南北二路东逃河南。北路的出潼关,南路的走武关,可北路的退到华县、华阴这二华地区即遇耿端方部倒戈。耿部原为依附刘镇华的麻振武所属,于右任派人说服麻振武反戈遭拒,但其部属耿端方等四位营长愿意反戈并立赴"二华"截击镇嵩军。正在镇嵩军陷入"二华"农民的分割合围之时,又遭耿端方等四营人马的前后夹击,一战死伤过万,被缴十二栅炮、榴弹炮、日造蒲富炮、沪造火炮、七五迫击炮等七十多门。此役之后,耿端方部被于右任编为国民联军驻陕总司令部警卫第一混成旅,下设六个步兵团、一个炮团,另有一个骑兵营、一个机关枪营。战乱之年,一战成功即可官升两级。由南路东逃的镇嵩军仍取蓝田商县龙驹寨一线,这一线的最大障碍便是老连长的武关守军。武关自古易守难攻,只要老连长闭关死堵一天半,南路东逃的近万人马必死无疑。而尾随追击的马克斋团也以耿端方为榜样誓建奇功。这样，东逃的送来买路钱，追击的送来合围款，军情紧急，双方的银子就都进了老连长的腰包。

南路东逃的镇嵩军在商县城接受了苟县长、毛"团长"的犒劳慰问之后，又给老连长使了过路银子，沿途村镇也都同意设饭棚相送，规程当然依旧：兵不进村。这股人马想着再有三五天的路程便入河南境，离陕之时犹不甘空手而归，就故态复萌一路疯抢。这样沿途饭棚多为虚设，有的也只是稀面汤，锅盔糊汤面之类少之又少。打前锋的尚能果腹又占先抢劫，而后续部队的、掉队的、伤病的就只有死命挣扎。老连长当然义气，州川一线的山口要冲一律撤了营点兵站，龙驹寨虽成一座空城却也不见兵卒，到了武关也是关门大开，两边山隘堡寨上的老连长兵将也只在高处观看，蛋大的石头也不曾落下。东逃前锋朱团长甚至欲与老连长烧香结金兰之好，老连长回话说义气为重来日方长，你后有追兵逃命第一。在放过前锋的六千重兵之后，老连长突然锁了关门，潜入南北二山的主力突现州河两岸，武关一线天两旁山寨上的伏兵蜂拥而下，镇嵩军的后续辎重伤残病弱者三千余人被包了饺子。镇嵩军一路战利的、抢劫的无数金银细软悉数落入老连长之手。此外缴获军械除多门山炮外，尚有三十节机关枪、马克沁机关枪、日式机关枪共五十多挺，意大利造比斯尼步枪等各类长枪、马枪三千多支，另有弹药、医药、通讯器材无数。这是老连长领兵以来最辉煌的一次战绩，很少饮酒的他甚至为此喝多了喝醉了。正当龙驹寨满城为老连长挂红灯的时候，追击镇嵩军的马克斋团悄然而至，见老连长收了他银子却放走镇嵩军前锋，就气势汹汹要吃老连长的肉夹馍。老连长出过一身冷汗之后，赶紧派了骡队驮了银子送到茶坊镇的"马团"司令部，言说如果过境追击，就粮秣相送，如果两厢安好，就有战利的二十挺机枪、八百支步枪呈上。马克斋见了银子也就识了时务见好就收，强龙不压地头蛇，回话说都是给冯大人于司令效忠哩，只要打垮了刘镇华陕西人安生了就啥都好说，又说你要给我个地方我休整七天后就凯旋西归。老连长应允，着大参议矮胖子具体安排。矮胖子就请"马团"在白杨店休整，说这地方交通方便百姓富庶，是岭南有名的大镇子，镇上有一街三面岭一百一十一间庙，马克斋闻听此言心想有如此庞大的庙宇必是有油水的地方，可兵马开到，举目所见，却是荒街野店，所谓的大庙只是一柏一石一间庙，马团长受此捉弄怒不可遏，吊起矮胖子就是一顿饱打。还是二参议土包子机灵，以老连长的名义连夜往白杨店呈送了若干猪肉和药品才把事情按住。

莫说镇嵩军过州川一路疯抢留下多少祸患，却说有人火中取栗因祸得福。这个人不是别人，正是孙老者的外甥唐靖儿。唐靖儿在孙校长婚宴上与饶她大哥铁绳同桌，铁绳答应给他搞一支枪令他终日振奋，他今儿等明儿盼，从麦忙到秋后，也没得到铁绳半句音信，就自个儿筹了几十块银元去了南山，逛了一圈之后方知所有逛山都在搞枪。且他那点儿钱连个枪梭子也置办不了，回头来看还得先搞钱！适在这时，镇嵩军从州川过队伍，眼见着长枪短枪流水一般从官路上过，唐靖儿心急手痒老虎吃天没法下爪！人家荷枪实弹敢抢人敢收拾女人敢杀猪宰羊，他唐靖儿只有藏在院墙背后躲在老坟丛中看热闹流涎水。后来他邀了一同从河南国民二军逃回来的赵振华、李万绪、雨生策划搞枪。四个小逛山躲在半坡上的老爷庙里，队伍过了一天一夜，他们商量了一天一夜。他们也总算看出了名堂：越是走在后头的越是些伤兵、老兵、娃娃兵，他们到了各村的饭食棚，只有刮锅底喝洗碗水的份儿，连说话的口气也硬不起来。天麻麻黑的时候，唐靖儿终于下了决心，他招呼小兄弟吃了庙里的献食，扯下黄幡在腰里勒了，又把"有求必应"的红布撕成条裹了三只磨秃的糜篾笤帚往腰里一别，一蹦三尺高直奔镇嵩军的队伍。他们先躲在官路畔的地塄上，眼看着三个伤兵相搀相扶着进了一处饭棚，就蹦下地塄突然出现在棚口，一声："举起手来！"就拔出腰间的家伙顶到三个伤兵的后背上，三个老少伤兵正趴在饭桶上舔食面汤，他们长途奔逃困乏无力，忽有硬家伙顶在后腰，哪里还有反抗的气力，早腿一软瘫在地上，口里大爷大爷地叫着，说家里还有老人哩千万留一条命，四个小逛山就轻而易举地下了两长一短三条枪，又朝三个伤兵尻子上一人蹬了一脚，骂一声："妈的个逼哟!"就扬长而去。

　　唐靖儿四人得了枪没敢在州川停留,连夜窜山到了碾子凹。在碾子凹一是躲风声二是练枪法。他们猎兔打野猪,吃肉喝血啃骨头,第一次体验了有枪人的胆气和逛山们的豪壮,这样不知不觉就过了十多天。一日,四人在一破碾盘上抹"花花"牌赌麻钱儿,正聚精会神间突然一声大喊在耳边炸响:"举起手来!"三人正要摸枪,来人却哈哈大笑,看时竟是铁绳。铁绳手持一把黑格铮铮的"十字连"叭叭朝天放了两枪,问:"声音咋样?"四人就轮换着抚摸观看,铁绳说:"我给你说麦毕弄不到秋后无疑,你看咋样?咱君子一言可不是要要哩!"唐靖儿说:"你开个价!"铁绳说:"三百现大洋,你把货看好!"唐靖儿脸就变了,高声道:"咱今儿也是有枪的人,我才剁了镇嵩军的尾巴,你可趁当着!"说罢也抽枪朝天扣了扳机,可"咔吱"一声枪没放响。那三个弟兄围了上来,拿白眼窝仁儿一齐斜着铁绳。铁绳一笑,平身子一躺仰天倒在破碾盘上,口唇操着对天说话:"咱这可不是镇嵩军手里的破铜烂铁,价是高了点儿,可你认准了货啊!"唐靖儿拉开枪栓,用小拇指抠那卡了壳的子弹,另三人就扎成三角势恶恶地俯视平躺着的铁绳。唐靖儿抠了半天没有抠出,就呼哧哧地气儿不顺,他真想拿过弟兄的枪,一枪给铁绳来个五官开花。可转眼一看,这位能飞檐走壁的"三只手"双臂交叉抱在胸前,"十子连"套在右手食指上,中指一拨转一圈,中指一拨转一圈,满不在乎的样子纯粹是为了践其承诺而来,如此的情义又是多少银子能买来呢?这样一想就说:"你要三百现洋,你把我兄弟们杀了算啦!"铁绳蛇起身子,说:"我撵几十里来寻你,主要是我应承过你,也叫你看看,枪我弄到了。"唐靖儿终于抠出了那枚子弹,扔到脚下,气愤地踩了两下,又搬起一块石头砸下去,"嘣"的一声子弹响了,弹头在碾滚子上打出一个白点,飞溅的石末子吃了唐靖儿一脸!唐靖儿幽幽一笑,抹一把脸,没事儿般地对铁绳说:"是这啊,你洗了'三只手'跟我闹事,枪是你的枪,我还封你个参谋的衔哩!"铁绳就拍着大腿说:"好表亲哩,我弄枪就为换俩钱,得了钱就想抽儿葫芦子烟,兄弟你是弄大事哩,带上我个大烟鬼不坏你的事儿吗？"唐靖儿身子朝后一趔，蹲尻子坐下，也动着真诚说："兄弟我实在是没那么多钱，要么，枪先叫我使着，钱，开过年了我给。"铁绳说："我就是等着用钱哩，要赊账我在州川就出了手还能等到这会儿？是这，咱不说啦，一百二十块你要了就给现洋不要了我走呀！"唐靖儿与他的三个小兄弟嘀咕了几句，爽快地说："行！你原旧在这碾盘上躺着，我四个到上沟里去一下，一个时辰后来给你送钱。"铁绳闻言一个鲤鱼打挺站起来，说："哎你别别别，你叫我走远些再去抢人，我是换钱抽烟呀，你这沾血的钱我抽了睡不着觉。"唐靖儿伸手说："我得去试试枪火利不利，你胆小了你往沟口走。"铁绳把枪高高地抛过来，蹶尻子就走，走远了又喊："我在高陵沟口的大核桃树下等你！"

铁绳刚在大核桃树下坐定，远山深处就传来雾沉沉的枪响。他一脚把个碌碡大的石头蹬下沟去，一时间心里就像钻了蚂蚁。

当唐靖儿四人提着枪到核桃树下给他数钱时，铁绳就开口骂了："你狗日的给我说打死了几个人？"唐靖儿显然还在兴奋中，他说："没打死人，不过这枪真真是好枪！"铁绳把现洋掖到腰里，又用手背拍着唐靖儿的胸说："好兄弟哩！实话给你说，这是马克斋的枪，我亲自拿竿子从他床头上挑出来的，为此他枪毙了两道岗的四个卫兵，那四个血身子这会儿还在白杨店的河滩里挺着，我得回去花二十块银元把这四人埋了。"说罢"噼儿噼儿"地打自己的嘴巴，一边骂着："抽大烟呀，抽你妈乃屁哩抽！"

一听是马克斋的枪，唐靖儿来了精神，问："马团撤啦？"铁绳反问："不撤还等着叫人剁尾巴呀？"又低头把腰带勒紧。唐靖儿说："好兄弟哩，你是真正的英雄！说实话，马团过州川时，我找一个小连长说要跟上去吃粮，人家说现在不扩编，看我撵得紧了就踢了我一脚说，吃粮？吃你妈乃屁去！唉，人家那军纪呀，真正的正规军！"

铁绳系紧了鞋带，挽起裤腿，又正儿八经地说："唐靖儿！我给你说啊，这枪啊，最早的主儿是杨虎城！知道吧？靖国军的老东西，你好好拿着。"

收拾了南路镇嵩军的残部，送走了马克斋的人马，老连长也起身回商县城呀！商县城是他的老窝子，被迫离城快十个月了，十个月里，苟县长、毛团长不仅在商县城搞出了十大怪，也为镇嵩军围西安刮尽了银钱粮秣，如今老戏又唱回来了，且看你"狗、猫"又如何吃屎逮老鼠？

可是，老连长的轿子到了离城十里的东龙山，就被人团团围住。先是市民百姓，再是商会士绅，一排排跪在官路上，光"呈子"就递上来十几封！有人哭冤有人叫屈，老连长不得不下了轿子，扶一把跪着的人，作个揖给递"呈子"的，又双手在空中挥着对大家说："好乡党哩！咱人是旧人车是旧轮，我回来了咱该咋就咋，来日方长啊！"矮胖子土包子就吩咐副官和护兵的马队在前开路，又千说万劝请老连长上了轿子。可走到离城五里的东店子，又出现另一番热闹景象：有人燃放鞭炮，有人敲打锣鼓，有人打着欢迎的横幅，有人提了酒端了献食招待士兵……

人群排列着，直到东门。东城门口，是一帮或长袍马褂或西装礼帽或四兜制服的县府政要，苟县长、毛团长在这一堆人的簇拥下，双手捧了金色授带躬腰逢迎，旁边甚至还有七零八落的洋鼓洋号踢里夸啦地响，老连长照例高抱双拳左边拱拱右边拱拱，咧嘴歪脖子接了授带，随其左肩右肋地挂了，又接受一轮鞭炮的庆贺，一行人就顺着苟、毛二人的接引径入县府大堂。大堂四周贴满了"老连长万岁"之类歌颂其丰功伟绩的红绿标语，大堂中间，十张方桌上的庆功酒宴已经摆好。老连长径入主席位，苟县长整了整胸前别着红布绺绺的中山装，手拍一页纸念着欢迎辞。老连长屈指一敲桌面，就有副官附耳过来，老连长低声交代了一二三件事，副官迅速离去。这时，苟县长正在欢迎辞里声讨镇嵩军的罪恶，又说到地方政府应付时局的艰难，说到老连长抗击敌军的英雄气概，说到本县将在老连长主持下成立国民议会，把民主政治的建设推进到三民主义的新阶段等等。另一桌上，毛团长正与二位参议谈得亲热，忽见苟县长高举了酒杯向全场示意，就邀诸位一齐起身举酒。在人们乱哄哄喜洋洋的祝酒声中，苟县长与老连长碰杯，其他酒席上的主宾也觥筹交错杯盘叮当。碰杯声中，酒过三巡，苟县长请老连长演讲，又再三带头拍手。老连长就站起来，先把肩上象征功劳与荣誉的授带扶正，再把酒杯高高举起，问大家："酒喝好了吗?"大家说："喝好了!"又有人喊："没喝好!"老连长就笑了，大家也跟着笑。

今日的老连长亦非昨日的老连长了，今日的灰皮兵已穿上了正规的黄军装，走起路来胳膊是胳膊腿是腿! 临离龙驹寨前，五帮班头呈上犒劳金，老连长就命令各部一律换装发饷，又将缴获的精锐武器装备部队，淘汰了前清的破枪烂杆，操练了入城式，严肃了军风军纪，之后才将入城时间正式通知了县府。老连长的人马，除左撇子和右跛子的团分别留驻武关和龙驹寨外，去掉入南北二山剿匪的、上下州川护集巡路的，从龙驹寨开上来的警卫团、手枪营、机炮营、骑兵营等一杆人马，一路都是正步行走!

在满大堂的嘻嘻哈哈中，老连长笑脸一收，走过去主动与苟、毛二人碰了杯，喝了酒，又正腔子道："毛县长叫我演讲，我就演讲。我的演讲只有一句话：现在，咱们就给商县城实行三民主义，三民主义从一民主义开始：枪毙这两个人!"他用酒杯朝苟、毛二人头上点了一下，就从大堂后边"刷"地拥出几十位荷枪实弹的士兵，两挺机关枪也"叭"地架在方桌上，苟、毛二人眨眼间就被五花大绑……

商县历来有"八景十观"之说，所谓"龙山早日映商州，丹水环城滚滚流，四皓古陵冲北斗，商山雪霁望难收"云云；而南门外的高阶下是码头，码头两边就是绵延八十丈的青石板，青石板一带人称"棒槌市"。要是天气晴好，满城的妇人女子都来这里洗衣服，那裸露的粉红小腿儿、葱白小手儿、藕肥小臂儿，再加上棒槌起落手镯叮当，历来被认为是一道风景。而南城门楼上的一营驻军，客观上也保护了这一片景致。可是在镇嵩军东来西去的十个多月里，南门外的"棒槌市"萧条了，成了野狗兽物的交合之处，成了匪们贼们的出没之地。

今日在南河滩上枪毙了苟、毛二人，"棒槌市"里一下子出现了八十丈长的少妇少女队，花红柳绿地飘摇着与水相映十分好看。十月的暖阳里，碧青的江水虽然略有寒意，可挡不住女人们亮胳膊亮腿讲卫生的欲望，挡不住女人们舞棒槌洗衣物的兴趣，商县城的人洗衣用洋碱胰子的少，用皂角灰碱的多；这皂角须先用棒槌砸烂裹入衣物捶打，出了泡沫方揉搓拧扭，打击声里搓洗声里流水声里，青石板上是比舞蹈还美丽的动作，比西洋景还好看的画面。城上的兵士过路的行人，每每都要驻足观看，外地人初到商县城，主家必要领了出南门欣赏这一胜景。比不得这儿的中秋之夜，凡有男人出门在外的家儿，女人总要来这里烧一炷香，焚一刀表，磕三个头，遥望圆月，唱一种凄凄忧忧的乞月歌，求月亮爷保佑出门在外的男人，游学的，跑差的，贩挑的，经商的，早早儿地安全归来，早早儿地与妻子团圆。

如今，"棒槌市"一开，商县城又恢复了古老的旧秩序，然这旧秩序里却飘浮着新内容，这就是坐镇西安省的冯大人，他连连发布施政新令。自镇嵩军离陕之后，冯玉祥分化陕军，收编的收编，打击的打击，对其有旧隙者坚决铲除，从而包揽了陕西的军政大权。但这冯大人毕竟行伍出身毕竟体察民苦，他自己亲自扛了笤把扫大街，还自建"民乐园"移风易俗。同时，连连颁布政令革除陋习，放脚、铲烟、识字、讲卫生，等等，所有集镇街市都贴着冯大人的布告，都有冯大人的宣传队在演出、在演讲。老连长被编入冯的国民军系列，对其铲烟之举虽说不悦却也不得不广贴布告、转发政令。

苦胆湾高等小学不失为下州川地区的人文荟萃之所，在宣传冯大人的政令方面，孙校长他们屡占风气之先，这不仅提高了苦胆湾高等小学的知名度，也在下州川这一片地域大开风化。他们的"平民识字班"已经开学，他们的宣传队入户放脚逐村实行，谁家女子缠脚就把臭裹脚布挂在谁家门前树上，谁家地里种了烟就到谁家地里钉上画着骷髅头的木牌；唐文诗把铲烟放脚编成歌叫学生到处唱，逢了集日，学生们就打了旗帜敲着锣鼓游行街市，每个学生的前胸后背都纳着方块白布，前胸写"不吸鸦片烟"，后背写"不娶小脚妇"，又用滑稽的动作表演丑陋习俗，一时引得百姓围观，宣传的效果深入人心。

老连长在县城平定混乱、重开商市之后，捎下信来要听臭臭花鼓子。尿床王刘奴奴一行如约而至，位于县城东背街的"于宅"，是一座双挎耳的三进式套院儿，大婆子、二婆子、三婆子分院而居，至于老连长晚上在何处安歇，主要是看他的红瓷尿壶放在谁家窗台，这是贴身挎娃子的专门营生，一般天刚黄昏，挎娃子就到司令部附耳相告，老连长点头知道之后，挎娃子就到放红尿壶的这家做些吩咐，备什么茶点呀，召见某位子女呀，把玩什么旧物呀，等等。而把红尿壶拎来拎去的是谁呢？主要是各院儿的子女，如二婆子的女儿受其母指使，到三婆子家去拎红尿壶，就说："三娘呀，我哥又不学好啦，得叫我大大今儿黑来过去给说说哩！"三娘就说："我已刷过了，在窗台儿放着哩，我娃自个儿去拿，抱牢哟慢慢走！"临走还要塞几颗洋糖在兜里。三个老婆相处，大体还冠冕堂皇，谁家做了好吃的，都还端来送去的，几个院儿的孩子一起上学一起玩耍，到了饭时在谁家玩儿谁家必要留饭，大面子上都还和睦相好，未曾有恶心口水争风吃醋。

今日这堂会安在司令部的大院儿里，司令部与"于宅"有旁门相通，大娘二娘三娘早早就携了子女过来，挎娃子们已安置好桌凳，分配好了火盆架子，大家就挤挤簇簇地坐了，司令部的几位文武副官也散坐廊下喝茶，二位参议拥着老连长在太师椅旁的方桌边叙话。开场喇叭吹过，锣鼓序子就一直响着。尿床王呈上戏单，老连长在《麻成打卦》《二姐娃害病》《娘问女儿什子响》几个戏名上画了圈，在递过单子的时候忽然又问："嗯？！怎么不见《女儿回十》？"尿床王尴尬地笑说："嗨嗨，都是家眷看戏哩，唱这个怕、怕不合适的？"老连长手一扬："没啥！唱！"尿床王到后台一说，刘奴奴先就丧了脸，无奈间也只得说："叫唱就唱呗。"

《麻成打卦》这几出戏一路唱来也还顺利，只是到了《女儿回十》，刘奴奴总觉得舌头喉咙哪儿都不对劲，看着满台下坐着的婆娘女子娃，自个儿心里生出一万个不忍，可一听尿床王一声叫场子，由不得碎步儿一颠就上了台，原来直白的唱词实在出不了口，他就把那词儿约略改得文雅了一些："阴丹士林褂褂儿对襟襟开，一对对儿白奶奶露了出来，上身身儿搂住下身身筛，好活得妹妹我眼也睁不开……"台下的婆娘们在笑，刘奴奴唱着唱着腿却软了下去，老连长"啪"地一拍桌子："糊弄人！"一看老连长变了脸，刘奴奴一下子瘫在台上，大婆子赶紧过来劝说："动啥气呀？都是要要哩逗娃笑么，你一翻脸谁还有心看哩！"老连长就说："这就不是那个调调儿，词儿也是胡编的！"众人就围上来纷纷劝慰，老连长仍然固执着，他用不高的声音说："打十八军棍。"

垮娃子拖过刘奴奴，又按住尿床王，可是谁行刑呢？老连长水烟袋一指："大娘二娘三娘每人打六棍！"三个婆娘只得手拉着手上来，大娘先打，棍拿在手里却忍不住发笑，强蛇住腰拿棍在刘奴奴屁股上敲了两下，笑一声"这死鬼"就跑了下去，二娘三娘哭笑不得，只拿棍象征着捅了捅就息事宁人地说："行刑完毕行刑完毕。"

老连长无奈地摇着头，说："在这商县地界啊，就我可怜，想听一段戏都不能如愿，这《女儿回十》是咋啦？一唱就天打五雷劈吗？"二位参议就适时进言："今儿娃们太多，不听也罢。不过他们把刘镇华困西安省编成了白口，里边还说了咱武关那一仗，老臭臭花鼓子是好，可新编的也能宣传时局嘛！"

老连长无力地说："那就来一段新的吧。"

虽然挨了娘子们的打，尿床王蹦上台来仍然浑身是戏，他伴着梆子说白口，声调铿锵，节奏特殊，若是一句七个字，他把第五字拖得老长，后两字却说得极快，他道：

> "说中华，道中华，
> 中华的年岁实在瞎，
> 河南闪上来刘镇华；
> 刘镇华，是运气瞎，
> 自家的开花打自家；
> 竹林关，山阳县，

血水成河狗练蛋；
老连长，顶得硬，
龙驹寨里唱太平。
刘镇华，发心愿，
正月初一进商县，
苟县长，摆酒宴，
整篓子端来是银元；
镇嵩军，满街窜，
占了民房卸门扇，
搜粮秣，要米面，
百姓须送罐罐饭；
挖你的肉，舀你的酒，
搜刮一空朝西走；
抬大炮，出西关，
胭脂关砭二龙山，
离城四十里麻街川；
黑龙口，过河湾，
洗刀石，牧护关，
前边不远鸡团山；
鸡团山，没久站，
第二歇在蓝田县；
蓝田县里宿一晚，
第二天明面西赶，
走的曳湖毛河湾；
白鹿原下朝西看，
西省不远在面前；
西省里，没有啥，
南门外头大雁塔；
城墙高宽一般厚，

二虎守城发了咒；

刘镇华，把头摇，

拉住百姓挖战壕，

吓得女人蛮屎跑；

秋没收，麦没安，

饿死民女几万千；

西岸子下来个冯大人，

名字就叫老一军；

一军头戴蓝毡帽，

扛的开花抬的炮；

炮名就叫扫地平，

打的东兵跪着行；

东兵围城八月半，

折的人马摞成山，

收拾残兵回河南；

老连长，守武关，

伏兵埋在南北山，

一顿饺子包得好哟，

三千人马作酒宴！

苟县长，毛团保，

吃屎喝尿要拉票，

这俩鸡贼世上少哟，

把个商县给搅乱了……"

第八章　崂峪庙

毛老道的女徒燃指殉道，
机枪一响庙院里成了一片血海……

孙营长打不下红崖寺并不是南山罩的兵力强大，也不是南山罩那边有他的诸多朋友下不了手。他的营部设在青岗槽，前锋驻扎红安寺，若顺沟而下拼死进剿，半晌子就能踏平红崖寺。况且，老连长给他送来了两门山炮，炮架子支在山梁上炮筒子就直接瞄着南山罩的院窝子。要按孙营长的心愿，这场血战力争不打，尽量用对双方都有利的方式解决。可是，他亲自到山腰的土地庙与南山罩两次密谈都没有说成。孙营长的意思是要免了流血死人你要舍得出"干货"，"干货"送到，你顺金井河往镇安县跑，我撵都不撵。南山罩的说法是你老连长扫了镇嵩军的底子，如今又挂靠冯大人军势如日中天，我乃一窝子逛山哪里是你老人家的对手？地盘我让，但你也得给我活路，银子全叫你勒走，我到镇安县二百八十里地沿路拿什么打点？我的人马不吃啦？不喝啦？你如果不叫我活，那咱就拼个鱼死网破，还说不定谁喝谁的血哩！

孙营长传给老连长的军情是，南山罩在金井梁上架了三台江湖反正时期的枫木炮，一个炮筒子里边净装火药三石六斗，一台炮响了八十丈宽的坡面子上就是一片火海，硬攻只能送弟兄们的命，如今正琢一条砭道，到时候出奇制胜。老连长依着如今这气势，哪里容忍如此的军事节奏，便发派白脸娃娃带一个加强连前去增援，白脸娃娃立功心切，就抄斜路从万灯寺直逼红崖寺。得到白脸娃娃出动的确信，孙营长就不再坚持原来的"干货"条件，匆匆接受了南山罩的说项，并告知对方白脸娃娃已从万灯寺抄近道过来，要他当即就走。

在南山罩撤出六里地之后，孙营长发动了总攻，两门山炮齐发，南山罩的院窝子顿成一片火海。在白脸娃娃赶到的时候，红崖寺已成一片瓦碴坑，十几担的竹叶茶已摆在了路边。白脸娃娃闹了个大红脸，茶也没喝就原路撤回了，连孙营长送的十几杆枪也没要。

孙营长是在瓦碴坑带的彩。瓦碴坑的瓦碴如刀刃，无缘由地就把他的脚后跟割了个血口子，身子歪下去的时候肩膀又被树茬戳出了血。他是到这个老窝子寻大嫂十八娃她妈的，那个被南山罩掠去的上辈子女人毕竟是他孙家的亲戚，况且老连长也吩咐过要他着意寻找，说牵扯起来她还是他的表亲哩。

这一仗打得漂亮，战功已经请到，老连长正式让孙文谦筹建"孙团"，但他没有直接去县城面见上司，而是带了一个警卫班回了家。他给老连长捎话说他要在老家养几天伤。

他带回来牛腰粗两个包袱。琴把这两个包袱埋在牛圈楼上的麦糠里。琴给了三个嫂子每人六尺洋布。还有银元，整整摞了一方桌。孙老者看着这些银元，转过来转过去觉得脊背发凉。

他表情很沉重，说话的声音更不马虎："我在县衙干事那时候，出警办案缉盗肃贪，收回来的钱财都要登记上缴，现如今你这些剿匪所得，按硬道理也应上缴，咱孙家不受非分之财，这些钱我看着心里打颤，横财背后一桶血，这不是啥好事情。"

可儿子正高兴着。他鹰舞来鹞舞去地在屋里走动，又炫耀着说："二哥呀，你看你兄弟可怜不可怜，'吃粮'之前竟不知一封银元是多少个。这一次啊，我算明白了，一封银元是一百个，一百个摞起来整整一尺高！五十个一锭子，两锭子是一封，二哥你数数，看这是多少？顶咱染坊上多少年挣的？"

孙老者木人一般坐在老圈椅上，双手拄着水火棍，下巴顶着端头。他讷讷地重复着一句话："横财背后一桶血，这不是啥好事情。"

门关子扣了双闩，堂前的白烛哗哗哗地闪着焰，并无一丝儿风吹进来。老二孙取仁绕着方桌转，嘴角上翘着喜，眉头紧挽着忧。如今他是校长了，还是在景村坐铺子时的那身蓝衫。他这校长当得很累，靠着墙了就打瞌睡。

孙营长绕着方桌观赏，这烛光里的"干货"水汪汪一片，比州河发水时端着捞斗子捞柴刺激多了。他说："二哥啊，咱明年准备盖几间房啊？我看啊，前檐山墙全用砖砌，四个祠头子一律包砖雕，脊岭上要安吉兽，前檐坡要用琉璃筒子瓦——哎哎？"

他的父，他的兄，全都似睡着了。他哎哎了半天，二哥才说："你借给我三千块，我要办正事。"打了胜仗的营长突然感觉自己受了冷落，银元对这个家曾经是多么重要，可是银元来到了面前，这个家的主事人却未表现出应有的激动和热情，那他把头别在裤腰带上弄来银元是图的啥呀？一气之下，他"哼"地朝桌腿上蹬了一脚。银元锭子塌散了，满地上滚动着银水波浪，叮咚响动若小溪泛滥。少顷，波平溪静，脚地上毫光闪烁，一股零琼碎玉的富贵气息扑面而来。

"你借银元做啥？"营长没好气地问校长。

校长说："我要买枪，组织护校队，不来真格的这高等小学早晚要被人砸了。"这后边的一句是抽泣着说的。营长就问了原委，知道了固士珍的恶狂，气得直朝枪膛里压子弹。校长孙取仁弯腰捡起脚下一枚银元，捡起身后两枚银元，捡起面前的许多银元，又一枚一枚放回方桌，又一锭一锭地摞好。营长孙文谦说："二哥，你得多少拿多少，我再给你十杆枪一箱子弹，你当校长要把腰撑硬，不信他敢在太岁头上刨土，寻死呀！"

孙老者说了"硬道理"之后，校长和营长并没有把他的话放到秤上。他甚至眼睛滴下泪来，自己给自己说："老猫不逼鼠了老猫不逼鼠了……"

孙校长在州河边买了地，是四十亩一块子耕地不抬犁。他说："这算作校产，租给人种了补贴先生的薪水。"在他接管了那一方桌银元之后，这是他花出去的第一笔钱。

老三和忍去染坊住了，他俩用门板搭了个临时铺窝。排行老四的

营长就和媳妇琴睡到西厦子的炕上。东厦子依旧住着十八娃。金虎整夜都在哭，只听得他妈铮儿铮儿地打。营长说："大嫂咋是这？"琴说："人家心里烦呀。"营长就"噗"地吹了灯，不再说话。他溜进被窝，跟琴贴身子躺下，手就忍不住在她这儿那儿摸索。琴任其由之，他却说："你胖了。"琴说："仗打胜了，也学会说反话。"营长说："人要瘦了肚子能鼓这么高？"琴就轻轻地扇了丈夫一巴掌，苦笑着说："真是粗心的男人，我脸上的蝇子屎都成堆了你没看见？饭时着我吃的啥你没看见？"营长孙文谦一骨碌翻身坐起，点了灯，端过来照着媳妇的脸。琴被他揽在肘弯，红裹兜的银链子在她白嫩饱满的胸前闪光。

营长说："你择饭哩？"

琴说："你猜我这会儿想吃啥？"

营长说："只要世上有，我就能给你弄来。"

琴说："我想吃毛杏。"

营长说："哎呀，这十冬腊月的——"

琴闭了眼，自言自语说："三月间，树上是薄薄亮亮的杏叶子，叶子缝儿里是指头蛋儿大的毛杏，咬到嘴里连核儿嚼，涩涩儿的，酸酸儿的，哎呀那个味道呀，把人能香死。"孙文谦哆嗦着嘴唇，慢慢低下头去，用下巴上稀疏的胡须触着琴的脸，感激地说："酸儿辣女，我知道了。这个事你弄得好。"琴笑了，说："是你弄得好不是我弄得好。"营长脸儿一羞，说："多亏那一回我偷袭成功。"又忍不住去摸孕妇的小腹，心里就呼呼地腾起燥热，正当他得寸进尺之际，东厦子传来"呜儿呜儿"的啼哭声。

琴说："不是说大嫂她娘家妈在红崖寺吗？你把地盘儿收回来了也不把人给寻回来？"营长说："这事没法儿给你说。她妈在南山里人身不正，说是叫南山罩抢去的，抢去的就心甘情愿给人家当窑头？把山里女子整顺绺了往西安省卖？"琴说："我和饶姐还指望你把大嫂她妈给寻回来哩。她妈回来了，大嫂心就浑全了，要能留到咱家里，管带管带金虎，也是我妯娌们一个伴儿。再说咱大大一个人睡个大炕，要能跟他老人家熟亲了，咱就亲上套亲大大也就有人照料了。"琴的话没说完，丈夫就捏住了她的嘴，斥责说："胡说啥哩，大嫂她妈是啥人，能朝大大身上安？"琴说："粘不到一块儿了，当然不能硬安，但你把她妈寻回来了她心里就好受些了，大嫂这命也真苦，夫婿和亲父一个踏着一个的脚后跟死了，妈又被土匪抢去，这搁谁身上谁都受不了。"孙文谦心里"咯噔"一下，急问："你还听到啥了？村里人口舌杂得很，可不要听人瞎嚷嚷，事情过去了就不要说来说去的，给大嫂心口上添疼。"

其实，那一串死人事件中的神秘、机密，每个当事人都只知其一，对整个事件知得浑全的恐怕只有天爷了。村里人知道什么，村头巷尾地说说也都是大而化之的，她琴怎么能知了内里底细？

琴说："你是不是嫌她妈腌臜压根儿就没寻？"丈夫还是那句话："这事没法儿给你说，她那个叫宁花的妈呀，唉！"他实在不愿多说，却又禁不住妻子一声紧似一声地追着问，就说："南山罩撤离时叫宁花跟上一块儿走，宁花说我是哪儿都不去了，这一回是铁了心回河南呀！南山罩动了天良，给了些银元放她走了，人说她是携着一个伙夫走的，我想大嫂再说也是她身上一疙瘩肉，她咋能说走就走了呢？何况老连长给我下过话，说打下了红崖寺一定要把宁花给他救回来。我就骑了骡子带人立马追赶，撵到马鞍岭，人是追上了，可心没追回来。"琴急问："你见人了？人咋说？！"

营长就说了他见到大嫂她宁花妈的全过程。

那是马鞍岭上的一家鸡毛小店，一个头戴毡帽的男人在刷毛驴，店家正把驴鞍子搬出来，几个包袱的行李已经捆好，店堂里一个身穿月白衫子的女人正在饭桌边梳头。孙营长骑骡子进来，一眼就看出了子丑寅卯，他跳下骡子就端直进来坐到女人对面。女人虽半老徐娘了，可穿戴上不马虎，举止上有尺度，对面坐了个军装俨然的"粮子"，可她依旧对着小方镜，沉沉稳稳地梳头，斯斯文文地绾髻，面情矜持，目不斜视。足有一袋烟的工夫，孙营长死盯着她看。最终，营长耐不住了，说："我是孙老者家的老四。"女人眼都不眨一下，说："我知道。"营长说："我是专门来追你的。"女人眼斜了一下，说："你长高了。"营长说:"我想接你回去。"女人说:"要回去我早回去了,老连长今儿过来剿明儿过来剿,南山罩要抬轿送我过去给老连长说情,我死都没从,今儿个你娃一句话我就回去了?"营长说:"不说老连长了,我大嫂总还是你身上的肉吧!你就是要远走,也该回去看看你女儿!"女人说:"我没这女。"营长"嗨嗨"一声惊得站立起来,女人又说:"十八娃是我拾来的,且我已卖了别人。"说罢拧身子出了门。营长丈二和尚摸不着头脑,张口结舌着追她到院里。女人轻巧地上了毛驴,伙夫哼着小调儿牵着缰绳。营长"哎哎"着追到山道上,毛驴上的女人回过头来扯着长声儿说:"还有八幅子罗裙的事儿,你提醒她莫负了人。"

第二天,琴把这一切给二嫂饶姐说了。饶姐说:"这里头的道道窍窍恐怕咱妯娌们永也解不开,要紧的是大嫂把心窝子里的石头瓦渣都掏出来,心里亮醒了,往后期走也罢守也罢身上都是轻的。但这事只能慢慢儿往出浸,平常不要轻易逗惹她。"于是,妯娌四人依旧纺线织布,夜里霜冷,场里安不成纺车,她们就把纺车安在大嫂的卧屋,炕上两辆,脚地两辆;老三哄着金虎,噢噢地摇着,海鱼儿在地上生一堆火,火堆里不时爆一声响,就有一粒两粒烤熟的番麦花蹦出来,海鱼儿把蹦出来的番麦花丢给嫂子们,看嫂子们手摇纺车口嚼番麦花,他就得意洋洋地背诵《九归》;纺车哗啦啦转着,琴说海鱼儿你不背啦叫大嫂给咱唱几句,海鱼儿就说那我给大嫂起个引子,说着就笨嘴拙舌地唱,东拉一句《黎狗看花》西扯一句《石榴娃烧火》,嫂子们就笑得咽声岔气,大嫂忍不住就唱了,细扭扭的鼻音儿从窗缝里扯出来,直扯得阴云遮了天上的星星,直扯得西风呜儿呜儿地苦吟,大椿树的枝梢轻轻摆动,一片两片的枯叶落下来……

金虎瞌睡了,海鱼儿的火炭熄灭了。两个大男人睡去了,妯娌四人才收了纺穗儿拐线。拐着拐着,琴说:"大嫂二嫂,我一忙到半夜就犯毛病。"说着就双臂抱了肚子把头顶在膝盖上。大嫂十八娃以为她受寒腹痛,就要揭开她的衣襟拿棉花敷在肚脐眼儿吹热气,饶姐拦了,说:"她这毛病我也有,你也有,她也有,啥病?肚子饥。"大家就都笑了，谋算着弄什么来吃。厨房里不敢动烟火，米呀面呀的在老人家屋里，五谷六豆的都有定数儿，商量来商量去只有去吃萝卜。萝卜窖在院场角儿，松松的沙土用炭锨子刨开，见了稻草就伸手进去掏，粗的是白萝卜，细的是红萝卜，掏上十个八个谁也看不出来。大嫂叫饶去，饶叫琴去，琴叫忍去，结果是谁都不愿意去。饶说："大懒使小懒，小懒不动弹，我看咱轮着来。"说着就过来拖忍，忍胆小，撅着屁股不走，是琴推着她的尻蛋子把她掀出去的。

这萝卜又甜又解渴，还能生克熟补，真真是好吃。十来个萝卜一袋烟工夫就啃完了，琴还不解馋，要再去掏一回，被饶姐挡了。饶当晚跟着大嫂十八娃睡，可一拿起枕头，十八娃就长吁短叹，饶就知道大嫂的心事又来了。饶说："大嫂，夏天着，你睡觉总爱穿那件八幅子罗裙，现在天冷了你倒溜光身子？"大嫂哀叹一声，说："好姊妹哩，你不知道我的苦情，我妈她狠呀，她使了人家的银子，说叫我长大了去侍候人家，人家给的信物就是这件八幅子罗裙！这不是活活把女儿往出卖吗？我总想问问老四，他打下了红崖寺，见没见我妈？"饶说："这事老四没法儿给你说。他是把人寻着了，可人家不回来。"十八娃问："是跟上南山罩走了？"饶说："人家回河南去了。"十八娃就"妈呀妈呀"地捶着心口，哭诉说："我妈她心狠呀！心狠呀！"饶心里恓惶着，说："好大嫂哩，不是人家心狠，人家说你就不是她亲生的，你是她在路边捡来的。"十八娃就拿头在墙上碰，哭诉说："我命苦呀我命苦呀！"

这是真的。

老贩挑从龙驹寨买了宁花回来，怀一胎不成怀一胎不成，就找了陈八卦，陈八卦出主意叫老贩挑在老坟里埋个十八斤重的石头，娃是生下来了，却最终还是没活。也算老天有眼，老贩挑在砍柴的路上就偏偏拾了个娃，走了一个来了一个，一个吃上一个的奶茬子，事情接得天衣无缝，拾来的娃仍叫十八娃，连瞎子外婆也没觉察出来。这事只有老贩挑夫妇知道。可十八娃哪里知道，打贩挑的父亲一走，有人就过来纠缠她妈，因为住的是独庄子没个依靠，她妈只能虚与应付，可后来这人竟拿来一根麻绳，叫她妈勒死她父老贩挑！她妈咋下得了手？就说好天爷哩，我又不是黄花闺女，害了老贩挑也称不了你的心，你不是喜欢我这女儿吗，待女儿长大了去侍候你……

饶酸着鼻子说："你妈明知道你已许了孙家，却说叫你长大了去侍候人，这不过是一句应人的虚话，谁都知道，孙老者也不是好捏的柿子。而这人想用一条裙子套住人家女儿，心也太匪了，你知道这人是谁？"

十八娃咋能不知道！

她当姑娘的时候，见了这人就磕头就叫干大就给他唱《小放牛》。她也不止一次接过他给的银元。她嫁到孙老者家后，这人仗着亲戚关系还到她瞎子外婆家走动，可就在她怀了孕，那次老贩挑送她回苦胆湾的路上，她到草面庙后头去撒尿时，被这人勒着嘴强奸了！强奸者要她不准说出实情，说出了就杀她全家！她就谎称一股怪风吹走了她的裤子，当晚回到家，丈夫的头就被"拔"掉，公开说的原因是在草面庙后边撒尿时尿到了太岁头上，所以又是十八寡妇祭太岁，又是太岁宫里取人头，可十八娃心里明得跟镜一样，这一切全是做出来的！那太岁宫本来就是人家的一座兵营。她甚至怀疑陈八卦在这一系列过程中是与其沆瀣一气的。

事情的真相只有她和强奸她的人明白。

一想起当时的恐怖，十八娃就噎着气儿地哭。饶拍着她的后背，也抽抽泣泣地说："好嫂子哩，世上这事，就没个一准的样子，如今是乱世，能活下来就是福。你妈她说是回河南，谁能说她不是去逃命？她不回来肯定有她不回来的道理。事到如今，你还是要想开些，你要守，咱大大孙老者是靠得住的人；你要走，有了信得过的，大大也不会强留你。按我妯娌的想法，只要你好过就成。"

十八娃拖着哭腔说："好姊妹哩，你不知道，大大叫我开过年就跟人家走哩！"饶问："跟谁走哩？"十八娃说："就是老连长，就是这老鬼在草面庙后边的林子里占了我的身子。"饶说："怎么是他？看着善善和和一个人？"十八娃说："当时他带着护兵在林子里打猎，突然看见我褪了裤子蹲在那里，就饿狼一样扑了过来，勒了我嘴把我扛到林子深处……"饶说："这两年了你也真能沉住气？"十八娃说："好妹子哩，我今儿就把一肚子的疙瘩吐出来，实指望你给我请个主意啊！"饶说："这就看你是要硬主意呢，还是要软主意！"十八娃不知道自己要什么主意，只把头拱在被子上，"呜儿呜儿"地哭，一个弱女子的命运就像风中的灯，忽悠忽悠着随时要灭，忽悠忽悠着却又亮了。

饶噌地从头上拔下银簪子，说："要做烈女子，就找他报仇要他的命！"她手腕子一转，用银簪子把油灯拨亮，咬牙切齿地说："他再要到咱家里来，咱就商量好，给他灌烧酒，给他吃鸦片，琴会使枪，拿枪指了他的头，咱拿绳勒，用杠子压，不信咱妯娌四个弄不死他一个！"

北风呜呜地刮，雪粒如黑箭射向大地，雪末子从门缝儿旋进来，风声响着如饿狼喘气。孙老者一夜一夜睡不着，老连长他操着了那份心，你不顺着他，你就永远不得安生；这老四你本身就在刀刃上走路，怎么可以拿回来那么多银元；这固士珍和高等小学结了仇，这一股子气化不开就永远都是事……

东厦房里，饶出了个犟主意，大嫂十八娃却和着泪水说了一万个"使不得"。饶又说："那你就学得乖乖顺顺的，人家要咋就咋，事情记在心里，一旦得了手，也不能饶了他！"十八娃说："好妹子哩，我想到天上想到地下，我哪怕活成一条狗，只要把我金虎养大就啥都有了。"饶说："人要会装鳖，那活着也不难。按我笨想，你心甘情愿侍候人家，他就是一只狼，也不至于把金虎怎么了，把咱大大怎么了，你这样也是给咱护家哩，听说老连长有好几个老婆哩，怕就怕你去了受不了那份儿窝囊气……"

今年的腊月里，一刮西北风就是雪，不刮西北风还是雪；屋檐上的冰溜子有二尺长，村路上的冰碴子琉璃一般晃眼，海鱼儿去井上担水扭了腰，老三去绞辘轳断了绳，饶说："这就怪了！天爷也要封我孙家人的嘴吗？"就招了妯娌四人去抬水，饶提了木桶，琴扛着水火棍。

水火棍半截红半截黑在白雪皑皑的天地里十分耀眼。大嫂脚小，忍扶着她跟在后边。西北风夹着雪颗子箭一样射在脸上，脚下是深深浅浅的雪坑和尖锐无比的冰碴，要在平常，抬水俩人足够，可今日去井上是在两个大男人损兵折将之后，是在天上下刀子地上布锥子的严酷战阵之中；再一个，妯娌们一个冬天都窝在屋里纺线织布，眼睛发昏骨头发酸，突然到了外边，雪的泽亮刺着眼睛，风的利刃刮着嫩肤，四个年轻女人反倒觉得畅快；更重要的是，饶不信邪，她不相信四个女人弄不回来一桶水！

绞辘轳是饶和琴的事。为了防止脚下打滑，大嫂十八娃用水火棍的一头顶着饶的脚跟，忍前腿弓着后腿蹬着朝琴姐的脚腕子底下使劲；饶和琴你来我往地扳着辘轳把，井沿子上是一圈儿明光发亮的冰溜子，井口子是一孔深不见底的黑窟窿，四个女人来绞水，虽说人多势众，可处在这种环境难免心里发毛！

看着辘轳筒子上的井绳一圈一圈地排满了两层，听着叮当当的一桶水慢慢升上来，当大嫂的就说："沉住气啊，甭慌！"木桶终于出现在井口，终于搁在了井台子上，可绞辘轳的两位气得肚子疼：只打上来半桶水！饶说："这井也欺负咱女人？重来！"大嫂十八娃却很庆幸，说："谢天谢地，总算没有白绞，有半桶总比空桶强，咱先抬回去再说。"琴却不服气，说："四个人打半桶水回去，叫海鱼儿拿尻子笑咱哩！"话未说毕，饶就放开井绳，可是不好，手一滑，盛着水的桶坠下井去，辘轳爆转，飞速旋转的把子打得人伸不出手！琴"啊"地叫了一声仰面倒下，辘轳把子打在她前额上，立时就出了血。饶赶紧过来抱住她。

"咚"的一声闷响，木桶落在井底。大嫂说："糟了，桶板子散了。"忍就飞快跑走，说："我去叫大大！""回来！"饶把忍叫回来，三人一同扶起琴，琴揉着眼睛，说："刚才被打昏了，头有些闷，却不太疼，眼睛还能看见。"忍就赶紧去寻了鸡毛来，饶把鸡毛撕成纤纤，轻轻按在琴额上出血的地方。

大嫂说："咱回，今儿这气运不顺，男人都栽跟头哩，别说咱女人！"

琴反而来了脾气，说："你都闪开，我就不信这一桶水绞不上来！"说着就挽袖子，饶说："你离远，我来！"大嫂喊："甭嚷嚷，争着争着就出闪失！"

饶和琴就再次绞起辘轳。她俩很顺利地打上来一桶水。木桶完好无损。齐沿儿满的一桶水，清清亮亮，饶先趴下去喝了一口。妯娌们就笑了，饶说："我是咬它哩，为它叫琴挨了一把子！"

妯娌四人抬着一桶水往回走。琴在前边，肘弯里的水火棍有一半分量搁在胯骨上，忍在旁边搭着一只手；饶在后边，双臂搂着水火棍脚下小心翼翼，大嫂十八娃在旁护着。空中飘下大而稀疏的雪片，雪片覆盖了路上往来的脚印，也覆盖了冰溜子的光滑和冰碴子的锋利。妯娌四人一歪一摇地朝前行，水火棍晃闪晃闪着，一桶水的分量使它作为刑具的强硬和仪仗的威风已经丧失殆尽，它柳条儿一样柔，面条儿一般软，和着四个女人的碎步子倒也起伏和谐，雪的妙曼愈增加了这妯娌四人的朦胧和美丽。

突然，琴的脚下一滑，她腰身一闪，水桶弹了起来，忍赶紧揽住她的腰。她没有跌倒，可一桶水的分量在弹起又落下的瞬间，带着速度重重地朝水火棍冲压下去！

"咔嚓"一声，水火棍折了。一桶水重重地蹾在雪地上，刹那间流了个净光。桶底被蹾掉了，箍着竹圈的桶身子还算完好。大嫂吓得坐了个尻子墩，忍赶紧过去扶她。饶抽出水火棍，水火棍没有断成两截，它木质相连着，中间的裂口呈"之"字形，生生的白茬使俊挺笔直的水火棍在红与黑的衔接处折了硬伤……

妯娌四人丢了魂一样僵立在风雪中。大嫂十八娃腰腿发瘫，几乎直不起身子，饶就叫忍扶着她。饶把烂桶底捡起来用衣襟裹着，一手提了完好的桶身子领头往回走；琴跟着她，那不争气的水火棍夹在她腋下。四人回到院子，饶如此这般地悄声做了吩咐，便各个自行其事。

忍悄悄推开上房门，吱咛一声引来孙老者的连声咳嗽，忍吓得双腿打颤，不知是进是退，正慌慌着，孙老者问："谁？"忍轻声答："大大，舀一升糁子。"不见炕上动静，忍就轻轻地把水火棍靠在门背后，又哐里哐当地在板柜里舀了糁子。这都是饶姐教她的，她完成得很好。

场房里，琴轻轻拍着门板，悄声喊海鱼儿。海鱼儿披衣起来开门，琴一闪身就挤了进来。看琴脸色发红喘着粗气，又慌张神秘的样子，毫无精神准备的海鱼儿吓破了胆，一手捂了下身惶惶后退着说："你你你、你——"又摇手说："不敢不敢——"琴就笑了，把破桶圈儿高高地提起来给他看，海鱼儿夹一夹眼，看清了，长出一口气，幸灾乐祸着说："好么！美么！"琴不跟他计较，亲着声儿说："赶紧给咱修，别叫大大知道了。"海鱼儿转身坐到炕栏子上，又慢条斯理地在烟锅子里装烟，琴急着喊："哎哎哎？"海鱼儿不拿正眼看她，冷冷地说："谁弄的烂子谁背上。"琴过去在他的毛脸上拍了一下，丢下一句话："你不办也得办。"就转身离去。海鱼儿愣了，反复用手搓着脸，脸上热热的，琴那温柔软和的手心，那拍中又抚的指头蛋儿，滑溜溜地仿佛有什么承诺在里边……海鱼儿胡思乱想着，就急急找了锯末削了木楔，将桶底活活地安上去，又嘟嘟嘟地朝缝隙里砸着锯末，一边忍不住就念起《九归》的口诀。

孙老者起身穿了皮褂子，戴了毡帽子，忍服侍他喝了一盅茶，给他装好水烟，用火镰打着火媒子，看着他呼噜噜地吸上了，才轻声掩门而去。

孙老者一哨子烟未吸毕，就又想起了欧阳询。欧阳询楷书《九成宫醴泉铭》是二儿子取仁向程掌柜的要来孝呈他的，多年来他都在读这部帖，想着蔡邕说过好书法的十六个"若"，就一直没有勇气临笔，今正逢着雪天，少了村人的走动和嘈杂，何不提笔临之？就丢开水烟锅，挺而起身，又饱吸一口气，十指交叉拔了骨节，方款款然来到门背后。刚在小板凳上落座，"嘎啦啦"一声叫一只母鸡从膝下飞出，直吓了他一跳，一时就心下不悦，正要喊儿媳们来训斥，转眼又想起这事是他应允的。当时，饶要给他习书法的泥坯下搁个鸡窝，他想这又不碍了啥事就说噢你搁去，可今日这鸡没下蛋却狂叫着扑出，一时坏了他临帖的心境，就想今日这欧阳询是断然不能临了，还是再写柳公权那个"安"字吧，宝盖下有猪则家、宝盖下有女则安啊！

粗瓷碗里的泥水水沉淀了，他提笔慢慢地搅拌着，泥水水变成灰黄的浓汁，流利中又带着黏性，他一下一下在碗沿上顺着笔毛；泥坯子的光面子上落一层虚虚的浮尘，往日书写时泥坯子洇水的感觉比宣纸还好。他执笔在手，落笔前噗地朝泥坯子上吹了一口气，浮尘扬起，他忍不住打了个喷嚏！糟了，他想尿尿，这一场寒雪加重了他尿急尿频的老毛病，他急慌慌立起身，来到门口，见漫天皆白冰雪满地，就又急慌慌地回身来找他的水火棍。这水火棍成了他出门在外的拐杖，拿着心里稳实，拄着脚下踏实，他拉了左边门扇又掀开右边门扇，在右边门扇背后找着他的宝物，他拿起来，习惯性地在地上蹾了两下，突然觉得，手里的劲道怎么虚松绵软？就平托了水火棍，在手里细看，猛然，他眼里喷出一团火：水火棍怎么折了？！

孙老者身子晃了晃，终于没有晕倒。一股子闷气憋在心间，想咳嗽胸中发堵，想呼喊舌根子发硬，他就那么平端着他的水火棍，一任眼角的浊泪满面流淌！这棍，是苦胆湾的吉祥物，也是他的身份、他的权威！是他用半生的生命塑起来的大贯爷、至今州川人仍尊敬着的大贯爷的象征！从清末，到民初，到北洋，到驱刘，到老一军，到国民联军，到冯大人主陕，他孙老者的威作、他的公信、他的声誉、他的无畏、他的海量、他的平和，及至州川一地的安宁，往来兵匪的交涉答礼，民事纠纷的评判合辙，流亡孤魂的安灵归葬，公役公粮官税的纳派，等等，都在这一根棍上啊！

孙老者平端着这根棍，跌跌撞撞来到院里。天上暗云飞雪，地下茫茫无痕，他仰天悲泣，如丧考妣般呼喊："天爷啊！天爷！"

忍最先跑了出来，她用头颈架着大大的胳膊，大声朝厦房哭喊："饶姐！饶姐！"饶姐正换衣服，她要回一趟娘家，叫她黑手兄弟弄一根好木料，复制一个一模一样的水火棍。作为当家女人，她要按她的想法了结此事。她知道弄坏水火棍不是一件小事。

听到忍的呼叫，她一边套着蓝衫的袖子，一边跑出来。看到大大呼天喊地悲痛欲绝的样子，她才知道，弄坏水火棍简直是伤天害理！

心想千万不敢把大大气疯了！

琴和大嫂十八娃也跑了出来，大雪飞扬中，四个媳妇同声喊着大大。大大是个好人，为了这个家，为了这个村，为了上下州川，他亏吃得，苦受得，谁不说贤慧的孙老者是大家的依靠！而今四个媳妇竟侍候不好大大反要他痛心受气，这苦胆湾人怎么容得？天爷怎么容得？

饶就长长地伸出胳臂，一边跑过来一边哭喊："是我有罪啊，大大！"接着就"噗通"一声跪在当院里，鹅毛大雪漫天飞舞，大嫂十八娃紧挨着饶跪下，忍跪下，琴也跪下……

四个媳妇跪了一行，大雪顷刻覆盖了她们，满身的洁白仿佛灵堂上的披麻戴孝。

院子里一片哽咽之声。

孙老者双手托棍僵在雪中，他仰面朝天欲哭无声。毡帽子掉了，脑后的辫子散乱着，厚重的积雪使纷披的须发有了铁质的分量。

老三来了，海鱼儿来了，一个个铁青着脸，愤怒的目光压迫着四个惹祸的女人——

校长孙取仁出现在院子，他身穿青布长衫，颈上搭着长围巾，头上戴着黑呢礼帽，足下踏着手工棉鞋，手中拄着一根柴棍……他目及之处，是四个女人跪着伏地痛哭，两个男人凶神恶煞僵立着，父亲雕塑一般耸立，手里的水火棍断伤赫然！

他轻轻走了过去，轻轻拿下水火棍，轻轻弹弹积雪，突然一个转身背起父亲，一步一顿地回到屋里。老三和海鱼儿跟了进来，三个男人把老人放在炕上，捂上被子，又侍候上热茶。

老三捏着鼻子说："二哥！"校长孙取仁无语，他僵硬地坐到老圈椅上。海鱼儿说："二哥，四个嫂子去抬水——"校长孙取仁手一摆，有气无力地说："不说了，你去城里叫老四，这么大的事，他得回来。"海鱼儿忐忑着说："二哥，老连长派人来说有紧急军事，他脚上的伤没有好利索就连夜走了，这当儿，恐怕叫不回来吧？"老三也在旁边说叫不成叫不成。

四个女人还跪在外边哭。

"这样——"校长孙取仁把他拄过的那根柴棍在地上一蹾，很平静地说："老三，你去，把院里跪着的，每人打二十棍。"

老三小名叫镢头，大号叫兴让，他一辈子只知道在庄稼地里下苦。这个一辈子在吃喝上只会推让的老实疙瘩，对屋里这四个菩萨似的女人，他哪里下得了手？四个女人都是好女人，她们到了这个家，这个家才像了个家。这么想着就嘴里嗯嗯，脚下却不动。校长孙取仁怒了，大声喝道："去呀！"

老三接了柴棍，迟迟萎萎地走出去。院子里伏着四个雪疙瘩，四个雪疙瘩此起彼伏着发出呜咽之声。老三要把棍扬起来，胳膊沉得没有力。他把棍顶在心口上，喉咙里哽哽咽咽着，叫一句，哭一声："大嫂，饶姐，二哥叫我打你们哩。"

雪堆里的哭声更加悲戚，饶姐扬起头来，一双泪眼放着光，她抽泣着说："你就打吧，好兄弟，你就狠狠打吧！"

飞雪中棍子扬起又落下，持续了有一炷香的时间。听着老三痛哭的老粗声，听着四个女人的长噎短气，听着外面有一下没一下的打人声，孙校长仿佛看到麦忙天四个媳妇碾场簸糠的身影，仿佛听到四个女人并立一排打连枷的声音……

校长孙取仁的脸上淌下两行热泪。

饶姐得到一个重要消息：老四孙文谦被老连长关了禁闭！而且据司令部传出的话说，腊八节之前就要将他押解省城，交冯玉祥的军事法庭审判！她赶紧跑到高等小学将这事告诉了丈夫孙取仁，孙校长听后大吃一惊，急问："犯了啥事？！到底犯了啥事？！"

这是一个风雪之夜，陈八卦深一脚浅一脚地踏进孙老者的上房屋。饶赶紧上来侍候烟茶，又问他要不要生一盆木炭火暖和暖和，问他要不要再吃些蒸馍蘸蒜；陈八卦疲惫地靠在老圈椅里，他摇了摇手，有气无力地说："你忙你的去。"饶就在屋角的板柜里找一点小米，琴这两天茶饭不思，只说想喝小米汤，她就把板柜里的杂七杂八一件件翻腾出来，手里忙着，耳朵却灵醒，陈八卦说老四被关还要押解省城的话她全听到了。她心里慌慌着，拿了小米，轻声出门，到了厨房，手沉得拉不动风箱。好不容易熬好了小米汤，她就怯怯着舀一碗给琴送过去。琴在炕上歪歪着，大嫂十八娃抱着小金虎和她说话。小米汤递上去，琴却说她想吃柿饼，饶又爬到牛圈楼上从瓦罐里摸出一把柿饼，跑到屋里递给琴，琴却嫌柿饼没潮霜，说血喇喇的不想吃；问她到底想吃啥，她把头顶在炕栏子上，半天不吭。大嫂就说："十月怀胎苦是苦，可娃抱到了怀里天大的苦都忘了，我这后半生就靠金虎了，金虎是我的命根子。"说着又鼻涕眼泪地伤心，饶就赶紧说："我是天天都想怀娃哩，可月月落个肚子空。"大嫂破涕为笑，说："你不到学校去住，天天跟我睡，我能叫你怀了娃？"琴"噗儿"一声笑了，大声说："我要吃苎麻籽儿、苎麻籽儿！"大嫂说："琴你该不是怀了个金狮子，咋尽要着吃怪东西？"饶却犯了愁，说："这苎麻籽？哎呀大嫂你知道村里谁家种过苎麻？"大嫂说："这苎麻籽是个缺物，不过琴啊，我给你说，大烟籽嚼起来跟苎麻籽是一样样的味道。"饶就说："对了，场房后檐墙下靠了好多大烟秆，我去折些烟头来。"说罢一阵风而去，片刻就折了一把回来，在手心里弹一弹，手心里就有了一些比籽麻还小的颗粒，琴拉过饶姐的手捉嘴"吱儿"一吸，闭目咀嚼，连说："好吃好吃，比苎麻籽还好吃。"大嫂说："小时候，我经常偷吃大烟籽，那油油的味道比籽麻还香。"琴嚼着大烟籽，又要喝小米汤，又要吃柿饼，大嫂说："琴呀，你这怀娃是享福哩，你饶姐怀娃娃了你要一样样侍候她哩。"琴就一把揽了饶，说："饶姐比我妈都亲。"

饶的眼里噙着泪水，说："妯娌姊妹一伙伙么，谁跟谁呢！"她没法儿告诉琴说老四在城里出了事，就连忙找个托辞到学校去把实情告诉丈夫……

冒着西北风，陈八卦坐了兜子在州城和苦胆湾之间往来穿梭。几经赔情折脸，总算弄清原委：老四孙营长在红崖寺的事被人告发，老连长初步给他定的罪是"收受贿银，私放匪首"。孙老者就涕泪涟涟，说："银子钱不是谁都能拿得起的啊，钱揣在怀里，祸就在尻子后头跟着，也怪我老糊涂啊，一方桌的银元我就心里发怵，可没想到这竟是老四得的黑钱啊！"陈八卦说："如今这年头，仗打赢了，哪个不是军需拿车拉，银元拿筐挑？问题是老连长的痒痒在哪儿，你我心知肚明啊！"孙老者气哼哼地说："咱不是给他答应了吗？开年了就送人上去，人不送走，咱就甭想安然，我一辈子给人合辙说事哩，我不知道啥是人情世故？"

孙老者把事情看开了，就托陈八卦去给老连长身边的两个参议使了银子，黑笔戳死人哩，案卷就在他俩手里。俩参议说了："你孙家的事儿多啊！哎哎，你家老二当校长聘教员，再聘不到人也不能聘个文丐，这文丐沿门乞讨又顺手偷人，偷人还专偷贵重宝贝，这案子也搁了两年了，我们就看你孙家咋了呀！"陈八卦没有想到，老四一出事，一个撞得两个响，连唐文诗先生也犯了案子，就试试探探地说："咋咋？唐先生？那可是个老实书生啊！"黑黑胖胖的大参议就冷森森地笑了，反问："老实书生？你知道他偷的是什么？他偷了人家虞司徒庙一张宋琴！知道吗？就跟诸葛亮在空城计城楼上弹的那一模一样，人家的镇庙之宝啊！"陈八卦知道唐先生课余时间喜欢操琴，但不知这琴竟是虞司徒庙的，就将信将疑着问："真有这事啊？"高高瘦瘦的二参议就说："唐先生盗宝的事一直给你压着，能压住了你使银子，把宝物给人家送回去，压不住了那只有按贼法办，这事先不说了。你的老四孙文谦，说起来真是对不住老连长啊！咱闲言少叙，你看是这，卷子我们先搁着，把事情往活里盘是你们自己的事，听懂了？"

回来一说，孙校长先就躁了，他把黑呢礼帽在手里"叭叭"地摔着，说："这是给人搁事哩！当年唐先生买这琴时，钱不凑手还向我借了三十块银元呢！"这话陈八卦相信，但这年头你同谁去论理？他只有无奈地拍打自己的帽苫子。孙校长又说："这年头啊，靠谁都靠不住，只有靠自己，依我看啊，咱们自己武装自己，自己保护自己，这才是正经主意。"他也在切切实实地实行着"正经主意"，他从方桌上拿走的三千银元，实实在在地买了枪，买了弹药，又从省城请了教官训练高等小学十四岁以上的学生，实弹射击已经搞了两次，学生们情绪很高，教员们也打枪习武，高等小学成了文举武备的榜样，上下州川的几所学校都来观摩，士绅们对此评价很高。

眨眼就入了腊月，陈八卦几次进城去东背街见老连长，都吃了闭门羹，要么说人出外巡视去了，要么说人身有恙不便见客；托虞司徒庙香线上的人打听老四在何处关押也没有结果，从矮胖子土包子两个参议处传出的话是：过了腊月初八事情就没救了！

孙老者急得心里起了火，满嘴都是燎焦泡。他第一次感到银子钱的作用不是万能的……他接连两夜和陈八卦对坐，想不出更好的办法。蓦然，陈八卦把手里的红铜茶壶朝桌上一蹾，想起他从香线上获得的一个重要信息，就说："前年着，取仁到王山沟收账，差一点叫白脸娃娃给杀了，理由是有人举报说取仁是洛南土匪曹鸡眼的军师，你知道是谁陷害咱老二吗？咳，是云游在外的金陵寺住持释悟真！"孙老者惊问："释悟真？"陈八卦说："就是因为用庙产办学的事，跟咱打官司的范长庚！"孙老者说："怎么是他？他处处代菩萨说话，口口声声出家人不理俗事，怎么会给人背后使坏？"陈八卦说："这个人啊，人出了家心没有出家。今年就一直在红崖寺、红安寺、万灯寺一带讲经说法，老四放走南山罩，还是这个范长庚给白脸娃娃点的捻子！"孙老者垂下头，说了两句话："这年岁人心险恶，可要紧的是，咱自己身手不干净啊！"陈八卦叹息着说："唉，说到底，还是我和他——"孙老者愁眉苦脸着，心想四个媳妇都娶回来了，是头一回团聚过年，小金虎也会跑了，会叫爷爷了，他心里是苦中有甜啊。他抱着金虎去赶了一趟打儿窝的集，心里的皱皱折折都熨平了！金虎知道拿麻钱儿能买洋糖，知道拿麻钱儿能买灯笼买年画买花炮，几乎是金虎的小手指到哪儿他就把钱花到哪儿，当爷爷的高兴坏了，这实在是他失去长子之后的一个巨大的补偿。可是，又一个分离就在眼前，他拿定主意要将金虎留在身边……

可是，他面临的难题是如何对这个凄凄苦苦的儿媳妇开这个口？说叫她去享福？叫她去当侍女、当小妾？说叫她去以身赎人？叫她去报仇雪耻？孙老者和陈八卦以至孙取仁都想不出合乎情理的说辞。这是一个屈辱与痛苦的选择，用大儿媳去换四儿子，叫嫂嫂去赎小叔子，对十八娃而言，这无异于卖身求荣无异于认贼作父无异于助纣为虐……

但是在饶的心里，这并不是多么难解的疙瘩。看着两个老男人吊着黑脸一夜夜对坐，看着自己的丈夫眉头挽个疙瘩出出进进没个好脸，就几次忍不住要插嘴上去。她把六寸碟里放凉了的蒸馍蘸蒜馏热一回又一回，她把升子里的水烟丝一次一次在牛皮烟包里装满，她往红铜茶壶里一遍又一遍地续水，看陈八卦头上膨胀飞奓的帽苔子，看老公公头上日见枯索细瘦的花白小辫儿，就试试探探地说："福吉叔，大大，在您二老面前我是不晓得啥的娃，可按我的笨想，老四的事，我大嫂的事，其实是一回事，把我大嫂安置妥当了，老四的事也就没事了。"陈八卦垂闭着的眼皮闪了一下，饶说话的气就稍稍足了一些，她继续说："福吉叔，大大，我揣摩过我大嫂的心思，她的心思全在金虎身上，为了金虎，她火坑水坑都敢跳，谁都知道，这年岁里，在咱商县地界，老连长就是龙王，谁碍了他的手脚逆了他的心意，他就叫谁房响锅炸家破人亡，他这些年一直给咱使些小绊子却没和咱闹翻，一是大大在州川的威作，他纳粮派款得依靠大大，再就是依着大嫂这一层关系，隔山转坡地咱和他扯得上是亲戚，三一层就是福吉叔有恩于他，层层叠叠的面子他都不好扯破。可如今，他拘押咱老四，明里说是因为放了南山罩，可他心里打的是我大嫂的主意，按我女人家的想法，咱抗是抗不过去的，这一潭水也聚了多少年了，也该到放的时候了。可明打明说地把我大嫂送上去，这于咱折身价，也于他老连长失体面，双方都显得茬子太硬。"

孙老者不吸水烟了，只拿昏黄的眼珠瞧着这个儿媳。饶就大着胆子继续说："大大呀，福吉叔，按我笨想，眨眼又要过年了，是亲戚都要关照关照哩，扫七灰呀，做豆腐呀，盘锅漫墙呀，蒸馍熬肉呀，炸个油糕面花丸子呀，他那大家户肯定事情多人手少，咱也到他门上走一走，看他有啥活需要帮的，有啥年货还没备的，就算是跟他走亲戚，就算是给他看腊八，这样走扯着，合情又在理，他能把咱撵出去？"

陈八卦晃着红铜茶壶，夹着发红的眼珠问："走亲戚一说倒也合人情世道，可是谁去哩？叫你大大去？叫你的取仁校长去？"正说着，十八娃相跟着琴和忍来了，看着大大日夜熬煎，妯娌们也坐卧不安，听着饶在上房屋里八八九九地给大大说着，就忍不住跑上来，看老四这事咋得下场呀。

见妯娌们围在自己身边，饶更壮了胆子。她说："大大去不成，大大是大大哩；校长也不能去，校长是校长哩；他们一去人家就知道是奔老四来的，反倒把事情弄生硬了。"

陈八卦眉眼一乐，双手捂了帽苫子，问："那你说说，最合适的是谁去？"饶脖子一扬，说："大大，最合适的是我去，我大嫂去！人一看，我就是做家务的手儿，大嫂呢，她抱着金虎给他拜了干爷，这是当堂子上众人眼鼻底下的事，再说，又有石瓮沟那边套着老亲戚，白说黑说都翻不了脸，我姐妹去给他看腊八帮年节，礼性上不拿银子不拿钱，就按他石瓮沟的老乡俗只拿十二个大花馍，说到底还是走亲戚。"

陈八卦鼻子里哧地一笑说："人家也不瓜不傻的，就看不出来你的目的是为了老四？"饶说："老四的事我先挂口不提，只说是亲戚，我俩年节时上来帮人手的。"

琴猛然大喊："我也要去！是他老连长叫孙文谦把我办过来的，如今我男人出了事，我要去看看，我要叫他给我放人！"饶以抱怨的目光瞅了大嫂一眼，大嫂就说："男人对于女人就是一层天，是我把实情给琴说了的，一个蛤蟆四两力，救老四须得大家合力才行。"话一到此，忍就朝前一站，倔倔地说："我也要去！"

陈八卦真正乐了，看她秃头窄脸的丑样儿，笑问："你去？你能做啥？"忍拿上牙咬着下嘴唇，猛地说："我去恶心恶心他！"

饶伸手牵了牵忍不大合体的后衣襟，忍就不再说话。陈八卦对着孙老者说："四个媳妇开进司令部，这就成了州城年节里的一景儿，社火也别要了！"

大嫂十八娃说："饶说的都是平常理，咱行事顺着平常的理路走，走到天尽头都有咱说的。可我有个难处，就是金虎娃我一天也离不得。可我带个娃上去，这哪儿像个做活的？再说，万一人家不顺心了在娃身上使个坏，那我就哭都没眼泪了。可不带娃上去，我心不浑全不说，娃又丢给谁管呢？"

孙老者终于说话了，喉咙里咳咳噜噜不利索："这金虎啊，说啥都不能带走，我的金虎啊，是他妈的命根子，更是他爷的命根子。我白日背上黑来搂上，只要我活着，你就甭操娃的心。"

经过一番合计，琴和忍留下侍候一家老小，饶和大嫂上城去给老连长看腊八。话一传进去，老连长人没出来，声出来了。他说这俩亲戚来得好，赶紧送到大院子帮着给捆行李去。原来是大婆子正在搬家，满院子的衣物用品，整柜子的绫罗绸缎，粗脚大手的挎娃子胳膊短，不会装箱又没眼色，惹得大婆子发了好几回脾气。正着急间，却突然来了两个手脚利索的年轻女人，真正是雨中送伞。饶的嘴又甜又会说话，十八娃银盘大脸的眼头儿又活心又细，黄脸金牙的大婆子就笑了，骂短胳膊挎娃子说，一呀女人两只手顶你四呀男人八只手……

老连长在西安甜水井买了一院子房，大婆子带一双儿女年前就要搬过去。长子于江山、长女于江瑶都到了上中学的年龄，甜水井那边的管家十月就粉刷了房子，置全了居家的一应厨器寝具，又请妥了英文的算术的家庭教师，一双儿女经突击补习之后开过年就插入贡院门的一所中学就读。大婆子年都不过就要搬到西安，完全是为了儿女的学业。待所有行囊收拾停当，大婆子穿过隔墙的月门来到司令部，她正儿八经地向老连长交钥匙。钥匙是炸弹柜上的。自老连长被冯大人编为独立师之后，人马扩大了，也有了专门的军库，炸弹手雷之类也无需自家老婆掌管，但那几十枚江湖反正时的旧炸弹就一直在老柜子里放着，钥匙也一直在她腰上拴着，如今要走了，这炸弹柜上的钥匙须亲手交给自家夫君，这是她十几年随军生活的责任，也是她掌管后院诸位妻小的权威，诸位妻妾一旦争风吃醋，她朝当院子一立，中指上的钥匙串儿当空一摇，立即诸声皆噤！

老连长正在主持军事会议。说是毛老道二犯了，窝子又移到白虎岩洞上，上千号人马一律穿戴清朝衣帽，今儿轰轰轰上朝哩，明儿轰轰轰降旨哩，闹得州河两岸烟尘雾罩，民不聊生，老连长连日开会，商量会剿。这会儿大婆子戴着银镯子的手朝他一招，中指上的钥匙串儿叮当当一响，他就赶紧走了出来，郑重其事地接了，又一脸严肃地叮嘱沿路应注意的事项，说拾掇好了就趁早上路。

老连长转身回到会议厅，旋即又出来，仰头看天；听见马铃叮当，就又移足大门口，目送十几驮骡子鱼贯而去。之后，嘱身边的短胳膊挎娃子去叫二婆子。仿佛二婆子早在月门后头等着，短胳膊挎娃子没走几步二婆子就腰身软软地迎了上来。老连长远远地就摇动着手中的钥匙串儿，待二婆子走到跟前，他又将钥匙串儿高高地提起来，二婆子双手作掬捧状伸出，他才肃穆着脸将钥匙串儿放入她的手心。又叮咛："你朝大院子搬，仨儿搬到二院儿，粗细活路交乡下来的俩亲戚做。"

二婆子慎慎地将炸弹柜的钥匙串儿在裤带上拴了，转身去指挥各院子的妻妾依次晋升。这就忙坏了饶和十八娃，俩人扫了三院房子的七灰，又搬妥了二娘三娘的起居家当，还侍候了一群娃们的穿戴吃喝，最后才在三娘旧居的小院子安歇下来。这是短胳膊挎娃子传来的命令，老连长说了，二位大姐先就地住下，屋里三娘旧有的家具都是现成，你们自己先安置了床衾铺盖，司令部的会一完老连长就过来和姐们说话。

说中间天就黑了，十八娃给饶说："好妹子哩，我咋心里慌慌得坐不住？你说他来了会把咱咋呀？"饶说："好姐哩，过去的事就不要再想了，他老连长也是人嘛，从今儿一天看，他也没把咱当外人。"正说着门外头踢里哐当军靴响，短胳膊挎娃子的手电在窗纸上晃着白光，又传来声音说："二位大姐，把屋里灯盏拨亮！"

老连长进得门来，连说"点蜡点蜡"，短胳膊就嚓啦嚓啦划着洋火，一时间，四根木蜡就高高低低地亮在屋子的这儿那儿，这间存留着旧女人气息的老房子里就光影晃动人影绰绰，十八娃坐在一处幽暗的角落，但她的银盘大脸双下巴却像月亮一样光明柔美，短胳膊挎娃子掩门而去，老连长脱着军大氅，连说："咬死啦咬死啦！我脊背上爬了一万个虫子，快给我挠快给我挠！"一见面就是这言语、这举动，饶一时搞不明白，她用疑问的眼光瞟一下她大嫂；大嫂十八娃迟萎了一下，见老连长退着身子直朝自己撅尻子，就红着脸儿伸手捋袖子，又趔趔趄趄地从后衣襟伸胳膊进去，老连长嘴里一边吸溜着涎水，一边耸着肩说："上边上边！左边左边！下、下！好！使劲使劲！"

原来真是挠脊背。老年人皮肤粗糙爱发痒，没想老连长一痒起来就急死没活的。饶帮不上忙，就把老连长胡乱丢在炕上的军大氅轻轻拎起来，挂在"十不闲"上，又用糜子笤帚一下一下刷着大氅上的灰尘。少顷，老连长舒服了，出一声长气，饶就赶紧侍候他披上军大氅。

老连长这才正眼看饶，说："你是老二家——孙校长的那个夫人吧？"饶浅浅一笑，说："哎哟我也算得夫人？叫读书人说我顶多算个糟糠之妻。"老连长哈哈地咧嘴笑了，连说："让我看看让我看看，你们陈八卦说你是个贵人，耳梢比眉梢高耳垂比鼻沿低，叫我看看叫我看看！"说着就要动手拉扯，饶把腿一迈，顺手捋起鬓发，偏脸朝灯下一蹾，说："你看你看，耳大是人闷哩！"老连长就哈哈大笑，竖起大拇指说："孙老者的福气到了！孙老者的福气到了！"说罢自个儿掌了灯，过来端端地照着十八娃的脸，看那鼻子，看那下巴，肃着脸儿说："你没变，你没变哩，你就是双下巴的命啊！知道吗？双下巴就是重夫，重夫就是重福。"

两个女人迷瞪着眼听不懂他的话，他却问："咋不把金虎带来呢？我可是娃他干大呀，这可是在你孙家当堂子上磕的头啊，你可不能把这一门亲不当事呀！我还说过年了把娃接上来看社火哩！你看你这孙家人咋就不走理嘛！"

饶一听这话，就双手合个十，本想说我们妯娌心里你一直都是娃他干爷哩，但这话显然不合老连长的心意，她明白老连长甘愿自降一辈，是想和大嫂的辈分扯平，便眼睛一眯舌头一转说："你既是娃的干大哩，也就是我的老哥哩，这称呼该没错吧？你看眨眼就过年了，金虎他爷叫我俩上来，一来给你拜个腊八，二来帮你拾掇拾掇家务，你这家是蛇大窟窿粗，年节下是事多用人多，你看我姐妹来得多巧，正赶上大娘搬家上省，这不，我姐妹的粗胳膊大手就派上了用场啰！"

老连长又是一声笑，摇头摆手说："还是应该把金虎带上来好。"饶趁势给大嫂一个眼色，十八娃就说："不是我不把金虎带上来，实在是他爷舍不得叫走。这一向他爷心里熬煎，老四的事没个影儿，一家人的年都不知道咋过呀！"饶接口说："我就想说把金虎带上来，他干、干大肯定也想娃哩！再说娃长在乡下，长大了也难免粗野，城里到底条件好，你这大院子里就聘着先生，娃上来了早认字早出息，再说，你这家大业大，伙房上、杂役上也少不得雇人，我大嫂上来了总也是你个帮衬。"

老连长迷醉着眼坐在杌子上，嘴里乐乐地呵呵着，就双手搂了膝盖，头颈点着，身子晃着。饶又试试探探着说："老哥你看啊，咱这老四啊，虽说哥你承携着当了营长，可毕竟还是个娃呀！要说也二十好几了，媳妇也是你从永丰镇给办过来的，可事理他知道啥呀？这一回捅下这个烂子，法办他也是应该，可就可怜了我家孙老者，他整天给人说事合辙哩，完税催粮哩，他这一倒头，你这一股子亲戚也就完了。"

说着说着两个女人就哭了起来，伤心凄凄的，闹得老连长也长吁短叹。风从窗棂刮进来，四支木蜡的灯焰一齐挣扎摇曳，蜡泪流了一摊。老连长双手一拍，立起身子，军大氅垂到脚面，烛光下，他的灯影子像一座大山，忽而倒在南墙忽而倒在北墙。他在屋里徘徊了几个来回，突然大声说："不管咋个说，红崖寺的仗是打赢了，把地盘给咱收回来了，把南山罩给撵走了，把我一块心病给除掉了，我不管是谁举的检，这功绩还是主要的！至于说拿了人家多少银子，这是良心事，拿了战利品没及时上缴这在战场上也不算稀奇事，冯大人的地方国民政府也不缺这几个钱，不过把钱一缴我这一关就好说话了，二位也算女中贤良，你说我的话可在理？"

饶是腊月十三回来的。饶回来给高等小学带来十七担木炭，老连长没忘记他的承诺。孙家的二千银元是腊月十四送上去的，老四孙文谦在腊月十八的傍黑回到家里。十八娃留在老连长的于家大院子给二娘三娘当下手，老连长说了："要在这院子里混出名堂，得先摸透二娘三娘的脾气。"

放老四回来之前，老连长专门召见他这位孙营长，他说："你是我的爱将，红崖寺的事你给我办得不圆满，我关了你几天，叫你好好想一想，你是给我干事哩，我是给冯大人干事哩，咱是蚂蚁上树哩，一个跟着一个，章法上都是有套套的。这一次我放你回去，你可以带上两个护兵，枪是两长一短，年节到了，护身也护家。你记着啊，一者：回去养养伤，好好思量思量；二者：照顾照顾你家孙老者，自古忠孝不能两全，你回去好好尽尽孝道；三者：随时听从召唤，我还是要用你的。"

可是，老四孙文谦回家没两天，一场硬仗就在他眼皮子底下展开。

这是腊月二十三的晚上，孙老者把安在锅灶上头的灶爷灶婆木刻水印像请下来，又把两边贴了一年的对联揭下来，在当院安了香案，一炉香烧起三刀表焚化，就点着灶爷灶婆像和对联，高高捌着手把一团火送到空中，口里念念着"上天言好事，下界降吉祥"，一家大小就一齐叩头作揖，隆重欢送灶爷灶婆上天宫参加年终总结会。孙老者说了，今后每年送灶爷就不要去十字路口了，人挤杂踏的，灶爷也泼烦。

在院子里送了灶爷之后，一家人回来喝扁食汤吃砣砣馍，尽兴而散。这中间，金虎是一个重要人物，他不是在那个肩上爬，就是往这个怀里钻；她妈进城之后，他爷就把他背到上房，可他挣死挣活不上爷的炕。没办法，琴和忍就夜夜守着他，他笑俩人陪着笑，他哭俩人陪着哭，熬到饶回来，饶就搂着他钻到被窝里唱曲曲儿、逗笑笑儿，不几天，俩人就黏到一块儿比亲母子还亲。

看着家人各自散去，校长孙取仁和营长孙文谦不约而同地拢到父亲的炕上。一个冬天里，海鱼儿每天早晚都朝孙老者的炕洞里塞一老笼麦秸，房后头的烟囱就日夜冒烟，暖和的老炕上留着儿子们温馨的记忆。父子三人不再说老连长，不再说南北二山的土匪，他们说染坊上的生意，说后坡上的大麦扁豆，说高等小学的先生和学生，说学校放了年假又留下十七个大龄学生习武护校。当营长的就说："二哥，你的护校生要按警卫队来训练，要做到人不离枪，枪不离人，有事了一声哨响就能放枪克敌。可有一条你要千万注意：持枪者必须可靠！如今这年岁，良民转眼就成逛山，何况这十七人毕竟还都是娃，谁一使黑拐就转了枪头子都不好说。"校长说："这十七个学生都是和他家大人说好的，假期护校给他们家里也发了钱，不是白用娃的劳力。"当营长的老四又说："你光在山墙上开枪眼还不行，依我看，院墙四角还要修瞭楼，楼上要储备一定的弹药——"正说着，校工来报：校墙上发现一个盗洞！

孙校长摸黑返校。现场查验，墙上的盗洞是新凿的，只凿到碗口大。两个护校生说，听见墙上有异响，他们就奔出去，凿墙的人撒腿就跑，他们追到沙堰背后，把那人扑倒，拎起来一看，你猜是谁？竟是狗欠欠！他们就要将她拉回来问究竟，不料沙堰上的荆梢丛中有人朝我们打枪，狗欠欠趁机逃脱；我们不知道沙堰上埋伏了多少人，就赶紧撤回学校。孙校长一听狗欠欠，愣怔一下就说："把她妈腊娥叫来，要快！"狗欠欠失踪这么长时间，她妈一提起就哭哭泣泣，这下该明白了，原来是跟那些人搞到了一起！怕就怕这，果然是这！

腊娥刚到高小，沙堰上的枪就再次响起。成排子的火力朝高小射击，东山头上有月，但薄云下是一片朦胧，黑夜里的枪火是一排红线。高小的护校队从山墙的枪眼里朝外还击，孙校长派了小个子的高二石贴田埂溜到村里去给老四报告。高二石参加护校队不够年龄，但他爱跟护校队的大同学玩枪，晚上就挤在护校队的大炕上图暖和。高二石刚从茅房翻墙出去，东院墙那里就轰隆一声巨响，火光冲起，墙被炸开三尺长一道豁口，就有人嘶声高叫："山墙上的人不要打枪，我们只取孙校长的人头！"

护校队的人愤怒了，山墙上的火力更猛烈地射向校墙的豁口。突然，院里"咚咚"两声，仿佛石头砸地，从墙缝望去，见两个黑疙瘩在地上滚动，片刻间，火光一闪，一股烟冒出。有人就说："是两个土炸弹！两个土炸弹！"人们就赶紧蹴了身子捂耳朵，却没有传来爆炸声，有人就喊："捻子灭了，是臭弹！举枪，朝院墙豁口打！"

山墙上的火舌就再次喷了出来。这时，村里的锣声响成一片，村里的狗咬声响成一片，村里的人吼叫着扛着锄头镢把奔了出来！孙老者拄着他那苍老的水火棍在前头拦住人流，喘喘地喊："人家有枪！人家有枪！"

孙营长领了他的两个随身护兵，随着高二石贴田埂向高小迂回，他们神不知鬼不觉地潜入高小旁边的一堆坟丛。淡薄的月光从云缝里洒下来，十几个歹徒趴在沙堰上，一人一杆长枪地开火，一个挥舞短枪的人撅着尻子呐喊，高二石说："叔，拿手枪的是固士珍！"孙营长从护兵手里拿过一杆长枪，单腿跪地举枪瞄准，朝那高撅着的尻子开了一枪……

固士珍尻子上的枪伤化了脓，一挤一碗血水。请了民间郎中来看，说是没有北瓜瓢子，没有新鲜艾叶，单靠野贯菜的干株研面外敷，拔脓力度不够，主要是这伤，得的不在季节，要是过了清明，艾芽子一上来就啥都好办了。民间郎中话没说完，就被固士珍的一个弟兄踢翻在地，另一个抢起枪把子就打，固士珍扬起拐杖拦住，说给俩麻钱叫走，手艺有高低活路有大小不要为难人。后来，雇了兜子花银元从县城抬来名医仵老广，十八服"透脓散"才真正使他的枪伤回了头。仵老广被抬到天竺山一个小荒村的时候，奇怪这病人怎么用帐子裹了全身，只露半个红肿溃烂的尻蛋子在外头，询问病因，侍候的人说在山上叫树茬戳了，再问就啥都不说。仵老广挤了脓血，病人尻蛋子上塌了碗大个坑，他就留了药面子嘱其黄酒调敷，又开了黄芪穿山甲川芎当归皂角刺要其煎服，说是一则扶正祛邪，二则托毒排脓，这样治疗不出半月，即可扶杖下地。从来到走，仵老广没看见病人的真面目，兜子抬他下山，他得到的报酬比平时出诊多了几倍，但他纳闷，这病人怎么看都不像富裕人家……

五天年中，固士珍没有沾染大肉荤腥，他老老实实地喝着苦汤汤，一天两大碗，很有些卧薪尝胆的意味。过了正月十五，他就能拄着拐杖走路了。也是从这天起，他手中的拐杖也成了指挥棒：他苦心训练他的队伍。虽然他还撅着尻子，虽然他训起话来还喘气出汗，可他扳机一扣，枪声仍然震得天竺山掉石碴子，他要报仇，要提孙校长的人头……

他派人联络唐靖儿，唐靖儿正在漫川关开仓放粮，行走背着母亲的牌位。唐靖儿打下了一个富户，荒春上的农民们正怯着天长肚子饥，他就把富户的囤粮分给大家，人们见他又是孝子，就纷纷把子弟送到他的队上。一时间，唐靖儿的人马壮大起来，他就用两哨马袋的银元从西安早慈巷讲武堂请来教官陈月天，陈就按他在四川讲武堂学到的理论，按部就班地训练起唐靖儿的人马。

按陈月天的设计，唐靖儿的兵力规模先按一个师的编制打底子，名号就叫"东秦岭保民军"。以唐靖儿为司令，延揽人才，培植军官，五年内势力向南扩展至湖北郧阳郧西老河口，向东占据豫西的西峡淅川荆紫关。这一片地域正是乱世里的三不管，唐靖儿正可在鄂豫陕的边界地带一脚踏三省。固士珍的联络副官见到唐靖儿请来的教官，看了人家的操练，见识了"保民军"的民气，呈上银元就没敢说"联合"的事，只是说拜识拜识交个朋友。至于固士珍，唐靖儿说知道有这么个人，不过是逛山土匪者流，真正要干大事情，还是要跟随了大气魄的英雄之人，唯此才能救民于水火，兼报家国……

这一年，是冯玉祥主政陕西的头一年，他还戴着老一军的蓝毡帽，亲自拎了笤帚扫大街，亲自买了地皮办起"民乐园"移风易俗；他发布四项政令到各州县：一是剿匪二是铲烟三是办学四是放脚，前三项是政府行为，后一项则要民众自我实行，为此不少县乡成立"天足会"，以帮助旧式家庭解放妇女。

为了实行这四项政令，冯玉祥向不少府县委任了官员。他给商县派来了县长胡传路，老连长派了十三架兜子接到四十里外的麻街川。胡县长在老连长为他置办的接风宴上说："冯大人是大人，不是以往的军阀，他派我来执行政令是要造福一方民众的，我来不是空手而来的，我是带着冯大人的实货的！"

这话不假，他当场向老连长移交了一批军需物资和款项，照章办事的态度让人肃然起敬。接着，他以严厉的口吻说："冯大人政令的第一条是剿匪，匪不剿民不安，民不安政不稳，政不稳国必乱！"他点到的几股土匪，一是唐靖儿二是固士珍三是毛老道，他对东秦岭这一片地域的政情民情了然于胸，说起话来有理有据，措辞强硬。

老连长司令部里的灯就夜夜不熄，他和他的四大金刚们研究出了一个剿匪的方案，要先打一个漂亮仗给胡县长看看。他们决定先收拾毛老道，这个会道组织离县城近，有较固定的窝子，人虽多却没有多少火力……

这一仗交给了孙文谦。这是"孙营"恢复建制后的第一仗。老连长说了，孙营长你把这一件活给我做成了，我就正式给你成立"孙团"呀！

一股腥血直冲天际，一只羊倒在沙滩上。洁白的皮毛在艳阳下十分刺眼。牛耳尖刀的刀刃朝下滴血。"万岁万岁"的欢呼声震天动地。血水染红了河水。旗牌伞扇一字儿排开，锣鼓轰响，喇叭声嚣。后清皇上何根庆正在杀羊登基，地点在会峪沟口白虎岩下的河滩上。河滩上用木板搭了天坛，用松柏枝搭了牌楼。牌楼前门旗一对，门旗两边对称排列着铁炮一对、长号一对、大锣一对、战鼓八面；四响炮声之后，金鼓齐鸣，号声震天，从牌楼里走出两列皇家仪仗队，开道三尖旗、龙凤旗、虎豹旗、风云旗、雷雨旗、七星旗、八卦旗，各色旗帜哗啦啦舞黄了半边天；旗后是宫廷卫队，金瓜、钺斧、长矛、朝天镫、大刀片、火药筒、老杆枪……

何根庆身着龙袍，在一群宫娥彩女的簇拥下登上天坛，煞有介事地祭了天，然后着皇冠龙袍玉带，坐上龙椅。

他这身行头是仿照汉二黄的戏服缝制的。

他的皇宫设在几十丈高的白虎岩上。白虎岩上有几十个洞穴，这些洞穴有暗道勾连上下相通，作为朝殿的主洞可摆三十六张方桌，每逢三六九日吉时，何根庆在此登临宝座，接受朝拜。人们上下洞穴必须经过吊桥滑梯栈道，可谓一夫当关万夫莫开。洞中储存着各地道友进献的饮食日用，酒池肉林银元美女应有尽有。山阳县老财东韩福寅进献了祖上积聚的全部钱财，何根庆就封韩的女儿为正宫娘娘；更有下州川六里十八乡的一些里长甲脚、乡老士绅和各色村社人物，向何根庆暗中投拜接受封赏，一时间人们仿佛觉得真要改朝换代了，民国要变成后清朝了。乱世盼治世，在一般山民心里，有皇上朝廷封下了巡抚县令父母官，总比没了王法的军阀逛山土匪们整日打打杀杀的好。

一群黄袍道人在坛下跪拜，木鱼响起，钟磬齐鸣，在一片嗡嗡隆隆的经诵声中、掐诀念咒声中，香烟表灰随风飘扬。

长袍马褂的奉玺御史高声宣旨："开国元帅，陈升！丞相，李存善！军师，陈大福！人马总队长，薛长有！人马一大队管带，资峪沟坛主陈金玉！人马二大队管带，小韩峪坛主孙浩祥！人马三大队管带，洛南黑石河坛主林祥明！人马四大队管带，山阳县中村田成林！人马五大队管带，商南县索玉河……"

各位朝官应声而出，在坛下三叩九拜，跪成一片。然后，六部总督宣读了改朝纲领，朗诵了讨逆檄文；接着是和尚出身的军师陈大福登坛布道，他手之舞之足之蹈之，锐声吟唱："清朝坠毁，民国气尽，后清当立，天下大变！黄风劲吹七七四十九天，黑雨暴下九九八十一夜，天上下油，地上起火，磨盘横飞，碌碡上天，黄龙抓人，河水倒流，空中布满飞刀，地上游走毒蛇，入了毛老道，刀枪不入，逢凶化吉；不随后清，大劫难逃，浑身出恶疮……"

最后是鸣炮阅兵，身穿杏黄衣，手执刀枪剑的后清官军列队走过河滩，依次五个大队，各队皆由龙旗引导，旗襟上书写"玄德后清元年"，旗心是双龙环抱太极八卦图；紧随其后的黄红蓝绿四杆旗上依次写着："古今治后来，一祖纳三元；三元后清兴，一祖收万国。"四色旗后是一根三丈长竹竿挑着的流苏大纛旗，旗上双排竖写十个大字："直取西安省！秋后坐故宫！"

何根庆登基之后，上下州川流言一天三变。打儿窝集上有人专给小孩后脖子上抹红，说抹了红可避飞刀；有穿黄马褂的挨户宣传："你莫看世事变成啥啦？还不快去立香，过几天门扇大的告示一出来，想入道都不要了！"有人教儿童传唱拍手歌："入了道，是神的娃；过了二十八，没你的座位没你的花；想也想死他，悔也悔死他！"还有传言说各队管带都要在几日几时杀人祭旗，一些十字路口的大树上石头上也出现了黑纸白字的传单："要反三月二十八日反，不反还得一千五百年！"于是，上下州川的各处集市上，人们纷纷卖耕牛卖农具卖粮食，只要一搭口，便能成交，价贱得使人不敢相信。更有山阳县杨村有人投奔毛老道，竟杀了行动不便的父母……

老连长要征剿毛老道的消息很快在州川传开。后清人马总队长薛长有急令各队收拾家伙杀人祭旗。首开杀祭的是陈金玉的一大队，他带领百人前锋队，将洞底村三十八户道众共一百零七名信徒集中于崂峪庙前的大场子，叫每人头裹一条黄巾，又将成捆子的大刀长矛分发，一边喊叫人手不空，一边就将成排子的冲天炮放响。所谓的冲天炮其实是纸做的二踢脚大雷鞭，"格叭"一声冲上高空炸响，七彩的炮皮纸屑纷纷落下颇为壮观。说中间就有十二位被反绑手臂的男女，被押到场子中间，每人面前蹲着一尊冲天炮，十二尊冲天炮用一根导火索连接。时候一到，香案焚起，祭酒浇过，长杆高挑的二十四面四色旗双双交叉，分别棚架于十二人的头顶，突然间，十二枚冲天炮同时炸响，十二颗人头同时落地，喷起的人血立时就染红了二十四面旗，滴血的旗帜在晴空下飘扬，万岁万岁的欢呼声响彻云天……

孙营长却没把毛老道放在眼里。得了军令，他派了麻春芳率他的一连人马，会同东秦岭警察所的七八杆烂枪去把活做了。麻子巡管是向导，坐骑的骡子折了腿，一瘸一拐地在前面带路。一行人吆啊喝啊地开到白虎岩下，河滩里却空无一人，崖壁上的十几个洞窟也只有野雀起起落落，洞口垂下的十几幅黄幡随风飘扬，洞口旁的栈道上吊桥直立，滑梯抽去，陡直的石壁上空余一行橡眼。麻子巡管朝洞口开了两枪，几块岩屑掉下来，惊起几只鸟雀，其余杳无声息。几位农人在滩地里干活，喊来问话，说是毛老道的人撤到崂峪庙去了……

于是就向崂峪庙开。刚翻过杨塬岭，就见岭下的滩地上拥过来一股子人流，打着四色旗，举着刀矛棍棒，汹汹涌涌，喊喊叫叫，麻春芳的人就胡乱放枪。枪一响，瘸腿骡子先就吓得坐下了。麻春芳也奇怪，百十杆枪朝下打，怎么不见中弹的？难道毛老道是真的刀枪不入？正想着定眼一看，那一股子人竟排了队形，直端着刀矛齐茬茬朝前走，走在最前排的竟是清一色的妇女！她们一边齐步走，一边同声高喊："赶！赶！赶！"正在麻春芳捉摸不透的时候，从杨塬岭岭头子上的槐树林里，蜂拥一般冲出一股头裹黄巾的人，他们手持快枪，密集射击；麻子巡管喊一声："中埋伏了！"牵骡子就跑。麻春芳叫一声："撤！"就率先滚下台田，这时岭头子上漫山遍野都是举着冷兵器的人，他们一边喊一边扑下来，先头的已和后撤的绞在了一起，白刃格斗，血肉横飞……

这一仗麻春芳折了十六个人。当他跪在孙营长面前时，孙营长正举着一盘子蜂糖帮助大大孙老者喂葫芦豹。指头蛋大的黑头蜂乌压压挤了一盘子，起起落落，嗡嗡嘤嘤，麻春芳的头拄在地上没敢抬起来。

知道了杨塬岭一仗失败的全过程，孙营长似也相信了"刀枪不入"的神话，就带了麻春芳连晌子赶回县城。老连长正在后院里教十八娃舞剑，听了汇报，反问："难道要我亲自出马吗？"麻春芳分辩一句："毛老道刀枪不入是真的啊！"老连长仰天大笑，笑着笑着就朝麻春芳的胳膊上开了一枪，一股生血喷出来，老连长还在继续着他的笑声。孙营长架起麻春芳就走，后边传来老连长的骂声："妈的个屁，谁说人身不是肉长的？"

回到营部，安顿了麻春芳，孙营长又召来另外两个连长王双考和李念劳，认真研究这一仗怎么打。王双考说他得到一个情报：三月二十八崂峪庙唱大戏，放舍饭，凡看了大戏吃了舍饭的就算入了道，这一天皇上何根庆要发布号令诏告天下……

孙营长将剿灭毛老道的时日就定在这一天。他们商定了分兵三路的线路和部署，商定了暗探混入道众取得谍报的传递办法，比如用大拇指扣鼻子是说"皇上"到场，五指挠头是说有五个大队的管带在场，等等。就在他们策划这场战事的时候，又得到情报：白脸娃娃知道孙营受挫，就向老连长请命出剿，为了抢得头功，白脸娃娃连夜拉着人马直奔白虎岩而去，此时已是三月二十七日凌晨子时了。

崂峪庙依山而建，有前中后三院殿堂。后院有一方浸水池几块大石头两孔石窑窟，前院中院有大殿二殿，里边分别供奉着关公、娘娘、虫腊、药王、雷神、帝君等民间诸神，两边的厢房一边住云游道人，一边为本庙道士居室。庙门前是广场，广场上有斗子旗杆照壁麒麟等一应瑞物，广场端头是戏楼。三月二十八的大清早，就有州河两岸南北二山五十六村的信众和农民陆续朝崂峪庙集结。特别是种烟的农民，立过香的和没立过香的，开春以来心里都积着一股子怨气，县长胡传路下了铲除鸦片烟苗的法令，里所的巡管、县上的警察、集镇上的驻兵，虎狼一般进村入户，驱赶农民铲烟，眼见着葱绿一片的烟田里霎时间黄土朝天，缴税呀，还债呀，盖房娶媳妇呀，一切的指望全化了泡影，胆大的烟民就有了反抗的言行。当年是勒民种烟，现今是逼民铲烟，反抗就挨打，当农民不如死了的好！也真个是好，毛老道来了开口就应承：后清朝一开国就准种鸦片！所以，四山八岔五十六村的烟民，对崂峪庙过会自然有着向心力。但对一般的长工闲人贫雇农而言，跟上婆娘女子娃一溜带串去逛庙会，烧香呀，看戏呀，看毛老道念经诵咒把式操练呀，是难得图个热闹；再说了，九九八十一，穷汉娃子朝墙立，冷是不冷了，只害肚子饥，赶一趟崂峪庙的会，有舍饭吃混个肚子圆也是荒春上的幸事。所以这一天，袖着手聚在场子上的穷人可怜人特别多，举目之下，皆见破棉袄上露着一团一片的棉絮絮烂套子。

说话间戏就开了，戏是正宗的东路秦腔《辕门杀娃》，班子是专门从洛南县请来的"同顺社"，箱主屈香南、班头黄亮子都是关中东府和秦岭以南州河流域演艺界的风云人物。可是，《辕门杀娃》只演了一折便骤然而止，因为毛老道的立香仪式开始了。四个挥舞着流星锤的把式从场子中间朝外驱赶人群，人们哄哄着退到四边。场子打开，一排头裹黄巾长发后披腰勒麻绳裸腿赤脚的十三力士，舞着大刀片子进了场，四面看客纷纷抱着头朝后倒，一时间人挤人人踏人婆娘女子乱叫唤，混乱中，孙营的探子互相摇头摆手，传出来的信息是皇上没来，管带来了三位。打还是不打？孙营长一时难作果断。打，皇上、丞相、元帅等一杆子后清朝臣漏网；不打，又失了铲除这一股子邪气的好时机，且白脸娃娃那边是明着要抢功夺利的。

这股政教合一的武装组织，政是后清朝，教是毛老道，而今日这庙会是毛老道的道场，不收拾这个道场，裹进去的百姓会越来越多。看孙营长一时犹豫，王双考李念劳就同声说："不难场啦，下硬茬！"

孙营长就下了命令："打！"

原定部署，崂峪沟堖及沟东沟西各有一连的兵力，戏楼后一条路通向州河，是留的口子。孙营长一个"打"字出口，沟堖的枪就响成一片，一沟两岸的火力就齐向戏楼下射击。场边的人乱成一锅粥，看热闹的百姓纷纷中弹倒地，婆娘女子娃哭声连天。然而，场子中间的道徒却格外镇定，上百人跪成一个方阵，个个把大刀片子顶在头上，阳光下白晃晃一片，竟没有一个被打倒的。枪声急如爆豆，场上道徒在香火烟雾中跪诵咒令，法头坛主竟在铺地的四色旗上屠了一头活畜，血光彩云一般罩了半边天空。

枪声渐稀。毛老道刀枪不入的神话传布甚广，有的兵士动摇了，端枪的手在发抖。他们被布置在沟堰后边的三道坡堎上，一个的枪打不响了，另一个的子弹也卡了壳。孙营长看着他的士兵，鼻出粗气，两眼发红！王双考见状，端起老机枪"呱呱呱"就是一梭子，头道堎上的士兵，后背上血一冒立时倒。头道堎上的士兵被正法，二道堎上就排枪爆响，突然间有兵士欢呼起来："倒了！倒了！"

那位坛主倒在四色旗上，倒在一头死牛的身边。刀枪不入的神话被打破了，前沿的士兵就一跃而起，朝下冲锋。然而，大殿的楼窗上，院墙的前角上，一齐射出密集的枪弹。毛老道的火器队开始反击了，孙营被压制在坡堎上不敢抬头，不少人挂了彩。

着急处总有出急处，布置在沟堖上的人马扑下来了。他们本在制高点上，因为是背向，子弹全打在大殿二殿的后脊檐，所以发自高处的火力，压制不住毛老道设在殿楼前窗和前院墙上的火器。他们就只留少数人继续从沟垴打枪，大部人马顺沟而下切着东西庙墙潜伏。紧在跟前的坡地里就有麦草谷草苇子垛番麦秆，他们把这些东西传下来摞在庙墙下。风势一转，他们就点着这些易燃物，霎时间大火熊熊引燃厢房后檐，同时成捆的苇子和番麦秆被丢进后院、中院，丢进大殿二殿的回廊。一时间，风起云涌，厢房燃烧起来，二殿的廊庑也冒出黑烟。

突然间，庙里人群发出整齐的狂叫，狂叫唤来了狂风，狂风裹着黑烟直压沟堰后的三道塄！更为严重的是，随黑烟飘来一层层的刀子，横扫的、旋转的、飘摇的，一层层地打在人身上、脸上；更为恐怖的是，随风飘落的五色线头缠在人头上脚上，扯掉一把又落下一层；这些刀子打在人身上脸上，虽不怎么疼痛，却骤然在阵地上造成一种恐惧，因为下州川早就有毛老道会放飞刀、放毒蛇的传言。李念劳从地上抓起一把飞刀，双手又撕又扯片刻成了纸屑；王双考的脚下，麻鞋底子踩着那些五色线头又搓又踩，三两下就成了土末末子！一团烟墨子裹着线团网在孙营长的脸上，他又恼怒又疑惑，只是闭着眼朝空中打枪。王双考把脚下那些纸刀子和五色线拢成一堆，"嚓"一下点一把火烧了，笑说："什么江湖道上的把戏子，就凭这取人头吃人心呀？"

孙营长捂着他的五花脸，趔着身子看脚下的火中并未化出什么魔幻，就果断下令："场子上不留一个活口，给我打！"

火力交叉中，头顶刀片子的道徒纷纷倒地，十股八股的鲜血汇合了，冲冲冲地流入崂峪沟！只一碗饭的时辰，场子上就没有了活命的。正在枪声渐稀之际，庙门突然打开，一个海怀赤脚的女子旋风一样舞着剑冲了出来，她将长发衔在口里，剑锋的白光周身环绕；庙门开处，又有几十人冲了出来，三道塄上的枪声又响，衔发舞剑的女子直奔到戏楼下的路口，才轰然倒地！这女子一倒，后边冲出来的几十人又转身往庙里跑，庙门口倒下几具尸体。大殿的楼窗上还朝外打枪，院墙角上的火力依然不断。

终于，大殿起了火，刚才火攻崂峪庙的人马，溜过来趴在场沿边与院墙上的火力对射，三下五除二，殿楼上、院墙上的枪手被打掉了。没有了对方的火力压制，王双考李念劳带人吼叫着从三道堎上冲下来。毛老道完全失去抵抗力，孙营长眯笑着，很优雅地把短枪别到腰里。

猛然间，殿楼上烟火倒向，庙门里又冲出一股子人群，不及孙营长拔出枪，这群人就在三向火力的交叉点上成了活靶子……

崂峪庙已成一片火海，火海里没有了人的声息。王双考李念劳吹哨子集合各自的队伍，场子四周满是百姓的尸体，流尽血的毛老道在场子中间横七竖八，孙营的兵们开始收捡场上的刀枪。

突然间一个腰勒黄带的少年从庙门飞出夺路而逃，孙营的人拧过头来，这少年已奔过戏楼直朝州河飞去，王双考对身边一个兵娃子说："撵！"这兵娃子也是少年，他提了麻叶刀飞身而去。那少年毛老道跑到河滩上，力竭而倒，王双考的兵娃子赶到跟前，很从容地把他翻身朝上，又把四肢拉端摆正，麻叶刀一落，"咔嚓"一下就开了膛。

崂峪庙的大殿二殿厢房终于倒塌下去。孙营长带着王双考李念劳和他的士兵进入庙院子，但眼前的景象把他们惊呆了：庙院里密密麻麻地跪着女道徒，她们都把双手的拇指竖在面前，拇指如灯一般安详地燃着三寸长的火焰！

这是一片烛光之林。孙营长差点晕倒。满院子散发着刺鼻的焦肉味儿。王双考猛喊一声："打！"几挺机枪就"呱呱呱"喷出火蛇。烛光之林熄灭了，燃指殉道的美丽化作了鲜红的血海……

孙营打了胜仗，老连长却不怎么高兴。一是被打死的无辜百姓太多，二是伤了"同顺社"的人，三是没有缴回来多少枪杆和钱财。还是十八娃替她这位兄弟说了公道话："除了一股子邪气，还了州川的安宁，这就比啥都好。"十八娃的脸更圆了，双下巴更嫩了，说话的声音更娇了，走路的姿势更飘了，她当着老连长的面对这位老四兄弟说："回去给大大说我想娃了，叫你饶姐把金虎带上来住几天。还有，把这一匹洋布捎回去，眨眼天就热了，一家大小都等着换季的衣裳哩。"孙营长膝盖一软，正要给当年的这个大嫂磕头，老连长发话了。老连长平着脸儿说："同顺社那儿，我给赔了一面大铜锣、一幅二道幕，三个跑龙套的戏娃子受了伤我也给你打发了。咱没必要得罪这些艺人，逢个年节打个胜仗还靠这些人给咱捎烘场子哩。啊嗬是这啊，虽然毛老道的事儿你给我办得不圆满，'孙团'的事儿我还是要给你办的。你看是这，叫陈八卦给择个日子，司令部摆几桌酒席给你把事办了。至于你手下的用人，你报个单子给我。"

其实，老连长是先给白脸娃娃成立了独立营。孙文谦的心气有些不顺，十八娃就板着脸给他说："兄弟你也不要不服气，人家的战功在院子里一摞一摞地摆着，你呢，十几个里长甲脚告你滥杀无辜！"

十八娃又告诉他：白脸娃娃先是炮轰白虎岩，然后又用枪打了一个时辰。最后是用长绳把人从岩顶吊下去，放了吊桥安了滑梯铺了栈道，大队人马才上到洞里。后清皇上和他的一班子朝臣，早在白脸娃娃到来之前就爬绳梯逃走了，他的前殿后宫里，龙床蟒袍依旧，府库钱财还在，绫罗绸缎原封，十几个洞窟里堆满着子弹银元粮油米面，白脸娃娃的人光搬运这些东西就用了八十六辆骡车，你说老连长能不高兴？

老连长正在兴头子上，忽然传来一个不好的消息：启化小学校长被杀！刑犯是固士珍的一杆子人马。在司令部的联席会议上，老连长问他的部下：谁愿意做固士珍的活？又是白脸娃娃率先请战。

白脸娃娃的战马驰出城门，这边"孙团"成立的酒宴就开了席。县长胡传路应邀讲话，他先称颂老连长不愧为老革命，说他从辛亥革命到冯大人主陕，无论遇到多么大的艰难险阻，都始终信奉孙中山先生的三民主义，这在军阀割据的年代里是非常非常的不容易；而后又大谈铲烟、办学、剿匪、放脚这四项政令对于安定陕西的重要意义，对于巩固冯大人国民政府的重要意义，"孙团"成立为冯大人把好东南门户的重要意义。三个重要意义说完开始祝酒，你祝了我祝，我祝了他祝，祝他的是政绩灿烂，祝我的是战功赫赫；酒宴上又少不了打"通关"，可是一个"通关"没打到底，就有卫兵给孙团长送来二哥孙取仁的急信，信中说固士珍已对苦胆湾高等小学连续骚扰，护校队都快顶不住了。

孙团长就急派麻春芳带一杆人下去，明着说是回去养伤，实则是为加强护校队的兵力，当然主要是帮助护校队强化战术训练⋯⋯

在白脸娃娃从白虎岩运回的战利品中，发现一块"鸿鹄志远"的赠匾，老连长叫来"孙团长"，指着落款处的一行字问："金陵寺，释悟真，这不是你家门口那座寺院的老法师吗？这人怎么跑到毛老道那边去了？"

第九章　商县城

南门被唐靖儿攻破，
孙团长的身子被刀捅成了马蜂窝……

民国十六年，一场倒春寒冻落了染坊后的樱桃花，少见的西风又没黑没明地刮，地气上不来，村边的杏花胀了骨朵却总是绽不开。苦胆湾人终日裹着破棉袄，双手袖着，脖子缩在领口里。孙老者要盖房了，起土的日子是陈八卦定死的。放了一串五百头的炮仗之后，庄基破开，天上就有一气没一气地落下来渣渣子雪。海鱼儿在工地上烧了一堆柏木疙瘩火，做活的就挖一会儿烤一会儿。孙校长过来过去都吊着个脸，一锨土溅在他的袍子上，他就冲着老三发火："有这样子做活的吗？得是染坊里住着暖和？"

州川人叫人做活都是人情工，不管工钱只管饭。天冷不出活，人又吃得多，饶不由得就少下了米面。孙老者就说："叫人帮活，你先给人把肚子撑饱，瘪着肠子就是腰吊肋子稀，做活没力气。"而他最要紧的事，是经营好葫芦豹，这一窝子要是肠子瘪了就会蜇人惹事，所以一冬一春，他放在墙头檐上的蜜水盘子就没间断过，除过大风大雪天，老椿树上的黑头"粮子"在盘子上来来往往的就没断过线儿。

新庄子是四间，朝向上和老房成八字形的角度，这是陈八卦拿罗盘给定过的。但这个方案不合孙老者的心，他端起白灰簸箕自己改画了庄基，成了六间房，且与上房老屋齐檐相连。孙老者想的是，这六间连同老房共是八间，四个儿媳要分开过了，一人两间有厨灶有铺窝，算账上就不用多唠叨。六间房的东山墙也刚好抵着染坊，前院墙老椿树原样儿浑全。

陈八卦对孙老者说："你这样盖，娃们分家方便，院子也方方正正的好看，只怕是损着蛇相。"孙老者梆梆梆地在水火棍上弹着烟哨子，不屑地说："你的土单验方我信，你的鬼八卦我不信，怪力乱神的，孔圣人都发嗝噎哩。"陈八卦就说："你是个犟人，村里的事你拿着，屋里的事也不会叫我拿。但我是你屋里的吃客，这多少年来，我在你这里吃过的蒸馍蘸蒜怕有几背篓了。起屋架梁是人生大事，我给你挖不了土，也给你背不了砖，这么多人做活吃饭，我叫兜夫给你送过来两篓子油，花钱上手里紧了你随时吭声。"孙老者说："钱上你不操心，老连长给应承了三百银元，前日已捎回来两封子叫先花着，这一向买橡棒木石就用的这钱。"陈八卦问："他这钱没说是借的还是赠的？"孙老者说："借，我是不会的，借的钱我还怕扎手哩。十八娃捎回来的话是'助'咱哩，这个'助'字，你没趁当着，该不会有啥碍夹吧？"

陈八卦起身在屋里走动，一手掐着红铜茶壶，时不时地用壶嘴儿挠着鬓角的花发，他说："他碍夹咱的啥哩？人，给他了，地方上又给他维持得安宁，他派的粮秣钱捐，州川人再难场，也没拖欠过，你说咱哪一点人情良心没搁住？"

孙老者不言语。咕嘟嘟的水烟声里，一只翻毛母鸡在孙老者练习书法的泥坯台下刨食，刨得门槛里外都是麦草，麦草在这翻毛母鸡的爪子底下刷啦刷啦翻过去，刷啦刷啦翻过来，满屋里弥漫着灰尘的土腥味儿。孙校长披着个夹袍子，抬腿踏进门来，照着鸡屁股就是一脚！翻毛母鸡嘎嘎嘎地飞逃而去，孙老者侧卧的炕上落下几片鸡毛，看二儿子吹胡子瞪眼睛地往老圈椅上一坐，孙老者心绪一堵，就咔咔啦啦地咳嗽起来。

陈八卦问："护校队的气势旺着哩么？"

校长努着粗声说："这房子咱不盖啦！唾沫星子都把人淹死啦！"

陈八卦问："又是咋啦？"

校长说："州川人都传疯啦，说咱是卖了寡妇盖房哩，卖了几百现洋，说得有鼻子有眼的！"

陈八卦问："没查一下风头子是从哪里刮出来的？"

校长说："麻春芳叫骨头皂到上下州川探了一圈子，原来是从金陵寺传出来的，金陵寺就那俩小和尚，怎么会编造如此谣言？"

陈八卦用掐着的红铜茶壶碰一碰孙校长的黑呢礼帽，心平气静着说："你这样一说我就知道是谁使的怪，人家跟我执的是死气，说不定还会有更离奇的风言放出来，你不必为这乱了自家日脚，卖寡妇一说臭的不是你们父子。我现在给你说，年前着就有传言说是我掐了你哥承礼的人头，而图谋将你嫂十八娃呈献给老连长哩，这你也信吗？"

校长冷笑一声，脱了礼帽，一手抚着头上的"洋楼"，一手捉着眼镜，说："竟有这事？嘿，这是传'三侠五义'哩，谎言过了头就成了笑话。"

陈八卦说："见怪不怪，其怪自败，我就是这样对待的。对你而言，记住的一条是：天下本无事，庸人自扰之。现如今首要的是，老连长那儿安生着，你高等小学的护校队有了麻春芳，他瞎锤子固士珍也不敢胡张狂，所以我说这房子你照盖，染坊上的生意你照做，天下虽不太平，这州河却一年半载里翻不起大浪。"正说着，高卷引了一个妇人来，进门就趴在陈八卦膝下磕头，陈八卦问："啥事？"高卷就说："她男人尿急尿多，吃不够的喝不够，又日见消瘦浑身乏困，你看这一家人的柱子倒了娃们咋活呀？求你给治治，也没啥给你拿，这是两碗拣炒出来的番麦花。"说着把一个土布袋直往陈八卦怀里塞，那妇人就伏在地上不断地叩头。陈八卦沉着脸说："这不是孙校长在哩么，孙校长住过铺子，读过《本草》，背过《汤头》，求他开一剂方子回去慢慢吃去，你这不是一般的病哩。"高卷扭一扭腰肢，哼声压气作儿童状，说："方子啊？方子的药要到铺子里抓哩，穷人么，哪搭来的钱哩！"校长也乞求着朝陈八卦抬抬手，孙老者朝地上说"起来起来"，自己也挣扎着坐了起来。陈八卦就铁青了脸，扫一眼地上那两瓣硕圆的屁股，朝妇人说："治这病先要戒了房事呢！房事，知道吗？"高卷抢答："她男人就整天在房里坐着，任事儿不干的只知道吃喝。"陈八卦瞪了一眼高卷，孙校长很温和地对站起身来又躬腰低头的妇人说：

"房事的意思你回去问问别人，先叫福吉叔给你说个单方，单方能治大病，土方气死名医哩！"陈八卦就快速地说了一句："番麦胡子二两水煎服。"妇人仍痴愣着眼不明白，高卷就赶紧拉了她出去。

说中间又到了"九九八十一穷汉娃子顺墙立"的长日荒春，袖手缩颈的穷人都来给孙老者帮工，人手稠得抢不开锨把。新房的庄基已经打起，三尺高的庄底子上垫土正在夯实，河南的曹鲁班在染坊前叮叮咣咣，北山的赖泥匠在砖摞子上咋咋唬唬……

一场春雨捎来了清明，工地上停工一天，学校里停课一天，祭坟在农耕人家是春日里的一件大事。孙老者拄着他的水火棍，有精壮小子打着纸幡，校长端着献盘，老三扛着铁锨，海鱼儿背着金虎，孙老者率了全族丁童，或拿烧纸或抱树苗，在龟兹乐人的吹吹打打之中，一行人踩着泥泞，来到金蟾卧月的风水宝地。这是在珠山的南崖，一块貌似蟾头的青石下，有个半月形的溶洞，溶洞前的下湿地里，毛竹和古柳的苍翠岚烟中，排列着几十座坟头，这是苦胆湾孙姓人家的六代先祖。因为是下湿地，掘了墓穴就是一坑水，所以孙家的坟茔都是平地拱墓，坟堆就显得特别高大，加上那如林的墓志牌楼，这一片古柳幽深的坟地里，冬夏就弥漫着森煞肃穆之气。每年清明祭坟，孙老者都要重复述说先祖嫁女换田的典故，说是大清嘉庆年间，先祖从山外富平县孙家庄迁入州川之初，人穷腿勤，日每早起拾粪，这一日来到此地，透过竹林见白杨店的财东领一南阳蛮子踏坟地，指指划划兴奋不已，这先祖就隐入竹丛窃听。财东认为这下湿烂泥之地无由为吉，而南阳蛮子却倔强着说此地为蟾头龙口绝佳美穴，他随手折一竹枝掐掉叶芽，插入泥中，说明天日头泛红时必有新芽攒出，这就是地气旺的征候，地气旺人气必旺，就后辈人丁繁荣贵者频出。次日大早，这孙家先祖来此察看，果见竹枝新芽丛生，便转眼间心生主张，将这新生叶芽抠除净尽。日头泛红时白杨店财东前来察看，哪里有南阳蛮子说的奇迹发生，就拂袖而去。此后，孙家先祖寻情钻眼将自家女儿嫁给这财东的拐腿儿子，攀上了亲，又以开筮行为借口用仅有的一块肥田换得这块竹园下湿地。这里做了孙家坟地之后，第三代就有了叔伯弟兄的九股七坊：染坊里、粉坊里、油坊里、面坊里、烧锅里等等，六代之后繁衍成苦胆湾第一大姓……

老三是一身好苦，每年清明，祭酒烧纸之后，给坟头培土植树都是他的活路。清明一过，天地为之一新。后坡上黄了菜花，绿了蚕豆，紫了苜蓿，河边秧田里倒映着水牛的静影，麦地垄坝上闪动着农夫的锄杖，铲过大烟的田地上也冒出了洋芋的嫩株和菜蔬的鹅黄。三个月里，苦胆湾人没有跑贼，那面大铜锣静置在孙家的板柜上，灰尘的安闲里蕴蓄着田园牧歌，西塬上的人春夜撩骚，臭臭花鼓子一唱就是半夜。

端阳节这天，一村的青壮都来给孙老者的新房立木。两撑锅的黄米粽子捞出来，到场的人都放开吃。吃了粽子，喝着麦仁汤就着椿芽子菜，一村的人都心里美实。突然，马皮干一声吆喝，众人呼应，中柱就立起来了，又把脊檩扶正，大梁搁稳，鞭炮就响起来，混合着麻钱的五谷豆从绑着筷子红绸的中檩上撒下来。马皮干一手拎着五谷斗，一手从斗里抓了五谷豆高抛广撒，一边嘶声高唱："一撒亲二撒银，三撒媳妇过了门；四撒四季家和顺，五撒五门福寿人；六撒六合惠子孙，米粮满仓畜成群；七撒金八撒银，九撒屋里聚宝盆；十撒院里摇钱树，黄金万两柜中存！"

这就乐坏了一帮娃娃，争抢着麻钱炒豆和哑炮，气氛就霎时间热闹。唐先生高声念着明柱上的大红对联："栋起祥云连北斗，堂开瑞气焕春光！"牛闲蛋就喊："连响子就挂椽钉绽板，坐泥排瓦槽，人手不要闲，闹闹闹！"马皮干也上到了高处，他手肢舞扎着喊："铡草的和泥的，担土的打墙的，都动起来动起来！"一时间，人影交错，铁具碰撞，老圈椅上的孙老者心头舒展，大椿树上的葫芦豹遵纪守法，日头红艳艳当头照着，人都说孙家人从此就要福星临门了！

果然，"吱哇"一声，西厦屋传来婴儿啼叫，是琴生了！饶一边跑一边笑说："叫你再忍一天再忍一天，你就是夹不住，真真是紧中夹楔哩！"纷乱中俱见高卷腊娥端盆提壶上下跑动，工地上一些人就停工张望，海鱼儿就喊："做活做活！婆娘生娃哩关你的啥事？"

　　麦梢儿眼见着就黄了，新房盖起，刚赶上麦忙。麦忙是龙口里夺食哩，割晒碾打，又要犁地种秋。琴坐了月子，麦场里少了一个打连枷的身影，染坊里缺了一个算账出纳的角色，孙老者就亲自吆牛拉碌碡碾场，就亲自下地看墒种番麦，一把枯索花白的小辫子纷披散乱，没人顾得上给他梳头，水火棍也受了些许冷落。饶是一根撑天柱，里里外外一把手。高等小学放了芒假，可取仁校长不敢松了一丝神经，瞎锤子固士珍放话说，他吃屎喝尿都要提孙校长的人头哩，就在几天前的一个黄昏，孙校长去地里帮老三赶牛，突然从堰背后的林子里打来一声冷枪，"嗖"地一下子弹从头顶飞过，牛受惊狂奔，缰绳拽着他在地上拖了三丈远。此后，麻春芳就要求他夜不独行、枪不离身。

　　麦忙已毕，刚赶上给娃做满月，孙老者把牙都笑掉了，给他这第二个孙子取乳名叫跟虎。跟虎哭起来声大，饶说这娃长大了能唱花脸。做满月待了一百二十席客，轰轰烈烈的一河两岸都是炮皮油汤子，为了防止谁来搽搅宴席，孙团长着王双考李念劳带了一个排的精兵穿了百姓褂子混在宾客之中，又有麻春芳的护校队散守着苦胆湾的八路十巷，饶还叫了她娘家的铁绳黑手约了一帮子赌场上的逛山，人手一根等身棍，灶房里帮厨烧火，井台上绞水淘菜，个个都瞪着狼眼虎目。孙老者的脸上被人给抹了红，笑咧咧地坐在老圈椅上，花白的小辫子上也缀着红绸挽的花；孙团长忙得脚后跟都朝前走哩，他给这个拱拱手，给那个敬杯酒，年长的老者喊他杆杖娃，同辈的弟妹叫他老四哥，当兵的弟兄称他孙团座，高小的教员尊他孙文谦先生；陈八卦的帽苔子梳得油光溜滑，他坐在礼桌子上楷书登记礼单，这个报一串铃，那个喊三尺印花布，也有送鞋袜裹兜的，也有呈手链银牌的……琴的房子里一帮女眷喊喊喳喳，跟虎在一群软臂嫩手间传递，浓重的脂粉气息刺得他直蹙小鼻子；他脖子上挂着大妈十八娃捎回来的银项圈，银项圈上拴着他团长大大在吉元楼制的长命锁，外婆家因路途隔阻人不得过来但三丈洋布和钉着八个银爷爷的夹耳子帽给捎过来了；琴乐呵着嘴，扑膝赖怀地偎在炕上，她头上顶个帕子，海着怀，雪白的大奶子颤晃着，不时地掬到跟虎脸上，跟虎吞一口地拱一下，一时叼不准奶头，腥香的奶汁就一会儿射在脸上一会儿射在头上，跟虎哇哇地叫，人们哄哄地笑，一时间你扶奶盘子哩我捏娃嘴哩，一些未过门的大女子就心里痒痒地发格撩……

晚上，西塬的花鼓班子前来唱坐台，尿床王和刘奴奴唱到《十拜》这一折时，按惯例要当场参拜孙老者，且由喜事当家人孙老者给拜者披红，谁家盖房做寿娶媳妇生娃办这类喜事都是这样子的。然而，《十拜》拜了，也不见孙老者的影子，上房厦屋院场里外、村巷野厕祠堂学校，一家人把苦胆湾寻遍，终没找到人影……

孙老者失踪了！

真应了一句老话：乐极生悲。

孙老者是从院墙头儿上被人勒着脖子掳走的。还是交黄昏的时候，人们忙着在老院子布置坐台班子唱戏，想着一天的大场面都安然度过，孙老者就难捺心中的喜悦，他从尚未安门的新房里端个梯子出来，搭在椿树下的院墙头，他要把蜂碟子取下来，第二天再给他的葫芦豹添上蜜水。侍候葫芦豹，谁都替不了他。然而，他在院墙上一露头，一条腰带就套上他的脖子，顺势儿一勒，他就连身子翻了过去。事情做得干净利落，歹人们临走还翻墙过来取了他的水火棍。

绑架孙老者的是毛老道的人。他老四儿子血洗了崂峪庙，毛老道的人马总队长薛长有带了资峪沟坛主陈金玉、小韩峪坛主孙浩祥一直在寻机报仇。孙文谦升了团座之后，人强马壮，毛老道不与他正面冲突，只是化整为零待机行事。今日喜宴周密保安上又风丝不露，偏偏在黄昏之时叫毛老道在墙头上寻得了机会，孙老者被蒙了眼勒了嘴，套上老婆衫子头上又被一条帕子盖了，他被捆在兜子上，神不知鬼不觉地从后沟被抬走了。毛老道要拿孙老者的人血祭旗，后清皇上何根庆的一班子朝臣等着喝他的骨头汤呢！但是，能掐会算的毛老道失算了，他们路过天竺山的时候，被东秦岭保民军探知，一匹快马报与漫川关的司令部，司令唐靖儿下令："抢过来！毛老道一股子鸡贼，敢在我老舅头上动土！"一时三刻，毛老道的人连兜夫一块儿被捉了过来。唐靖儿没有出面看望他老舅，他要到湖北郧西修桥去，临行对手下人说："给毛老道的人弄一顿吃喝叫走，就说我唐司令谢谢他们把老舅给我抬过来。"

在天竺山下的土地庙里，孙老者先被吊了梁，又挨了打。打他用的是他的水火棍，孙老者说："娃呀，你放轻些打，不是我挨不起，而是怕你使坏了我的棍。"打他的人就说："行呀行呀，你说打轻些就打轻些，进了这土地庙不想挨打可没这规程。"说着就像打连枷一样圆圆地抡着水火棍。四条汉子把他按在条凳上，他没反抗也没号叫，他在衙门里执掌了多年的水火棍，他知道规矩：号得越厉害挨得越重！

打够了一个数目，一瓢凉水戳到嘴跟前。孙老者喝了一口，摆一下遮面的披头散发，问："娃呀，打我是为啥哩？还是要啥哩？"执水火棍的壮汉说："我们这儿，打人的只管打人，要啥的只管要啥，到哪一关了再说哪一关的事，老汉你还是急不得的。"孙老者又问："敢问你家头领是谁？在南北二山当逛山的娃们，我大概都知道他大是谁他爷是谁。"执水火棍的汉子大笑道："你这个老汉子啊，也不想想，他大他爷管得住的，能入了逛山伙吗？"

孙老者被提溜起来，扔在靠墙的一堆干草上。水火棍给他插到怀里，说这是你的东西你拿着。打他的人穿上褂子又弹弹衣袖以示这一道工序结束了。临出门，又回头说："你那棍，本来中间就有伤啊！"

看着打他的人掩门而去，孙老者撑着水火棍欲挪挪身子，可挨过打的屁股如坠磨扇，哪里移挪得动，就抚着棍中的折茬处，不尽伤感。这棍折断过，是他用牛皮胶粘了茬口，两边又各帮了七寸长的竹板，再用热牛筋密实实地缠了，平生挨自己的棍这可是头一回啊！

正思想着，来了三个毛头后生，不由分说把他按到兜子上抬着就走，拐了三道沟岔，来到一处清爽的大院子，他被背进厦房。厦房里有一桌一凳，背他的人把他在凳子上按了，揭开桌上扣着的盆子说："吃去！"原来盆下扣了一老碗糊汤面，是他往常在官路边饭棚里给过路"粮子"预备的那种饭食，他只得吃了。

吃毕，听到院外有报告敬礼之类的声音，接着就进来一个身材伟岸的汉子，汉子身着旧军装，腰束皮带，肩上斜挎着盒子枪。他端直坐到孙老者对面，一眼一眼看孙老者吃完最后一口，又看他一下一下捋着胡须上的饭迹，说："孙老者啊，你这个案子我打算尽快给你办了！"孙老者眼睛一夹，瞅准了面前这个人，问："你是谁？你的首领是谁？"审他的人说："我叫陈月天，我就是首领。"

孙老者一惊，不由得手在桌上一拍，说："啊？陈月天就是你！你不是在冯大人办的讲武堂当教官吗？"陈月天说："那是多年前的事了。"孙老者用手指轻敲着桌面，问："你不当官军也罢，咋可以自己拉杆子当逛山呢？"陈月天说："我就是官军，绑你的毛老道才是逛山呢！我给你说，告你的状子我这儿有一摞子呢！"孙老者问："告我？嘿！你也能接了状子？蝗虫吃过地界了吧！你说，把我绑来，是为啥呢？还是要啥呢？"陈月天说："先给你算算账吧，你看你买了四十亩地，对吧？染坊上又有生意，对吧？还卖了一个寡妇，盖了六间房是一砖到顶的，对吧——"孙老者颤着手问："你你你是，要要要——"陈月天不急不躁地说："你不拿些银子出来是说不过去的，六间大砖房一通龙，这头看那头雾沉沉的，南北二山耍枪的不绑你绑谁啊？"

孙老者不说话了。陈月天叫护兵拿来水烟锅。孙老者推开水烟锅，说："我得知道你到底是哪一路的，是啥军。"陈月天说："那我就给你说，我这是东秦岭保民军。"孙老者闻言一拍桌子站起，屁股一麻又跌坐下去，他怒指："把唐靖儿给我叫来！不忠不孝的一窝子贼，还保民军哩！"

陈月天不恼不怒，甚至微微笑着说："你外甥呢，行军都背着他妈的牌位，你到郧西县访着问去，谁不说他是孝子善人！"

孙老者遏着气，一头的乱发颤抖着："你把他给我叫来，你把他给我叫来！"陈月天说："孙老者啊，你把事情闹清楚，绑你的是毛老道，救你的是我——"话没说完，传来密集的枪声，有人进来报告："老连长的队伍上来叼人，把土地庙围了……"

没有把孙老者叼回来，反伤亡了七八个弟兄，老连长怒不可遏。他给垂头丧气的团长孙文谦说："不要急，你看是这，不行了就调武关的左撇子、竹林关的右跛子、牧护关的白脸娃，加上你、留下守洛惠沟的，四方会剿，把这个毒瘤给割了，你看南山里啊，剿了南山罩以后，大逛山基本上都叫咱收拾了，可没想到你这个老表，一个挣笋的匠娃子闹来闹去还把事给闹大咧，虽说他把窝子放在湖北郧西，可害人在咱陕西东秦岭，不把这个毒蛋割了，早晚是个事。你叫家里人不要怕，我想他唐靖儿一时还不敢对他亲舅下手哩。"

说是四方会剿，谈何容易？光调兵遣将就得十天半月，还有部署侦察呢，后勤保障呢，矮胖子大参议对焦急的孙团长说："麻烦得很很呢！"土包子二参议也说："洛惠沟那边你可不敢麻痹，洛南县的曹吉年可不是一般的逛山，要不人叫他曹鸡眼呢！"矮胖子又说："再说了，老连长能把这一期的新兵交你训练，也没拿你当外人啊！"老连长的两个参议、人称土军师的，一人一句说得孙团长头皮发麻，自己是个带兵的，可搭救不了父亲，真真是五内俱焚！

正在孙家人悲痛欲绝的时候，陈八卦接到香会线上传来的一封信，他匆匆阅过，就急急赶到孙家。孙校长和麻春芳正策划组织精悍人员，化装成割漆的往天竺山去，人手一把篾刀，绑腿带子里又藏着短枪，立马就要出发。陈八卦伸手拦了，说："别别别，这样越弄越失塌！"说着将信传与孙校长看了，信是父亲的手笔，信中说："勿动刀兵，否则没命，立送一个营的鞋袜。又：烟土五百两，银元两千，一个不能少……"

只得接受。一家人立马采办。进县的，上省的，烟土银元在一河两岸都能筹得，难办的是军鞋洋袜子，这必须上省城，得雇八九个贩挑。麻春芳说置办军需他是内行，这事担在他身上。

孙团长又联络上了老逛山骨头皂，骨头皂这二年在各股武装之间穿梭游走，东走吃牛头西走吃狗肉，吃谁谁就是朋友。骨头皂上了一趟天竺山，回来说，"票"好着哩，香会线上传的信是实情，不要走别的路子了，赶紧筹办钱款军需，时间上还不敢耽搁。

天竺山这边，自孙老者接受了陈月天的条件，并通过土地庙的道士传信之后，生活上得到了些许优待，他一再要求见到他瞎皮子日眼的外甥唐靖儿，陈说："你不能以这个口气说话，在鄂豫陕三不管的这六个边界县，唐靖儿的身份是司令，已不是从前你门上的外甥了，任啥不恭敬的话你千万免开尊口，当心伤脸挫尻子！"孙老者叹一口气，说："娃不学好，大人也没办法，世上这事，百姓是瓢水，想喝就喝想泼就泼，可水呛了喉咙眼子也够人受。"陈月天说："大道理我比你知道得多，你知道国民党是做啥的？共产党是做啥的？我们是做啥的？嗯？！不说啦，把你这水火棍挂上，到土地庙晒暖暖去，那天打你是我关照过的，只把你尻子打麻就行了，你也养了几天了，土地庙的道士也熟了，抽着水烟，在地上摆摆石子棋玩玩狼吃娃，看苦胆湾人送东西上来了就叫我。"

十天后，陈八卦坐兜子率了牛闲蛋马皮干一行，带了八副饱担子的贩挑来到土地庙。陈月天派人接收了烟土银元和军需，安置一行人在庙里吃喝。同时，三道沟那边的大院子里，孙老者也等到了外甥的接见。

孙老者夹着眼上下打量唐靖儿，面前的汉子一身黑制服，腰里的皮带上挂着两颗炸弹一把"十子连"，左肩上斜挎着"母亲大人神主"的牌位，右肩上还搭着那根长杆旱烟锅，他抬腿动脚都刻意做出军人的姿势，孙老者无法把他和当年那个鼻涎邋遢侧楞仰板的赖小子联系起来。唐靖儿在老舅面前神气着，他不先开口，他等待老舅高声称呼他。

孙老者终于开口了，他侧侧着脸说："你狗日的总算出来啦！"

唐靖儿一惊，转眼就长吁一口气，说："老舅啊，在这儿的地面上可不许骂人啊！"

孙老者说："对，不许骂人，只许打人，你娃子耍大咧，六亲不认咧！"

唐靖儿瞟了一眼气歪歪的老舅，肃着脸儿，转身离去。有人就架起孙老者跟上唐靖儿朝大院子走。唐靖儿正步走着，扬着头朝天上说："我是搭救你哩，你反叫老连长剺我，我不管你了，谁要打你你疼去。"

大院子布上了三道岗哨，只听着"乓乓唰唰"立正碰脚跟敬礼甩胳膊的声音。上房的正厅里，孙老者被按在太师椅上，紧挨着是八仙桌，桌那边是唐靖儿。有护兵过来在桌上的茶碗里"冲冲冲"地倒着茶水。唐靖儿说话了："你看，是这啊老舅，我也犯不着和你生气，你也犯不着跟外甥打别扭。不过我得给你上上课。你看啊，如今这中国，就数蒋介石耍得大，他耍得大咱也不尿他，山高皇帝远，他的胳膊腿也伸不到咱这儿来，他在上海杀人耍威风哩，我在郧西修桥办学念耶稣哩，别看我只有小小的六座县城，可这里要啥有啥，百姓也顺势，照这个样子，三年后呢，五年后呢，八年十年后呢，我东可进中原西可图西安，不说当诸侯啦，他无论'二虎'还是冯大人我都是瞧不上眼的，到时候他老连长来给我当连长我还嫌他老哩！咱远的就不再说啦，眼下吧，两年里，东秦岭的九大关口都要收入我的囊中——"

孙老者"吱儿吱儿"地饮着茶水，唐靖儿自个儿掰着指头说："武关、竹林关、漫川关、青铜关、湖北关、鸡头关、双锁关、牧护关、荆紫关，关关都要变成我军的门户！按陈总参谋长月天先生的设计，年底就要把'八大处'的架子搭起来，明年，我的第一混成旅就要进驻商县城！舅呀你说娃是蝗虫吃过地界了吗？我的陈总参谋长是个战略家，又是个政治家，娃得了这个政治家娃就不是娃咧！听外甥给你说，老河口进献的银子拿簸子给我朝上担呢，为啥哩？月天参谋长说我军就是紧扣了'保民'二字！所以呀，在这里我给老舅丢上一句话，叫咱老四兄弟孙文谦把他的人马带过来，我给他搭个第二混成旅的架子，青年人要有志气，做事要看着前途呢！"

孙老者把脸埋在茶碗里，稀稀溜溜地喝着，问："你这一堂课上完啦？"

唐靖儿说："有啥不懂的你就说。"

孙老者用手抹着胡子，问："你还记得舅家大椿树上那一窝子葫芦豹吗？"

唐靖儿说："那当然啦，我小时候叫它蜇过。"

孙老者说："那野物叫我给喂熟了，它不再蜇人了。"

唐靖儿说："好么！好么！"

孙老者说:"你枪杆子玩得再好,也没你挣箩儿的手艺好。娃你收了这摊子敛了野脾气,回去开个挣箩铺还能发家哩!耍枪的人不归正最后都叫枪耍了,人常说逛山门里一盆血啊!"

唐靖儿听着听着脸上就变了色,他猛地把"十子连"朝八仙桌上一摔,说:"谁要不顺着我的心,我就叫他门里一盆血门外还是一盆血!"他站起身朝外喊:"送人!"

四方会剿在延迟了二十天之后终于发动。老连长毕竟算得上是冯玉祥冯大人国民联军中的一支"国军",手下既有骁勇善战的左撇子右跛子,又有足智多谋的矮胖子土包子,还有青年新锐孙文谦白脸娃娃;而唐靖儿这边虽有陈月天这样讲武堂出身的战略家,但毕竟是在书本上打仗,真正打上规模的山地战他还是嫩鸡娃子。所以在天竺山一对阵,唐靖儿只有吃败仗的份儿。还是当挣箩匠练下的腿功帮了他的忙,因为跑得快,老连长的枪子儿才没撵上。他被迫退出漫川关,蜷回两郧地区。所好,曾赠送他八百杆长枪的"鄂北剿匪司令"张连山并未落井下石,而是派人在郧阳郧西两县广设粥棚款待他的残兵败将,又亲自从老河口上来面抚唐靖儿,他说:"唐司令是虽败犹荣啊!诸位不要气馁,你们权当是练了一回兵,长虫要长粗都蜕几回皮哩,满说一支武装要壮大?不会吃败仗的将领不是好将领,你们要好好休整一下,开开会,把陈总参谋长的军事理论拆开来学一学,比照比照,该阵地就阵地该游击就游击,我相信鄂豫陕三角区六个县的主儿只能是唐靖儿司令!"

张连山把唐靖儿推向与老连长冲突的前台,自有他的想法。多年以来,汉口作为鸦片制品的集散中心,八百里秦川及东秦岭地区是其重要的货源地之一。张连山把守咽喉之地老河口百厘抽一富得流油,但如果上游烟路阻断或货源断绝,他就没法儿对北伐后驻汉口的第四集团军总司令李宗仁交代。所以他扶持唐靖儿就是要保持山阳县高坝店漫川关黄云铺一线的烟路畅通,而当务之急是破坏掉商县县长胡传路的铲烟运动,并在东秦岭的南山一线各村建立护烟队,每队配长枪两支，见有宣传铲烟的捉住就往死里打。

经过短暂的休整，东秦岭保民军又在两郧地区活跃起来。全军连营以上军官经过集中培训后，回到驻地一律实行三大政策：护烟、扩军、禁贼赌，捉住贼娃子剁指头，逮住要钱的割耳朵，一时间在郧阳郧西逢集与会都有游街示众的，都有招兵贩烟籽的；军事训练打靶比赛搞得闹闹哄哄，街镇上见天哨子吹得吱吱吱，正步走得唰唰唰，陈月天规定：集合列队喊番号，齐步行进有歌声！但见一队人马高唱《国父歌》，立时就漫山遍野齐声吼：

> 昆仑山麓东海之滨，
> 天生圣哲百代宗师；
> 唯我国父忠孝并备，
> 唯我国父智勇兼仁；
> 四万万众舍公何从，
> 泱泱大国赖公复兴！

更重要的是，唐司令采纳了陈月天的三条建议：一是吸纳人才，不论军事的政治的文化的都要；二是联合友军，固士珍、曹鸡眼、红枪会、硬肚子、南山罩、毛老道那里，都派了骨头皂带人携了银子前去联络，接受改编也行，空挂番号也行，收受委任也行，战略协同战术配合也行；三是安定两郧扩充武装。此前唐司令已委任骨头皂为交际处长。总之，一致的目标是对准老连长对准胡传路，东秦岭这一块地盘必须变天！

陈月天要吸纳的人才第一个瞄准的是张子刚。张是商县张村人，"共进社"成员，早期《共进》杂志的主要撰稿人之一。民国十五年九月《共进》停刊后，参与创办"中山军事学校"并一度为学生讲授《中国革命史》，与其共同授课的，邓希贤讲《政治学》，刘继曾讲《资本论》，许权中讲《步兵操典》，韩威西讲《地形学》，两位苏联顾问乌斯曼诺夫和赛夫林分别讲《射击理论》和《战术课》。该校是国民联军驻陕总司令部为培养军事干部而办，但其重要成员均为共产党人。不久，应县长胡传路之邀张子刚回商县筹建"商山职业学校"。在此之前，他曾指导县城一些中小学教员成立了"共进读书会"。回商县后，他亲临读书会组织活动。音乐和英文教师王修竹，在苦胆湾高等小学被瞎锤子固士珍吓跑之后，回城被聘为中背街小学校长，她接受曾被老连长留居三个月的女学生匡蓓的建议，创办读书会并接受张子刚的指导。张子刚是匡蓓到西北大学听"鲁教授"讲课时结识的。

时序到了八月，西安政治形势突变，邓希贤等教员被"礼送出境"，许权中率部分武装撤出西安南下投奔陕军李虎臣……

一个礼拜天的夜晚，中背街小学，神色肃穆的张子刚紧急召集读书会全体成员开会。这位身穿灰色列宁式粗布校服的汉子郑重宣布："今天不唱歌不读书，只讲三条，一、《共进》《秦钟》《共产主义ABC》《陕西国民日报》等书报刊分别保管，不再集中存放；二、中国共产党东秦岭特别支部暂停活动，原拟发动的农民协会按下不提；三、读书会成员利用各种身份进入各种地方武装，相机影响之改造之，比如亮亮，可以接受老连长的委任；高二石，在麻春芳的护校队里要起骨干作用；雨生，继续和北山里的红枪会保持联系；匡蓓、王修竹要更好地把握住教育界的力量和县府的'铲烟放脚宣传队'；还有狗欠欠，不能离开固士珍，离开了你的危险也就来了……"

狗欠欠急不可耐地说："那一帮子，连三民主义的毛儿都不沾，是一窝子真正的土匪逛山！我给他当压寨夫人？他给我牵马引镫我都看不上！"

匡蓓说："咱这样做就等于自我解散，蒋介石在上海杀了那么多同志，冯玉祥又在西安搞政治清理，革命处于低潮期我们怎能趴下？"

张子刚严肃地说："这种想法十分危险，你不要再说了！"看会上气氛十分压抑，他很苦地笑了一下，继续说："革命是个很长的过程，第一条是先保护好我们的同志，至于我啊，打算到唐靖儿那边去，唐靖儿才吃了老连长的败仗，急需在政治上找出路，冯玉祥在徐州会议上公开转变政治态度拥护蒋介石，之后，陕西的政治形势急转直下，我们能把住一股子是一股子。小牛郎呢？小牛郎，他和于家大院的人接触是可以的，但一定要——"

小牛郎，石瓮沟坡座子上的小牛郎，那个常年给瞎子外婆拾柴火、小时候和十八娃青梅竹马的小牛郎，如今是中背街小学的茶炉工，他已长得人高马大，伸出去胳膊像椽杖，握住了拳头像铁锤，言短而机敏，胆大而果决。他给读书会成员捎话送信跑腿传机密滴水不漏。

就在这中背街小学，小牛郎见着了他魂牵梦萦的十八娃。那一刻，在火红的煤炉子上，三把黄铜大茶壶一齐呼呼呼地狂喷蒸气，在烟火的熏烤之中，在气雾的缭绕之中，四只眼睛勾在了一起，就是天塌地陷也不能把他们拆开。小牛郎问："你咋知道我在这儿哩？"十八娃答："我过来过去都看着像你，可心里拿不准……哥哥啊，外婆去年过世了！"小牛郎说："这我知道，我拾的柴她到死都没烧完，我不知道你到小学来是做啥哩？"十八娃说："你不知道哟好哥哥，我现在是在老连长家淘奴哩，人家二娘生的碎公子在这儿上学哩，接来送去都是我的事哩。"

有了一回就有二回，有了二回就有许多回。十八娃和小牛郎慎慎地保持着他们的机密。处在二娘三娘的夹缝儿里，自重逢了小牛郎之后，十八娃活人的艰难也不再难以承受了。俩人不止一次地重温了小时候那支唱了无数遍的儿歌："星星星星当头照，你给我盖个娘娘庙；日头日头红彤彤，你给我搭个柴棚棚；月亮月亮白光光，你给我盖个小房房；小房房上开撑窗，看见哥哥在坡上，挖葱哩摘豆哩，要给我妈过寿哩……"

而老连长这边，他在梦圆了那个久远的向往、尝过了仨月的新鲜之后，十八娃在他眼里就三分不当二厘了；她仅仅是给他挠脊背的工具，那种床笫之事上绳锯木头似的折磨和恶意，不止一次地使十八娃想起饶曾教给她的那个恶主意，她不知道自己还能忍受多长时间。可是，自从见到了她的小牛郎哥哥，她仿佛隐隐地听到了旱天里，远山处传来的雷声，盼雨啊，就有了湿漉漉的指望……

终南佳气郁九商，

州河水泱泱。

夙敷司徒教，

世传芝草香，

文明乐土教化早宣扬。

愿吾切磋琢磨各自励，

勤学毋怠荒。

完成小学树国本，

三民主义倡。

看他日中学大学，

深诣远造履阶堂。

同学齐欢唱，

努力去担当，

乾坤朝阳各自强！

　　王修竹领着她的学生们在齐声高唱，唱的是他们的校歌，也唱的是他们的理想。今日的民众大会，主题仍然是铲烟放脚剿匪，胡传路县长要亲临现场讲话，匡莛的县府宣传队要演节目，中北街小学、商县中学等多所学校要进行歌咏比赛。地点在县城中心的大十字广场。这里曾是昔日的州署考院，光绪三十一年（西历1905年）四月，知州杨宜瀚在此主持了最后一场科举考试，到七月清廷就宣布废除科举。之后，几经政迭兵乱，几经权者换旗，昔日的神圣之地相继变成了房倒屋塌的残垣断壁，变成了荒草场子、市场摊子、民众广场……冯大人主陕之后，政令迭出，县上动辄召开民众大会，州署考院渐被踏平，成了大十字广场。此刻，各学校间的"拉歌"刚一歇息，孙团长的一连新兵就高唱冯大人转向以来明令传唱的《国旗之歌》：

江海滔滔山岳高崇，

中华自古为世之雄；

愿毋自弃誓不自封，

光我民族促进大同；

创业为难先烈建民国，

守成不易后死责任重！

同心同德同一标帜，

青天白日满地红！

同心同德同一标帜，

青天白日满地红！

　　胡传路县长一上台，新兵的歌声立止。胡县长头戴蓝呢礼帽，鼻梁上架着新式的文明眼镜，上身穿着黑洋布的中山装，左肘弯挂着文明棍，左手间捏着讲话纸，他右手扶着眼镜举目瞭望一下，场子上立即鸦雀无声。胡县长就瞅着讲话纸大声念道：

　　"各位民众、各位士兵、各位青年、各位教师和学生、商界的先生们：今天，天高气爽，太阳明亮，为什么哩？因为我们的剿匪取得了一个的大胜利，我们的威武之师把巨匪唐靖儿给剿灭了！他的残部逃到湖北去了！他再也不能为害我们上下州川和东秦岭地区了！我们今天召开民众大会，就是要庆祝这个胜利！另外，我们的铲烟运动、放脚运动也取得了巨大的成功！现在，在州川河滩地和南北二山的坡面子上，已经看不到种大烟的了！在县镇街道和乡下集市已经看不到小脚妇女了！她们害羞躲起来了，民众都知道，谁家女子缠了脚就嫁不出去了！今秋，集市上的板栗很便宜呀，红薯柿子也丰收了呀，山外闹年馑，我们这里却五谷丰登，为什么哩？因为本届县府秉承了国父的遗志，天下为公嘛……"

　　胡县长的讲话每一句都是喊出来的，内容却是些家常话，那些赶集做买卖的、行乞讨饭的、跛腿残疾的、流浪游闲的，都挤挤拥拥而来，争看县长的风采，静听县长的佳音，巴望得到一碗舍饭或一条裤带的救济……

　　胡县长讲话之后，文艺演出在执勤兵士横着枪托对民众的推操中开始，匡蓓指挥宣传队表演了齐唱《铲烟歌》、快板《烟葫芦子一拃长》、舞蹈《小脚推磨》、新编花鼓剧《妇女打夯》；县府警卫连表演了活报剧《唐靖儿挣笋》，等等；县商会的诸位先生还当场给宣传队捐了钱，匡蓓表示感谢并说宣传队将以此为基金组建县剧团，排演秦腔本戏，争取过年了在大十字广场公演……

演出结束又进行了锣鼓巡游，胡传路县长走在队伍前列挥着小旗子喊三民主义万岁，后边的学生队伍、兵士队伍、民众队伍蜂拥而行，街两边的观众有拍手的，也有吐口水的，两条街道走过，天近黄昏，突然，队伍中有人喊出："联俄联共扶助工农！""反对'四一二'大屠杀！""农会万岁！"

胡县长猛地止住步，拧头朝后，急问："谁胡喊啥哩？谁谁？抓起来抓起来！"队伍立时大乱，兵士民众学生搅在一起成了一锅粥，乒然有了枪声，有了哭声，夜色朦胧中，胡县长头上挨了一砖头……

孙老者从天竺山回来后，气色一日不如一日。被外甥绑票勒索后，家里的积蓄消耗殆尽，盖起的房子也没心思收拾。琴三天两头喊着要住新房，孙老者就叫海鱼儿担土和泥，把东头的一间隔成卧室，盘了炕，泥了墙，表糊了顶棚，安了开窗，又燃了一堆麦草烟尘雾罩地烘着；琴说他一天也不愿在老屋里住，三哥和海鱼儿俩老男人睡过的炕上老有臭烘烘的脑油味儿，跟虎爱流黄鼻涕就是脑油熏的。所以这间卧室的墙皮一烘干，她马上就携跟虎住了进去。他还动员二嫂饶也在新屋里隔一间小房，饶说我就带金虎住在大嫂十八娃的老厦子里，旧炕上娃睡惯了，闻着他妈渗在炕席上被褥上的气息，娃能安生睡觉。其实，是饶怀孕了，她怕住到新屋里生土潮木石的沁了胎气。老三两口好说话，悄没声息地搬回有脑油味儿的老屋里，这里做过琴和老四的洞房，忍说老四当上团长了回来住在新房里，护兵也好站岗挎娃子也好服侍。海鱼儿把他的铺盖从场房搬到染坊，说我给咱看守新院子，固士珍的人来了我一摇椿树天兵天将就下来了。染坊和琴的卧室相隔有丈把远。

今年的柿子繁得压断了股，孙老者早上起来第一件事就是背上背笼，他到村沿子外、后沟里的柿树行里去拾柿子。那些风吹落的、虫透了蒂柄的、老鸹鸽过的，落在地上瞎了的烂了的，他统统拾回来，严严地捂到瓮里。琴说大大你拾烂柿子做啥呀，猪都不吃的。大大沉着脸不说话。饶知道烂柿子能做醋，她娘家就常年吃的柿子醋，她就帮大大拾掇罐子拾掇瓮。腊月天里，柿子坯发得满屋里都是醅糟味儿，饶就帮大大把柿子坯握烂，留了"角子"，拌了麦糠，又压实捂严，盖上被子，待发热透醅了，又一天搅三回，直到均匀发酵，再翻出"角子"，放凉，倒入过滤缸，按实；用清早担的新井水慢慢淋入过滤缸，两个时辰之后，抽开过滤缸底上的漏口，流出来的是头茬醋，再把头茬醋回灌过滤缸，流出来的就是上好的柿子醋："缸头"。待把"缸头"装入专用的"沆子"里用泥封了口，再滤出二茬的"缸桩子"、三茬的"缸底子"。一般醋家，"缸头"进城卖，"缸桩子"转乡卖，"缸底子"留下自家食用。城市里，一"趄子""缸头"醋能卖到十多个麻钱儿，而转乡卖的"缸桩子"一"趄子"才三五个钱。"趄子"用竹筒做成，胳膊粗、五寸深。这麻钱在清末就弃用了，民初改用铜元，民间叫铜锅子，也叫铜板，但在民间社会，麻钱作为小钱却还一直流通，民间兑换说的是一个铜元顶十个麻钱，但实际上麻钱的价值日益走低，乡间集市上也不大好用，真正兑换起来，常常是一个铜元换二三十个麻钱有时还不止。在偏远山村，手上没麻钱还不行，买个针头线脑的有它就很方便。

苦胆湾人家，柿子顶一半口粮哩，阴八月里过了"社"（秋分），柿子变黄，霜降以后，漫坡架岭的柿叶子火一样红起来，秋风吹过，红叶落尽，满树都是一嘟噜一嘟噜的金疙瘩，娃娃们上树摘上树摇，大人们拿竹竿夹，那些最大个儿的品种，窝窝、丰柿、母水花、社里黄、水冒哨，人们摘下来在夜里入锅和谷草一同温了，第二天上山割柴下地耕作学生娃子上学，携了三个五个可以当干粮；更有几个特殊品种："烧柿"是在火里烧一烧就脱涩变甜，"办柿"是吃时在地上摔几下就立马可食，"半夜尿"是温水锅里暖柿子，一般品种到天明才糖化变甜，这种柿子是人半夜起来撒尿的时候就甜了；还有那些中型的品种，重台、板柿、尖柿、干冒啃、镜面儿，主要用来削柿饼，一家大小围了竹笸篮用柿饼旋子削去表皮，然后扎成串子，挂房檐下晾成半干，又捏成扁平形状，入缸收藏，待春节前潮了"霜"，柿糖析出，柿饼洁白如玉时，担到集上出售，是年节里看望老人和发给拜年孩子的好礼物。而柿子品种中最小的数火晶、笆齿、十样景，人们摘下来掰柿片子，做甜炒面，家势好的人把大麦炒熟用软柿子粘成疙瘩，晒干磨面，食之如饴；穷汉家儿的甜炒面，是柿子拌熟糠，荒春上，出门做活一碗糠炒面一碗稀糊汤、手帕里包一笉篱软蛋柿就是一天的口粮……

孙老者的新房里，两大"沉子"的"缸头"和三大"沉子"的"缸桩子"顺后檐墙排了一行，海鱼儿和老三就知道他俩腊月天还要做啥活了。染坊上的生意孙老者抠得紧，海鱼儿和老三赶集摆摊子给染坊上收发了布，同时还要将两桶醋捎带着卖了，家里亏空得厉害，孙老者说攒一个钱是一个钱。三个媳妇贩花织布也大不如往年，十八娃走了，饶拖着笨身子，琴叫跟虎缠着，忍要见天做三顿饭，染坊上的活都是见缝插针着做，拉不开手了，孙校长就叫麻春芳喊几个护校队的学生帮忙。

民国十七年的春节过得冷清，一是老四没回来，二是校长东躲西藏不敢露面，三是饶年前就下身漏血卧床不起。今年过年，老连长把守城护社火的任务交给了孙团长，孙团长派李念劳把了东门南门、派王双考守住西门北门，他夜里不放心还亲自提了马灯带人上街巡逻；而孙校长给护校队的学生放了假，说娃们紧张了一年过节了也叫回去给祖宗烧烧香火给二老行行孝心，他特别安排麻春芳领一班枪手住校，说瞎锤子的人来了就往死里打，他说自己入山隐居去呀，省得瞎锤子到处寻他惹得村里不安生。

最不得安生的是掌家媳妇饶，她担惊受怕不说，操心劳累不说，要紧的是元宵灯节刚过完，下身的漏血就越来越多。终于有一天，她趷蹴在茅房里没有起来，待忍发现的时候，她身子底下掉下一个血疙瘩，忍赶紧喊琴，琴赶紧喊高卷，又叫来白顶子、帽根子，不用说，是"小月"了。海鱼儿跑得快，待他从陈八卦处取回"苜蓿籽麻油鸡蛋汤"的单方，这边老母鸡加红壳小米已经炖上了。饶蜡黄着脸躺在老厦子的炕上，金虎乖乖地偎在她的怀里，忍要抱他他摇头，琴要哄他他不去。孙老者拄了水火棍在门口巴望，众人扶他去上房歇息。他人歇息了，却心里沉甸甸地疼，就起身洗了手，在"孙氏历代祖宗大人神主"的牌位前上了一炉香，才在老圈椅上默头坐了，水烟锅拿在手里，也无力打着火镰……

孙校长被人找了回来，他问了食补单方，又捉手试了脉象，说好多了不当紧，众人才叹息着分别离去。校长脱去长袍，从怀里抽出两卷老书，慎慎地压在枕下，就囫囵着身子裹了被子睡去。

半夜里，突然一村的狗都叫了起来，孙校长刚翻身坐起，院子里就响了一枪，饶猛地推他一把，他拾起老书揣入腰里就跑，到老三小房外，脚朝窗台上一蹭，就身子跃起双手扣紧椽头，双腿一摆上了院墙……

老厦子里，有人一脚踏开炕头的撑窗，"叭叭"朝炕上开了两枪，一个黑影闪进来，手电的光影在屋里哗哗地扫着，饶合身子一滚，连被子带金虎一疙瘩窝在炕旮儿；一双大脚踩在炕席上，金虎的光脚丫子连踢带蹬，嘴里连哭带骂："日你妈日你妈日你妈！"手电光扫过来，是一张惨白惨白的妇人脸，踩在炕上的大脚在娃娃的骂声中朝妇人脸上踢了一脚，又步子一跨蹦了出去。

上房门被踏开，几只火把在屋里照着，烟光火影中，孙老者问："哪一个娃是固士珍？到我跟前来！"执火把的没人理他，翻箱倒柜的也没人理他，有人从阁楼上跳下来，手一挥，一伙人就呼啦啦出门而去。新房那边的院子里，手电光扫着了葫芦豹，胳膊粗一股黑头蜂立马就顺光柱扑了下来，有人"吱哇"一声喊："快跑啊，葫芦豹来啦！"

一瞬间，村里又恢复了平静。孙家的一院子人都起来了，海鱼儿胳膊上流着血，说是一伙人要蹬琴的房门，他伸手拦住说，屋里是人家的婆娘娃，"粮子"你也好意思？话没落地枪就响了。正说着，麻春芳带了一帮子枪手跑来，问了情况，见没逮住校长也没出了人命，就说万幸万幸，又当即领人到村沿子上去搜索。

第二天，孙团长知道家里出了事，就骑骡子率领一连士兵连晌子赶了回来。在苦胆湾高等小学，他召开了一个简单的联席会议，下州川六个里十八个乡的里正、里副和麻子巡管、西塬上的士绅、陈八卦、牛闲蛋马皮干二校董、麻春芳、孙校长等等，大家讨论苦胆湾的治安问题，麻春芳提出要扩大警戒范围，不能就村护村就校护校，但这要解决人员和装备问题。孙校长说要长治久安就组建民团，古人就有止戈为武的说法，但这就要在各村抽取人头税，至于我自己，倾家荡产也在所不惜，总不能把咱辛辛苦苦办起来的教育毁在瞎锤子手里。陈八卦说以暴易暴冤冤相报这不是根本办法，要紧的是以心换心，他说他可以到古楼峪去面见一次固士珍，痛陈利害，大家罢戈息武，如果要田产，他油坊里的家当可以奉上三成……

讨论的结果是，先礼后兵。陈八卦次日就坐兜子上路，孙团长、麻春芳也策划着调兵部署，他们希望陈八卦能有一个好的消息带回来，但他们估计这种可能几乎没有。

要上古楼峪见固士珍，须得爬上十八盘。十八盘是螺旋路转山而上，每一盘都有岗哨持枪把守，要紧处建有碉楼，机枪头子从枪眼里伸出来黑洞洞地吓人。前三盘，岗哨的士兵都是州川娃，一看见兜子，就说："噢，福吉叔，是固司令叫你上来的？"陈八卦用手里的红铜茶壶朝山上扬扬，也懒得回答。上到中三盘，有认得他的老远就喊："是风水先生啊，你看这山上有龙脉吗？"陈八卦就势大声回答："噢，给固司令他爷踏坟地呀！"最后一盘，是山寨城门，垛墙上站一行端枪的士兵，不管谁来到这里，都要武官下马文官下轿，陈八卦被人扯住袍子揪下兜子，又被浑身上下摸了一遍，才有兵娃子引到席棚里用茶，片刻就有红鼻子警卫官持了笔纸过来询问事由。陈八卦不失风度，他帽苫子一筛袍子一撩罗盘就端在了手上。看此人一派仙风道骨，红鼻子警卫官就先退了一步，远远地说："敢问仙道来自何方洞府？来在鄙地有何贵干?"陈八卦将红铜茶壶一扬,宽袖子在罗盘上拂过,悠然作答:"五圣师庙道士登山访贤,特来拜访固司令!"

红鼻子警卫官跑步而去。一个时辰之后,跑出来熟人骨头皂,他拥了陈八卦的道袍嘘寒问暖,引入一处木屋歇息,又发了一通冯大人要通吃陕军的高论,才转弯抹角地询问福吉兄何以不辞辛苦,陈八卦知此乃八面玲珑之人,就说此行是替人踏勘阴宅路过只是顺便拜访,骨头皂就说固士珍正欲择一吉地建造司令部,何不随路踏勘落个顺水人情?陈八卦不置可否地笑了,骨头皂就引了他登高远望。这一处山势,有淙淙清泉流淌,林子里散布着草庵坏房;陈八卦在山崖边攀高溜低,罗盘就不停地转换方位,盘上的磁针在这儿颤抖在那儿也颤抖,终不能静下来。看福吉兄一脸沉重,骨头皂知天意不得勉强,遂见好就收着说大兄今日是累了,另择吉日再踏吧。

下了山崖,再入木屋,红鼻子端来几角子烙馍。骨头皂笑说:"这里没有蒸馍也没有油泼蒜叫你蘸着吃,大兄你走一乡随一帮将就着吃,禁住饥就行了。"陈八卦反眼问他:"你是随了这一帮了?"骨头皂说:"我是腿长走天下嘴大吃四方,广结豪杰为人缝豁络解疙瘩哩!老兄你有啥事要合辙了我给你串说去。"陈八卦说:"大事倒没有,我是有一份家当想送给固士珍,他是我手里长起来的娃,人都盼娃学好哩嘛!"骨头皂笑了一回,起身说:"这山上的包谷酒很特别,我去舀一葫芦子来咱哥们品品。"陈八卦冷冷地斜眼笑了,看他趔趄而去,一时间产生了立马下山的想法。正作想着,骨头皂果真捧了酒葫芦子一路淋漓而来,陈八卦站起来,用扣着红铜茶壶的手挡住他,冷峻着脸说:"酒我就不喝了——"骨头皂热热切切地说:"不喝了也罢,我给你这茶壶里灌上,一路下去了慢慢品。"陈八卦就随他灌去,一边顺下坡路走一边说:"这固士珍是耍大了啊!"骨头皂朝他耳边一拢,悄声说:"你一上山,我就知道你是来做啥呀,我给你说,狗欠欠的事恐怕搁不下,你给腊娥说再不要搬人上山说话了,就权当没养她,这女子疯得很哪!"陈八卦一惊,问他:"你说啥你说啥?!"骨头皂把灌满包谷酒的茶壶递上来,察看着对方脸上的颜色,谄谄地说:"我是说啊,固司令确实抽不出身，他说了，他在你办的高等小学里上过学，虽然你没教过他，但他仍认你作老师。至于那一份家当，他说他从来没有为财之念，对老师的惦念，他说学生没啥谢承，就送一瓷罐子包谷酒，已经给你绑在兜子上了，你甭嫌弃，礼轻仁义重嘛。"说罢，脸儿一平，就派红鼻子警卫官送他下山。

出了十八盘，转过一处山崖，山上猛然传来一声女子的尖叫："万岁——！"接着传来一声枪响，震得山崖上的树干抖了一下。陈八卦叫兜子停下，他扬头朝山上看去，十八盘的小路在云雾里如死蛇一般断成几截。

陈八卦一扬手，将装酒的瓷罐子扔下山涧……

陈八卦无功而返，孙团长的调兵部署立马执行。王双考营兵分三路，东扎白杨店，西扎石门沟，北扎碾子凹，三个点连成三角形罩了苦胆湾。同时，孙校长麻春芳以护校队为底子快速组建了民团，民团一拉起，王营就必须撤离以回防城东笆搂山。老连长说王营在此留守的时间不得超过四十天。而县城的城防，主要由李念劳营和新兵连负责，驻城西四十里麻街川的白脸娃娃营，作为护城西翼受孙团长节制。孙团长是实际上的守城总指挥。老连长特别向他交代，左撇子和右跛子的两团人马日死都不能动，左撇子守卫着陕豫交界的富水关和二道防线武关，河南蛮子陈四美虎视眈眈动不动就向这边打炮，而布兵竹林关漫川关一线的右跛子更不敢掉以轻心，巨匪唐靖儿在鄂北剿总张连山的调教下正日夜练兵。

老连长呢，他的主要精力用在琢磨西安省的时政新局。去冬今春以来，冯大人加快了剿灭和整编陕军的速度，同时陕军中反冯的将领也暗结联盟，双方不时交战，致使一向以投靠为能事的老连长一时不知道该倒向何方；眼皮子底下，胡传路县长又是冯大人的铁杆，所以政治上的研判只能在机密中进行。矮胖子和土包子派出去的暗探和交际官未返回一丝信息，两个土军师仿佛热锅上的蚂蚁不好给老连长交代。孤独中的老连长琢磨来琢磨去脑子成了一锅糊糊，情急中突然想起陈八卦的小外甥亮亮，于是，一骑快骒将这个直领四兜学生装的小青年驮进了司令部。

"我们是老朋友啦！"一进门，老连长说着就热煎煎地搂了亮亮的肩膀，又反身关了门窗。看着这空荡荡的司令部作战室，亮亮有些疑惑，老连长忙说："今天就咱们两个，你像上次那样给我把西安省的形势好好说说，你看，我也有地图了。"说着就扯开墙上的布幔。亮亮凑过去细看，这是一幅当年印制的十万分之一鄂豫陕晋地形图，纸质皮实，字迹清楚。老连长问："我这个应该是最新版的。"亮亮指着图下的小字告诉他："印是新印的，这儿有时间。但这是老版本，你看这儿写着'据民国二年二十万分一图略'，当然，我那幅是陕西省地质局测绘科制的，你这幅是国民党军事委员会陆地测绘总局制的，也能用也能用。"

正题扯开，亮亮一本正经地用竹教鞭指着地图的这儿那儿，用抑扬顿挫的声调儿说："陕军中的二虎、卫定一部原来与冯玉祥有旧仇，为了对付镇嵩军才组成国民联军。刘镇华败退后，冯执掌了陕西军政大权，陕军就消极以待，间隙扩大，驻守西安的冯军宋哲元逼陕军的二虎、卫部接受改编，之后，命令其退出西安或出关东征。陕军不愿放弃家乡地盘，成了冯军剿除的口实。适有陇东军伐韩有禄、黄得贵反冯，宋哲元追歼其部至关中，陕军将领田玉洁阻击宋部，并联合韩、黄共六万人攻打冯军。其后，陕军各路将领在三原县召开联席军事会议，拥岳西峰为陕军总司令，冯子明为渭北总指挥，李虎臣为渭南总指挥，联合反冯。冯部宋哲元采取分化瓦解和军事切割相结合的办法将陕军各个击破。陕军将领顾含芳、田玉洁、党玉琨、雷赤诚、曹耀南、杨云栋等相继战死。特别是凤翔一战，冯军甚至将已缴械的三百余陕军官兵用机枪扫了。在此情势之下，二虎之一李虎臣孤注一掷，发兵攻潼关围西安，被冯军马鸿宾、孙连仲击败退走商县黑龙口，其手下两个师长投降被诱杀，参谋长刘季衡被诬为刘季红按共产党分子杀害。接着，冯玉祥在徐州会议上公开拥蒋，冯作为第二集团军取得了对鲁、豫、陕、甘、青、宁六省的统管之权。如今，陕军七零八落，冯军如日中天，短期来看，投冯可明哲保身，从长计议，或冯或蒋，都非真龙天子，难主中华江山。小子不才，井蛙之见，不揣浅薄，鲁莽直言，或为谬论，聊以备考。"

老连长连连称赞亮亮讲得好。他说："还是年轻人眼界宽知识广，你给我脑子里铺下了以后过日子的底子。但有一条我还想不明白，这全中国人都在枪子儿底下过活哩，到最后是啥下场啊？像咱这地方武装，今日跟上这个转，明日看着那个的脸色，早晚也得叫人一口吃了！咱应该有自己的出息吧？这方面我还想听听您的高见哩！"

亮亮坐下，周正了腰身，平声直说："我这里给你准备了几条建议：第一，要尽快组建骑兵部队，让骡子退役，古人说兵贵神速，你又没有能力购置运兵车；第二，整修官路，东秦岭是山地沟壑纵横，你调兵遣将先受制于交通，至少在各县城之间、各要塞关隘之间有大道联结；第三，组建通讯连，购制无线电。民国三年跑白郎，省都督府即令省电报局在商县城安装了发报机，这里一出事，袁世凯那边当即得到报告，战机是瞬间即逝，上通下达靠骡子传鸡毛信是冷兵器时代的通讯方式。你这里要实现远程指挥，各团都要有无线电与司令部保持联系；第四，建立自己的情报部队，做到知己知彼，古人说的细作，现在说的间谍，真正的军事家不能缺了这一翼；第五，对南北二山的小股土匪逛山，用招抚与专剿相结合的办法除之；第六，整肃军纪，讲究精兵；第七，联合各党各派，重树三民主义旗帜，保境的实质是安民，坚行人和之道；第八，完善行政权力机构，县、里、甲要建立廉洁有效的三级地方政权，要天下为公民意为主……"

老连长听着听着头上冒出虚汗，他不由自主地用指甲在桌面上划道道，一二三四留在桌上，道道代表的内容却让他心里发紧，他嘴唇僵硬着说："好，好，说得实在是好，你这设计是要我坐天下的嘛！骑兵队是当紧要建起来，不过那就得开军马场，或者远上青海宁夏蒙古去购运，这两条目前还办不成，咱还是先用骡子，骡子能从乡下大户人家征调，骡子又力大饲粗，挽乘兼用；咱先组建骡马连，适量吸收黄牛、水牛和毛驴，选枪法准、胆子大、不怕死的兵士，发给每人一匹，怎么样？你给咱当连长？每月我给你银——"亮亮笑着竖掌止了他，说："当然，我这些条条是出于长远考虑，是战略性的，你也不必当真，我这是一介书生在纸上谈兵哩！"

之后，老连长盛宴款待了亮亮，说要花啥钱了言传。又留住了几天时间，引着亮亮视察了城防，还要亮亮给兵士演讲，亮亮也随话答话虚与应付。接着，矮胖子和土包子派出去的明暗线人相继返回消息，情况无出亮亮言论。老连长欲留亮亮在军中，亮亮以欲赴西安进修而后投考西北大学攻学地质而婉辞。老连长说学费上的事准我的。

对近在八十里外的李虎臣，老连长有了相宜的主意：不迎不拒。若迎之入商，是否引狼入室不说先是得罪了冯大人，若凭地利坚拒甚而落井下石，则其作为杨虎、李虎的二虎之一，困兽犹斗也不是好惹的。于是，老连长一则密令白脸娃娃严防李虎进犯，再则速令留守苦胆湾的王双考部西潜黑龙口南之牧护关，一旦李虎有异，则白脸娃娃与王双考合而钳之；三则令人暗中资助李虎粮秣钱款，抚其勿扰乱地方。李虎也知理知趣，到夏初收编了共党许权中部后，就取道洛南，北出华阴去了。

一切安排停当，适逢龙驹寨五帮班头派了十六人抬的大轿子来请老连长，端阳节的龙舟赛会上，要老连长亲撒五彩斗，又有花鼓和二黄戏的对台演出，正好他要到寨东视察左撇子部的武关防线，就说说笑笑着乘兴而去。老连长身边只带了一个女人，这就是十八娃。十八娃不仅挠脊背是天下第一，还能帮他品味臭臭花鼓子的妙处。当然还有床第之事，鸹帮班他认过的干女儿就有十几个。每一次到龙驹寨，五帮班头们都要领来一些姑娘给他磕头，他咧嘴一笑就认了，干女儿们或持酒侍候他半天，或陪床一夜，总要他高兴了才"干大干大"地亲声儿叫着接了银元离去……

虽说老连长老谋深算，但出其不意的事情还是发生了。

古历五月中，下州川一河两岸，人们给旱地里番麦苗锄头遍，给水田里稻秧拔了稗草，在夏收秋种之后的空闲里，苦胆湾的面坊人家吊出了头茬挂面。十几副面担子如约给县城东背街的司令部伙房和于家大院送去，可在城东八里地的笆搂山下，被不明来路的一股子武装连人带货掳了去，护校队的人带了枪去解救，结果头破血流地逃了回来。报告的情况要比土匪抢人严重得多：笆搂山下的官路被人横挖了一道壕，这壕直伸到两边的庄稼地里。有一群身穿黑制服的兵端着枪伏在壕沿上。壕前十来丈的地方画了一道灰线，有七八个农民样的人手执马刀在此警戒，说话是漫川关一带的下河口音。州河两岸，支了几十顶军帐，南北二山之间通往县城的州河通道被彻底截断，所有往返县城的人都被挡了回去，稍有违抗就刀枪侍候。

孙校长、麻春芳带领新立起的民团二百多人正在后沟里学打枪，得到报告就立即开会商量。孙老者说县城内外消息不通，城里必有灾异，又适逢老连长去了龙驹寨，这不是一般的事情。麻春芳说刚好王双考营西潜牧护关，而守城的却只有李念劳营和咱老四手下的新兵连，城里正值空虚之时出事说明来者是知己知彼，目的恐怕不仅仅在于图谋城里的钱财粮物。孙校长说，听古楼峪下来的人说，固士珍的寨子上这两天出奇地平静，但凭他那点儿人马要进城闹事恐怕还没有这个实力，说那些人是下河口音就叫人猜想是不是咱老表唐靖儿的人马上来了？麻春芳说，唐靖儿、陈月天在湖北郧西扎了根，就是要犯州川，他总得走竹林关总得走山阳县吧？那边都是老连长的人，不可能不通消息呀？再说了这一线上来八九百上千里路，迂回着走，又是大部队行动，总要电闪雷鸣，不像咱王双考的一营人每人背了二斤炒番麦一天一夜就到了地方——

商量的结果是以护校队骨干为前锋，以民团的二百人为主力，带足弹药，趁天黑扑上去一举打通警戒线直奔县城与守城的孙团长会合，依事态程度决定以后的军事行动。孙老者提醒说，如遇强敌不要硬碰。孙校长说民团毕竟是一些才放下农具的农民。麻春芳说仗是由我去打，进退攻守我心里有数。于是队伍集齐，统一了哨令，连续的短哨音就是进攻，一声长哨音就是撤退，撤退还是卷席筒的阵法，不能乱套。麻春芳把挂在脖子上的铁哨子当场吹响，演示已毕，每人发了二十颗子弹，只等天黑行动。

可是这一仗，出乎了麻春芳的意料。首先，伏在土壕里的兵们不仅有长枪，还有炸弹；更可怕的是，笆搂山的制高点上，有机枪居高临下喷火……所以一交手，麻春芳就咬了铁哨子一口气儿地长声吹。护校队的硬手们趴在地堰上还击，民团的人就趁势滚到番麦地里，又依照在后沟里演练的战法，一个排掩护两个排撤退，依次朝后卷。所好对方没有追击又有黑夜遮蔽，幸无人员阵亡。虽有十来个人挂了彩，但两个重伤者还是被人扯着腿抬了回来。

城里的事态可能十分严重。琴抱着跟虎，娘哭了娃哭。孙老者拄着水火棍在大椿树下转了一圈又一圈，饶端着一碗汤药跟在后边，一声高一声低地唤着大大……

为了防止天明后对方追击下来，孙校长、麻春芳连夜安排民团，在下州川几个交通要冲和制高点上部署了火力。天蒙蒙亮，孙校长、麻春芳就赶紧给龙驹寨的老连长通报消息，一骑快骡疾驰而去，铁蹄叩击官路的声音沉在人们心里。

二尺高的番麦苗子，在初夏的燥风中整夜都蔫卷着叶子。陈八卦坐着兜子一手摇着折扇一手扣着红铜茶壶，晃儿晃儿地来到设在金陵寺的民团总部。孙校长迎上前去要说明昨夜的事情，陈八卦亮掌止了他。红铜茶壶的壶嘴儿在帽苔子的鬓角挠着，陈八卦提袍下了兜子，径入大殿落座，才说："没死人吧？没死人就好。香会上传下来的话是：县城叫唐靖儿和固士珍给围了，东西南北四座城门被铁桶一般箍住，目下第一等的要紧事是立马向老连长报告！"孙校长说："送急信的骡子已经去了。"陈八卦说："这就好，但这只是其一。其二，如果县城久攻不破，唐靖儿的人马是长途跋涉而来，要吃要喝就必然顺州河下来抢掠——"孙校长说："已部署了民团在必要处火力防范，护校队也放在了要紧处。"陈八卦扬着茶壶，铁青着脸说："不可仅此而已，一河两岸的老百姓得尽快上山入洞，事情一来，总要保民第一，没了民众百姓，你的民团就是无根之草。"

孙老者拄着水火棍出现在寺门口，陈八卦朝他嚷道："是你外甥啊，在城里做大活哩！"孙老者把水火棍在地上狠劲地捣着说："这狗崽子起了野心咧！"

几只狗蹲在村口，长长的舌头搭在嘴上哈着热气，滴溜溜转的眼睛直朝官路上瞅。三五只母鸡在墙根刨土，金红的大公鸡在不远处巡逻。一家的屋顶上冒起炊烟，一排一巷的屋顶上都冒起炊烟，烟柱与烟柱在村树的枝梢间弥漫，一层薄雾就罩住了苦胆湾。可是，饭还没有做熟，娃娃还在炕上哭着，圈里的猪呀牛呀哼哼着撞门要吃喝，村口上就咣咣咣地响起了急锣！

是孙老者，水火棍九分一地挑在肩上，肩后边十分之九的分量刚好担住前边挂着的大锣；他的脊背明显地驼了，跑过街巷时的脚步也有些蹒跚，可铜锣在他频频敲击的桐木槌下昂昂发响，响声中夹杂着他奋力嘶哑的催促："钻山了钻山了！上洞了上洞了——"

眨眼间，鸡飞人跑，狗叫连片，扶老携幼的，背包挎袋的，一溜带串顺后沟上了王山，眼见着山道上林阴间黑压压的人群一条线似的蜿蜒着。苦胆湾的锣一响，西塬上的锣也响了，一河两岸的锣都响了，刹那间下州川的村村镇镇都成了空庄子——

牛闲蛋手持着长把铁锨，引着苦胆湾高等小学的学生在后沟里行进，先生们背着书囊混在学生中，护校队的人扛着枪垫后，马皮干挥舞着双枪一蹦三尺高，"十子连"把子上的红绸絮舞得人眼花缭乱。最可怜的是孙家的三个媳妇两个娃，跌跌撞撞中人哭娃叫唤，老三背着金虎胳膊上挎着包袱手里还牵着一头牛，海鱼儿怀抱着跟虎背笼里是一家人的干粮；忍一手拉着猪绳一手扶着琴，琴哭得身子成了瘫瘫怀里抱只母鸡，饶挂着一根棍拎着装了衣物碗筷的筐子，筐子里踢里哐啷响着，她高一脚低一脚地往前爬，心想大大还在村里，带民团的丈夫还在寺里，染坊的一摞子布还在窖里，两瓮的粮食还埋在院里……

可是，唐靖儿的人马连个狗影儿都没见，固士珍也没来打家劫舍，下州川的村村镇镇荒如死寂。躲入南北二山的人们不敢回家，远远望着州河水默默流淌，眼睛沉得抬不起来。终于，有民团的人去河边洗脸，只撩了一把水就往回跑，没到团部门口就变脸失色地喊："河水里满是血腥味……"

昨夜晚，县城里血流成河。

还是天刚黑的时候，孙团长就命令李念劳：在重点防守四座城门之外，要分出兵力在城墙上巡逻。全城大小商号里的电筒搜齐了也只有十来把，一圈儿城墙上按守卫距离平均分配了，领头的巡逻班长每人一把手电筒，他要不停地朝城墙外侧照射，发现爬墙的立即用机枪扫。全城的马灯也搜集起来，隔上十丈八丈就在城墙的垛口上放置一盏，可这些灯成了围城者的靶标，一枪一个，还未放稳就盏碎灯灭，不少兵士伤亡。城墙外边，哒哒哒的机枪声不时在这儿那儿响起，望得见的四座城楼上不时有火光冲起，剧烈的爆炸声震得人耳朵发木。县长胡传路带着新兵连挨家挨户搜集洋油和食油，成桶成篓地送上城墙，锅盆碗盏的什么都做成捻子灯，城墙上火把晃动灯光照耀；县府的大小官员一齐出动，全城的男人都发动起来，朝城墙上搬运滚木礌石；一会儿是东城墙上的人们嗷嗷嗷地喊，一会儿是西城墙上排枪响如爆豆，满城老幼都出动了，婆娘女子都朝城墙上送吃喝，胡县长的老婆和娃娃也出来参战。新兵连把几个老百姓押上南城楼，孙团长看都没看就命令："从城墙上推下去！"原来这几个人是趁机入民居盗窃。孙团长头上缠着半片衣襟，发黑的血迹凝在鬓角，敌人把仅有的两门山炮支在州河岸上猛轰南城门，李念劳几次从西城楼赶来增援都被团长骂了回去，他说南城门东城门准我的，西城门北城门准你的，谁失了守谁就拿他的人头谢全城百姓。

可是最终，还是他的南城门被轰开了。枪林弹雨中他和他率领的一百五十名士兵全部阵亡，他是在断了一条腿之后趴在城门洞里射出最后一颗子弹的。在对方的火炮轰击中，城楼上失去了火力压制，敌人就撞开城门吼叫着蜂拥而入，他和冲入的敌人绞在一起厮杀格斗；他身上被刀子捅成了马蜂窝，倒在地上还掐着一个人的脖子；铁锤一般的重脚步从他的胸口和头上踩过，临死前他嘴里还咬着谁的半个耳朵。城门洞的血流汩汩地淌出去，在平日妇女洗衣的青石板那里散开来汇入州河。

南街是一片火海，东街是一片火海。

北城门被攻破，固士珍的人一入城就先抢商号。西城门的李念劳见东南北的城区已失守，西门这边的敌军潮水一般涌了进来，他就带了身边的十三铁腿拼死突围，全凭着跑得快，才顺黄沙渠钻梢林过胭脂关矼直奔麻街川去投白脸娃娃。白脸娃娃是个轻狂人，没事了找事，有事了怕事，老连长叫他防备的是李虎，他看李虎还实诚，一时悠闲了就去挑衅曹鸡眼，没料想叫人家给粘住了。他一攻人家就退，他一撤人家就撵，他攻之怕中埋伏，退之又怕失守，就那么僵持着日夜不敢眨眼。到李念劳带着十三铁腿跌倒在他面前的时候，他才知道惹下大乱子了。在唐、固围城之初，孙团长就密派细作命他回援，他还以为是孙团长趁老连长不在要权把子哩，这下后院失守，若是敌人乘胜追来处在两方夹击中如何是好？！

却说商县城在黎明时分已全面告陷，唐靖儿杀红了眼又见固士珍的人满城疯抢，手下兵将又一哇声地要求犒劳，二十九岁的唐司令就把长杆子的旱烟袋一挥说："放抢俩时辰！"

司令发了话，郧西郧阳的湖北兵率先砸门扭锁，京货铺子里的绫罗绸缎，大户人家的烟土罐子，银匠楼上金银首饰，粮食行里的米面油盐，凡值钱的、大宗的货物商品，全部人搬车运一刮到底。许多被固士珍抢过的商家又被湖北人掠了第二遍，全城鬼哭狼嚎像进了阴曹地府。一个时辰之后，乱兵进入普通民宅，拳打脚踢吊捆索绑中，整条街道哭声连天。有兵士上房破顶，手中的耙子挥舞着像刨红薯一样，砖头瓦片雨点一般砸到街上。多少屋顶被破开，阁楼上的包袱财物一布袋一疙瘩地扔了下来。接着就起了火，先是一家两家，再就连成了片，火龙忽悠一下就从巷子东边蹿到西边，接着整条街巷就烧红了。火海中不时发出炸响，一团两团的火炭就抛到高空；轰隆一声房倒屋塌了，满城像刮了龙旋风一样乌烟瘴气。

哨子终于响了。有兵士抱怨说两个时辰怎么眨眼就到。有传令兵手持白铁皮话筒站在断墙上大声喊叫："全体保民军注意，马上到大十字广场参加民众大会！"广场周围的灰墙上，白石灰刷写的大字标语十分刺眼："护烟！除霸！杀狗官！"

在全城放抢的两个时辰里，东秦岭保民军司令唐靖儿，正在县府大堂里审胡传路。胡被五花大绑着跪在地上，两个兵士按着他，额角的血流像蚰蜒。唐司令身穿黑色制服，肩上没有挎手枪，腰间没有束皮带，他手持长把儿旱烟锅，"乓儿乓儿"吸着，满大堂浮着一层他嘴里喷出的烟雾。两行持枪士兵僵立不动，偌大的空间里没有一丝声响。唐司令的吸烟声和着大堂嗡嗡的共鸣传得很远。

正堂的大方桌上，中间供着唐司令他妈那块"母亲大人神主"的牌位，牌位前的三脚炉里两炷线香袅袅地升起烟气。牌位旁边，是胡县长的两件东西：红绸包着的县府大印、县长门口挂着的门牌牌。

终于，唐司令开始磕烟灰，硕大的烟锅头在他布鞋的千层底上"梆梆"地弹着，脚下的烟灰落了铜钱厚一层。他说话了，轻腔慢调，有一句没一句，他说："这一座城啊，在清朝着叫直隶商州，管东秦岭六个县，到了你们民国改成商县，东秦岭的六个县就各管各了。这商县的老爷啊，在前清民初一直叫知事，到后来了改叫县长，是县长比知事的权大吗？"

跪在地上的胡传路不说话，也不动弹。满大堂听到的只是喘气声。唐司令的左臂搁在大方桌上，他用写着"县长"二字的门牌轻轻磕着桌面，依旧轻言慢语地说："你看啊，烟苗子你就不要铲了，老百姓完粮纳税盖房娶媳妇全凭这哩，就算我代表老百姓向你求一回情，你点点头我就放你回西安省。"

大堂里飞进一只蜂，嗡嗡嗡地绕了一圈又飞出去。胡传路没有点头。唐司令把玩着那个白底红字的门牌牌，哗啦啦翻过去哗啦啦翻过来，说："你不愿意了我也不勉强。是这啊，要按我说啊，你跟我到湖北去，二郎都是好地方，你给我把完粮纳税的事管起来，你爱叫县长我就给你放个县长，你同意了给我点个头。"

唐司令又吸了几锅子旱烟。胡传路依旧没有点头。

唐司令把红绸包着的大印在门牌牌上拴了，又把烟锅烟袋朝肩膀前后一搭，给左右说："胡县长不给面子了，那咱就到大十字开民众大会去。"

兵士们席地而坐，长枪一律抱在怀里。兵阵的后边，围了一圈衣衫褴褛的人，叫花子乞丐流浪汉也挨挨挤挤着朝前咕拥。另有一群衣冠端整的人坐在板凳上，礼遇上显然是不同的等级。在大十字广场土台子的一角，支摊子配钥匙的朱锁匠和给人钉鞋绱鞋的吕鞋匠，被人挤得案歪架斜，可怜巴巴地扶着摊案子不敢吭声。广场上声音嘈杂，但东街西街北街南街的哭号声时有耳闻。一些房子还在燃烧，风一刮就落下一层烟灰末子。一些穿白戴孝的人挤在民众里十分显眼。

土台子上一溜安了三张方桌，方桌后坐了一溜威风八面的军官。农民模样的唐靖儿肩搭烟袋坐在正中，"母亲大人神主"的牌位背在身上。讲武堂出身的陈月天一身戎装正步上台，他脚跟一磕立正，戴白手套的右手五指并拢在帽檐上一碰，脖子左右一拧，宣布："民众大会，现在开始！"兵士们乒乒乓乓拍手。陈月天努着粗声喊："第一项，将违反军规者正法！"又低头给台下说："先推出去三个娃样子，立即执行！"

人群中一阵骚动，三个兵被扭着胳膊押出队伍推出人群，接着就听见三声枪响。陈月天对民众说："在入城之初，本保民军为了弥补粮秣之不足，分派了部分军士在规定之时间内，向本城商家索派钱款，可在哨子响了之后，仍有本军中的害群之马入民宅抢掠，刚才枪毙了的是三个娃样子，后边查出来一个正法一个。"民众有了轻轻的骚动，陈月天喊："下边进行第二项：杀狗官！"

人群嗡一下朝前拥来，后排的兵士站起来横了枪杆子朝后推。几位衣衫光鲜的人从板凳上跌下来，披麻戴孝的人群朝这边紧缩。

陈月天喊："把狗官胡传路拉上来！"有人领着台下的兵士挥拳呼喊："护烟除霸！""枪毙狗官！"

绳捆索绑的胡传路被牵了上来，他不屈地昂着头。

陈月天说："大家看清了，就是这位狗官，为了讨好西省的冯大人，不断给全县百姓的完粮课税加码，逼得多少农民弃粮种烟，种了烟他又铲烟，这不是比土匪还土匪吗？他到处宣传铲烟剿匪，我们今天给他反过来，我们先剿了他的匪！我们要告诉民众，今后谁要铲烟，就是胡狗官的下场！"

在兵士的拍手声和呼喊声中，统领六省地盘的国民革命第二集团军总司令冯玉祥，派到商县的一县之长胡传路，被拉出南门在州河滩上枪毙了。

陈月天十指交叉着脱了白手套，又轻松地弹弹衣袖，宣布："下边，请东秦岭保民军唐总司令靖儿先生讲话！"陈月天拍手，兵士们拍手，板凳上的人拍而不响地晃了晃双手。唐司令趔脚拉叉地走到台前，他腰间的裤带上别着串在一起的县府大印和县长门牌，"母亲大人神主"的牌位斜背在他的后肩。他将挣篓匠的八字脚立了定，右手拿烟锅在左手心里敲一敲，面无表情地看着台下的民众，不说话。

民众就不敢说话了，大十字广场一片肃静。

唐司令轻言慢语地说："我先更一个正，本人叫靖儿不错，但在正经场合我也有大号，姓唐名靖儿字立青。您说对吧陈参谋长？"陈月天朝他点头，欠欠身子，右手又触一下帽檐浅浅行个礼。唐司令继续说："这么大个商县，没个县长是不行的。今儿开民众大会，最重要的一条就是，公举新县长。大家举手发言，现场公举，递条子举荐也行。"

众沉默。天阴沉得像要塌下来。唐司令朝板凳上的人扬扬旱烟锅，抬高声音说："商会的先生们举一个来么！"商会的人脸平着，后排人的腰蜷在板凳上窃窃私语。陈月天在一边撩话："商会的人起价高啊，给个县官都不坐？"

终于有一张纸条递上来，陈月天连忙送到唐司令面前。唐司令面色和悦着，用烟锅示意陈月天宣布。陈宣布的声音很大："黄国卿！"又高举着拍手，兵士们立即和着他拍手。

唐司令用长烟杆一勾一勾地往台上招呼，说："上来上来，可喜可贺呀！"众人的目光被扯了过去，在板凳一族的后边，有人扯起一个头戴瓜皮小帽脑后拖着辫子的老者，老者屁股直朝后坠，嘴里极不情愿地哎哎着，有两个兵过来架住他，老者慌忙摇手，连说："不才不才。"

唐司令脸色变得铁青，手中的长烟杆一挥，说："拉到南门外毙了。"老者被架走了，嘴里一直哎哎着，屁股一直朝后坠着。陈月天拿双手朝天上挥舞，连说："再举再举！"

南门外传来一声沉闷的枪声。大十字又举出一个人来，这人是个小伙子，虽穿得烂些，可四肢齐整阔面大耳。此人被引导着上了台子，陈月天高兴地伸手与之相握并询问贵庚何府，可这人表情木然，对长官所问概不作答，一时弄得讲武堂出身的人丈二和尚摸不着头脑。一群叫花子乞丐流浪汉发出哧哧的笑声。

还是唐司令看出了名堂，他长烟杆一挥，又一挥，说："拉南门外去！拉南门外去！是谁把这个又聋又哑的人举上来的？"

陈月天受了捉弄，刷一下掏出手枪，指着板凳上的人问："谁举荐的谁举荐的？"场外的民众轰轰着，汹涌着，一齐朝板凳这边挤，挤得朱锁匠的锁钥架子哗啦啦乱响。一位披麻戴孝的女人从人群里挤了出来，她从容地走上台，给二位大人鞠了一躬，说："是我举荐了我的傻儿子给你们当县长的。贵军进城，我家死了三口人，你们口口声声说要保民，也只有傻子才信你们的。"

唐司令伸出烟锅制止了她，又转身面对民众，很悲悯地说："很不幸哟，这一家死了人，我叫勤务上把人厚葬了，再发些抚恤金给她。可是——"陈月天接话说："这个女人捉弄本军，军法不容，也拉到南门外去。"有兵士喊："枪毙！"唐司令一字一顿地说："不，乱棍打死。"

场子上起了骚乱，先是外围的闲散人员有了流动，再就像水一样朝人圈中渗，人圈成了一锅粥，你起来我坐下呼啦啦翻搅，猛然一股浪头压下，前头的人群倒下去压在兵们身上，有谁趁机朝人群里撒灰扬土，风头一转满台子烟尘雾罩。混乱中，陈月天"叭叭"朝天开了两枪，大十字广场立马像被冻住了，跌倒的人蛇起半个身子不敢动弹。

唐司令拿烟锅在掌心里敲着，冷声子说："举呀举呀，再举呀，没人举荐了我就——现场任命呀！"后圈的人群像一堵墙哗地塌散开来，叫花子乞丐流浪汉也弓了腰缩了头。板凳上的也都双手抱了头，不敢朝台子上瞅。朱锁匠吕鞋匠一边攀住摊案子一边斜过身子朝台上瞅，他们想看看到底是谁来当县长。

唐司令从裤腰带上拿出拴在一起的县府大印和写着"县长"二字的门牌牌，嘀里当啷地提在手上，走下土台，从兵阵前头走过，脚下挣箩匠的土布鞋踢踏踢踏地响。他右手拿长杆烟锅在人群里点着，鹰一样的目光在搜索。到坐板凳的商会人士跟前，他停住了脚，商会的人像是死了，连气儿也不出。朱锁匠紧紧地扶着他的桌案子，桌案沿的架子上挂满各种各样的锁子和钥匙，稍微一晃就叮当乱响。朱锁匠实指望早点举出县长，他还忙着要配钥匙呢。

唐司令把县长门牌挂在朱锁匠的钥匙架上，目光在别处瞅。突然，他用长杆烟锅直指朱锁匠的鼻子，大声宣布："你！就是县长咧！"朱锁匠吓得直朝后趔身子，看到台上陈月天的手枪朝他扬了扬，就赶紧硬着笑脸说："哎哎，是是，县长县长，躬谢躬谢！"又是抱拳哩，又是躬腰哩，惹得叫花子乞丐们发出一片哄笑。最失态的是朱锁匠旁边的吕鞋匠，他伸长脖子两眼放光口中长长地吊下涎水，他忘情地拍着手，仿佛自己也是个官了。

唐司令用烟锅碰碰他挂在钥匙架上的东西，说："这个是县府的大印，这个是县长宅屋的门牌。噢，敢问县长贵姓？猪？胡说！噢，朱，南京有个朱皇帝，好。"说罢转身上了土台，面对民众，他又长烟杆一挥一挥地说："朱县长人好啊！他是个配钥匙的，谁家的门都能开，做父母官正合适嘛！"

兵士们拍手，叫花子乞丐们一哇声叫好，板凳上的人低头不语。

唐司令又放高声音说："这么大个城，官得有人坐，权得有人掌，一帮子猪头狗脸的东西，放着酒宴不坐寻屎吃哩，是这啊，板凳上的人都到县府大堂去，一个也不能少！"

县府大堂里，板凳上的人每人摊上了二百块银元的"军款"。

县府大院里，各种战利品堆积如山，一些军官正在打包，骡子队全都驮上了重行李。陈月天陪唐司令视察，分门别类地介绍着这些

"包"。突然，有军官领进一串拴着的婆娘和儿童，报告说："这是胡府和老连长于家大院的眷属，如何处置，请长官指示！"

唐司令瞟了一眼，脚一跺问："弄一帮婆娘娃做啥呀？养活啊？"说罢又头不抬地去看地上的"包"。陈月天摇摇手说："放了放了。"又问："他们家的财产清理了吗？"军官说："报告参谋长，固士珍先下手了，他们两家的财物已被搜罗一空！"陈月天朝唐司令摊开手，说："你看你看，真正是土匪，指头蛋儿大的眼界！"

唐司令说："这个固士珍，人呢？"军官答："正在北城楼上喝酒哩！"唐司令"哼儿"一声冷笑，说："叫喝去叫喝去。"

正说着，来了一个贼眉鼠眼的人，他自我介绍说他是和朱县长一块儿支摊子的吕鞋匠，朱县长任命他为警察队长，可他手里没有一件家伙。唐司令就转过身来一眼一眼地盯着他，直看得他哆嗦着朝后退，可又不得不说："这一座城，我们真不知道咋管呀！"

唐司令正声告诉他："官给你们了，印给你们了，咋管是你们的事。"说罢挥一挥长杆烟锅，吕鞋匠赶忙溜走，没几步，又被唐司令叫住："嗨！给你五杆枪，先把毛匪贼娃子镇住。"吕鞋匠鞠了一躬，胆子也大起来，扯长脖子低声问："听说你们要走了？"唐司令眼睛一瞪，陈月天就逼前一步，厉声问："谁说的？谣言惑众是要杀头的！"

吕鞋匠刚走，骨头皂骑驴进来，老远就朝唐司令拱手，又压着嗓子说："我先走呀，你慢慢拾掇。"说罢就拨转驴头慌忙要走。唐司令用长杆烟锅朝下一刨，陈月天就过去一手捉了缰绳一手拍着驴背上的捎马袋，笑问："得了银子就溜呀？"

骨头皂翻身下驴，凑到唐司令跟前，低声说："我得给你收拾乱子去，你知道你在南门上打的是谁吗？谁？你的小表弟！"唐司令眉眼一斜，烟锅敲着手心说："是老四啊，到底是嫩鸡娃子不经敲，他人呢？"骨头皂说："人在南门外河滩里挺着，怕叫狗叼了，我叫人先买张芦席裹住去。"唐司令长出一口气，冷笑着说："都怪枪子儿不认人啊！"沉吟一下，又说："你看是这，你给捎三百银元下去，二百给我老舅，是他的伤心钱，一百给他媳妇，听说膝下添了小的，算是给娃的项圈钱。"

战事结束之后，有人看见，在南门外血污尸横的河滩上，一位身裹袈裟的老和尚独自跪地焚香诵经……

这一次攻占商县城，整个作战部署是鄂北剿总张连山一手策划的。在"保民军"的内部动员中，最让官兵激动的说法是：攻克商县城，放抢一天半！对陕豫鄂三不管的六县民众，他们唱响的口号是：护烟、除霸、杀狗官！这对广大烟农来说，当然是天大的好事，所以沿路里长甲脚对缴纳粮秣几乎不说二话。按张连山划定的路线，唐靖儿率保民军溯汉水而上，绕过漫川关从湖北口端直北上，再绕过山阳县，转黑山，顺南秦河而下，直扑商县南门。固士珍接受了骨头皂的说项，得了银元子弹，则鬼一般从城北带云山直扑商县北城门，整个战役一气呵成，得手后又快速撤离，所以待老连长率了精兵扑上来的时候，唐靖儿的保民军早满载着大包小包撤到了八十里之外。

满城的哭声迎接老连长入城。他先掩埋了二百多具守城将士的遗体，又亲率士卒清理满街的砖块瓦砾。烧了民房的他动员纳钱会互相帮衬着盖房，死了亲人的他亲自上门抚慰吊孝；另外，炸毁的南城门需要修复，破坏了的古城墙得重新浆砌，更重要的是恢复商业人气，振兴农贸市场，他把一部分军队变成运输队，从南北二山的农村集市调剂柴米油盐进城，又派了骡子队上西省运回日用百货；他发动中小学生上街唱歌演剧打扫卫生，原县府宣传队的匡蓓趁机建议成立县剧团；老连长说如今是百废待兴财政困顿，但你匡小姐是在省城听过鲁迅教授先生演讲的，肯定思想高再困难也得支持你；中背街小学校长王修竹也恢复了她的读书会和合唱团；民众的生活秩序和文化活动很快得以恢复。可是，他老连长在冯大人那里却产生了严重的信任危机，他的特别代表在督军府吃了闭门羹。他的代表要向冯大人解释这次屠城之灾的经过和胡传路县长被杀的真相，冯大人硬是不予接见。磨蹭到最后，冯大人传出一句话："回去好好清党！"

老连长就把"清党"记在了心里。

只是这会儿太忙，他首先要办理的是胡县长和孙团长的殡葬大事。

城北上寺坡的三宝之地，一座大坟拱起来，坟前竖起一座两丈高的牌楼，碑文由矮胖子和土包子合伙撰写，字里行间竭尽恭颂之词。

这一天，胡县长要归阴了，当空是炸红的日头，满城纸钱飘飞，穿白戴孝的人群行走在上寺坡的砭道上一眼望不到头。上寺坡大牌楼前的陡坡上，上百人的唢呐队吹打着悲壮激越的《祭灵》曲，数十人抬着柏木棺材正在往坡上行进，前头是十几个人拖着四条大绳拉着棺材，后头是十几个壮汉用竹竿长棍顶着棺板朝上推，纸幡在空中飘扬，香火在沿途燃烧，胡县长给商县办了多少好事就全在里边了。

大牌楼后边，胡县长的坟前，竹苞松茂的光影里，匡蓓带着新成立的县剧团团员在唱一支歌。这支歌，是胡县长生前亲自给县府宣传队教唱的。今天，宣传"铲烟放脚剿匪"的老队员都来了，他们胸前戴着小白花，在花圈掩映纸絮飘拂之下，匡蓓指挥着合唱。引导棺材的唢呐队在坡前呜咽，坟前合唱的队员声泪俱下：

> 中华国民志气宏，
> 披星戴月去务农，
> 犁尽世界不平地，
> 协作共享稻粱丰。
> 平均地权革命成功，
> 人群进化世界大同。

> 中华国民志气宏，
> 顶天立地做劳工，
> 钢铲铲开平等路，
> 铁锤锤出自由钟。
> 阶级消灭革命成功，
> 人群进化世界大同。

> 中华国民志气宏，

披坚执锐打前锋，
热血洗清新世界，
民族平等乐无穷。
霸权除尽革命成功，
人群进化世界大同。

中华国民志气宏，
教育普及东方荣，
科学完成其改造，
文化统一天下公。
知识普遍革命成功，
人群进化世界大同。

　　满城都唱这支歌。歌声中，老连长领着部下在打扫大十字广场。满场的纸钱纸屑都在印记着胡县长的好处。朱锁匠在低头做活，钢锉在铜钥匙上磨出亮光，他挂满各种锁钥的架子上坠着一朵白花。老连长来到他跟前许久了，直到他把配好的一把钥匙插入锁头"咯噔"一拧，才抬起头来。"噢，长官，你你，坐啊！"朱锁匠激动得不知说什么好。老连长笑着说："你就是咱的朱县长啊？"朱锁匠红着脸说："啥县长？人家是拿咱要要哩，你看你看，还不是个配钥匙的嘛。"他把一串钥匙在手里摇得叮当响，又说："长官要配钥匙了言传。"老连长轻声问："听说还给你授了印？挂了牌？"锁匠连连摇手说："甭提啦甭提啦，我早都扔到茅坑里去了。"老连长说："这事儿嘛，谁会当真呢！捞出来捞出来，洗净净的挂在你这钥匙架上，还是个好招牌哩！毕竟你给唐靖儿当过一天半的县长，不过你没害人，就不算啥事。"

　　锁匠兴奋了，连问："长官你说不算啥事？你说话算数哩？"扫场子的几个军佐都围过来看稀奇，见锁匠猜疑，就都笑着说："算数哩算数哩，快去捞出来叫大家看看。"锁匠就弯了腰在台案下的杂物中翻找，一边说："我就知道这是个耍猴子玩的，没舍得扔哩！"

红绸子包着的县府大印还是原样子，白底红字的"县长"门牌上沾了不少污物，锁匠拿袖子擦着，说："这拾掇拾掇还能用哩。"老连长接过来看着，一边说："新县长来了要用新大印呢，这老县长的遗物就成古董了。"说着，把这两件物什朝钥匙架上一挂，朝广场上喊："朱县长配钥匙了！"周围的人哄笑着，锁匠赶紧捂了脸，连说："羞先人哩羞先人哩！"老连长与朱锁匠耍逗了一回，转眼又问："听说给你这儿的吕鞋匠也封了个啥长？"

锁匠的脸一下子变得煞白，他结结巴巴地说："吕鞋匠失踪了，有人说他叫人害了，有人说他背了五杆枪上南山了。"

第十章　州河滩

孙校长的人头被割走，他穿戴整齐四肢并拢躺在沙地上

　　孙团长为守城捐躯的消息传遍了上下州川。民团的人从官路到村口搭了三道牌楼，每一道牌楼都用松柏纸扎装饰，两边有州川绅士奉献的挽联，计有：传噩耗悲歌动地，继遗志铁誓震天；白马素车祭英灵，青天碧海招忠魂；浩气不泯热血一腔化春雨，大义凛然壮志千秋泣鬼神；等等。

　　南北二山的名门望族都来了，他们送的挽帐在苦胆湾村路两旁的树上结绳悬挂，一眼望不到头。州川上下的里长甲脚都来了，他们送的金童玉女纸人纸马金山银锞层层叠叠顺挽帐排列。特别是下州川六里十八乡的老百姓，送来的香表烧纸堆满了孙家大院。高等小学停了课，学生们在三个牌楼下夹道而立，来了吊唁的行情的送礼的就迎送三鞠躬。全苦胆湾的人都在哭泣，悲声如云覆盖在州河两岸。护校队的人肩上的枪杆子都缠着孝布，他们在后沟及河边列队巡逻……

　　孙家大院子里搭起了灵堂，灵帐上挂了一块铜镜，帐前的方桌上点着红烛香火，各类献祭供品成堆摆放，不时有人在桌前跪了烧纸。可是，灵帐后边的灵床上只有一条空被——孙团长的遗体至今没有找到！

　　琴抱着披麻戴孝的跟虎在灵床旁的草铺上哭，一群妇女陪着她鼻一把泪一把地呜咽。饶和忍在锅灶上忙活，高卷腊娥白顶子帽根子都在屋里屋外做主应承。

　　孙家派了三拨人进城搬尸，还是没有找到孙团长的尸骨。老连长

动用了工兵连，城东城西的乱葬坟都挖开了，还是没见到孙团长。老连长说了，孙家的人先回去，待忙完了胡县长的丧事就发动全城民众寻找，孙团长是大英雄，咱不仅要把葬礼办得体体面面，还要给他的家人授勋嘉奖，还要恢复孙团的建制，就是万一找不到孙团长的遗体，咱也要打个金头银身子的孙文谦给孙老者送回去……孙家人空车素孝返回了苦胆湾，又是全村动了哭声。

孙老者斜靠在他的炕头，水烟锅在嘴上搭着。陈八卦在灯影里走过来走过去，双臂后背着，一手扣着红铜茶壶。蒸馍蘸蒜在桌上晾着。孙校长坐在老圈椅里，清癯的面容只是一个剪影。炕前的地上跪着琴，她头抵在膝上没有了声息。孙老者的声音低沉而缓慢："老四做的，是光荣的事，他为了一城人舍身，是为国捐躯，为百姓尽忠。城池失了守，不是他没尽责，是强贼太凶悍。他是我的儿，送他去吃粮就是指望他能保一方土地平安，啥事我都是想到了的。你起来，我的好儿媳，你没跟老四享福，你一定会跟老四的名声沾光。跟虎儿——琴，你要教我的孙儿呀，永远记着他的父，他父小名叫杆杖，大名叫文谦，军职是团长——"

孙老者哽咽着说不下去，琴趴在地上泣泣噎噎："大大啊，我贤慧的大大，人都把你叫乡贤，你就是一村人的主心骨，一村人伤心你不能伤心啊！嫁给孙文谦是我自愿的，我看上他跑得快，打仗一副英雄相，我失了丈夫，他完满了英名，这是我做妻子的功德啊，大大我今天磕了头，往后我就是你的女儿，堂前屋后的孝顺里有我的一份儿啊！"

琴被腊娥高卷搀了出去，校长孙取仁静凝的侧影发出了冷峻的声音："你说过的，一日有三善，三年天必降之福；一日有三恶，三年天必降之祸，我父亲数十年如一日积福行善，可为什么连连丧子不绝灾祸？这天悬的命题究竟该怎么解啊？"这话是问给他福吉叔的、他陈八卦的。

陈八卦的身影不再晃动，头上的帽苫子张扬如斗笠篷顶。终于，山谷滚木头的声音从墙头的影子上落下来："为恶必灭，若有不灭，祖宗之遗德，德尽必灭；为善必昌，若有不昌，祖宗之遗殃，殃尽必昌。"

孙老者说话了，他一字一顿着："恶不为灭，善不为昌，唐靖儿是我摸着头长大的，他是跟了官军当粮子，跟了屠夫翻肠子！他履邪径，欺暗室，奸于心，恶于德，是跟了逛山瞎了心的。我大椿树上的葫芦豹是蛇蝎毒物，尚能辨识敌友，况人之乎？唐靖儿不是呆笨鲁愚之人，他行走背着先妣灵牌就说他人根未孽，若逢着良师益友，恐——"

话未说完，外头响起唢呐声。海鱼儿跑来报告："团长、团长，他、他给运回来了——"孙校长拉了陈八卦就往外跑，村路口，火把照耀着一行龟兹乐人吹吹打打，一辆牛拉车缓缓驶来，车上载着黑漆棺材，一只雪白的引灵公鸡卧在棺盖上，棺头上金漆的"忠"字闪闪发光。民团的人已点亮了沿路的灯笼蜡烛，香表纸钱也烧起来了，烟气弥漫中，辉辉煌煌中，一村人都忙了起来，院子正中的灵堂前猛然炸起一片哭声！

一个煞白脸庞的中年人单腿跪地双手抱拳，孙校长以主人身份拱手迎谢，陈八卦认出了来人，赶前一步将其扶起，来人说："我要拜会孙老者，请速引见。"

孙老者的炕前，陈八卦介绍说："这是古土枣先生，就是州川人说的骨头皂，是他亲自驾了牛车送回孙团长的遗体，棺材灵鸡丧俗浑全，古土枣先生，我这里代表全村人先行谢承了！"

孙老者咳嗽着要起来，骨头皂忙单腿跪地双手作揖，又起来握了孙老者的手按他依旧躺着，声情并茂地说："孙老者在上下州川名正声高，是真正的乡贤，晚辈心钦仰止，知贵公子壮烈守城以身殉职，是功盖河岳的英烈之士，贼退验殓烈士，经人指认，我着人购置寿衣将孙团长高台供奉，又有乡绅捐出棺木，是百年古柏八大块，如此安奉妥当，便驾了牛车护灵归里，老连长那里，我已着人通了行状，他正忙于部署西线防务，说待归葬之日他要带了官兵亲来吊唁。又有善士捐献了银钱，这里也一并呈上以奉老小。"

一堆银元就直接倒在孙老者的被子上。孙老者推手相让，校长孙取仁又手托漆盘亲呈谢礼。这是两封银元，骨头皂死活不受，说壮士捐躯布衣出力，天地难以等量哪能反了礼路？陈八卦说豇豆一行茄子一行，乡绅捐棺善士献银都在情理，可孙家正愁着活不见人死不见尸，你却不辞苦辛守棺护灵，这份大恩是千金难报啊！

推让中，反复的推让中，骨头皂才把两封银元揣在怀里。又约略用过茶饭，就驾了牛车携了乐人原路返回。这一夜，苦胆湾的男女老幼哭了通宵。

黎明时分，四乡八邻的龟兹乐人齐集苦胆湾，祭灵的唢呐声薄云天。南北二山唱花鼓的艺人也赶了来，《孔子哭颜回》的曲曲唱得鸡狗恓惶。

中午时分，老连长一身崭新军装正步进村。他身后，"孙团"尚存的人马全都头缠孝布三人一列缓步行进，系着白花的长枪斜扛肩上刺刀如林，王双考、李念劳各自走在自己营队的前头，各自手扶挽带引领着两个抬大花圈的士兵肃穆而行。白脸娃娃带着他的一营人马走在最后，他的队伍中夹杂着几样重武器，机枪、小钢炮，每个兵士的腰上都缚着子弹袋，个别的还挂有炸弹，仿佛不是来吊孝而是去出征。

鞠躬已经不能打发这些贵宾了，根据牛、马二校董的指使，三重牌楼下的高小学生一律夹道而跪，频频磕头，三个营的兵士缓缓走过，长跪于地磕头于地的学生们已经眼花缭乱。更叫人头脑发麻的是，十几家龟兹队的上百支唢呐冲着队伍疯狂吹打，马锣、筛锣、鳖鼓、挎鼓、抬鼓，直捣得人五脏颠倒，神魂飞扬……

最令人动容的是，全村的老少女人全都夹道而跪，她们迎宾的方式是哭声，由衷的哭声，一哇声地撕肝裂肺，直揪得人心肠寸断！

吊唁的士兵依班排次序三鞠躬，又挨个儿绕棺材一周，把枪上拴着的白色纸花慎慎地放在棺盖上。棺盖上的花摞成了山堆堆。饶拉着金虎、琴抱着跟虎，跪在棺材两边，依次给吊唁的士兵磕头还礼，士兵们忍不住眼泪长流，不少人放了哭声。退出来的士兵在村道里站不下，就集合在高等小学的大操场里。整个苦胆湾，哭叫声、唢呐声、锣鼓声、唱曲曲声，搅合在一起，震得全村的房屋砖瓦都在动弹。

老连长坐在孙老者的炕前，诉说着他对这位爱将的怀念和敬仰。

王双考李念劳和白脸娃娃垂手恭立，报仇的誓言说了十几遍。

孙老者说了："叫你们兴师动众去征剿，不如我去再挨一顿棍。这娃是我门上的狗，我知道他咋咬人哩。有征剿的人马钱财不如叫百姓吃几天安生饭。狗咬人是没骨头给它吃，打跑了也就算了，你在朝他在野，你为王他为寇，做事顺着天理的茬口走，走到天尽头有你说的没他说的。"

老连长说："我要给孙团长坟前立个丈二高的功德碑，年年的清明我都要亲自下来祭奠。我要打个铜牌牌钉在你家门口，叫你家世世代代永不纳税完粮。我要给苦胆湾的民团再发五十杆枪，谁要来骚扰就给我往死里打。我先给你送来这么多抚恤金，你老养好身子还要把他留下的小根根抚养好……"

撕天裂地的痛哭声把南北二山动摇，尖锐冷硬的唢呐声让州河水倒流。环绕墓堆肃立的一连兵士一律单手举枪，同时对天鸣放，天摇地动中，几位壮汉用脊背把棺木顶入墓穴。整背篓的表纸、如山的纸人纸马金山银锞，和着松枝柏朵燃起冲天烈焰。松脂柏籽的香味儿洋溢在金蟾穴下的孙家老坟。上百人高举着丈把长的纸幡，纸幡在风中纷飞飘扬。瘦弱的琴抱着小小的遗孤在坟前磕头，婴儿的头上裹着拖地的孝带……

老连长在高等小学的操场上对"孙团"的将士讲话，声音昂扬正气凛然："孙中山留下来的是三民主义，到我们手里，要给他搞成八民主义，对不对？要叫百姓吃好，睡好，这还不行！吃好睡好就成猪了，人不光吃好睡好还要活好！对不对？活好就是男人要有婆娘，女人要有丈夫，有了女儿的再有儿子，有了儿的还要有女，娃要有外婆外爷，过年了有白馍吃，有社火耍，有戏看，姑娘不再缠裹脚，大片子天足能下地能生产！咱今天把话说响，你谁要是娶了小脚妻呀，谁就不是我的兵！"台下的兵士咧嘴乐着直拍巴掌，老连长又说："这些都是我们军人的责任呢！在这些事上，团长孙文谦是你们的模范啊！岳飞是精忠报国，孙团长是捐躯守城，王祥是卧冰求鱼，郭巨是埋儿行孝，雁过留声人过留名，壮士一世，就得要后人念说么！在你们这个团，个个兵士都要当英雄！留英名！"

兵士队列的前边，笔挺地站着三个人：李念劳、王双考、白脸娃娃。

老连长说："现在，我宣布，孙文谦团，由李念劳继任团长，王双考为一营长，白脸娃娃撤销原来的独立建制编为二营长，原李念劳营由麻春芳接替营长，下州川民团交孙校长兼任团长！还有，你们这个团，我要建成精锐之师，招募的新兵不再使用刀矛之类的冷兵器了，我保证你们人手一杆快枪三百发子弹。我再告诉你们一个好消息，我已派人到省上求购无线电发报机，今后打仗，咱们就不用骡子传信了……"

完善了"孙团"的建制，老连长带了随从骑骡子回城。刚上了官路，迎面碰上一个跌跌撞撞的妇人。妇人抬起头，老连长的脸阴了下来。

这妇人是十八娃。老连长手中的短鞭在空中摇着圈子，冷声子问："人已经下葬了，你来做啥？"十八娃一下子歪靠在路边一棵树上，双手掩面，呜呜咽咽地哭了起来。

老连长手中的短鞭在空中"叭"地一摔，一字粗声砸下来："回！"

十八娃猛然跑到骡子前面，当路跪下，硬睁着泪眼说："好我金虎的干大哩，你放我回去看看啊，我要给老四烧一刀纸，我要陪着琴母子住一夜，我想给大大说几句话，我实在想看看儿子金虎啊！"老连长没听进去她半句话，鞭子一挥，命令随从："架上骡子，往回走！"两个随从就翻身下了坐骑，不论三七二十一把十八娃架上一匹黑骡。老连长朝他的坐骑狠狠抽了一鞭，嘴里犹愤愤不平："说得倒轻巧，回去住一夜，我晚上的脊背咋办哩……"

老连长一行绝尘而去，李念劳在金陵寺的民团总部主持召开了"孙团"重建后的第一次军事会议。

尘灰蒙蔽的释迦牟尼吊着脸，两旁的护法力士怒目圆睁。后殿里传来呜呜嗡嗡的诵经声，听得清的字音儿是："三宝门中福好求，大富之家前世修；未曾下得春时种，坐守荒田望有收；一粒落土百籽留，一文舍出万文收；为君施在福田库，惠及子孙享不休……"

李念劳烦乱地挥挥手，有护兵就赶紧关窗闭门。大殿里安静了，却又突显昏暗，有护兵就点燃了神台上的蜡烛。

"是这啊——"李念劳的尖腔子嘶哑着，鼻涕声中带着喘息，他一鼓腮帮："咔咔，喷！"将一口浓痰吐在地上，又说："我宣布啊！"他觉着嗓音儿不再分岔儿了，就以长官特有的口气发话："今后，不管谁打了胜仗，都要到老团长坟前响炮庆功。各营折了的连排长要报上名来，我要任命新的军官顶缺，你们不得私自提拔。各排各班折了的兵员，也要报上名单，以便团里统一招募新员补充兵力——"

话没说完，白脸娃娃就站了起来。他离开诸位围坐的供桌，朝大殿的黑暗处走了几步，转过来口中叼着一根纸烟。在老连长手下的军官中，只有白脸娃娃不抽大烟也不抽旱烟单抽纸烟。纸烟在他的鼻孔中喷出两道白气，他扬起戴着白手套的右手说："李营长啊，噢不对，李团长！首先，我代表我营全体，祝贺你荣升团座。荣升团座不到两支烟的工夫，就颁布你的新军法，这很好。不过，咱们都是出生入死的人，知道当兵吃粮的人，十几岁就把头别在裤腰带上，跟咱冲锋陷阵，谁胆大谁胆小，谁打仗会动脑子谁只是鲁莽蛮勇，班排连长心里自有一杆秤。所以嘛，打了胜仗，该谁受功嘉奖提拔当官，这是明人做不得暗事的！"

李念劳哼一下站起来，伸手指着白脸娃娃，涨红着脸问："你你，要咋哩要咋哩？年轻轻的当个营长，你吃过几碗青盐！嗯？"

白脸娃娃猛地扬臂亮掌，冷声子说："你当团长的先坐下，有理不在声高，叫我把话说完。"李念劳一口痰噎住，"咔咔"了半天，炸声子说："好小伙子哩，你不要年轻气盛，我这团长也不是拿交裆里的瘪瘪货换来的，我给你明说，我当逛山的时候你还在打麦场里耍尿泥哩！"

白脸娃娃"啪"地一拍胯骨上的盒子枪，高声子叫嚷："这儿不是逛山场子！投到老连长手下就是革命军人！革命军人就得听人讲道理。"李念劳呼呼地喘着粗气，白脸娃娃又平声子说："当兵为了吃一口粮，这是新兵的想法，可打了仗流了血，当兵的就没有不想升官的。这官是用血换来的，不是你一句话叫谁当谁就能当的。你想着你有十三铁腿，我还想着我有十八硬肚子哩！军官都揣着私心带兵，怎么统领人？怎么服人心？唐靖儿这次血洗县城，老团长战死，你带了十三铁腿逃命到麻街川，别忘了，是我收留了你！"

李念劳脸色铁青，他"咔咔"两声不再言语，众沉默中，他突然宣布："调白脸娃娃营立即进驻洛惠沟，三天内从曹鸡眼手里夺回大荆二道梁！"

白脸娃娃一手插在腰间，嘴里发出"嘿嘿"的冷笑，直震得殿梁上掉下一串灰絮。他说："好！很好！请团座拨给我营八十发炮弹，六百颗炸弹，三万发子弹，五千大洋的军饷，这些军需解决了，别说大荆二道梁，就是洛南县我也拿得下来！"

李念劳"啪"一拍供桌站起来，一手指着白脸娃娃，咬牙切齿地说："你这叫不服从命令！"说罢快速走到门口，大喊："给我拉出去！来人！""来人"哗地把门推开，一道炸亮的斜阳嘶啦一下照进来，后殿的唱偈声轰然传来：

今生做官为何因？
三世黄金妆佛身。
穿绸挂缎为何因？
前世施衣济僧人。
有吃有穿为何因？
前世衣食施贫人。
相貌端庄为何因？
前世采花供佛身。
……

"叭"一声，白脸娃娃手中的枪响了。围坐供桌的军官们哗一下都站起来，胳膊一甩枪就上了手。李念劳的"来人"还没来得及下手，踢里夸啦一阵响，白脸娃娃的人突然在山门上涌现，人手一杆枪全都对准大殿的门口，其中有两挺机枪一台钢炮，枪手和炮手已经趴在地上。

白脸娃娃双手拨开"来人"，对端着枪瞄着炮的部下说："干啥呀干啥呀！长官们在开会，岂能如此无理？全都给我退到百步以外去！"一转手腕子纸烟就叼在嘴上，"嘘——"的一声，他朝供桌边的军官们喷出一口烟。

王双考转过身来，他先在李念劳的肩上拍了拍，又对其他军官说："坐下坐下！"军官们坐下了，他又走到白脸娃娃跟前，推着他的后肩说："开会开会，不开不会，平常各自都把关守口，适逢孙团长壮烈了，大家聚在一起了伤心还来不及哩，怎么可以翻了窝子！"他强按白脸娃娃回到座位，又说："今天弟兄们能坐在一起，全是看着老连长的面子。我们营的弟兄从牧护关一路跑下来，也是想追击唐靖儿巨匪，追不上了看下一步是围剿呀还是拒守呀，反正李虎那边已经说好，他没有久居东秦岭的心思，整休整休就走。咱弟兄们总归是谁也离不开谁，在东秦岭打仗没人配合只有被人吃的份儿，老连长交代给咱的事，咱得好好坐一块捻弄捻弄，也好给他老人家有个交代，我想就目下咱们各自这些摊摊子，谁离开老连长恐怕都不行，谁能行？麻春芳你能行？"

麻春芳羞怯怯地笑了，他说："我是打毛老道吃了败仗的人，老连长给我胳膊上钻了一枪我没话可说，我当初开逛的时候脱了裤子敢日天，如今仗打得多了胆子反而小了，我今天给大家磕个头，以后期打仗要靠弟兄们帮衬哩，谁需要我帮手了我也不说二话的。"说罢走到莲坛下，正对着释迦牟尼在蒲团上跪了，先双手合十，嘴里呜呜哝哝一阵言语，又伏身引颈，以头触地，又亮掌合十，如是者三，才起身回到桌边，说："今天的酒席准我的，弟兄们一醉方休。"

王双考说："我跟春芳一样，谁要我出力帮忙我会合身子扑过去的。不过今儿这酒还轮不上春芳，李团长新上任这酒你怎么免得了？这是后话，咱先言归正传，听团长吩咐，嗯嗯？"

大殿里静若无人。几支蜡烛放出虚虚的光焰，护法力士的上牙龇得老长，释迦牟尼的双下巴陈旧而粗糙。

李念劳说了："部署上，我是按着老连长的意思。双考你驻胭脂关砭，是城西防守的二道线；春芳的阵线长，管上下州川，严防南北二山的窜匪逛山，重点是古楼峪的固士珍，最好和孙校长的民团配合一下，适当时重兵出击一次，把十八盘的老窝子给端了……"

孙校长和麻春芳陈八卦三人在油坊里吃了一夜茶，第二天早上出来不但毫无倦意，还脸上放光兴致盎然，路见山外流来的灾民，一个劲儿地掏出身上的银元锅子麻钱当路散发，有熟人问他是不是喝醉了，他说程掌柜家接我到山西运城去坐铺子呀，随身带了银钱反倒累赘。回到家里，他又是骂海鱼儿打老三，还把一个平底锅给砸了。村里人都说孙家刚死了撑天柱，这老二又叫固士珍整怕了，就破罐子破摔了弃家逃命呀。有人就喊了麻春芳来劝说，护校队的副队长高二石就带了十几个队员赶来求情，说好天爷哩校长你千万不能走，你一走咱这高等小学就塌伙了。民团的人也围了半院子，有老者甚至鞠躬作揖，说是校长你走了固士珍就把苦胆湾踏平了，不说村里人了你还有个德望重的老父呀！孙老者拄着水火棍摇摇晃晃出现在房埝子上，他说："娃要走叫娃走，逃出去一个是一个，聚到一搭里都不得活。"饶背着金虎、琴抱着跟虎、忍挎了个包袱，一家人就哭天叫地，惹得全村人都跟着抹眼泪。

麻春芳终于把孙校长叫走了。还有全民团的二百多人，都一齐集合在州河的河滩上。河对岸的大堰上插了几个纸糊着的草人，民团的人就瞄准打靶。适逢打儿窝的集日，引来许多赶集人的围观。

麻春芳连着打了好几个人的皮耳子，说是一群混饭吃的东西，枪都不会使还上阵打仗呀，不是白送死嘛！他把一杆长枪递到孙校长手里，孙校长哭笑不得地说："这是一支毛笔了我接到手里还能画两下，这种冒火的东西我自小见着就害怕。"麻春芳就变脸失色地说："老连长把眼睛瞎啦，任你当民团团长，真真是的，百无一用是书生！"

孙校长说:"教书的都是下头烂了尻门子,上头瞎了眼沿子,你就是瓮粗的长虫我先看不见呀。"他一会儿戴上眼镜一会儿又摘了眼镜,眼睛凑到枪膛跟前看,手在机关上乱摸,突然,"叭"的一响,枪走火了,吓得民团的人都跌坐地上,围观的人被逗笑了,都说麻营长你甭为难人了,孙校长只有打学生手板子才打得准哩!受到嘲笑,孙校长把枪掼到地下,手一背,说:"我到运城坐铺子去呀!这一碗饭谁能吃谁吃去!"说罢拂袖而去,把个麻春芳气得半死,只有把脾气发在民团的人身上,这个尻子上蹬一脚,那个脊背上打一拳,子弹是"嘣嘣嘣"地打了不少,取过几个纸人一看,个个完好无损……

很快,下州川的人都在传说:民团团长要出山去做生意,民团的人连枪都不会打,护校队要散伙了,高等小学要合并到上州川去……

于是,在金陵寺一处幽暗的偏房里,麻春芳秘密约见了骨头皂。

麻春芳开门见山地说:"皂哥啊,求你给兄弟帮个忙。"骨头皂说:"看是啥事哩,你叫我拿个弯镰给你把月亮砍一块子我办不到。"麻春芳说:"皂哥是这,你也知道,孙校长和固士珍这仇结得深,原先他老四当团长着,孙校长还撑得硬,如今靠山一倒他气先短了,民团的人都是戳牛尻子的山棒,孙校长接手民团一看,一个个枪都不会打还能指望打仗?就尻子一拍要出山走呀!"

骨头皂冷着脸无声地一笑,说:"这怕是放烟雾哩吧?"麻春芳真诚地说:"这是真的,不少老者上门劝说都留不住。孙家定了一件事,就是腊月初五黑来孙校长和民团的人聚在王山五间殿,由陈八卦出面请道士给老团长和孙家人做道场,道场做毕孙校长就连夜走人,这都是安排好的,村里人都还不知道。"骨头皂面无表情,他拿尖锐的目光盯着麻春芳。麻春芳说:"按老先人的说法,冤仇宜解不宜结,所以我求你老兄上古楼峪去一趟,给合辙合辙,这边解散了民团护校队,他那边就不要再下来骚闹了,孙家给备了八篓子豆油,算作见面礼你顺便给带上去。"

骨头皂又是一声冷笑,轻声子说:"我现在不弄这号事了。"麻春芳苦求着说:"其实你也是给下州川人消灾灭难哩,这号善事最你做起来拿手，任其他的人都担当不起，再说了，也不要你枉跑。"骨头皂眼珠转着转着就嘴角朝上一弯，及要张口说话，却还是冰言冷语："固士珍是好说话的人吗？一群睁眼不认人的人，半句话不投机我就成了血轱辘子，这不是拿命耍耍哩吗？"麻春芳一拍骨头皂的肩膀，正腔子说："孙老者是耍了一辈子水火棍的人，能不懂得人情世故？我给你老哥说哩，五百银元的跑路钱就在我这儿搁着，你现在走我立马给你取！"

骨头皂没说二话，他朝麻春芳的手心里拍了一掌。

钱拿到手，油挑子也上了路。可是骨头皂本人没出马。代他去古楼峪的是原金陵寺住持范长庚。之前，骨头皂把麻春芳的话添油加醋地给范长庚说了一番，又掰指头算了高等小学占了他寺里多少房屋多少田产，如今又是民团总部设在大殿里多么肮脏多么粗鲁，又说陈八卦抱了老连长的粗腿协同孙家人迫你常年在外游走，这仇这恨多少人都看不过眼云云。没料想他如此煽火并没有动了范长庚的心。这位佛陀的信徒超然地说："我们佛道两家没啥仇，他炼他的丹，我念我的经，都想济世度人哩，谁还想称王称霸呀？"说过来说过去范长庚还是出家人的超然，但骨头皂有一句一直压到最后的话使范长庚一下子就入了世："我得到确信儿，腊月初五黑来在王山上的五间殿……"

腊月初五的晚霞红得滴血，民团的人三五成群地上了王山。腊月初五的夜又黑得张嘴看不见牙，可老远就看得见五间殿里灯火通明，钟磬之声余音袅袅，经唱之声漫山嗡嗡。

固士珍出动了他的多半人马，趁着夜色摸上山来，人手一杆长枪从三面围死，机枪炸弹等重火力全瞄准了五间殿，纵有一只老鼠也插翅难逃！固士珍是下狠心要拿了孙校长的人头并将民团连锅端，他下的死命令是全部消灭不留一个活口！

先是机枪响了一袋烟的工夫，没见人冲出来所以还没用上炸弹。机枪一停，步枪准备射击生动目标，可五间殿里既无人还击，又连一丝儿人声也没有，难道民团的人真这么不经打？殿是依山而建，后面是崖，他孙校长就是读了五车书也没学会钻老鼠窟窿吧？

固士珍手中的"十子连"往前一指，三面的人就合围而上，蜂拥而入，然而他们惊呆了，五间殿里空无一人！固士珍知道中计，就身子一蹲，连晌子顺势朝门外滚去，其他人还没灵醒过来，五间殿四围的树木林里石头缝里山窟窿里万弹齐发，霎时间，五间殿前血迸火流，死尸密布……

更为糟糕的是，在五间殿遭受伏击的同时，麻春芳的另一部人马剿了古楼峪的老巢，固士珍进退无路，只得率残部越过州河顺南山往湖北逃命……

这一个大胜仗，是孙校长三人在油坊里吃了一夜茶的结果。固士珍那边，不算跳崖摔死的、没入山林的、滚坡逃走的，数得着的尸首就有一百四十七具，收缴的轻重武器足以武装两个连！

州川人很快明白过来，孙校长所谓的出山、所谓的打靶、所谓的做道场，全是惑敌之计。最让麻春芳感佩的是，骨头皂的老奸和范长庚的阴狠。孙校长虽然遗憾没有捉住固士珍，却从此接受了人们叫他团长的称呼。他宣布，高等小学的事今后主要由唐文诗先生和校董牛闲蛋经管，护校队队长是马皮干为正高二石为副。

当年的校长如今的团长孙取仁，日夜研读的书目是《武经七书》《步兵操典》《地形学概要》《阵地与游击》等等。

张子刚先在西安省摸了一圈情况，确认冯玉祥已在他的第二集团军实行清党之后，得知原中山军校的共党干部许权中带了半旅人马赴洛南县投奔陕军二虎之一的李虎臣。就又化作药材贩子追寻到洛南县，打听到李虎已将许权中收编为陕军第八方面军新编第三旅并委任旅长，且秋后许旅已随李虎出洛南潜入华县华阴一带。二华两县和洛南县都是列布在华山周围的深山河谷之地，跟踪寻找非常不易。疲惫不堪的张子刚就随了骡帮贩挑队顺商路到了鄂北的二郧地区。早先曾有人串说唐靖儿的保民军要请他出任政治处处长，他就有了走一步看一步的想法，先落住脚了再说。倘唐靖儿是可塑之才，能引上正路岂不是在秦楚之间加了一个红色楔子，倘唐靖儿真如商县人说的是巨匪刁皮，那么在此喘一口气再作打算，或局势明朗了再图许旅也来得及。一路上，晓行夜宿之中，山村野老之言，他听到的全是唐靖儿在商县城烧杀抢掠打死胡传路的传说，为此，他便在心中对自己的身份设了一个警戒……

张子刚最先见到的是保民军总参谋长陈月天。陈月天欢迎他的到来，由衷地设了宴，由衷地邀请他给士兵演讲，由衷地邀请他给连排军官讲课。陈月天向张子刚请教，能不能按照中山军事学校的样子也给保民军办一所以培养军事干部。张子刚笑说教员难寻，陈月天也说合格的学员同样难找。张子刚又说到沿路听来的各种传说：保民军在商县的屠城、在商县的放抢、在商县杀胡县长等等。陈月天就解释说，烧房子抢人主要是固士珍那一帮子，我军违纪的也有，但都在民众大会上当场正了法，胡传路也该杀，但由此而得罪了冯玉祥大人却惹下了一个事。陈月天说他担心保民军的现状，更忧虑保民军的前景，他不知道这支力量的政治出路在哪里。张子刚看出，陈月天心里没底，唐司令也只沉醉于山大王的快意和威风。他们当初是唱过一阵子三民主义，但唱来唱去好像还是虚的，南京的蒋介石搞三民主义吗？西安的冯玉祥搞三民主义吗？汉口的李宗仁搞三民主义吗？太原的阎锡山搞三民主义吗？实际上都是肉汤上的一层油水珠珠，碗底上沉着的是啥骨头啥肉谁也说不清。但有一点陈、张二人达成了共识，那就是要在割据了的这六县地面上存活，就得真正保民，就得严密军事建制，把尻子坐扎实了，才能增强反抗吞并的能力……

见唐司令是在一个小山包上的土地庙里。土地庙很小，但门两边的木刻对联却通天接地，道是：水润木生默佑山村成福地，春华秋实更祈岁稔庆年丰。门洞窄小，人进去要弯腰，手一伸就摸得着屋顶。一对老农模样的土地爷土地婆蜷腿坐在土台子上。土台子前两条矮凳，一方炕桌，炕桌上残香泪烛一塌糊涂。陈月天陪张子刚在矮凳上坐了，黑暗的土地庙里充满烟灰味儿。陈月天划一根洋火点燃半截蜡，唐司令身子一蜷歪腿进来。张子刚身子拱了一下，唐司令赶忙说："礼就免了，礼就免了。"说着把肩上挎着的"母亲大人神主"的牌位朝土地爷膝下的土台上一放，又鞠手打躬作个揖，转过身来伸手一引，门外进来他的挎娃子。挎娃子长长地伸出双手，将一个蓝印花布的包袱放到张子刚面前，鞠了一躬转身离去。唐司令不落座，躬着身子说话，长杆的旱烟锅在他手里比画着。他说："这是一件大氅，本是胡传路的东西，听说还是他上任之初冯大人给的赠品，但不管是谁的，穿到你身上就是你的。"张子刚抬起屁股拱了拱身子，双手抱拳说："哎不不不，古人说无功不受禄嘛！"唐司令伸手点燃烟锅子，咧嘴吸了一口，呛着鼻息说："这东西好啊！铺到身下就是褥子，盖到身上能当被子，穿到身上就是县令，你看，郧阳郧西两县随你挑，在这儿当县长保你轻省！"

张子刚双手在蓝包袱上抚了一下算是接受，却又伸手朝外推了推，算是推辞了奉送的县长官衔。他说："唐司令的美意我领了，坐衙门我却是猴子屁股。听说你打了商县以后人也多了势也壮了，特地过来看看你，啥时候打西安呀？啥时候打汉口呀？"唐司令拿烟锅头在鞋底上磕着烟灰，咧咧地笑着说："我是想一口吞了月亮哩，只是这喉咙眼子太细呀！你这都是在军校当过教官的，也给咱教导教导，看这事咋弄呀！我的陈总参谋长熬煎得觉都睡不着，做梦都梦见冯玉祥的人马撵过来了，我说冯玉祥来了，你睡你的觉，我提着我的人头去见他。"张子刚笑说："冯玉祥也不是不会算账，他能为一个小小的县长，兴师动众到这不明地理的深山野洼来打仗？势大不见得力大，当年白郎上来怕怕不怕怕？也不过两年天气就灭了，关键是他军纪太差滥杀无辜，他讨伐袁世凯也没错，但百姓见他就跑这就成不了事。"唐司令赶紧说："咱这一次杀他胡传路，人都说杀得好，漫川关的人还给咱送了匾，说咱是'为民保烟天地宽'，那场面你没见，又是给咱耍社火哩，又是给咱唱戏哩，我就说咱保民军的名词儿是叫对了，就是他冯玉祥来了能把老百姓咋呀？"

张子刚说："来他肯定是不会来的。但你要明白，人家毕竟是冯大人，一个蜘蛛八个脚，哪一个脚扎你一下你都受不了。想当年二虎守长安多大的气魄，如今冯大人把桌子一拍，李虎逃到华阴山里，杨虎亡命陕北榆林，我来专门告诉你的就是：当心当心再当心！"

唐司令把烟袋往肩膀一搭，俯身过去，双手捏住张子刚的胳膊使劲摇着说："真正是好兄弟真正是好兄弟，我早就捎话叫你过来给咱当政治处长哩，你们这些人也是的，有些学问就屁眼子比桶粗，咳，叫骨头皂当交际处长他也谢辞了，你看是这，交际处长的位子，他骨头皂来不来都给他留着，政治处长的衔儿，你来不来也给你挂上，这都要写上簿子的，不是说着要要哩！"

张子刚似笑非笑地说："这年头儿，给谁头上搁啥衔儿都不是重要的。重要的是看啥颜色哩！国民党是天上下锥子哩，共产党是地上拿针尖儿接哩——"唐司令赶紧拿长烟杆在空中画着，脸上的皮肉也紧起来，他说："我这人最不喜欢的就是这党那党，一听说谁是啥党我就大逆！有人给我说中国有三百多个啥党，党越多越咬吵得弄不成事，狼多了不吃娃，虮多了不痒痒，三民主义就是叫党给弄日塌了，党是一张簸箕，冰洞里也能煽出火星子，你记着，我专门给你说一句：党不是啥好东西。"

张子刚笑了笑没说什么。唐司令转身拿烟锅头在门框上敲了敲，就有人递上一疙瘩粗布手巾包着的东西。唐司令接了朝张子刚面前"夸嗒"一扔，说："这是两封子银元，你先到县城要要去。不要去堂子里，那里都是些烂贱货，月天你派人把咱张处长引到教会学校去，那儿有几个女生还识要。"

张子刚一边摇着手，一边趔了头说："哎哎，别别别，我弄不了这号儿事，我是过来看看保民军的，不是过来要要的。"唐司令蜷下身子在张子刚肩上拍了拍说："保民军的事，过几天咱坐到八仙桌上好好谋划，如今你初来乍到的，先把这儿的民情体察体察，两郧的风水好哩，女子好，豆腐好，凉粉好，各样都尝尝，先把肚子换过来再说！"陈月天也说："唐司令现在的夫人何菊花原来就是龙驹寨教会学校的学生，文化上深啊，嘴头子上也厉害，是保民军的半个军师哩！"三个人都笑了，唯土地爷黑封着脸不说话，土地婆的脸蒙在一张蛛网里也不知是啥颜色。

唐司令转身要走，又回头拉了拉张子刚的手。张子刚说："司令有大任天下的气概，保民军也要有政治上的前途啊！"唐司令咧嘴一笑说："你说起来啊，我还真不知道咱保民军在政治上是图啥哩！那是这，咱就说正经的，这政治前途的事儿你给咱设计设计！"说罢把长杆烟袋朝肩上一搭，蜷身出了门，头还勾回来看。张子刚就拱腰朝门口磨了两步，唐司令又二回身拉住他的手说："再有一个事，咱保民军气势正旺着，你给咱按正规军编制一份组织谱系表，先按八千人打底子，我要委任一批军官，扩充几个旅团，我的第一目标要达到六千人马……"

这次会见之后，张子刚在两郧地区广泛地走了走，他了解到，鄂北剿总张连山已在这一带彻底地铲除了共产党的地下组织，唐靖儿保民军的命脉其实就是大烟，所谓的得人心也是因为他维护了烟民的利益，与其背后主子张连山的关系也维系在烟路上。有人给张子刚说："唐司令是啥党都不要，他是指望一杆烟枪坐天下哩。"

郧阳郧西这"两郧"的县城走过，陈月天又陪张子刚在陕豫鄂三省交界的其他四县走马观花。张子刚大约知道了这一带经济搞得活的背后是鸦片繁荣。陈月天还特地领张子刚去看了白浪街的"三省石"，看了荆紫关的平浪宫和梳洗楼，还看了漫川关的天竺山寺庙群。一圈儿名胜古迹看过，一行人刚回到参谋部所在的关帝庙，唐靖儿的"大院子"就派人来传话说固士珍率部来投，请参谋长速去接洽。陈月天就派人把固士珍一行安排在沟口子上的三官庙，并指示手下人叫固士珍的人马吃好、睡好、养好，然后择吉日会见唐司令。

几天来，张子刚一直在琢磨"政治设计"和"谱系表"的事儿，编制不难，扩军不难，委任也不难，难的是如何为膨胀了的保民军进行"政治设计"。值此忧虑之时，适逢号称北山一霸的固士珍来投，张子刚就和陈月天商量先见一见固士珍以探其究竟。陈月天也纳闷儿，当初从商县城撤离的时候，他就诚心诚意地邀请固士珍加盟保民军，可固士珍执意要回他的古楼峪，说是友军协同毕了就各干各的事，黏在一起反倒不美……

固士珍被请到了关帝庙。他见了陈月天纳头便拜，言说悔不该当初谢绝了大兄的好意，如今中了麻春芳孙校长的埋伏人马损失过半，不怪天不怪地就怪兄弟我眼窝浅。多亏骨头皂老哥指示了我，我一路上才灵醒过来。我算是看清楚了，在当今之中国，只有跟上搞三民主义的人才有前途，其他的都是狗屎练蛋哩长不了。

陈月天说："常言说不怕念起，只怕觉迟。人走错路不怕，怕的是错路走到底，你拧过来了就好，一颗要革命的心带过来，把土匪逛山的毛病扔到古楼峪里。我是旧武人出身，时兴的理论讲不好，但我这里有理论家，这位是唐司令聘请来的政治处长张子刚先生，张先生曾在陕西官军的中山军校当教官，你来了得先听他的理儿，脸不洗发黑，脑不洗发昏，叫张处长先给你洗洗脑筋。"

固士珍又是纳头便拜，腰蜷下来，揖手触地。张子刚就说："咱就不进殿了，殿里太暗，咱坐这庙院子明话实说，在石桌石凳上交心也是实打实。"固士珍说："哎呀我就喜欢实人，枪杆子是空的，子弹是实的，我这人知恩图报，见了真主子愿意当他门上一只狗，结了仇的，只要他低了头也就啥事没有，别看他孙校长前几年踢了我饭碗，如今又断我活路，惹不起我躲得起，我人走了，州川里的老鼠夹子早晚要夹他一条腿！今儿青天在上，二位老哥作证，我固士珍干三民主义是铁了心啦！"

陈月天说："讲得好啊！当年的瞎锤子一旦改邪归正，革命旗就举得比谁都高！"固士珍说："我这次是豁出命来，要和过去的固士珍划清界限哩！"陈月天给他鼓了掌，张子刚也使劲地拍了手。张子刚说："看来你是下了决心啦，这很好，我想问，你的姓名里有'字儿'没有？"固士珍立即知道了意思，又是纳头便拜，一边说："好张教官哩，噢噢好张处长哩，我打小学毕业就想取个'字儿'哩，可就是没遇见高人学问家，今日算是吉星高照了，求你给兄弟取一个，要能主命终生的。"张子刚笑说："你姓固，名士珍，'字儿'鼎新，如何？"固士珍闻言先把双手鞠了举过头顶，又合身子折下腰去，深深长长地作了一个揖，诚惶诚恐地说："我这里再给你磕个头了！"张子刚忙过去扶了他，又面色严正地说："有几个问题，你想想，也叫你的弟兄们想想：革命革命，革谁的命？革命是为了报仇吗？革命的最终目的是什么？现在不要你回答，你想好了再说。"陈月天也接着说："对对对，张处长提的问题很重要很重要，这算是给你布置了一道课题，你慢慢做去。你看是这，别的咱就不说啦，你先把你带过来的人马整索整索，造个册子我呈给唐司令，这几天主要是吃饭睡觉，有精神了叫队伍跑跑操，打打靶，哪一天说好了我领你上'大院子'去见唐司令。"

唐司令听夫人念了张子刚呈上来的《关于保民军政治方向的设计》，面露不悦之色；又听夫人念了《保民军组织结构概要》，却大感兴趣。他长烟杆一挥，即刻命人召集各路军官开会。

"大院子"里，军官们顺屋檐下的台阶坐了一圈，院中间的八仙桌后边，并排坐了三个人：陈月天、唐靖儿、张子刚。八仙桌正中间是"母亲大人神主"的牌位，牌位前的三脚炉里两炷线香亮着暗红的香头。

唐司令把烟锅头在鞋底子上磕了磕，立起身来，烟杆子一扬一扬地，声音低沉平缓地说："夜儿黑来，我梦见一只大鸟落在我的肩膀上，今儿就得到了一份天书，天叫咱成事呀！咱们保民军也有了正规编制啦！咱们司令部，下设八大处，各位都注意听着！"这个粗通文墨的挣笊匠，用他摸惯笊底子的手，慎慎地展开一张纸，正声子念道："司令，唐立青；副司令，固鼎新！"军官们拍手，固士珍手撑膝盖欠了欠身子。有人交头接耳，陈月天惊疑地与张子刚交换了眼色。唐司令继续念道："政治处长张子刚，参谋处长熊子明，秘书处长刘光亚，军需处长郭德祯，副官处长曾豁然，军械处长王永福，军法处长唐忠尧，医务处长郭八桂，交际处长古土枣，参谋总长陈月天……"他咳咳两下清了嗓子，抬高声音又念："第一旅旅长于广正，第二旅旅长固鼎新兼，第三旅旅长任子才；还有，警卫团长唐升财，手枪营长徐治英，骑兵营长于振杰；另外，在各县城重要关隘还编了地方团队，我也念一下：山阳县团长张子强，商南县团长曹善亭，竹林关团长彭玉厚，漫川关团长张仰之；再另外，作为友军同盟，我们联络了安康苟大王苟寿白为补充第一旅，华阴冯野驴冯义安为补充第二旅；还有，三一个另外是，我们放了一些县长，他们是：山阳县长芦静中，商南县长邓霭臣，白河县长黄载之，淅川县长王清祯——"唐司令抬起头来，拿烟锅杆子这儿一指那儿一指，问："都听清了吗？都听清了吗？没听清的说话！没说话的了拍手！"

拍手声震得窗摇门动弹。唐司令大声说："我们保民军，有两个宝贝，一个是四川讲武堂出身的陈总参谋长，一个是中山军校教官张处长，这俩人啊，一个是军事家，一个是政治家，我们有了这俩宝贝啊，敢问天下谁还称英雄哩？"军官们被逗笑了，唐司令又低下头问："陈参谋长讲讲话？"陈月天"叭"地一个起立，右手"唰"地敬个礼，朗声答道："拥护司令！"唐司令又朝张子刚点点头说："张处长讲一讲？"张子刚微微欠一欠身子说："免了免了。"唐司令就抬起头来在一圈军官中搜寻，目光定在一个地方了，烟杆子一指大声说："请！保民军副司令，固鼎新讲话，大家欢迎！"拍手声中，唐司令用烟杆子一勾一勾地说："上来上来！"陈月天张子刚就赶紧站起来让位，可固鼎新没有上来，他原地站着扬扬手就说话了："人常说，凤凰不落无宝之地，我固鼎新不是凤凰，但我愿意投明君，靠大树！人都知道的，我原名叫固士珍，是小学先生出身，耍枪杆子是迫不得已。经历了七灾八难之后，我选择了三民主义，三民主义就是唐司令啊！三省六县的人有口皆碑，唐司令是唐孝子、唐善人，我宁愿到唐司令门下当条狗，都不愿意到——"

唐司令的烟锅头在八仙桌上使劲敲了几下，固鼎新就不再说下去。唐司令鹰一样的目光在一圈军官中扫过，才慢条斯理地说："长话就不讲了，我这里还有一个说明，有朋友给我军搞了个政治设计，将保民军改为'社会革命军陕西暂编独立师'，往上挂靠在于右任的名下，于右任现在是陕西联军总司令，门户是高啊！可我担心这就跌到这党那党的糨糊锅里叫人黏住，再说了，这个名词儿叫起来也不顺口，所以我就，还是——有一个说法叫，我行我素吧！"

会后回到关帝庙，陈月天和张子刚相对唏嘘。他们不知道这位带三百多残兵败将来投的固士珍，使了什么魔法，竟一步登天升任副司令兼旅长。陈月天说："我跟他多年了，他仍然是农民的身子，匠人的底子，逛山的坯子，土匪的性子，改造起来很难很难的。"张子刚不再说什么，心想这里恐怕不是久留之地，他操心商县城的清党，操心"读书会"那些同仁……

张子刚去向唐司令告别，说是他在商县还隐藏了一些中山军校的同仁，军事理论上都是一肚子的饱学，他怕他们暴露了身份受老连长加害，就想把这些人接过来为保民军效力，唐司令说好啊好啊来了给咱办个军官训练班多好啊！就又是送他盘缠哩，又是给他饯行哩，离别还说你兄弟是偏心眼儿，既给固副司令取了"字儿"，为啥不给我也取一个。张子刚又说：司令你的"字儿"就在名字里镶着，你姓唐名靖"字儿"立青，多好的含义多顺口的音韵儿！唐靖儿就高兴得要举着烟锅子敲太阳，说那以后我发告示就用唐立青的名号啦！

可是，张子刚到走都没弄明白固士珍突升副司令的秘密，这秘密不久就叫陈月天发现了，再不久，也就不是什么秘密了。原来，固士珍奔赴二郎的半路上，在湘河福音堂休整了几天，福音堂女生刘金爱见这位带兵的不拉夫不派款人挺和善，就说她在龙驹寨教会时有个女同学叫何菊花，后来嫁与唐靖儿为妻，你固长官去投唐靖儿，顺便把我也捎带上，我去看同学呀。固士珍随口说，也行，你嫁给我我就把你捎上。刘金爱说，菊花能嫁人，金爱也能嫁人，不过要嫁给你你得给福音堂捐些款。固士珍说这好办，我正愁带上银元累赘哩！交易谈成，固士珍就携了刘金爱来到二郎。在刘金爱去看她的同学——唐夫人何菊花的时候，固士珍让她带足了八千银元，由挎娃子护送到"大院子"，作为固的见面礼先呈送唐司令，唐司令得了银元，固士珍在他心上的"位儿"也就定了。何菊花见了久违的同窗好友，就极力撺掇刘金爱死心跟了固士珍，说这些人你外边看着恶恶的，其实是很有善缘的，向他们传教反而比一般老百姓容易些，像唐司令，他就和这一带的教会保持着良好关系。转回身，何菊花又在枕头上向唐司令说了固士珍许多好话……

　　狗欠欠在十八盘下的山窝窝里养了三个月的伤。当初砍柴的山民姜锁子救她一命的时候，她答应嫁给人家为妻，可待伤一好，她又以激进革命者的形象出现在山窝子里。这中间，固士珍遭受麻春芳孙校长致命打击，逃往湖北去投唐司令，古楼峪一带成了权力真空，被固士珍欺压蹂躏的山民刚刚松了一口气，又被狗欠欠煽起了打富济贫的狂热。当初，狗欠欠从高等小学逃学出走随固士珍上了古楼峪之后，固士珍经常派她化作农妇进县城探听消息采买药品手电日用，可她在看过匡蓓她们的演出并与之结识之后，思想受到深深的撞击，待她参加过几次读书会的活动之后，她的眼前豁然开朗，仿佛一个全新的世界马上就会出现。她甚至产生了不愿再回古楼峪的想法，为此她受到王修竹的批评，她说我要回去就要搞农会，张子刚也要她回去先埋在固士珍这支队伍里，万勿莽撞行事。可这狗欠欠哪里是卧得下的角色，固士珍心目中的压寨夫人竟满口的政治名词儿，甚至公开给被拉票的乡民解捆松绑，这就惹恼了号称司令的固士珍，二人翻了脸一个比一个凶火。自知再待下去会凶多吉少的狗欠欠，就私携两把手枪月夜出逃，可她哪里逃得出固司令的手心。固司令早派人监视着她。她被抓了回来。山寨大厅里，抢的小姐太太的花花衣服摆了一案子，鸡鸭鱼肉的大菜摆了一桌子，固士珍说咱们同学一场共事一场，今儿好衣服尽你穿，好肉食尽你吃，完了就送你走，女大不中留，留下结冤仇，我想好了，送你下山嫁人是正经主意。这狗欠欠也是海怀之人，你叫我穿我就穿，你叫我吃我就吃，穿美吃饱了随你的便。

　　固士珍派了两个十三岁的娃送她下山。她在前头走，两个娃各背了一杆长枪跟着她，转过尖嘴岩，俩娃同时朝她开了枪。狗欠欠只觉肩膀上一麻，就顺着草甸子滚下山去。娃毕竟太小，没有杀人经验，枪子儿只串在她的肩膀上。

　　一个孤独的樵夫砍了一担子柴，肚子空得咕咕叫，心想没老婆的苦汉实在难过，砍了柴回去还得自己拉风箱做饭，就愁得腰都抬不起来。正在这时，一个东西咕里唧当滚到他的脚下，拿砍刀钩住一看，竟是一个女人！他朝山上瞅，山上滚过轰轰的回声，未见虎豹追赶，也没有土匪抢人，他就活活地把女人端起来。女人昏迷了，他摇她，又掐她的人中，她依旧死着。着急了的汉子从自己裆里掏出一掬骚尿，捏住嘴皮子淋淋地灌了进去。她有了出气声，他就把她背回自己屋里。

她醒了。吃了他做的饭，看清了这是一个单身人的家，就说你把我的伤管好了我就嫁给你。老樵夫不敢相信她的话，却一心注定地养活了她，直到她完全恢复健康。她知道古楼峪的固士珍逃走了，就串连几个山民劫富济贫，又张扬着办农会呀，分田地呀，闹哄哄地十八盘的山梁都在动弹。这事就惊动了老连长，他怀疑有人在古楼峪闹红，就派了麻春芳带人上去一条沟一条沟地查，非要捉住女共匪不可。当地人给麻春芳管了吃喝，才给他说那是个女疯子哪里是什么女共匪！老樵夫自知这女人不是养得住的鸽子，就烙了一布袋干粮送她上路，叫她到远处闹事去。

狗欠欠没有到远处去，她又潜回了商县城，藏在中背街小学校长王修竹处。王修竹告诉她现在老连长又投靠了冯玉祥，他的"清党"搞得人人自危，县城中小学里已经拉了几遍网，凡名字中带"红"字的都叫去一一审查，王修竹特别叮嘱狗欠欠要言语慎重，更不要随便走动。狗欠欠还算听进了王修竹的劝诫，终日关门学习，凭着在小学认的那些字，她半懂不懂地读着《共产主义ＡＢＣ》《共进》《蓝田县农会经验汇集》等书报刊，虽然念得结结巴巴却如饥似渴激动万分。她甚至越读越觉胸中热血沸腾，按捺不住，就趁着上茶炉房打水的机会，向茶炉工小牛郎了解外边动向，讨论革命的美丽前景。一来二往，两人有了共同的见解，就对停止"读书会"活动有了意见，就认为是王修竹的懦弱导致了革命低潮。小牛郎笑言那次胡县长带队游行，正是他在混乱之中砸了胡县长一砖头，那一砖啊，才是真真实实的一个革命！

在这烟尘雾罩的茶炉房里，狗欠欠发现了小牛郎和十八娃的秘密。狗欠欠本和十八娃是同村人，但她不知道十八娃的苦情，更不知小牛郎还和十八娃有着山高海深的阶级感情，为了救十八娃出苦海，也为了他俩人的阶级感情，狗欠欠给小牛郎策划了一个大胆行动：暗杀老连长！为此，小牛郎叫来了"读书会"几位敢于冒险的青年，狗欠欠就策划他们如何接应和出逃，这使几位激进分子一时处在"做大活"的兴奋之中……

就在这项革命行动即将付诸实施的时候，张子刚来到商县城。他得知"读书会"的"同志们"目前都还安好，就指示王修竹要"同志们"停止一切活动继续隐蔽保存力量。但当他得知狗欠欠和小牛郎的冒险计划后，果断地制止了这一行动。为此，狗欠欠和张子刚发生了激烈冲突，最后俩人互相朝对方乱摔政治帽子，之后狗欠欠愤而离去，她扬言要到西安太阳庙门十八号去反映张子刚的右倾主义。王修竹挽留不住劝说不成，就告诉张子刚工作方式要柔软一些，不要激化矛盾。张子刚说非常时期就要特别讲究组织纪律，太阳庙门十八号也不是谁都可以敲开的，况且"清党"之后，中共陕西省委早已迁往别处，连他自己也找不到组织，狗欠欠到处瞎碰只能使自己处在危险之中，更何况，八百里秦川连续三年大旱，树皮草根都叫人吃光了，她这个时候出山进西安省不是自投罗网也得饿死……

狗欠欠出走后，张子刚王修竹分别通知"同志们"，要求取消一切活动，说当前的革命就是隐蔽。可是，千隐蔽万隐蔽消息还是走漏了。老连长的两个参议分别得到情报，矮胖子获得的消息是有人要在县城搞暴动，土包子得到的报告是古楼峪的女共匪进城了，汇总到老连长那里，就形成一道恐怖的命令：格杀勿论！

门扇大的告示分别贴在四座城门口！告示称：提来女共匪人头者，奖赏大洋一千！于是，满城人都惶惶不安，所有街口路岔都有持枪兵士盘查路人，稍不顺眼就拳打脚踢绳捆索绑，一时间，冤打误抓了不少百姓。

十八娃操心她的小牛郎。她青梅竹马的拾柴哥哥，坡座子上的青松林，石瓮沟的紫竹园，他领着她采摘野草莓，捡拾毛栗子，春天的花，秋天的果，瞎子外婆的酸菜豆腐里汇入俩人的心香，花鼓锣锣的美丽歌声里溢出无猜的欢笑。小牛郎给外婆拾的柴永远烧不完，冬里的蒿子春天的梢子，夏天的劈柴秋天的栲叶，那一台泥灶老风箱，春夏烧火不烘脸，秋冬做饭暖手脚，温热的炉膛灰烬里，总能刨出来烤熟的洋芋和红薯，那时候，她总是双手捧了递给手脚勤快的小牛郎哥哥……可是如今，她虽重逢了她的小哥哥，也在茶炉旁的柴棚里重温了野草莓和毛栗子的甜蜜，可这毕竟不是她的青松林和紫竹园，何况"清党"的风声正紧，县城里人多眼杂，她实在害怕有谁看破了她的秘密。所以，她送娃上学或是放学接娃，路过茶炉房只朝里边挤个眼儿，就急急走掉。受了张子刚的批评和王修竹的劝诫，小牛郎也一时收敛了政治言行，却难耐一颗躁热的心，黑天长夜里，小牛郎仰天长叹：十八娃啊，心心相贴的日子何时才是盼头？小牛郎对这个世道是恨透了，穷苦人翻身闹革命的轰轰烈烈，青年人自由恋爱的社会理想，不受剥削压迫的平安劳动，在他就是革命的最高理想，也是他有限地参加"读书会"学习后获得的阶级觉悟。十八娃曾给小牛郎说过，她的金虎六岁了，她也想把娃接到城里来读书认字，给老连长提说过几次，但一提他就心烦，有时还骂几句粗话，全然没有了当初认"干爷""干大"时的贤良和温和。小牛郎说，啥时候了我去把娃给你背上来，白天了我带上他烧茶炉，黑夜里我俩一同念书认字。十八娃说，这万万使不得，金虎是我的心肝，更是他爷的宝贝……

他爷和他的宝贝孙子抬着那根残破的水火棍。一只碗大的瓦罐儿吊在孙老者握棍的手跟前，小金虎远远地抬着水火棍的前头儿，嫩嫩的肩膀棱耸着。一老一少的步子前后蹒跚，瓦罐儿里的水就蹦出来，花花叉叉地淋在地上。老屋里，门背后，孙老者教小金虎用小木勺从瓦罐里舀水浇在泥碗里，又用笔杆搅得均匀。然后，小金虎坐在矮凳上，爷爷坐在杌子上，一个搂了一个。爷爷握了孙子的手，孙子的手里握着笔。爷爷教他执笔，润笔，顺笔，然后在泥坯上写一个字，爷爷嘴里吟吟地念着："家要写好，宝冠要小……"

饶挺着个大肚子在院里和高卷说话。高卷说："你也真会做女人，年初上小月了一个，紧接着又装了一个，如今不吭不哈却要生了，我给你说啊，孙老者这回是想要个孙女儿哩，你不要再屙下一个顶门杠！"饶说："龙生一子坐天下，猪下一窝拱墙根，不管是儿是女，我是只生这一回了。"正说笑着，忍眼泪巴叉地从小房出来，一条帕子顶在头上遮住秃斑，腋下夹着香表，低眉下眼地避开人出去了。默头呆脑的镢头老三跟在后头。高卷说："两口子又去娘娘庙求了，珠山上的打儿洞里，老三不知扔进去多少石头，可忍的肚子就是不见动静。"饶说："这怕是叫福吉叔说准了的。"高卷说："好好个陈八卦，唉福吉叔哩，孙家门上的世亲呢，怎么老说些丧人气的话呢？"饶说："你不知道呢，年前着跑贼回来，忍流下个六个月大的胎娃子，血顺着裤子脚往下流，眼见着人脸就成了黄表纸，当时才盘了新炕，老三心一急，端起忍的血尻子就搁在炕中间那块泥坯上，福吉叔来一看，脸就吊下来，他给了些地焦莲蓬末叫喝下去止血，头都不回就走了。"高卷问："他是生的哪门子气啊？"饶说："老三看福吉叔脸色不对，就跟出来问究竟，福吉叔说：你娃子把乱子弄下了，你咋能把血尻子蹾在太岁头上呢？九块泥坯的新炕，最中间那块是太岁的，你应该先献一碗面，再拿新谷草燎一燎，太岁就给你腾了地方，要不人家还坐在那儿吃面呢，你一个血尻子蹾下来，是你看行不行？"高卷问："不知不为过么，他不行又咋呀？"饶说："老三急得哭了，问犯了多大的事，福吉叔指着老三的鼻子说，你媳妇十二年坐不上胎，这就是报应！"高卷说："世上这事哟，还真说不清，他那鬼八卦你信也不行不信也不行，我记得盖房时大大把庄底子挪了向，八卦叔就说这要伤属蛇的，后来的事你看咋样？咱老四属蛇，忍那六个月的青果子也落在蛇年，这陈八卦呀，噢，咱叫福吉叔哩，我原先着跟人家说话没个高低，以后可不敢了。"

　　高卷这话也曾说在孙老者面前。孙老者说，好娃哩，世上这事都叫他陈八卦说清楚了，还要王法做啥呀？天地人事总还是由天王老子管着哩，庙里是六道轮回，尘世是三从四德，没了这些纲纪，三界天下不就荒了？因此上，我对他的话是信一半的不信一半，你陈八卦的鬼八卦玩得好，为啥半夜叫鬼扔到野刺窝里？我老三是苦拙人，媳妇也实诚，我说老三你甭信这些，最重要的是好好善待媳妇，身体好了，不跑贼了，就会要啥有啥的。

孙老者说的不跑贼，当然是说的固士珍。

固士珍一走，民团的人就轮流回去种地，孙校长还是孙校长。马皮干领着护校队的十几个娃，日夜看管着校产和师生的安全。教学上的事，唐文诗已能独当一面，又有牛闲蛋扛个长把铁锹在校园子转悠，不论哪个学生唱歌做操不认真，他都要过去拿锹把戳打两下。

孙校长有了闲心情，他把自己作的一首古体诗写在六裁纸上悬挂于室，时不时地吟哦品味，唐文诗看了，说是书法上有欧阳询的笔意，内容上像是一首艳诗！孙校长辩说是记游写景的，当年在景村就有这么一个地方。唐文诗就皱着眉头反复吟诵：

> 裕源曲径通幽处，
> 独卧双峰酌小溪。
> 洞中无语泉汩汩，
> 花岸有影草萋萋。

吟罢，唐文诗笑着说："确实是一首艳诗，你怀念一位佳人。"

孙校长就笑说："你这是六经注我哩！"转而向唐文诗索要他的《伤寒论》，唐文诗不说还不还《伤寒论》，却要他以"六君子汤"为例讲解方剂学上的"君臣佐使"，孙校长就翻出了他当年在景村裕源堂的中医药底子，又是"内经"又是"金匮"地讲了一通。在这一段时间，他不再拒绝向他求医问药的病人，也有了更多的时间去其他学校观摩教学、研讨教材。他可以自由地去赶集、上会、探亲、访友，也不再为自己的安全担心，他甚至独自去河边礁石上后沟枫林里吟诵唐人诗句，观察物候地相的变迁，欣赏民国十九年的桃红柳绿。风景对于文人的永恒感触，这一段时间在他显得特别的丰富和深刻……

饶不知不觉就给他生了一个娃。一天，孙校长访友归来，六十里山路走得他人困马乏，擦黑儿回家就倒头便睡，一觉就到天亮。天亮了，炕上多了个碎人儿。他惊喜又羞愧，怨饶没有叫醒他。饶笑说是天上掉下个娃，她伸手一接就搁到了炕上。饶没有说整个过程都是她自己打理的，只说是老天爷保佑着一切顺遂，饶说她给娃把名字都取好了，就叫"三虎"。

三虎就三虎吧，他爷高兴，一家都高兴。孙校长心里美实，哼着校歌来到学校，提起毛笔就在六裁纸上龙飞凤舞。可是，一件条幅未及完成，高卷就气喘吁吁地跑来给他说：家里出事了！

孙校长提着袍子奔回家，原是老三和媳妇忍扭在一起打架扯都扯不开。见当校长的二哥出现在小房门口，忍死力从丈夫手里夺下一把刀，老三趁势冲出门去，三天不曾回家。三天里，谁也休想从忍嘴里掏出半句话，两口子打架本不足奇，可这两口子平时说话都没高声过，何故竟动起刀子来？这事叫孙老者想不开，他就叫当校长的儿子去问个究竟。

在孙老者的堂屋里，面对了炕上的大大和老圈椅上的二哥，忍只是跪在地上哭，嘴里不吐半句话。孙校长疑心另有隐衷，就把忍叫到学校里。在孙校长的书房里，面对了可以信赖的二哥，忍终于开了口。但她说："这事你不能给大大说，这事你不能再叫老三去管，这事不是我说给你的。"孙校长一一答应。忍就说："老三要杀的人是海鱼儿！"

事情还是从"求子"引起的。娘娘庙的道士要忍于每天半夜子时，在当院里插一石榴枝，面南向石榴枝磕三个头，烧一炷香。忍不知道漫漫长夜里啥时候算是子时，道士就给她说，天擦黑你就点一根五尺长的番麦胡子拧的火绳，火绳烧尽了子时也就到了。老三做的是重活，天一黑就上了炕，呼呼噜噜就到了天明。忍可是一时一刻着往子时上熬。当火绳化成最后一颗红点之后，忍怀着神圣而虔诚的心，带上能结出万千籽实的石榴枝和柏籽香朝大院子那边去。月黑风高，秸秆叶子呼啦啦响，这儿那儿传来一声狗叫，有野物在后沟里嚎，一声粗一声细如冤鬼啼哭。忍颤着双腿贴墙根而行，忽然，一个影子在琴的卧房外一闪，似乎有一块石子丢进墙上的烟囱，静夜里，一阵当啷啷的清响顺着烟囱滚进炕肚子去了。片刻，新房门吱咂一声打开，朦胧的星光下，一个人影儿闪了进去，听得见琴的卧房门哐当一声关了门杠。忍连续烧了七个子时的香，连续见了七次鬼影。

忍不是痴呆人，她啥都明白了。可是一白天，琴忙她的跟虎，偶尔也到锅灶上帮个手，殁了老四的悲伤在她已经淡去，染坊上来了生意她出账入账笔笔清楚。琴依旧三嫂三嫂地亲着声儿叫，忍答应着却不敢看着她的眼睛说话，想起夜里的事情，仿佛是自己做了丑事见不得人。每日天一亮，照常是海鱼儿第一个起来扫院子，然后照常跟着老三下地或赶集。阴雨天不做活，海鱼儿就凑到琴跟前学打算盘，四只手指在珠子上刨，嘴里念着只有她俩才听得懂的口诀，噼里啪啦的响声里，跟虎叼着的大白奶头就颤活活地动弹……忍看在眼里，她啥都明白了。

她明白，这事万万不敢说，说了就要出人命。这忍也真能忍得住。四十天里她强迫自己不去想。可不想不由她，她想起老四当团长的英武，想起大大的失子之痛，想起这一家人的良善厚诚，想起这一家人在州河两岸的名声威望，忍实在就忍不住。终于，有一天，她把这事给老三说了。要说之前，她一再向老三恳求，这事不敢给大大说，不敢给二哥说，也不是她忍看见的。可这老三哪里是能沉住气的角色，他一听就炸了，摸起砍刀就要去杀人，忍就抱住他的腿死活不丢手，直到二哥出现。

老三出门而去，有辱门风的事出在自己眼皮底下，作为男人大丈夫他有何面目在家里出出进进？

是校长亲自到山里找回老三的。他给自己大老粗的兄弟说，这事他要亲自调查，如若真有其事，他有办法处置，叫老三只管像往常一样该做啥就做啥。

忍怕他弟兄俩把事闹大，就悄悄讨问二嫂饶。饶很平静，三虎在怀里搂着，她一遍一遍地抚着娃的头，缓慢而沉着地说："这事有当家的男人管，婆娘家多嘴了就要挨打。"言下之意怪忍多事。忍就委屈得直哭，说："我是真心为咱这一家人浑全，真心为咱这一家人的名声，要么忍了四十天没敢吭气啊。"饶就重了声，说："你忍了四十天算啥呀？我忍了一年了！要是当团长的老四活着，枪头扬起来就是两条人命！门风成了这，大大能受得还是校长能受得？一河两岸南北二山的人都要咋说？我不是由着他俩狗练蛋，是没到时候哩！柿子熟了自己就从高处掉下来了！"

饶真正是饶，她早就看在眼里记在心里了。忍就趴在地上给二嫂磕头，说："好姐哩，已经把乱子弄下了，我现在该咋办呀？"二嫂说："还是那句老话，该当家男人管的事婆娘家就不要多嘴。"

可忍不知道当家男人咋管这事呀。

当家的男人是校长。校长把这事给忘了，他终日只忙民团的事，只忙学校的事。忍就觉得庆幸，只要把这事平平儿搁下，不出风浪她就不再担惊受怕。饶在心里把这事琢磨了多少遍，思前想后，觉得家里不能因此而再出啥事情，再出啥事就得丈夫出头顶着，丈夫是当家的。可是，这事老掖着掩着怎么办？她想劝丈夫忍了，认了，悄悄儿把这事捏灭了，可这毕竟是女人家的见识，男人有男人顶天的眼界和立地的手段，她就想啥时候丈夫软在枕头上了，给他说遇事总要软面一些不要撑得太硬……

可是，丈夫说他病了，得的是"鸡鸣泻"，每逢后半夜就得上一趟茅厕。

孙校长的"鸡鸣泻"一害就是半个月。半个月后，他的病好了，他掌握了海鱼儿和琴苟且之事的根据和规律。

仲秋之夜的繁星聚集在老椿树的顶上，忙碌了一天的葫芦豹全都归窠安歇，鸡蛋大的窠门上，几只兵蜂不时地抖动着潮湿的翅膀。染坊的门虚掩着，炕上的被窝里空虚寂冷。琴的卧房里传出轻细的呻吟声，同时又含混着耕地的犍牛发出的粗重的喘气。从染坊这边朝西望去，六间新房像一面崖坡幽静肃穆，西头的老院子如祖先的破毡帽油腻而坍塌。西塬上传来一声遥远的狗叫如孤狼求偶，软风把成熟番麦的香甜从沃野上吹进村子，温柔之乡的男女在交媾中愈加贪婪……

几个人影出现在大院子。星夜里辨得出的凶器有短枪长枪和棍棒。突然，"咔嚓"一声琴的卧房被人一脚踹开，一声女人的尖叫传出，新房里立即灯火通明。老三从老院子冲过来，被二哥低声喝退。

六间一通龙的新房里，灯火交辉的虚光隐映中，二哥孙校长脸色铁青着坐在当堂子上。琴衣衫散乱着跪在他的面前，双手掩面呜呜啼哭。海鱼儿被反绑了双臂由马皮干和牛闲蛋按着头蜷腰站着，跟虎在炕上蹬着腿龙抓一样尖叫。麻春芳握着盒子枪立在屋檐下的黑暗处。

饶披着夹衣悄声进来，先到炕上抱了跟虎，又一噢一噢地拍着娃来到琴跟前。娃不哭了。饶搀起琴，琴还呜呜咽咽，饶说："甭哭！叫大大听见了有啥好？"她把琴推进卧室，对几个男人说："你们到别处闹去，甭把娃吓着了。"

马、牛二人拖着海鱼儿进了染坊。马皮干用长枪上的刺刀挑起绳头儿一摔，一条长绳就从屋梁上垂下来。牛闲蛋手腕子一转，长绳就拴住了海鱼儿的胳膊。马皮干揪住绳头一拽，海鱼儿就吊到了空中。牛闲蛋抡起棍就朝海鱼儿的背上抽，一边骂着："日你妈的，你日谁不行日到校长家里来了！"马皮干挥起刺刀就在海鱼儿的大腿上捅了一刀，说："欺到主子头上来了，今儿就要剥了你龟儿子的皮！"牛闲蛋又折叠了一条皮绳，左右开弓着噼噼叭叭抽打。海鱼儿死不吭声，血顺着脚腕子往下流，松松的一绺布裹在裆间，一盏油灯忽闪忽闪将要熄灭。

屋檐下，麻春芳拿盒子枪挠着自己的头，他给孙校长附耳低语："拉到后沟里崩了，一了百了。"

马、牛二人打累了，手一松，海鱼儿像一口布袋"嗵"的一声掉下来，散烂如熟透的柿子落在地上。孙校长进了染坊，背身掩了门。瘫在地上的海鱼儿一扭一扭地蛇起脖子以头撞地，连哭带叫地说："二哥你杀了我呀，小弟我到阴间也是你的挎娃子啊！二哥呀，我死了谁给大大倒尿壶呀！"

孙校长如一口大钟，任海鱼儿再撞就是不响。海鱼儿的头在地上频频碰着，鲜血渗湿了泥土。孙校长终于说话了，声音低沉而悲哀："是这吧，给你一条命，你走吧，你说，你想去哪里？"海鱼儿就磕头如捣蒜，哭说："二哥，我，我回南山呀，还去担剃头挑子呀！"

孙校长掏出一把铜板在手上一掂一掂地说："你起来，穿上你的衣服，背上你的包袱，拿上这些盘缠，你走。"海鱼儿哪里走得动，他头抵在地上腰子一拱一拱如软虫一样身子直不起来。牛、马二人就手脚麻利地拴了他的四肢，捞起一根棍像抬死猪一样一溜小跑着抬走了。听得见牛、马二人一边跑一边骂，一个说："这狗东西真是吃谁家饭砸谁家锅！"另一个说："把这驴日的扔到河里喂鳖去！"

孙校长就招呼了麻春芳远远地相跟着。

东天上出现一钩瘦瘦的月牙，夜幕下的州河上浮一层雾。远处的山影里潜藏着神秘，河岸的坟丛里飘游着鬼魅，谁家的狗叫声传达着恐怖，三更的鸡啼唤不回天明。马皮干牛闲蛋把海鱼儿丢在沙滩上，解了绳子，又把棍丢给他，在屁股上蹬了一脚，骂一声"去你妈的"就转身离去。

海鱼儿先是不动，片刻后又一拱一拱地撑着棍爬起来，爬起来了身子一歪又跌倒，跌倒了呜呜地伏地痛哭，痛哭中又匍匐着朝木桥上爬。

孙校长和麻春芳站在河堤上的树影里，看海鱼儿爬上木桥，凝霜的独木板在高高的桥桩上晃晃悠悠。秋里雨少，州河南北的人们就早早地搭了栈桥。淡月下，薄雾中，窄窄的桥板上，海鱼儿拖着重伤的腿一瘸一拐地爬向对岸，高高的桥桩下，哗哗的急流撞出雪白的浪花。

河堤上，麻春芳伸直了手臂朝桥上瞄准，盒子枪的机头上凝着寒气，猛然，孙校长一把按下麻春芳握枪的手……

海鱼儿在南山里养了两个月的伤。伤好后，他直奔漫川关投了固士珍。固士珍受唐司令委派把守这一秦头楚尾的重要关口。重要关口上容不得不三不四的人，海鱼儿被关押在黑屋子，三天三夜不给吃喝。之后是班排连营一级级的审问，挨打是少不了的。最后报到固副司令那里，说是捉住了一个孙家的伙计，疑是民团的探子。固副司令就严令再审，海鱼儿没想到孙校长的冤家竟这么难投，就连哭带诉地述说了他在孙家受的苦、受的刑、受的罪，说实指望投了固副司令去报仇呀，没想反被猜疑受此惩治，他说我对天发誓：在保民军发兵征讨孙校长的时候，我愿意拿我的人血祭固副司令的战旗，只要取了孙校长的人头，我死了也值！

固副司令说你一个扛镢头的长工能报了什么仇，就要分配他去辎重队当脚夫，说你肩挑背驮靠苦力吃一口饭。可是海鱼儿不去，他说我投固副司令就是要扛枪吃粮的，就是要杀人放火灭了仇家的。固副司令就笑了，哗一下掷过来一杆枪，说你能杀了人？你杀个人我看看。固副司令用手朝山下一指，不远处正有一位挑着柴火的白胡子伙夫艰难地爬上山来。海鱼儿把枪端在手里，枪托虚在腋下，手指在机关上乱扣。固副司令朝天大笑，海鱼儿的脸就涨得通红。固副司令一手拿过枪，胳膊朝天上一伸，"咚"的一声枪响把海鱼儿吓得坐了个尻子蹲。副司令讥笑着用枪托捣了捣海鱼儿的屁股，海鱼儿趁势站起来，揪着自己的头发说："我从小玩剃头刀子，你给我一把刀看我会不会杀人……"

后来，海鱼儿被分配到伙房里，他的活路是担水劈柴，和白胡子伙夫成了好搭档。

腊月二十三，固士珍的队伍到山阳县的高坝店办年货，赶集的人多数都把货给人家放下就走，米面油盐漆蜡火纸，柴炭猪肉粉条豆腐，灯笼罩子番麦糁子粗布料子麻鞋底子，固士珍的人是见啥要啥，嘴说是买，其实是抢，老实巴交的山里人谁敢说半个不字。却偏偏就有执拗的人，争执着说买货给钱天经地义，你们是叫得响的保民军，就是唐司令来了也多少得给些钱，年关跟前了总要叫大家都过得去。固士珍的人哪里容得你说这些啰唆，缴了你的年货，又把缠着要钱的人一绳捆了。

敢和办年货的军人"啰唆"的一共有四十七位山民，他们被绳捆索绑着押到了漫川关。在漫川关向固副司令磕头认错的有二十四人，这些人在腊月二十五的大雪中被带到后山去背木炭，木炭背回来，每人给发了二升番麦就放他们回家了。还有二十三人坚持他们的理，买货给钱。固副司令对这些人很和悦，没叫他们雪天去背炭，虽说晚上拴了他们胳臂叫睡到麦草铺里，可稀汤糁子面还叫他们喝饱。固副司令说了，他最喜欢和讲理的人打交道，不讲理的人他日死都看不上，卖货得钱是千古的理，你们的年货钱当然是要拿的。然后，他叫部下给这二十三人每人发了两双草鞋，说是唐司令有话，叫这些人到郧西去拿钱，翻过山还有上百里哩，饱饱儿吃了饭你们就上路。

一布袋米面半条子猪肉或许值不了多少钱，但在年关前他们拿回了这个钱，就可以给自家婆娘说保民军是讲这个理的。虽说为了不多的钱跑了一些冤枉路，但大年三十全家老少还能过得团团圆圆。

可是，他们想得太好了，他们没等到大年三十。

就在固副司令打发这些人去吃饭的时候，海鱼儿被叫到了守关司令部。固副司令问："你不是说你能杀人吗？刚好这儿有些活需你去做了。"话没落地，两把大刀就"当啷"一声掷在他面前。海鱼儿在心里打个冷战，脖子一硬，捡起了刀。又手腕儿一闪满把攥了刀背，像使剃刀那样在鬓角上刮了刮，说："行。"

翻山去郧西拿钱的人刚上到半山腰，就被一行人拦住去路，不问三七二十一被绑了胳膊，又逼着跪成一行。积雪没了他们的腿面子。

四条持枪大汉陪着提刀的海鱼儿出现在二十三人的面前。一位老者扯破嗓子哭叫："海鱼儿娃呀，你救叔一条命呀，钱不要啦，放俺们一条生路吧！"哭叫声里，共有八个人跪到了海鱼儿面前，这个叫侄哩那个叫哥哩，哭声震天。他们都是苦胆湾到高坝店打贩挑的人，他们认得了海鱼儿，求拿刀的乡党救命，他们明白，这年头枪一响死几十个人是眨眼间的事。

海鱼儿冷峻地看着他们，蓦然间眼睛一闭手起刀落，匍跪到他面前的老人成了血桩子，刀抽回来又顺手一扫，另一个小伙子成了无头鬼。大雪飞扬中，海鱼儿疯了一般，手中双刀像两道闪电，白光飞舞中，吱啦吱啦一声响，红血喷向白雪，人头滚满山坡，山坡的树木四向倒伏，林中的老鸹尖叫着轰然飞起，一群持枪的人纷纷躲闪后退。

二十三条人命撂在了雪山，两把刀掷在血污中，刀刃崩裂如锯齿。

杀人归来，海鱼儿被任命为排长，固副司令给他送来一个女人，海鱼儿谢绝了。

海鱼儿投了固土珍的消息很快传到苦胆湾，有人就叫孙校长离乡躲避，马皮干就在民团总部里喊叫着要子弹要炸弹，护校队又在后沟里练习打靶了。

此时，孙老者家，正发生着一场生离死别——

孙校长决定把琴送回洛南县洛惠沟的娘家。麻春芳派了两匹骡子，琴的衣物行李都上了驮子。跟虎不许带走，跟虎留给忍来抚养，昨夜里跟虎第一次离娘睡觉，呜呜哇哇地整整哭了一夜。

琴没有哭，她整夜都在梳妆打扮，整夜都在照着她的小圆镜。饶也没有睡觉，她整夜都竖着耳朵在听动静，黎明时分，她猛然听到琴的卧房里"扑通"一声响，鞋也来不及穿就向那边跑。

琴倒在地上，头上流着血。饶抱起她，用粗布帕子包她的头。一条绳子悬在梁上，绳扣断了，琴的上吊没有成功。琴没有哭，也没有眼泪，只痴愣愣地照着她的小圆镜。这小圆镜是老四当了团长之后给她买的，给她在龙驹寨买的，是汉口上来的水银镜。

琴不哭，饶却把她自己哭得披头散发。临近了年关，团圆的人家正忙着上碾磨，做豆腐，淘萝卜，吊挂面，孙家人第一次不准备过年了，饶和忍带着娃各自回娘家，孙校长到朋友家去躲避，老三去陈八卦的油坊里抢槌，老院子新院子就孙老者一人留守，饭有高卷腊娥她们给送……

老屋里，孙老者在老圈椅里僵坐着，手里的水烟锅不冒烟了，媒纸已经燃尽。琴跪在地上，无声地哽咽着，头磕了一个又一个。忍来拉她，拉不起，忍的哭声就止不住，呜儿呜儿地比树梢上的北风尖。屋外边是谁抱着跟虎，娃哭得直打气嗝儿。骡子等不及了，在院里嘶昂昂地高叫。

琴说话了，是哭一句说一句："大大呀，不孝顺的琴，老四活着，我是你的儿媳妇，老四不在了，我是你的女，我是不想离开这个家呀，我又怕给你老人家带灾，跟虎是我的心头肉呀，没了老四我就靠娃活呀，我实在不想离开娃，娃是老四的独根根啊……"

后檐墙上，林林总总的屋漏痕仿佛倒挂的冰柱，"孙氏历代祖宗大人神主"的牌位掩在尘灰中，"满庭兰桂是春光，继世衣冠皆祖德"的堂联在烟熏水印中苍黑老朽。孙老者的水火棍日见残破，密缠着的细麻绳箍不住端头的炸裂；院里的老椿树叶柄脱落，硬折茬的枝枝杈杈呈铁质的冰冷，斗大的葫芦豹窝坠弯了一个树股，蜂也要过年了，工蜂兵蜂都在窠里忙着整理吃喝……

麻春芳的两个拊娃子刚托着琴上了骡子，饶就赶来锐声高喊叫人下来。琴下来了，饶说："大大不叫你走了，咱一家人吃糠咽菜，死活在一起。"妯娌俩又是抱头痛哭。忍抹着泪水跑过来，把跟虎还给琴，跟虎一头扎到他妈怀里贪婪地吃奶。妯娌三人相依相扶着朝大大屋里去，见不得人的事从来没有发生过。

固士珍在漫川关杀了二十三人的事在州川传开，一些到山阳县打贩挑的人家就日夜惶惶不安，人托人去向骨头皂打听，骨头皂捎来回话说：二十三人中有八个是苦胆湾的，遗体已经"浮雀"着埋在一个叫"三棵松"的地方，是一个做生漆生意的叫海鱼儿的乡党出钱收的尸。

八户人家的春节是在哭声连天纸笸盈门中度过的。满苦胆湾的人家，过年没有耍社火，没有敲锣鼓，甚至没有放鞭炮的唱花鼓的。治丧的人家，年饭年菜都由村里各家轮流包管，满村纸幡飘飞，讨饭的叫花子到了村口也绕道而行。过了年，搬尸的信儿来了，关口上过一个尸首交五块银元。

孙家终于没有散伙。腊月二十八，三个儿媳妇合伙儿给大大梳头，虮子刮得干干净净，小辫子编得顺顺溜溜。虽然没有像往年那样大张旗鼓地扫七灰，可锅盆碗盏门窗柜板都还擦得干干净净。团圆过年是麻春芳定的主意，陈八卦拿的钱。年虽然过得凄清，毕竟一家老少都浑全。

过了年，麻春芳说加强民团还是正经主意，费用上还是各村摊派，枪械都要上油擦洗，弹药上有他支持。孙校长答应要加强训练民团，可他还是花了很多时间到外边延聘教师寻求经费，花了很多时间给求他看病的人诊脉开处方。

初八早上，校董会的几个人和孙校长商量事情。村里一下子叫固士珍杀了八个人的事闹得人心惶惶，再加上民团的事、护校队的事、八户人家出殡的事，七事八事都要有个一致的主意。孙校长心情沉重面色忧虑，说叫大家都出出主意。唐文诗对孙校长说："学校里有我哩，你当紧的事是把民团办好，维持地方安全是大事。"护校队长马皮干说："民团的事你熬煎也是白熬煎，瞌睡总要从眼窝里过。要是我，放开了手拿脚踢哩，钱款上按家户摊派下去，他谁不出就拿绳捆！"孙校长听了，脸色就不悦，他低着声说："咱这样弄，跟土匪有啥差别呢？"

马皮干犟着嘴说："捆他是为了保卫家乡哩，百姓百姓百人百姓你就跟他说不清，你把百姓说清了固士珍早在中国坐皇上了！"孙校长说："他坐了皇上仍然是瞎锤子，民团不加强也不行，但道理咱要给百姓说明白，治安治安是要百姓活得安然，现在是荒春上，青黄不接大家都困难，但为了民团加收粮款会不会惹出乱子？"马皮干眼睛一瞪就躁了，他从怀里掏出两把手枪，当当地交叉着一敲说："我看你是叫笔杆子摇糊涂了，这年头还讲啥道理，我给你说，这年头有枪就是天王老子！"这话又引起一阵争吵，最后，七事八事没说清一件事，一时就不欢而散。

事后，牛闲蛋给孙校长传话，说民团的事就叫马皮干去弄，反正他在护校队也卧不下。孙校长没采纳这个传话，他把护校队的副队长高二石提上来给他当民团的副手，马皮干还是干着护校队的营生。马皮干果然卧不住，他拉着护校队的十几杆枪今日这儿打靶呀，明日那儿派捐呀，一时间四乡八邻颇有怨言。孙校长出面说过一次，马皮干倒气壮如牛："我派的捐拉的款是给学校的，我自家是吃了几个还是占了几个？"

教学上的事唐文诗安排得井井有条，管理学生食宿秩序牛闲蛋的一只长把铁锨就绰绰有余。牛闲蛋很珍惜今日这来之不易的高等小学，他经常给娃们说书里自有黄金屋，学好孔孟比啥都强，有空儿了他自己也跟着学生娃背书哩写仿哩跑操哩唱歌哩……

正月十三，搬尸队回来了。八具棺材，一长行顺官路上来，每棺两根椽杠，前后各四人吊着抬了，两只长凳架在前后杠上，歇息时棺材置于长凳，州川风俗：殓了人的棺材上路不挨土。每具棺材头上，又各绑一只引灵的白公鸡。纸钱如雪片纷纷飘落，接灵的龟兹乐人从大堰上把八位亡人引回村里，吹唢呐的直把正月的冷日头吹炸。全村起了哭声，西风把满地的纸钱卷到高空又轰然撒下。孙老者弓腰拄着水火棍，领着村里上年纪的人伫立村口，满脸的皱纹里纵横着老泪。

八个亡人中，最让人伤心的是高卷和孙庆吉的独生子雨生，长得像白杨树一样的小伙子啊，听了孙老者的话离开红枪会一心打贩挑的健壮后生啊，给父母攒了不少银钱一心要盖房娶媳妇的好儿子啊，跟上亮亮上县城听了几堂读书会的课也要求念书学文化的好青年啊，他也死在了漫川关的雪山上，今日他的灵魂就要回到了苦胆湾的父母身边了啊……

高卷散乱的头发随风飞扬，她朝天狂笑，拿柳树棍挨个儿敲打棺材，腰里的草绳缠了一道又一道，饶�搂着她不让她疯跑，她嘻嘻地笑着朝远处喊："雨生！雨生！我娃回来吃饭哟——"苍凉的声音惊得树上的老鸹扑棱棱飞去。

牛闲蛋和老三抬着孙庆吉，他瘫痪在地上直不起身子，尿遗了一裤裆，屎遗了一裤裆，没了儿子，他脱了生命的桶底，魂也盛不住了。

八具棺材在村口排了一行，后坡上一溜儿挖了八孔墓穴。村里人跪了半面坡，所有响声都一时间停息。孙老者嘶声念着唐文诗写的祭文，满胡子下巴朝下流水。是下雪了，大朵大朵的雪花，稀稀疏疏地落下来，缓缓慢慢地朝苦胆湾覆盖。无风，树梢静凝不动，孙老者的声音传得很远，人们却听不清他说的字音儿，一种嗡嗡的轰轰的如洪水漫地风卷沙滩的声音朝南北二山漫延过去……

一致的声音是要老连长出兵报仇，一致的声音是要把民团弄大。也有"另外一种声音"如暗流潜涌，说是村里死了八个人完全是跟孙家带的灾，如果当年孙校长不开除固士珍，如果孙家人不打跑老长工海鱼儿，村里能出这七灾八难的事吗？反过来说，搬尸的人又说了海鱼儿不少好话，他如何往湖北贩生漆挣了钱，如何照管搬尸队一行人的吃喝，如何给关口上说好话叫免了过关费，传言说他投了固士珍根本就没有这事儿……

陈八卦在苦胆湾的八路十巷走了几个来回，三百五十七户的五姓人家，大都异口同声地数说着孙老者的德行、孙校长的公心、孙团长的忠义、镢头老三的实诚、几个儿媳的勤快孝顺，说咱村里，长能安分于耕幼能专心于读，全赖孙家的福荫，这几年村里出事是年岁不好，这不是谁想扭就能扭过来的，谁要说是孙家人让村里带灾，那是说枉话哩丧天良哩要遭天打五雷劈哩……同时，村里"另外一种声音"的声源也查清了，说是马皮干私下里发的牢骚。有人就说，马皮干自管了十几杆枪，说话走路倒像个逛山，当年跑庙产打官司一心办学的热肠子叫狗吃了。

为此，牛闲蛋向马皮干求证，马皮干拍着腔子说："我咋能发这牢骚呢？咱跟上孙老者沾了多少光，别人不清楚你我还不清楚？"

陈八卦上了一趟县城，带回来老连长的话。老连长说了：出兵报仇是不可能的，麻春芳的一营人马也不能滞留州川，过了二月二就调走，地方安全要靠民团自治，天上下雨地上滑，各人跌倒自己爬，如今的天下大势是：冯玉祥、阎锡山在河南和老蒋打得不可开交，咱投靠的是冯大人，冯大人叫咱吃屎就吃屎，叫咱喝尿就喝尿，冯大人如今来了命令，叫咱出富水关往河南内乡打，现正整肃军纪，等待装备，装备一到，左撇子右跛子就率先开拔！

民团又扩大了一些人马。可是，孙校长支撑民团实在是勉为其难，倒是学生出身的高二石为民团建设出了不少好主意。所好，从春天到麦忙，唐靖儿似乎安居于湖北两郧，固士珍也没来复仇骚扰，高等小学是跑操哩唱歌哩一片活泼生气，孙家的日子也暂有起色，三妯娌又开起了染坊，孙老者也有心情搂着金虎在泥坯上练字，只是在忙毕打了炕肥要上地的时候弄出了不愉快。

州川人的习惯，每到麦毕种秋，都要把前年盘的火炕拆了打碎作为肥料上到地里，整个夏天就在炕底子上铺了芦席或支了木板睡在上面。老三拆了琴的炕，在墙外烟囱通到炕肚里的地方，他发现了一堆石子儿。老三想起死去的团长兄弟，想起那个貌似老诚的长工，想起他黑夜里往烟囱里丢石子儿打暗号的丑恶，心里就揪一阵的疼一阵，他想把这些石子儿捡给大大看，捡给二嫂看，大大的厚，二嫂的宽，也太没边没沿了啊！如此想着，就一五一十地把这一堆石子儿捡到粪筐里，鸡蛋大的，核桃大的，梅杏大的，一百多块如一百多颗子弹打在镢头老三的心上！

猛然，一只脚踢翻了粪筐，老三一扬头，是二哥！二哥用低沉的声音骂他："你还有心捡哩？一粪筐的耻辱！"

海鱼儿带了两个挑担子的人出现在大堰上。他白府绸的衬衫外套着蓝洋布的夹褂儿，一条黑布带缚了腰，下身是藏青布的裤子，两只裤脚一扎显得十分精干，脚下千层底的布鞋也是时兴的窄口样式。他大步朝苦胆湾走来，一副春风得意的样子。

有人就赶紧报告了护校队，马皮干就和牛闲蛋紧急商量，海鱼儿此行到底要做啥？咱是上文的还是上武的？此前有两种传言也不知哪种是真，一说海鱼儿做生漆生意挣了钱收殓了八个遇害的村里人，又有传言说他投了固士珍要报孙家的仇，可此行又没见他带枪领人马来，牛闲蛋就说啥事都有说和的没有打和的，马皮干就说你别忘了是咱俩把他吊了梁又给扔到河滩的，这人今日前来肯定没好事。两个人商量来商量去一时不能定夺，牛闲蛋就说他先去告诉孙校长躲避，叫马皮干先拿软的黏上，也不要立即集合民团的人。

马皮干不管这些，他先叫几个射手上楼把武器支到枪眼里，又叫八个队员背了枪在学校大门口夹道排了两行。他自己把两把盒子枪交叉着朝左右肩上一挂，大大方方地上路迎接。

没料想海鱼儿比他还大方，过去的生死仇恨似乎没有发生过。海鱼儿说兄弟做生意路过，特意买了些笔墨纸砚给高等小学送来，如果孙校长不嫌弃的话，也想捐些银钱给学校。马皮干就拱手作谢，说难得海鱼儿一副好心肠，捐善款是功德事，老天保佑你生意成功发大财。海鱼儿说我这一辈子没念过书只会耍剃头刀子，娃们家该念书认字了却进不了校门那是大人的过错。说话着就到了校门口，马皮干粗着声喊口令叫立正敬礼，之后就引海鱼儿入了他的队长室。

马皮干告诉海鱼儿，孙校长已经不管学校了，人家把事干大了，去当民团团长了。海鱼儿干笑两声说书念得太多了也难免发愚，又说像你马兄这样的人才就是放到唐司令手下，顺便拨拉几下就是团长参谋一类的官官子，又问他是否活得舒坦，看马皮干惭笑着摇头叹息，海鱼儿就拿出一个粗布缝成的袋子，袋子一摇嚓啦啦响，他递给马皮干说，看马兄你难场成这样子，老弟我没有多的也有少的，兄弟我贩生漆是挣了些钱，这八百银元不多，你拿上给嫂子侄子扯些洋布做儿身换季衣裳还是够的。马皮干一时花了眼，他哪里见过这么多的银子钱！自打爷时从下河移居到苦胆湾来，人经多少年了啥时候拿过一布袋的钱！一时间又是作揖又是打躬，忍不住嘴一咧就要感激涕零。

马皮干又一边关着门窗一边颤着声儿说："你看咱手中有的是枪，可孙校长这也不让干那也弄不成，咱这枪杆子也真是白耍了！"海鱼儿帮他拉上窗帘，压低声音说："这儿有一笔好生意，做成了我保你稳赚三千大洋，有了钱，到西安省买一院儿房住去，娃娃有洋学堂上，你再办个小夫人在屋里，你看那是啥日子，嫩包谷秆的味道只有牛知道！"

谨慎的笑声中，海鱼儿把嘴凑到了马皮干耳边……

猛然一阵嚷嚷，一个女人的身影就到了门外，马皮干赶紧开门，笑说："是二嫂呀，你看是谁来啦！"饶就笑呵呵地进了门，一边舞扎着手一边说："来啦就上屋里去么，还要叫嫂子请？真是挣了钱啦成财东啦架子大啦？你二哥到油坊里去了，听说你来啦，人还没回来哩话回来了，又是叫我做你爱吃的浆水面哩，又是叫我给灌酒哩，割肉哩，大大也挣扎着要来接你哩，你看你真真是耍大咧！"说着，连拉带扯，又是给拍身上的灰哩，扫身上的土哩，浑身上下摸索了个遍，才爽声子对着门外喊："忍啊，快去叫你二哥去，弟兄们一搭里过了多少年好得跟啥一样，到门口了不回家里去，叫人看着笑话！"

海鱼儿哪想到这一招，心里明白是女人摸自己身上带没带"家伙"，嘴里却连说："好二嫂哩，白日里我不好意思去，天黑了我要去看看大大的，几个侄娃子我也想抱一抱哩！"一转身，指着身边两副挑担说："我这次来，主要是想着二哥办学艰难，就给学里捐了这八十刀六裁纸，也给老师们买了些笔墨，好二嫂哩你看，上头屋里我是要去的，你也容我置办些礼当么！"

二嫂哪容他啰唆，就生拉硬扯着出了门，马皮干也嘻嘻哈哈着帮二嫂说话，三个人就说笑着朝孙家大院子来。

忍把信息传回来，麻春芳手臂一劈说："杀了！"

当牛闲蛋报告说海鱼儿领着俩人进了学校的时候，孙家一时慌乱，不知要出啥事，饶说咱害人之心不可有，但防人之心不可无，就赶紧叫校长到隔壁人家躲避，又叫来麻春芳陈八卦相商。陈八卦就叫饶用她能说会道的嘴和八面玲珑的心性去请他，最重要的是弄清他是不是带着手枪，这一步是做到了，可海鱼儿来了之后怎么办呢？

麻春芳是主张杀了。孙校长认为既然人家没拿枪，投固士珍的传言又没得证实，人家又确实是给学校捐物来的，那咱就不能起手不义。陈八卦认为这事背后可能有啥东西，要看清背后的东西必须四眼相对，他要校长等海鱼儿见过孙老者之后再过去相见。

老屋里，孙老者坐在老圈椅里。旁边是秃顶的忍侍候着。饶和牛闲蛋陪着海鱼儿进来，孙老者说一声"是我娃呀"就要站起，牛闲蛋过去按了说你老坐着，海鱼儿就叫一声"大大呀"，当下跪了，磕过头，起身问候老人身体，又拿出一把银元搁到大大枕头边。大大颤着声儿说："我以为你把大大忘了呢！听说你往湖北贩生漆，路上要随群而行，住店了不要住头一家，吃饭也不要吃头一碗，娃你攒下钱了不要胡成，盖房娶媳妇是正经主意。"

海鱼儿眼里似有泪光闪烁，他很伤心地说："大大呀，我是你娃哩，做啥事对不起你老了，你该打该骂全由你，谁叫你当年在集上救我哩！"

孙老者说："年轻人做事欠思量，过去了就过去了，不要再记恨啥，大大啥时候把我娃当外人看呢！"一时说得忍也稀溜稀溜地掉着眼泪，饶就给大大点一锅水烟吸着。马皮干进来，手扶着腰里的盒子枪，冷眼看着这一家人。牛闲蛋站在背影处，用不高不低的声音说："人生的孽果都是自己种下的，是祸躲不过，躲过不是祸，大大是把世事看尽了，年轻人终究还是要自己走自己的路。"

正说着，孙校长由陈八卦和麻春芳陪着进了门。孙校长摊开双臂迎上去说："兄弟真正是发了财啦，气色这么好啊！"海鱼儿赶紧起身让座，连说："路过州川哩，想看大大哩又没啥拿，给二哥的学里买了些纸，想着这是大大心上的事么！"

校长就说："在外头能挣下钱了也好，挣不下钱了你原旧回来，到咱护校队也行，到民团当个参谋也行，想要枪了到老连长那儿带兵也行，有啥想法，说了哥都能给你办到。"

海鱼儿眯着眼，看着地下说："我也不当护校队，我也不当保民军，我也不跟老连长吃粮，我也不跟人到南山里去逛，大大说了，逛山门里一盆血么！生漆生意我是摸着路子了，谁也劝不转我的，做生意好啊！"说着眼睛一眨，刚好和马皮干的目光对上，四目相交，显然是一种约知的传递，这一瞬被麻春芳捕捉到了，暗影里的他，声音幽幽地说："忍啊，老三呢？我下午打了一只麻野鸡在椿树下扔着，你去捡回来烧了给我下酒啊！"

饶就赶紧说："死野雀有啥好吃的哩，我已经叫人到老麻呀架子上取肉去啦，烧酒现成就有，你弟兄们见了面，还不好好喝一尺子！"

海鱼儿就连忙起身推托说："不啦不啦，我撑天黑还要赶到城里谈生意哩。"起立推让中，黑影里的麻春芳对着校长拍了拍自己腰间的"家伙"，校长轻轻摇了摇头，脸一转对海鱼儿说："那是这啊，你二嫂三嫂给你做了些鞋脚衣物，这你千万不要推辞。"话刚落地，饶和忍就各自拿了一个包袱来，饶说："这是一身夹衣一身单衣。"忍说："这是一双布鞋一双偏耳子鞋。"马皮干伸手替海鱼儿接了，海鱼儿一边推让一边说："来得急促，也没给嫂子们拿啥，下一次来，兄弟一定给嫂子们带上汉口的黄杨木梳子蛤蟆油，叫嫂子脸上搽得香香的，头上抹得光光的，哎哎——"一时觉得说油了嘴，忙转头问："咋没看见几个侄子呢？"眼睛四下里抢着，手就在衣袋里摸索。忍扭过头去，心想当年在这屋里做活，海鱼儿啥时候敢在嫂子面前绕油舌头？饶沉稳着心气，又忍不住将一将自己发烧的大耳朵说："娃叫他外婆接走了，一个要去那俩就都跟上去了。"海鱼儿就掏出来几块银元，在手心里掂一掂，递给饶说："给娃买梨膏糖吃去，没见上娃我也实在想啊！"

一堆人说笑着出了大大的堂屋，刚到院里，就被一个女人拦住。海鱼儿先朝后趔了身子，众人看时，竟是琴！本来，海鱼儿回来的前前后后，大家都瞒着她，把她哄到腊娥家就是害怕两人一碰面大家都难看，没料想她自己竟直面而来。

琴冲着海鱼儿直言："你在大大屋里说的话我都听见了，话里的话我也听出来了，二嫂三嫂都送了你礼物，我没啥送你，送给你几句话，你听着：伤天害理的事你千万不能做！老四活着我是大大的儿媳妇，老四死了我磕了头是大大的女，你要办我，要过正经日子，你就拿银子钱来明媒正娶，你要是挖窟窿打洞寻眼隙害孙家弟兄，你就白披了一张人皮！"

饶和忍就扑上去捂着嘴把琴架走，牛闲蛋马皮干赶紧打圆场说："唉唉，男不跟女斗狗不跟鸡斗，走走走，女人家头发长见识短不要跟她上气。"海鱼儿的双脚像钉在地上，拉不走推不动，他脸色变成杀鸡白，目光盯着他住过的染坊，轻声说了一句话："天上的星星数清了，天亮了。"

孙校长的人头被割走，他穿戴整齐四肢并拢躺在沙地上。一群老鸹围着他，没有凄厉的聒噪，这里的黎明静悄悄。大堰上，没有腥风血雨的战场痕迹，九月的旭日只在东山顶划上一线金色。官路上空无一人，州河水波摇浪荡如碎银晃动。苦胆湾人家的又一个农耕之日开始了，担土垫圈的，绞水饮牛的，扛犁下地的，背粪上坡的……

消息很快传回村里，满村的人都朝大堰上跑。人们用磨耙把孙校长的身桩子抬到学校，宽宽搁在大方桌上，两丈四的白粗布折着幅子连同磨耙一同覆盖。高小初小的学生都趴在课桌上哭，老师们神情庄重环大方桌而立，村里人锈成一疙瘩僵硬在学校操场，谁也不知道发生了啥事情，谁也不知道还要发生啥事情……

陈八卦托人捎话给骨头皂，请他帮助找回孙校长的人头，钱花多少都行。骨头皂回话说："我能找回老四的身子，但我找不回老二的头，这事我管不了，你手也别伸得太长……"

木匠曹鲁班找来百年的枣木疙瘩，刻了一个人头安在孙校长的身子上。村里一时人心大乱，说啥话的都有。

大殿里的民团总部，佛祖足下是苦海无边。围着一张供桌肃立呆坐的，都是苦胆湾里有头有脸的人，孙老者、陈八卦、牛闲蛋、孙庆吉、高二石、唐文诗……马皮干带人进城担子弹了，去了两天还没回来。

孙校长是谁杀害的？是谁杀害的已经没有多少意义。人人都在心里猜摸着是谁谁谁、谁谁谁，然而，是谁谁谁你又能怎么着？民团的人能出境打仗？要紧的是村里不能再死人了，三天两头着吹唢呐埋人，村道上的纸钱扫都扫不完，哭丧棍用得多，村沿子上的柳树都成了光桩子，外村人就说是苦胆湾的风脉倒了，"另外一种声音"又在女人间流传，说是孙家弟兄太能了村里人跟着遭罪……

石门沟的两个著名人物，饶的兄弟铁绳和黑手，一人一根等身棍，凶神恶煞地靠在大殿外的一个角落，歪着耳朵听殿里人说事。先是陈八卦那山谷滚木头的声音传来："几年来，固士珍都放话说，要提孙校长的人头，这下了了他的心愿啦，苦胆湾从此太平啦，有人说如果当初不办高等小学，就不会有瞎锤子闹事，就不会有民团护校队这一绺绺子摊粮派款，就不会叫人一次杀了咱村八个打贩挑的，这话好像也对，遇事坠着退着也能活，谁说狗屎不是人吃的？但孙家弟兄就是不想叫咱吃屎么，老四跟上老连长扛枪吃粮当初是为了护家护村后来是为了守城保百姓，老二办学护校是叫咱的后代有出息咱村里人莫当睁眼瞎——"牛闲蛋抢着说："只要人心浑全，就是七灾八难都不怕，怕就怕你朝东拉他朝西拽，有些话我也问过马皮干，他赌咒发誓说不是他说的，这两天他不在就出了这事，也可能是凶手趁这机会下的手，这案子要破非得老连长带人来下硬茬！"陈八卦心上有个疑团，疑团上有两个线头松松地挽着似要绽开，他朦胧着觉得海鱼儿回苦胆湾有点怪，一个在主人家干了丑事的人，能这么昂首阔步着回来，是什么给他壮着胆？是钱吗？理路上不大平整，有传言说他投了固士珍，风不刮树不摇老鼠不拉空空瓢，试想，固士珍和孙校长是天海的冤仇，海鱼儿又在孙家挨打受辱被赶走，他只有投了固士珍才能变成打人的石头！他说他做生意挣了钱买纸捐给学校，这会不会是图谋校长的一个借口……陈八卦在心里顺着那两个线头往下拆解，高二石说话了。

高二石这两年蹿长了个子，瓷瓷实实的身坯子稳坐着，他一字一句地陈述着自己的见解："孙校长是苦胆湾的撑天柱，他遭人谋害了，要叫我说逮住凶手先上油锅炸了再说！可是静心一想，唐司令固士珍没上来一兵一卒，孙校长遭人暗算，全是黑夜里人背后精心谋划的事，所以咱也不要大张旗鼓着叫唤，君子报仇十年不晚，贼是三年不打自招哩，咱内里紧着外面松着，先把丧事办了，再慢慢寻它的蛛丝马迹，这事包在我的身上。要紧的是苦胆湾的神气不能倒了，精气不能散了，咱高等小学是一茬茬出人哩，这一块真正是咱的指望，吃屎喝尿也不能误了学校。"孙庆吉说："孙校长没有死，他咋能死哩？我雨生叫瞎锤子害了，瞎锤子到了哪里哪里流脓，这怎么能怨孙校长？我给老婆说了，就是再抱养个儿子我还信服孙校长！我今日言明：为了村里的事，臭臭花鼓子该唱我还要唱哩！"

大家说得伤情，想得长远，苦胆湾人的宽厚与执着不是这几个人能代表的，但这几个人在情理上的明白又没有孙老者那一把胡子灿亮。

孙老者已不再流泪，他也无须别人安慰，他依旧想的是村里的事，他沉着声说："人死了只有埋了，公事上他没做完的事大家接着做，学校是原来咋办现在还咋办。案子先搁着，风吹日久了也就化开了，老连长麻春芳就不要去打搅，他们是冯大人那个棋盘上的子儿，人家咋拨也由不得他们自己。埋人是孙家的事，村里学里不能摊派了一个麻钱儿一颗米，我也给家里人说了，不请龟兹唢呐不待客，孙取仁活着可以轰轰烈烈，死了就叫他静悄悄地走……"

孙家的灶房里，饶抱着三虎在烧火。一把一把的干蒿草喂进灶膛，轰儿轰儿的烈焰就映红了她的脸。无声的泪水滴在草灰里，三虎在妈妈怀里牙牙学语。铁绳和黑手来向饶辞别，一个叫姐一个叫妹，一声声里都藏着怪拗脾气。兄弟俩告诉饶，埋人的事他们不管了，他们卖了石门沟的一面坡，背上银元到漫川关的赌场当宝官呀，三虎你要自己经管好。

三虎在妈的怀里一声声地学着叫："大大，大，大大——"铁石心肠的铁绳和黑手挥泪而去，饶依旧坐在灶下烧火，俩兄弟从来到走她没说一句话，风箱杆在她手里缓慢抽动，"哼儿哼儿"的声音似在敲打一种神秘的节奏……

金蟾穴下的孙家祖坟里，翠竹野菊的芬芳安慰着列宗列祖的魂灵，古柏老柳的历史记载着一个家族的兴衰。南北二山的秋叶红了，白花素香却铺满原野。上下州川的学校，老师领着学生，学生手捧白色纸花，一队队朝孙校长的墓地走来，没有龟兹唢呐祭灵，没有乐人锣鼓敲打，更没有炮仗枪鸣，连州河水也无声着流淌，一切都静悄悄着垂泪。

这一排墓冢，从东往西，第一座是孙家老大孙承礼的，刺玫和迎春花的藤蔓密密实实地裹了他；紧挨着的是老四孙文谦团长，灿黄的野菊蓬勃出一种天国的烂漫；再挨着的就是老二孙取仁校长，他新筑的坟茔喷发出黄土的清香。坟前，开阔的沙石空地呈现出秋雨洗涤的晶白；在并排长眠的三兄弟身后，一大片老坟笼在竹园里朦胧着往昔的岁月。

前来送葬的学生们，空地上站满了，沙堰上站满了，二台地上站满了，连河滩上也聚了一大片。一大片的白色花海中，孙校长的棺木缓缓滑进墓穴，学生们唱起了孙校长制定的校歌，往日的嘹亮变成漫天的啜泣，漫天的啜泣又变成号啕的哭喊，哭喊中猛然迸出更强劲的歌声——

歌声把南北二山黏合在一起，歌声把上下州川凝成铁的板块，歌声把一个文化先驱埋到人心深处：

> 秦岭佳气育九商，
> 州河水泱泱；
> 凤敷司徒教，
> 世传芝草香，
> 文明教化早宣扬。
> 愿吾齐切磋，
> 琢磨多思量，
> 勤学毋怠荒。
> 完成小学树国本，
> 三民主义倡。
> 看他日中学大学，
> 深谐远造，
> 履阶而升堂。
> 同学齐欢唱，
> 努力去担当，
> 春风旭日各自强！

墓门封死，坟堆拱起，帮忙的人散去，学生们也哭泣着排队离开。孙校长坟前，饶抱着三虎烧化最后一沓冥纸，老三挥着铁锹把冢土拍得平实。孙老者拄着水火棍颤巍巍赶来了，老三和饶赶紧过去相扶，孙老者甩手刨开，他脸上和砌大堰的麻石是一个颜色。

孙老者在儿子的坟前正了衣冠，拱手抱了双拳，高高地举起，又和着身子弯腰鞠躬，如是者三！老三和饶哭叫着："大大！大大！"大大瞧着坟头，仿佛那是一座庙堂，他说出一席话，声音肃敬而清楚："我是给一个教书的先生行大礼，天地君师亲，五圣中的一圣，孔门里的尊者，我不行个礼心里愧疚啊！"最后一句，是他哭喊出来的，这是他丧子以来唯一的哭声，也是苦胆湾最后的哭声。

这不是最后的哭声。一个妇人拉着一个小女孩跪倒在孙校长的坟前，磕一个头哭一声，磕一个头哭一声，声声喊着："我的亲人哪！我的亲人哪！"头在泥地上砸出一个坑又一个坑，小女孩也哭成了泪人儿，声声叫着："爸呀！爸爸呀！"

这是外地人的口音。老三和孙老者赶紧把她拉起来，饶一时头大如斗。

老三问："请问大姐你从哪里来？"妇人哭泣着答："从山西运城来，我是程掌柜的女儿程珍珠，我命苦啊，走了半月竟无缘相见，裕源堂破了产，我父亲过世，我来投奔取仁，我的夫君啊！"

一家人当下抱成一团，墓堆前的团聚悲喜交集，老三改口叫着嫂嫂，又一一介绍了家里人。泣泪交流中，小女孩按照妈妈的指点，对着孙家人鞠一个躬叫一声："爷爷！三爸！大妈！小弟！"

孙老者泪眼望天，他在心里发出叩问："天爷，你到底是有眼还是无眼啊！"

一家人相搀相扶着回到老屋，饶又叫了琴和忍过来相见，程珍珠左手勾着右手在左胯处虚着，左右脚挨着踏了丁字步，低头侧身屈一下双膝，依次拜了饶，拜了忍，拜了琴，又泪着眼对饶说："好姐姐，您明媒正娶为大，容珍珠在您膝下苟活。"言毕又是一拜，转身对忍和琴说："二位妹妹，请随时指教家规，珍珠唯要阿公安福。"之后趋前一步，朝老圈椅上的孙老者磕一个头，起立，倾身，左右手相勾了作一个拜，奴着声儿说："感谢父亲收留，珍珠就是您的女儿了，珍珠愿意终生服侍您。"

孙老者挂了水火棍颤着身子要起来，妯娌四人围上来劝了，孙老者说："你和取仁的事，过去村里也曾有过传言，我是不曾信的。如今我的三个儿子相继亡故，梦也是真，幻也是真，你们要相互帮衬着，相互敬重着，把娃娃拉扯大是正经主意，过去我也说过，今日就当面言明，饶，珍珠，琴，你们三个，都是我的女，碰到好的家儿，我还是要把你们嫁出去的……"

孙老者哽咽不成声了，妯娌四个就围着老人曳声子抽泣，猛然，饶把腿一拍，果决地说："甭哭啦！大大有大大的好心肠，我们有我们的老主意，闲话咱就不说啦，今日珍珠回来了，是这么有教养的姊妹，我实在是喜欢，我给咱做一顿'五豆全'，吃了就算咱的全家福，大大你说行吗？"

大大颤着声子说好好，珍珠也朗朗然说："一切听饶姐吩咐。"饶姐就说："忍去挑水，琴去烧火，珍珠管娃侍候大大，我去舀豆子。"

妯娌们正要做饭，门里闪进一个黑影。众姐妹一愣，看清是陈八卦，他披着拖地的黑道袍，黑封着脸，直到大大跟前来。

陈八卦嗡着嗓子说："我在你这房前屋后看了，我想给你摆治摆治。"

孙老者不言语，三个儿子的死与房屋有关吗？他说不清。对陈八卦的鬼八卦，他向来是信一半的不信一半，现在，他也无法回答他是"摆治"还是"不摆治"。

孙老者无言，陈八卦在屋里转了一圈，来到门口，突然从袖里抽出一把切面刀，"咔嚓"一声就砍在门槛上。

屋里顿时变得冷气森森。陈八卦命令饶："拿锯来！"

大锯拿来，陈八卦指示锯断门槛，饶和琴就分坐门槛内外，咬着牙拉动大锯，"哐啦哐啦"的响声中，锯末飞溅的振动中，其余人如铁铸石雕凛然沉重。

孙老者俩指一拧，把媒纸上的火头捏死！

马皮干的身影在院门口探了一下。

马皮干悠然地行走在村路上，迎面过来牛闲蛋，问他："孙老者在家做啥哩？"马皮干嘲讽地答："咻！看两个寡妇锯门槛哩！"

第十一章 小挎院

老连长被人剐了，他到死没听完《女儿回十》

马皮干突然辞掉了护校队长。

村路上碰见牛闲蛋，牛竖着一根指头说："你总嫌孙校长把你捏得太紧，这下没人捏你了你又不干了，你这人毛病儿就是多！"马皮干扯了一下牛闲蛋的衣襟，二人就蹲到村沿子的柿树下，马皮干动情地说："好我的你哩，咱下河人在苦胆湾受的难场，他别人不知道你能不知道吗？光为咱娃上学的事叫咱受了多少折磨？如今年岁瞎成了这，耍枪的死了一堆，没耍枪的也死了一堆，如今高杆子的人折完了，叫咱这筷子头儿的小百姓当旗杆呀？我是越想越害怕了，指头一挨枪手心就出汗。从前着，孙老者说逛山门里一盆血我还不信，这如今啊，你逛是一盆血不逛还是一盆血，你玩枪杆是一盆血，你玩笔杆也是一盆血！孙校长是一笔好写啊，他当民团团长只打了三发子弹还是在河滩上打靶叫外人看的！你看这南北二山说不定哪天又冒出来一股子人，进了村要咋就咋你谁能挡住？过去着，孙老者能跑能走，水火棍一提在上下州川还有些威作，过路的官军粮子他都能出面应承，现在这年头儿谁还认他哩？四个儿子死了一双半，屋里丢下一窝子寡妇，谁还把他当人物？我看这苦胆湾是没了指望咧，我走我的路呀！高二石不是要大了吗？我把枪给人家一交，上西安省卖豆腐混嘴呀！"

一席话说得牛闲蛋没了精神，二人就在烟锅头上对了火，牛闲蛋吸一口就连声咳嗽，嘴上掉着清痰却还要劝慰他的"校董"同仁："好兄弟哩，如今是天下乌鸦一般黑，你到了西安省就能安生？你莫听人说冯大人打跑了二虎，共党又在渭南华县搞了暴动，冯大人和老蒋一会儿开仗哩一会儿又合作清党哩，城心心的钟楼上见天都吊着血人头，你去卖豆腐？你能卖了豆腐？！卖鸡巴都没人要！你听我说，我也知道你的心思，高二石毕竟还是个娃，辅佐辅佐他成了事，你就是村里的孙老者，你就是村里的孙校长，再说，有啥事了他老连长麻春芳能睁硬眼说不管？"

马皮干仍然摇头，他把烟锅头在鞋底子上磕得梆梆响，忧伤地说："孙校长一死，我是真正地害怕了。我也打过人，得罪过人，我逃活命呀，我下河老家一个亲戚在西安东羊市开豆腐庄，我去给人家当小工呀，挣钱不挣钱，落个肚肚儿圆！当年着，在下河老家不就是混不住才移居到州川的嘛！我给你说，树挪死哩，人挪活哩，我看你也走吧，苦胆湾这地方住不成，名字先没叫好，苦胆湾苦胆湾人住到苦胆里能有好日子过吗？"

牛闲蛋问："那你是真的要走了？"

马皮干有些躁，反问："都是下河人，我啥时候哄过你？"看牛闲蛋捏了一把清鼻涕抹在鞋帮子上，马皮干又说："在苦胆湾，咱这外乡人多少年里没权参与村事，我这人就爱说些风凉话儿，人就说我爱皮干，大人小娃叫我马皮干，哎哎，咱也是有大号的人嘛，麻笔杆，多好的名字，爹妈希望咱也能有一笔好写嘛！可谁把咱当人哩！你是老好人不得罪谁，却也忍不住发一些痒儿虼蚤的议论，人听着不舒服却也说不上啥，就把你叫闲蛋，哎哎你是天麻明时生的，周秀才就给你取名牛显旦，这名字多堂皇啊！哼哼，皮干呀罢，闲蛋呀罢，咱任人辱没了多少年，如今也该到头了，我是不想再忍了。"马皮干一边说着，一边用灼热的烟锅头烙死脚边一只蚂蚁。

牛闲蛋眉头锁个疙瘩，忧忧愁愁地说："搬家动口的没那么简单，好不容易娃有了学上，咱又给学里担了那么大的责任！再一说，这地咋办？房咋办？"他头摇得像拨浪鼓，连说："不容易不容易。"

马皮干脖子一扯，硬声子说："有啥不容易的？人家西安省的娃就不上学了？地还不好办？卖了就是盘缠，房子嘛，能卖也是现洋，卖不了就先搁着也算留个后路!"

见马皮干主意已定,牛闲蛋就说:"那你先去把脚站住,我混不下去了就去投你。"看马皮干一只眼皮耷拉下来,嘴唇歪歪着吸烟,牛闲蛋又说:"求到你门下了你就不吭声了。"

马皮干吸一口烟吐一股子口水,他用弱弱的声音说:"其实啊,我也只是一个想法。"

实际上,这不仅仅是他的想法。他对护校队的事越来越消极,常常是三天五天不见人影,他家的地里,也是草比庄稼高。到了六月头上,马皮干是彻底不干了,他把枪给高二石一缴,说腿上害了关节疼实在跑不动了,就叫高二石另寻人主持护校队。高二石接了他的枪,说了一句那你好好养病,就宣布把护校队合并到民团里了。

坡上谷梢见天天变黄,树上柿子秋风里褪去青色,苦胆湾的人家,巴望着平平安安把秋收回来,挣扫把呀,补簸箕呀,修连枷呀,安碌碡呀,可是,马家人没有动静。牛闲蛋跑去看,房门上已挂了锁。锁鼻儿并未按住,牛闲蛋开门进屋,迎面扑来的是一股潮气、霉气、闷气,看炕上铺盖柜里衣物已无一件,粮食五谷已无一颗,马皮干的家成了一座空宅,牛闲蛋才知道马皮干的悄然出走确是经过周密谋划的。

马皮干住的是独庄子,不与村巷相连,人们不知道这一家人是啥时候搬走的,搬到哪里去了。果真如他自己所言,是到西安省东羊市卖豆腐吗?牛闲蛋一时心下慌慌,仿佛这一桩怪事似与他有着什么关联,思前想后,就不得不把马皮干说给他的前后经过报告了新任民团团长高二石,高二石又报告了爷辈的孙老者。

高二石初听这事突觉脊背发冷,仿佛有啥事情就要发生,他急忙召集民团骨干布置防范事宜,之后又专到孙老者处请示主意。

孙老者的大孙子很宁静地在泥坯上写字,爷爷的秃笔在他手里提按绞转一本正经,粗瓷碗破了一个豁口,里边的泥水水黄如金耀。孙老者坐在一旁修理他的水火棍,他给炸裂的端头拧上铅丝,又在折裂的中部缝上牛皮。牛皮是热煮的,连毛裹了又勒紧,锥子一点一个小孔,牛筋就在一排小孔里穿来拉去,密密的针脚里就缝进了他对苦胆湾一种秩序的怀念……

高二石一眼一眼看着他，直到把活做完，才怯怯地叫一声："爷！"

爷抬起混浊的泪眼，他哭了，又笑了，说一声："是我娃呀！"就一边"二石二石"地叫着，一边要去端那坐椅。二石按了他，说："爷呀，你看今秋里咱村还会有啥事吗？"孙老者说："马呀人走了，是他知道谁要屠村，就独家去逃命，还是他犯了啥事，怕人收拾他？东羊市肯定找不到他，卖豆腐也是幌子！"

高二石说："他腰插双枪着那么张狂，却突然就胆小如鼠了，这中间好像有啥蹊跷？"

正说着，陈八卦的兜子进了院子，只听饶在染坊那边高声叫着"福吉叔"，忍就赶紧到上房里冲茶备水，高二石正要出门迎接，山谷里滚木头的声音就在门口响起来。

忍端来老圈椅，陈八卦袍襟子一撩就仰在上面，他摇手推谢了茶水，又答复说蒸馍蘸蒜才用过，就手一刨叫高二石蹲下，看金虎把一个笔画落定，才说："老连长刚从商南县的富水关回来，河南的仗不打了，西安省里出了变局：老蒋授意，各路陕军联合成立'陕西讨逆军'，共同对付冯大人，冯委任的省主席宋哲元东逃，老蒋就任命杨虎城为陕西省政府主席。适此之时，老北洋的吴佩孚在甘肃拥兵独立，并有十八军阀联名通电拥吴主政半壁中华，吴就发令要阎锡山、刘镇华、杨森、田颂尧、邓锡侯联合攻陕，当此情势之下，老蒋电令杨虎城出兵平乱，杨的十七师孙蔚如部入甘讨伐。如今的西安省，是杨虎城得势主陕，咱的老连长就想着要赶紧改换门庭哩，他出征回来，顾不得浑身乏透，就派了两参议矮胖子土包子上省活动，他说东秦岭这一片的治安还是要由各民团经管，不过他承诺，待腾出了手，孙校长一案他是要过问到底的，什么人敢在他的鼻子底下耍刀子，问是不是那个瞎锤子固士珍？"

高二石说："固士珍投了唐靖儿当了副司令，一直驻守在漫川关，他的人马一出动就是闹大事的，再说竹林关有老连长的人马挡着，他插了翅也飞不过来，就是他派了暗探过来，咱这地方，也容不得生人露脸，那一阵儿，咱们民团控制着下州川，马皮干的护校队也是铁桶一般箍着学校——"

孙老者说："学校的事最为要紧，我的建议哩，先召全体校董开个会，正式聘任唐文诗为校长，天下再乱，不能乱了学校，村里再穷，不能穷了娃们。眼看要收秋了，民团的人分成几拨轮换值勤，二石你要提早安排，今夏里没伏旱，坡上庄稼长得好，还得派人看野猪打獾子——"

正说着，村里锣声大作，就有人猛声子高喊："救火了！救火了！"孙老者赶忙挂了水火棍就要起来，高二石说一声"爷你甭动"就飞身而去，忍跑上来扶住大大，说是马家的独庄子起了火，不会牵连到村里，叫大大不要着急。陈八卦坐着没动，脸上声色依旧，他说："房子着火，咱这地方古来叫'蹩水'，房子无缘无故'蹩水'是孽过出花，一片表灰就能引燃一座房子，灶眼里逃出一只热老鼠也能点着屋檩，你把房椽架起来用番麦秆烧烧，不容易烧着的！现在世事越变越瞎，我的八卦也不如以前灵验，你记着那年腊娥为插秧的事挨李财东的打吗？"

孙老者惦记着救火的事，哪里听得进陈八卦的东拉西扯，就随口"嗯嗯"着答应，这陈八卦更是兴致大发，嗡嗡隆隆地说着他的人五人六："你李财东那么大的家业，却在人家孤儿寡母的地畔子上做手脚，还动手打人，我刚好路过，腊娥满脸是血滚在泥潭里哭，狗欠欠救不了她妈就拿块石头砸自己的头，我悄悄蹲在地沿子上看热闹，李财东的稻田是十七亩一片子，秧子刚刚换过苗，紧挨着的是腊娥家窄窄一绺儿四分地，水刚刚漫上，秧子还没有插。堰渠那边的一排柳树下，财东家五个儿子十几个伙计在阴凉下吆五喝六着吃喝，我没吭声，也没管气死气活的腊娥，我将了几把柳叶子丢到李财东的稻田里就起身走了。李财东家的人吃过饭，见他家的水田里密麻麻游着一拃长的白条鱼，就连忙叫伙计下去抓鱼，一时间，过路的，下地的，附近村里的，人都跑到十七亩水田里抓鱼，那弟兄五个就动了武，一时间打得天昏地暗，李财东就叫来麻子巡管，巡管要看物证，鱼篓子草笼子收集到一起，揭开苦草一看，哪里有什么一拃长的白条鱼，全是些柳叶子，五兄弟去看自家捞的鱼，同样是柳叶子，麻子巡管就把李家人训斥一顿骑骡子而去。最热闹的是，十七亩的秧苗全被踩在泥里，李财东一家号啕大哭，说是白日里见了鬼了，就有人指点了说是那天我在地沿子上蹲着，李财东就携了重礼前来拜我，说是不知道啥时候得罪了我，叫我以后多宽待着。我说你怎么也和我沾不上干系，你们打架我看看热闹也不行吗？最重要的一条是你欺负弱小自行不义，这是老天捉弄你哩，你赶紧到土地庙烧香去，土地爷是管土地的，你在土地上不公道爷能饶了你吗……"

孙老者操心着救火的事，哪有心思听他的古经，就不时地挣着要起来，要出去，陈八卦看金虎还在静心写字，就高声说："你看你还不如一个娃，你安安宁宁坐着，听我给你说古经，你心里不要急不要乱，你一急一乱满村人就发心慌，你稳稳儿坐着，有高二石在那儿引人救火你就放心，这娃做事稳哩！你去了端不了一盆水也拉不动一件家具，还乱了村人的主心骨，你安安儿坐着就把火救了。你听着，我再给你说我一根银针钉日头的事……"

孙老者举手拦住他的话头，气儿吭儿地说："你的五马长枪我听得多了，我这会儿不想听。村里的七事八事叫人烦忧，你眼宽耳长，也给受难场的家儿想想办法，你看狗欠欠这野女子，跟上瞎锤子一跑腊娥就说权当她死了，谁知后来她投了共产党，听说黑天半夜地在城里活动，要是叫老连长的人抓住了还不是送了小命儿？你有啥办法把这女子找回来，好坏说个家儿嫁出去了，腊娥就有指望当外婆，女儿也算没白养一场；还有哩，雨生一死，高卷孙庆吉两口儿至今要死没活的，一把年纪也不能生了，膝下空虚着老百年谁给送终哩！"

陈八卦说："女儿家，嫁出去跑出去都是泼出去的水，狗欠欠这伙人心大得很，四处给老蒋戳窟窿哩，共产党里头这号女逛山多的是，江山翻过来了就是开国娘娘，到时候全苦胆湾都是皇亲国戚，这野女子你还不敢小瞧哩！"

孙老者说："你这是说疯话哩，三皇五帝到如今，哪个造反的不是满门抄斩株连五族？碎碎儿个女子上天呀！你想法儿把人找回来是正经主意，早早儿把那'反'的念头掐灭了免得她妈受孤凄！高卷两口儿，你看谁家娃多，养不过了就给瞅拾着。"

陈八卦突然一拍大腿，高声子说："嗯哎，有啊！这高卷两口儿还真有命，我这里刚好有个茬儿，老连长从富水关带回来九岁一个娃，娃是孤儿，老连长看上了这娃的灵性，可带回来咋办哩？当拊娃子太小，叫三婆子收养了又嫌大，他就说寻个好些的家儿给人去，你说这不是天爷给高卷两口子降的福吗？"

孙老者大喜，连说："好好，你后响就到城里去引娃，我这会儿就叫人寻高卷去。"说着就要起身，陈八卦拦住说："锣一响，人都往独庄子救火去了，这会儿哪里寻得着人？你坐下你坐下，要娃也不在乎这一时三刻。"

村里确实没人，人都提了水桶端了盆子聚集在独庄子。独庄子的四间草房腾起冲天烈焰，屋顶的苦草在噼叭暴响中燃烧，一根檩梁垮下去，腾起的烟尘灰火被风一压弥了半个苦胆湾！可是，救火的人近不了屋子，人们在远离火场几十丈的地方立了一圈观看，桶里盆里的水无声荡漾。有人试图冲进屋子搬出家当，有人拎了水桶跑过去把水泼出，立即就招来一阵乱棍戳打！

这是饶的俩兄弟——铁绳和黑手，带着石瓮沟的愣头后生，人手一根等身棍，凶神恶煞地把了屋场，不准人们浇水救火。他们绕草屋围了一个圈子，谁冲进来打谁！

高二石喊："我是民团团长，护村护乡是我的责任，你不叫救火就不成道理！"铁绳说："这场事不叫你负责，我们这是向马皮干索债的！"就有人喊叫说，去叫他饶姐来看他讲理不讲理，也有人高叫快集合民团的人，大天白日放火烧民房民团竟然不管，养活这些人是吃干饭呀！

听着这些刺耳话，黑手把等身棍斜着撑了，一头顶着下巴，一腿缠在棍上，阴声冷笑着说："明给你们说哩，这一把火是我放的！我弟兄们收拾马皮干是给苦胆湾除害哩，你们都到孙校长的坟上去看吧，马皮干在坟上坐着哩，你们见了他就啥都明白了！"

孙校长的坟上，搁着马皮干的人头。

高二石也获得了一个完备的解释：铁绳黑手兄弟俩卖了一面坡到漫川关开赌场，和守关的军官约好按场抽厘，庄家无论输赢军方的厘金不变，这样几个月下来，就和漫川关的守军混得兄弟一般亲近，从而探知了固副司令谋杀仇人的根根梢梢——孙校长遭人暗害，是固士珍定的计，海鱼儿跑的路，马皮干下的手。

事情弄清，赌场也就收摊。铁绳黑手赶回来为姐夫报仇，却是马皮干先走了一步棋——举家出逃了！为了弄清马家去向，俩兄弟利用钱场子上的赌友搜遍了东秦岭六县，又费了几个月时间在西安省遍访马帮挑帮，遍访豆腐庄勺勺客豆芽匠，最后无意间在鸭子坑的窑姐楼上瞧见了马皮干的身影，跟踪暗探，才知这昔日潦倒的下河客，已在百油巷买了房子，在这儿消消停停地居家过日子哩。这铁绳哪里拿他当人，当年能在督军府里偷手枪，如今入你市井小家取个首级实在是小菜一碟。

事情很沉重，但办起来很轻松。马皮干的人头并不重，炭市街的老秤钩住装人头的布袋一称，不多不少四斤八两……

又到中秋，民国二十年的月亮，似乎比往年的更大更圆。孙庆吉两口儿双喜临门，一是老连长不仅乐意将他带回来的孤儿送给孙庆吉两口儿抚养，而且还给娃取了个名字叫"凯胜"；二是省政府杨主席有令，全省的基层行政由沿用清末的"里甲制"改为"保甲制"，"保甲制"北洋政府曾在局部地方实行过，并不普遍。这次改制，孙庆吉荣幸地被村人举为"甲长"，适逢中秋节，孙庆吉就联络了西塬上的刘奴奴带花鼓班子进城谢承老连长。

先在司令部的大会议厅里唱了一会儿散班坐台，老连长高兴得头晃身子摇，不仅仅是曲曲儿醉了他的心，更让他快意的是省主席杨虎城接受了他的投靠，答应不另派驻军。当然，也要求他按照省上的统一部署，严格清乡，按地分区，按人分组，辖内按保甲户口清册，贼娃子绺娃子、恶霸地痞、逛山土匪、共党会道，要一律扫除，还说适当时拟任老连长为商洛绥靖司令，建制精编为一个旅。而且，更重要的任务是要他看好陕西的东南门户，说如有中原军阀窜境，吃屎喝尿都不准入武关。在给二位参议赴省活动成功归来的接风宴上，矮胖子对众军官说："这实际上啊，是对咱老连长委以重任喽！"众人欢呼中，土包子又介绍说："自蒋介石冯玉祥阎锡山中原大战，冯、阎败北之后，受冯大人压制打击的杨虎城及时投到老蒋门下，老蒋正需要在西北培育自己的势力，就委任杨虎城为潼关行营主任，后又任命为国民革命军十七路军总指挥，在杨虎城清除掉冯部残余之后，蒋又公开发布任命，杨虎城为陕西省政府主席，杨在整合了陕军之后，将所辖陆军孙蔚如的十七师置驻西安，冯钦哉的四十二师置驻大荔，马青苑的五十八师置驻陕州，井岳秀的三十一师置驻榆林，在大局安妥之后，杨主席亲自兼任省清乡局局长，以整饬地方。适此情势之下，杨主席不计我们投过冯大人的前嫌，将东秦岭偌大的地域交与老连长，这就说明，此前冯大人加诸杨虎的种种恶名为不实之词，杨虎城、李虎臣，这关中二虎，千不好万不好，人品是好的！诸位听着，从今往后，不准再在军营里讲冯大人的那一套三民主义了，要讲杨主任、杨总指挥、杨主席、杨局长，他的雄才大略，他的政治远见，他的宽厚仁义！"老连长带头拍手，众军官也兴高采烈，矮胖子又说："如今哪，杨主席是如日中天啊！我们哩，多少年来虽如天边的寒月，但如今借了杨主席的光，这接壤鄂豫的东秦岭地区，必然会大放光明！诸位弟兄齐努力哪，把我们的操典实行起来，把我们的军歌唱起来，把我们的清乡搞起来，也不枉屈了杨主席的一片厚意哪！"大家又是拍手，群情激动中，老连长说话了："为了帮助我们地方清乡，杨主席委派的山阳县长杨泽普前已上任，另外，商县县长商南县长洛南县长也即将到任，凡杨主席放下来的县长，诸位要严令各级军官务必尊重之，配合之，友好之。再之哩，乘此杨主席主陕的大好东风，我们要在一两年内铲除巨匪唐靖儿、固士珍，清乡之后，我们即实行部署。同时，有劳二位参议再次上省，请杨主席协令周边武装配合灭除唐、固，南边，安康绥靖司令张鸿远、汉中绥定司令赵寿珊都是我的旧识，白河庙川一线可以封死；西边是蓝田张子厚，北边是二华何皋候，都在我们脊背后头，要靠得住，非得杨主席说话，当然，杨主席肯定是会说话的，东秦岭握于一掌是指日可待的！"

在此背景之下，八月的中秋节到了。

人们想象着，月圆之下，不再有兵荒马乱跑贼躲匪，耕种者能宁静地丰收，学坊里能安然地开课，乞讨者能安全地伸出双手。对苦胆湾而言，孙老者还在，村人就有理由度过一道一道的难坎儿，那三个寡妇也就坦然地活着。对孙庆吉高卷两口子而言，平白无故就得了个大儿子，这老连长就比送子观音还神圣，所以，孙庆吉带着花鼓班子上来拜中秋，他是憋着心劲儿要叫老连长高兴。

大案上满摆着花生、罐梨、大枣、核桃、西凤酒、老刀烟，龙驹寨意大利传教士酿造的"四皓牌"葡萄酒整箱子打开，老连长的两个参议因为上省串说有功，也跷着二郎腿一会儿要吃哩一会儿要喝哩，直把几个拤娃子指拨得手忙脚乱，一伙子参谋副官吆五喝六着猜拳行令，老连长也咧着嘴尽他们的兴儿去闹腾。

刘奴奴虽没包头化妆，可一颦一笑让老连长心麻，他捏花生的兰花指，他说笑话的细嗓音儿，他拧腰颔首的柔软和扭捏，实实在在一个风情万种的少妇！老连长的蒙眬里，这是一个可以同床共寝的情种，谁要说他是一个四十岁的老男人，老连长会给你摔手枪的！

已有三分醉意的老连长，忍不住伸手在刘奴奴的后腰上捏，刘奴奴诒笑着，把一颗红枣衔在齿间，眉眼儿一闪一闪地问他："'五花一菩提'，你还记着吗？就是那年在龙驹寨出的题，你解开了吗？"

这事老连长几次想问都不好启齿。自从他知道房中术里有个"五花一菩提"的学问，就日思夜想着解其奥妙，可是苦苦不得其法，这男女交合，五个部位同时操办，他实在想不出来是咋作弄哩，他甚至翻开兵书用步兵持枪操典作参考也不解玄机。他问二婆子，二婆子脸一沉问他是想当神仙呀；他要在三婆子身上做试验，三婆子说他嗑着牙花子折磨人还不是想娶小的哩；他叫十八娃一招一式配合他，十八娃哭哭泣泣地弄不成；他又去龙驹寨找那一堆干女儿，干女儿们就笑死笑活说这肯定不是一个人能做成的活……

今日又捏着了刘奴奴绵软的后腰，老连长毛脸一热，说："我试过了多人，咋折腾都不行，你顾了上头顾不了底下，我就猜想，这'五花一菩提'非得俩仁人一同下手才能做成。"

刘奴奴一手掩了口，慎笑着说："这你还是没得窍门哩，要仨俩人一同操办还有啥乐子哩？那也就不算啥难题了！"

老连长的指头在刘奴奴的腰肉上抠着，刘奴奴疼得趔趄着身子，一边："'五花一菩提'，最重要的一条是你要把人选准哩，这不是谁家女人，也不是自家婆娘，都能给你胜任的，长得美丑肥瘦都不是顶要紧的。"

说了半天仍然不得要领，老连长就有些着急，他看十八娃胸前挂个腰围子、双臂戴着袖套子在那里端茶抹桌子，就红脖子涨脸气不打一处来，手一招"哎哎"一声喊，就有挎娃子扯了扯十八娃的后襟。十八娃过来，老连长伸手一揪，"嘣"的一声腰围子的系带断了，老连长低声斥责："换衣裳去！人面前嘛，穿这像啥？打扮了给开门调儿帮腔子。"

十八娃郁郁而去，刘奴奴瞧了孙庆吉一眼，这耍丑的尿床王脸上青一阵的白一阵。这十八娃好坏也曾是孙家的人，当年也是上下州川的人模子，你老连长那时候垂涎三尺，老大孙承礼一死，你又是认干亲哩又是攀远亲哩，高头大马地把人接走，虽然苦胆湾人至今不知道十八娃在于府里是用人还是小妾，但想着总不至于落为烧火的粗使丫环吧！

刘奴奴看孙庆吉脸色僵硬，就赶紧给老连长说："凯胜儿这娃初到庆吉兄家里，闹肚子换水土屙了十几天，把娃整得病蔫蔫的没了精神，陈八卦给了一个单方，吃了没十天娃就像换了一个人，个头儿也蹿了一截，说话办事那聪明劲儿——再要有学上啊，这娃将来准成大才，村里人都说，老连长你好眼力啊！"

孙庆吉一下子眼就热了，连说："我老婆说了几回，要上来磕头谢承您哩，我说你个土锤子婆娘，老连长见了还不恶心死！"

老连长就笑了，连声子问："媳妇给娃说下了吗？要趁早要趁早哩！"

孙庆吉说："象儿是给瞅下了，可老婆嫌人家女子大几岁，我说怕啥哩，女大三，抱金砖嘛！"

刘奴奴就笑得怪样样的，又戳一下老连长说："他是想一根筷子挑两疙瘩面哩，操着'烧馍头子'的心，我说你扒灰啊，当心崩火炭儿烧了'老二'！"

孙庆吉正要回撑，却见老连长乐得嗝儿嗝儿直噎气；孙庆吉不便打岔，老连长那根神经就兴奋起来，连问："哎哎，你刚才你刚才？"刘奴奴翻起眼皮，故作木然状，老连长就蜷了中指在他头上敲打，一字一句地说："奴奴儿，奴奴儿，你不是个好先生哩，你出的题学生答不上来，你就不管啦？不管了也罢，我留级呀，到孙庆吉那儿插班呀！"

刘奴奴赶紧拖住老连长，软身子摇着说："哎别别别，你这学生我是要教到底的，你是真草隶篆都写过了，字儿一串就是文章啊！"

老连长大嘴一咧，红着眼说："是啊是啊，这文章做不成我急啊，你得捉着手腕子教啊！"

刘奴奴就抚着他的胳膊说："你不急你不急，是天才一点就透，听我给你说啊，这'五花一菩提'不是任谁都能做得成的。你记着啊，最要紧的是，把人要挑对哩，男人要有挑头，女人也要有挑头，撵扇子门你咋关都关不严。"

老连长的涎水垂到了下巴上。

刘奴奴又说："做成'五花一菩提'，男人要有三长一短，女人要有三小一吊——"

老连长咽下一口唾沫，不知是什么味儿，心想这英英武武地活了一辈子，女人伙里也磨掉了几层皮，竟不如一个花鼓艺人玩得精，实在是愧对了手里的枪把子！他张着嘴，"哦哦"了半天，终莫名其妙；就说："我思前想后，还得你手把手地教，我这枪啊，哈哈经常脱靶。"

刘奴奴笑说："你是机枪漫扫哩么！"老连长笑歪了身子，连说："不敢不敢。"刘奴奴说："好老连长哩，咱这儿冬里夜长，没活做了闲得脚心痒痒，除了唱臭臭花鼓子，就在热炕上想着法子寻开心哩，你千万甭拿这当正经，误了你的军国大事奴奴可担当不起啊！"

老连长一时就感慨万千，他出一口长气，闭了眼，曳着声调儿说："唉，年轻着是床上看脸哩，吃饭看碗哩，那是图排场哩，给眼窝过日子哩！嗨嗨，如今老了，床上不看脸，吃饭不看碗，才真正是图味道哩，给'老二'过日子哩！"

正说着，十八娃穿一身光鲜衣服进来，老连长就眼睛一闪一闪地有了生动，刘奴奴朝十八娃瞟了又瞟，脸上舒服着，嘴里说："这女人进了大户人家啊，就是不一样哟！"

十八娃上身是长襟盘纽对开的滚边儿软缎夹袄，前清是斜襟的，民国了就时兴对襟，头上也发丝儿光亮，一个"猴儿背金瓜"的髻儿松松地用丝网兜着垂在后颈，脸廓子虽不如以前圆满，可银盘大脸双下巴的老样子还看得出来。刘奴奴心想，菩萨般的女人却是丫环命啊！看孙庆吉眼角发红鼻腔吸溜，看老连长也有些走神，刘奴奴就举起木碗子，朗声说："看酒看酒！"三人就一阵猛喝，老连长又弹嫌牌子不对，连声叫着："开一箱子'共和牌'，都是杨主席主政了，还喝'四皓牌'，先秦的货色，真真是没长眼！"一时就忙坏了几个挎娃子。一堆参谋见老连长开了新牌子的，又一哇声地过来敬酒，老连长招不住七杯八木碗，一边用手拨着伸到面前的胳膊，一边说着："唱，唱，唱啊，奴奴你装死啊！"

刘奴奴醉眼蒙眬着，眼前飘浮着十八娃的对襟袄袄软腰身子，一听老连长叫唱，嘴一张细流流的嗓音就扯了出来：

> 盘纽纽袄袄对襟襟儿开，
> 一对对大白兔露了出来，
> 上身身儿搂住下身身筛，
> 好活的妹妹我眼也睁不开——

一曲未了，满场的文武官员就哄堂大笑，会唱的跟着曳声儿，不会唱的咧嘴击掌，闹闹哄哄中，老连长竖一根指头朝十八娃勾了勾，十八娃就过来很麻利地捋起袖子揭起他的后襟，伸手进去在脊背上抚了两下，老连长眼一眯，嘴里随着吸气发一声"呦——"，就竖掌摇了摇手，十八娃知他痛痒消除，就又一边荡着五指一边退出胳膊，军服外边，看得见女人的手如蛇曲波动，看得见女人雪白的嫩臂让人心动神移，衣褶渐平之后刘奴奴还痴愣着眼。老连长捏着十八娃的肩给刘奴奴说："唱，唱那个啊，开，开门调儿，后音儿帮上了拖腔啊，才最有味道哩！"又顺手推了推十八娃。

十八娃知道她该做什么了，就抚着发髻软着腰子坐到花鼓班子的后边，孙庆吉报了一声"绣绒花"就拍动了手中的大铙，一时鼓乐大作，直震得墙上地图的一角儿嗯儿揭起来嗯儿塌下去，仿佛大会议厅里立马到了盛夏，人人都要热得脱了衣裳。

鼓乐一停，刘奴奴的尖嗓子又细流流地扯出来，没完没了地在屋梁上缠绕，末了吐出一句词儿，紧接着就是十八娃合着诸位丑角哼唱拖腔儿，帮衬得奴奴的嗓音儿如波中出莲叶中红杏，那唱词儿道："奴在上房绣绒花，看见蝎子墙上爬，伸手去拿它。蝎子回头蜇一刺，一阵儿疼来一阵麻，疼坏我小奴家。早知蝎子毒性儿大，我只绣绒花不拿它，耽搁了两丝儿花。我胳膊疼，手儿麻，叫一声小哥哥哎，蝎子刺进了我的肉呀，你快来把刺拔——"

接下来是丑旦对唱，又有衬腔儿烘托，直把一个少女的向往唱得淋漓：哥哥来了，捉着妹妹的小手，他自己先就心儿慌乱，先用指甲掐刺哩，又用牙尖儿咬刺哩，还用舌尖儿舔刺哩，问一声妹妹疼不疼，妹妹说疼是不疼了，只是手儿麻来腿儿瘫，哥哥就把妹的小手夹在胳肢窝里暖，妹妹说这下麻到了后腰里，哥哥又把妹的小手捂到心口儿里，妹妹说这下麻到了小肚儿里，哥哥又把妹的小手捂到脐窝里，妹妹说这下麻到了心肝儿里，哥哥又把妹的小手捂到交裆里，妹妹说这下麻到了舌根儿里，哥哥说我有一根大刺哩，插到妹妹肉缝哩，专给蝎子拔毒哩，妹妹说，不好了，毒汁汁流到了我手心哩……

这就叫臭臭花鼓子。

老连长一时惬意，就吩咐贴身的短胳膊挎娃子，拿缎子被面给刘奴奴披红；一时又是敬酒哩，碰杯哩，觥筹交错中，老连长忍不住自己吼叫起来，他说他唱的是《女儿回十》，孙庆吉说这是《十爱姐》的调儿《打牙牌》的词儿，你全给混到一起去啦！

老连长就说，小时候在石瓮沟听过瞎子大姑唱《女儿回十》，这五六十年了，再没听过，是没人会唱了？失传了？刘奴奴就说唱是都会唱，就是词儿太酸太臭，唱不出口。老连长就说那啥时候了，你背过人给我唱一尺子，刘奴奴说要唱就在大场子上唱，场子烘热了再臭的花鼓曲曲儿都出得了口！

老连长红眼睛一夹，豪爽地说："那好，你先看酒！"这是两盅子西凤老白酒，老连长一仰脖子灌下，手背一抹厚嘴唇对刘奴奴说："你是用嗓子的，你随意。"

刘奴奴分了半盅子给孙庆吉，自己倾了盅子伸舌头一舔一舔地品着。

老连长又朝十八娃竖起一根指头，十八娃就赶紧过来给他的木碗里换上茶水。刘奴奴就奇了怪，刚才竖一根指头是挠脊背，这会儿竖一根指头是倒茶水，他就弄不明白，这俩人间是如何地传递意思。忍不住拉过老连长的手来看，老连长的手指粗短胖肿；又拉过十八娃的手来看，十八娃的手指修长柔软，刘奴奴嘴里"啧啧"着，老连长就说话了："你别小看我这十八娃啊，脸儿没有十五的月亮圆了，眼儿也没有十五的月亮明了，可这十个指头啊，那个光滑啊，那个软和啊，指甲尖儿都是酥的，指头蛋儿上又长着眼睛，你身上哪儿痒痒，用不着指点指头蛋儿自己就去了——"

刘奴奴就翻来覆去地抚看十八娃的手，老连长又说："这十八娃是我府上一宝啊，有人出二百块银元要买我都没出手啊，这次我的俩参议进省，他们就推举了十八娃手上的美妙，说送给杨主席做用人，杨主席哈哈一笑说，日后再说日后再说，你看我这十八娃还有大用处哩！"

老连长说十八娃就像谈论他家的一只碗盏或者一把扫帚，孙庆吉心里如刀子掏搅，她毕竟曾是自己本家兄弟的媳妇啊！当年着，这位苦胆湾的人尖子，肚里正怀着娃，丈夫就无缘无故地没了头，只说老连长这位远房亲戚承携了她，没想这如今成了人家手中的工具和玩物，按村里人的想法，老连长肯定是纳她做了小，这倒也罢了，世事就是这，可谁想得到十八娃会是这般的下场！

想到这儿，孙庆吉忍不住打一声嗝儿，腹中顿觉肝肠下坠，紧缩屁股慢夹腿，一股热尿就遗到裤裆里，不由得屁股一抬，伸手摸了一把，见满手的尿水淋漓，就红着脸儿指责奴奴："你咋把茶水倒在了凳子上！"

刘奴奴当然心里明白，不便说他什么，只顾以兰花指掩了嘴"哧哧"地笑，偏不偏老连长是哪儿疼就朝哪儿戳，他扳住孙庆吉的肩膀问："哎哎，你那遗尿的毛病儿好了吗？我二婆子给娃讨了个验方，灵得很哩，你不妨试试呢！"老连长倒也是好心，以往见了总拿他这毛病儿寻开心，可这回是诚恳的，是真切的，孙庆吉的脸上是红一阵的白一阵，手上是端起茶碗又放下。所好刘奴奴机灵，他蛇过头挡住孙庆吉尴尬的脸，嗓音明快地对老连长说："你说的都是猴年马月的事，年轻着谁没这毛病啊！就是人家在他屋里尿床，外人咋得知道哩？孙兄这'尿床王'的外号儿，全是他婆娘在外编派他给喊出来的，两口子戳打了一辈子，互相揭短露丑权当是要要哩，黑来里枕头一摞四条腿儿一绞又说不清谁是谁了！"

老连长仰面大笑，一股子酒都喷了出来，短胳膊捋娃子忙拿手巾给他抹了脸，他又歪过头给孙庆吉说："这鬼奴奴真正是房中术的专家，三句话不离本行，再家常的话他都能给你扯到浑事上，你这尿床王真正是逢上了好搭档，有趣，有趣！"

突然，外边就锣鼓喧了天，又是鞭炮窜街炸响，蚂蚱脸的卫士长赶来报告，说是龙驹寨的五帮班头抬了"摞食"上来拜中秋，磨盘大的月饼两人抬一个整整十五个，还有骡子队驮着各种礼物在东背街停了两行！老连长就赶忙起身换衣，二婆子三婆子外加十八娃三人六只手，又是系纽子哩，又是戴礼帽哩，又是挂大砣石头镜哩。半个时辰之后，老连长打扮成绅士模样出现在楼门口，身上是七长八短的长袍马褂，脚上是黑绸暗花的窄口布鞋，文明棍儿勾在臂弯，双手抱着拳，"有失远迎有失远迎"地说着，厚唇一咧，黄牙一龇，作笑着伸臂引手："请，请请！"

五帮班头就依次鞠躬行礼，他们鱼贯而入，个个提着袍角谨慎而行。天近黄昏了，一行人真正是擦黑进城。

大会议厅里，眨眼间就灯火通明，眨眼间就撤了杯盘，眨眼间就摆上了佳节盛宴。老连长请班头们上座，班头们请老连长居中，一手推让中，热酒就在老连长手执的铜盅子里荡漾，诸位就赶忙举盅同声恭贺"月圆人圆啊"，"中秋吉祥啊"，三盅酒落肚，诸位话语渐多，老连长始知他们还带了一班子竹林关的东路花鼓子，这是老连长的嗜好。老连长过八月十五，吃不吃月饼都不关当紧，当紧的是不能没有花鼓子听！

老连长真正是喜出望外，他当即就高举了酒盅，抬高嗓门儿说："真正是好！真正是好！看来，我这民国二十年真正是坐了顺风船啦，这中秋节我一没捎书带信，二没下帖子邀请，可一下子来了两班子花鼓，你们是商量好了要在我家门口打对台啊？是这啊，今晚上咱就好好看看热闹啊！"

酒是一巡一巡地喝，菜是一道一道地上，班头们的跟脚随从，孙庆吉的一伙唱家，老连长的家眷附佣，司令部的参谋军佐，全在门外的砌砖大院里一方桌一方桌地坐着，每张桌上点一盏马灯，又有蜡烛红灯笼顺四围挂了一圈儿，灯火辉映下，点心月饼，水果干果，坨坨糖馍，豆炒花生，任随你吃喝，任随你装了兜里掖了怀里；老回回的水晶月饼是整篓子送来的，毛人怪的黑糖黑面黑芝麻的三黑点心是俩盘一摞俩盘一摞，伙计们一溜水地趁热儿端进来……

老连长"打对台"的话一出口，就风一样刮遍了大院里，人们叽叽喳喳地兴奋着，艺人们就趁机溜到一边去商量斗戏的绝招儿，一帮子副官勤杂就在南北两个方位上拼桌子搭台子拉围子，一堆人就在台子边烧气灯，挂风灯，点三根捻子的壶形菜油戏台灯；一时间又来了县城商会的头面人物，县府小院儿的五大科员，东关西关南北二街的名绅大户，他们前来恭贺佳节，所携礼物都是随从挑着、伙计抬着；接待的秘书文书们忙得手脚都不听使唤，接礼的你传我递要按品种分类，你不能把穿的用的和吃的喝的混装混放；报单的高声子报着宾客的官职姓名礼物名称，登记的快速翻着各种账本子然后奋笔疾书……

这个时候，一位身着青布长衫儿，梳着花白背头，挂着黑圈儿眼镜的宾客在楼门口遭到了申饬，他是商县公立中学校长邵觉，他提来的礼物是两把子挂面！挂面是收下了，但接礼的秘书没让他进门，并且厉色告诉他说："老连长这会儿正高兴着，两把子挂面给你登记上了，你回去吧！"邵校长说："恭贺佳节，人之常情，秀才人情一张纸，两把子挂面在我已经是厚礼了，再说了，我还有教育上的事要给老连长说哩，你让我进去面陈吧！"秘书说："你真是送一张纸，我也是照收不误。办学校肯定要花钱，但老连长又没开造币厂，军需也是从地方上刮哩，教育经费呀啥的，今儿就不是说这事的日子。"邵校长说："老连长命令我们学生都参加童子义勇军，如今童子义勇军编成了，我就想请老连长去给学生们演讲演讲哩！"秘书说："成立童子义勇军是省上的命令，有本事你找杨主席演讲去！"

邵校长趔趄了一下，他脚下的路是黑的。

月亮还没有升起来。短胳膊挎娃子到门口看了三遍，三遍都回到大厅里向老连长报告，一次跟一次说的不一样：星星出来了！星星比刚才稠了！东方有了扇形一片白！

宴席上，斗酒的热浪是一浪高过一浪。五帮班头轮流坐庄打"通关"，第一个的"通关"中，诸位的表现是一个比一个文雅，一个比一个谨慎；第二个的"通关"中，是一个比一个豪爽，一个比一个酒量大；接着的两个"通关"中，是一个比一个要赖，一个比一个出丑。最后的"通关"是马帮班头，他高叫着要划洛南拳，洛南拳是唱着酒令伸指头，没人应战，他就左手跟右手划拳，嘴里狼声野叫着，伸手前后都是"得哩嘞得打呀",复杂的唱词儿没人能听得懂。

老连长也是尽着他们的兴儿,难得一聚嘛!月亮出来之后,短胳膊挎娃子又进来报了两次,老连长都是"等一等"。最后,这个挎娃子附耳对他说:"都两竿子高了!"老连长才提袍子起身,他没有惊动那些七歪八倒的醉汉,他们昏沉在八月十五的酒坛子里,月亮于他们本来就是一个借口。老连长以雄厚的兵力保卫着龙驹寨这个陕西的四大重镇之首,这个贯通着中原吴楚、关联着南北货物散集的水旱码头,有了老连长对四方宵匪的克制,才有了五帮班头们的滚滚财源,才有了州河之滨、凤冠山下一片土地上奇特的繁荣和富裕。反过来,正是龙驹寨这"康衢数里,巨室千家,鸡鸣多未寝之人,午夜有可求之市"的商贸繁华,才保障了老连长的军需粮秣,这好比鸨帮的生意,姐儿和嫖客,谁能离开谁呢!

院子里的香案已经摆好,龟兹队的乐人列坐两边,老连长穿戴齐整,神情肃穆,在香案前站定,唢呐吹响。

丰满、圆硕、光明的月亮,高悬在东方的天宇,清辉澄沏之中,商县城街衢安详,月饼与灯笼在人们的拱手揖拜中,散发着温馨的浓香与平和的光芒,这是老连长的祈愿,也是他拜月的衷心。

短胳膊挎娃子将一炷燃着的线香递过来,老连长双手接了,平端于手心,举头望着明月,嘴里结结巴巴地念叨着祭拜的词语。事先,有文书写的祭文给他,但他嫌那都是几百年沿用的老程式和旧词句,就自己在心里想了几句话,可临到场面上,耳边唢呐一响,头上月亮一照,众人目光一聚,一股酒气冲上来,心中那几句话就糨糊一般黏了心眼儿,他"吭吭"地咳嗽两声,又红眼仁儿一夹,打一个饱嗝儿,木木的嘴唇里,不由得就流出了平日的所思所想:"杨主席,主、主陕吉祥啊,商、商县城,四季平安啊……"

之后,他踏着唢呐的节奏,来到摆满贡品的香案前,在三脚炉里插了香,又后退三步,屈膝伏地,磕头,如是往复,三跪九揖……唢呐声止,鞭炮串响,老连长来到砖场正中的方桌边落座,南北二台上的各种灯盏交相辉映,一声曳天划地的喇叭声骤然响起,尖音儿扯着半天不得落地，及至声尾了又肉囊囊地朝人怀里一揣，立止。

对台斗戏的臭臭花子开场了。

老连长面取正东，他脖子右边一拧看南台，左边一拧看北台，两边关照，倒也公允，可是看着看着，他的椅子就转了向，这边是刘奴奴正唱着《十里亭》，说是书生赶考路过荒村，向一小姐讨吃喝，他吃喝了还要进小姐房里歇息，在房里歇息了还要向小姐求婚配，小姐说她不嫁人，书生就唱：

> 玉皇生养七个女，
> 也有四个配凡人。
> 大姐配了杨天有，
> 二姐配了常玉春。
> 四姐配了崔文瑞，
> 七姐下凡配董人。
> 太上老君三千岁，
> 也到降门去招亲。
> 昨日打从庙门过，
> 看见罗汉摸观音。
> 哪个房囱无烟起？
> 哪家地下无灰尘？
> 哪个罗裙不扫地？
> 哪个猫儿不叫春？

小姐载歌载舞着，又说又唱，对道：

> 满腹经纶是书生，
> 说得凉水能点灯。
> 说得哑巴能开言，
> 说得仙姑配樵农。

你今要我成婚配，
奴要礼妆须称心。
天上明月要一个，
月里梭罗要一根；
空中白云要四两，
日落西山要半斤；
老龙头上掰两角，
黄龙背上要条筋；
月里嫦娥要一个，
桃园结义要一人。

书生闻言把头低，又趔趄着身子作舞蹈，他答唱道：

姐儿要的是宝贝，
要来宝贝试我心。
天上明月是镜子，
月里梭罗绣花针。
天上白云擦面粉，
日落西山是胭脂。
黄龙角是金簪子，
老龙筋是裙带子。
月里嫦娥是丫环，
桃园义士做伙计。
我把这些都办成，
看你依从不依从？

二人对舞中，眉目传情，极尽挑逗之态。小姐又唱道："叫声哥哥你莫怪，奴家把你认得真。叫声哥哥床上坐，奴到外边观四邻，前堂后院都看过，这里只有咱二人。奴把身子许配你，朋友面前莫胡吹。

燕子衔泥口要紧，纸糊的灯笼要小心。私情本是一张纸，说破不值半分文。"书生听罢欣喜若狂，学公鸡扇一只翅膀，绕小姐旋转而唱："风流事儿都一律，人人都有十六春。这些闲话且不表，你收拾打扮解衣襟。"小姐背身子而唱，又扭捏着解裙带："姐学狮子朝阳睡，郎学绣球滚上身；红花吐蕊春光好，金针刺入牡丹心。"书生舞蹈着作交缠状，唱："口对口儿双喘气，郎也昏来姐也迷；好似旱天才下雨，好似蜜蜂进花心……"

之后，二人闹五更，一更里怎么闹，二更里怎么闹，三更四更里郎要走，姐又千说万劝苦相留。然后，招待书生吃什么饭，又是小姐劝郎十杯酒，一杯酒是一夜夫妻百日恩，二杯酒是要学松柏四季春，三杯酒是莫做忘恩负义人；又是劝郎攻诗书，又是劝郎忠皇君，要郎忍得一时屈，有朝一日高堂坐，心里莫忘种田人……这就是花鼓戏中著名的唱段：《十劝》，在公众场合，艺人们一般只抽出这一段演唱。刘奴奴歌之舞之，演活了小姐的情真意浓，特别是她劝书生要走正道行善事苦口婆心，直看得老连长眼泪吧唧长声出气，忍不住就朝身边随从竖起一根食指。随从当即传令，就有管事人将一条红绫被面披到刘奴奴的肩上，北台下当即涌起叫好的声浪。

看老连长给《十里亭》披了红，南台上就赶紧将尚未唱完的《小喜接妹》收台，上演《闹姨妹》与之相对。然而，老连长沉入剧情太深，任你丑旦二角再唱破嗓子，老连长也无动于衷。无奈，又换上《黎狗看花》，说是看守花园子的黎狗逮住了两个偷花的姐妹，又是要打哩要罚哩要关哩要把她俩嫁给老公羊哩，二位女子乞求从轻处罚，这黎狗就使尽法子耍逗二位女子，又是叫给他交裆里捉虮子哩，又伸手到人家怀里掏蒸馍哩，等等极尽戏耍之态，姐妹俩也尽着性儿捉弄黎狗，整出戏是老酸艳炸，南台这边的观者一会儿哄哄哄笑哩，一会儿啪啪啪拍手哩，可是，老连长不为所动，依旧瞧着他的《十里亭》。

北台上，这会儿正是小姐送书生上路，送到一里亭，她嘱哥哥莫花心，花花大姐要不得，要饱还是家常饭，要好还是自家妻。送到二里亭，她嘱哥哥多行孝，养育之恩如海深，孟仲哭竹冬发笋，郭巨埋儿天赐金，董永卖身把父葬，王祥为母卧寒冰，安安七岁去送米，张行打凤孝母亲……一路送来一路嘱，一直送到十里亭，书生是吃喝嫖赌丢脑后，忠孝节义装心里。小姐回到绣房，又是为郎祝祷为郎祈愿，中状元啊，坐高官啊，再就是想郎盼郎望郎，四时十二月相思泪、相思苦、相思恨……

不由得老连长就想到西安菜坑岸的大婆子，那一对子女，书念得不错，就是交了一些"共"字头儿的朋友，在冯大人的清党中被抓被关，虽说后来保释出狱，以后的学业却实在堪忧！

老连长的思想起了岔子，台子上的刘奴奴就咋看咋不来兴致。突然间，就觉南台的弦索十分动听，不由得拧脖子倾耳。东路的花鼓子有器乐伴奏，这在整个东秦岭地区颇为独特。弦索响处，"开门调"唱过，白脸丑角蹦上来，开口一段"白话"，就叫老连长一下子将坐椅转了过来，这丑角说道："日头出来红似火，我家有个好老婆，不到日落就睡觉，一觉睡到午时多。去到东家掏了火，毛头丝窝烙油馍。白面舀了二升多，青油倒了一马勺。不会擀也不会烙，搁到膝盖捏窝窝，丢到锅里叫着煮。灶下搭了一把火，看着锅里泛白沫。捞起来就往嘴里搁，咽到肚里不受活，卧到炕上装睡着。男人回来问咋哩，哼哼叽叽叫妈哩，男人一看着了急，出门去把郎中寻。东村里叫大夫，西村里叫巫婆，大夫巫婆都请到，都说是油馍惹的祸。男人一听生了气，揪住头发拿脚搓。搓一脚屁一窝，搓两脚屁两窝，婆娘起身往外跑，一串屁声如打锣。走到麦场放个屁，打得碌碡滚上坡。走到磨房放个屁，打得磨扇拍铙钹。走到碾房放个屁，打得石滚子反转着。走到河滩放个屁，打得流水起风波。走到庙里放个屁，罗汉打成碎豁豁。走到厨房放个屁，打坏两个头号锅。三个嫂子来借火，个个打成青眼窝！"

这竹林关的花鼓，一直被下州川花鼓的名声覆盖着，他们早就准备要和孙庆吉刘奴奴们斗戏，他们把孙庆吉的家事编了段子，在万般无奈之时搬上台来，戏名就叫《尿床王》。且看丑角说完"白话"，旦角就疯疯癫癫跑上来，戳丑角的脸，揪丑角的耳朵，一边追打着一边唱道：

菜子开花心心黄，
奴父卖奴没商量。
实想说卖在平川地，
没料想卖到高山上。
东沟里担水泪汪汪，
西沟里担水哭一场。
没图他地来没图他房，
人都说女婿比奴强。
白日里看着精精壮，
黑夜里瞎眉日眼又尿床。
五黄六月来尿床，
床底下鲤鱼摆脊梁。
隔壁子大嫂来借盐，
捉一个青鲤熬鱼汤。
他十冬腊月尿了床，
床底下冰凌三尺长。
隔壁子大嫂来掏火，
掰一根冰柱做擀杖。
头一更尿湿红绫被，
第二更尿湿花衣裳。
第三更打一个颠倒睡，
给奴家浇了一脖项。
浇得奴家急了慌，
拾起绣鞋头上咣！
咣得他龟儿着了忙，
先叫爷来后叫娘。
我不是你的爷和娘，

只问你尿床不尿床?

丑角对唱:

不叫我尿床也不难,
干吃烙馍不喝汤。
尿床人儿天生就,
吃了石头也尿床。
祖坟埋在下湿地,
后辈的儿孙都尿床……

满场子的哄堂大笑中,老连长也乐得合不拢嘴,他一边使劲拍着一位随从的头,一边说:"热闹!热闹!"随从急问:"披不披?披不披?"老连长双手同时竖起拇指,转瞬间,两条红缎子被面就披在了丑旦二人的身上。竹林关的班子也真会烘场子,台上一披红,丑旦二人就携手朝台下鞠躬,两串鞭炮就同时在台角炸响,一时间,满场子的人都朝南台上瞅,南台上的弦索铜管就猛声子合奏《高升官》,一时间将欢闹的气氛推向高潮。

可是,北台上的演出却不慌不忙。一位年轻的丑角上台说了一段"白口"《婆娘看戏》,接着就和十三岁的小旦角对唱《六郎玩花灯》,尽管台下没有了仰面的目光,南台上的哄闹也不时淹没了他们的唱腔,可他们举手投足的一招一式不曾慌乱。看得见孙庆吉和刘奴奴坐镇幕侧,他们以平静的目光看着两个小徒弟的演唱,一任对台上红火满天炮声如雷,他们以沉稳的坐姿把握着节奏上的轻重缓急,一对小夫妻玩花灯的从容自在,被两个小徒弟生动真切地表演了出来。

终于,对台上的《尿床王》近了尾声,因为是新编,毕竟粗糙,最后也没有摔响"包袱",就在观者若有所失之际,北台上的锣鼓骤然响起!锣鼓声中,小丑角一个跟头翻到台中,又列拳扎势一声怪叫:"女儿——回十!"

这种奇特的报幕方式，把满院子的目光刷地牵了过来，人们圆睁双眼朝北台上瞧，仿佛无数个月亮落在台下。老连长也好像是谁揪着耳朵扯过头来，但他没听清是什么剧目，急忙询问左右，有人在他耳边说一声《女儿回十》，他端直就把坐椅转向了正北！

刘奴奴上得台来，一把鼻涕一把泪地哭唱道：

初八十八二十八，
新娶下媳妇邀娘家。
进得门来先落泪，
开言叫声糊涂的妈！
女儿能吃你多和少，
何苦把女儿嫁人家？

扮作新婚妇的刘奴奴声泪俱下，一边撩起裙角拭泪，一边声嘶力竭着责问母亲，扮作妈妈的孙庆吉丑态百出着，又是抽泣哩，又是打自己的脸哩，言说我也没图人家的财礼，只是常言说女大不中留，留下结冤仇，人人都说新婚之夜甜如蜜，女儿你到底受的啥委屈，说与为娘听仔细！

女儿就长声子哭诉：

一更一点他没睡，
二更二点要喝茶；
鼓打三更刚半夜，
两只毛手把奴拉；
一下子按到牙床上，
浑身的衣衫往下扒！

她妈朝女儿身上一抚，说，这是好事么！你应当自己给人家脱么，还叫人家说我把女儿没教好！我跟你大大的第一夜，你大大啥都不会，还是你妈我手把手地教他哩!

观众哄笑中,老连长抠着自己的脚丫子,一种痒痒钻进他心里。

扮作女儿的刘奴奴又唱道:

> 他腰里掏出一根货,
> 你女儿未曾见过它;
> 说是个黄瓜没长刺,
> 说是个茄子没开花。

丑妈说,这么奇怪的东西,妈我活了一把年纪了也没见过,你啥时候给妈捎过来叫妈也见识见识!女儿说,好妈哩,这东西你见不得见不得!台下人就拍手敲碗乱叫唤,老连长竖指头在空中一绕,挎娃子就赶紧从后台叫来了十八娃。十八娃一手抚着他的脊背,一手给他揉着脚后跟。老连长眯上了眼,刘奴奴又唱道:

> 好像一根红萝卜,
> 缨缨儿长在根底下!

丑妈乐得合不拢嘴,双手一拍膝盖说:我知道了知道了,样子就像灯柱子,伸手一摸像棉花槌,女儿你抓住莫丢手,这实实是个好东西!

女儿羞羞答答抽抽泣泣扭扭捏捏死死活活地哭诉着唱道:

> 他双手搂紧奴的肩,
> 忙把那东西朝腿畔插;
> 抽出来了还犹可,
> 拥进去了活疼熬!

丑妈就急得团团转,又是拍膝盖哩,又是解衣襟哩,连说,这是好事情啊，女儿你好糊涂！你妈我一辈子没爱好，就爱这萝卜腿畔插！

老连长一根指头插进十八娃的"猴儿背金瓜"，把那光滑的发丝在指头上绞着，心里波儿波儿地发紧。

台上那女儿又哭唱道：

> 嘴对嘴，腮对腮，
> 中间好像抽蒜薹；
> 我一阵昏来一阵迷，
> 好像唐王游地狱！

丑妈捂着小腹撅起尻子满台转，一边哎呀哎呀着，一边说，好女儿哩你不敢说啦，妈我实实受不了啦，我裤裆湿啦！

人们的哄笑声中，灯光的掩映之下，老连长把一只手搁在了十八娃的腿根儿上。

台上的女儿又摇着丑妈唱：

> 他缩头抵在我腋下，
> 抱住奶头当娃娃；
> 女儿我舌尖发了麻，
> 腿畔就像虫子爬——

老连长的毛手刚刚触及十八娃的柔软处，耳边"咚咚！"两声巨响，眼前弹火冲天，有人朝院子里连丢炸弹，人们鬼哭狼嚎四向逃窜。火光硝烟中，有人"瞿瞿"地吹响哨子，有人对天鸣枪，南北二台哗啦啦倒塌，各种灯盏烟飞灰灭，月亮残破了，老连长被人压到桌子底下……

老连长受了伤。

他命令：立即在全城大搜捕。没有抓住恐怖分子的一根毛，但他却锁定了背街小学，一连人马铁桶一般围了院墙。可抓住的都是死死老汉病病娃。敲钟的跛子老汉，扫地的哑巴娃，唯一的壮汉是茶炉工小牛郎。

老连长急调团长李念劳率王双考营麻春芳营进驻县城，一则搜捕人犯，二则加强城防，由矮胖子和土包子总协调。

于是，一排兵士驻进了背街小学，他们一个个地搜寻教员，一个个地盘问学生。可怜公立中学的邵觉校长，被几个灰皮兵揪住头发一顿饱打要他供出人犯，理由是出事当晚你为何把礼送到门口而不进院子，显然你知道要出事么！一时间满城都在抓人，今儿南街逮住可疑分子，明儿西关又打死疑犯，连司令部大院也绑了几个卫士，特别是短胳膊挎娃挨了几顿饱打，原因是他常到背街小学一个当老师的舅那儿走动，疑心他与"读书会"有染，甚至怀疑他是内奸。

全城陷入恐怖中。王修竹校长等四个教工不知去向，"读书会"的所有成员消失得无影无踪。矮胖子土包子就认定中秋之夜的爆炸是这一窝子"共党"所为。全城搜索无果，逮住的疑犯全都与爆炸案不搭界，有的是小偷小摸，有的仅和搜查人员犟了几句嘴。矮胖子土包子就把全城的教师集中起来训话，又把他们圈在背街小学的几间教室里一遍一遍地念杨主席的"清乡令"。折腾了十来天，最后宣布：学生放假，教员随队清乡。

老连长是受了点伤。在他被十八娃下意识地推到桌子底下的一瞬间，指甲盖大一块弹片擦过他的鬓角，皮肤被划开二寸长一个口子。老连长说实在是自己命大，要不是十八娃推他，那块弹片绝对会插入他的太阳穴。就思来想去，觉得在他的女人们里，真正应该得到宠爱的原来是十八娃啊！可是，多少年里他都亏着她。所以在二婆子三婆子竞相接他到自己的卧房去侍候时，他明确表示谁那儿也不去，只待在十八娃的房间里。

十八娃就侍候他吃了喝了，日每给他端屎端尿。他要十八娃每天都是中秋之夜的打扮：盘纽纽袄袄是对襟襟开的，对襟襟的软缎缎是滚边边儿的，滚边边上是绣着金丝宝相花的，头上发髻还要"猴儿背金瓜"的，颌下颈上的双下巴要粉嘟嘟的，出来进去要踮着脚尖悬着脚跟的……十八娃慎慎地顺从着他，仰卧起坐都把他打理得滋润，他甚至脊背也不脱皮了，痒痒起来也不是那么暴躁如雷。

十八娃的房间外是小挎院儿，院儿里有水井，有小灶房，还有两间柴棚；柴棚里摞着劈柴、木炭，也堆放着杂物器具。

可供十八娃使唤的，有短胳膊挎娃子、蚂蚱脸卫士长，还有一个做饭的老厨娘。卫士长是下州川人，老连长受伤后一直和十八娃套近乎，短胳膊挎娃子更有眼色，挨打后十八娃常使唤他，十八娃手一抬他就知道是要什么。十八娃给卫士长说，今后上门来探望的要有时间限制，比如每天下午可以有两个时辰，一般的客人你就在司令部的会议厅接待一下，重要人物你领过来说说话就走，老连长受惊后心神还没落住，稍一劳累夜里就惊叫说胡话，你以后要看事着做事呢！卫士长诺诺而去，她又安慰短胳膊挎娃子说，出事后矮胖子土包子在司令部大院绑了你，念劳团长上来了又把你打了一顿，这也是难怪啊，都想着先在院儿里查内线，其实有啥内线哩，有内线炸弹只摞到院墙根儿上？虽说伤了十几个人，可多数是来的宾客，念劳团长我也说了他，他说矮胖子土包子叫他上刑查内奸，他也是看人着做事哩，一没叫你流血二没叫你下跪，你就不要往心里去，这不，他还留了三块银元叫给你压惊哩。其实这三块钱是她自己的体己钱。短胳膊挎娃子就感激得要掉眼泪，他说好大姐哩我会一个心眼儿跟着你……

老厨娘不止一次给卫士长和短胳膊挎娃子说，十八娃人好，老连长老了老了还得了这个福，实在是他命根子壮哩！

小牛郎被当作重要嫌犯，押在司令部里，这个审了那个审，几次打死又泼活，可他死口如一："我是烧茶炉的。"矮胖子土包子问他"读书会"的事，他也是一句话顶到底："我不认得字，怎么会认得'读书会'？"

铐了十来天，也确实榨不出啥油水，放了不甘，不放又叫他白吃，卫士长就叫他戴上脚链扫院子，大院子的小院子，前院子的后院子，扫了头遍扫二遍，总不叫他停下。这小牛郎倒也安分，扫了院子连墙根上的杂草也除掉，连小花园的落叶也捡净。

矮胖子土包子决定加高司令部和于家大院的围墙。其他的都是砖墙，请了俩泥水匠掌着瓦刀，念劳团长又派来一班兵娃子，没出十天就把所有围墙砌高了三尺。可是，小挎院儿的墙是土坯垒的，卫士长就叫人从城外运来一堆土，而打"胡基"的事就落在了小牛郎的身上。

这一堆土，在前一天夜里就洒水洇潮了，半截石碑也平放在跟前，"胡基"模子和带把的夯石也都齐全。小牛郎被牵了来，他自己向老厨娘讨了半筐灶灰，就手脚利索地开始做活。虽说脚上还套着链子，但那叮当作响的声音仿佛是一首歌，因为他无意中瞟见了他石瓮沟的小妹妹，小妹妹那时候常给他唱一首歌，那歌声叮当细嫩，如银亮的溪水在山涧婉转。

小牛郎心里涌起一股热浪，他猛地拿起刮板在石碑上左右开弓着一扫，随手把"胡基"模子咔嗒一声放下，右手抓一把灶灰旋着手腕在模子里撒了，操起洋铲腿一弓，三铲就将湿土装满模子，又单手拎起石夯，双手握了把子，"嗵嗵嗵"蹾了六下，抬起右脚跟将四个角子踩实，左脚后跟一磕，模子松开，他弯腰一推一搬，一块四棱四正的土坯就竖在石碑上。旁边，就有兵士过来搬走，土围墙在脚镣的叮当作响中升高……

这一切，十八娃全看在眼里。她把开向小挎院的那扇格子窗擦了又擦，又撕掉陈年的窗纸，再糊上白亮的麻纸，又在纸上贴着窗花。蓦然间，她觉得自己是在石瓮沟，站在崖涧涧上，胳膊上还挎着那只藤篮篮，鼓着小腮帮子给哥哥唱一支歌。她和他，在松林里拾干柴柴的时候，在沟畔畔摘野草莓的时候，在坡座子上挖荠荠菜的时候，哥哥叫她唱她就唱，她最爱唱的是外婆教给她的童谣："发辫辫扎上红绳绳，窗纸纸贴上织女星；星星星星当头照，你给我盖个娘娘庙；日头日头红彤彤，你给我搭个柴棚棚；月亮月亮白光光，你给我盖个小房房。小房房上安开窗，看见哥哥在坡上，挖葱哩摘豆哩，要给我妈过寿哩……"

如今，小牛郎长成了壮汉，他在窗缝缝里活动着，一举一动那样

刚劲有力。他俩人也曾在背街小学茶水炉的柴棚里有过幽会，那是多
么担惊受怕的幽会啊！之后，甜蜜在心里永驻，温馨得心底燃烧，青
梅竹马的童年怎么忘得了？可是如今，他是朝司令部大院丢炸弹的疑
犯，她不敢正眼瞧他，心里却七上八下着……

　　老连长轻轻一声咳嗽，十八娃"唰"一下拉上窗帘子。小牛郎
"咚！咚！"地在外边打"胡基"，一声一声砸在她的心上。茶炉房，
柴棚里，两人暗度私情的事只有老天爷知道，老天爷保佑啊！十八娃
在心里祈祷着……

　　老连长"哎哟"一声要坐起，十八娃就过去扶了他。他三根指头
捏住十八娃一根指头，忧忧伤伤地说："好不容易把场子烘热了，炸
弹就响了，唉唉，到底还是没听完《女儿回十》，这出戏我盼了十
年啊！"

　　十八娃一手抚着后颈的发髻说："花鼓戏里，好听的曲曲儿多哩，
我瞎子外婆那会儿，冬里一落雪，唱三天三夜不重样呢！"

　　老连长就眯上了眼，鼻子里哼出一种旋律，自在得头也晃起来。
十八娃不知道他唱的是什么，看他那么滋润舒服，就一时在心里生出
悲酸，她想起瞎子外婆那一班戏子的可怜下场，想起竹林关那一帮子
艺人的下作，想起刘奴奴甘作玩物的趋炎附势之态，想起自己也不得
已而为之的唱和与任人打扮，就不知道这人世间的七行八作，哪一行
是正经的，哪一行是不义的，又一想，不为了一口吃喝，谁甘愿叫人
当猴耍呀？孙老者是胳膊拧不过大腿，忍得叫她母子分离，想起儿子
金虎，一时心下悲伤，就作叹这非妾非佣半明半暗的日子啥时候才是
尽头……

　　老连长又说话了，他大睁着眼睛，情绪真切地望着十八娃，说：
"我想好啦，老了以后，打不了仗啦，噢，或许活不到老就死在了战
场，那就下一辈子啊，我学唱臭臭花鼓呀，我想我当艺人能走红的，
我爱这一行啊！"

　　十八娃的心，却十分平静，她没有说他是"老夫说的少年话"，却
转个弯子附和着说："是啊，外婆走红着那几年，走到哪儿都是满天彩

霞。可人说了，好花没有百日红啊！其实哩，做啥都有难场的时候，打花鼓子的一到娶妻嫁女，人家眼里就是下九流，跟吹龟兹的一样，啥人寻啥人去吧！"

老连长固执地说："咳呀，人世上的偏见哪儿没有？我看打花鼓子的这行当好，人活得受活啊，你看刘奴奴，啥福没享过？人活一世活啥哩？就活个乐哉！"

十八娃说："乐哉倒也乐哉，可乐哉过了受的那恓惶啊，外人谁知道？我外婆唱过一支曲儿，是唱她们自己的，那个心酸——"

老连长说："我没听过，唱心酸？！你唱几声我听听！"

十八娃不得不唱。她轻声细气着，软绵绵的音儿从鼻腔里泄出来："上台穿绸又挂缎，赛过王侯和官宦，下台补丁吊着线，像个叫花子来要饭，有戏酒肉和白面，没戏饥饿肠子断，接戏来车马一长串，拆台时挨打又受撺，赢台时披红又挂缎，赛过结婚拜香案，输了台砖头身上窜，一个个血头又烂面……"

老连长的伤情日渐好转，二寸长的口子基本愈合，只剩下番麦颗大一个脓点，每日有伴老广前来换药，药水水擦洗了，再敷上药面面，再绑上绷带带，再口服西药片片。老连长享受到前所未有的轻松，清乡的事，有两个参议主持，各团各营分片包干，又有各保各甲自清自查，用不了多久，东秦岭这一片地域就会成为最令杨主席放心的辖区，到时候叫两个参议进省汇报，绥靖司令的事恐也黄不了，他杨主席任我老连长把守东秦岭，真正是天爷有眼！虽然说，中秋夜制造恐怖的"读书会"分子一个也没有逮住，但他们跑到哪儿都躲不过去，如今的陕西是杨主席的天下，何况全省全国都在清乡，看你这些人能躲到哪儿去？除非你钻到老鼠窟窿甬出来。

老连长时不时地哼一阵花鼓子，也有心情听说书了，他叫人把东关戏园子的盲艺人接到小挎院儿，嘀里咚嚓地说了诸葛亮又说薛仁贵，心里酥麻着到了床上，又有十八娃那温柔的指头在脊背上摩挲，这戎马一世，也该叫身子骨软和软和啦！

十八娃把多少年的老陈东西都搬出去洗，床上的铺盖，柜里的衣物，窗上的帘子，包里的裹脚，统统叫老厨娘抱到井上去洗。两个大木盆，一个泡衣物，一个泡皂角，短胳膊挎娃子洗头遍，老厨娘洗二遍。十八娃忙中问候老厨娘，说是洗一洗了歇一歇，不要太累着。老厨娘说，累是累不着，就是用水多。十八娃就高声吆喝卫士长，说把你打胡基的壮劳力借过来用用，绞水这活儿挎娃子胳膊短扳不动。

小牛郎就过来绞水，脚上还戴着链子，辘轳在他手里"吱咛咛"响着，一桶清亮亮的水就扑沿着把日光反射得满院子晃动。他又"嚓啦啦"拖着链子提水过来倒在木盆里，木盆里满了，又倒在灶房的瓮里，瓮里满了，他又到捶布石上去砸皂角，老厨娘说，皂角核儿你给我捡到碗里，那煮锅还是补物哩。

十八娃出来进去不拿正眼瞧他，小牛郎也默头奔脑着做活，谁也看不出来，有一股子暗流在俩人心间泛着波澜……

这几个人在井台上忙活的时候，蚂蚱脸卫士长却在小挎院儿里打人。带铜头的皮带，噼里啪啦地落在一个白须串脸的老人头上，老人身子趔着，一手护了头，嘴里"是这样是这样"地解释着。卫士长不听他的，只顾一边打一边骂："年前送的木炭一烧就崩，今回送的柴火又是湿木轳辘子，你还当保长哩，当你妈的脚去！嗯？当你妈的脚去！"

三十担柴全是些二尺长的湿湿树桩子。十八娃朝卫士长"哎哎"了一声，又朝远处挥了挥手，卫士长就气呼麻叉地朝老保长屁股上蹬了一脚。老保长连爬带滚而去，卫士长就朝十八娃筛着双手说："这柴火能用成？三个小灶一个大灶全煨黑烟啊？"十八娃朝他跟前走了几步，手朝井台上一撩，压低声音说："有恁么好的劳力，看石头给你破不开！"

以后的日子，小牛郎就天天在小挎院儿劈柴。三十担柴摞起来像小山，小牛郎上去下来不方便，十八娃就叫卫士长给他卸了链子。卫士长爱喝两口小酒，十八娃就把柜子里的陈酒给了他两瓶，卫士长喜欢和侍卫班的弟兄打个小牌，十八娃就时不时地给他几个铜锅子。

十八娃把老连长侍候得脚后跟上都是舒服，十八娃也把小垮院儿的手下人使唤得心眼里都是服帖，连疑犯小牛郎也成了这伙人中的一员，谁做啥都要喊他过来帮下手。小牛郎言短，面情又木然，有时候终日不说一句话，但他极有眼色，不论谁要做啥，心里一想他人就到了跟前。老厨娘问他："你做家务烧灶火咋恁手熟呢？"小牛郎答："我本来就是烧茶炉的。"

小垮院儿里，没人怀疑他这个身份。

小牛郎睡在柴棚里。饭食上，是老厨娘混合了剩菜和锅巴一盆子端给他，端多端少他都吃完，不再把剩饭剩下。稍有空闲，小牛郎就坐在院里劈柴，他劈了头遍劈二遍；头遍他把树桩子一破四瓣儿，短胳膊垮娃了的长把斧头很是得力；二遍再把四瓣的树桩破成擀面杖粗细，这活路使用长把斧多有不便，短胳膊垮娃子又给他一把短把偏刃斧，叮咛说用它破疙瘩柴当心崩刃；小牛郎说这是木匠斧修磨得这么好，短胳膊垮娃子说他就用这把斧修理大院里的桌椅板凳……

小牛郎做事认真，他把劈好的柴火顺墙摞了，整整齐齐一人高；还有第三遍呢，那些擀杖粗的柴节节，他又一分为三，又均匀地摊开，白花花地晒了半院子，到晚上了拢在一起，又用藤条扎成桶粗一捆，大小灶房的伙夫来取柴，都夸说这柴火易燃又无烟，卫士长听了心里十分惬意，就吩咐老厨娘吃饭了多给小牛郎两个蒸馍。

老连长偶尔坐了轿子去视察，去演讲，去应酬县城方方面面的邀请，但他老老实实遵照着十八娃给他的规定，晚上必须归宿，必须喝一碗参芪五味猪心汤——因为他身子还虚着，严重的盗汗就是证明。

这一夜月黑风高，子时又下起大雨，淅淅沥沥地漫天声响，让失眠的人心里发冷。

短胳膊垮娃子拎一瓶烧酒开了小垮院儿的偏门，门外的流动哨冻得缩成一团，鬼一般在雨淋中走过来走过去。短胳膊垮娃子朝门旁的木岗楼上蹬了一脚，骂一声："狗日的人呢！"流动哨游过来，不满地说："喝去了，搓去了，侍候卫士长去了。"

短胳膊垮娃子把手中的酒瓶一扬，过去一撩雨衣揽了流动哨的肩，流动哨屁股往后坠着，俩人就推推搡搡而去，短胳膊挎娃子腰上的盒子枪嘀里郎当吊着……

柴棚里，小牛郎没有睡，昏黄的油灯下，短胳膊挎娃子嘱他磨斧头；他外推里收地磨着木匠斧这特有的偏刃，心里琢磨着短胳膊挎娃子那句话"晚上有啥事了你听我的"……

小牛郎的身影在挤挤狭狭的乱物上晃动，斧刃上的白光反照着一张沉重的脸。他上半身撑着胳膊在磨石上僵硬地动，一支童年的歌就在心中响起：发辫辫扎上红绳绳，窗纸纸贴上织女星；星星星星当头照，你给我盖个娘娘庙；日头日头红彤彤，你给我盖个柴棚棚；月亮月亮白光光，你给我盖个小房房……

他原本是早早躺在草铺上的。可翻来覆去睡不着，脑子里尽是十八娃的一个眼神，那是他拎着水桶一跨一摇地往厨房去的时候，猛一抬头就看见了窗户缝里的一只眼睛，那是十八娃的目光，传给他的分明是一句话，一句肯定的话。夜来凄冷，这话就在他心里"咯吱吱"绞上来"咯吱吱"吊下去，折腾得他睡不着，只有起来再磨长把斧头，长把斧头的重刃在磨刀石上带着分量移动，窗缝里的那只眼就一直瞅着他……

一阵风把门吹开，小牛郎起身关门。门却自己闭合了，小牛郎抬头，是十八娃站在他面前。他不由得一怔，"啊！"地惊了一声，十八娃扯住他的胳膊，压着声音，很冷静地说："今黑来是个好时机，咱们偷跑，走。"

小牛郎这才看清，十八娃是一身老厨娘的打扮，头上是印花包巾，身上是蓝布围裙，胳膊上是碎花包袱，裤口处扎了带子。小牛郎不说二话，一歪头，隔丈把远就"噗"一下吹灭了灯，又悄声说："短胳膊说晚上有事了听他的。"十八娃说："我知道。"

两个黑影出了小偏门，贴墙疾行，小牛郎突然脚下一滑，身子一蹲，蹦起来了说一声"你等等"，就又飞也似的返回院里。十八娃看着小偏门，倒着身子退到一丛树后。远处有游动哨，哨兵手中的电筒光，在雨幕中如萤火虫飞来飞去。

　　片刻，小牛郎跑了回来，隔巷子人家有灯光隐映，她看清他满脸是血，手里提着偏刃斧。十八娃身子一颤，倒抽一口冷气。小牛郎压着嗓门说："我把他给剁啦。"说着架起十八娃的胳膊就跑，十八娃喘着气问："啥？剁啥？"小牛郎铁钳一般的胳膊夹紧了她，说："我把老连长给剁啦！"十八娃睁圆眼睛，连说："你咋是这？你咋是这？"小牛郎说："对狼你还心软？"十八娃说："我还有草面庙的仇要报哩——"一股气在她胸中鼓涌，身子就颤得脚也立不稳，小牛郎说："把他剁成节节子啦！"

　　不管三七二十一，小牛郎夹住十八娃的腰，朝后背上一抢，像扛了一袋番麦弓腰迅跑，转过巷道的拐弯，短胳膊挎娃子猛地从墙头跳下，小牛郎一惊，偏刃斧下意识地举了起来，十八娃按下他的斧说："你应当叫我也剁一截么！"短胳膊挎娃子低吼一声："一切都给你了啦！"说着猛地推了一把小牛郎，手枪一扬，说："快跑，后边有我哩！"

　　秋风秋雨一阵紧似一阵，夜幕像湿包袱裹紧了商县城……

第十二章　葫芦豹

两个油疙瘩熊熊燃烧，
扫帚粗一股黑蜂火箭一般斜射下来

　　老连长被人暗杀的消息很快传遍东秦岭地区。南北二山的会道逛山又都蠢蠢欲动，十八盘冒出一股子武装，公开打出旗帜在北宽坪集上游行，喊的口号是"抗日灭蒋"；流岭槽的毛老道又在老窝子里发了芽，这一回不再上演皇上登基封大臣的"后清"怪戏，旗还是黄龙旗，但旗标上绣的口号却是"举起右手打倒国民党，举起左手打倒共产党"；县城的中学生一队一队到集镇上宣传抗日，到各小学去教唱抗日歌曲；官路上又出现了拦道抢劫的，上下州川都有保长甲长被杀被绑；老连长组建的清乡团，出征的锣还没敲响就偃旗息鼓；一时传言四起，人心惶惶，不知往后的日子怎么过。

　　"九一八"事变后，日本人在三个月之内就占领了东三省。蒋介石又四处撵着打共产党，一时间国门敞开，张学良又乖得跟娃一样遵令不抵抗，倭寇就乘虚而入。呼吁抗日最响的是文人学士，而文人学士却连三斤半的土枪也掮不动，一般的老百姓连过日子都不得安生，何言救国抗日，这是东秦岭地区的民情世相。外边日本人虎势狼威，里边老连长又遭横死，老山林里的妖魔鬼怪就张牙舞爪着要出世。可是，不等风起云涌，老连长的两个参议就对可能出现的变乱采取了强力举措。

　　他俩在司令部的大会议厅里主持召开了紧急军事会议，宣布：

一、由李念劳接替老连长统揽全局统一政令；

二、即刻派员赴省向杨主席报告老连长遇害真相，请求确认或发布李念劳为"商洛绥靖司令"；

三、着令麻春芳驻防县城，抓捕暗杀老连长的恐怖分子，并整肃工商秩序；

四、着令王双考调驻城西胭脂关砭至麻街川一线，守护县城西大门；

五、着令左撇子固守武关富水关，严防河南土匪袭扰龙驹寨；

六、着令右跛子强化竹林关防线，严防巨匪唐靖儿、固士珍；

七、着令白脸娃娃进驻山阳县高坝店一线，协防右跛子扼制唐、固，防其觊觎上下州川……

会后，各部皆依照如上军令，迅速调防到位。可是，多年协防陕豫边界的左撇子右跛子，却突然发布讨伐令，认定老连长遇害是李念劳为了篡权而指使凶手所为，所以他们要发兵讨逆，铲除内患。正当李念劳王双考会同两个参议于慌乱中重新调兵布防之时，又突闻白脸娃娃带队从高坝店直接投奔湖北郧阳，接受了唐靖儿固士珍的改编。这一下老连长的嫡系诸将真正六神无主，商量来商量去，最后决定二位参议亲自进省城向杨主席面陈最新事变，以求帮助挫败叛贼并鼎力协助商县城防。

唐靖儿固士珍这边，收编了白脸娃娃并得知老连长亡故之后，即刻派了张子刚骨头皂到西安省面见杨虎城，表达归附之意，其目光所欲当然是取代老连长入主东秦岭地区。但是，早知唐、固恶名的杨虎城只给了一句话："可以给你们编一个旅，但须先整饬军纪。"唐靖儿固士珍得此一句话，便把前半句宣传为对他们的认可，把后半句放话说成整饬老连长部队的"军纪"，于是，由固士珍白脸娃娃打先锋，气势汹汹朝商县城进逼而来。

其实，杨虎城哪里就任由了他们这些秦岭山里的土豹子，他未给李念劳什么实质承诺，也未给唐、固正经眼色，而是派出了他手下的韩世本团、张志厚团，日夜兼程，赴商县城收拾老连长的残局并控制东秦岭以至豫鄂边境的局面。如此一来，东有左撇子右跛子、南有固士珍白脸娃娃、西有杨部的韩张二团，三股军事力量齐向商县城进逼，一场大战在即，苦胆湾人又进入了新一轮"跑贼"的恐惧之中……

如上局势，小外甥的几封来信分析得细致入微，经过咀嚼又统统装进陈八卦的肚子，他又在孙老者的家里给高二石一五一十地做了详细分析。面对时局新变，高二石在心里琢磨着他自己的护村护校方略。

孙老者在泥坯上写字，跟前围着他的一群孙子，金虎、跟虎、三虎，还有程珍珠的女儿玛瑙，孙老者写一个字，教他们念一声，金虎、玛瑙已上了初等小学，知道规矩，端坐于小板凳上，目不斜视；跟虎、三虎尚小，一个藏在爷的怀里，一个爬在爷的膝上。

孙老者念："西域贾人，有奉珠求售于尚文者，索价六十万。识者曰，此所谓押忽大珠也，六十万酬之，不为过矣。文问曰，此宝作何用？答曰，含之可不渴。文曰，一人含之，千万人不渴，则诚宝也！若一珠止济一人，为用已微。吾所谓宝者，米粟是也，有则百姓安，无则天下乱，岂不愈于彼乎？"

爷教一句，孙子们跟着念一句；念了句子又讲含义，又在泥坯上一笔一画地教他们写，教他们认，极尽耐心，极尽苦心。

陈八卦注视着这一群孩子，想起自己的小外甥，那个去西北大学攻地质的小亮亮，怎么就和老连长大婆子的一双儿女同了志合了道，冯大人搞清党，他们同时被抓被捕，可老连长的儿女被人赎出，小亮亮却不知下落。一时间，他神情凄楚起来，心想这明日的江山未来的世界，就目下中国地面上蹦跶的这几个猴，恐谁也撑不起社稷扶不住犁耙……

高二石看着泥坯上的字，渐写渐干，几个娃娃也迫于爷的威严勉力背诵，就忍不住说："爷，你教的这书还是民国元年的，如今都到民国二十一年了，初小高小早用了统编新书，这旧书早就作废了！"

孙老者说："二石啊，新书旧书只要教娃们治国齐家识道理，这就是好书，如果教给咱们后代的全是人家的道理，那就不是好书了！"

陈八卦猛然醒悟，也附和着说："听人说东三省的学校全换了课本，这不是好征兆，树棵子从根上勒断，叶干枝枯是要不了多少时间的。"

二石说："日本人倒也离咱远着，只是老连长死了窝里乱了，这瞎锤子固士珍说来就来，咱这护校队要从民团里拉出来不说，恐怕还得配上重火力哩！"

陈八卦说："此言差矣！在我看来，不护校就是最大的护校。你想么，瞎锤子其所以在高等小学下功夫闹事，主要是和孙校长结仇执气，如今孙校长叫人杀啦，他的仇就算报啦，一场事也就了啦，如果咱再弄些人刀刀枪枪的咋呼，那他不想收拾你也得收拾你。就是在孙老者面前，恐怕他固士珍还得装个正经晚辈，当年着，孙老者还说叫他去北山学手艺哩！至于学校里这些先生，这些学生，稍微聪明一些的人都知道，到了明儿，这些人就不可估量，谁知道这中间出啥人呀？再说了，如今的固士珍，人要大了，就要吃筲篮大的馍，他想的是坐商县呀，进西安省呀，恨不得明儿就和老蒋拜把子呀——"

高二石打断他的话，说："他进县进省都要从咱这儿过呀，从咱这儿过就肯定要踩踏咱，军需粮秣呀，人役夫差呀，全由咱背咱背不起，一口拒绝了咱又得罪不起，你说咱这三百多户近两千的老少，也不是说跑就跑得了的？"

孙老者把几个娃轰到椿树底下去耍，他卷起袍角一下一下捋着毛笔上的泥水；之后，头朝老圈椅上一仰，身子困得嘴都合不拢。片刻，他长吁几口气，翘翘着胡子说："看你说这样子啊，这次是队伍和队伍之间闹事哩，说白了就是争地盘抢王位哩，要是这啊，我看护校队还是继续搁在民团里，最重要的是武器要管好，要不过路的队伍谁见枪杆子谁眼红。民团上，咱是明散暗不散，粮秣上咱叫各家做些准备，到时候还在大堰上搭饭棚，兵不进村，马不踏田，糊汤面竹叶茶照旧送到大堰上，一切应承由我出面，只要我走得动。你瞎锤子再瞎，我也不是没操你的心，就是白脸，他也是咱州川的娃么！就是他武关竹林关上来的左右二将，他们也曾是老连长的左臂右膀，当年到我门上，哪个不是上席的客？再说他杨虎城的人马来了，咱就叫娃们唱歌欢迎啊，他杨主席不是也发令鼓励教育么？按我的心思，哪一路的队伍都离不开百姓，谁得罪了百姓，谁就应了你陈八卦说的，枝干叶枯要不了多长时间。"

孙老者的话当然也有道理，也有多少年都屡试不爽的道理。但是，毕竟年头儿不一样了，长虫有了碗粗的腰就变蟒呀，鲤鱼到了河津就要跳龙门，蛤蟆成了坑里的王就想吃天鹅。陈八卦说："如今的世事是十八王子乱当家，真龙天子和草莽英雄混在一起你就认不清，不过最重要的一条你老人家可要记着，野的终究是野的，爱怜不能治世，驯化难革物种，你像固土珍这种人，你叫他安分守己做庄稼，你叫他一老本分学手艺，他娘怀的就不是那个胎！所以呀，二石你还是要多想几步棋，近两千口人在你手里握着，千万不敢再有个啥闪失，前年着一时死了八个，做哭丧棒把村沿子上的柳树棍都砍光了，再要出事你娃就跪着在村里行路。"

高二石说："我想好了，有您二位爷保佑着，我能把圪蹴在兵灾战祸夹缝中的苦胆湾百姓守护住。老者爷说得对，福吉爷说得也对，只是我想，得早早把村里拄拐杖的老人学龄前的儿童奶娃娃的媳妇，先行上山进洞，青壮年的男女守在村里，没事了依旧耕织，听从孙老者应筹事由，有事了或跑或走或护村看家都是麻利人，就是遇着蛮子进村，也不怕他横行胡来。总之，护校队及民团的武器不能出事，埋在谁家窖里谁操心，过后对付土匪逛山绑票抢劫，民团还是民团，这一点不敢马虎。"

陈八卦说："娃你这想法好着哩，只是往后不能再指望这俩老朽了，孙老者膝盖上爬的那几个是他的命根子，往后他是拿老命熬油点小命的灯，可我指望啥呀，我本是尘世外的人，庙里的灯油，学里的柴火，都准我的事，可我积福行善救得了谁呀？我连我都救不了。老连长一死，我送往县上的青油连豆料钱都收不回来，我的油坊关门呀，唉，想当年，物阜民康启佑唯凭列圣德，谷熟人育尊宁永赖诸神扶，可如今——"

高二石拖着哭腔扶着陈八卦说："福吉爷，你可不能不管啊！"

高等小学的专职护校队，治理上全凭牛闲蛋的一柄长把铁锹。牛闲蛋也不是当年目不识丁的大老粗，动不动就拿锹把捅学生，如今的他治校全凭拿嘴说，长把铁锹主要用来铲杂草修道路务花园。人都说这牛闲蛋说话做事跟换了个人一样，他说我这长进是当学生当出来的。先生们也确实佩服，每当上课的钟声一响，他就提了铁锹进了教室，真真诚诚地坐在最后边。多少年里，他跟班撺级，逐册苦读，书已念到第八册。唐文诗校长说，他插在学生伙里，认真耕作幼年时荒芜了的心田，书照背，仿照写，歌照唱，操照做，把一颗粗糙的心修得文质彬彬，也算是苦胆湾少不了的一个人才。

孙老者的孙女玛瑙是初小唯一的女生，牛闲蛋就少不了接来送去，这就熟识了玛瑙之母程珍珠。待知道了程珍珠和已故孙校长的根根梢梢，他就佩服了她的胆识和深情；佩服了她的胆识和深情，就更佩服了二嫂饶的胸怀和雅量。程珍珠是有文化的女人，她除了协理染坊侍候老小外，就帮助公公在家教几个孙子读书习字。孙家的一堆媳妇里，已故孙团长的未亡人琴，也是能算会写的人，这样牛闲蛋就生出一个想法，他想仿照当年孙校长在农闲开办"平民识字班"的办法，也在冬闲之时办个妇女识字班，教员就请程珍珠和琴担任。他这想法也得到了新任保长孙庆吉的支持，这位尿床王说："土地爷爷本姓张，庙庙盖在山顶上，上来下去不方便，尻子磨得出溜儿光，这识字班的地方准我的，我后晌就派人打扫坡上的土地庙！"

但是，这想法要实行起来，还得孙老者点头。

话在孙家一说透，二嫂饶就真心支持，她说大大不是只把他孙子的读书看得重，我们要是生在他的膝下，他也会教的。但她说她年纪大了，家务上也离不开，就说叫三嫂忍也去识字班，屋里她一人能撑住。这话给忍一说，忍却一口拒绝，说妯娌仨人当先生的当先生，当学生的当学生，叫二嫂一人侍候一家老少的吃喝，谁心里能过去？一个识字的话题把孙家的四个媳妇激活了，连年丧夫的沉重一下子轻了许多。吵吵来嚷嚷去，比较统一的意见是：程珍珠和琴都去识字班当先生，回到家里再教饶和忍，大家说，都在一个锅里搅勺把哩，烧火做饭着就把字认了。

可这事在孙老者跟前打了绊子。

孙老者给牛闲蛋说："办识字班是好事，但你办得不是时候。"就说了目下东秦岭的军政形势，老连长一死窝子内乱，东路里守军要进城讨伐，唐、固要趁机争抢地盘，西安省的正规军要来收拾乱局，百姓尚不知何去何从，哪有一片安宁地方搁置一张书桌？土地庙地方是好，庙门上昔年就有对联说是：威震一方旦暮豺狼远遁，灵拥万户春秋稼穑丰登，可你没想，万一兵匪突袭，一堆女人不是反而成了对狼虫的吸引？荒年乱世里，切记不要把妇女集合在一堆里做事，越分散越安全，游狗闻见荤腥就不要命，逛山丁勇看见一堆女人他能撒了手？

事情传到高二石那里，他就把牛闲蛋臭骂了一顿，说你是给常年不沾荤腥的豺狼准备一锅肉丸子啊？得是脑子发昏啦？还念了八册书哩，你从一册念去吧！

牛闲蛋没有对骂，没有发火，他忍了，他认了。人家高二石说得在理。事情传到孙老者那里，孙老者说："这牛闲蛋有了八册书的涵养，他接着念第九册吧！"

孙老者又叫来高二石。在大椿树底下，他指着树顶上斗大的葫芦豹窝说："野东西也会变啊，你看我这一群娃在树下面写字，指头蛋儿大的黑蜂在头上嗡嗡，娃写他的字，蜂做它的活，我这几十年了，人蜂安然相处，为啥哩？蜂知道我能善待它，性子也就习乖了么！"高二石抓耳挠腮不解其意，就恳求着说："好我爷哩，我还急着哩！王山上的洞还要加固，有几处栈道的栈椽朽了，栈板裂了——"

孙老者抚着高二石头上的短茬子头发，软软着声说："好我娃哩，你不急你不急，有爷在哩么！你听爷说，做啥事不要太硬、太撑、太倔、太过，人常说心急吃不了热豆腐，好心不一定办成好事，你看你，怎么能粗口大气着跟牛校董说话哩？你当学生着人家就是校董，又是上辈子人，前寿五旬迎花甲，待过十载祝古稀，在他面前，再说你还是个娃呀！"

高二石又急又感动，连说："好爷哩好爷哩，我的不是！我的不是！"

孙老者又说："好娃哩，牛校董当年着是毛里杂碎的，外号牛闲蛋嘛！可人家大名叫牛显旦，又撺班逐级念了八册书，习性上有了谦谦君子气，教育能改变人，爱怜能改变人，敬神也能改变人，这你要记着！爷再给你说三句话，你往后期前途还大着哩，爷这三句话你要装在心里：莫看谁的官大，莫看谁的钱多，要看谁肚里装的书多。"

初冬的暖阳下，孙老者领着他的一群孙子在院里写仿，一个杌子上趴一个娃，散散落落列坐他的周围。孙老者头戴蚂蚱腿的石头镜，仰在老圈椅上，一手撑了古书在读。他头戴黑呢帽顶子，脑后光光亮亮地拖着一条尺把长的帽根子，这花白小辫儿，发拧三股，夹以梭线，黑色绦带扎了辫梢，绦带的两个穗子静垂于椅背外边，阳光下也十分好看。自十八娃走后，给他梳头扎辫的活就由饶来承担，饶是细心之人，也是忠心之人，日每梳头扎辫都要尽量给他弄出当年的派头，头发稀疏全白之后，她在发中夹编一绺黑色梭线，这辫子就有了老壮之人的粗硕花白，背后看来颇为刚强清爽。遥想当年住衙门，年轻的孙法海一身公服脚踏皂靴，在剃头铺花二十个麻钱儿，出来后背上就拖了粗硕油亮的大辫子，辫梢过臀，三条穗子垂在腿弯，前额剃得青白，顶发抹着桂花油，辫发润过泡花水，配着红如血黑如漆钢板一般笔直的水火棍，那身段那派头岂是一般后生可比！往后的几十年里，他出入梓里，或承头公益，或说事合辙，水火棍不曾离身。而今，他身旁斜靠的水火棍虽已老裂变形，可唯有它陪侍身旁他才显得完整，否则别人看着他残缺，他自己也觉得没了水火棍就路也没法走话也没法说。

此刻，他困了，以古书掩面闭目遐思。他想起死于非命的大儿子承礼，就不明白天下真有所谓的"太岁"么？十八娃，那个银盘大脸双下巴的乖媳妇，人说老连长死后就失了踪影，可她就是再改嫁也会捎信儿回来的呀！自从入了于府，她虽不曾回来看过金虎，可也不止一次地捎回来衣物零钱，不止一次地问候一家老小，她心肠软，回不了家是身不由己，这孙老者能想得来。眼前，九岁的金虎在爷眼里已有了小伙子的架势，可他不曾见过他大大，也见不着他妈妈，虽说他二娘饶三娘忍四娘琴蛮子娘珍珠，都睡觉争着搂他，吃饭争着喂他，可孙老者的心里，总觉得这娃可怜！不由得有好吃的了多给他留点，过年压岁了多给他俩麻钱儿……

孙老者叫来金虎，搂在他的老圈椅里。金虎伸手摸着他的脸，说："爷，你怎么哭啦？"孙老者说："爷没哭，爷啥时候哭啦？"说着两股老泪就从眼角溢出，金虎又说："爷，我知道你又想我大大了，你说我大大到老河口打贩挑，过年就回来，可过了一个年他没回来，过了一个年他没回来，他把咱忘了吧？"

爷已泣不成声，几个孙子就都围拢来，个个揉着眼窝抹着鼻涕。爷给金虎说："你大大这人犟，做事又认真，待人上难免刻薄，留给自家的路就越走越窄，到最后就没路走了……"几个孙子忍着声争相给爷擦眼泪，爷伸长双臂把他们朝怀里一搂，说："娃们啊，听爷给你们说，见了长虫横在路上，你就绕道走，见了雀子冻死了，你拾一把柴草给盖上，世上万物都有灵性哩，你给它一口，它报你一斗，一句话：万物为善，吃亏是福。"

因为程珍珠说话是山西运城口音，所以娃们都叫她蛮子娘，蛮子娘就蛮子娘，程珍珠乐呵呵地亮声子答应着，抱了这个又搂那个，浓浓的亲情就洋溢在孙家大院儿。忍还是凄凄楚楚地终日不得开颜，偷空儿就到娘娘庙里去烧香，送子观音那里也是一次一次去许愿，村路上碰见抱娃的媳妇，她把头上的帕子拉得低低的老远就避开了。镢头老三孙兴让，天一亮就背镢头上了坡，整天都是肩挑背驮，人累得腰也弯了背也弓了，一天到晚不说一句话；黑来吃了饭，他又去侍候两头牛，又是给刷毛皮哩，饮浆水哩，拌麸料哩，垫干土哩，总是不得闲；终于得闲了，又对视着卧地反刍的老牛嘟嘟囔囔，谁也听不清他说的啥，他说一说了又抹眼泪，抹了眼泪又自言自语，仿佛这世界上只有俩老牛是他的知己。染坊上偶尔也有生意，但生意是找上门来的，孙家已没有人手去赶集收活，当年在上下州川集市支帐子摆案子挂幌子的红火一去不复返了。孙家的日子虽清淡凄苦，可纺屋厨下一片芬芳。牛闲蛋办妇女识字班的想法被否定了，可这想法激起了孙家四姆娌识字的兴趣。她们在厨房里挂个小黑板，由珍珠每天在上边写一个字，谁来舀饭，得先认字，娃们也一样。对此做法，孙老者也很赞成，他说饭咽到肚里了，学识也就跟着下去了。

大战的风声吹得很紧。一会儿说杨虎城派的两团人马已经过了牧护关，一会儿说唐司令固士珍破了竹林关，一会儿说老连长的左撇子右跛子穿插过来烧了北宽坪一道街，反正各路队伍的剑头所指皆为商县县城。县城里呢，东西南北二十里内一律戒严，所有交通断绝，城周围的兵和民不是挖战壕就是筑堡垒。

高二石孙庆吉牛闲蛋几个人请了陈八卦，上王山对崖洞栈道做了最后的查验，该补的补了，该修的修了，陈八卦说老弱病残可以上洞了。下得山来，一行人抬脚就到了孙家大院。

孙老者踩着木梯正从院墙上取下几只碟，碟里的蜜水已被葫芦豹们享用殆尽，"白露"一过，大地无花可采；"霜降"已毕，蜂们无蜜可食，那过冬就全凭孙老者的一片善心了。陈八卦说："你真真是把一群野物惯坏了，它自己连越冬的蜜都不储存了，就全靠你盘子里的蜜水了。"

孙老者也不言语，收了蜂碟，下了梯子，问高二石："前天死在河滩上那个逃荒的，你给我埋了吗？"高二石答："这一个月里，你叫我收埋了三具尸骨，板板子虽薄，但毕竟都是棺材，坟地又是你指的阳坡子，你给的掩埋钱没花完，余了几个'锅子'，我叫人买了烧纸给围了火。"孙老者伏身去整理晾在房阶上的一堆旧书，偶抬头见几位环列而笑，就自嘲说："我是清朝遗朽，这些书是清朝佚书，我等唐靖儿打上来了，把这些书交给他呀，我人是无用之人，可这些书对他还是有大用处的。"高二石就笑说:"好爷哩,你那外甥现在要得比箅篮都大,你给一包袱银锞还看人家要不要哩,哪看上你这些烂书?"忍端来机凳,珍珠捧来茶盘,饶又在老院子高声问福吉叔还要老吃食吗,陈八卦答说你先搁着,就粗着脖子饮茶。孙老者看着几个人坐了,喝了,又说:"好娃哩,他唐靖儿要得再大,胸无点墨,终为草寇一流;你就是凭得一时之勇坐了商县,苦了东秦岭,也是给尻子后头的高人铺路哩!或文或武,雄才大略之人,想在乱世救国保民,没有孔孟帮忙,那是瞎子打灯笼白费蜡哩!"

牛闲蛋就问:"那你看这几股武装谁能赢?"孙老者用线绳一边捆着旧书一边说:"这几股武装,谁来了都得向百姓索要鞋脚吃喝,谁坐了县城都得朝百姓摊派粮秣钱款,百姓是石头缝里活命哩,躲过一天算一天,也不知王山的洞收拾得咋样了?"高二石说:"老人和娃可以先上去了。"牛闲蛋说:"腾出来两个洞,把初小的娃和老师也一同搬上去,课就可以不停。"孙老者问:"水窖子淘净了吗?粮窑磨窑厨窑都收拾停当了吗?这一回不是往年跑贼躲土匪,三天五天一过就回来了,这一回恐怕要麻烦得多,你想,万一几股子军队扭在了一起,或者你打过来我打过去在州川拉锯,那咱这地方不是战场就是兵营,大仗一开一月四十完不了,这些老老少少在洞上得吃多少,喝多少,日常风火感冒的草药需要多少,还得多少人巡防,多少人往上运柴粮,现在每家抽多少粮款,谁来经管采办,一条一项都筹划妥当了吗?"说完径自夹起包书的包袱回了他的老屋。

孙老者提的这些问题,有的他们想到了,有的他们没想到,一行人就又七嘴八舌地讨论起来。陈八卦说:"我这脑子是越来越不管用了,我这人是打油没前景,种地怕出力,住庙怕是非,行乞怕丢脸,偷人没手段,我不知道我往后是咋活呀!"

陈八卦显出少有的悲哀,几个人就一时凄然。如今的陈八卦,脑后的帽苔子如一蓬蓑草,花白头发间粘着一些山上的狗扎扎草籽儿,青袍子破了衩口,抓地虎的布鞋脱了后跟,一条粗捻的麻丝绳系着鞋帮,上眼皮明显肿胀着,时不时张口打个呵欠。为了缓和一下气氛,孙庆吉说:"好叔哩,你怕啥呀,尻子一拍就能走天下,再战乱的年景他谁离得了阴阳风水,再说了,就是逃荒流浪,你也有手艺呀!"陈八卦闭着眼,眼角似有泪光闪烁,他暮沉沉地说:"我有啥手艺呀,愧当年没学会挣箩钉锅、没学会编席箍桶,唉唉——"看他连连摇头,孙庆吉又说:"好叔哩,神仙没路走了我们俗人就跳井呀!当年着,百神千怪都听你调遣哩,灯上现龙哩,纸锅炒豆哩,鸡蛋上墙哩,水里点灯哩,到谁门上亮一手都有人请你吃喝,你修炼一辈子了,没路走的崖畔畔都有四鬼抬轿哩!你要撒手还俗了,就便宜了那一堆毛鬼神了!"

陈八卦无力地扬起头,看一眼孙庆吉,苦笑着说:"哪有恁听话的鬼哟,也没有恁乖觉的神神……"又一手拍打自己的毛脸,鼻涕眼泪着说:"唉当年护着老连长说瞎话,以为他能靠一辈子哩……唉唉可怜了十八娃,进了于府她苦也忍得、罪也受得,可也命里有路,听说跟共党的人跑了,也好也好……"

黄昏的风沁寒刺冷,苦胆湾的村巷里滑过一缕一道的炊烟,村沿子上的老番麦秆发出干刺刺的声音,如陈旧锈钝的锯齿从人心头拉过。村巷里有农人负荷而行,低头缩颈行色匆匆的样子仿佛有鬼在撵他。

高二石交代完七事八事,几个人就各自散去。牛闲蛋说他还有话要给孙老者说,陈八卦说我肚子发空得吃点东西。

老屋里,孙老者靠在老圈椅上吃水烟,菜油灯暗如炭烬,火媒子和烟哨子的亮点交替着此红彼黑。牛闲蛋悄没声息进来,将半个屁股担在炕沿子上,想好了一句话刚要出口,又见孙老者专注于呼噜噜的水烟声中,几次欲言又止。

金虎睡在爷的炕旮旯里,一沓仿纸搁在枕边。金虎娃乖,每天都是早睡早起,也总是第一个进的校门。

蓦然,孙老者气声幽幽地说:"这黑手铁绳也手段太辣,你把马皮干的人头提回来抵了人命倒犹可,你不该顺手抹了人家婆娘的脖子,还有俩娃哩,也不知那俩娃后来咋过活哩?"

牛闲蛋说:"好叔哩,我正想给你说这个人哩,有一句话我在肚里搁了十年，今儿憋着气也要给你把话说明白。"孙老者把烟哨子停在嘴边，他没有把烟灰吹出去，哨口上的烬火渐变灰白。一只错过时令的小飞蛾绕着火媒子的红光扑打，孙老者轻轻一颤手，把火媒纸插入媒筒子的竹管闷灭。牛闲蛋说："好叔哩，这话我在心里搁了十年，不说出来在心里挠痒得慌。民国十一年秋里，你知道是谁割了下州川里长的耳朵吗？那时县上来人责令麻子巡管破这个案，案没破了，麻子巡管就挨了打，你替麻子说了几句话，拿'水连珠'的也不问是谁就朝你摔了一枪絮子，我当时眼都花了，这是打咱州川人的脸啊！做这案的人我知道，可我不能说。你猜是谁？是马皮干这驴日的，为一点私家小事就在夜里下了黑手！我和他都是下河里上来的移民，有啥事了还指望人家帮衬咱哩，我要说了连我的耳朵都保不住，这事我压在心里，多年闷得人愧疚，今儿我给你说明，也算了结一桩悬案。"牛闲蛋吸溜着鼻涕，孙老者用火镰打火，手臂在空中滑着弧形，"嚓啦"一声一股火花，"嚓啦"一声一股火花。牛闲蛋又说："从天地良心上看，这马皮干终不是好人，他为了钱就暗害自己人，要我说，饶这俩兄弟还真是英雄，拿了恶人的头来祭他姐夫的灵，孙校长是九天含笑，马皮干是罪有应得。"

当校长的儿子在孙老者面前晃来晃去，那蓝衫子黑礼帽的影子绞得他心里疼。树折了，根上又拱出新芽，孙老者一看见他的几个孙子，就觉得呼吸气长了，走路腰硬了。尤其是金虎，细致劲儿像他父亲，认真劲儿像他二大，吃苦劲儿像他三大，机灵劲儿像他四大，这金虎几乎集合了他父辈兄弟四人的所有聪明和品质！虽说四个儿子死了三个，可有了金虎这一辈，孙家大院子就永远有人顶苦胆湾的梁！

金虎在爷的炕旮旯里恬然入睡。孙老者不止一次给人说，这娃孝顺啊，他隔几天就把爷的尿壶拿到池塘里刷一刷，金虎喜欢跟爷睡。

牛闲蛋在火媒子的明灭中悄然离去。老屋子里充满了孙老者口里吐出的烟气。陈八卦在暗处吞咽他的老吃食，"噗嚓噗嚓"的响声如老牛咀嚼陈年的番麦秆。孙老者有点可怜他，一辈子的劳作只为了一种吃食，就说："唉，蚕只吃一样树叶是为了吐丝哩，你只吃蒸馍蘸蒜是为了降魔哩，你这一辈子啊，名闻南北二山，降的五妖六怪也不少，可从没见你逮个活的叫我看看。"

幽暗中，滚木头的声音传来了，可那木头是裂了的木头、朽了的木头："这蒜搁到舌头上燎辣燎辣的，馍嚼到嘴里像旧棉花套子，这人老了牙口松了，头上没三尺高的火焰了，啥毛鬼树怪也镇不住了。"孙老者吸着他的水烟，有一句没一句地说："你的法术啊，南北二山上下州川是无人不信，这我知道。我年轻着读孔子，信了圣人的话，不语乱力怪神，要不然啊——"噗噗声从烟哨子吹出，看一团暗红的烟灰落在地上，孙老者又说："不过，你还是用法术给百姓办了不少事。"

这一句话把陈八卦从暗处牵了出来。他滚的木头在河谷里绊绊当当，他喉咙里的声音一半出了口，一半卡在舌头底下。他说："老大承礼之死，在我心里，明得跟镜一样，你不顺着老连长做戏，咱孙家大院子，还得丢人头。人家那边，自小就谋算着十八娃，所以我就主张，叫十八娃走，咱守不住不说，翻了脸对全苦胆湾人有啥好？"

"当然啦，首先是你油坊里的油在城里断了销路。"孙老者不吸烟了，他把菜油灯拨亮，一字一板地说："或者是你把油白白送上去，一个麻钱儿也要不回来。"

陈八卦突然扬起鹰隼一样的目光，他朝孙老者逼视，也朝孙老者逼近。猛然，他在帽苫子上狠劲一揪，一把灰白乱发抓在手里，他压着声说："好老哥哩，天日可鉴，我福吉可没那样想啊。"

孙老者不言语，一哨子烟吸完，才轻声子说："这是小人的说法，你也没往心里去，他马皮干也没落个浑全尸身，往后，咱就不说承礼的事了啊！"孙老者哽咽了。看他一串浊泪从眼角滚落，陈八卦一把又一把地揪自己的帽苫子……

金虎叫葫芦豹蜇了。

几乎全村的老人妇女都聚在孙家老屋子，这个端来柿子水拔毒，那个拿来黄面酱涂抹，干鲜草药也找来几笸，陈八卦的土单验方用了一种又一种，全然不见效用。

四妯娌轮番抱着给灌汤药，金虎仍然昏迷不醒。

人们把孙老者劝到大院子去。他坐着老圈椅，拄着水火棍，半个身子趴在扶圈上。他眼前一阵阵地发花，看老椿树就像一条拔地而起的龙，块根盘错，枯干扭曲。他不相信自己喂了十几年的蜂能蜇了自家人，这蜂会蜇生人，也蜇土匪，可从来没对孙家人有所企图，他想这全是他真心善待的结果。每年过了"霜降"，他就开始在墙头上放置蜜水，暖阳天里，他七碟子八碗地摆到高处，那些工蜂、兵蜂，吸吮着蜜水你来我往，嗡嗡嘤嘤地给他唱着赞歌。也确实不止一次，那些黑头黄身子的葫芦豹偶尔也落在他的头上，爬到他的身上，可他从不赶它，任其来去，感情上他认这些野物是自己收养的孩子。

下雨了，是毛毛的雨丝子，有一气的没一气。午后微雨，遥看湿村树色润。孙老者扬头看那斗大的葫芦豹窝，核桃大的洞口深不见底，仿佛那是一泓深潭，他的金虎掉进去了。

雨歇了，云缝里射下一缕阳光，红亮红亮地照着葫芦豹窝。那黑幽幽的洞口上，斑斑点点的黑影子缠绕着，纷飞着，熙熙攘攘，唑唑嗡嗡；不，他的眼睛里，那一团纷乱的斑点，分明是一群逛山，一群土匪，一群吃谁家饭砸谁家锅的野虫……

他脑子里出现一个主意：伐掉这老椿树。

猛然，老屋子那边哭声炸响，四个媳妇的尖嗓子冲天而起，接着就是海啸般的呜咽，几十人上百人的轰然哭泣震得大地都在抖动。孙老者一下子瘫在老圈椅里。

一阵杂沓的脚步声把孙老者震醒。他睁开眼，几个人抬着老圈椅把他安置在屋檐下，有人拍打着他身上的雨星子。高二石趴在他耳根子上喊："爷，这葫芦豹不能再养了，我叫人把它除掉呀！"看孙老者痴呆若木石，几个后生就麻利地戴上气死风的筒脖子毡帽，在老椿树下点燃一堆猫儿眼和野艾秆，他们试图用毒烟熏杀树上的恶魔。

烟团浮上去罩了整个树冠，葫芦豹们无动于衷。

牛闲蛋头上蒙着粗纱布，双手筒在套袖里，他将长把铁锨在捶布石上"咣"地一砸，高声子说："叔，我给你出个主意，咱斩草除根，把这树锯了！"

屋檐下的老圈椅上，孙老者轻轻地摇了摇头，他主意变了。无用的水火棍横在怀里。有人拿来一幅子纱帐，款款地盖了孙老者的头颈手脚，孙老者冷笑一声，问："它，敢蜇我呀？"就挥手撩开纱帐，又把花白小辫儿朝后背一甩，狠劲捋一把胡子，直身子而坐。

老屋子的哭声沉重着，呜呜如山风漫卷。

不知不觉间，大日头光照天宇，万里晴空一片海蓝。阳光照在人们脸上，有一种火辣刺痛的感觉。大日头把耀眼的光芒泼在老椿树上，看得见一些机警的兵蜂在葫芦豹窝的洞口爬出爬进。

孙庆吉伏下身来，轻声子给孙老者说："派个机灵后生，爬上树去，把挂着葫芦豹窝的树股锯了。"几个人就同时摇头，说那树股带着葫芦豹窝掉下来，红日头这么暖和，兵蜂工蜂必然倾巢出动和你拼命。

又有人说："不论伐树或锯股，都得先搭了高梯子上去用棉花堵了洞口，再用布袋套住葫芦豹窝，扎紧袋口，保证一个家伙也不能逃出来才行哩。"

众人面面相觑：哪里有三四丈长的梯子呢？！

老屋子的哭声如海潮翻卷，在场的人们心如钩挠，日光扎地，几个后生闷得卸了气死风的帽子。

孙老者缓缓地挽起袖子。众人的心提到了嗓子眼儿。他说："去找两根长竹竿来。"声音不高，却字字千钧。

高二石立马就派了人去。孙庆吉又遵孙老者之嘱找来棉套子、火纸、铅丝、洋油、药子油。片刻，长竹竿找来，按照孙老者的指挥，牛闲蛋先在长竹竿的顶端扎了棉套子，浸透药子油；又在其外包裹火纸，以铅丝捆了两头，中间将洋油吸饱，成一个宫灯形的油疙瘩。

孙老者吩咐：关了院门。

孙老者指示：高二石牛闲蛋留下，其他人避远。

高二石牛闲蛋换上气死风帽子，双腿叉开在老椿树下站定，手中紧握着长竹竿的下端。两根长竹竿顶上分别捆着的油疙瘩，并排搁在孙老者面前的条凳上。孙老者举头朝树上瞅，黄叶已经半落，树冠清瘦，枝梢疏疏朗朗，陈年的枯枝僵硬在天际，似几笔交错的浓墨折线。

斗大的葫芦豹窝下边，空旷而开阔，孙老者冷笑一声，在心里道："好我一群野娃子，你门前的空场是我火攻的通道，对不起了！"

他"噗儿"一声吹着了火媒纸，刹那间，轰的一声响，两个油疙瘩顿时熊熊燃烧，说时迟那时快，高、牛二人猛地举起竹竿，将两团烈焰直抵葫芦豹窝！

黑烟像乌云遮了整个天宇。眼看着，扫帚粗一股黑蜂火箭一般斜射下来，老椿树下的院场里，立时落下一层黑桑葚般的死尸。孙庆吉操着笤帚跑过来，"黑桑葚"扫了一簸箕，葫芦豹们多半被烧焦了，个别的还在蠕动，但已没有了翅膀和触须。

斗大的葫芦豹窝在高温中急剧收缩，油质的部分融化了，黑色的汁液顺树干流淌……

猛然，那流淌的汁液变成一粒子弹，"嗖"的一声射向孙老者！

"啊！"一声叫，孙老者捂着脸从圈椅上跌倒下去。

众人赶来一看，是拇指大的蜂王，它凭着半个翅膀的滑翔，拼死冲下来蜇了孙老者一刺！

孙老者到底没有救过来，这位清末民初的大贯爷，这位在上下州川颇有德望的仁者、忍者，当下就死在老圈椅里。

水火棍横在地上，过来过去任人踩踏。老椿树的树冠被烧掉一半，斜在空中的折枝成了僵硬的炭棍。

远处传来轰隆隆的炮声，唐靖儿的部队攻到了五里外的白杨店……

孙老者的灵棚搭在老椿树下，两根端头烧焦的竹竿交叉着，轻薄的挽帐挂在上边，西风中寞然飘摇。没有繁花点缀，没有帛绫装饰，松枝柏朵间垂几串纸裁的招魂幡。高二石孙庆吉几个人商量，如今兵荒马乱大战在即，州川能走的都上了南北二山，最当紧的是把人埋了立马带村里老少上洞……

村里人一拨拨地前来烧纸，个个腿脚沉重着，磕头作揖都忍隐低泣，离去时相搀相扶一步三回头，留下的香表纸灰有笸篮大一堆。高二石捏住牛闲蛋的胳膊，吩咐他赶紧把学生们带走，又把孙家的几个娃交给高卷，要她引上娃们跟上学生队伍一起出发，还叮嘱说后沟里径捷路滑，险要处千万小心。

高卷引着先生学生和一群娃娃刚走，唐靖儿就带着随从和一个排的警卫到了大堰上。消息传来，苦胆湾巷空路绝，家家关门闭户。高二石急令民团的人疏散隐蔽，所好民团从成立时就养成了快速聚散的习惯，有事了嗯哨一声就来黑压压一片，没事了又轰然散开来去无踪。牛闲蛋忙叫村里青壮年一起躲避，他只怕这唐靖儿来了要派夫拉丁。孙家的一摊子事，他叫几位老年人在椿树下招呼支应，又叫四妯娌分散开躲入老院子的几间房屋。

一身戎装的唐靖儿，双手捧了一摞烧纸，从村路上来，端直进了孙家的大院子。他目不斜视，正步走向灵棚。在人们磕头的草榻子前站定，放了烧纸，卸下身上挎着的"母亲大人神主"，把那白木牌牌安置在供桌，对白木牌牌鞠了一躬，又肃穆着神色后退三步；他面向孙老者的灵位，立正，双掌合十，高举头顶，又合身子折腰鞠躬，如是者三；之后，正步来到草榻前，笔直着上身跪下去，一磕头，二磕头，三磕头，三叩九揖；之后，上香烧纸，孝礼如仪……

三十多个警卫随从一进村就散开，村口路口巷口院门口，持枪警戒，哨位准确。在唐靖儿磕头烧香的时候，灵棚周围的白顶子帽根子几个白发翁媪就殷切侍应，烟茶烧酒一一捧上，可警卫随从全都摇手谢绝。唐靖儿烧纸已毕，白顶子就递上茶水，又很客气地问一声："你兄弟唐站儿还好啊？"唐靖儿接过茶碗，脖子一歪，叹声道："不怕你老人家笑话啊，我那兄弟是务农没力气，背枪没胆量，人家上天竺山当道士啦！"白顶子说着"也好也好"就挪过条凳，唐靖儿坐了，仰面饮一口茶，斜眼瞟着老椿树，猛然硬声发问："嗯？！这我老舅一死，葫芦豹也叫人烧啦？"

没人搭理，没人敢搭理。

白顶子提着茶壶到灵帐后边去了。

唐靖儿拿出长杆烟锅，在空中一敲一敲地高声发问："当家的男人呢？"

一个哆哆嗦嗦的男人出现在他面前，腰身佝偻着，头上的孝带直拖到地面。唐靖儿冷声子说："是镢头老三啊，令尊白事大如天，连个龟兹乐人都不请，图省钱啊？"

老三颤着声答："龟兹乐人都窜山跑了，实在是请不到。"

唐靖儿又压着声问："这老人过世啊，连个哭灵的都没有，是埋死娃子哩吗？"

老三哽哽咽咽地哭，粗喉咙嗡嗡地震动大地。

唐靖儿问："媳妇们呢？"

老三不敢回答，他只是哭。

一般人家，老人仙逝，三亲六故、老少外家前来吊孝烧纸，孝子贤孙媳妇女们跪在大门口迎接，又在灵棚两旁磕头还礼。在来宾烧纸进香时，媳妇女们要高声哭丧，无有媳女的人家还要雇了邻家妻女代哭，这哭是对来宾的答谢，也是一种示孝的方式。可是，唐靖儿从进楼门到磕头烧纸，如上的礼仪统统没有，他很有些被人下看的感觉。当挣箩匠那时候，每到年节来舅家借粮借钱，时时遭几个表兄弟的白眼，如今做了司令带兵攻城，却闻老舅过世，本想按常规礼仪吊孝，毕了就起身回营，没想遭此辱慢，心想这孙家人真正是不识时务，就一时火起，拍桌子怒问："我舅是咋死的？"

老三结巴着答："是、是，叫、叫葫芦豹，蜇死的。"

"哄鬼哩！"唐靖儿嘶声高叫。

老三又是放了粗声痛哭。

唐靖儿看着他哭，就俯身袖手作亲切状，直到这表弟一声哭了，才又悠着声儿说："好老表哩，你的大号叫孙兴让，死人面前可是说不得谎啊！你，说这七老八十的人，能叫蜂蜇死？是他上树捅蜂窝啦？是他拾柴割草惹了葫芦豹啦？"

老三就哭天抢地的喊："大大呀，为儿的不孝啊！"

唐靖儿摆摆手，说："算啦算啦，你孙家的事我本来不想管，可是这，不管招人笑话啊！听我给你说，这天经地义的是男主外女主内，侍候老人全在媳妇们，你孙家又不少了媳妇，媳妇孝贤老人就长寿，媳妇毒恶老人就受罪，你把你家的媳妇们给我叫来，我要问问，我舅活着时，她们是咋侍候的？"

老三站着没动。

唐靖儿说："还要叫我的兵动手吗？"

几个白头翁媪就同时围了过来，一个说她们哭了一天一夜，刚刚叫歇着；一个说唐司令你想吃啥了我这就叫人给你做……唐靖儿不听这一套，挥手对院里的卫兵喊："给我搜人！"

白顶子帽根子就赶紧上来劝说司令不要生气，说你这老表弟只知道背了镢头上坡，人情世道他啥啥都不懂，说全苦胆湾人都指望你坐了县城咱州川就有好年景了；这边说着那边就有两个老人追上去拦那两个兵，兵哪里把老人当人，他们拿枪把子一拨，老人就趔趄着跌倒。不一会儿，两个兵就把四妯娌押到了唐靖儿面前。

唐靖儿凶着脸，狼一般的目光在女人们的身上扫过。片刻，他偏头呷一口水，轻声子问："这我舅，咽了气啊，你们竟一声丧都哭不出来，是你妈你大死了你也这样吗？"

四妯娌长发拖垂，孝布掩面，一个个泣泣噎噎。

唐靖儿平声子说："叫我说啊，是你们虐死了我舅，有罪的！"说罢又扭头去喝水，猛然，他把茶碗朝地上一丢，沙着声，一字一字从齿缝里挤出一句不轻不重的话："按乡俗办。"

兵还没有动手，饶就跪下了，其他三个也跟着跪下，四个女人跪了一行。两个兵抬来粪笼大一摞瓦盆，唐靖儿挥手朝下一压，四妯娌的头上，就每人给搁了一个瓦盆。这就叫顶孝盆，州川的乡俗。不孝子女顶孝盆，一个对时①不准起来，来了烧纸的就在头顶上的孝盆里烧，再烙再烫你得受着。

院里的兵、门外的兵，就过来在各个孝盆里烧纸，燃烧着的火纸在孝盆里腾起烈焰，兵们慢条斯理着，他们一张张地烧，很文雅地延长时间，你烧了我烧，络绎不绝。眼看着，饶的头发焦了，一绺绺地往下掉，她依旧挺着脖子；程珍珠牙咬得嘴唇已经流血，忍紧缩着脖

---

① 对时，今日此时到明日此时，整整一天一夜。

子泪流满面，琴虽头发冒烟可嘴角拧出冷笑……

唐靖儿起身，弹衣扯袖整理戎装。他把他妈的牌位在身上背了，又把长杆烟锅往肩上一搭，大步朝门外走去。可是，只走了两步，又转回来，对灵棚前的老人们交代："我这老舅入殓啊，身底下要铺十匹杭绸，身上要穿十六件，口里要含珍珠宝，手里要握金锞子；棺材嘛，要老柏木八大块；墓里边嘛，廊场要大，他的心爱之物要全部陪葬，水烟袋、笔墨纸砚、书，还有水火棍噢不不，反正有啥都给搁上。这话我就不再说啦，谁要给我日鬼你可当心着！"

说罢，背了手朝大门外走去。几位老人刚松了一口气，谁料他二次又转了回来，喊道："老三你过来！"

老三蹭着腿过来，唐靖儿说："这老人一死啊，古来分遗产的规矩是，儿分半女分角，外甥来了背个锅，我舅的锅我就不要了，我只要他的那个水火棍，你给我拿来。"

很快就有人取来了那个苍老的水火棍。唐靖儿接在手里，掂了掂，就呼啦一转，背手握了，横在后腰，雄赳赳气昂昂大步而去。

他一出村口，灵棚里顿时哭声大作……

就在人们手忙脚乱地从烧红的孝盆下救出四妯娌的时候，孙家门上来了一个讨饭的疯婆子。疯婆子头发蓬乱，衣衫不整，胡言乱语着蹦跳行走。她侧楞仰板地在灵棚前磕了头，干哭几声野狐调，脏眼窝里就垂下两行泪，又念念叨叨着自言自语，谁也听不清她说的什么。白顶子上前扶持问候，疯婆子冷眼以对不屑搭理，就都以为是专到红白大事的家儿混吃混喝的乞丐，也就任随她去。

疯婆子来到孙老者住过的老上房，抬脚动腿都是熟门熟路的样子。

老炕上四个媳妇靠了一行，个个头上顶着黑帕子。人们刚刚给四妯娌包裹了头顶上的烫伤。

疯婆子径自在老圈椅上坐了，松垂的眼皮奔拉着，不久就呼呼大睡。四妯娌忍受着孝盆烫烙的疼痛，她们没有力气问候眼前这位婆子，猜想着是不是哪一门子的远亲。老三进来向二嫂要钥匙，瞟了一眼正打瞌睡的老妇人，他也没认出来，心想是不是哪一位嫂子的亲戚。

孙庆吉进来舀番麦糁子做饭，突然看见在老圈椅上大睡的疯婆子，见她那脏兮兮的样子，就用脚踢了踢椅子腿，问："哎哎，老人家你是从哪里来的？"疯婆子懒洋洋地睁开眼，瞟一下孙庆吉，突然就扑了过来！孙庆吉闪到一边，惊问："要咋哩要咋哩？"

炕上的四妯娌也灵醒过来，异口同声问孙庆吉："咋啦咋啦？这是谁这是谁？"不待孙庆吉反应过来，疯婆子抓紧他的胳膊，连说："我认得你我认得你，你不是耍臭臭花鼓子的丑角嘛！"

孙庆吉往后趄一步，追问："你是谁呀？是哪一门子的亲戚？还是寻过事的人家混吃喝？你说你是谁？"看孙庆吉变了脸，疯婆子"咚"地靠到老圈椅上，大腿朝二腿上一跷，眯眯着眼，唱出几句花鼓调："我上一面岭来下一面坡，一脚踏在野鸡窝，野鸡窝里八颗蛋，孵出来都是庄稼汉；庄稼汉，怕做活，一心要把花鼓子学；旦角装成瞎奶奶，丑角扮成猪八戒——"

孙庆吉听出这疯婆子的唱词儿有作践他的味道，就伸手拉扯要把她推出去，可他哪里是这疯子的对手，疯子胳膊一抡，他就坐了个尻子蹲。

孙庆吉正要发火，这疯婆子却跳起来连唱带骂："你从我娘家的门前过，吃了我妈的锅盔馍，还偷了我妈的臭裹脚——"

炕上的四妯娌听这疯婆子出言不逊，就纷纷下来劝说孙庆吉："不要跟这号人计较了，给俩馍叫走，给俩馍叫走！"

孙庆吉就要去厨房拿馍，可他刚转身，这疯婆子又揪住了他的衣襟，孙庆吉真正被惹恼子，伸手就扇了她一巴掌！

可这一巴掌打出了烂子。疯婆子哗啦哗啦脱了上衣，甩吊着两个空皮子的布袋奶，连跳带蹦着喊："好你个狗日的尿床王，看我把你在南山里做的瞎瞎事，揣人家婆娘捏人家女子，都给你唱出来，叫上下州川的人都听听你是啥东西！"

四妯娌就连忙扶她坐下，生怕这疯婆子再唱出啥难听事体，又赶紧给她披上衣服，赶紧拿来吃食好言相劝，又把孙庆吉朝门外推。可这疯婆子不依不饶，挣脱四妯娌跳起来喊："你个没良心的贼！你看我是谁？你看我是谁？"

孙庆吉在心里起了蹊跷，他不明白这疯子到底是谁，她怎么能知道他当年在花鼓台下的风流？看孙庆吉在审视她，疯婆子就一只脚踩在老圈椅上，手之舞之足之蹈之地说："我给你娃子明说哩，老娘我坐这老圈椅的次数比你爷都多！你娃子好好儿看看我是谁，你娃子好好儿看看！"她呼哧呼哧喘着粗气，猛地炸声叫道："你认清了，我娘家在石瓮沟！"

孙庆吉一下子傻了眼，他纳首便拜，连说："老婶子老婶子，实在对不起，兄弟我瞎了眼窝啦！"

妯娌四人听言赶紧给疯婆子穿衣系扣、擦脸奉茶，孙庆吉给四妯娌说："这老人家啊，是你家大嫂——十八娃她妈呀！"

场面一下子凝冻起来。二嫂饶曾给三妯娌说过大嫂十八娃娘家的筋筋蔓蔓，四嫂琴也曾讲过丈夫说给她的大嫂她妈的故事——这宁花当年怎么被卖到龙驹寨，老贩挑如何赎人纳妻，南山罩如何抢她玩她，她如何在红崖寺甘当班头，又如何携了伙夫骑驴回河南……

饶对三妯娌说："不管怎么样，这个姨总归是大大的亲家，总归是咱大嫂她妈——"不及说完，疯婆子又哭叫起来，又一层层地脱着上衣："哎——我的亲人哪，老贩挑你死得冤啊啊！我女婿人头在哪儿搭？哎——我的亲人哪，我十八娃你咋跟了小牛郎啊啊，我的外孙子你在哪搭？哎——我的亲人哪，老亲家你上了西天啊啊，你得赔我人命赔我的钱呀！"

众人百般劝慰，可越劝她哭得越欢，越劝她越提出一些难以理喻的要求。孙庆吉就说："不管她了，真正是个疯婆子，这吃屎的把屙屎的还给缠住啦！"

话一出口，这疯婆子反倒不哭不闹了，她自己扣了斜襟上的疙瘩纽，自己扎了裤腿绑了鞋带，立起身子，一手叉腰，一手直指众人，口齿清楚地说："我给你孙家人说哩，河南是水旱蝗灾遍地难民，可我不是逃难的，我是来跟你孙家人打官司的，你家老四打死我男人老贩挑，我来是要你们偿命的！老四人死了，可他婆娘在，他儿子在，他的家产在！你都听着，看是公了呀还是私了呀？"

二嫂饶听到这里，觉得今日是遇上了怪物，就刚刚正正地告诉她："我把你叫姨哩，也叫娘哩，我孙家一门英烈，免征粮税的牌牌就在门上钉着！孙家人立身处事，不是护村护县就是说事合辙，这州川人有口皆碑！到如今，弟兄四个折了一双半，上天的上天，入地的入地，今又老人家尸骨未寒，你却上门来诬陷勒索——"

刚说到这里，四媳妇琴就挥着切面刀扑了过来，她一边抢着刀一边喊叫说："哪里来的野疯子，看我把你狗娘养的剁成肉酱！"乱刀挥舞中，疯婆子抱头鼠窜，珍珠和忍操起擀面杖后边就追，到大门外被众人挡了，言说一派疯话何必当真……

孙家四妯娌不得不当真。这疯婆子把多少年的旧事怎么弄得那么清楚？孙庆吉说，金陵寺的秃头和尚范长庚去年就到河南云游，该不是他从中挑拨煽惑？

隆隆炮声震动着苦胆湾人家的土墙柴扉。孙老者的白木棺材来不及涂上黑漆，人们就草草地掩埋了他。老三的头在墓门上撞出了血，他说死说活不上王山的洞。二嫂饶领上珍珠和琴跟着村里的父老进了后沟，老三扛了犁耙绳索，引上他媳妇也上了后坡。忍手握一根草绳，草绳悠悠地长长地拴着老牛……

陈八卦从后山归来，飞夹的帽苫子随着脚步一起一伏，他甩开腿脚在山路上行走，觉得比坐兜子舒服多了。他此行又看好了一块山凹地，那凹地的坐靠朝向都在风脉头上，他要在这里给自己买一块墓地。可在返回的羊肠小路上，他和一个人不期而遇了。

这人是范长庚。他的脸颊干瘦，胡子拉楂中鼻塌眼凹，他弓腰拄个拐杖，褴褛的袈裟拖在脚面，似乎腿骨受了伤，走起路来半边胯子一趔一趔。

陈八卦选定一处平路，远远站定，看着范长庚摇摇摆摆而来。在丈把远的地方，陈八卦抱拳，平声相问："尊者范大师，可向何处云游？"

范长庚立定，用拐杖撑了身子，双眼一夹，伸长脖子，看清来人，用诵经的低沉声调说："噢，是油坊里的。我说，脚下无履云作履，出游全靠一股风，阅尽天下奇怪事，杨柳枝头波涛平。我老了，不再奔走了，一心一意念经呀，出家人一心念佛才是正经主意。"

陈八卦的心弦被拨动了，他也由衷地说："我娶了个老婆，租了几亩山坡地，一心注在种药行医呀……"

不远处的山坡上，老三和忍在勉力耕作。白日从云隙间扎下几缕亮光，新犁过的田垄漾出饴糖般的甜味儿，老牛卧在软土上反刍，时不时地发一声绵长的鸣叫。老三眯眼看着日头，日头给他秃媳妇的衣衫上镶一层金边。他抓一把泥土，任其在指缝间流下，他喜欢泥土摩擦皮肤时的痒痒。

突然，忍"啊"地叫了一声，双手捂着小腹蹲了下去。老三赶紧跑来扶她，急问："咋啦咋啦？"忍缓缓地扬起头，已是泪流满面。她拉住老三粗糙的手，轻轻地、轻轻地按到自己的小腹上，哽咽着说："我怀上了，怀上了，我想吃、吃——"

老三一下子蹲在地上，一边伸手在媳妇的小腹上轻抚，一边说："娃呀，你来的不是时候啊！"媳妇握住他的手，望着坡下的苦胆湾，喃喃地说："我想吃土——"说着把一块核桃大的黄土放在嘴里。老三看着媳妇，缓缓站起来，很响地吐出一口唾沫，轻声说："这个娃，不能要。"

媳妇"啊？！"了一声，吃惊地睁大眼睛望着他。

老三"啪啪"地拍着手上的泥土，说："耕坡上这地啊，我是最后一回了。河边的地，我已租给别人种去了。"

媳妇一下子跪下去，抱住丈夫的腿，哭道："往后一家人吃啥喝啥呀？"

老三轻轻推开媳妇，说："我上南山去当逛山呀！"

媳妇说："逛山门里一盆血啊！"

老三说："那我就端着一盆血去革命呀！"

（2022 年 2 月 17 日第七次修改完）

图书在版编目（CIP）数据

乡贤 / 孙见喜著. -- 北京：作家出版社，2022.9
ISBN 978 - 7 - 5212 - 1921 - 0

Ⅰ. ① 乡… Ⅱ. ① 孙… Ⅲ. ① 长篇小说 – 中国 – 当代
Ⅳ. ① I247.5

中国版本图书馆 CIP 数据核字（2022）第 091507 号

乡 贤

作　　者：孙见喜
责任编辑：李亚梓
封面设计：百丰艺术
出版发行：作家出版社有限公司
社　　址：北京农展馆南里 10 号　　　邮　　编：100125
电话传真：86 – 10 – 65067186（发行中心及邮购部）
　　　　　86 – 10 – 65004079（总编室）
E – mail: zuojia@zuojia. net. cn
http: // www. zuojiachubanshe. com
印　　刷：三河市紫恒印装有限公司
成品尺寸：152 × 230
字　　数：383 千
印　　张：28
版　　次：2022 年 9 月第 1 版
印　　次：2022 年 9 月第 1 次印刷
ISBN 978 – 7 – 5212 – 1921 – 0
定　　价：75.00 元